U0916081

【北京社科名家文库·纪念辑】

ZHONGJINGWEN ZIXUANJI

钟敬文自选集

BEIJING SHEKE MINGJIA WENKU JINIANJI

钟敬文◎著

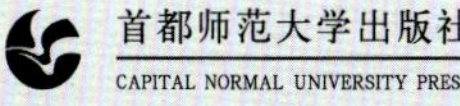

首都师范大学出版社
CAPITAL NORMAL UNIVERSITY PRESS

图书在版编目(CIP)数据

钟敬文自选集/钟敬文著．—北京：首都师范大学出版社，2008.11
(北京社科名家文库)
ISBN 978-7-81119-423-4

Ⅰ.钟…　Ⅱ.钟…　Ⅲ.①民俗学—中国—文集②民间文学—文学研究—中国—文集　Ⅳ.K892-53　I207.7-53

中国版本图书馆 CIP 数据核字(2008)第 166328 号

北京社科名家文库
ZHONG JINGWEN ZIXUANJI
钟敬文自选集
钟敬文　著

项目统筹：杨小兵　　责任编辑：李　荣
责任设计：王征发　　封面绘画：王征发
责任校对：王亚利　　责任印制：沈　露
首都师范大学出版社出版发行
地　址　北京西三环北路 105 号
邮　编　100037
电　话　68418523(总编室)　68982468(发行部)
网　址　cnuph.com.cn
E-mail　master@cnuph.com.cn
北京嘉实印刷有限公司印刷
全国新华书店发行
版　次　2008 年 11 月第 2 版
印　次　2008 年 11 月第 1 次印刷
开　本　787mm×1 092mm　1/16
印　张　44.75　　插　页　1
字　数　533 千
定　价　89.00 元

出版说明

1978年，中国改革开放的元年。自那一年开始，中国已经走过了波澜壮阔的30年。这是伟大的30年，是改变中国的30年，是震惊世界的30年，也是哲学社会科学蓬勃发展的30年。

在哲学社会科学这30年的辉煌成就里，浸透着为新中国哲学社会科学奠基的老一辈专家呕心沥血的求索，也镌刻着寻着他们足迹的后来者追求真理的步伐。“学之大者，国之重器”。我们有责任将这些“大者”潜心研究的成果，重新编辑出版以飨读者。为此，北京市社会科学界联合会和首都师范大学出版社将这一套《北京社科名家文库》奉献给读者。她以自选集的体例形式，每年推出一批，争取在几年内达到百种以上。《北京社科名家文库》将系统展示当代哲学社会科学名家学者30年来的学思精华，展示他们的学术探索历程和风采。同时，为使这套《北京社科名家文库》更加丰富，编委会决定在首都师范大学出版社已出版的《当代著名学者自选集》中挑选符合体例的图书10种，编辑成《北京社科名家文库·纪念辑》，这将更完整地反映北京学人在学术风范和学术使命上的历史延续。

我们相信，《北京社科名家文库》将能够成为具有文化传承价值的经典性大型出版工程，成为集中展示首都哲学社会科学重要成果的一个窗口。由于我们水平所限，定有不足之处，希望读者和同仁给予批评指正。

编 委 会

2008年11月

目录

北京社科
名家文库

北京社科
名家文库

北京社科
名家文库

北京社科
名家文库

第1版自序

世途惊险曾亲历，
学术粗疏敢自珍？
——《九十自寿》次联

一

约略说来，我开始从事学术活动的时期是在1924年的夏秋间。它距离现在已经将满70年了。

那正是轰轰烈烈的，既是政治运动、又是文化运动的“五四”之后的几年。政治、文化两方面的运动各以另一种方式在继续着。北京大学《歌谣》周刊的刊行(1922年)和收集、发表民间文学作品风气的广泛流传，就是那种新文化运动一个有机的和有力的部分。当时，作为一个刚见世面的青年，像触了电似的，我蓦地被卷入了这文化的狂潮里去。除了奋力学习新文学之外，我又不知疲倦地在向周围的人们采录民间歌谣、故事。这种活动，虽然在接触《歌谣》周刊之前的一些时候就已经开始(因为“五四”前一年发刊的《北大日刊》的《歌谣选》，早已影响了许多地方报刊，从而也引起了我的响应)。但是，它(《歌谣》)的出现，无疑对我这方面的活动大大地起了添柴注油的作用。我不仅在尽力采集、记录那些野生的文艺，而且还有意地探索它、谈论它——对它进行一种理论性的思维。

我在1924年写作了15则《歌谣杂谈》(陆续发表于《歌谣》周刊)。这些文章现在看来只是一些小学生的习作。但是，不要忘记，它是我少年时期对这门学术倾注着满腔热情写出来的，它也是我此后数十年这方面学术活动早期的"星星之火"。

1927年秋天，我由岭南大学转到中山大学任教。这时候，那原来在北京兴起并且影响到全国学界的歌谣学(或者说是民俗学)运动一时已经退潮了。一些本来在《歌谣》周刊等刊物上显过身手的新进学者，正好聚集在中山大学的文学院。校里的某些负责人又对这方面学术活动有些理解。顺理成章，中山大学的部分教师就成了举起那几濒于熄灭的学术火炬的接力人。这时我对这门新学术已经上了瘾，而客观上又需要我、容许我去着手工作。我怎能不尽力以赴呢?

这一时期，我先后参与建立民俗学会，编辑民俗刊物及丛书，管理民俗学传习班等事务，当然也还写了许多文章发表在刊物上(稍后，大都收入《民间文艺丛话》一书中)。其实，那时我不仅缺少应有的工作经验，连比较基本的专业知识也不怎样具备。所凭借的，只是一般少年向往和肯干的热情、蛮劲。我的那些文章虽然还是习作性的，但是所从事的活动却并非没有价值。从我个人的学术经历来说，它的意义和作用是不容低估的。它不仅确固了我从事这方面学术的信心，也增进了对这方面工作的知识和活动才干。它正是我后来走向学术高峰期的必须准备。说到这里，我不禁要对那使我得到长进机会的中大语言历史学研究所和它的负责人表示感谢——虽然那年暑假，我就被那位假道学的校长辞退了。

二

过去数十年的学术生涯里，在经历上更有重大关系的是，我从广州到杭州以后的那几年的境遇和活动。这些境遇和活动，不管是在学习方面、在研究方面，或是在学术事业的建立和开拓方面，对我都有较大的益处。这一阶段，可以说是我一生学术生活中的第一个高峰期吧。

在这段时期里(1928年秋至1937年秋)，我的活动大致上可分为三个段落。从1930年秋起，我辞去了浙江大学文学院的教职，转到一个培养民众教育师资和行政人员(如民众教育馆长和科长等)的特殊专门学校，讲授“民间文学”课。这是第一个段落。这时期，我除了讲课外，还和一些有同样学术兴趣的朋友，创办了近于全国性的中国民俗学会；又在进行过探索工夫的基础上，写了几篇论文，如《天鹅处女(型)故事》、《中国地方传说》和《金华的斗牛风俗》等。这些论文，有的曾经试图运用唯物论的观点，但一般的观点仍是英国人类学派的。不过比起中大时期所作的急就章，在收集材料和考虑论点上，用力更加勤劬，思索也稍为精细了。这在自己治学的道路上不能不说是一种明显的进境。自然，它距离成熟程度还是有些遥远的。

从1934年春起，我暂时离开了杭州(当时我已回到浙江大学任教)，去日本学习，至1936年夏回国，这是第二个段落。在东京的两年多时间，我主要的活动是学习。在这一时期的最初阶段，我虽然对民间文艺学和民俗学的理解及探索有了一定进步，但是总觉得自己的专业知识及跟它密切相关的学科知识都太薄弱，只靠它不可能在研究上取得较大成绩。如果要进而推动全国这方面的学术运动，就更没有多大把握了。因此，必须有个机会，让自己去打好学业基础才行。由于当时我们已经与国外的同行有些学术上的交往(例如彼此互赠书刊或把论文寄到国外去发表)，于是，我重新做起留学的梦——少年时曾经做过的梦。我辞去了教职，毅然到东京去当苦学生。

在那座9层楼的大学图书馆里，我每天(除了星期天)要花上七八个小时的时间。我贪婪地阅读着能够入眼的有关书籍，除了专业知识以外，也涉及民族学、人类学、宗教学、语言学、原始社会文化史以及文艺理论、美学等学科的理论学习。作为图书馆知识的补充，就是在假日里畅游神田和早稻田大学门前的书店街。虽然在知识的吸取上不免有些狼吞虎咽，咀嚼消化得还不够，但是，总算在从事学术的知识的基础上铺上了几块大石头。这是我以后在发现问题和分析问题的能力上的重要凭借。它无疑是我的一份重要的治学资本。自然，为了整理自己的见解和换取生活资料的需要，当时我还写作一些论文(如《民间文艺学的建设》、《盘瓠神话的考察》等)，发表于国内外的专门刊物上。这更是检验自己学力的机会，也增强了自己治学的信心。

1936年夏，我从东京回到杭州。次年秋，因敌人炮火迫近，抱病离去那里，这是第三个段落。这一年，我主要的职业仍是教学，实际上还进行了不少学术活动。我为浙江民众教育实验学校的《民众教育月刊》编辑了两个专号:《民间艺术专号》和《民间风俗文化专号》，又筹办了一次“民间绘画展览会”以及刊行过两册“民间文化小丛书”。这时期，我对民俗学产生了一种新的观点，就是它的范围应该扩大，不能再为英国民俗学会过去所刊手册的范围所局限。从上述所出的刊物和办展览会等活动，约略可以看出我这方面思想变化的轨迹。至于这方面的学术研究，应该同社会文化实践相联系的观点，我已在这时期的第一段落中意识到它，到这时不过更加增强罢了。由于日本军阀的侵略更见咄咄逼人，我们进一步了解广大民众的思想、文化，并利用他们习惯的事物和思考方式(包括文艺的表现方式)去进行对他们的宣传、教育工作，就更加感到一种迫切的需要了。

总之，我前后在杭州度过的几年(中间部分时间在海外)中，我的学术经历和成果，不仅比前期有所提高，而且对我以后大半生这方面的活动，是具有相当决定意义的。

三

日寇的加紧侵略和我国人民的坚决抗战，暂时打断了我原定的学术活动的正常进行。但它也给我的思想和学术活动注入了一种新的生命力。它像某些民间故事里所说的，那具有超凡力量的神仙，把枯鱼点化为活泼泼的生物。

抗战的第二年夏天(那时我在桂林教书)，我应邀至广州(当时的南方抗战前线)四战区政治部，从事对敌人和民众的宣传工作。民俗学一类的工作当然暂时抛开了。面对着铁与火的战争，面对着广大从事抗日宣传的青年战友，我有着新的庄严任务！在促进、提高他们宣传(特别是以文艺为手段的宣传)的效力上，我在竭尽自己的力量。我热诚地对他们讲话，并写作鼓舞性的文章。从20世纪20年代中期，特别是后期所学习过的关于社会、文艺的马克思主义理论，在当时严肃的生活实践里得到孵育和印证。它迅速活跃起来，并保证了它以后的不断成长。这种现象的形成，除了环境的巨大作用外，还有人的因素在，那就是当时在政治部内外一些进步同志的感化和切磋。尽管由于国民党顽固派的作梗，我不能在那种环境中久住，但这段经历对我的终生却产生了不可磨灭的影响——首先，是对于下一时期学术思想、著作的影响。

由于政治的逼迫，从1941年起，我第二次到中山大学任教(当时它的临时校址设在广九铁路广东境内最北边的车站所在地坪石镇)。我每年重复讲授“文学概论”、“诗歌概论”等功课，这使我对于文学理论、诗学等的原理、问题，有机会做比较广泛和深入的思考。我先后写作了一些长短不等的文章，如《略论格言式的文体》、《风格论备忘》、《我与诗》等文章；而《诗心》那个小册子的思想，在我的诗论上更多少是有代表性的(该书大部分文字，后来并入《诗论》中)。总之，这个时期，我的文艺思想一般已经定型，在性质上也逐渐趋于成熟。

这也许可以在我的学术思想及其活动上，概括为第二个高峰期吧。

解放战争时期，南京政府悍然下了“戡乱令”，他们要把一切进步力量从大陆上消灭掉和驱除出去。我跟中大一些被看做“危险分子”的教授这时都受到“解聘”的待遇。我们逃到香港。在民主党派创办的达德学院文学等系任教。我教的是“民间文学”和“文学专书选读”等课。教师、学生大都有着明显的政治倾向。许多师生不是中共党员，就是民主党派成员。因此，我们的身份既是授业的教师，又是政治活动的指导者。自然，我们没有以政治代替或压倒科学。我们重视专业知识的传习，不过带有相当的倾向性，不是一般的学院式教学罢了。我们文学系(后改称文哲系)先后出版了《海燕》、《关于历史剧》等文艺理论兼创作的专集。我的《谈王贵与李香香》、《诗与歌谣》，就是刊载在那些集子里面的。这时候，香港进步文艺界人士为了配合两广方言区革命宣传的需要，提出用方言创作的理论问题(同时一部分人已经在进行创作实践)。我因为是方言文学研究会的负责人，一连写作了几篇这方面的论文，并主编了一个以理论为主的《方言文学》专集。此外，也写作了《海涅和他的创作艺术》，纪念郁达夫、朱自清等作家的文章。这段时期虽不长，但文艺理论活动颇活跃，以至有些日本的中国现代文学史家(菊池三郎)把我算作这时期“华南文学”活动家中的一人。平心而论，我这时期不但写作了许多一般文艺的文章，在有关思想见解上也有些跃进的地方。它在我文艺理论活动的整个历程上，起着一种承上启下的作用。

四

1949年春，北京解放。这年的5月，我跟其他一些留港的文艺界人士，响应号召，回到首都。开过全国第一次文艺界代表大会之后，我就任了北京师范大学的教职，一直连续到现在，已经足足经过43年的岁月了。在这段时期里，我们国家和社会的变化是巨大的，个人的经历也相当曲折。这里，我只就学术上的经历和变化谈一下。

在这一大段时期里，大致也可分为三个段落。第一个段落是开国之初到"文化大革命"开始的前夜，第二个段落是那给民族和人民带来重大灾难的"文化大革命"时期，第三个段落是"四人帮"倒台到现在。在这些段落里还各有些小段落。

自1950年至反右前夜，学界虽然有过思想改造运动，对俞平伯、胡风等的批判运动，但从我个人的经历来说，还是比较风平浪静的。在其中的第一个段落里，我首先参加了中国民间文艺研究会(后改名为中国民间文艺家协会)的倡建工作，并被选为该会的负责人。这对我的学术活动(民间文艺学活动)无疑是一种重大的鼓励和赞助。因此，该会成立不久，由于我的创议，就出版了一个以理论为主的《民间文艺集刊》。我当时所写的纲领性的论文《口头文学：一宗重大的文化财产》，就是在它的第一期上发表的。这个刊物虽因抗美援朝战争精简刊物的缘故，只出了三期便停刊了。但是，它对新中国这方面的活动是颇有影响的。我因为自己教学和社会读者的一般需要，又编辑了一本《民间文艺新论集》。由于及时满足了客观要求，它很快就再版了。在这段时期里，我还在一些有关的集会(例如中国作家代表大会)上发表了宣扬这方面学术重要性的讲话，或发表这方面的宣传文章。这些活动，是跟我当时在北师大、北大等课堂上的讲授互相配合，多少起到促进这门学术的作用的。在大专院校文科的课程建筑中，我也极力争取把这门学科列入学生的修习课(当时沿用苏联教学大纲的名称，叫做“人民口头创作”)，但为了适应当时我们高校教师学养的实际情况，把苏联这门课原来的“历史”(文学史)性质改为“概论”性质。直到“三面红旗”运动起来之前，许多高校文科都开设了此课。这对于我们国家这门学科知识的传播，起到一定的作用。1953年，我们第一个在北师大中文系开办了“人民口头创作研究生班”。当时就读的同学后来大都成了教授，有的还当了博士生导师。以上这些活动，虽然本身不是我的学术研究活动或成果，但它对于推动我国整个民间文艺学科的建设与发展，却有着重大关系。何况它对我个人的学术思想和所从事的事业也同样是很有作用的！我在那些工作过程中增进了专业知识，增加了学术的分析和概括能力。而这种结果，必然要体现在我此后工作的成效上。

可惜好景不长。我们正在这条大路上健步前进的时候，一场政治的暴风雨袭来了！在一些时期里，我不但被剥夺了政治权利，也被剥夺了从事学术工作(包括教学)的权利。同时，那种发扬广大人民优越心智、才能的人民口头创作课程，也几乎被砍杀殆尽。虽然情况如此，在三年自然灾害之后的一些年月里，我的生活和工作虽然并不自由，但我凭着一颗对祖国学术的赤诚的心，利用了一切能够利用的时间和其他条件，奋力写作了几篇中国近代民间文艺学史的论文(有些已经收在这本自选集里)。这是对于我国民间文艺学史的一种开荒工作，是中国学者在这方面学术上必须完成的硬任务。那些文章，从现在看来，在某些方面虽不免有些缺点，但它的积极的科学史意义是不能否认的。此外，当时我还挤时间写作了《近代进步思潮与红学》那篇文章。它是对于当时那些非历史主义的红学批评的一种挑战吧。

以上是我在建国后第一个段落的生活经历和学术经历，它的前后期是截然不同的——后期所遭遇的情景是那么肃杀！但是，跟下一个段落比较起来，它多少还是有节制的，让人能够隐忍生活和偷空工作的。

20世纪60年代的后半段，那急风暴雨式的“文化(其实是武化)大革命”起来了，而且一直延续了长达10年之久！这是一个真正残酷的年代！过去人们一贯指责秦始皇焚书坑儒的虐政。但它比起“文革”对文化学术的摧残，也只能算是“小巫见大巫”罢了！无怪当时有些“英雄”要以这种超越历史的“功绩”自豪了。在这样的时期，我们这些老知识分子能够勉强生存下来，就是天大的幸事了，还敢过问那被认为对人民犯罪的学术么？这决不是我一个人的特殊遭遇，而是当时大多数知识分子的共同命运。如果说在这个历史的黑暗时期，我们在知识上、在科学上有什么认识或收获的话，就是那些“英雄”们的所作所为教给我们的历史和政治的“真理”，而这正是我们在任何书本上或文件上所不能读到的，也不是我们凭空所能想象得出来的。这应该说是极宝贵的知识、极难得的收获！尽管全社会和个人所付出的代价是那么惨重！

这就是我在这个不平常的历史时期的经历和感受。这也是这个历史时期中的我学术经历的第二个段落。

“穷阴终久要回阳”！不可一世的“英雄”们终于倒下了。历史回复到比较正常的轨道上。我与其他知识分子一样，这时深感到一种解放的快慰！但是，生命已经过了古稀之年，不但许多宝贵的时间被糟踏了，个人的精力也日见衰退了。但是，只要一息尚存，为建设和推进民间文艺学、民俗学的志愿就必须实现！我利用当时的形势，竭尽自己的心力，既要对同志们大声疾呼，又要坐下来探索一些问题。寸阴是惜，双脚不停。终于与同志们重建了中国民俗学会，恢复了中国民间文艺研究会，并参加、推动、赞助各省市同类性质机构的恢复或创立。在学校里，我们恢复了民间文学教研室，大力培养了一批又一批的硕士和博士研究生。当前，不论从整个社会看，还是从我们的教研室情形看，这些新学科都有欣欣向荣的气象。这是70年来所少见的！

在这10多年里，我个人的精力虽然在教学和社会学术事业上花去不少，但还是争分夺秒地探索了一些学术问题，写写论文及其他文章(如为同志们的著作写序文之类)。近年写作的几篇论文，其中如《民族志在古典神话研究上的作用》、《中国民间文艺学的形成和发展》、《“五四”时期民俗文化学的兴起》等，多少是花费了一些心力的作品。对于我国这方面整个学术的建立和发展，也多少是有所裨益的。

这是我在建国后这个时期里学术活动的第三个段落，也许还可以说是我生平这方面活动的第三个高峰期吧。

以上简要地叙说了近70年来我在学术活动中的各个时期的境况和得失，它对于本书的读者多少可能提供一些我学术活动的背景材料以及引起某些思考的凭借。就我自己来说，它也许将是诱导进一步的反思之资。如果真是这样，那就不至于成为一种虚文浮说了。

五

在拨乱反正后所提倡的“解放思想，实事求是”的学风影响下，10多年来，我对于学术研究的观点、方法，对于民间文艺学、民俗学乃至诗学的性质、范围以及功能等，都做了一些反省，有些新的领悟和新的看法。例如，关于研究的观点、方法，我仍然真诚地相信历史唯物论、唯物辩证法的基本原理的有效性。但是，我们必须放弃过去那种教条主义或实用主义的态度。马克思主义是密切联系社会现实、吸收并改进一切新理论建立起来并发展过来的。它是一种开放的学术体系。它与封闭的、僵硬的思维方式和治学态度是无缘的。现实是不断变化的，反映现实的思维和方法，也在不断变化，不断丰富。由此，我们对于马克思主义既要坚持其核心，保卫其精华，又要根据新的现实和经过检验的科学成果，加以丰富、补充，使之不断前进、发展。这是我现在所达到的对马克思主义的理解和基本态度。

至于对民俗学、民间文艺学乃至于诗学等理论的新领悟、新认识，方面颇多，这里只能举一两个例子。譬如关于民间文学的集体性问题。这是对民间文学性质认识的重要问题。从我个人的思想经历说，在20年代后期以后，我们对它就有模糊认识。后来接触了苏联的民间文学的理论，这种认识就更加明确和强固了。但是，近年在尊重事实的科学精神指导下，我感到自己过去的这种理论认识，多少不免有点简单化，甚至有些武断之处。因为，这方面事实的状态，远比我们过去所认为与表达的要复杂得多，曲折得多。又如对于民俗事象性质的认识，过去也朦胧地知道它是文化现象的一种，但在论述它时，却很少着眼到这方面。鉴于世界学坛交叉科学的大量出现，我近年来意识到有建立一种“民俗文化学”的必要，因此草写了《民俗文化学发凡》那样的倡议性文章。这是我对民俗学这门学科一种新开辟的境地。我希望它能够得到同志们的注意(今年《新华文摘》第一期曾予以摘转)。

总之，个人的学术思想和活动，是随着时代和个人生活的向前而进展的。只要生命存在一天，它就绝不会停止。

六

首都师范大学出版社，近年为国内学者编纂一套学术著作自选集，这是有利于我国学术文化繁荣的一种美举。承主持者的好意，约我提供文稿。因事情比较忙碌，迟迟不能交卷。去年底，该社编辑同志催促甚急，我只得把打算选录和可备选录的一批文章交付连树声同志，请他代为选定、校订和编次。经过3个月的时间，这个“自选集”

的初稿居然出来了。剩下的一个任务就是写《自序》。尽管我刚离开医院，不敢多用脑力，但事在必为，只好草草着笔。以上几段文章，就是它的结果。

像本书开头时所述，我从事这方面的精神活动，已经将满70年了。但是，现在自己看看这个集子里所收的一些文章，不禁感到惭愧！它实在不免有些单薄！想起那些写出了许多使我爱读的学术名篇的文章巨子们，我是何等平凡、不长进的后辈和学生！造成这种现象，自然有些客观原因(例如出生地及家庭没有丰厚的文化背景，早年缺少名师指导、督促等等)，但是，从主观上说，我自己也有着不可推诿的责任。近日披读已故史学家和民俗学家顾颉刚先生的年谱，得知他去世后，遗留的学术笔记就有近二百册。这在治学上并不算是一件大事。但在这里，我们的前辈表现出对学业的何等专精和坚毅！他学术上的成功，原因自然是多方面的。但是，单就他做笔记之勤这件事，便不是我所能及的。我学术成果之所以如此寒伧，在这种地方，缺少这种“持之以恒”的毅力，就是原因之一吧。我希望像顾颉刚先生那样在学术上精勤的典模，能永为青年学者所继承！它也将使我减少那种自恧和不安吧。

末了，我谨对出版社的责任编辑吴海同志和为我分劳的连树声同志，致以诚恳的谢意！

1993年5月20日，自序于北师大

励耘红楼，时年九一

自　传

我诞生在本世纪初——1903年3月21日。那正是清政府向列强签订了丧权辱国条约的稍后年月。

我出生的地点是广东海丰县北部一个靠近山区的市镇：公平镇。它是个山货集散的地方。

我原名谭宗，敬文是入小学时起的名。后来发表诗文，曾署静闻、静君、金粟一类的名字。

我的祖父是那镇上一家大商店的工人。父亲是一个开生果行的商人。他以自学，达到大略能看懂旧医书的程度。当我青少年时，家里是一个中产人家。有几个兄弟和嫂嫂侄儿等，人口颇多，俭俭省省，算是过得日子。

我幼年进过私塾，背过《三字经》、《幼学琼林》一类的兔园册子。辛亥革命后，跟剪去小辫子的同时，我进了当地的新式学堂(两级小学)。那些教师，大都进过短期师范学校，但骨子里仍然不脱旧日秀才、童生的那种气味。他们熟悉一些旧学，也大都能写几首近体诗。当时上海文艺界又正流行着徐枕亚《玉梨魂》一类的小说。因此，当时我也和某些同学一样读读《随园诗话》，哼哼旧诗，还学写过文言小说——一种模仿的、空想的作品。

小学毕业后，转入县城的陆安师范学习。那时新文化的洪涛巨浪已经冲涌到我们那里。“五四”的爱国运动，早已唤醒了年轻人的民族意识。“当仁不让”，我们也曾结队游行，嘶声宣传反抗日人横暴，并实行检查商店日货。随着来的一个学艺思想上的巨大变化，是耽读起《新青年》、《小说月报》，做白话诗，并认为写旧诗词是守旧派。

离开五坡岭(陆安师范所在地，据传说，宋文天祥兵败到这里，正在吃饭时，被元兵捉走了)，我曾经在家乡一带教过一个时期的小学。原因是没有钱再升学。当时我一方面教书，一方面省下一些零用钱，汇寄到上海、汕头等大城市去购买新文化、新文学的书刊。那些时期，国内出版的新文学书籍还不多，如《尝试集》、《女神》、《湖畔》、《沉沦》、《隔膜》、《呐喊》及《自己的园地》等，差不多出一本，我就购读一本的。所以直到数十年后的现在，脑里多少还留着那些书的印象。

当时，我已经在工作余暇，执笔学写新诗和散文，开始记录和谈论民间文学，并且把它寄投到上海和北京的一些刊物上去。

但是，我总不满足于自己所处的闭塞狭窄的环境。迫切要求到大城市去。我需要吸取更多的文化营养，因此产生的那种寂寞、苦闷的心情，在我早期所写的新诗和小品里是有所反映的。

有个偶然的机会，使我离开故乡，到华南的大城市广州那里去。这对于我往后几十年所走的学艺道路，是有相当决定意义的。我当时住的是在珠江南岸一所外国人办的学校——岭南大学。在那里找到工作(最初是中文系文牍员，后来转为附中国文教员)，同时也得到学习的机会。我听了中文系的一些功课(记得有“文学概论”、“经学通论”等)，更重要的是利用了那里的图书馆。我的《粤风》的整理本，就是这种利用的成果之一。我也在那里认识了冼星海和刘乾初。后者还和我合译了俍僮的歌谣。可惜他后来回到山东秘密工作，被张宗昌杀害了。

1926年前后，正是国民革命运动像狂飙般在发展的时候。广州是这个革命的大旋涡！各省热心变革现实的青年都汇集到了那里。当地工农的组织在迅速壮大。有一天，我在街上看到他们浩浩荡荡的游行队伍，那种震天的喊声，惊醒了我半沉睡的灵魂。从此，我深深认识到：谁是主宰未来历史命运的主人！也正是在那些时候，我给《少年先锋》写了新诗和散文，并认识了党的优秀活动家毕磊烈士。

但是，当时这点政治上的醒觉，并没有使我的整个行动和学艺思想跟革命密切结合起来。特别在国民党反动派叛变了革命，政治空气低沉的时候，自己一时辨不清方向。我暂时安于资产阶级学术的避风港。

1927年秋，我在中山大学中文系任助教并教预科的国文。这时候，文科教师中，像顾颉刚、容肇祖、董作宾等过去曾经在北大出力参与过歌谣研究会和风俗调查会工作的，都觉得有把那种在北方开始了的新学术事业，给以继承和发展的必要。我过去已经在《歌谣》周刊和北大《国学门周刊》发表过些文章，并在北新书局印行了《民间趣事》、《客音情歌集》等小册子，这时自然高兴继续这方面的工作。于是，我们就成立了民俗学会，倡办了民俗学讲习班，编印《民间文艺》、《民俗周刊》及民俗学会丛书。同时，另一方面，我还在继续写散文和新诗。在那些年份里，我出版了散文集《荔枝小品》(1927)和短论集《民间文艺丛话》(1928)等书。

1928年夏，由于我经手付印的《吴歌乙集》(王翼之编)，中间有“猥亵”的语句，触怒了当时那位假道学的校长，我被迫离职了。这一年的秋天，我到了杭州。记得那正是钱塘江潮水高涨的时候。开始在一个高级商业学校教国文，在那里我认识了许钦文和潘家洵。稍后，转到刚成立的浙江大学文理学院任教。

在初到杭州的一二年间，我曾热心于散文、小品的写作，并收辑成集子印行——《西湖漫拾》(1929)、《湖上散记》(1930)。稍后，我比较专心致力于民间文学的收集、研究，写了关于这方面的讲义和若干论文(《中国的天鹅处女(型)故事》、《中国地方传说》等)。同时，又和人共创了中国民俗学会，编印《民间》(月刊)、《民俗学集刊(镌)》及丛书。

我深深感到自己在民间文学理论方面底子太浅太薄，有给以加深加厚的必要。因此，在1934年，毅然抛下教鞭，到日本去求深造。一时我的学籍列在东京一个大学文学部的研究院。我每天笼在那9层楼的图书馆里。星期天，就巡礼神田一带的书店街。这些时期，我曾在当地的《民族学研究》、《民俗学》月刊等学术杂志发表过一些关于神话、传说和民间故事的论著。同时，我认识了彼国研究中国语言文学的实藤惠秀教授和增田涉、竹内好诸君。在国内，我在《艺风》月刊上，发表过好些关于民间文学的著译文字，并主编该刊的《民俗园地》。将离开日本时，曾经写下一本日记式的散文。可惜抗战初期，在离开杭州时遗失了。

1936年夏，我回到杭州。仍然做着教学和探讨学术的工作。除了在民众教育实验学校担任教课和编辑外，并在国立艺术院任文艺导师。在这时期，我主要的工作是给《民众教育》月刊编辑了《民间艺术专号》和《民间文化专号》，又举办了一个民间国画展览会，展出浙江各地民间绘画、木刻数千帧，并印了一个专刊。

从30年代初期以来，我在学术观点上，已经逐渐摆脱了20年代前期所受北大教授们的某些影响，也初步认识到国际某些学派注重形式的研究法的缺点。我开始走法国社会学派的道路。在我当时所写的《民间文艺学的建设》等论文中，显示了这种倾向。

1937年，“八·一三”抗战炮声响起以后，我从杭州历浙西、南昌、衡阳等地，于次年(1938)初到达桂林。在当地无锡教育学院(从江苏南迁的)任教。在那里曾经见到从衡山去云南的朱自清先生。记得赠他的诗有“灯前如对万花春”之句。

这年夏秋间，应友人尚仲衣博士的邀请，到广州四战区政治部工作。名义上是视察专员，实际是帮助第三组(宣传组)起草或修改对群众和敌军的宣传文字。当时国共合作还未破裂，战时的广州市，在文化界和广大青年中，进步思想相当活跃。党的活动家廖承志、夏衍等都在那里，领导宣传抗战和团结知识分子工作。在政治部第三组里有不少地下党员，如叶兆南(现名孙大光)、石辟澜、黄新波、司马文森等。在共同工作中，他们给了我不能磨灭的影响。

四战区政治部由曲江转移到柳州后，我留在广东绥靖公署工作。这一年间，除了和陈原同志，帮助左恭同志编辑《新军》杂志外，还和杨晦、黄药眠诸同志，到粤北战地去考察军民抗敌情形和收集写作资料，经历了两个多月时间。回到曲江后，我先后写了几篇报告文学(《抗日的民间老英雄》、《指挥刀与诗笔》、《牛背脊》、《残破的东洞》……)，并编辑了一本《良口之战》的报告文集。这时期所写的散文(报告文学)，取材于现实的战斗生活和有关人物，思想情绪跟整个时代的气氛和调子比较融合，艺术上也注意到洗练、整饬。跟20年代的散文对比起来，它颇呈现出另一种精神和面貌，开拓了以后个人散文、小品的新境界。

由于国民党特务的暗中牵制，一切有利于抗战和民主的工作都不容易展开，留在那种岗位上只有浪费时间和添加精神苦恼。“入海屠鲸意壮哉，眼前琐琐负初来”，这两句诗道出了我当时的心境。恰巧中山大学由云南並江搬回粤北坪石开课。我就应该校中文系的聘请，到那里任教了。开始任副教授，后任教授、文科研究所指导教授。我教的是“民间文学”、“文学概论”、“诗歌概论”等功课。

当时，国民党的反动势力，虽然侵入这个在群山中的学校，但是进步力量是相当地存在的。校里的进步教授，就有王亚南、梅龚彬、彭芳草、石兆棠等。李达、郭大力、洪深等也曾经一度在那里任教。

在那里，我除了写作一些文艺短论、新旧诗之外，还编辑过《文艺集刊》、《民俗》季刊等。

1944年末，日军为了进一步征服中国，强行打通粤汉铁路线。坪石恰巧在这条线上，我和中大的部分人员，迁移到广东最西部的连县。这是唐代诗人刘禹锡所住过的地方。

1945年秋，日寇投降后，我随中大沿连江东下，回到广州石牌（原学校所在地）。

抗战胜利初期，广州文化界还有些活跃气象。但不久，国民党反动派即加强控制。外界反动势力压迫着学校当局，校里特务学生也加强活动。我们的处境日见困难。到了1947年夏，我和另外几位被认为有“左倾思想”的教授，终于被学校当局非法解除职务了。

这年7月末，我判完研究生毕业的考卷之后，化装离开广州城，到了港九。在共产党和民主党派共同办理的达德学院文学系任教。这个学院，从思想、教育上说，是那里的一个绿洲。当时大陆已经早下了“戡乱令”，许多原在南京、上海的民主党派机关和民主人士、进步文化人，都先后到了那里。党的一部分文化机构也有迁移到那里的。当时在达德学院的民主、进步人士，我记得的，有蒯伯赞、侯外庐、沈志远、黄药眠、张铁生等。

在那里，教书、说话，实在比在大陆上自由些(虽然香港政府正在派人暗中侦察着我们)。我那时，除学校工作外，也参加了中国文艺家协会香港分会(任常委)、方言文学研究会(任会长)等工作。我更加认真地学习马列主义，并努力运用它的观点去处理文艺、学术问题。先后写了几篇关于一般文艺、民间文艺和方言文学的论文及一些关于彭湃、冼星海、郁达夫、朱自清等回忆、纪念文，并主编了《方言文学》文集。这时期和30年代以来所写的许多文章，都只散见各种报刊，没有收辑成集子。只在1940年，印过一本新诗集——《未来的春》。

1949年春，北方大部分地区已经解放。解放大军正在南征。这年5月初，我和在港的许多文艺界同志，响应党的号召，来北京参加第一次文代会。到京后，即参与大会部分文件的起草工作。在7月的大会上，荣幸地见到了毛泽东同志和周恩来同志，并听了他们的讲话。同时高兴地认识了从四方八面来的文艺界的新老战士。在大会结束时，我被选为文联的全国候补委员和文学工作者协会(后改为作协)的常务委员。

以后，我就任北京师大中文系教授，并曾兼任系主任、副教务长、科学研究部主任及北京大学、辅仁大学教授。

1950年春，我所参与筹备的中国民间文艺研究会正式成立，被选为副理事长，主持该会工作。此外，还担任过《民间文艺集刊》、《民间文学》及《文学遗产》、《文学研究》等刊物的编委。

1956年夏秋间，我参加全国文联所组织的西北考察团，与冯至、朱光潜、常任侠诸同志，参观了西安、延安、兰州、玉门和敦煌等地的建设、名胜和古迹，写了《西北纪游诗抄》。

曾一再被选举为北京市人民代表大会代表、市政协常委及国务院学位委员会评议会成员。

从建国到“文化大革命”前，我写了《口头文学——一宗重大的民族文化遗产》等论文、《碧云寺的秋色》等散文，共二三十篇。

近年来，陆续刊行了《钟敬文民间文学论集》、《新的驿程》、《话说民间文化》及《钟敬文散文》等书。

现在，在北京师大，除教授外，我兼任民间文化研究所所长。在校外，兼任中国民间文艺家协会名誉主席、中国民俗学会理事长及中华诗词学会副会长等职。

1978 年 5 月初稿

1994 年 2 月改订

民 间 文 艺 学

民间文艺学的建设

一

一种科学的成立，绝不是很偶然的事，也不是任凭一二好事的学者可以随意杜撰的事。最要紧的，是那对象必须具有可以成立为一种科学的内外诸条件。像没有相应条件的水不能够结冰一样，没有具备相当条件的某种对象(自然的或文化的)是不能够成为一种科学的，不管学者们怎样想创立它。

现代是学术空前繁荣的时代。许多本来只是片面地、零碎地被探究着的某种自然的或文化的对象，在今日，多数已成为一种具有整然的体系的科学。不仅如此，有些以前绝不曾在学者们的脑中闪动过的对象，也尽有取得了新的科学的资格，甚至于竟然成了学术王宫中的骄子，或是一位雄王。这是现代文化的一个跃进。有人以为这样一来，所谓“科学”的东西，不是将太多而且恶滥了么！我说，这是一种无用的杞忧，一种不合时宜的陋见！现代学术的繁昌，大抵是人类文化迈进的结果，而不是少数学者勉强的好事的作为。社会文化进步了，一切知识学问的探究，当然要求扩大境界，而且尽可能地精密化、系统化。在这种情势之下，各种新科学的纷纷成立，岂不是再自然没有的事？

民间文艺的断片的、部分的理论方面的探究，可说是“古已有之”的了。但它的研究的科学化，却还是很新近的事。把这种文化的事象，作为一个对象，而创设一种独立的系统的科学——民间文艺学，这在寡闻的我，以前还没有听到过。但是，现在我以为这种科学的建设，是不容许再迟缓了。我们得勇敢地把这种职务担当起来。这不太过大胆了么？有人要这样地讥笑或疑惑也未可知。但是，大胆与否，这不是我们的问题。真的重要的问题，却在别一方面。

一

什么才是我们当前真正重要的问题呢？

民间文艺这种对象的研究，有着所以要成为一种科学的必然么？换句话说，它是否具备那可以或必当成为一种科学的内外条件呢？这就是我们的重要问题所在。

先就对象的本身来考察。

原则地说，一种有独立范围的或特殊性质的自然现象或文化现象，到了某时候，必然要求着一种科学的处理。天文学、动物学、人种学等，是这样建立的；经济学、政治学、美学等，也是这样建立的。民间文艺，要成为一种系统的科学研究对象，它本身是否具有那独立的范围或特殊性质呢？对于这个问题，或者有人要这样地回答吧：民间文艺，只是文艺（就是所谓普通文学）的一种。假使文艺的研究，已经成为一种科学——就是文艺学（Literaturwissenchaft），它现在已经在建设的过程中——那么，关于这种对象的研究，便没有再建立一种独立的科学的必要了。但是，我们不能同意这种意见。因为它是不很明了那对象底蕴的一种说法，是仅仅触及外层的普通人的说法。

不错，广义地说，民间文艺，原也是我们所谓“文艺”的一种，它可以包含在所谓“文艺”这概括的名义之下。但是，我们得知道，它和普通的文艺(文人的文艺、书本的文艺)是有着很不相同之处的。关于这，我们试举出几点说说。

首先，民间文艺的制作，从前有些学者以为它一开头就是民众共同地活动着的。换一句话说，它彻头彻尾地是集团的创作品。这意见现在已经有稍为修正的必要。因为，事实，多数民间文艺的制作过程，未必真的是那样，虽然属于这种性质的作品，无疑是尽有的，例如在某种特殊的集团生活(舞蹈、祭祀、狩猎等)的环境中所共同地作成的歌谣等。但是，无论怎样，民间文艺的制作，仍然可说是集团的。因为尽管多数民间文艺的制作者，起初不过是集团中的某个人。但那作品暂时仅是一种胚子，一个未成熟的婴孩。它必须在传播的过程中，不断地经受集团的人们的修改、锤炼，到后来才成为较完整的作品(自然，这是指大多数说的)。这种过程，和文人文艺所经历的是有非常大的差异的。再从作品的内容方面看，民间文艺大都是某地域的某集团大部分人思想和情感的共同表现。这也跟以表现作者特殊的思想和情感为职志的文人文艺是很不相同的(自然我们知道，所谓特殊的文人的思想和情感，并不像一般人所想象那样地独立的——和他的社会、历史及现状毫不发生关系的独立的奇迹)。

其次，民间文艺，是纯粹地以流动的语言为媒介的文艺，就是所谓“口传的文艺”。反之，文人文艺，却大抵是以比较定形的文字为媒介的文艺，就是所谓“书本的文艺”。大体地说，语言和文字，都是表现人类思想和情感的记号，二者原是一件东西的两面。但是，在若干点上，两者却不免有某种程度的距离。因而以它们为表现媒介的文艺，也自然要受到许多影响——彼此显出差异来。随便举一个例。在民间文艺中有一种颇常看到的表现法，就是异义同音语词的巧妙借用(这种借用法，就是所谓"谐音"。它固然在歌谣，像六朝民歌以及现在南中国各地的山歌中最多见。其实，它的应用范围，并不仅限于这一方面)。而这在文人文艺中都是绝少影迹的。那理由在什么地方呢？很显明的，就是民间文艺是把"声音更占重要地位的语言"作为媒介的缘故。

再次，尤其重要的，是两者机能的差异。一般文艺(文人文艺)所表现的机能，大半不能适用于民间文艺。反之，大部分民间文艺所具的机能，在文人文艺中也常是找不到的。例如民间文艺往往和民众最要紧的物质生活手段(狩猎、渔捞、耕种等)密切地连结着，甚至它已成了这种生活手段构成的一部分。换言之，它在这里，是民众维持生存的一种卑近而重要的工具。它和一般所谓高级的精神的表现物或慰藉物是很不相同的。

以上所说的几点，不过是许多理由中的一部分。但是，依据这些，我们已尽够明白民间文艺的异于一般文人文艺的特殊性质了。具备着这种特殊性质的对象，当然有要求成立一种独立的科学的必要。否则，关于它的研究是不能达到可能的更高境域的。我们当然不反对把民间文艺和文人文艺并作一个研究对象，而成立一种系统的科学——文艺学(一般文艺学)。但为了使关于它(民间文艺)的研究精密化、系统化，我们毫不客气地要为这种研究另创立一种独立的科学。这正如关于艺术的研究，一面固然不妨把绘图、音乐、建筑、文艺等并合为一个对象，而建设一种总括的艺术学(Kunstwissenchaft)，但同时更需要把这些独具范围和特殊性质的对象，各自成立一种独立的系统的科学——就是绘画学、音乐学、建筑学、文艺学等。

我们再移到另一方面的考察——对于建立这种科学的社会条件的考察。

用一句简单的话说，现在正是迫切地要求建设新科学的时代。在所有人类过去的历史中，恐怕从没有像今日这样地觉悟到民众在社会构成上的重要性的了。别者且不说，就是民众的敌人、少数野心政治家、军阀，往往也非假装地开口闭口说到民众的重要不可。这不是偶然的事。因为今日民众已将从奴隶的地位，回复到主人的地位——虽然这种过程不免是颇为艰苦的。在学术的境界上，许多以人类文化为对象的科学，自然也就不能不渐渐地从旧日的狭隘的范围中解放出来，把那研究重新建筑在正当的基础之上。这是民众在学术史上光荣的抬头。在过去的时代，一般所谓文艺的东西，是和大多数的民众没有缘分的。因为民众对于那作为媒介的文字，根本就不认识。但是，民众不是没有他们的文艺的。他们有着自己的诗歌，有着自己的小说，有着自己的格言，这些就是过去的文人和文艺研究者所不知道或轻蔑了的民间文艺。这种文艺，是组织和促进民众生活的利器，同时也是反映他们内外生活的明镜。现在一般政治的活动、教育的活动以及学术的活动，都不能不冀求对于民众的内外生活有充分的了解。作为达到这种了解的途径之一，民间文艺是没有理由可以不被重视的。因为它很能够帮助他们达到那所要达到的目的地。中国近年新设立的民众教育的或社会教育的机关中，颇多努力于这种“野生的”文艺的搜集和刊行的事业。他们的工作，究竟有多少实际的效果，我们且不要去管它。他们这种行为，不是一种徒然的嬉戏或全无意识的盲动，却是十分明显的事。那是被看做为了达到教育的目的而采取的一种手段。因此，对于民间文艺的注意、探究，以至系统的科学的建设，在目前社会的境况中很感到需要，这是不必多劳我们细说的事。

由对象本身和社会的条件看来，要求民间文艺研究向着系统的科学之路迈进，并不是笔者个人的大胆或好事，而是一种客观的必然需求。像树上的果子到了一定时期必然要落下来，这种对象的研究到了今日，也自然地要求成为一种系统的科学。其实，民间文艺学的建立，在此刻与其说是太早，还不如说已是较迟了。因为民间文艺某些部门的单独的研究，早有成为系统的科学的，像神话学、童话学这类名称，在今日学术界中，还能算是很新奇的学术名词吗？

三

我们既然明白了民间文艺研究将成为一种科学是必然的事，便不能不再进一步来谈谈这新生的科学的构图。这不是粗率地容易草拟的，但同时也不能因为有困难便搁下不管。以下且简略地试述一下我个人的草案吧。

作为文化科学之一的、系统的民间文艺学，那主要的任务，不消说是在于阐明以下各方面的问题：这种对象的特点是什么呢？它是怎样产生的呢？又怎样发展和变化呢？它的功用是什么呢？……简单地说，这种科学的内容，就是关于民间文学一般的特点、起源、发展以及功能等重要方面的叙述和说明。

民间文艺比较重要的特点是什么呢？关于这，我们在前面已约略说过一二，就是它的口传性、集团性等。此外还可以添上两项，就是类同性和素朴性。

民间文艺的类同性，是一个很有趣味的特点。不管它是散文的神话、童话，还是韵文的民谣、俚谚等，大都一个作品，同时或异时，在同一个地域或许多地域的社会中，往往存在着和它相同的或相近的东西。甚至于时代相隔千年以上，地域相距数万里以外，都会有这种现象。这是在文人文艺中绝少看到的。这种特殊现象的产生，大抵是由于口耳的传播和创作者心理的相同（因为物质的和文化的生活相似的结果）的缘故。

民间文艺的外表和内容，大致是很素朴的或比较素朴的。情节的简略，型式的单纯，修词的质朴，这在一般民间文艺作品中，都是容易看出的（但我们得赶紧声明一句，民间文艺的素朴，并不就是拙劣。反之，它的作者，往往具有某程度的可钦佩的才能）。当然，文人文学中，也有一些是原来写得颇素朴，或故意地模仿民间作品而写成素朴的。但是，无论怎样，把它试和本来的民间文艺比较起来，总不免有些不能混淆的地方。这在有文艺鉴别力的人是不难区分的。至于大部分文人文艺的风格和民间文艺划然殊致，那是用不着再絮絮解说的事。论到民间文艺这种现象的起因，我想它大抵和民众的生活形态（内的和外的）以及它的作者有关，又十之八九并非以创作为职业等情况有关。

民间文艺的起源问题，同时也就是一般文艺乃至于一般艺术的起源问题。这问题是重要的。自前世纪以来，有若干比较进步的学者，取材于民族学、考古学、人类学、民俗学等，对这个问题给予了一些科学的解释。但是，因为问题的复杂和繁难，他们的学绩，还有待后进者修正和补益的地方。大体上说来，一般文艺的起源，是出发于实用的，而非审美的动机——或者说，实用的动机过于审美的——这像是一个不容否定的论断。因为作为人类文化现象之一的文艺乃至于艺术的产生，是不能不从那原始社会艰苦的现实生活中去找寻其根源的。关于民间文艺起源的问题是这样，关于它的发展及变化问题也一样——不能不从那主要的社会生活去找寻正确的原因。

在民间文艺学上，机能的究明，也是具有极重要的意义的。像前面所说，民间文艺和文人文艺的机能，有很不同的地方。例如民间的韵语，大多直接地被应用于辅助劳动、医治疾病、咒诅自然、结合婚姻等方面(能否都发生确实的效果，是另外的问题)，而神话传说，也往往被用以作为决定政治、解释疑惑、保证安宁等的工具——从这种作品第一义的作用说。简单地讲来，民间文艺的机能，在这里所表现的，大抵是很卑近的、实用的一种东西。固然，文人文艺不是绝没有直接地应用于现实生活的地方，但是，那是较少的。一般的，文人文艺的功用是在于某时代某部分人的精神的表白和陶冶。它不是和社会的功利根本无关的，相反，倒不如说是很和它密切地联系着的。但是，因为所属社会性质的不同，便不能不和民间文艺所表现的显出差异了。

以上所举的各项之外，其他像关于民间文艺的范围、分类、样式、形态及它和别的文化部门的关系等，都应该是作为系统的民间文艺学的构图的一部分。但是，因为篇幅的关系，虽然很抱歉，却不能不暂且把它们省略了。

四

治学的方法，是科学研究上一个重要的因素。方法得当与否，可以决定研究成果的命运。方法可以使研究成果完美地丰收，或者使它悲惨地失败。方法论在今日学术界中，特别地成了被注意的中心目标之一，这不是无理的事。

产业变革的结果，迎来了学术界的空前的革命。这就是 19 世纪自然科学长足的进步。在自然科学的全盛时期，文化科学(精神科学)

的研究法，自然不免受到相当的影响。实证主义的开山祖师孔德(A. Comte 1798—1857)，便倡导在文化科学中运用自然科学的方法。他说：“把一切的现象，看做依从不变的自然法则的东西，而精密地发见这些自然法则，把它尽可能地还原于‘少数’，这就是我们的目的。”

这里孔德所说的是归纳的、实证的自然科学的法则，同时也是在前世纪的文化科学中一时占优势的方法。但是这种方法论，到了前世纪的末梢及本世纪的初头，便来了剧烈的反动。到现在，彼此仍各不相降服地对立着。例如最近德国著名文艺研究家埃尔马亭迦(Emil Ermatinger)教授发表在他自己所编纂的《文艺学的哲学》中的一篇论文(《文艺学的法则》)，便极力主张文化科学(文艺学)方法的特殊化——和自然科学方法的背驰。他说：“自然科学，把看出无限制的普遍妥当的概念作为目的，精神科学(文化科学)，特别是历史，冀求概念地理解一次性东西和个性的东西。”又说，“文艺学的任务，正像一切精神科学一样，它是把对象作为历史生活中具有‘个性的一次性’的事物来看待的。”为什么呢？因为“具体的世界的形象，存在于空间和时间，那是从属着延长、重力、持续等制约的。我们看它(自然)自己运动的时候，把机械的东西的表象联结于这种运动中。反之，精神的概念，在空间的、时间的限制的彼岸，绝对地浮泛于自由的东西的领域。在它(精神)的运动上是缺乏机械的东西的表象的”。

平心而论，埃尔马亭迦教授关于文艺学的那篇论文，中间绝不是没有可以供我们考虑乃至于接受的地方。但是，像上面所说，他高唱精神科学(文化科学)和自然科学方法论的绝对分道的意见，是我们不敢率然苟同的。因为在今日的学术界中，就是把人类精神作为对象而研究的所谓“心理学”，也已经被当做客观的科学而处理着。此外，其他所谓精神的产物的文化科学(像言语学、经济学等)更不用说了。我们承认文化科学和自然科学的对象颇有不同的地方，因而处理的方法也不免要有所差异。但是，却不能赞成埃尔马亭迦教授这种极端的见解："在自然科学，对象是个性的、具体的，方法是抽象的、数学的；别一面，在精神科学，对象是抽象的、理论的，而方法是具体的、个性的。"

和上述埃尔马亭迦教授的主张相反，在文化科学上，仍然倡导自然科学的客观方法的，则有现代法国著名社会学者莫尼哀（R. Maunier）教授一流的意见。莫尼哀教授在他《社会学入门》第一章中，说道："自然科学，即客观科学，把'最初，事实的记述，其次，那些事实的比较和分类，最后，它们的说明或解释'作为眼目。"换句话说，就是把对象个别地记述，其次是把那些被观察到的各种特性对照比较，依据类似和差异，完成它们的分类，最后说明其一致和不同的理由，这就是自然科学的研究法。所以，人的科学（文化科学）特别是社会的人的科学，把人们在共同生活中的各种事实加以记述、比较、说明，同样是重要的事。像这样地观察、比较、解释，别言之，调查、对照、说明，实在是一切科学研究的三阶段的目的。一切科学的任务，在于做出关于各种事实及其原因的概括。

莫尼哀教授这种方法论，无疑是承受着孔德所倡导的实证主义的传统的方法论。这种方法论，对于我们民间文艺学的研究，应用起来固然未必毫无问题，但是，比较起埃尔马亭迦教授的意见，是更为有利于我们科学的建设的。

最后，我们不要忘记了下述的两件事情。其一件是，在民间文艺学（同样地在一般的文化科学）上，我们所用的方法不论怎样客观，但是，人们的思考，是不能够离开所属的社会而独立的。所以，民间文艺学研究的结果，大抵不能够像自然科学研究所得的那么客观（自然，自然科学的客观，也是有限制性的)，就是，在学者的解释或说明上，多少地要被他那社会生活的范畴所制约。

别一件是，民间文艺学，是文化科学(也即是社会科学)的一种。这种科学的对象，是社会的人们之现实生活的精神反映的产物，像动植物等科学，把那些对象作为自然的一种现象而处理，民间文艺学，它的对象(民间文艺)主要的是作为社会的一种事象而处理的。在人类文化的发生和发展上，自然的条件，当然不容我们轻视。但是，作为文化科学之一的任何科学，却必须更集中注意于那相关的社会条件远过于自然的条件。因为自然作用于人类精神的文化，大抵不是直接的，而是间接的。所以对于民间文艺种种现象形成的条件，我们不能无约束地泛求于自然(地理、生理等)，反之，必须主要地寻求于那人类思考的最重大的根源的社会之中。

五

本文现在应该告一结束了。

在上文几段中，作者顺次地论述了民间文艺学建设的必要，它的构图的各个重要方面以及所应采取的方法等。关于本文题目的比较基本的一些意见，已经算是相当地表白出来了。但是，一种新的科学的建设，绝不是很轻易的事情，作为文化科学的幼子的民间文艺学的建设，尤其是这样。这种科学的能够成立，乃至于具有相当的发展前途，是没有较大的问题的。但是，在其诞生以及发展的程途上，困难，也不是全可以幸免的事。怎样才能使这种科学顺利地发育滋长，这除了社会的种种条件之外，便要看从事这种学问的人的主观努力如何了。

目下的中国，绝不能说是不适宜于这种科学产生的境地。它关于这方面学问的资料，是惊人地富有——可以夸耀于世界上任何民族，而对于民众内外生活的认识和改进，又正是为大家瞩目的一个迫切的大问题。固然，一般环境的不安静，和近代性的学问教养的比较贫乏等，不能不说是相当大的障碍。但这些并不见得是全不能克服的。抖擞起精神来，少壮的学者们！利用眼前优裕的条件，跨越可以跨越的难关，努力地开拓这个新兴科学的园地吧！

1935年11月4日晨，东京

把我国民间文艺学提高到新的水平

——在中国民间文学工作者第二次代表大会上的发言

欲穷千里目，更上一层楼。

——王之涣：《登鹳雀楼》

民间文艺学，是研究广大劳动人民口头创作的科学。它在人文科学的领域里，已经确立了自己的地位。尽管在今天的世界上，各国乃至于各学者，对于研究这种学问，观点、方法有种种不同，而且各国这种学问的繁荣程度和各学者的实际成就，也参差不一；但是，它作为一种科学的存在权是没有疑问的。

我国是世界上开化比较早的少数国家之一。从这种学问的历史来看，它也有两千年以上的经历。在先秦时代，我们就已经有这方面的收集、整理作业和断片的见解。在那以后漫长的年代里，我国学者们关于这方面的科学活动，留下了相当丰富的文献，其中还保存了具有世界人民创作史及其科学史意义的珍品。例如灰姑娘型故事、天鹅处女型故事等“世界大扩布”的著名民间故事，我们就有在记录时间上最早的文献，有的在情节上还非常丰富。

从具有现代科学意义的民间文艺来说，它在我国的出现也已经有60年左右的历史。“五四”运动，是我国现代政治史和文化史的伟大开端。在它出现的前夜(1918年)，就在新文化运动发源地的北京大学，产生了历史性的征集、刊布人民心声(民间歌谣)的活动，成立了歌谣征集处，并在《北大日刊》上陆续发表所收集到的歌谣。从这以后，这种学术在北大及全国都有相当的发展，并形成为文化界的一种新学术运动。这种运动，就当时的整个社会文化的形势来说，是无产阶级所领导的新民主主义文化运动的一个构成部分，但是从它本身的倾向、性质来说，却还是小资产阶级和资产阶级的。不管怎样，它是我国这方面科学史的一个跳跃，为后来马列主义的民间文艺学开辟了道路。

1942年，是中国文学、艺术的新纪元，同时，也是中国民间文艺学的新纪元。从《在延安文艺座谈会上的讲话》刊布以后，中国进步文艺工作者对人民群众的口头创作，在评价、收集和利用方面，有了明确的、新的方向和规准。他们运用马列主义的观点和根据当时革命的实际需要去看待并处理它(民间文学和民间艺术)。这段时间尽管不长，并且正在战火纷飞中，但是，它无疑是取得了值得纪念的成果的。

1949年，全国解放，新的人民政权普遍建立。这对民间文艺学的发展，提供了更多和更有利的条件，也对它提出了更高的要求。在第二年春，成立了专门进行采集、研究等工作的机构(中国民间文艺研究会)。接着它印行了专门刊物和许多丛书，还陆续介绍了国外进步的民间文学理论。在“文化大革命”前的十数年中，除了民间文艺研究会的种种活动外，一般文化界、出版界也刊行了不少的民间文学集子和介绍了世界这方面的名著，如《一千零一夜》、《英雄国》(Kalevala)和印度史诗等。这个时期的成绩是显著的。

“文化大革命”开始以后，由于林彪、“四人帮”等的残酷破坏，使我们过去 17 年间所取得的成绩几乎全付之流水。这是一场文化浩劫！是一段使人回忆起来禁不住十分悲愤的漆黑历史！

3 年来，我们这方面的工作正在迅速恢复。虽然眼前还存在着这样那样的困难，但是，绝大多数同志是有决心和毅力，把这项文化事业推向前去的。因为这是祖国现代化的需要，是广大人民的衷心期望。

像上面所说，建国后，我们这方面的工作是有成绩的。但是，不可讳言，也存在着明显的缺点或不足之处。在搜集、整理方面，我们有较大的成就，特别是发现和刊行了许多兄弟民族的民族史诗。这是世界文学史上的一宗新收获。但是，在记录、整理的忠实性方面，始终存在着一些问题。至于研究、探讨方面，我们也取得一定的成绩，可是那不足之处是比较大的。二三十年来，这方面的专门的、比较有分量的著作寥寥可数。特别像兄弟民族那些珍贵的史诗(有的国外学者也早有专著)，我们还很少见到比较认真的、有一定分量的研究著作。其他如汉族的歌谣、故事等，我们收集到和刊印了那么多的资料，却缺少在质量上很值得称赞的科学性较高的论著问世。不管由于什么原因，这种现象是使我们惭愧的，也是不应再继续下去的。为了使我们的民间文艺学能够和我们时代的要求相适应，为了使我们对得起广大人民作者(我们的国家主人)，今后，我们在这方面必须急起直追！

要使我们的民间文艺学能够迅速提高，必须针对着存在的一些现象，提出相应的该办事项，使大家及时努力去实践。这样，对于我们学问的提高才有确定的保证，才不致使其流为一句空话。现在把我一时想到的几点，说出来跟大家商榷商榷。

正确对待马列主义

马列主义、毛泽东思想，是指导我们国家各方面活动的基本原理，同时也是指导我们民间文艺学研究的基本原理，而且多年来我们大体上也是企图这样做的。但是，事实上，在怎样对待马列主义这个节骨点上，我们并不是没有问题的——甚至于有些问题是相当严重的。记得毛主席曾经说过，在我们国家里，真正懂得马克思主义的人并不多。这话也完全可以应用到我们这门科学工作队伍的情况上。马列主义的经典著作家一再声明，马克思主义不是什么教条，而是行动的指南(所谓“行动”，在我们这里，就是所进行的科学活动)；他们谆谆告诫我们，研究事物或决定政策，必须从眼前客观的事实出发，而不是从某些公式或原则出发；他们谆谆告诫我们，科学工作不是简单或仓促所能做好的，“即使只是在一个单独的历史事例上发展唯物主义的观点，也是一项要求多年冷静钻研的科学工作”；他们公开地嘲笑那些不把唯物主义看做研究方法，而把它看做现成的公式的人……

这些正确的态度和精辟的意见，并不是什么“南华僻典”。但是，我们有些民间文学工作者却往往把它忘记了，或者视而不见。有的同志对于马列主义，只满足于引用一些经典的名言隽语，以代替那种应由自己对具体事象进行艰苦的精神活动才能取得的结论。马列主义经典作家，他们是卓越的哲学家、社会学者、历史学者，他们是伟大的革命行动家和革命领袖。他们在某种论著中(例如恩格斯在《家族、私有制和国家的起源》中，马克思在《政治经济学批判·导言》中……)触及这方面的问题，并留下一些很精辟的见解。这种见解当然是我们应该十分重视的。但是，他们毕竟不是民间文学的专门研究者(尽管他们对于它是那么重视和理解)。他们的精辟见解，多半是断片的，而且所根据的资料也不免受到时代和地域的限制。因此，我们对它虽然应该好好学习，去体会它的基本精神，却不能用它来代替我们科学研究的结论。记得在“五四”时期，我们常常嘲笑过去的文人学者为“诗云子曰派”。我们不要忘记，即使是最正确的马列主义言论，也不能当做教条使用。因为这种态度是无益于真正的科学研究的，也是那些被引用的经典著作家们自己所嘲笑过的。

在对待马列主义的问题上，有一种相当普遍的现象，也是不符合马列主义精神的。那就是把包含无限丰富内容的马列主义某些原理或简明公式，在运用上加以简单化、庸俗化。它好像不是我们研究民间文学现实(即使是它的某一部分，那内容往往也是十分错综复杂的)的指针，不是观察和分析对象的科学方法，而只是一些现成的公式，一些简单化了的条条框框。结论是先定好的，而且老是那么几点，几乎像刻板一样。工作的进行过程自然也是十分简易的。这样一来，我们的研究不是提供新的科学成果——新的结论、新的规律等。它只是一些旧说法的简单反复。这样的科学工作有多大意义呢？它怎样能使我们年轻而富有活力的科学大踏步向前呢？

千百年以来，我国各民族广大人民所创造的各种口头文学创作，在内容上是十分丰富多彩和意义深刻的。我们的一些研究者，误解了马列主义，因而使研究对象贫乏化、浅薄化了。例如，中国长期的封建社会，经济上的私有制和家族制度上的家长制、男权主义等，产生了大量的家庭悲剧、姑媳不和、妯娌吵闹、兄弟反目等的民谣、故事。这种作品在理解中国长期封建社会各阶级的生活和思想、情感上，具有重要的意义和作用，在表现艺术上往往也相当成熟。因为它具体地、真实地反映了当时的社会现实。但是，在研究上，以至在搜集、记录上，它得不到较大的重视，甚至于被忽视。那主要原因，是认为它没有直接反映贫苦农民对地主阶级或外族侵略者的斗争，它的社会、历史意义不大。这样把人民创作中所反映的社会历史的广阔现实，狭隘化为一两项预定的条目（尽管这种条目是很重要的），而在研究方法上又未必真能够寻根究柢，弄清这些条目所包含的现象的产生背景、起源和变迁过程等。这种对待具有广阔领域和深刻内容意义的人民创作的态度和方法，是值得我们认真反省一下的。

让我们在这方面举一个把马列主义的原理贫乏化，把马列主义著名的公式简单运用的失败例子。刘三姐（古文献上多作刘三妹）的故事，近年来，由于它的被戏剧化和电影化，已成为我国一般人民熟悉和乐道的故事（严格地说是传说）。这个故事，不但有较早的（从宋代起）文献记录，在现代南方也还有广阔的流传区域。两广（特别是广西）是它的主要流传地。在广西好些地区人民口头的讲述里，刘三姐爱唱歌，并且爱上了乡里的劳动青年（如樵夫之类）。她的哥哥（或母亲）不喜欢她唱歌，又希望她嫁给有钱有势的求婚者。因为她不肯听话，哥哥给予其某种惩罚或为难，有的地方，甚至说，哥哥割断了她所抓住的救命藤，使她因而丧生或失踪。我们有些记录者或研究者，认为她哥哥（或母亲）的思想、行为不符合于他们贫农家庭的阶级成分，因此断定它不是劳动阶级所应有的，必须加以改易，才能符合马列主义的经济基础决定上层建筑（意识形态）的著名公式和阶级思想对立的原理。其实，马列主义的经典著作家虽然明白主张，在社会生产和分配中处于一定地位的阶级，必然有他们自己的意识形态，并且承认这种不同的意识形态是对立的、互相斗争的。但是，他们并不承认（也不会承认）在阶级社会里，统治与被统治阶级的思想、认识等都是铁板一块的，是“井水不犯河水”的。正相反，马克思主义的创始人一再说过，在阶级社会里，统治阶级的思想就是那社会的统治的思想。什么是统治的思想？就是它对于被统治阶级的人民的思想，有渗透、侵袭的作用。劳动阶级当然有代表自己阶级性质和利益的思想，像故事中刘三姐所表现的就是这样的思想。但是，他们在经济上的被剥削，在政治上的被统治，他们在思想、文化上也不免受到那些物质占有者和支配者阶级思想、文化的渗透、侵袭。因为这一方面是阶级社会中不同思想流动的一种自然现象，另一方面这正是那些统治者所企求的。在我国的现代社会生活里，还有不少事情足以说明这点。例如有好些劳动家庭的老大爷、老太太，在家族关系和婚姻问题等观念上(以及有关的实际行动上)，往往是不自觉地依照了地主阶级的伦理的。刘三姐的哥哥(或母亲)对于刘三姐的所想所做有着不同乃至完全相反的思想、言行，这不但不足为奇，而且是相当地符合于当时的客观情况的，同时，也是符合于马克思主义所说不同阶级间阶级意识形态关系的主要原理的。在刘三姐家庭思想的对抗上，不但表现于统治阶级意识形态的渗透作用的原理，同时还表现了不同阶级意识形态上阶级斗争的原理。因为他们一家的思想，代表了两个不同阶级的利益，并且在进行着剧烈的斗争。这种情形，看来好像有些悖理，但是，它是阶级社会中意识形态关系的复杂性的表现。

如果我们真正根据马克思主义的观点、方法来研究刘三姐家庭的思想冲突问题，我们只能做出上面的分析和结论。但是，现在我们有些同志却不是这样的想法和做法。

在民间文学的整理、研究工作中，怎样正确对待马列主义，是这门科学上一个带有根本性的问题。它是半点不应含糊的。而就我们现在这方面的实际情况看，似乎并没有怎样过关。我们必须趁当前学术界强调实事求是的大好时机，认真检查过去的学风，经过辨明是非，端正对待马列主义的态度。我想，我们是一定会建立起真正马克思主义的民间文艺学来的。

认清专业对象的性质

如果我们向一位民间文学工作者(不要说这方面的专门家)提问：民间文学是什么？这恐怕使人感到有些失礼。因为这好像是一个不需要发问的问题。它是一个粗浅的、常识性的问题。但是，从科学的严格的要求来说，它却并不是那样简单。不错，民间文学，是历史的和现代的广大劳动人民的口头创作——一种语言艺术。它是我们普通所说的“文学”的一部分。但是，如果接下去问：它和一般的作家文学(或像《三国演义》等的通俗文学)是否有所不同？如果有，它在什么地方不同？不同的程度有多大？……这样，问题就不那么简单了。而是否弄清楚这种关键的问题，将直接影响到能否正确对待这方面工作(包括搜集、整理、研究和利用等)的态度等问题。这就很值得我们注意了。

民间文学是总的文学的一个方面或一个部分。但是，它跟从古以来文人作家的书本文学，乃至于跟宋以来的通俗作家的文学是有差异的。它有自己艺术的性格。不错，在体裁上，它有韵文，有散文，韵文中有抒情的，也有叙事的。它是创作者对现实生活的形象的反映。它产生之后，就成为社会一种活的文化力量，在流传过程中不断影响着听者或读者的思想、感情和意志。……这大体上是相同的。但是，民间文学一般是不记名或无名的群众创作，它所表现的事物，是广大劳动人民所熟悉和关心的。它所用的表现媒介不是书写的文字，而是活生生的口头语言(传播的方式也依靠它)。它不仅和人民的道德、思想和一般的社会观、宇宙观密切相联，而且，有不小的一部分作品，跟群众的生产活动和种种实际生活直接联结着(例如农谚、夯歌、仪式歌、咒语和某种解释性的神话、故事等)。这是跟我们一般所承认的文学颇不相同的。至于艺术型式呢，那也同样有它的特殊性。例如四句头的山歌，在韵律上并不等于我们的绝句。某些地区的四句民歌，每行歌词有长至一二十字的，那就更和我们的旧体诗歌型式大不相同了。民间故事、笑话……不但有不同于一般文人小说的题材、构思，在表达的方式和语言风格上，也尽有它自己的一套。总之，由于作者和传播者身份的不同(并由于它所产生的思想、感情、想象的不同)，由于文学艺术传统的差异，结果，民间文学和一般作家文学，是两株树上开出来的形状和色香各异的花朵。

对民间文学这种性质的认识，关联到我们对它的一般看待问题，关联到我们对它的采集、整理和研究问题，关联到对它的作用的要求问题。我们有些同志，惯于把民间文学当做“普通文学”看待，因此，在采集、整理上，在研究、探讨上，就往往不免做出不合适的处理。例如要求神话里的人物(神或英雄)具有我们现代人的思想、感情，要求他们的两性关系符合我们新社会的婚姻法，要求他们的散文艺术具有我们现代作家小说等的表现手法……这样做的结果，往往毁坏了人民创作自己所具有的特点以及它所具有的宝贵的社会历史价值和美学价值。但是，这些同志却认为这样做是在提高人民创作的思想性和艺术性。否则……

民间文艺学，是研究人民口头创作的专门科学。它的主要任务，是对历史的和现在的口头创作进行科学的分析、综合，以便最后得出关于它的种种规律。如果我们在对象的认识上不正确，那么，必然要影响到这种研究的出发点和所得的结论。例如有些同志，要求民间文艺学学者担当的任务是“改旧编新”，是作群众创作的直接的指导者、促进者。否则就是“文物主义”，就不能成为“民间文学工作者”。关于这个问题，详细讨论起来需要有充分的时间，这里显然不便于这样办。我想只简单说一下自己的粗浅意见。

首先，我们赞成有人去做帮助广大群众进行新的文艺创作的活动。这种创作的表现方式，可以是书面的，也可以是口头的；它的体裁，可以是传统民间文学的，也可以是“五四”以后新兴起的新诗或新小说一类的型式。总之，这是繁荣广大人民群众的创作和文化所应该做的。但是，主要担负这种责任的，应当是各地群众文化馆的同志，各级文化局的同志；某些专业作者以及文艺评论家，也应关心这种工作。民间文艺学者自然也不例外，他们除关心外，并应对社会主义时期的民间文学的现象和趋向等，做出科学的说明。但是，民间文学研究机构的领导和专家们主要的任务，是正确地掌握马列主义原理和党的文化政策，计划和进行搜集、整理、研究传统的和新生的民间文学工作，使我国这个无限丰富的人民自己创造的文化宝藏得到充分发掘和科学处理，并用采集研究的成果去提高和丰富我们民族的科学文化。这是社会主义国家民间文艺学工作的神圣职责，也是一种优越权利。这种工作，决不是好事家的玩弄古董，也不完全同于考古学者们的发掘和探究工作。因为他们的对象，是历史的遗响，也是时代的回声。民间文艺学既是以千万年和无数的劳动人民的文学创造为对象的，那么，收集、整理这种国家和人类文化的主人的艺术业绩，并对它作出科学总结(揭示它的本质和发生、发展等的规律)，不仅是对我国广大人民进行有效的、必需的唯物史观和唯物辩证法的教育，也将大大增强他们在创造历史文化上的自豪感，鼓励他们在四个现代化的新时期发挥巨大的积极性。这就是这种人文科学主要的社会作用。

至于指导现实的群众创作，也只有使他们认识和遵循文学创造、变化的真正规律时，才能产生应有的效果。我们认为要繁荣群众创作，必须根据一般文化产生、发展和群众创作的规律，在具体的情况下，加以适当的利导，使它合规律地变化、发展。否则，“拔苗助长”，是不会真正达到繁荣的目的的。1958 年广大群众的民歌创作运动，是有一定社会意义和收获的。但是，这种轰动一时的运动，后来怎样呢？20 多年过去了，我们为什么不能再见到那种盛况呢？这种历史的经验，是值得我们给予总结的。

话有些扯远了。总之，我们从事民间文学工作（特别是研究工作），必须认清对象的性质，这样才能使我们的活动建立在牢固的基础上，才能使它真正健康地发展！

充实专业的必需知识

民间文学工作者正确认识所从事的专业对象的性质是重要的，但是同样重要的，是具备有必需的专业知识。从我们这门专业来说，必须具备的知识至少有两个方面：一是关于国内外民间文学作品的知识（关于神话、传说、故事、民歌、叙事诗、小戏、谚语和谜语等具体作品的知识）；一是关于民间文学的性质、特点等的理论知识，关于民间文学本身及关于它的搜集、记录、研究等的历史知识（简单地说，就是民间文学史和民间文学科学史）。在理论知识方面，除了一般的“民间文学原理”之外，还有各种体裁的专门论著，如神话学（包括比较神话学）、民间故事学（童话学）、歌谣学、谚语学等。作为一个民间文学工作者，必须尽可能地获得这些方面的知识。这不是说，一定要在大学里或研究院里专门学习过或进行过研究（能够这样做当然很好）。不管通过何种方式，一个以民间文学为专业的同志，必须比较全面地获得这种种知识。我们不能设想，一个缺乏工程的基础知识

（其中的一部分，当然可以由直接实践获得）的人，可以当好工程师。同样，我们不能设想，完全或基本缺乏专业知识的人，可以写成优秀的神话学论文，或编出比较像样的歌谣学史。

我们不妨举些例子来谈谈。例如我国盘古开天辟地的神话，那种"天地天始相接近（或粘贴着）"及"巨人肢体化生"两种型式的说法，不但是我国古代境内民族和现在南方许多民族所同有的，也是从欧洲（北欧）到亚洲（印度）、南洋群岛等许多民族所同有的。它们基干相近，不过具体的人物名称和各种细节有所差异罢了。如果我们根本不知道一般宇宙创造神话的性质和各民族这种神话的一些具体说法（富有代表性说法），那么对它的研究、说明，就往往容易陷于片面性或不能中"的"。

再者，像盘古肢体化生的神话，已见于我国古代文献（《述异记》所载①），现代境内某些少数民族例如白族也有它（见《创世记》）。我们企图说明它们到底谁影响了谁的问题，如果只凭文献记录出现时间的先后，或有关民族文化的进步程度去作决定因素，是可能得出错误的结论的。因为记录出现的先后并不能有力证明神话本身产生的先后。其次，先进民族文化往往要对于邻近的或被统治的后进民族发生影响，这固然可以说是一种规律；但是，也有另外一种相反的规律，就是先进民族的某些文化是吸收了附近的或被统治的后进民族文化的结果。这种例子是很多的。我们汉族在长期历史过程中，不但音乐、服饰、用具、游戏等都曾经受到周围或境内后进民族文化的影响，在

① 关于盘古肢体化生神话的古记载，除《述异记》外，还有《五运历年记》，但是，那书不知何代何人所作；其记录不见于唐、宋人所编的一些著名类书，仅有清人马啸所撰《绎史》引用了它。因此，这里暂时只以任昉所记为据。

民间文学方面，这种影响可能更多些。如盘古的这种神话，根据我们现在的推断，很可能是我国古代南方某些民族固有神话的渗入品。我们知道，这个盘古宇宙开辟神话的出现于我国文献，是相当迟的——它最初见于南朝梁人任昉的记录。[①] 中国原始神话的古代重要文献，如《天问》、《山海经》和《淮南子》等先秦到汉初的著作，都没有出现过盘古的名字和神话；就是西汉末盛行的纬书和东汉的《论衡》(它保留了不少的古代神话、传说)乃至武梁石刻等也都没有它的踪影。根据文献，盘古神话最早的出现是在三国(吴国徐整《三五历纪》)。更可疑的，是《述异记》等作者，都是活动在长江以南的人。而我国古代民族史告诉我们：这些地区原来的住民大都是汉族以外的兄弟民族(苗、瑶、壮、越等)。直到现在，长江以南，还有这些民族的大部分存在。任昉等的记录，很可能是直接根据原来当地民族的口头传说(或根据由他们传入了汉族民间的传说)。总之，我们如果缺乏现代比较神话学等知识，要很正确和深刻地论断盘古一类的古典神话是不大容易的。

再举一个例来说，"五四"以后，我国有些学者曾经就我国古代没有民族史诗的事实进行一些推测，认为我国远古社会应该产生这类作品。对于产生这种事实的原因，有的研究者归咎于我国文字书写工具的困难(比起古代印度和希腊这方面的情形来)。自然，这种问题，现在还可以继续探讨。但是，我们如果有比较广泛的关于世界各民族的文学(广义的、包括集体创作在内)的知识，就不一定要认为中国古代没有民族史诗是一种特殊的，甚至于可惊异的事。因为世界各民族的文学史事实告诉我们：这个民族的历史早期(有的时期要靠后些)，并

① 《述异记》里的记述，虽然有"秦汉间俗说"的话，但那大概是一种托古或臆测的说法，没有什么真实凭据。国外研究中国古神话的学者已经指出过这点。

不一定都有这种集体创作的篇幅巨大的韵文作品存在。简单地说，这似乎并不是什么普遍的规律。不错，世界上有些文化发生比较早的民族，如巴比伦、印度、希腊乃至波斯等，都产生过这类作品。但是，并不是每个民族都这样。譬如埃及，好像就没有听见发现过它。我们的邻国日本，只有些被古史化了的散文神话(《古事记》)，倒是它境内的少数民族阿伊奴(虾夷)却有篇幅相当长大的民族史诗(英雄的yukar)。我们国内的50多个民族，好些是有这种史诗(神话史诗和英雄史诗)的，如藏族、蒙族、柯尔克孜族、彝族、纳西族等，但是其他民族，虽然有很丰富的民间文学创作(甚至于有长篇的某种故事诗或抒情诗)，却并没有这种性质的民族集体创作的韵文作品。因此，像过去那些学者，硬认为汉族应该有这种作品，它一定产生过，只是由于某种原因后来遗失了。这种观点从世界比较民间文学史看，是缺乏坚实根据的。从逻辑上看，它的前提并非确定不可移易，因此，后面的断语也就不怎样可靠了。

以上因为举例子说明，不免有些啰唆了。但是，我的主要的意思是：作为民间文学工作者(特别是研究者)，必须具备相当的专业知识(当然还要具备其他的条件)。而看看我们这方面的实际情形，却并不都符合于这种要求。因此，本来可以取得较好的学术成就的地方，我们却不能称心满意地做到；甚至有些本来可以避免的过失或不该有的错误，有的同志竟然也犯上了——例如在记录、整理上的任意改窜或使之“文学化”(即给以添枝缀叶的藻饰)。这种状况是非迅速改变不可的。要改变它，重要的条件之一，就是这方面的工作者，熟悉或比较熟悉本专业的必需知识。

扩大知识面——学习跟专业有密切关系的科学

每门科学的对象都有它一定的范围、界限，每种科学本身也是如此。但是，每种科学的对象和那种科学本身，又和周围其他科学对象或松或紧地联系着。作为一位科学工作者，只是熟悉专业的东西是不够的。他必须注意学习那些跟自己专业有比较密切关系的科学对象及其科学本身。这是一般的规律。

民间文学，是长期广大劳动人民所创作、享受、传播和运用的一种艺术。在它里面反映着悠久历史的各种社会现象（包括生产斗争、社会斗争、人和人的关系及文化的创造和应用等），反映着他们对许多重大事件和生活实际的观感、思索和评价。他们的反映，根柢里自然存在着阶级利害，但是，在反映的方法上却是美学的，就是按照美感的规律进行的。像前面所提到，民间文学作为一种艺术，是跟它的创造者的现实生活密切联系着的。它是广大人民亲切的生活伙伴，也是他们对付敌人和教育自己的利器（包括文娱作用在内）。……民间文艺学就是以这样的民间文化作对象的科学。

因此，民间文学作为一种文化现象，它是跟整个历史、社会的事象（各种社会制度、生产活动、风俗习惯等）和各种意识形态或亲或疏地联系着的。它有相对独立的范围和性质，但又和那些历史社会事象及精神产物等拉拉扯扯连结在一起。因而，对它的性质和历史等进行研究的科学，也不能不跟研究那些社会事象和精神产物的各种科学沾亲带故。民间文学的采集和研究，绝不能限于它的对象本身。它必须跟那些和它关系比较密切的人文科学结成亲缘。那些人文科学，就是原始文化史（或原始社会史）、文化人类学、民族学和民族志、民俗学和民俗志、语言学（包括方言学、民间语原学）、民族心理学及历史学等。民间文艺学的工作者不能不尽可能地兼习这些科学。否则，我们的步子是不容易大大迈开的。

为什么民间文学的工作者(特别是研究者)，非结识这些邻近的科学不可呢？最好，仍然让我们举些例子来说明它。例如，我国古典神话中的女娲，她的社会的、文化的主要功绩，是用泥土造人、用石块补天和用芦灰止洪水等。她是一个母系时代的大女神，这是大家现在容易想到或承认的。但是她用泥土造人和用石块补天等活动，跟当时的社会事象到底有什么密切关系？关于这点，有的同志往往只简单地把它归于原始人奇诡的幻想，有些同志虽然多少接触到当时的事象，但说得颇为模糊。其实，我们如果具有一定的原始社会史(或原始文化史)和现代民族志、民族学等的知识，这种问题是可以比较解说得清楚的。原始社会中的母系(或母权)时代，在考古学上正是所谓"新石器时代"。制陶术是这个时期的技术特征之一。而在陶器制造的初期(像农业发明的初期一样)，它的制造者往往是女性。神话里的女娲用泥土捏作人，是这时期女性们实际生产技术活动，是在"人类发生问题"解答上的类推的应用。神话中的幻想就是在那样现实的基础上诞生出来的。

关于用石块补天和用芦灰止洪水的说法，也是一样有历史文化背景线索可寻的。为了避免啰唆，就从略了。总之，我们要更好地、更深入地理解和阐明女娲这样的古典神话，只凭一些文艺学的理论和一般文学史的知识等，是无能为力的。必须借助于那些跟它有密切关系的人文科学的知识。

再举一个例子。我年轻时曾经记录过那个在我国流传相当广泛的《蛇郎》故事。故事叙述蛇郎得到那采花老头许婚之后，曾叫人去给他家送礼。在所送的礼品里，有所谓"槟榔"这种东西。在我们家乡海丰一带，现代已经没有吃槟榔的习俗。因此，当时对它的意义不大了解。但是，后来，我偶然看了一些记述、考证两广人民过去吃槟榔的风俗和它在礼品上所占位置的文章，这时，我才恍然，在《蛇郎》故事的礼品中那槟榔的意义和它跟当地民俗的密切关系。如果不接触民俗志、民俗学一类的著作，对这种出现在民间故事中的事物所具有的实际意义，我们就不能比较充分地认识(或者完全不认识)，因而也必然多少影响到对于所研究的整个作品的了解和阐明。

上面举的是民间文学里散文方面的例子。它的韵文方面的情况也一样。例如那首一再被前人记录过的《铁脚斑斑》的民间儿歌，如果我们不知道它密切联系着儿童游戏，对它就不会有什么正确的了解(像过去文人那样猜哑谜)。又如我们好些兄弟民族，流传着许多跟他们日常生活的或特殊的实际生活胶结着的民歌(如接客歌、送亲歌、造屋歌、酿酒歌、诉讼歌及祭祖歌等)，如果我们在接触它的同时，不注意到那些有关的实际活动情况，那么，对它的内容以至型式，是不容易充分理解的。我国好些兄弟民族，现在还存在着赛歌的风俗(汉民族一般已经消失了这种风俗)。这是群众性的艺术节日，它往往还和他们的婚姻选择和宗教行事等联结在一起。在这样民族的节日里，有的除情歌、一般即兴歌之外，还唱着传统的神话歌、历史歌以及各种知识歌。要深入了解这些歌，参与和重视这种风俗活动是绝不可少的。

这方面的例子真是俯拾即是。总之，如果不兼通与民间文学相关联的文化现象和它们的科学论述，这对我们想要全面地、深刻地了解和阐明所研究的某些对象是有困难的，至少是不会完满的。过去一个时期，我们对民族学、民俗学等学问没有给予应有的科学位置。因此，多年以来，学界很少人提到这些学问，更不用说在学术研究上利用它了。现在我们已经进入一个学术思想解放的新时期。我们要用真正的马克思主义看待一切过去、现在的学术思想，要用马克思主义经典作家对待学术思想的光辉榜样，去对待过去和现在的种种学术、思想成果。(我们只要记起马克思、恩格斯两位大师是怎样赞赏和利用非马克思主义者的摩尔根的民族学著作《古代社会》的这个事例，就够了!)马克思主义大师们的言教和身教是，对文化遗产采取批判地接受的态度。只有遵循这种教示，对于我们民间文艺学的建立和推进，才能起积极的有益的作用。

上面我约略谈论了为着今后提高我们这门科学成就所应努力的一些事项。但这只是个人所认为比较重要的事项中的一部分，其他如明确我们的研究方法(包括技术性的方法)，重视介绍翻译工作，强调收集、记录的科学性，扩大并加强专业队伍……都是必须提出和解决的。因为时间等的关系，这些只好留在别的机会再去论述了。

我们的整个民间文学工作正在恢复和发展中。当务之急，自然不限于这一方面。但是，加强民间文艺学的研究工作，使它在较短的时期内，达到跟我们四个现代化相适应的程度，这不能不是急务中的急务。因为只有这方面的成绩上去，才有可能来完成“提高民族科学文化”的任务，才可能在世界这方面科学的广场中占一个位置。

从总的看来，眼前发展我们这门科学的条件是良好的(当然还需要不断促进它)。主要的问题，取决于我们的决心与毅力，取决于我们怎样去创造和完成上面提出的那些事项。

民间文艺学的无限美好的前景，在吸引和召唤着我们。同志们，大家都使出愚公移山的那股劲来吧!

1979 年，北京

加强民间文艺学的研究工作

——《民间文艺学文丛》代卷头语

民间文艺学是一种人文科学。它的主要任务是研究广大人民过去和现在所创作、享用和传承的各种样式的文学作品——神话、传说、民间故事、歌谣、叙事诗、小戏、谚语及谜语等。这种过去长时期被忽略，乃至于被鄙视的“野人”的文艺创作，从单独一个民族说，它是那个民族整个宝贵的精神文化财富的一部分；从众多民族说，它又是整个人类宝贵的精神文化财富的一部分。不难设想，如果人们在过去长时期的社会生活的活动里，没有这种精神文化财富的参与，他们将会遇到怎样更多更大的困难。我们不能忽视这种事实：直到现在，地球上还有不少民族，他们的生产活动和其他社会活动是跟民间文学密切联系着的，也就是说，在他们的实际生活中，还离不开那些劳动歌、催眠歌、各种生活仪式歌、生产谚语(包括气象谚语等)以及某些解释涯的神话、传说等的。大部分的民间文学作品，是伴随着广大人民的现实生活的，它是他们现实生活不可缺少的部分，这些作品是紧紧贴着现实生活的文化产物，是那样富于生活气息和生活意味的艺术。

这是客观存在的社会事实。但是，并不是所有的人对它都能够认识清楚的。现在有不少的文艺学者或作家，认为这种“野人”的文艺，即使有它自己的某些优点，但从艺术成熟程度说，是不能与专业作家的作品相比拟的。在他们看来，民间文学在文学的国土里所占的地位，好像是一种“边塞”或“僻壤”，是远离文学国境的“中央地带”的。所以在一般流行的文艺学论著里，除了个别章节（如“文学的起源”等，不免提到民间文学的作品——原始歌谣、神话之类）之外，一般的认述乃至于某些规律的揭示，大都是不把这种“野人”的文艺算在里面的。这种态度和观点的产生，尽管有它某种历史的和现实的根源，但是，严格地说，是不妥当的。大家都不否认，从世界文学史的事实看，文学的各种体裁，差不多都发源于人民口头创作（原始文学及民间文学），也不否认像叙事诗（史诗）等大型作品，在各民族的和世界的文学史上占有巩固的位置。但是，在专家们所编著的文艺学论著里，大都有意无意地把社会脊梁骨的广大劳动人民的语言艺术，放弃在他们专心致意的理论研究圈外。好像一谈到文学，就只有专业作家的作品才是合格的对象。其实，这是一种偏见——不折不扣的传统偏见！

我们认为：一个民族或众多民族的文艺学的论述，应该包括该民族或诸民族的一切创作成果及有关的事象在内，这就是“一般的文艺学”（或简称“文艺学”）。在一般的文艺学之下，还应该有侧重论述某方面现象的文艺学，即“部分的文艺学”或“个别的文艺学”，如“专业作家文艺学”、“民间文艺学”、“通俗文艺学”（市民阶级的通俗文艺学）以及“原始文艺学”。从这种角度看起来，我们现在高等学校中文系所采用的《文艺概论》、《文学的基本原理》等教本，基本上是一种“作家文艺学”，是民族整个文艺现象的一部分的理论概括。它跟“民间文艺学"等的关系，是一种姐妹学科的关系。现在有些搞文学理论的同志，忽略民间文学的理论，以为它不值得怎样重视，是可有可无的东西，把它安放在高等学校文科课程表里好像有些勉强。俗话说："从门缝里看人——把他看扁了"。如果把那"人"字换作"民间文学"，把"他"字换作"它"，用以批评那些理论家的态度，我看是颇为恰当的。

民间文艺学，作为一种文学理论，其研究对象的领域是相当广阔的，它也有特殊的内容和艺术特点。它的作者和传播者，它跟现实生活的关系，它跟同一社会里其他文化现象的关系……这些与一般作家文学比较起来，它都有自己的特点。根据这种对象所产生的理论，不用说，也要有自己的很大特点。它是一种"特殊的文艺学"——跟"作家文艺学"有其共同点也有许多差异点的文艺学。

民间文艺学这个名词，现在虽然没有被广泛使用，但是，在许多国家里，这方面的理论研究是存在的，甚至于是相当流行的，像在北欧、苏联及日本等地区或国家，我们都可以看到他们研究的一定劲头。随着各国各民族人民力量的增长和他们政治的解放、经济的发展，今后对于各自民族的固有文化、艺术的搜集、研究事业，将不断出现涨潮的现象。把我国解放前和解放后这方面的情形对比看一下，就可以相当明白了。

在我们这样的人民当家做主的社会主义国家里，广大劳动人民所创作、继承和传播的语言艺术，不管怎样，在学术界里，是应该受到跟它所具有的价值相适应的重视的。这是我们时代的一种"天经地义"。

关于民间文学的学术活动是多方面的。例如组织有关的机构，进行采集、整理或翻译，出版书刊和举行各种体裁的民间文艺的说唱演出活动等，都是这种工作的一部分。此外，一个重要的活动方面，就是对它进行理论研究，也就是“民间文艺学活动”。我国自五四新文化运动以后，随着当时解放思想、迎接新学术的潮流，在这方面进行了歌谣、故事等的搜集和探究活动，同时也介绍、译述了国外的理论著作，特别是关于神话学、童话学的论著。我们民间文艺学的理论方面，曾经有过一定的收获。尤其是在大革命失败后的一段时期里，因为许多原来参加过革命活动的同志聚集在上海，大量翻译了马列主义方面的学术理论，如普列汉诺夫的《没有地址的信》(即鲁迅、林柏修所译的《艺术论》)，就是那时期传入我国的。这些译著中，直接关于民间文学的理论虽然不多，但是，它对民间文艺学的研究是起了启发、引导作用的。在这个时期，民间文学的研究角度也开拓了，由原来的比较局限于文艺学及民俗学的探讨，扩大到跟社会学、民族学、人类学、原始文化史等相联系地进行研究。自北京大学文科教授提倡征集歌谣开始，到中日战争爆发时止，在民间文学理论上贡献较大的，首推伟大作家鲁迅，特别在他的晚年，他写下了许多富有异彩的言论。此外，如茅盾、黄石、程憬等关于古神话的研究，顾颉刚关于民间传说的探讨，朱自清关于歌谣的论述……都是这时期民间文艺学史上值得提起的业绩。

抗日战争时期，延安不但一时成为新的政治中心，也成为新的文化中心。《在延安文艺座谈会上的讲话》发表后，中国民间文艺学也进入了一个新的时期。《讲话》的主旨虽然在于革命文艺的服务方向问题，但其中也对民众固有的文化(包括文学、艺术)作了正确的评价，并号召革命作家重视它，向它学习。这样一来，不但使革命文艺呈现出新容貌，民间文艺学也被推上了一个新的阶段。解放区许多革命作家及党政干部深入到广大民众中去，跟他们共同生活和劳动，并采集歌谣、故事，学习民间小戏；有的人还对于这种“野人”的文艺，进行了初步的、但也是崭新的探讨。这就为下阶段民间文艺学的发展开辟了一条新途径。

1949年10月，中华人民共和国成立，这使我国整个的社会、文化起了根本性的变化。单从文化方面说，它是以解放前的革命文化作为基础，在新的有利条件下迅速和广泛地发展的。在民间文艺学方面，很快建立了全国性的专门机构(中国民间文艺研究会)，培养了专业人员，刊行了侧重于理论研究的刊物(《民间文艺集刊》)和许多作品集。稍后，高等学校文科，把“人民口头创作”课列入中文系课目表。在1958年后，更进行了广泛的搜集、整理和出版工作。在理论建设上，建国后，大力介绍了苏联的民间文艺理论(包括伟大作家高尔基等人的著作)。本国学界人士，在这方面也进行了探索工作，取得一些成就。

“十年动乱”，民间文学工作园地遭到惨重的摧残。拨乱反正后，这方面事业不但迅速恢复，而且也迅速发展了。在短短的几年里，各省市差不多都建立了专门的采集、研究机构，定期和不定期的刊物也春笋般地涌现。在一些省市，歌谣集、民间故事集和民间叙事诗大量出版。高等学校文科的讲堂里，重新讲起“民间文学”的功课。刊物上理论文章的质、量都有了长进，甚至专门性的理论刊物也出现了，如中国民间文艺研究会及上海分会的《民间文学论丛》和《民间文艺集刊》等。这是一个民间文学花木繁荣的季节！

尽管如此，我们民间文学的研究、理论工作，究竟还是一个薄弱的环节，跟我们多民族的十分丰富多彩的民间文学各种样式作品的资料比较起来，这方面特别显得贫乏。它无疑是远远落后于这门科学发展的要求的。

“必须迅速地把研究工作搞上去!”——这是我们当前乃至近10年内一个迫切的口号。

要完成这个庄严的学术任务，针对我们当前的现实情况，必须努力做到下列几点：

一、正确运用观点与方法；

二、开拓研究疆界；

三、多种角度的探究。

现在先谈第一点：正确运用观点与方法。

指导我们学术研究的，是马克思主义的基本原理，换一句话说，就是辩证唯物主义的观点。关于这一点，我想大家都是同意的。问题在于我们的理论研究者是否吃透了这种观点？我们在运用时是否采取十分严肃认真的态度？是不是依照经典作家在科学研究上的模范行动去进行工作？……就实际的情况看，这方面跟客观所要求的，还有相当的距离。我们在近年所作的一些文章里，曾经一再指出这方面的某些相反的做法。例如在论述歌谣、故事的文章里，把马克思主义的社会、历史的某些理论公式，生硬地套在对象上，或者引用经典著作中的某些个别论断以充当自己的结论或立论的出发点。在这里，马克思主义的原理，不是一种指引研究复杂的学术对象的指南针，而只是一些僵硬的教条，是死板的、到处可用的公式。作者不是像经典著作家那样，大量收集有关的资料，进行反复的、艰苦的探索，而是结论是先在的，论证是为预定的结论服务的。这种做法，实际并不是在运用马克思主义原理，而是对它的糟蹋、戏弄。这种现象，虽然近年来有所减弱，但是，仍然或明或暗地出现在一些论著中。我们必须根绝这种与马克思主义原理和经典作家的自身规范根本不相容的东西。我们决不能让经典著作家慨叹地说：“我只知我不是马克思主义者!”

再谈到方法的运用。

像我们的观点是辩证唯物主义一样，我们的科学方法是唯物辩证法。这是一种贯穿自然、社会和思维的根本方法，是最重要的科学方法。它在我们民间文艺学的研究上，不必说是适用的、有效的。它的一些重要规律，如一切事物互相关联、互相制约的规律，事物都处于运动和变化中的规律，事物由量变到质变的规律……都是我们观察和探索民间文学现象所不可缺少的原理和方法。我们的研究者，虽然也知道这些规律，但在实际的科学活动上，却往往忘记或不善于应用它，因此往往不自觉地使用了那些唯心论、形而上学的方法。例如：随意把某些现象当做基本规律，或者忽视民间文学的内在联系以及不适当地夸大民间文学的创作意识或社会意义等，这些都是不符合我们所使用的唯物辩证法和辩证唯物主义的。经过“十年动乱”之后，学术界努力拨乱反正，解放过去所受的种种束缚，这是一件大快事。但是，也有些同志矫枉过正，把马克思主义的基本原理和最重要的科学方法(唯物辩证法)也悍然抛弃了。我们应该郑重指出，这种做法，尽管有它产生的一定客观原因(对长期不适当的束缚的“反拨”)，但是，从我们学术发展的要求和方向说，是一种歧途，更甚一点说，是倒退！我们今天在学术上的重要任务，是正确地运用马克思主义的基本原理及其方法，而不是放弃它！我们决不能因为消灭害虫，把辛苦培植的农作物也毁坏了。

在民间文学的研究方法上，我们要重视唯物辩证法的正确运用，但是同时也应采取其他有利于获得科学成果的研究方法。在科学的研究上，有各种各样的方法。有许多科学共同采用的方法，也有某种科学单独应用的方法。从方法本身说，有些是跟一定的学术观点紧密联系在一起的，也有的是属于一般技术性的。就民间文学范围内的研究方法说，如芬兰学派的历史地理研究方法，就差不多是民间故事研究上所专有的(因为民间故事是最富于世界性的作品)。又如英国的人类学派研究法(主要用现代落后民族的神话、故事、习俗和心理去解释文化较发展的社会的神话等现象)，是紧密地联系着一定的观点(理论)的研究方法。此外，如比较法、归纳法乃至统计法等，则是在使用上比较广泛的方法，它不限于某种科学的对象或某种科学中的某种现象。我们的民间文学研究，为了取得更大的研究成果，在研究方法上，必须根据对象的特点和进行分析、综合和论证时的需要，有效地采取各种可供利用的科学方法。太拘泥于某种方法(即使是正确的方法)，往往就会使效果受限制。我们常常听人批评某些同志"做事没有方法"，或者说"他很少办法"。指的就是在工作上缺乏有效的手段(方法)。这种批评虽然指的是方法问题，实际同时也批评了他工作结果的不美妙。

我们必须发挥辩证唯物主义和唯物辩证法在我们民间文艺学研究上的应有作用。要达到这点，关键就在于正确地运用它！同时也必须注意到其他有效方法的采用。

其次，谈开拓研究疆界问题。

我们一再说过，民间文学的领域是很广阔的。这不仅指它的样式众多，作品的数量无限，更重要的是指它可供研究的事象、题目，也是很广泛的。单拿歌谣这种样式来说，可以是它的某一种类的概括的研究，也可以是对它的某一单独作品的探索；可以研究它的主题思想、故事情节(故事诗)，也可以研究它的艺术特点或诗学；我们可以研究近代歌谣，也可以研究上古歌谣；可以研究歌谣本身的发展史，也可以研究歌谣的科学史(理论史)；可以研究歌谣的本质特点，也可以研究它跟神话、传说的关系……在思想内容上，我们过去只侧重那些在今天看来是重要的方面(例如反抗阶级、民族压迫的思想内容)，对于大量表现在其他社会生活各方面的思想内容却给予冷视。这样的做法，就必然使歌谣中所含蕴的丰富的精神财富贫乏化，因而也就使人们不能比较全面地认识过去广大人民的精神状态。例如中国民间歌谣，除了反映了当时的阶级压迫和斗争，反映了他们的贫困生活和痛苦之外，也反映他们的家庭生活和伦理道德，反映他们的社会关系和自然知识，反映他们的教育实践和美学观念……总之，民间歌谣的内容是十分丰富的，它包含着过去广大人民群众的整个文化和历史，我们如果不从整体上加以注意，而只狭隘地重视其中反映阶级斗争的那部分作品(尽管这种重视是有意义的)，那就好像进入宝山，只取了一些金玉，而把其他的宝物放弃了。这是何等巨大的损失！——它决不是一般物质财富的损失所可比拟的。

上面不过就民间文学的一种样式的内容，简单地举点例子。如果把整个民间文学总起来看，那么，它的思想内容的丰富，就更加不能缕述了。

总之，民间文学的天地很广阔，它的内容很丰富。过去我们在研究上颇局限于一些方面，这是很可惜的。今后，我们必须进一步解放思想，科学地就对象所提供的广泛内容和形态，去进行实事求是的研究、探索。自然，为了工作的有步骤进行，在着手时可稍分先后缓急，但绝不能只抉择其一二点，把其他都放弃了。这样做，不但丧失了许多宝贵的科学资料，对于那被抉择的一二点的研究往往也不可能是真正完整、深刻的。因为任何一种文化产物(特别是民间文学这种产物)，并不是截然孤立存在的。它是跟其他文化或社会事象联系着的。把它孤立地去处理，往往就不容易全面地、纵深地显出它的性质或意义。而这在研究上乃至于认识上，无疑是一种缺陷。因此，我们必须尽可能地开拓民间文学研究的领域。

最后，谈谈多种角度的探究。

我们60年来民间文艺学的研究，在研究的角度上是经历过一些不同阶段的。

北京大学文科教授开始发起收集我国近世歌谣，并进而发行刊物和着手研究的时期，他们在观察、研究上所持的角度，开始主要是文学的(文艺学的)，稍后，加入了语言学的(方音学、方言学等)和民俗学的。1928年，中山大学的收集、研究活动，一开始就偏向于民俗学。这种学术性活动，后来却与民族学、人类学的研究汇合起来。这情形，大体一直延续到解放前夜(解放区的情形除外)。

全国解放后，对民间文学的研究，不但观点跟解放前有较大差别，就是对这门学术进行研究的角度也有较大的转变。由于苏联民间文学理论的大量输入，我们的研究角度又回到文艺学上，但这不是对过去情况的简单回归，而是在更高阶段上的回复。换一句话说，它是向马克思主义的文艺学迈进。由于这时期，民俗学、民族学乃至人类学(还有社会学)，被我们的学界宣布为资产阶级的学术，而苏联的特别是高尔基的民间文学理论，又主要是文艺学的，他们把我们过去惯用的“民俗学”(Folklore)这个名词，用以专指民间文学及其研究。这种情况，一直延续到“文化大革命”之前。拨乱反正后，由于学界的解放思想，情况有所改变。在理论上，我们强调民间文学作为文学现象的特殊性，它的研究，应有根据民间文学本身特点而产生的“民间文艺学”。其次，我们强调，研究角度应该是多方面的，不但可以从民俗学、民族学、民族史、人类学、社会学、语言学等角度去对它进行研究，也可以从美学、艺术学、心理学(特别是民族心理学)、教育学、文化史等角度去进行研究。这种研究，不但是各种人文科学所需要的，对于民间文艺学本身来说，也是不可缺少的补助手段，它使我们的专门科学的内容更丰满和更深刻。这种不同科学角度的研究，并不是现在才开始，而是国际学界已经存在的事实；即使在我国这门科学的发展历史上，它也不是什么新鲜的事情，不过因为某些缘故，曾经中断了一段时期罢了。

一种科学的对象，从多种学术的角度去加以研究，这是近今世界学术发展的自然趋势。许多人文科学都有这种倾向，不仅民间文学的理论研究是这样。拿语言学的研究作例子吧。我们传统只侧重在文字学方面的研究，如声韵、训诂、六书等的探究，“五四”以后，发展了一般语言学、语法学、修辞学的研究。但是，现在在国际上，这门学科又新兴了许多支学，如语言哲学、语言美学、语言社会学、语言地理学、方言学、意义学、结构语言学等，真是举述不尽。这种种研究，其中固然有得失利钝的地方，但是，总的说来，它使人们对语言(包括文字)这种广泛存在于人类社会的人文现象，有了远非过去时代所能比拟的丰富和深刻的认识。民间文学现象的多种角度的研究结果，大概也将是这样。有些同志看到这种不是从文艺学出发的研究，就怕它会妨害这种科学本身的存在或发展。其实，这种担心是不必要的，因为事实已经证明，多种角度的研究，不但是无害的，而且是有益的。

自然，我们是马克思主义者，如上文所说，我们在学术上的指导原理和主要方法是历史唯物主义和唯物辩证法。这是我们学术研究的方向盘。我们采取各种不同学术角度去进行民间文学的研究，都不能违背或离开这个方向盘。我们必须使那些不同的学术角度和方法，直接或间接地为我们的研究方向服务。有人也许要怀疑这种做法是否可能。我想，只要我们真正通晓马列主义的原理和方法，而又有鉴别地去对待所采用的科学的性质和作用，并遵循一般科学研究的态度和方法去进行工作，那么，我们的研究成果，将大有利于马列主义的学术活动，而不是相反。我们大家都知道恩格斯在晚年，为了完成马克思生前未竟的心愿，写作了那部古史名著《家庭、私有制和国家的起源》。他在著作里，大量利用了摩尔根的民族学杰作《古代社会》的论点和材料，我们现在虽然不能说恩格斯的这部著作是完全从民族学角度写作成的(著者在书中除一般史料外，还利用了希腊神话、史诗及悲剧等艺术文献)，但是，民族学的理论和资料，却是构成这第一部马克思主义的原始社会史的要素。而恩格斯在这部著作里是严格地根据他和马克思所共同创造的社会历史观点和科学方法的。他这样做的结果，取得了科学上的重大成就。这对我们今天的民间文艺学研究来说，是具有很大启发性的一个范例。

今天要完成民间文艺学研究的任务，应该做的事情是颇多的，决不仅限于上面几点。但是，这几点，无疑是至关重要的。如果掉以轻心，便将使我们的任务不能很好完成，乃至于不可能完成。

在这个民间文艺学的理论文集印行的时候，我们举出了上述几点，稍加阐述，目的在于说明我们的研究方向，并愿与国内这方面的同志共同努力。

1981年8月16日，北京

中国民间文艺学的形成与发展

民间文艺学是研究人民群众创作和传承的口头文学的科学。它的主要任务是对各类民间文学作品进行理论的探索和阐明，或对这种理论的历史进行清理和论述。中国民间口头文学历来十分丰富，论述它的收集、整理工作也是这门科学一个必要任务。这里简述中国民间文艺学的发展轮廓。

一

古代民间文学作品的记录和收集。

中国记录、收集民间口头文学有悠久的历史，至少春秋战国时代这方面就有了显著的成绩。此后历代都有著录，很多古代载籍在民间文学史上同样具有重要的意义。

(一)历代民间文学作品的收集和辑录

中国第一部诗歌总集《诗经》，其中国风和小雅(一部分)收集了西周到春秋时代的民间歌谣。后来宋人编纂的《乐府诗集》中同样录载了相当丰富的汉魏六朝的乐府民歌和杂歌谣辞，这些民间歌谣大都是古代诗歌的重要组成部分。民间散文作品也是从春秋战国就有了记载，如编纂于战国至西汉时期的《山海经》，其中记述着许多原始形态的神话、传说。西汉末产生的“纬书”其中亦多有古代神话。魏晋六朝兴起的志怪小说(如《述异记》、《续齐谐记》等)、后来编辑的《太平广记》及历代笔记中，都保存有大量的民间传说故事。三国时邯郸淳的《笑林》是中国最早的笑话专集，它对此后笑话书的编辑很有影响。

中国谚语的编辑是从宋代周守忠的《古今谚》(今不传)开始的，明代的杨慎继续进行了古今谚语和民谣的辑录工作，郭子章编的《六语》，采录诸书中的谣谚。明代辑录的笑话很多，有《雪涛谐史》、《笑赞》等。冯梦龙在民间文学辑录方面成绩最大，他编辑了《山歌》、《笑府》、《广笑府》、《黄山谜》等书，是我国历史上少有的一位民间文学作品收集家。清代李调元编纂了《粤风》，这是辑录广西几个少数民族情歌的一个专集。以前少数民族的民间作品只有零星的记载，李调元在这方面的工作远远超过前人，是民间文艺学史上一个创举。清代从民间记录歌谣、谚语的著作还有《天籁集》、《广天籁集》、《越谚》等书，从文献上辑录民谣、谚语的书有杜文澜的《古谣谚》，该书一百卷，收罗宏富。此外史梦兰还对杨慎的《古今风谣》、《古今谚》作了补遗的工作等等。

(二)文人的创作和著述以引用等方式保存民间文学作品

中国古代文人的文学创作多有以民间文学作品为题材或据以进行再创作的作品。古代关于历史和哲学的著述，其中也往往引用民间创作。它们都以自己的方式保存了古代人民的口头文学。如先秦诸子著作中保存了大量的古代寓言。屈原等作家的辞赋、唐人的传奇小说以及元人杂剧等，都运用了许多民间文学的素材。在历史著作方面，从《史记》开始，许多正史和大量杂史类著作如《吴越春秋》等，古代地理书如《水经注》等，都不同程度地从民间流传的口头文学中吸取了资料。这样保存下来的民间文学作品，大多经过引用者和作家的删削、改动，但也有一部分保持了民间作品生动的原貌。

二

古代关于民间文学的论述。

中国民间文学理论的产生也是很早的。在长期封建社会中，关于民间口头文学的见解尽管大多是片段的，但总的看来，它们既是一脉相承，又因时代条件不同而有所变革。这在关于民间诗歌的意见中表现得最为明显。

(一)古代关于民间诗歌的论述

在《尚书·尧典》里，谈到诗歌(包括民间歌谣在内)时说："诗言志，歌永言，声依永，律和声，八音克谐，无相夺伦，神人以和。"这是中国诗学上有代表性的言论，在它之后的《礼记·乐记》、《诗大序》等，也都有类似的话。这是从诗歌创作心理、它与音乐的关系以及它的作用等方面来说的。关于这些问题，古代民歌讲得较为具体，如《诗经·魏风》说："心之忧矣，我歌且谣。"后来公羊家何休说："饥者歌其食，劳者歌其事。"《淮南子·道应训》"今夫举大木者，前呼邪许，后亦应之，此举重劝力之歌也"。这更说到民间歌谣产生于现实生活及劳动中唱歌的作用等问题。

早在《诗经毛传》和《诗大序》(根据《周礼·春篇》)中就把作诗的方法系统化为"赋、比、兴"三种。特别是"兴"这种手法在民间歌谣中一直沿用至今，而它在两千多年前就被发现，并给予准确的命名。从这里也可以看出中国古代诗学的发展程度。此外，像《礼记·乐记》等篇中关于早期诗歌、音乐、舞蹈常常结合在一起的记述；《吕氏春秋》关于南音的起源及葛天氏操牛尾歌舞的记载以及其他古籍中多次提到的古代采风制度，一些著名歌唱家(如秦娥等)演唱的传说等等，也都是研究古代民间诗歌和音乐的重要文献。

古代史学家和经学家的著述常常论及民间诗歌，班固《汉书·艺文志》在汇集前代书籍目录时，也保存了一些古代民间文学文献的目录，它在记载各地诗歌时，有的明显标出“谣歌诗”，“谣歌诗声曲折”，并且记叙了汉代立乐府采歌谣的史实：“自孝武立乐府而采歌谣，于是有赵代之讴，秦楚之风，皆感于哀乐，缘事而发，亦可以观风俗，知薄厚云。”尽管他的话主要是从封建统治的角度来讲的，但却是中国古代传统的民间诗学的重要论点。尤其是他所指出的民间歌谣“感于哀乐，缘事而发”，这种创作精神在汉魏及后代作家诗歌中都发生了积极的影响。

宋代的朱熹是位道学家，但是他对民间诗歌却发表了一些相当优越的见解。他在《诗集传》的序言上说：“凡诗之所谓风者，多出于里巷歌谣之作。所谓男女相与咏歌，各言其情者也。”并在具体的注文中抛弃了汉代经学家那些把许多诗附会到史实上去的旧说，对赋、比、兴也有了较为简明确当的解释。这些都为后代所沿用。由于他明确指出历来奉为经典的《诗经》中的“国风”是里巷歌谣，于是后代学者在谈到民间诗歌时，常常要以“国风”为典范予以评价。

明代中叶以后产生了新的社会因素，人们对于城市通俗文艺和口头文学有了进一步的认识。当时一些在文艺方面反对复古主义的文人就大胆宣称：“吾谓今之诗文不传矣。其万一传者，或今间阎妇人孺子所唱《劈破玉》、《打草竿》之类，犹是无闻无识，真人所作，故多真声。”(袁宏道《小修诗序》)甚至像被称为复古派人物何大复，也对当时某些民间歌曲深为赞赏：“时调中状元也(按指《锁南枝》)！如十五国风，出诸里巷妇女之口者，情词婉曲，自非后世诗人墨客，操觚染翰，刻骨流血所能及者，以其真也。”(李开先《一笑散》)。从此可以看到当时文人对民间歌曲倾倒的情况。冯梦龙也特别赞赏民歌的“情真”，说“今虽季世，而但有假诗文，无假山歌”。还说他搜集这类民歌并不单纯是为了观赏，而是要“借男女之真情，发名教之伪药”。结合当时伪道学盛行的情况，冯梦龙对民歌社会作用的认识，比起传统的“观风俗，知薄厚”的观点来，显然前进了一大步。

明人对民歌俗曲的这种热情，在清代(特别是清初)继续有所表现。人们或者记叙地方民歌流传、演唱情形和艺术特点(如屈大均《广东新语》中对“粤歌”的记叙)，或在诗歌选中录载民歌(如朱彝尊《明诗综》)，或称赞民歌作者“其人初未尝学，其辞颇足为法”(李调元《薑山集序》)。到了晚清，有人把诗经的“风雅”和后代民间谣谚统一起来，认为二者“表里相符”，甚至提出“欲探风雅之奥者，不妨先问谣谚之涂”(刘毓崧《古谣谚序》)。黄遵宪则更为前进，他不但高度评价过去和当世的民歌，自愧不如民歌手们才思敏捷，而且毅然把客家山歌收进自己的诗集；还曾动员友人共同编辑新国风，并深深体会到民间歌谣跟当地方言及民俗的紧密关系。这位倡导“诗界革命”，主张“我手写我口”的时代诗人，如此重视古代和当世民间歌谣，绝不是偶然的。

(二)古代关于神话、传说的论述

中国古代文献上保存了相当丰富的神话、传说、故事的资料。可能是由于儒家重史实和“不语怪、力、乱、神”思想的影响，很多带有原始思维特点的神话、传说，在记录的时候往往就被删削、节略，使之历史化；有的虽然未经改窜，但儒者又对其中神怪的因素加以曲解，使之合理化。如《太平御览》引《尸子》所记孔子对“黄帝四面”的解释：“子贡问于孔子曰：‘古者黄帝四面，信乎?’孔子曰：‘黄帝取合己者四人，使治四方，不谋而亲，不约而成，大有成功。此之谓‘四面’也’”。还有《吕氏春秋·察传》孔子把“夔一足”解释成“若夔者一而足矣，故曰‘夔一足’，非‘一足’也”。这种把神话、传说历史化的解释和做法，成为后代儒家把神话、传说历史化的重要依据。它除了反映儒家理性主义思想之外，还在一定程度上表明了由于时代发展，某些远古神话已不能为后世所理解和信奉。从神话、传说研究的角度来看，屈原的《天问》对许多古代神话、传说提出质疑，也是在这种时代条件下产生的。

司马迁是一位很有见识的历史学家，他对于神话、传说时代“三皇”的历史持保留态度，对于充满“荒诞”材料的《山海经》、《禹本纪》也“不敢言之”，而把中国历史从较少荒诞成分的黄帝传说开始（后世《史记》版本中的“三皇本纪”是唐人司马贞填补起来的），表现了他的比较严格的史学观点。当然，现在看来，即使是《五帝本纪》，其中也多有化了装的神话、传说，这是司马迁那时还不能彻底解决的学术问题。另外，在《史记》的其他部分，也采用了不少民间口头传说（如周幽王以烽火为戏，张良和圯下老人相见等的故事），他还引用了许多民间歌谣和谚语。司马迁对于民间口传史料这种区别对待的态度，对于民间文学研究也是很有意义的。

汉代另一位史学家班固，他在《汉书·艺文志》里，保留了许多古代小说的目录，并对古代小说的起源、意义等作了说明：“小说家者流，盖出于稗官，街谈巷议，道听途说者之所造也。”现代欧洲有的学者称民间故事为“小说的童年”。班固这里如实地论述了中国古代小说和民间口碑的密切关系。他对古代小说的这种看法，一直为后代史学家等所承袭。

对于远古神话中某些“荒诞”因素的看法，在经学家注疏中也反映出来。例如《诗经》的商颂、周颂等都有关于始祖的神话故事，如“天命玄鸟，降而生商”，“厥初生民，时维姜塬……履帝武敏……”对于这些神话，西汉经学家毛公在相传是他著的《诗传》里，极力使之合理化。他把吞燕卵而怀孕，说成孩子(契)诞生时燕子适来；把“上帝”说成是“高辛氏帝”，把“践上帝足迹”说成是走在高辛氏帝后面。这样一来，就把原来的神话色彩洗刷干净了。这种解说显然不符合神话产生时代人们的认识。因此，到了东汉另一位经学家郑玄的手里，他在《毛诗传笺》中就撇开毛公的种种曲说，比较实事求是地恢复了原诗的说法，也就是承认了“荒诞”的神话，从而表现了一种比较明达的识见。

东汉还有一些学者，如王充、应劭，他们对古文献所载和当时流传的神话、传说、民间风俗等，也用一种唯理主义观点去评价。例如关于共工怒触不周山，折天柱，绝地维的神话(《论衡·谈天篇》)，燕太子丹致天雨粟、乌头白、马生角的感应(《风俗通义》卷二)等，都被认为不合事理，给以驳斥。这种见解一方面表现了这些学者具有朴素的唯物论思想；另一方面，我们也看到他们还只能指出神话、传说的某些情节非实际生活所能有，对于古代神话、传说产生的社会条件及其思维特点，仍然缺乏理解。这种情况作为一定历史条件下的认识，是我国民间文艺学史上不能忽视的现象。

宋代的朱熹对上述关于神话、传说的传统看法虽无根本性改变，但他在《楚辞辩证》里谈到上帝对鲧禹动用息壤前后态度不同时，却采用了取今证古的方法予以分析。他说：“此问(按指‘天问’)之言，特战国时俚俗相传之语，如今世僧伽降无之祈、许逊斩蛟蜃精之类，本无稽根，而好事者遂假托撰造以实之。明理之士皆可以一笑而释之，政(正)不必深与辩也。”尽管这里他仍然仅限于指出神话、传说为无根之谈，但他把古代治水神话和当世流行的有关治水的神异传说联系起来，这在解说古代神话、传说方面多少有些推进。

对于神话、传说看法有较大突破的是晚清。这时文化界人士具有明确的爱国主义、改造社会的思想，很多人接受西方先进的资产阶级文化，有了文学进化的观念，文学的民主性和社会功用也为大家所承认。因此这时对于通俗文艺、民歌、神话、传说等都有了新的评价，有的还利用民间型式进行政治的或教育的宣传。在神话、传说方面，有人阐述神话对国民教养的作用(如蒋观云)，有人探讨神话和历史的关系(如夏曾佑等)。鲁迅在这个时期特别强调神话所反映的社会冲突和反抗思想。他还指出不能把神话和迷信混同，分析神话与科学研究、发明各具特点，阐述神话为远古人民想象之产物，后人不应轻率地嘲笑它。他说："夫神话之作，本于古民，睹天物之奇觚，则逞神思(指想象)而施以人化，想出古异，諔诡可观，虽信之失当，而嘲之则大惑也。"这个时期先进学人的探索，开辟了现代科学的神话学的先声。

三

现代民间文艺学的发展。

(一)"五四"前夕至建国的民间文艺学

中国现代民间文艺学是在"五四"前夕歌谣搜集活动中开始的。由于新的文化思潮的影响，1918年春北京大学成立了歌谣征集处，在校刊上逐日刊登近世歌谣。1920年歌谣征集处改为歌谣研究会，两年后发行《歌谣》周刊，出版了97期，后并入《国学门周刊》(再改为月刊)，继续收集、发表各类民间文学作品，并印行《吴歌甲集》等书。从此以后，民间文学的采集工作盛行一时，在二三十年代，各种民间文学作品集大量涌现。

民间文学新的评论和研究工作，也是在北京大学校刊发表“歌谣选”的时候就开始了(个别人在这方面的研究工作要更早些)。当时北大校刊在所登歌谣后面都附有简单的评论，如李大钊在他收集的短谣“瘦马拉达脖，糠饭秕子活”后面评注说：“直隶乐亭一带，地主多赴关外经商，农事则佣工为之。此谣乃讽地主，待遇工人不可太差；言地主以糠饭食工人，则工人所作之工活，亦秕子之类也。”《歌谣》周刊出版后，发表作品的范围逐渐扩大，并且每期都要登一些短论或讨论文章。顾颉刚的《孟姜女故事的转变》、董作宾的《一首歌谣的比较研究》等论文，就是这个时期的产物。此后广州、杭州等地这方面刊物也都是既刊登各种民间文学作品、民俗介绍，又发表评论和研究文章，有的还出版了理论研究的专刊，对国外的理论著作也加以介绍。民间文学的理论活动渐渐成为文化科学界一种常见的现象。

全国解放前民间文学理论活动约有 30 年，大致可以分为两个阶段：(一)从北京大学校刊《歌谣选》到抗日战争爆发；(二)从抗日战争到新中国成立。第一个阶段可以算作这方面研究和理论发生、发展的时期，在研究观点上初期主要是文艺学的，如用诗歌的理论去评论歌谣之类，但也有人从教育学、民俗学等角度进行考察，如探讨民间童话的教育作用，或者着重从民俗现象上去谈论歌谣、故事等。20 世纪 20 年代末茅盾写作了《中国神话研究 ABC》等重要著作。稍后，马克思主义文艺理论在中国传播开来，鲁迅较早地运用这种理论写了一些论及民间文艺的杂文。这时民族学、人类学、社会学等学科兴起，民间文学研究有不少是从这些学科观点出发的。研究者的视野有所扩大，在一些方面成绩也更加厚重了。在这个阶段成绩比较显著或在这方面比较努力的，除上面提到的顾颉刚、董作宾、茅盾、鲁迅之外，还有周作人、刘半农、郑振铎、赵景深、黄石、容肇祖、常惠及胡适等。

第二个阶段，由于战争的影响，在不同政治区域内出现了不同的情况。国民党统治区的学者们，由于处在接近少数民族聚居的省份，他们更有条件发展民族学、人类学、社会学等学科，从这些学科的角度去研究神话、传说、民间故事、歌谣和语言、风习等。这个时期应该提到比较重要的刊物有中央研究院一些研究所刊行的报告、集刊，迁到贵州的上海大夏大学社会学研究部编印的一些书刊，还有其他个别学者的著作。闻一多、芮逸夫、凌纯声、程憬、陈志良、常任侠、马学良等，都对神话、传说等作过有益的研究或调查，张光年也在云南收集出版了彝族支系阿细族的民间叙事诗《阿细的先鸡》。

在中国共产党领导的西北地区，后来还有东北及其他解放区，广大文艺工作者深入生活和工农群众相结合，同时学习人民群众的民间艺术。其中很多同志作了民间文学的记录，后来出版了民歌、故事的集子(如李季、康濯、李束为、董均伦等)。东北合江鲁艺文工团也编辑出版了《民间故事》一书，主要收集长工和地主斗争的故事。在这方面成绩最突出的是延安鲁迅艺术研究院的同志们，他们收集了当地传统的和革命的民歌，后来由何其芳和张松如编选成《陕北民歌选》出版。这个时期很多作家在学习民间文艺方面作出成绩，他们依据民间艺术进行创作，新的小型秧歌剧流行一时，在此基础上发展了新歌剧的创作，产生了《白毛女》等优秀作品。李季同志运用陕北民歌信天游的型式写作了长诗《王贵与李香香》，赵树理的小说也与民间文艺有着多方面的联系。民间文艺对作家创作发生了显著的影响。这时民间说书艺人韩起祥也积极创作新书节目，并整理出版了《刘巧团圆》。还有很多同志在和民间文艺接触中对它有了新的认识，像周扬、冼星海、吕骥、张庚、柯仲平、艾青、艾思奇、林山等，都发表过评述民间艺术或民间艺人的文章。鲁艺音乐系还成立了“中国民间音乐研究会”，对西北民歌进行搜集和研究。这时期的一部分评论和研究文章曾经编选成《民间艺术和艺人》、《民间音乐论文集》、《秧歌论文集》等书，汇集了新的民间文学理论初步建设的成果。

(二)建国后的民间文艺学

新中国成立后，民间文学进一步受到重视。1950 年成立了“中国民间文艺研究会”，郭沫若任理事长，在全国范围内组织推动这方面的工作。建国以后不论是搜集还是研究，都继承并发展了解放区这方面工作的优良传统，不但有马克思主义为指导思想和正确的工作方针，而且这项事业也较以前有了更大的群众性。1958 年开展了全国性的采风活动，现在看来它尽管存在一些缺陷，但大大推动了民间文学的收集工作，扩大了民间文学的社会影响。根据当时采风编辑的《红旗歌谣》(郭沫若、周扬编)即使有缺点，经过重新修订后仍不失为一部优秀的新民歌选集。当时首先大规模地收集了新旧民歌，接着反帝传说故事也大量地收集发表。建国后少数民族民间文学的收集也取得很大成绩，很多长篇叙事诗、抒情诗被发掘出来，《阿诗玛》的搜集和整理出版，在这方面起了带头作用。在出版方面除了民研会组织编选了许多重要作品选集外，科学院文学研究所和各地出版社也都出版了这方面的书籍，有的还在国外发生一定影响。很多同志在搜集整理工作中作出成绩，例如歌谣搜集方面有韩燕如、安波、严辰等，传说故事方面有肖崇素、董均伦、李星华、肖甘牛、张士杰等。一些民间诗人也出版了专集如《王老九诗选》等。

在理论研究方面，建国后也迈出了更大的前进步伐。民研会成立后就刊行了以发表理论文章为主的《民间文艺集刊》，后来又编辑出版了《民间文学》，也持续发表评论和研究论文。在《民间文学》上曾经展开关于搜集整理、社会主义时期民间文学范围界限等问题的讨论，对新民歌、反帝传说故事以及各族民间诗人歌手的创作进行评介，介绍马克思主义经典著作家关于民间文学的论述和苏联进步的口头文学理论。还有20世纪50年代后期由文学研究所组织的少数民族文学史的编写工作等，都对推动和提高民间文学理论起了积极的作用。建国初到60年代中这段时间内，民研会编辑出版了《苏联民间文学论文集》及其他一些内部发行的理论集子，有的省(如云南、贵州、广西)在编印研究资料方面也作了大量的工作。很多高校文科开设了“人民口头创作”讲座，尽管后来一度停开，但在民间文学基础理论建设、推广民间文学知识和吸引青年研究民间文学方面，也起了一定的作用。

1966年到1976年，民间文学事业遭到严重摧残。1976年粉碎“四人帮”之后，特别是在党的十一届三中全会之后，这方面的工作获得了新的进展。现在从中央到地方民间文学的研究机构不但都已恢复，而且大大发展。很多省市出版了民间文学方面的刊物。不只是各省市搜集出版各类民间作品，一些专区和县也进行了民间文学的搜集工作，活跃了群众的文化生活。这个时期对历史人物传说和地方风物传说的搜集取得较大的成绩，机智人物故事的搜集相当广泛，各种谚语的选本日渐增多，民间小戏出版了综合性的选本，记录民间故事家的作品取得初步的成果，全国性的《民歌集成》、《民间故事集成》、《民间谚语集成》的编纂正在积极进行。在少数民族文学方面出版了包括50多个民族的《中国少数民族文学作品选》，其中主要是民间文学。一批具有世界影响的史诗，如《格萨尔王传》(藏族)、《玛纳斯》(柯尔克孜族)、《江格尔》(蒙族)等正在广泛而深入地搜集，并陆续翻译、出版。傣族的《兰嘎西贺》、苗族的《古歌》等，也已出版，后者还出版了不同的搜集整理本。赫哲族的叙事诗《伊玛堪》初步进行了搜集并整理发表。在民间故事方面一些比较优秀的集子有《西藏民间故事》(廖东凡等收集、翻译、整理)、《聊斋汉子》(董均伦、江源搜集整理)、《天牛郎配夫妻》(孙剑冰采集)等。

这个时期的理论研究工作同样进展很快。北京和有些省份成立了少数民族文学研究所。很多大学文科开设了“民间文学”课，培养研究生的工作也逐渐开展起来。理论刊物方面，北京出版了《民间文学论坛》、《民族文学研究》，上海出版了《民间文艺集刊》。许多专题的讨论会，如史诗讨论会、神话讨论会、白蛇传讨论会、孟姜女传说讨论会、机智人物故事讨论会、吴歌讨论会、花儿讨论会、傣族文学讨论会等，经常召开。神话和史诗成为研究的热门。这时期关于民间文学基础理论的著作出版了几种。国外民间文学理论的翻译和介绍的范围也比过去广泛。一些综合的和专题的论著都出版了一批，如《民间文学论丛》(中国民间文艺研究会研究部编)、《民间文学丛谈》(赵景深著)、《中国少数民族文学》(毛星主编)、《民间文学概论》(钟敬文主编)、《少数民族民间文学概论》(朱宜初、李子贤主编)、《白族文学史》(修订版，张文勋主编)、《神话论文集》(袁珂著)、《中国民间故事初探》(天鹰著)、《壮族歌谣概论》(黄勇刹著)等。在这个时期的研究和评论工作中，实事求是的学风得到发扬。一些过去被视为禁区的问题，如民间文学和宗教的关系、清官传说等，都得到了探讨。欧洲和中国现代民间文艺学发展史也开始着手研究，其中某些问题(如1958年大跃进时期民歌运动)也进行了初步的讨论。在这个时期和“文革”前从事民间文学研究取得成绩的同志很多，例如在民间文学理论和少数民族民间文学研究方面有何其芳、毛星、王沂暖、马学良、朱宜初、蓝鸿恩等，神话研究方面有袁珂、武世珍等，民间故事研究方面有贾芝、姜彬等，歌谣研究方面有王松、刘凯等。所有这些：学术活动的活跃、学术著作的增多，搜集工作的广泛和在某些方面的比较深入，专业人员的增加等等，都标志着现代民间文艺学正在进入一个新的繁荣时期。

1989 年作

关于故事记录整理的忠实性问题

——写在《民间故事、传说记录、整理参考材料》的前面

采访、记录和整理民间故事、传说，是民间文学工作一个重要方面，对于民间文学研究者来说，它还是需要极严肃地对待的事情。

全国解放以后，到“文化大革命”前的10多年间，我国民间文学工作，在进行中尽管遇到这样那样的制约或干扰，总的说来，是颇有成绩的。首先，我们在搜集上，特别注意到以前比较忽略的民间散文作品(如关于封建时代及近代的阶级斗争、革命军队、革命领袖等的传说、故事)。其次，我们编纂和出版了那么多的作品集子，其中有的还是各民族人民的艺术瑰宝(如长篇史诗及许多重要的原始神话)，它们还被译成外国文字，流传世界。我们必须看到这些耀眼的成就。

但是，不容否认，我们的民间文学工作是存在着问题的，特别在民间故事、传说的记录、整理方面。

大家记得，在20世纪50年代下半期到60年代初，我们学术界曾经讨论过这个问题。当时不少同志发表了意见。但是，大家的看法并没有统一起来。长期以来，在工作实

践中呈现着分歧的状态。

这个问题的焦点，在于记录、整理民间故事、传说，是否应该忠实于原来人民群众的口头讲述，或忠实到什么程度。换一句话，也可以说，在记录、整理上怎样做才比较合于理想。许多同志的意见及其实践的分歧，大都是围绕着这个中心点产生和存在的。

要比较彻底解决这个学术问题，必须分析今天民间故事、传说在我们社会里的作用。由于作用的不同，有关的工作者，在对待它的态度和实际活动上，就必然要呈现差异。自然，有些工作者由于缺乏应有的认识，也会产生这种差异。

民间故事、传说，到底有哪些不同的作用呢？首先，它是民间文艺学者、一般文艺学研究者、文学史家、民族学者、民俗学者、文化史学者以及语言学者等的研究资料(全面的或部分的)，他们要从其中发现各种人们所希望知道的规律。其次，它是提供编纂广大群众，特别是亿万青少年学习的文学读本的重要资源。再次，它是我们各种文学体裁的作家创作上取材的武器库……

由于这种种作用的不同，必然使各方面的工作者，对民间故事、传说，产生不同的要求和处理态度。如果你是一位民间文艺学者或语言学者，你就要求那有关的记录、整理是绝对忠实及完全客观可靠的。如果你是一位民众或青少年文学读本的编纂者或供给者，你就要根据自己的目的去选择，甚至于下笔去润色或改写那些原始材料。如果你是一位作家，那么，你对那些故事、传说的看法和实际处理，又跟上面所说那两种同志大不同了。

我们根据对民间故事、传说要求的不同，认为至少在记录、整理问题上有几种不同的态度和做法，那就是：

忠实记录、谨慎整理或改写和比较自由的再创作。

先谈忠实记录。

民间文艺学者、语言学者等，是人文科学家，他的任务，在根据客观的材料，进行科学的分析，以求得出那种人文(民众的口头散文作品)的原理或规律。如果采录者所提供的资料，不是人民作品的原来面目，而是经过他个人润色或改作过的，那么，它怎么能作为客观的科学资料呢？如果那些学者糊涂地信用了它，又怎么能得出真正的科学规律呢？要知道，即使记录是十分忠实的资料，由于种种原因，还怕不能得出真实的规律，何况这种研究是筑在沙上的呢？

有的同志说，民间文学，本身是在不断被改变着的。记录者或整理者也是群众的一员，因此，不妨根据自己的理解和要求去加以改变。这种说法是不正确的。群众改变民间故事和歌谣，大都是集体或集体的成员的活动。即使是个别成员的活动，也大都忠实地表现着他们所属一定集体的思想、感情和艺术趣味等，而且这种活动往往是不自觉的。不像知识分子那样怀着明确的目的去增删它。如果一般的记录者都有权凭自己的意志、才能去自由地改变民间文学的作品，那么其作为“历史文献”的真价值就一定要丧失了。我们要知道，民间故事、传说，是广大劳动人民对社会、生活的真实反映。它不但表现了他们的艺术才能，也表现了他们的体验、思考、想象和愿望。在这里，它蕴藏着丰富的、真实的民众的生活和历史资料，蕴藏着无价的民众心理学。这种史料价值，不但在人文科学上使用的范围十分广阔，它的重要性也是绝不能让别的东西代替的。它是真正的人民精神文化财富！我们千万不能忽视这点！

近年来，东西学者，对我们在记录、整理民间故事、传说等方面的做法，已经有所议论。他们认为我们的某些记录、整理是不大忠实的。自然，他们跟我们的学术观点不同。但是，对民间文学记录、整理资料客观性的要求，却不能因观点的不同而改变。具有一般资产阶级学术观点的真诚的学者，固然要求科学资料的客观性，我们作为无产阶级的学者，更是要求科学资料的客观性。

总之，作为多种人文科学研究材料的民间故事、传说的记录，必须是按照民众的口头讲述忠实地录下来，并且不加任何改变地提供出去(当然，它也必须经过一定的科学方法的整理过程)。即使原讲述中有型式残缺或含有显然错误的内容等，也不要随便加以删除或改动。最好把对它判断和弃取之权留给它的各种研究者。这种资料，虽在性质上十分宝贵，但是，一般作为普通读物大量印行是不大适宜的。为了保存和传布它，可以作为研究资料，有限制地给以出版和供应。中国民间文艺研究会，为了重视这种资料，正在积极筹划出版这方面的科学资料本，以别于提供给大众阅读的普及文学读本。它主要只供应各专门学者及研究机构。这样，既可以充分发挥它的功能，又不致产生某些副作用。

其次，谈谈谨慎整理或改写民间故事、传说。广泛地说，一般民间文学作品，它是一种语言艺术，特殊的语言艺术。由于它的种种特点，它是多种人文科学的研究对象。像上面所说，它的这方面作用是绝不容许忽视的。但是，同样不容许忽视的，是它在教育上的意义和作用(就是把它编成给予广大群众和青少年阅览的读本)。民间文学，从它本身产生和流传的历史看，它向来就是广大劳动人民及幼少者的精神食粮。它是他们最广泛、最亲密的教师。他们的生产、生活、思想、道德等，哪一方面能脱离他们的指导、训诲和培育呢？如果我们要编一部民众教育文化史，民间文学(包括民间故事、传说等)正是它的极重要的一种资源。这种文化传统的存在和作用，在我们新的社会里并没有断绝。

从浩如烟海的民间文学作品里，采取它的一部分，编集起来，还给人民，使他们在对这种人民艺术的涵养中，得到新的启示、教诲，因而加强自己精神的活力和文化素养，这是我们眼前的一种重要任务。建国以来，我们也是一直在这样做的，尽管还有这样那样的缺点。今后，我们更要有效地继续下去。

但是，我们要知道，民间文学，虽然在不断产生新作品，更多的却是历史的作品。要从千百年来民间产生和流传的文学作品里，取出为今天广大人民和青少年阅读的文化食粮，首先，必须进行慎重的选择。民间文学，主要是劳动人民的精神产物，它无疑具有自己的特点和可贵的质素。但是，由于历史的局限，那种作品，并不能(也没有必要)全部或大部分重新提供给今天的广大读者。我们只要在大量的过去和现代的作品里，选出那些在内容和艺术上都比较优秀的作品加以推广、传布，使成为他们新教养的一部分便得了。

在这种大众教养读物的编纂上，自然要对于那些作品给予必要的合理安排，就是按时间或内容把它分类。对于作品里的一些方言土语，或需要指出社会、历史背景的地方，就得给予注释、说明(这些工作，在上述的科学资料的整理上，同样要这样做)。有些作品，语句有残缺或个别语词不太合适的，也可以慎重地加以补充或改订。大众读物的整理，我想，到这样的程度，似乎已经差不多了。

自然，这种读物，特别是给青少年看的，如果我们觉得有必要，对于所采取的作品，除上面所说整理的做法外，也可以更作些适当的改写工作。就是对某些原始资料，参考同型故事的记录，在表现上给以一定的改变，或丰富其情节，加强其主题，像阿·托尔斯泰在《俄罗斯民间故事序》上的自白："某些地方我不得不增添，某些地方我不得不改变，有些地方我不得不补足。"但是，这样做，必须牢牢记住一点，就是要根据和保持“民间的风格”。我们试读托尔斯泰那部为青少年编写的作品是怎样忠实于这种原则的。这点，即使我们读的是经过翻译的本子，也能够明显感觉到。

这种做法，在供给大众，特别是青少年的读物上是可以采取的。但是，它已经不能说是“记录”，甚至说是“整理”，也好像有些越境。我想，它比较切合的称呼应该是“改写”，这是名实相符的。

最后，我们谈谈再创作。

对民间故事、传说的处理，除上述两种办法外，还有一种，就是再创作。再创作，是作家采取自己感觉兴味或认为有意义的民间故事、传说，作为创作的题材，写成新的作品。除了题材的来源外，它跟一般的文学作品(包括电影剧本等在内)没有多大分别。这样的作品，不但是我国文学史上所常见的，也是世界文学史上所常见的。在我们的新义坛里，就有阮章竞的《金色的海螺》、韦其麟的《百鸟衣》、公刘和徐嘉瑞的《望夫云》等大家知道的作品。这种处理方法，在作者无疑有较大的活动自由，容许渗入更多的个人因素——思想、想象、艺术特点等。但是，如果要成为典范的再创作作品，作者个人的自由，我看也不是浩渺无边的。它必须忠实于人民原作品的基本精神，根据它所产生的时代、社会背景。否则，容易把历史事物现代化，或使古代的人物、事件，变成“纯空想”的东西。这种作品，即使有其他方面的优点或作用，但是，不能说是典范的再创作。

鲁迅在他的晚年，继续写成一部采用古代神话、传说和历史故事做题材的《故事新编》。我个人觉得《故事新编》里最能够传达出古代民间传说精神的，是《铸剑》。它不但紧紧抓住了作为原故事里的神髓的复仇思想，而且能够运用自己卓越的思想、体验和艺术手腕，去丰富原故事(传说)所没充分表现出来的血肉和气氛。这实在是一个很成功的民间传说题材的再创作！鲁迅曾经说自己《故事新编》里的作品有些“油滑”。这话，一方面表明他的谦逊的态度，另一方面也正表现了他对再创作的正确理解和严格要求。因为《故事新编》里有些作品，尽管在当时有一定的战斗作用，但是，从创作方法上说，并不是像《铸剑》那样谨严的。

我们觉得，在记录、整理民间故事、传说的工作上，上述几种处理的方法必须严格划分。自然，有时候，事实也许不容分别得那么清楚。但是，那到底是比较特殊的情况。严格分开忠实记录、谨慎整理或改写、再创作这三种方法，对于我们的科研、教育和文艺创作各方面，都是必要的，也是有利的。但是，眼前这方面的情形，显然不是这样。这是值得我们郑重注意的。我们必须再度认真讨论这种问题，同时也可找出一些标本，供大家揣摩、研究。这样，对于推进我们的民间文学事业和有关的科学研究等，将是很有益的一个步骤。

下面我们试提出十篇民间故事、传说的记录、整理标本。[①] 它大都是从解放前和解放后所发表的记录、整理里选出来的。我们认为这些大体比较近于原来口头的讲述(自然，严格地说，各篇的忠实程度也并不完全一致)。有些同志，曾经怀疑照口述的故事记录、整理，既简单，又枯燥，没有多少文学意味。果真是这样么？这必须凭实际的材料来作判断。我们以为，民间故事，在情节、叙述等方面，一般

---

① 十篇故事的篇名是：《大黑狼的故事》(谷万川记录)、《大老虎》(老向记录)、《狗耕田》(顾昌燧记录)、《老鞘胡》(孙剑冰整理)、《老雕借粮》(刘士圣采录)、《二郎捉太阳的故事》(震理整理)、《孟姜女的故事》(张紫晨整理)、《繁塔为什么半截》(张振犁等整理)、《鱼桥》(孙晓明等整理)、《毛主席懂得百姓的苦楚》(楚奇原记)。——见北师大民间文学教研室编辑的《民间故事传说记录整理参考资料》。

虽然比较简单、朴素，但是作为语言艺术，它有自己的一种香气和色泽。这是民间文学的特点，同时也是它的优点。如果我们忽略了这点，而使用现代大家所习惯的作家书面创作的散文艺术的标准去加以衡量、裁断，那么，结论自然是不会怎样切合实际的，也是没有多大意义的。

我们提供这些篇章，目的在使热心探讨记录、整理问题的同志有所凭借，或者使从事这方面实际工作的同志得到点参考的资料。这些材料，是短时期内，就手近的一些书刊中选出来的。所选的并非都是这方面登峰造极的篇章，也并不是过去发表过的比较忠实的记录、整理篇章只有这一些。这是应该声明的。

最后，再添上一句：这些作品，是张振犁同志负责挑选的。我们感谢他的辛劳。

1980 年 3 月 17 日

晚清革命派著作家的民间文艺学

引　言

孙中山所领导的革命团体兴中会，创立于 1894 年，即清军被日本侵略军所打败的那一年。这是资产阶级领导的民族民主革命运动的正式开始。庚子年(1900 年)，东西方的帝国主义者为了压制中国北方人民的反抗，联军打入北京，任意屠杀中国人民，并使清朝的最高统治者狼狈西奔。结果，清廷跟帝国主义者订立了极可痛恨的丧权辱国条约。这一来，清王朝的腐朽无能和反动卖国的性质更加暴露了，广大人民革命的要求更加迫切了。而这时期，国内民族资产阶级力量逐渐加强，各阶级觉醒的分子人数迅速增加，各地人民群众自发的反抗活动连续不绝，终于形成了辛亥秋间革命的大爆发。从 1894 年，特别是 1900 年到 1912 年元旦南京临时政府的成立，这 10 多年间，资产阶级革命派本身力量不断增长，同盟军不断扩大，他们从各条战线(包含文化战线)上进行斗争，因而达到了“驱除鞑虏，恢复中华”的奋斗目标。——自然，总的说来，辛亥起义的结果，资产阶级并未能完成他们所提出的民主革命任务。

兴中会虽然成立颇早，但是，初期在革命理论和宣传方面还没有怎样展开。据一位很早就参加了这个政治组织的会员后来的回忆，在那时期，实在很少有会中人自己著作的理论书和宣传品。在宣传上，主要利用了明末清初一些爱国人士传下来的著述，那就是记录清兵入关后屠杀人民的《扬州十日记》、《嘉定屠城纪略》以及具有民主思想萌芽的《明夷待访录》中的某些篇章(《原君》、《原臣》)。1899 年，以香港发行了《中国日报》，这才算有了专门宣传革命的刊物。①

庚子年，不仅在整个革命运动进展上说是一个重要的年份，同时，在革命文化的发展上也是如此。从这一年以后，一方面由于国势的更加危迫，民众抗争的叠起；另一方面由于革命要求的迅速增长，留日学生人数的突涨，于是宣扬革命道理，暴露清朝统治者的腐败、贪残和帝国主义的强暴、侵略的报刊、书籍，真如怒潮汹涌，万花齐放。我们试简略地举述一下：报刊有《国民报》、《警钟日报》、《二十世纪之支那》、《中国白话报》、《汉声》、《浙江潮》、《江苏》、《游学译编》、《国粹学报》等，而《民报》尤为当时资产阶级革命派理论、宣传的中坚刊物。专著有邹容的《革命军》、章炳麟的《訄书》(重订本)、刘光汉(师培)的《攘书》、杨毓麟(笃生)的《新湖南》、有妫血胤(陈去病)的《清秘史》等。翻译方面，有卢梭的《民约论》、米勒的《自由原理》、孟德斯鸠的《方法精理》(法意)以及斯宾塞的《女权篇》、《社会学原理》等社会科学著作。至于宣传民族斗争、民主革命以及妇女解放、社会理想的文艺创作和有关介绍，就更难于枚举了。②

---

① 见冯自由《革命初期之宣传品》(收在《革命逸史》初集里)。

② 参看阿英《辛亥革命书征》(收在《晚清文艺报刊述略》里)及冯自由《开国前海内外革命书报一览》(收在《革命逸史三集》里)等文。

在这浩漫的著述中，浮现着一个惹人注意的学术史现象，就是当时那些资产阶级革命派著作家对民间文学的见解。他们在政治的、学术的著作中，往往从各种角度触到民间文学这方面或那方面的问题，并且认真地表示了自己的意见。这是使我们不能轻轻放过的学术史现象。本来在晚清时期，资产阶级改良派为了宣传政治改革主张的需要，为了用资产阶级的观点去重新估价文学、艺术的意义和价值，在比革命派著作家们活动较早的一些时期，已经断片地但也相当大胆地表现了他们对民间文学的某种新的看法；并且在宣传品里，特别在文艺性的宣传品里，利用了民间文学的型式。他们这种活动，到两派互相斗争的时期，仍然继续着。① 但是，较后起的革命派的著作家们，因为当时正代表着历史前进的社会力量，他们对民间文学注意的广泛和见解的深刻，就往往突过他们的先辈(其实，这时候，有些先辈已经成为政见上的敌人)。

全国解放以来，国内学术界对于近代史的研究显示了空前繁荣的气象。有意义有价值的论文和专著不断地涌现出来。这是我们学术界足以自豪的事情。但是，这方面的工作，还比较偏重在社会史、政治史以及重要的政治人物方面，对于这时期的文艺学、艺术学等的研究已是不多，关于当时民间文艺学的探讨就更少见了。② 所以产生这种现象的原因，我想是：(一)民间文艺学这门学问，本来已经有些冷僻，加以有关晚清这时期的民间文艺学史料，是相当零散的、难以收集的，因此在这种研究上自然容易形成少人问津的景象；(二)有志于

---

① 关于晚清资产阶级改良派著作家跟民间文学的关系，我将于另一论文中详论之。

② 民间文艺学这个术语，一般用以指关于民间文学的理论、研究，有时也兼及民间文学的收集、整理等学术性活动。

民间文学和民间文艺学的同志，大都比较集中注意于当前的东西，对于古代的研究活动，还没有较广泛地发动起来。这种事实，自然是可以理解的。但是，这种研究又是不可少的。因为晚清时期的民间文艺学，特别是资产阶级革命派的民间文艺学，是这段时期进步的文化、学术思想的一个有机部分。对它进行考查、研究，进行一种总结性的论述，不仅有助于了解当时站在历史前头的革命派的一般学艺思想和实际活动，同时，也多少有利于对今天民间文艺学及民间文学作品的研究和处理。

本文是这种学术史方面探究的一个尝试。因为这是一种开荒性的工作，在许多方面，如史料的收集、辨别，观点的提出、论证，乃至于表达的型式等，恐怕都不免疏漏或错误，这就有待于学术界同志们的指正了。

一、论神话的性质及其与历史、科学的关系

我国的远古时代，也跟别的民族或国家的童年时代一样，人民由于生活的需要和智力的局限，产生了许多神话、传说这种原始的人民创作，到了民族文化已经进展的时代仍然部分地被保存着：靠口头传承或文字追记。这种根据原始生活和要求所产生的想象作品，许多地方是与后来进化时期人们对事物的认识和流行的伦理、制度相矛盾的，就是学者们所惯说的“不合理成分”。它必然要引起人们，特别是知识分子的怀疑和解释。我国的神话学史还没有人花上一番力量研究、编写过，详细情况不太了然，但凭我们平常所得一些断片知识，也能约略知个大概。先秦、两汉有名的文人学者，如屈原、司马迁、王充等都对古代神话、传说表示过他们的意见。汉以后对这方面发抒意见的人就更多了。简单说来，他们的见解不外

下列几种：(一)老实地信为真实，或者对那些不合理成分，给予一种合理主义的解释，换一句话说，就是替上代人“圆谎”。例如把女娲神话中的天柱折、地维绝，解作共工氏乱常败德的意思，或对于舜死后“象为之耕”的神话，解作他的弟弟像替他造坟墓之类。①(二)认为是一种虚妄之谈，并且加以批驳，王充对十日神话等的意见是典型的。②(三)是既不相信，又不抹煞，对神话、传说，采取一种文艺观赏的态度，像梁绍壬对姮娥、牛女神话的意见。③最后这种意见，在时间上已经属于较后起，见解上也比较通达了。过去的文人学者虽然对神话表示了种种意见，有些在科学史上还是有相对价值的。但是，他们很少注意去讨论神话的真实性质，换一句说，他们还没有(或不能够)把神话的性质作一种科学的规定或说明。这种任务的担当，不能不期待于近代的学者。这正是一种历史的际限。

中国到了晚清时期，特别是资产阶级民主革命思想高涨的那段时期，新兴的学术界，对于古代神话、传说有了新的注意，提出并解答了一些新的问题。当时青年学者鲁迅④对于神话的性质及其与历史、科学关系的看法，正是一个好例子。

鲁迅在《破恶声论》(1908年)那篇闪烁着光辉见解的论文中，批

① 见卢重玄的《列子解》卷五，及明屈大均的《象天子冢碑》(《翁山文钞》卷三)。

② 见《论衡·说日篇》等。

③ 见《两般秋雨盦随笔》卷四。

④ 关于鲁迅晚清时加入过革命组织光复会的事，曾经有人表示异议。我是倾向于肯定的说法的。因为鲁迅生平挚友许寿裳的证明和他自己亲口对人说的话，是最可信的。即使退100步，他并未加入光复会，从他当时的思想实质看，也是一个毫无愧色的革命民主主义者。

评了那些浅薄的“迷信破坏论”，中间说：

……首有嘲神话者，总希腊埃及印度，咸与诽笑，谓足作解颐之具。夫神话之作，本于古民，睹天物之奇觚，则逞神思而施以人化，想出古异，諔诡可观，虽信之失当，而嘲之则大惑也。①

鲁迅为了表明那些嘲笑神话的人的浅薄少知，正面指出了神话创作的历史条件和它的特点。他认为神话是古代文化幼稚的人民，用想象(神思)去把自己还不能理解的自然人格化的结果。这种见解，他一直保持下来。以后，在《中国小说史略》及《中国小说的历史的变迁》等讲义中，关于中国古代神话、传说，都说了大意相似的话，不过语词更浅显和周到罢了。在今天看来，鲁迅这种神话的观点还没达到马克思主义神话学的高度。(马克思对于神话的本质的看法，最杰出的科学意义，在于把原始人看做是跟自然对立着、斗争着的存在，在于看出人类对自然的能动的性质)但是，从我们过去长时期的神话思想史看，它无疑是一种向前跃进的见解。鲁迅在比较正确地说明神话的特点的同时，也指出对待它的应有态度：迷信它固不必，否定它也是愚蠢。这种态度，到今天，也不能不说是妥当的。

鲁迅在那篇文章中，还进一步说明先民的想象的创作，对于后代作家文艺的巨大影响。他说：

矧欧西艺文，多蒙其(神话——引用者)泽，思想文术，赖是而庄严美妙者，不知几何。倘欲究西国人文，治此则其首事，盖

① 《集外集拾遗》，《鲁迅全集》第七卷第二四二页。

不知神话，即莫由解其艺文，暗艺文者，于内部文明何获焉。

这些话虽然说得夸大些，但是，根本的意思是正确的。原始人民的口头创作，对后代的文学艺术乃至于一般文化，有相当影响，这种论断，对欧洲的历史说是正确的，对中国，乃至于东方的其他历史悠久的民族说，同样是正确的。如果从我们的文学史上，除掉民间创作的成分(例如《诗经》中的风谣，两汉、魏晋南北朝的乐府民歌等)以及它在作家创作中的各种影响，我们的文学库藏，不是要大大减色么?人民创作跟作家文学的亲密关系，从1942年以后，不但在文艺理论上划了一个新时期，在文艺实践上更开始了永远丰收的季节。这是我们文艺史上没有前例可比的。但是，远在“五四”新文化运动产生的10年前，鲁迅明白地指出神话(人民的口头创作)与整个文学史的关系，这是有相当历史意义的。

因为鲁迅对神话的性质有比较正确的看法，他对于它跟别的学术的关系的看法，也就不会犯过左或过右的偏向，像当时有些学者所表现的那样。首先，我们看他怎样对待神话与历史的关系问题。

我们知道，世界各开化民族早期的历史著述，大都混杂着民族的神话、传说，它把先民的想象的作品当做狭义的历史事实去记载。(在这些记载中间，除了先民创作的神话之外，还渗着统治阶级的史官们为欺骗人民而伪造出来的假神话)中国先秦时代著作的一些史书(如《左传》、《国语》等)，关于史前时期和原始时期某些史事的记载，就不能完全免除这种情形。其他如《山海经》以至在汉代才编写成书的纬书等，关于古帝王的历史记载，大都是神话的或半神话的，就更加不用说了。像司马迁那样头脑清楚的历史家，也不能不在他的伟大著作中，容纳入一些神话的古史材料(《五帝本纪》等)，虽然它多少经过他历史化的手术。到了晚清时期，由于新兴资产阶级意识的抬头和外国历史著作的借鉴，已经有些学者在一定程度上对于这个问题，采取了新的态度和提出新的见解。例如夏曾佑编著的《中国历史教科书》(后被改名为《中国古代史》，解放后还重版过)，对于春秋以前的历史都称为“传疑时代”，就是这种学术新消息的透露。

鲁迅对于神话的性质，已经具有现代的比较科学的认识，因此，他对于神话与历史关系的问题就不再陷于过去那种纠缠不清的乱丝团里。在《人之历史》(1907年)一文中，① 他谈到人类种族发生学的情况时说，这种学问是生物分支之最新的，开始于近40年。过去的哲士宗徒，以人为超越群生的灵长，他们就是怀疑生物的起源，“亦彷徨于神话之歧途，诠释悉神閟而不可思议。如中国古说，谓盘古辟地，女娲死而遗骸为天地。② 则上下未形，人类已现，冥昭瞢暗，安所措足乎?”接着又引屈原《天问》中“鳌戴山抃，何以安之”的话，说是表明诗人对于这种关于大地神话的怀疑。这是鲁迅用了当时最新的科学的武器，去打开罩在天真的神话网中的人类种族发生的历史事实。鲁迅这种见解，在今天已经是一种普通常识，但是在当时，却是一种崭新的思想，是对于长期被封建古史学所牢笼的学者头脑的一种解放。

鲁迅在神话与其他自然科学的界限的看法上，也表现了清晰的理智的头脑。他在我们前面提到过的那篇《破恶声论》中，除了驳斥非笑神话的人以外，又反对那些用科学的理由去怀疑古神话中的动物的人。他说：“复次乃有借口科学，怀疑于中国古然之神龙者，按其由

① 见《坟》，《鲁迅全集》第一卷第一五七页。

② 死而遗骸化为日月、山河等，是盘古的事情，见《五运历年纪》、《述异记》等，鲁迅此处似误记，《全集》本注已经指出。

来，实在拾外人之余唾。”他以为那些人“以动物学之定理，断神龙为必无”，是没有什么意义的。因为“龙之为物，本吾古民神思所创造，例以动物学，则既自白其愚矣”。龙是原始人民想象的产物，即使构思上多少有些现实动物的因素做凭借，但未必能从现实界中找到它完全的原形。那种用现实的动物学去否认神话动物存在的做法，是不聪明的。鲁迅当时既懂得神话的特点，而又具有真正科学的知识，所以，才能有这样明达的批判思想。

关于神话与科学问题，鲁迅还持有一种秀拔的见解。他在畅论古代希腊、罗马人文的重大成就的时候，不满意于那些“哂神话为迷信，斥古教为谫陋”的“自迷之徒”。他指摘他们评价古人文化，不能从不同种族进化的阶段上去加以比较、衡量，所以难以得出正确结论。他又不赞成那些认为一切新成就，都本之古人的科学“绍述”论者。他指出神话等文化产物与科学的研究、发明各自具有的特点以及从这些特点所产生的、在时代评价上的不同结果。他说：

> 盖神思一端，虽古之胜今，非无前例，而学则构思验实，必与时代之进而俱升，古所未知，后无可愧，且亦无庸讳也。①

鲁迅这段话的意思是：像神话一类的想象的、艺术的产物，古代某些杰出的作品为现代人所不及，并不是没有的。但科学的研究、发明，因为它是注重实证的，所以跟着时代的向前而不断发展，结果必然今胜于古，因此前代不如现代是没有什么可耻的。鲁迅这种议论中，自然也夹杂着一些泥沙，如他把神话与宗教一样看待，可是那金

① 见一九〇七年作的《科学史教篇》，《鲁迅全集》第一卷第一六八页。

子部分是闪着亮光的。他认识到各种文化由于各自的特点，有的密结着时代(社会)的往前而发展，有的却能在较早的时期结出美丽的果实。对神话和科学的评价是不当用同一尺度的。我们知道马克思在《政治经济学批判·导言》中，曾经天才地根据“在艺术本身的领域内，某些有重大意义的艺术型式只有在艺术发展的不发达阶段上才是可能的”事实，指出“它(艺术——引用者)的一定的繁盛时期绝不是同社会的一般发展成比例”①的原理。鲁迅当时自然还没有接触到这种极精辟的科学论断，他对神话与科学的发展的差异性，也不能和马克思的论断相比拟。但是，他的看法，在某点上却模糊地接近了那种论断。鲁迅早年这些比较深刻的学术见解，无疑是使我国近代的民间文艺学史增添了光辉的篇页的。

二、赞颂上帝的反抗者：撒旦

如果在没有阶级的原始社会(氏族社会)，神话作品中的主人翁，主要是对自然斗争的英雄，到了有阶级的社会(奴隶社会)，人民在创造出来的神话英雄中，就有着那种倔强的抗神者了。关于这个人民创作史上的重要事实，高尔基在《苏联的文学》那篇著名的报告中，曾经予以极精要的论述。他告诉我们神话中抗神的英雄是怎样创造出来的：

> 奴隶主愈有力量和权威，神就往天上升得愈高，而在群众中间就出现了一种反抗神的意愿，这种意愿体现在普罗米修斯、爱沙尼亚的卡列维以及其他英雄们身上，他们认为神是同他们敌对

① 参看《马克思恩格斯选集》(四卷本)第二卷第一一二～一一三页。

的最高的统治者。[①]

但是，在阶级社会里，统治阶级为了拥护本身的利益，往往通过他们意识形态集中的表现者僧侣等，任意地去篡改广大群众所创造的抗神英雄，使之变成他们所认为的反面人物：天魔、撒旦等。自然，他们在篡改人民的神话同时，还要另外制造出那些因为反抗上帝而受惩罚一类主题的故事。这种"神话"，流布到广大民众中间，就起着削弱民众反抗意识、巩固剥削制度的反动作用。

18世纪末、19世纪前半，欧洲若干国家间产生并流行着浪漫主义文学运动。这个运动的许多作家，基本上可分两派：进步的与反动的。两派的作家都重视民间文学，他们在作品中运用民间文学的题材和某些形象，或仿效民间创作的型式。但是进步的浪漫主义作家，他们所采用的神话、传说的人物，往往是富于反抗性的，像普罗米修斯等。他们利用这些人物，来批判当前的社会(资产阶级宰制下的社会)，寄托自己进步的理想。他们当中一些人所以被称为恶魔派，这是一个重要原因。实际上，他们正是人民创作中优秀思想忠实的继承者和发扬者。

鲁迅在辛亥革命前三年，发表了一篇杰出的文艺论文：《摩罗诗力说》[②]。他在这篇论文中，精警地论述了以拜伦为首的恶魔派诗人。他介绍了他们的生平、创作，阐发了他们的思想和作品的意义。主旨是在于宣扬他们的反抗精神。在篇末，他简要地总结说："上述诸人，其为品性言行思维，虽以种族有殊，外缘多别，因现种种状，而实统

① 高尔基《论文学》第九九～一〇〇页。

② 见《坟》，《鲁迅全集》第一卷。

于一宗：无不刚健不挠，抱诚守真；不取媚于群，以随顺旧俗；发为雄声，以起其国人之新生，而大其国于天下。”

鲁迅在文章中，论述了拜伦的《该隐》、雪莱的《解放了的普罗米修斯》和莱蒙托夫的《恶魔》等以上帝的反抗者为主人翁或重要人物的作品。① 首先，他对于拜伦的杰作《该隐》，做了比较详细的论述。他介绍《旧约·创世记》的神话（即亚当、夏娃被上帝赶出乐园的故事，这是僧侣篡改过或假造的宗教神话），介绍这部剧诗的本事，“……中有魔曰卢希飞勒（罗锡福——引用者），导凯因登太空，为论善恶生死之故。凯因悟，遂师摩罗（天魔、撒旦——引用者）”。在介绍之外，他并随处加以发挥。

他在介绍《旧约》神话的时候，谈到弥尔顿的《失乐园》时说：“是诗而后，人之恶撒旦遂益深。”但是，鲁迅是跟恶魔派诗人站在一起的，他不能容忍上帝的专横和坐视英雄的受难，严正地批评说：

> ……使震旦人士异其信仰者观之，则亚当之居伊甸，盖不殊于笼禽，不识不知，惟帝是悦，使无天魔之诱，人类将无由生。故世间人，当蔑弗秉有魔血，惠之及人世者，撒旦其首矣。然为基督宗徒，则身被此名，正如中国所谓叛道，人群共弃，艰于置身，非强怒善战豁达能思之士，不任受也。

鲁迅在这里盛赞撒旦对人类的功绩，咏叹了他的高贵品质，这同时就是对于上帝横暴的斥责，对于宗教权威的一种抗议。

① 在鲁迅的论文里，《该隐》作《凯因》，《解放了的普罗米修斯》作《解放之普洛美迢斯》，《恶魔》作《神摩》。

他又引用了恶魔罗锡福的善恶论："彼(神——引用者)胜我故，名我曰恶，若我致胜，恶且在神，善恶易位耳。"他紧接着加以申论："此其论善恶，正异尼佉(尼采——引用者)。尼意谓强胜弱故，弱者乃字其所为曰恶，故恶实强之代名；此则以恶为弱之冤谥。故尼佉欲自强，而并颂强者；此则亦欲自强，而力抗强者，好恶至不同，特图强则一而已。"鲁迅当时由于思想水平的限制，还不能较清楚地辨别尼采思想的反动实质，但是他的充分理解并颂扬罗锡福蔑视权威，敢于抗争的哲学，却是一种革命的思想。而罗锡福的哲学实际就是作者拜伦的思想传声。鲁迅对于那位抗神者哲学的充分理解和颂扬，同样也是对于恶魔派诗人首领充分的理解和颂扬。

鲁迅在这篇文章中，对雪莱的《解放了的普罗米修斯》、莱蒙托夫的《恶魔》等，也作了适当的论述，虽然没有像论《该隐》那样详细和光华夺目，但是，一样贯穿着对作品主旨的正确理解和对反抗思想的同情。他介绍《恶魔》的主人翁说："……托旨于巨灵，以天堂之逐客，又为人间道德之憎者，超越凡情，因生疾恶，与天地斗争，苟见众生动于凡情，则辄施以贱视。"在下文，他又进一步给予解说：

> 惟当少时，不满于世者义至博大，故作《神摩》，其物犹撒旦，恶人生诸凡陋劣之行，力与之敌。如勇猛者，所遇无不庸懦，则生激怒；以天生崇美之感，而众生扰扰，不能相知，爰起厌倦，憎恨人世也。

这里所谓"人世"，当然是指那种地主贵族及资产阶级占着支配地位的社会。莱蒙托夫在那长诗的第二章里，曾经借恶魔之口，指出"下界的尘寰"(即人世)是什么样子的："在那里没有一点真实的幸福，在那里没有一点长年久远的美，在那里只有一些犯罪和刑罚，在那里只有低级的色情才能够生存；在那里人们不能够光明正大地去憎，也不能光明正大地去爱。……”这种世界中，许多人“在无情的和冷酷的，虚伪的朋友们与敌人们当中，在恐怖与无望的希望中，在空洞的和繁重的劳动中，做一个嫉妒的粗鲁的奴隶，而默默地瘐死在这狭小的圈子里！”[①]这是人生的地狱，而那厌世的恶魔，正是要把善良的人们从这种悲惨的命运超升出来的。由于当时社会现实条件的制约，恶魔的光明、美好的理想不能不以悲剧的型式告终。可是，作者对残酷社会的深刻厌恨和对未来的彩虹般的幻想是有相当的社会意义的。

鲁迅对恶魔派诗人著作中抗神英雄的论述，不但正确表现了这些诗人的刚健思想，指示出他们创作的社会意义，同时也强烈地反映出作为革命民主主义者的自己的深刻思想和倔强不屈的英雄性格。他从恶魔派作品中听到“最雄桀伟美”的声音，他自己当时正是这种声音的体现者和传播者。

三、论我国文学体裁的产生

从我国文学理论思想发展史看，关于文学各种体裁的产生及其出现先后程序问题，很早就有些学者注意到。例如《吕氏春秋·音初》上说：塗山之女的候人歌，是南音之始，有娀氏佚女的燕燕歌，是北音之开始。……这就是企图解释当时南北等地流行歌曲的发端的。到了魏、晋、南北朝时期，文学理论批评活动日益发达，这类言论，就更常出现了。《文心雕龙》这部包含丰富的文艺科学的著作中，在论述各

① 见《莱蒙托夫诗选》，余振译。

种文学体裁时，多涉及它的起源问题。[①] 而任昉还写了专门谈各种体裁的起源的专著。[②] 但是，古代的文学体裁起源论，多注重于某种体裁的某些个别作品（大都是经过著录的、有作者姓名的）的考证，而文学体裁起源问题，却是要追溯到书契以前时代的集体创作的。学者们要解决这种文学史上远古时期体裁产生的问题，至少必须具有历史演进的观点和接触到较多的民族（特别是那些文化晚熟的民族和文化发达较早而又遗下较丰富文献的民族）的文学史料，才能因比较、探讨而得到近于正确的判断。中国晚清时期，在社会基础上已经有新兴的民族资产阶级的抬头，在学术上已经有东西资本主义国家文学史等著作的借鉴，因此，这个文学史上的老问题，就被学术界重新提起，并作出了与古代学者不同的解答。一部分资产阶级革命派的学者，在这方面留下了一些具有一定科学史意义的意见。

章炳麟在《正名杂义》[③]中说：

> 盖古者文字未兴，口耳之传，渐则亡失，缀以韵文，斯便吟咏，而易记忆。意者苍、沮以前，亦直有史诗而已。

他的文章的主旨是在谈语言、文字，并不是专谈文学体裁起源，所以这里只是极简略的触及。但是它已经可以使我们看到对文学体裁

---

① 像《明诗》、《乐府》、《颂赞》、《祝盟》等篇。

② 据清代学者们考证，任昉所著《文章始》，早已失传，现在流传的《文章缘起》，是北宋以前人补作的。但是后者在写作方法上，恐怕多少是与任昉原著有些近似的。

③ 见重订本《訄书·订文》所附。《訄书》重订本，古典文学出版社曾印行，1958 年。

的起源与过去显然不同的看法。他不像从前文学体裁起源论者那样，惯把某个历史时期个别人物的作品，看做某种文学体裁的起源。他从总的社会情况出发(虽然对这种情况认识得不充分)，指出未有文字以前的文学传播的唯一方式(口传)和由它而来的文学型式特点——韵语化，由此断定在远古时期，只有那种凭口头传诵的史诗。他根据自己当时所接触的外国文学史(《希腊罗马文学史》)，认为史诗包含民族大史诗、传说、故事、短篇歌曲、历史歌等。他又说“韵文完备而后有笔语，史诗功善而后有舞诗”，这也是从外国文学史得出的概括。章炳麟的这些说法，虽不能说已经很恰当地解决了我们远古文学体裁的重要问题，但是，他在新的社会思想的推动下，在国际文学史的触发下，提出了解决问题的新方法和新观点，这就使我们的文学史的见解前进了一大步。

另一位年轻的学者刘光汉①，在他的《论文杂记》中，也发表了与章炳麟近似的意见。他说：

> 上古之时，先有语言，后有文字，有声音，然后有点画，有谣谚，然后有诗歌。谣谚二体，皆为韵语。谣训徒歌。……歌者，永言之谓也。谚训传言。……言者，直言之谓也。盖古人作诗，循天籁之自然，有音无字，故起源亦甚古。②

---

① 即刘师培，在庚子后他参加当时资产阶级的革命文化活动，著作富于民族革命思想的《攘书》，与人合编宣传民主思想的《中国民约精义》，刊行《国粹学报》，又用当时的新观点写了许多论述古代学术、制度的论文、随笔。辛亥革命前变节投降清廷，学术思想也就暗无光彩了。本文所称引的，都是他还在参加革命文化活动时期的论著。

② 见《刘申叔先生遗书》第二十册。

他认为语言、文字与文学各种体裁的产生过程，应语言先于文字，谣谚先于诗歌。后者，换一句话说，就是部落集体的口头创作，先于个人的文字创作。这种说法，是相当符合于民族文学体裁发展的历史程序的。自然，他不能正确指出这两类作品内容和性质的不同，不能具体指出它产生的物质基础和社会功能。

刘光汉紧接上引那段文字之后又说：

> 观《列子》所载，有尧时谣，孟子之告齐王，首引夏谚，而《韩非子·六反篇》，或引古谚，或引先圣谚，足征谣谚之作，先于诗歌。……厥后诗歌继兴，始著文字于竹帛；然当此之时，歌谣而外，复有史篇，大抵皆为韵语，言志者为诗，记事者为史篇，史篇起源，始于仓圣。……

在这段论述里，他那种肯定口传创作(谣谚)先产生于个人的文字作品的主张，我们上面已经指出它的正确性。可是，他那种以古记载为证的论断，还不能尽脱传统文学体裁起源论的做法，所举的三个例子，如《康衢谣》及韩非所引古谚："为政犹沐也，虽然弃发必为之"，尽管是口头的韵语，但从意识上和型式上看，却不能说是极古老的东西。又所谓"复有史篇"，从下文"皆为韵语"的说法看来，似乎是指史诗一类的作品，一种记事性的作品。这种作品虽然也不是最原始的，但也恐怕跟所谓仓圣那些传说的名人不会真正有什么关系。

关于远古文学体裁起源的问题，是文学史上的重要问题之一，也是我们的文艺学史上的老问题。它在社会形态急变的时期被再一次提出来，并作了新的也是比较接近事实的答案。这是符合学术史的发展规律的。

四、论歌舞、戏剧及笑话的社会作用

晚清革命派的著作家对于民间文学、艺术的注意是相当广泛的，他们谈论神话的性质、文学体裁的起源和民间神话、传说中的叛逆英雄等，他们也谈论到古代歌舞、戏剧乃至于笑话等。一切种类的文学、艺术，从其起源上看，都是集体的、全民的。到了阶级社会，虽然有了分化，并且上层阶级的某种文学、艺术，不断向个人化方面发展。但是像歌舞、戏剧这类艺术，不管在演出或欣赏上，都往往保持着较大的群众性，与广大群众有比较密切的关系。中国古代所记载的关于这些方面的材料，虽然有的已经渗入统治阶级的因素或为他们所制作，但我们不妨说，其中大部分是以群众的艺术为基础的，或者仍然是与当时群众保持着密切关系的。革命派著作家对于古代的歌舞，是把它当做民族的艺术去看待的，但他们所谈到的戏剧，却基本上是乡村流行的民间戏剧。

黄节、刘光汉，差不多在同一时期内，都谈论到音乐(包括歌词、器乐等)、舞蹈等的起源和作用问题。黄节在《黄史·礼俗书》[1]里，引用了古书上所说的虞舜命夔"典乐教胄子"，大司乐"以乐德教国子……以乐舞教国子"的记载，接着他说："是乐者所以教德者也，舞者所以教体者也。"在下文，他又用作史者的身份说：

> 然则，歌舞者，德育、体育之明效也，神州礼俗之声音、形容也。古乐既亡，而歌舞之关于群治者，于是而有胡乐焉。……

---

① 见《国粹学报》第四期。

他虽然引用了那些古代上层阶级关于歌舞的文献(严格地说，舜是一个神话、传说中的大人物，夔也是一个关于音乐的神话人物，他们的事迹是一种历史化的神话、传说)，可是这位当时属于革命派阵线的学者是把它看做古代民族的礼俗，看做有关群治(社会秩序)的文化活动，看做有关广大民众生活的体育、德育的。这跟过去封建时代的那些典型学者的看法显然不同。那些学者惯把歌舞当做增进帝王威严和统制人民的东西(所谓“德化”的工具)。而他的看法，是具有新兴阶级意识的知识分子对于古代艺术的新评价，是为了使那些被封建统治者所霸占或摧残的群众性艺术能得到某种程度的解放，能为历史的新主人服务。

刘光汉对于这个问题，作了更详细有力的论述。他说：

> 乐教起源甚古，乐器始于朱襄……乐歌始于葛天……乐舞始于阴康……而三代以来，则列乐于六艺之一，其故何哉？盖古人欲强其国，必先使全国黎庶，有发扬蹈厉之风。人各有情，情动于中，斯形于声(《乐记》)。无声音以感之，则情不呈；民遏其情，则忧伤沉郁，而民气日堕。故古人作为乐歌，抑扬反复，以感发人民之意志，庶百世之下，闻者兴起。此古人制乐歌之微意也。……①

他在这段文章里，对于乐歌的感奋民众情意的作用，作了相当明畅的阐说。这种阐说已经使人感到其中流荡着近代新乐歌论的气息了。在这段文字的下面，他又论述了舞蹈的社会作用：

① 见《刘申叔先生遗书》第十九册，《古政原始论》第十一《古乐原始论》。

> 上古人民，竞争日烈，兵器不可须臾离。然民不习劳，则苶弱多疾，而服兵之役弗克胜。故古人又作为乐舞，使之屈伸俯仰，升降上下，和柔其形体，以廉制其筋骨，庶步伐整齐，施之战阵而不愆。此古人重乐舞之微意也。

他指出乐舞的主要作用是训练、调整人们的体力、姿势，是培养保卫部族安全的战士。这种看法，颇符合于上古历史的实际。现代民族学派的艺术学者告诉我们：在许多文化处于极低级的部落，有一种操练式的舞蹈，澳洲原始人的科罗薄利舞就是比较为大家知道的。学者说这类跳舞“是对于战争的最好的准备之一，因为操练舞有许多地方相当于我们的军事训练。”①从我们古代文献所记载关于舞蹈活动的材料看来，也很能说明它与战争的密切关系。古代有许多舞蹈，是拿着武器活动的，像所谓“舞干羽于两阶”、“执干戚舞”、“祭祀授舞兵”、“帅射夫以弓矢舞”等记载所说。又古代用兵的时候，往往使用乐舞，像周武王伐商纣，“誓于孟津，前歌后舞”②，但是，刘光汉当时对于乐舞的意见，主要还是在于从中国古代的艺术文化活动中，找出符合当时资产阶级所提倡和实践的东西，给予肯定和宣扬。所以他总括自己对于乐歌、乐舞的论述说：“古人重乐歌，所以宣民气也，与晢种(白种人——引用者)重德育之旨同；古人重乐舞，所以强民力也，与晢种崇体育之旨同。故古人言乐，咸歌舞并言。”我们如果记得晚清学界，是把体育当做提倡军队国民精神的重要手段的，是很羡慕

① 参看德国 E. 格罗塞的《艺术的起源》第八章《跳舞》(蔡慕晖译)。

② 参看钱君匋的《中国跳舞史》第一、二、四等节。

体操乃至实际模仿德、日的兵式操的，就更可以理解刘光汉对于乐舞等看法的时代意义了。

刘光汉还进一步论述“歌以传声，舞以象容”的意义，指出“篇什(乐歌——引用者)所陈之往迹，即为乐舞之模型”，并说明了乐舞的另一种作用：

> 是则古人之乐舞，非惟振尚武之风，且欲使天下之民，观古人之象，以发思古之幽情，其作用较乐歌为尤巨，岂仅饰为美术之观哉？

所谓观古人之象以发思古之幽情，意思就是古代的乐舞，表现了古代祖宗或名人的活动事象，人们看了，就产生一种追怀过去、学习过去的情感。这种作用是有相当社会意义的。近代艺术学者曾经根据现存许多原始民族的艺术资料，指出他们的默剧、绘画、诗歌等，往往是“从纪念的目的而产生的东西”①。这种“纪念性”是许多原始艺术所以产生和存在的一种重要的原因。纪念性的艺术，对于原始社会的人民起着历史教育和团结部族的作用。先秦文献上所记的许多关于上代的歌舞、神话、传说等，本来应当有不少是属于这类的，不过往往被吸收到那些传说的帝王的活动上去，而且原来的性质、作用被弄暗晦了。刘光汉关于舞乐(其实是一种雏形的戏剧)性质和作用的说明，虽然文词太简略，但是它使某些被尘封了的远古艺术史实，在当时新的观点烛照下，得以显露真义，不能不说是学术上的一种收获。

晚清进步的学者多注意到戏剧这种艺术。他们重视文学的剧本。

---

① 参看芬兰 Y. 希伦的《艺术的起源》第十三章《历史的艺术》。

他们为了宣传革命道理和描写英雄人物，创作了许多用传奇或地方戏型式的新剧本，其中有用历史题材的，如《悬岙猿》、《指南梦》等，也有用现实题材的，如《六月雪》、《开国奇冤》等。他们还从事于舞台的实践，凭借优孟的衣冠，唤起国人的觉悟。当时，香港、广州、上海、东京等处，都有这种进步的演剧活动。在理论、报道活动上，还出版过专门的杂志：《二十世纪大舞台》。当时年轻的革命派学者柳亚子(署名亚卢)为这个杂志写了热情洋溢的《发刊词》，中间谈到民间演剧与民众思想的关系：

> ……又见夫豆棚柘社间矣。春秋报赛，演剧媚神，此本不可以为良善之风俗，然而父老杂坐，乡里剧谈，某也贤，某也不肖，一一如数家珍。秋风五丈，悲蜀相之陨星；十二金牌，痛岳王之流血；其感化何一不受之于优伶社会哉？世有持运动社会，鼓吹风潮之大方针者乎？盍一留意于是！

在这段文章里，我们看到他的两点意思：第一，他从事实上体会到民间演剧对于民众认识和感情的巨大影响；第二，他希望革命家们利用这种具有群众基础的、富有成效的艺术武器，以为“运动社会、鼓吹风潮”的革命方针服务。尽管他当时对封建社会的正统观点还不能完全摆脱，因此对于诸葛亮的伐魏殒身寄以很大同情，但从整篇文章的主意看来，从一段引文的意思看来，他的见解是正确的，是进步的，是怀抱着革命新思想的人才能够具有的。因为当时许多顽固的知识分子，不但谈不到利用民间戏剧去宣扬“民族大义”，报复“亡国之仇”，就是他们对于这种民间艺术本身，也仍然要怒眼相加，认为是诲淫诲盗的可恶物事的。

民间笑话，是长期以来封建士大夫所鄙弃的，尽管它永远活在人民中间，并且不断发挥着讽刺阶级敌人和教育人民内部分子的作用。到了晚清这时候，却不但有人认真记录笑话，创作新笑话，而且在理论上给以相当的评价。章炳麟在《诸子学说略》文中说："周、秦、两汉之小说，似与近世不同……宋子(钘——引用者)上说下教，强聒不舍(见《庄子·天下篇》)，盖有志于社会道德者。所列黄老诸家，宜亦同此。"[①]最后，他说：

> ……街谈巷议，所以有益于民俗也。《笑林》以后，此指渐衰，非刍荛之议矣！

所谓《笑林》，就是魏时邯郸淳所编集的笑话集，它是现在我们所知道的最古的一部笑话集。原书已经不传，有清代马国翰和近人鲁迅的辑佚本。就所遗留的作品看，绝大部分是当时民间的笑话，其中像痴婿往岳家吊丧、执长竿入城者等故事，到现代还以大同小异的型式流传于民间，可见它生命力的强韧了。这些古笑话，像我们所看到后人所集录的笑话一样，它表现了民间作者洞察人情世故的智慧，表现了他们富于讽刺的才能和健康风趣。邯郸淳的记录文字，虽基本上用的是文言，但质朴少华饰，颇能传达原来民间口传的风味。虽然如此，它在封建社会中的命运却注定是不佳的，宋代以后对它称引的就很少，书也终于失传了。到了近代，像章炳麟那样深邃于古学的学者，竟然能突破封建思想的禁制，对它做出不平常的评价，这是不容易的，而这正是当时汹涌的民主思潮激荡的结果，是章炳麟革命学术

① 见《国粹学报》第二十一期。

观的巨干上的翠绿枝条。

五、论古帝王的感生神话

中国古代的史书或有关历史人物的记载，其中往往掺杂着神话、传说。这些神话、传说最显著的一种就是古帝王的感生神话。从所谓三皇起，直到周、秦的祖先，都有这种神话。① 像华胥履巨人迹而生伏羲，安登感龙首神而生神农，附宝因见大龟绕北斗等而感孕黄帝，庆都与赤龙合而生尧，纵华感枢星而生舜，女嬉吞薏苡而生大禹，简狄吞玄鸟卵而生契，姜嫄感巨人迹而生弃，女修因吞堕卵而生大业等，枚举不尽。这种神话，最多自然见于汉人所编录的纬书，但是所谓经典的《诗经》以及正史的《史记》也记载着它。② 这种现象，自不能不引起过去学者的注意。因为如果光是纬书上的记录，他们还可以不理睬或随意加以驳斥，但是经典、正史上的话，他们却必须认真考虑。自西汉以来，学者特别是经学者，对于《诗经》(同时还有《史记》)上关于玄鸟生商、姜嫄履巨迹的事说法纷纭。《楚辞·天问》上“简狄在台喾何宜？玄鸟致贻女何喜？”(喜，或作嘉。)也一并成为谈论的题目。他们或者把怪诞的因素丢开，用一种后代人能够接受的合于情理的说法去解释，像《诗传》作者毛公。有的既相信神话，又不敢强硬主张，就采取了一种调和的说法，像郑玄。自然也有人认为这是一种荒

---

① 中国古代的感生神话，时代不限于汉以前，所感生的儿子的身份也不限于帝王。(关于这种神话的历史上的材料，日本中国神话传说研究者出石诚彦，曾经在《对中国帝王故事的一考察》文中作了相当详尽的搜集。)这里只以列代学者所注意的古代感生帝为限。

② 商祖契、周祖弃的感生神话，见于《诗经·商颂》及《大雅》，也见于《史记·殷、周本纪》，《秦本纪》也载了大业感生神话。《商颂》文字欠明确，曾引起学者们的不同解释。

谬传说，甚且加以批驳，像王充及欧阳修。还有些人却做了一种有限制的肯定说法，认为它是“事理之变”，像朱熹。① ……这些神话论，一般说来，是封建时代学术思想水平的产物。到了社会发展的新阶段，就必然要求一种更能满足人们知识要求的新说法。

晚清时期，许多学者都重新提到古帝王感生神话的问题。他们具有不同的政治见解，并且从种种不同角度去谈论：有的从解释古文字的角度，有的从论述古史的角度，也有的从检讨古宗教或古学术派别的角度。这里，只就一些民主革命派的学者的意见谈一谈。

章炳麟在他的名著《訄书》上说：

> ……然自皇世，民未知父，独有母系丛部，数姓集合，自本所出，率动植而为女神者，相与葆祠之，其名曰托德模。（见葛通古斯《社会学》）……野人天性阔诞，其语言又简寡，见虚墓间穴宅动物，则眩以死者所化。故埃及人信蝙蝠，亚拉伯人信海麻。海麻者，枭一种也。皆因其翔舞墓地，以为祖父神灵所托。其有称号、名谥，各从其性行者。若加伦民族，常举鹭、虎、狼、羚自名。……植物亦然。加伦民族，常以絮名其妇人，亚拉画科民族，常以淡巴苽名，久亦为祖，剖哀柏落人，有淡巴苽、芦苇二族，谓其自二卉生也。其近而邻中夏者，蒙古、满洲，推本其祖，一自以为狼、鹿，一自以为朱果，藉其宠神久矣。中国虽文明，古者母系未废，契之子姓自玄鳦名，禹之姒姓自薏苡

① 毛公、郑玄意见见《高颂》、《大雅》的传和笺。王充、欧阳修意见，见《论衡·书案篇》及《毛诗本义》卷十。朱熹意见，见《诗经集注·大雅·生民》、《楚辞集注·天问》等注。

名，知其母吞食，而不为祖，亦就草昧之绪风也。夏后兴，母系始绝……①

他用原始社会的母系制度，图腾主义（托德模即图腾的异译）等事例来解明中国古帝王感生神话的谜。尽管阐发并不充分，可是，的确在这个长时期以来经师、学者们所困惑的老问题上作了另一种答案。从当时世界学术史的角度来看，这种答案，自然不能算是怎样新创，但是，从我们传统的神话学看，它无疑走上了一个新的阶段。从学术的道理说，它基本上是正确的。同时，还使我们原来闭关自守的神话学，向世界性的学术坛坫迈进了一大步。自然，章炳麟那篇文章（《序种姓》）的主要旨趣，是要辨章种族界限，因以排斥清朝，就是像他在篇末所说的："芟夷其伪者，而本氏可睹也。"这种做法，现在我们看来，科学上固然不很站得住脚，政治上也不值得提倡。可是，在当时全国人民起来反对清朝专制统治的革命运动中，它多少有些意义和作用。

在章炳麟谈论感生神话的同时期，刘光汉对这个问题也一再发表自己的意见。他在《古代阶级制度论》（见《古政原始论》）、《氏族原始论》、《君长原始论》、《礼俗原始论》（俱见《古政原始论》）、《论古学出于宗教》（见《古学起源论》）以及《论小学与社会之关系》等文章里，都谈到"感生帝"问题。这里就他最后一文的意见加以论述。他列举了神农、黄帝、帝舜、大禹、伯益等的姓——姜、姬、姚、姒、嬴等，证明"姓"字所以从"女"的原因。他进一步加以申述："盖上古之世多守一妻多夫之制，父子之关系未见，而祖之所出不明，后世知其然也，

① 见重订本《訄书·序种姓上》。

故行大谛之礼以祀其祖之所自出，创履敏感生之说，而托之神奇。”①下文又说：

> 斯宾塞《社会学原理》云：盖杂婚之事大行，子分明共认其父者，实占少数，而母子之关系最密。故欲认父子之血统，宁认母子之血统。又云：如恩达门民族于小儿方离乳，男女之结合即解，故忘却父子之关系，独于母子之关系，历久犹能记忆。是野蛮民族悉承认女统之血系也。《说文》“姓”字下云：人所生也。古者神圣母感天而生子，故称天子……

刘光汉这段文字的本意，在说明我国古代姓之产生的社会背景，换一句话说，即姓与母系制度的关系。可是，他同时也揭露了流行于古代的感生神话产生的社会背景：母系制度。当时他所具有的社会学知识，还不能使他很深刻地论证这种问题。但是，他把感生神话联系到母系制度的见解，是有一定科学意义的。他勇于把所得到的新知识应用到古代学术的问题上去，也是当时进步青年学者态度的一种表现。

对于古帝王的感生神话，还有一些民族主义著作家接触到它，例如《国粹学报》的主编人之一邓实，在谈到春秋以前有大势力的鬼神学派时，举述了包牺(伏羲)、女娲、神农等的异常形状和感生故事而后总结说：“是三皇之所诞生及其形状皆与神近而与人远，此古纬书之所以有感生帝也。”因为作者对古代事象，只有演述，缺乏新的论断，所以不详谈了。

① 见《刘申叔先生遗书》第四十六册。

古帝王感生神话与远古母系制度等的关系，在晚清民族革命思想高涨时期，被一些先进的学者所提出。但资产阶级社会科学的理论武器，还不能使他们彻底解决这种自己提出来的问题。“五四”以后，马克思主义社会学理论在中国学界广泛传播，这种问题，在科学的新的强光照射下涣然冰释了。吕振羽的《史前期中国社会研究》第五章《传说中尧舜禹的时代——母系氏族社会》，就引用古文献上大量的感生帝神话，证明古代母系制度的曾经存在。他的结论说：“感天而生之类的神话，无疑是母系时代的传说。”(1934 年初版)这是马克思主义社会学在这个问题上收获的初穗。它是在旧民主主义著作家们的旧答案上的新发展。

六、论民族祖先起源神话

晚清新学术界，对于种族问题曾经有过很大的注意。在这方面不但讨论过重大的问题(如“汉族西来说”等)，产生过好些有分量的论文，并且出现了一些专门的著述，如洴澼子(唐才常)的《各国种类考》、王树枏的《欧洲种族源流略》等，译书有鸟居龙藏的《人种志》(林楷青译)。这种现象产生的原因，一方面是由于海禁开放后，中外种族的接触频繁和西方种族(实际是资产阶级国家)对我的侵略，国人有明了世界各种族情形的迫切需要；另一方面是国内反清朝统治思想的不断高涨，民族主义者要辨章族类，以唤起人民抗清热情。后者的关系更大。孙中山领导的兴中会的入会誓词已经提出“驱除鞑虏”的口号。后来光复会等革命团体更着重于民族主义革命的宣传和活动。革命派著作家的著作，如章炳麟的《訄书》，刘光汉的《攘书》，黄节的

《黄史》①等，都借着谈论古代种族问题，以指斥民族压迫和表示革命要求。

在晚清革命派著作家盛极一时的种族论中，自然不免要谈到汉族和历史上其他民族的起源问题，因而触到民族起源神话问题，而他们对于他族祖先起源神话的意见，尤值得我们注意。

黄节在《黄史》中，一再接触到这方面的问题。《种族书·通种》中说：

> ……夫综夷狄之先，无一人类。若蛮夷之出于盘瓠(《后汉书·蛮夷传》)，吐蕃之出于狗种(《旧唐书·突厥传》)，突厥之母狼(《隋书·突厥传》)，高车之父狼(《通典》)，党项羌有猕猴之种(《北史·外域传》)，载在旧史，不同荒诞。人与兽交，日月失明。……②

他这里所指出的种族起源说法，都是根据那些部落的祖先起源神话。这种神话，在文化未发展的部落，是严肃地当做真实的历史传述的。近代世界民族学者、人类学者已搜集了大量的资料证明这点。黄节当时还不能掌握这种新的科学知识，因此把它当做真正的事实看待，虽然他论述这些是另有意旨的。在《种族书·攘夷中》里他又说：

> 环吾族而处者，于北曰狄，厥种为犬，于南曰蛮，厥种为蛇，于东北曰貉，厥种为豸，于西曰羌，厥种为羊人(《说文》，

① 《黄史》连刊《国粹学报》中，未见过单行本。

② 见《国粹学报》第二期。

羌字下，西戎，从羊，人也……盖羌种，即羊与人通种而成，犹高辛氏女之于盘瓠，匈奴少女之于老狼，于古有之），于东曰夷，厥种为人，而与东北之貉有别。然则亚洲大陆，自吾民族而外，惟东夷犹为人种，余则为犬、为蛇、为豸、为羊人矣。①

这里，他举述了一些以动物为称号的部族，依古文字学者的注释，把那些部族当做“异类”。这些部落，似并没有在我们的古记录上留下像吐番、突厥等族那种祖先起源神话。但是，我们根据许多原始部落的情形，可以推测这种部落的动物称号，大都是图腾制度的标志或其遗物，而以动物为标志的图腾部落，往往是同时流传着祖宗由动物变来或得到过它的帮助这类神话、传说的。因此，那些以狄、蛮、貉等为称号的古部族，本来很可能也是有过那种动物祖先神话的。黄节用盘瓠、匈奴祖先的神话，来辩证羌为“羊人”而不是“牧羊人”，虽然缺乏更直接的证据，但不失为一种有科学意义的推断。不过，这种真实性，是神话的，而不是历史的。黄节写作上面两段文字的意思，原来是要表明汉族在人种、文化上的优越，为那些古代在我们周围的，或与我们打过交道而后来与我们融合了的其他民族所远不及，借以达到排斥清朝统治、巩固汉族自身团结的政治目的。他在《黄史》中曾经反复地表达了这种意思。或说：“亚洲种族凡六，而吾黄族实居其一。四千年历史之人种，为最贵矣！”（《攘夷中》）或说：“泰西民族主义（实际是帝国主义——引用者）汹汹东侵，彼□□吾土者，乃日举吾族血食，拱手授人，作投赠交游之物，若桃李焉，若缟纻焉。哀哀吾群，几何而不胥为美洲之红种，澳洲之黑种矣！……传曰：戎狄豺

① 见《国粹学报》第二期。

狼，不可厌也；诸夏亲昵，不可弃也!”(《种族书·第一》[1])终于至说：“非我族类，虽奴其民，必屏其居，勿与齐等，善者犹不免，矧夫以犬羊贱种，蕃溷神皋，黄帝复起，其不为有北之投也，嘻，无幸焉!”(《种族书·第一》[2])他运用古代其他民族的祖先起源神话和动物称号，来论证古代种族问题，目的要为他的民族独立、民族自强的主张服务。这种用意，我们是能够理解的。可惜的是那些论述，正像我们在前节所批评过的章炳麟的意见一样，在科学上缺乏可靠根据，在政治上也不是富有远见和能收到巨大成效的。

当时，在这些问题上，与黄节表现出同样激烈态度的民族主义者还有陈去病。他在《清秘史》中，介绍了清朝统治者的祖先起源神话，并对它进行了严厉批判。在《佛库伦不夫而孕》(卷下)那个标题下，他这样叙述这个神话：

> 佛库伦者，长白山下一夷女也。……一日佛库伦与其长姊恩库伦、次姊正古伦，二(三?)人同浴于布库里山麓布尔湖里池，忽有鹊衔朱果，置库伦衣。佛取吞之，遽入腹，遂有孕。寻产一男，名布库里雍顺，而爱新觉罗为之姓。……既长，其母凌空去，而别以小舫置儿其中，俾浮达彼岸。登陆折柳枝及蒿为坐具，端坐其上。适其地有三姓争为雄长，一人因取水至岸边，见之大奇。诘其所由来。小儿遂妄言：我天女所生，将以定尔乱。众益惊异。遂交手为舁，迎为酋长，并以女百里妻之。于是雍顺居长白山东俄漠惠之野俄朵里城，袭女真之旧称，号曰满洲。盖

① 见《国粹学报》第一期。

② 文中表现了极端的大汉族主义思想。

满洲者，即肃慎地也。……①

跟这里所述相似的部族祖先起源神话，在古代亚洲大陆的扩布上是相当广泛的，就大家比较熟悉的材料来说，如扶余王、哀牢夷王、夜郎侯等来源神话都是这一类型的。它也可以说是前节所论述的帝王感生神话的一种型式。但是，当时民族主义者的陈去病却在这类神话中找到了指责清朝统治者的凭借。他在《满世系图表总序》(《清秘史》卷上)中专门评论了这个部族祖先起源神话。首先，他批判中国古代帝王，“托诸离奇瑰玮妖妄不经之事，以征帝王受命之符”，而不知自别于禽兽，正是人所以贵于万物的地方。又说，上古人伦未备，婚姻未定，人们所生的儿子，“往往知有母而不知有父”。到了后来人智渐开，觉得古代那些事情，“未足以垂训将来，则不得不托为神灵、天帝之奇，自文猥陋”，这是情有可原的。下文很严厉地指斥清王朝的祖先起源神话，是一种别有用心的假托，目的在于欺骗汉民，巩固帝王家业。他说：

……甚至东胡贱种，潜盗中原，乃亦文饰臆造，自诬所出。推其究竟，乃莫非笼络愚民之计，而视君位为私产也。不亦谬哉！予读满洲史，见其先世事，与殷本纪类，窃独怪之。夫殷、周之祖之所以俱流于怪诞者，原非其孝子仁孙之本意云然。乃左道妖人，比附《大雅》、《商颂》之文，故造谶纬，以惑世诬民，不足信也。……夫以实考之，彼固明明女真之苗裔也，而必遁于怪诞者，岂其血统犹非胡金之流衍，而别感于其他孽气邪？……

① 与《太祖高皇帝实录稿本三种》等所记略有出入。

这里，为殷族祖先起源神话作合理主义的辩护（其说法本于毛公），指出清统治者伪造神话的政治企图，甚至还怀疑清朝祖先的来历不明。归根到底，他的目的，在于揭露清朝统治者的“非我族类”和企图永远掌握君权，而这是当时汉族人民所不能忍受的。民族民主革命，是当时的大义所在，一切为这种主义宣传、服务的言论、学说，都有一定的历史进步意义，黄节和陈去病的这种神话论，也自然有它的时代意义。但是，由于他们对于一般科学，特别对于神话的理论知识比较贫乏，他们的民族主义又是狭窄的，不能与民主主义的精神相结合，因此，这种对于他族祖先起源神话的见解，就不能在时代进步的学术上获得一定地位，在实际上的作用也是受限制的。

七、论神话与地理环境

在晚清的新学术界中，对于文化、历史的研究、解释，出现了许多观点，如民族观点、进化论观点等。这些新的观点，给当时学术界造成一种新气象。在这些新观点中，有一种可说是地理环境论。它用地理环境的因素去说明某些文化现象的特点。如有人以孔子、墨翟等为北派，老子、庄子等为南派，而用寒暖、瘦肥、谋生易否等地理条件，去说明他们学术的精神和观点。① 又有人认为：“南北学者，立术各殊，以江、河为界限，而学术所被，复以山国、泽国为区分。……山国之地，地土墝瘠，阻于交通，故民之生其间者，崇尚实际，修身力行，有坚忍不拔之风。泽国之地，土壤膏腴，便于交通，故民生其间者，崇尚虚无，活泼进取，有遗世特立之风。……故学术互

① 见梁启超《论中国学术思想变迁之大势》。

异，悉由民习之不同。”他用这种观点，论证了中国古代南北不同的诸子学、经学、理学、考证学及文学。① 这是当时学术界相当流行的一种新观点。除在著作中应用外，还有人介绍过这类的专门著作，例如世界语言文字研究会编译的《人生地理学》。地理环境论的观点，一直流行到“五四”前后。在文学史的著作上，有好些人是用南北的风土条件去阐明《诗经》、《楚辞》及南北朝民歌等的思想和艺术特点的。这种资产阶级似是而实非的学术观点，直到马克思主义的科学社会学观点广泛传播和运用之后，才受到致命的批判，因而在学术界中消失了声影。

地理环境论的观点，革命派学者章炳麟，也曾经在他的著作中运用过，他的《原学》，就是一个例子。作者在那篇短论中，用地齐（地理——引用者）、政俗、材性（个人性格、经历——引用者）三种因素来说明学术、文化产生的因缘，而归结指出：地理、材性因素到现代已经削弱，只有政俗的因素（即社会的因素）最重要：“古者有三因，而今之为术者，多观省社会，因其政俗而明一指。”他在论证文化产生的第一种因素（地齐）的时候，引用了几个神话学上的事例，即希腊、印度及中国古代神话、传说的材料。他说：

> 希腊言：海中有都城曰韦盖。海大神泡斯顿常驰白马水上而为波涛（《宗教学概论》）。中国亦云。此非宾海者弗能虑造是也。伯禹得龟文，谓之九畴。惟印度亦曰鸿水作，韦斯拿化鱼，视摩拿以历史，实曰鱼富兰那。二谶之迹，国有大川，而馈饷其诬。……地齐

① 见刘光汉《南北学派不同论》，《刘申叔先生遗书》第十五册。

然也。①

他用希腊、印度及中国濒临川海的自然条件，说明这些国家那些内容涉及浪涛、龟鱼等形象的神话之所以产生，这是文化学——神话学上的地理环境论。这种地理观点的运用，在资产阶级的神话学中，自然并不是罕见的。例如德国 19 世纪下半神话学者 P. W. 福尔克汉玛、K. 布尔蒋等都用风土条件去解释古希腊神话。日本现代神话研究者松村武雄，在他的《宗教及神话与环境》中，用了相当多的篇幅，论证了各种地理条件和神话关系的现象和规律。我们知道，地理环境对于文化的活动，虽能起一定的作用，但不能起决定性的作用。它不能直接决定文化的内容与型式，它只有通过人们的社会活动，才能对文化活动起到一定的影响。在马克思主义观点、方法的主宰下，注意到地理环境的作用，这是必要的。但若像某些资产阶级学者所主张的那样，将其强调为独立的、起决定作用的因素，即地理环境决定论，那就自然会得出歪曲的非科学的结论了。

虽然如此，章炳麟在资产阶级意识初抬头的时候，能运用这种新观点去解释文化现象，这对于许多过去学术上占势力的、极端唯心主义的观点来说，是有一定进步作用的。因为它多少还看重文化产生、构成的客观因素，不同于那些在这种问题上只强调统治阶级“圣贤”的个人作用，或把文化产生的原因看成为纯粹心理的、偶然的那种陈腐观点。

① 见重订本《訄书·原学》，《国故论衡·原学》篇虽基本论点相近，但文字出入处颇大。关于海大神泡斯顿故事，参看 T. 巴尔芬齐的《传说的时代》第二十二章。“中国亦云”，似指伍子胥死后，“人有见其素车白马，逆潮而上”的传说。“伯禹得龟文”，见《拾遗记》卷二等。印度洪水故事，参看《古教汇参》卷二。

八、其他民间文学见解

晚清资产阶级革命派著作家的民间文学论点，除上述几项外，还有一些值得提及的，这里简略地说一下。

甲、对神话中异形人物的解释 古代神话、传说中神或英雄(包括古帝王)的形状，往往有的是全动物形的，有的是半人半动物形的。像鹊山之神“鸟身而龙首”，天虞山之神“龙身而人面”，司帝平圃之神英招“马首而人面，虎文而鸟翼”，西王母“虎齿有豹尾”，“庖牺氏、女娲氏、神农氏、夏后氏，蛇身人面，牛首虎鼻”，蚩尤氏兄弟“并兽身人语”等，① 古文献上常见这类记载。这是神话学上所谓“不合理成分”之一。因为在文化已经进展阶段的人看来，这种说法是不合情理的，甚至于认为是亵渎神圣的神或英雄人物的。这种现象，特别是关于古帝王的这种异常形状的现象，自然要引起过去学者们的疑问和解答。例如宋朝的有些经学家就对它发表过自己的见解。“或问：于传有言，太古之时，人有牛头蛇身者，信乎？子曰：谓之人，则无是矣。或言其赋形之有肖焉，则可云尔已矣。”②这就是说那些英雄、帝王，既然是人，就不应有那样的怪形。可是说他们的样子有点像那些动物是可以的。把原来不合理的事情(这是就后代的人的思想来说，在产生和相传这种神话的人，它是合理的)，委曲地给以合理的解释，这是在科学的神话学未产生以前容易见到的一种见解，我们在前面也曾经提到过的。

晚清革命派学者们，在对古史及古学术的检讨上，不能不接触到

---

① 见《山海经》的《五藏经》及《大荒西经》、《列子·黄帝》、《龙鱼河图》。

② 见《二程粹言》卷二。

这个问题。刘光汉在《山海经不可疑》的随笔里,[①] 开始批评晋朝那些对《山海经》所记“多奇怪俶傥之言”而抱怀疑的人,是缺乏理解的。接着他介绍了西方资产阶级的地质学,“谓动物庶品,递有变迁”,分地层为十二,十一层才有大鸟大兽,十二层才有人类。动物是植物所演化,人类又是动物所演化。下文他作出了自已的论断:

观《山海经》一书,有言人面兽身者,有言兽面人身者,而所举邦国、草木,又有非后人所及见者。谓之不知可也,谓之妄诞不可也。夫地球之初,为草木、禽兽之世界,观汉代武梁祠所画,其绘上古帝王亦人首蛇身及人面龙躯者,足证《山海经》所言皆有确据。……即西人动物演为人类之说也。

黄节在《黄史》中也表白了跟这类似的意见。

这些新起的学者,想利用当时所能掌握的自然科学的知识,去解决那些过去不能解决的神话学上的问题。他们的进取精神,是可敬佩的。但是由于他们既没有理解神话这种文化现象的特点,对于自然科学的知识又不是正确把握的,因此,既不能真正解决问题,也歪曲了自然科学和考古学材料。这是当时科学史上一个小小的悲剧。

对于这个神话学的问题,章炳麟也从另一角度接触到它,并给予一种与刘光汉等不同的解释。他是从汉族西方移来的问题谈到西王母的形状的。他说:“古者人君执神权,常自谓摄天帝,是故《西山经》言,西王母如人,豹尾虎齿而善啸,蓬头戴胜,宜即加尔特亚所奉尼

---

① 见《刘申叔先生遗书》第六十二册。

加尔神，其形半如神半如虎者。非大酋形体然，其所摄之神则然也。”[①]这种说法，虽然也没有正确地解答所提出的问题，但却提出了一种科学的假设，而不再是在古来固有的答案上踏步。至于这种科学问题的真解决，自然要等到十数年后我们的科学文化向前跃进的时候。他们所处的时期，还只是这种科学发展的黎明前。

乙、对荷马史诗的评价　晚清时期，西洋文学知识，跟着西洋的自然科学、应用科学以及政学、史学等知识，不断传入中国。它为那些想改变中国当时状况的学者们所欢迎。在维新运动失败前，资产阶级改良派的著作家像梁启超等，对于当时很少的西洋文学译书，就表现了极大的兴趣。[②] 以后留学生日多，中国知识分子对于外国文学的知识和兴趣就更增大加深了。在前面的论述中，我们已经多少可以看到这方面的情形。例如章炳麟等认为最初产生的文学体裁是史诗，这种看法就是跟对世界文学史知识的摄取分不开的。

鲁迅在当时的青年知识分子中，对于西洋文学知识的掌握是最杰出的，他的《摩罗诗力说》，就是一个铁证。这篇论文，不但像前文所论述，很精确地介绍了恶魔派诗人的创作精神和功绩，颂扬了他们作品中的抗神英雄，并且卓识地认识到古希腊民间史诗的伟大社会作用。他说：

> ……昔爱诺尔特(M. Arnold)氏以诗为人生评骘，亦正此意。故人若读鄂谟(Homeros)以降大文，则不徒近诗，而自与人生会，历历见其优胜缺陷之所存，更力自就于圆满。此其效力，

① 见《訄书·序种姓上》。

② 见《读西书法》。

有教示意；既为教示，斯益人生；而其教复非常教，自觉勇猛发扬精进，彼实示之。凡苓落颓唐之邦，无不以不耳此教示始。

在这段论述里，充分显示了这位年轻勇猛的民主主义者，对荷马史诗等伟大作品的看法和对文艺作用的要求。在他看来，文学、艺术是生活的批评、教示。这种教示不是别的，而是自强刚勇，奋迅直前。反之，那些使人读了精神萎靡的作品，却是衰败国民的头脑食粮。在这里也流露出他对祖国命运的忧虑和拯救她的热望。鲁迅对于古希腊民间史诗等作品效用的评价，是符合于优秀人民创作的实际的。它是我们民间文艺学上一种优异的见解。

丙、舆论与民间文学 中国古代长期的封建社会中，广大被统治群众，在政治权、经济权等被剥夺的同时，文化享受权也是被削掉的。因此，他们一般不能用文字、书本型式表现自己的批评、意见。(自然，即使能够，在传播上也要遭到严厉的阻抑。)但是，他们的思想、感情，总得有它传达的路径。他们头脑中的“舆论”，必须成为一定外在型式的舆论。有些著作者，曾经把我国古代的某些民间歌谣，看做那个时代舆论的表现，这自然是不错的。但歌谣不过是舆论表现型式的一种，此外，像笑话、谚语以及戏剧等，都曾经是一种舆论的表现。过去民众的社会观感、社会批评，往往通过他们的韵语、笑声和幽默的台词、动作等艺术地表现出来。在这种意义上，一直到现代还被保留下来的民间文学、艺术作品，是我们研究过去民众心理和民众意见的丰富资料库。

晚清时期，资产阶级革命派的学者们所信奉的主要信条是民族主义和民主主义，因此他们对于舆论，对于舆论所寄托的民间文艺，必然要比过去重视。例如刘光汉在《拟编辑乡土志序例》中①，主张新编乡土志，要备录街谈里语等，这多少跟他们所鼓吹的民主思想有关系。（我们前面提到过，他曾与人合编过《中国民约精义》一类宣传民主思想的书）章炳麟在《古官制原于法吏》的论考中，② 极力主张法治，说古来“以法律为诗书者，其治必盛，而反之，其治必衰”。他认为人民所希望于国家的，只是“综覈名实，略得其平”，又引述了包拯等前代廉吏的公正执法和舆论对他们反应的情形：

> ……宋之包拯、明之况锺、近代之施闰章，稍能慎守法律，为民理冤，则传之歌谣，著之戏剧，名声吟口，逾于日月，虽妇孺皆知敬礼者。岂非人心所尚，历五千岁而不变耶？

他以为像包拯等封建社会中的清官廉吏，就因比较能为民众伸理冤屈，所以得到舆论的拥护，而这种舆论都是用民间文学、艺术的型式表现出来的。章炳麟那种唯法治论，作为一般的政治理论看并不很高明。但是，如果把它作为对腐败至极的清廷吏治的一种抗议，却有它一定的政治意义。他把民间的歌谣、戏剧当做舆论的表现，并用它来做民心归趋的证验，正是他的民主主义思想的一种表现。我们知道，对于包拯，在他生前就有“关节不到，有阎罗包老”的谚语流传。元明以来，小说中的龙图公案、戏曲中的包公案剧等的流行，更是大家知道的。“身后无劳汗青简，贩夫村媪说龙图”③，这决不是什么夸

① 见《刘申叔先生遗书》第五十一册。

② 见《官制索引》，《章氏丛书·太炎文录初编》。

③ 见成文昭《合肥三绝句》（据《今传是楼诗话》引）。

张的话。况锺活在民间戏剧里，由于前几年昆剧《十五贯》在北京演出的成功，更成为广大人民的新常识了。从这些，我们可以看出章炳麟把歌谣、戏剧看做舆论的表现，并引做自己论点的证据，是有意义的，是跟当时国内腾涌的民主思潮的巨响相应和的。

丁、神话与语言疾病说 章炳麟在《正名杂义》中论述语言的假借问题，引用了姊崎正治和马科斯·牟拉(马克斯·缪勒)关于语言的必须表象和神话由语言疾病所产生的意见，他伸论说："然最为多病者，莫若神话。以瑞麦来牟为天所来而训行来，以乙(燕)至得子为嘉美之而造孔字，斯则真不失为瘿疣哉！"①

我们知道，19世纪后期，欧洲资产阶级学界产生了一个有势力的神话学派，就是比较语言学的神话学。它的主将是马克斯·缪勒。缪勒的主要学术园地本来是语言学。但他把它作为手段，进入了神话学及宗教学的领域。他认为神话是由语言决定的。人类早期的语言具有种种特性，如语词的性别、同语歧义、多语同义以及诗的隐喻等，这种性质的语言，传到后代，人们不懂得它原来的意义，便演为故事性的神话了。因为神话的产生是由于语言使用上的不健全所招致，所以这种神话学说，被称做"语言疾病说"。这种学说在19世纪下半期的欧洲学界，曾经风行一时，到了泰勒、安特留郎等的英国人类学派的神话理论起来以后，它的势力就衰颓了。"五四"以后，我们的学术界介绍资产阶级的神话理论时，因为它在欧洲已经失势，所以注意到它的人就比较少了。

尽管比较语言学派支配神话学界的事情早已成为陈迹，但是在近

① 见《訄书·订文》所附。瑞麦来牟，翺至得子二语本许慎《说文》：来字、孔字释文。

代这门科学史上，它还是有过自己的一定贡献的。章炳麟在我国科学的神话学正在怀胚的时期，就在论语文的论著中给以介绍和应用(虽然极其简单)，这在我们神话学史上是应该提一笔的。

戊、神话与历史学 晚清学术界对于历史，特别是对于古代史，兴致是很高的。这表明社会形态急剧变动时期知识分子对于历史的要求。他们一方面要用新观点去观察和解说历史，另一方面，又希望从其中得到自己行动的根据或佐证。所以当时资产阶级改良派和革命派的著作家都在改编历史、评论古史。他们在对古史的论证中，往往采用神话、传说。汉民族西来说，是当时这些新派学者所热烈讨论的一个史学问题。在这场讨论中，古神话、传说是他们最喜欢引用的史料。当时革命派好几位学者(像章炳麟、黄节、刘光汉等)参加了这种讨论，并且同样运用了《山海经》、《穆天子传》等神话、传说的材料。这是他们当时学术上的一种共同的趋向。

章炳麟在《訄书·序种姓上》中，不但像前文所引述，他援用了世界上好些民族的神话来证明汉族古代存在过母系制度，并且也引用我国伏羲、神农、黄帝的神话传说，与加尔特亚人的传说、历史相比较，用以证明汉族是由西方东来的。他还用《穆天子传》、《山海经》中对于西王母的记载，证明所谓西王母即西膜。(“亚米特科，旧曰西膜，亚细亚及前后巴比伦，皆其种人”。)黄节在《黄史·种族书·种原》中说：“巴克者，盘古一音之转。西方称吾民族为巴克民族，即盘古民族。”他又引用《遁甲开山图》“天皇被迹于柱州昆仑山下”的话，说“昆仑有名巴尔布哈者……巴尔布哈之音，殆与巴克尤近，其为昆仑本名耶?”又用《山海经》所记，西荒有轩辕之国、轩辕之邱、轩辕之台等，证明法人拉伯克里(《中国古代文明西源论》的著者)所谓黄帝东下，道出昆仑的说法。诸如此类，革命派学者在论证古史问题时，对神话、传说的采用是很常见的。

这种利用神话材料证史的方法，从某种意义上说，是一种学术态度上的解放。封建时代的史学者们，往往一方面相信那些被历史化了的神话传说，甚至自己也在进行这种神话历史化的工作。但是另一方面，他们却死抱住儒家经典及所谓正史，而不肯承认《山海经》、《穆天子传》以及纬书等有一定的史料价值(当然不是说要把它当做狭义的史实看)。晚清新派学者的反其道而行之，正表明他们是自觉或不自觉地在冲破这种罗网。自然，这只是就方法、态度方面说，至于他们当时这种做法的实际成就，是要分别看待的。像他们所热心进行的汉族西来说的论证，那结果，却不免枉然。他们当中有些人，后来自己也已经否认了那种不牢靠的说法了。①

结束语

上面，我们论述了晚清资产阶级革命派著作家关于民间文学的若干见解，这当然不能说已经包括了他们这方面的一切，但是，比较重要的大略具备了。从这里，我们可以看到，当时这些进步知识分子的代表们对民间文艺学的倾向和努力以及他们在这方面的实际成就和缺陷，从而估量他们在这门科学史上的意义和位置。下面我想简要指出三点：

一、这些见解，在中国民间文艺学史上开拓了一个历史新时期。中国自春秋以后到鸦片战争以前，是一个历史漫长的封建社会。在这段时期中，中华民族创造了灿烂的文化，不论在经济、政治、哲学、科学、文学、艺术哪方面，我们都有过值得称述的东西。民间文艺学在我们的学术史里，虽然并不怎样发展，但是，在记录、编纂方面，

① 见《余杭先生语录》，徐征记。

在理论、探究方面，都有自己的历史成就，有的还占有世界的意义。① 但是从这门科学的世界的发展历史看，它的较大的发展时期，是在资本主义兴起(特别是它的发达)以后。中国过去长期封建社会中所发育起来的民间文艺学，用现代这门科学所到达的水平来衡量，不用讳言，一般的是比较幼稚的。从历史的发展过程看，晚清民间文艺学的气象繁荣，内容新颖，正表明我国这门科学在历史上跨进了一个新时期。革命派著作家们在这方面的努力和成就，是形成这个新时期的主要力量。他们勇敢地提出或触到许多新问题，像神话的性质、神话产生的客观条件、恶魔派诗歌与民间创作、外国民间史诗的价值等；也重新提起一些旧问题，像古帝王的感生神话、文学体裁的起源、神话中的动物形的或半动物形的英雄人物等。对于这些问题，他们都用自己新的理解给予回答。在这些回答中，有一部分意见是相当正确的，甚至于是很优秀的，像鲁迅对于神话中的抗神者、神话的性质及其与历史关系、荷马史诗等看法，章炳麟等对于感生神话的看法，柳亚子对于民间戏剧的看法及黄节、刘光汉对于乐舞的看法……一般地说来，他们关于民间文学的这些见解，是跟过去封建时期学者的民间文学看法很不同的。它是这个历史时期新兴资产阶级意识形态上的新花朵。我们如果把它跟革命派作者著述民间文学化的倾向等联系起来，② 就更加可以看出它的时代的意义和性质。尽管这些著作家

---

① 中国两千多年前，就有像《诗经·国风》那样篇章丰富和内容真挚、深刻的民歌的辑录。又有一些被研究家所认为具有世界性的民间故事，像天鹅处女型故事、灰姑娘型故事等。我们不但很早就有关于它们的记录，而且有些记录(例如唐代作家段成式所记的叶限故事)，从专门学者看来，也不能不承认是相当优秀的。

② 关于晚清资产阶级革命派著作家们在自己作品中对民间文学的运用，我将在另一篇论文里给予论述。

的意见是零碎的、散在的，但是，只要就一定的问题把同样的意见汇集在一起，尤其是把他们对各问题的意见都汇集在一起，就可以明白看出他们的某些共同倾向，共同见解。它不是个别学者的个别意见，是在新的历史条件之下，具有共同社会意识的成员一种学术上的表现。这种表现，表明它是“五四”以前，中国这门科学史上一个照耀着霞彩的时期。

二、这种新兴的民间文艺学是跟革命派著作家们的政治主张和活动密切联系着的。辛亥起义前 10 多年间，是资产阶级革命派领导着中国革命斗争的时期，属于这一派的著作家的学术活动，也多是围绕着这种中心任务进行或跟它血肉关联的。我们知道，当时学术界曾经大量印行了宋、明遗民的各种著作。这看来好像跟现实无关的活动，实际上正是为那火热的革命运动服务的。革命派的学者们利用它来宣传爱国主义或反抗民族压迫的思想。当时学者们阐述古学，编纂古史的活动，也是跟这种搜印古书的活动具有同样目的和作用的。革命派著作家们注意和探索民间文学上的问题，乃至于在自己的宣传作品中，对民间文学作品多方面加以利用，这绝不是学术上个人的、一时的闲情逸致。它主要是用来充当宣扬民主主义，特别是民族主义的一种手段，一种武器。他们谈论民族祖先起源神话，谈论乐舞、民间戏剧的作用，乃至谈论撒旦的功绩、荷马的教育价值……都不是无所为的，都不是为学术而学术的。他们这种学术活动的目的，是要鼓吹民族自豪感，排斥清朝统治者，是要激起国民的自强、抗争的意识，争取自由、独立的地位。换一句话：唤起革命思想，达到革命目的。我国民间文艺学在这新时期的一个特点，是它相当突出地显示了学术活动为政治运动服务的原则。

当然，并不是革命派学者一切关于民间文学的意见，都是这样直接地为他们火辣辣的革命主张和活动服务的。人们的知识的活动领域是比较广泛的，一切意识形态对政治活动的服务，也不一定都要求是直接的。他们对神话性质的阐明，对文学体裁产生程序的考定，对感生神话意义的新解说等，并不是怎样直接助益于他们的政治革命主张和活动。但是这些知识上的活动，是新兴阶级的意识代表者用自己的眼光和要求去考察、评判那些文化事象的结果。这种结果，对于没落的阶级的意识形态来说，是对立的，是战斗的。它是新的意识形态的一个有机部分，彼此间是互相联系着的。它虽然不直接为那个阶级利益集中表现的政治主张和活动效劳，但是，它却是那种主张和活动的一个密切的伙伴。

总之，革命派著作家不少民间文艺学上的意见，是他们进行革命和对敌作战的枪炮，是一种不折不扣的战斗武器。就是那些并不直接对政治斗争发挥作用的见解，也是为这种斗争助阵的喊声，是一种有攻守同盟协约的友军。这些正是他们民间文艺学的社会价值所在。

三、革命派的民间文艺学是有相当缺陷的。一切进步的事物，都是在一定的历史条件下产生和进行的。而这种条件是客观存在的，不能由活动者自己去创造或选择，它对于人们所要进行的工作的理想的完成，往往是有限制的，因此，这种活动的结果，多少不免有缺点乃至错误。但是，本质上进步的事物的缺点、错误，不能与反动的事物的缺点、错误一律看待。革命派著作家的有些民间文艺学的见解，就当时的学术水准来说，也是比较落后的。例如他们从大汉族主义的思想出发，根据那些少数民族部族的祖先起源神话，就把他们看成为“异类”。又如曲解自然科学知识，把原始人想象的全动物的或半动物形状的神话人物，(列宁告诉过我们：原始人在意识上还不能把自己从自然分开来)说成为早期人类的固有形态。……这都是违反科学常识的，前者并且违背了他们所服膺的资产阶级民主思想。即使那些在当时算得上优异的见解，像鲁迅对反抗上帝的恶魔的礼赞，章炳麟用母系制度、图腾制度论证感生帝等，在正确的另一方面，还是存在缺点的。19世纪进步的浪漫主义者所歌颂的恶魔，是孤独的反抗者。鲁迅自己早期的思想中也存在着这种因素，大革命失败后，他才迅速成为集体主义的战斗者。章炳麟当时的母系制度论是属于资产阶级粗杂的社会学系统的，在对感生神话的论述上，也是比较简单化的。这里不过就他们的意见举些例子而已。至于他们对民间文学的阶级性质和它在阶级社会中的战斗作用等主要问题，不能明白提出或给予较好的解答，自然是更重大的缺陷，虽然这已经越出他们当时阶级意识限度之外了。总之，资产阶级革命派著作家的民间文艺学，当它存在着优点同时，是有着相当缺陷的。

这种民间文艺学的缺点或错误的产生，有共同的社会的、历史的原因，也有个人主观的原因，更主要的当然是前者。首先，资产阶级思想，本身就有极大的局限性，例如源于资产阶级思想的对个人作用的强调、机械的唯物主义思想方法的运用等，都会给学术活动带来负的作用。加以当时中国资产阶级的软弱，革命派知识分子出身阶级的复杂(从资产阶级到开明地主)以及本国这门科学基础的薄弱，深受封建教育的学者在接受世界文化上的限制等，这些都在一定程度、一些方面造成革命派著作家学术上的显然缺陷。

晚清革命派著作家的民间文艺学遗产，虽然有它不可掩饰的缺点、错误，但是它的进步的社会意义和那些优异的实际成就，是不能轻易抹煞的。他们的努力，不但使中国民间文艺学展开了新页，也使它向世界这门科学的领域挺进了一程。“五四”以后，民间文艺学的发展，固然有它新的社会基础，但是，从学术史本身的继承和发展来说，晚清革命派学者的成就，正是一个有利的土台。“五四”以后，白话文和新文学的长足发展与晚清的新语文、新文学活动的关系，也跟这有些类似。今天我们的民间文艺学，正生长在一种更新的社会基础之上，有着比较可靠的观点和方法的指导，有着相当丰富的学术资料的凭借，它已经把过去这方面一切学术成就远远地抛在后头。但是，我们是历史主义者。我们要创造灿烂的新文化、新学术，是不能不吸取、消化长期以来千百万人所创造的优秀文化成果的。同时我们又是历史公正的评判者，有责任给过去学术上的活动和成果做出科学的总结。对于中国长期形成的历史民间文艺学，特别是晚清资产阶级革命派著作家所致力的民间文艺学，我们有必要进一步加以整理、研究，并认真地批判它的糟粕，吸取和发扬它的精华。

1963年7月5日初稿，北京

晚清改良派学者的民间文学见解

引　言

晚清资产阶级改良派的产生及活动，在我国近代史上占着相当重要的篇页。这个集团活动的历史意义，首先自然在于政治方面。“百日维新”和紧接着到来的大政变，是一件相当耸人听闻的历史事件。在这种事件的前前后后，改良派的重要的活动家及一些附和者，都曾经进行过以改良为主的政治活动。但是，正像改良派的活动时期不限于参与朝政的“百日”一样，他们的活动范围，也远远超出了单纯的政治运动的界限。当时，在学术、教育、新闻、文艺、出版以及风俗改革等方面，改良派都进行了一定的工作，而且影响的范围颇广泛，经历的时间也不很短。因此，这一派活动的历史意义，除了重要的政治史、哲学思想史等方面之外，还有教育史(包括教育思想史)、文艺史(包括文艺思想史)、出版史等方面。而后者作为改良活动的一部分，作为近代文化史的一部分，都是值得我们去进行科学的考察和研究的。

全国解放后，我国近代史学界呈现了蓬勃的景象。对于太平天国、义和团、资产阶级民族民主革命等巨大的社会政治运动，都进行了相当的研究；对于近代杰出人物像龚自珍、林则徐、洪秀全、孙中山、章炳麟等，都有着程度不同的探讨。至于近代史资料的大量搜集和努力整理出版，更是有目共睹的学术界快事。对改良派事实的研究，自然也在我们猛进着的近代史学界里占有一个显目的位置。不管是政治史方面，或思想史、文艺史等方面，都有了相当的收获。我们今天对于改良派运动的历史意义，对于康有为、梁启超、谭嗣同、严复等重要人物的传记、历史地位等的知识和认识，都远远超出了解放前的史学界。

但是，不用讳言，我们的新史学，到底还年轻。尽管努力是惊人的，进步是迅速的，那些幼稚的枝条，薄弱的环节，到底还不能免。拿这时期的文学史和文艺思想史来说，10 多年来我们在这方面的科学造诣，已经远非“五四”以后 30 年中的成就所能比拟，但是这并不能说我们的工作已经做得差不多，而是离理想的程度还相当遥远。像龚定庵那样卓越的启蒙思想家、文学家，还没有人去给他写出一部具有科学灼见而又富于文采的评传；黄遵宪是时常被谈论着的，但是我们的新书库里也还找不出一部论述他文学活动和成就的专著。至于这个历史时期的民间文艺学史的问题，更是少人过问，甚至于有计划的资料辑集工作，我们也还未怎样动手。(虽然我们对近代民间文学作品的辑录，已经有相当成绩)而这段科学史，是具有相当重要意义的。它是我国长期封建时代民间文艺学史的结束和近代资产阶级民间文艺学史的启幕，是“五四”时期这方面活动的一个前导(自然，后者是在新的历史条件下进行的)，如果我们忽略了这一科学史的阶段，不但对近代整个学术史的了解是不完全的，对于我国整个民间文艺学史和民间创作史的了解也将是有缺陷的。特别对这时期占有突出地位的资产阶级革命派和改良派的民间文艺学史的阐明，在理解当时一般思想史、学术史的情况和意义上更为必要。因此我决心在论述了资产阶级革命派的民间文艺学的成就之后，进一步来写这篇小论：晚清改良派学者的民间文艺见解。不用说，这只是这种研究的一个开始。

资产阶级改良派学者跟民间文学的关系，正像革命派学者一样，有理论的方面，也有创作实践的方面。这两者是互有联系的。本文因为篇幅的关系，只集中论述前一方面，对于后者在必要的地方稍为提及。改良派学者关于民间文学的见解，所涉及的范围是颇广阔的，但是论述却相当零碎。为了使他们的意见能够突现出来，我把它归纳在几个问题来谈论。文里所援引的意见，基本是出自改良派人物的论著；但是个别地方，也引用了一些思想(特别是学术思想)跟他们比较接近的学者的言论，因为这样做，更可以看出那些见解跟时代的联系及其影响。

对神话与历史关系的看法

在中国古代学术史上，神话、传说的研究还没有形成为一种系统的科学，有的只是历代学者们关于它的许多断片见解。这些见解里，自然有些是比较明达的，① 但是深刻地达到近代这门科学水平的，到底不多见。神话思想的成为一种科学或接近科学，是要在人类社会相当发展之后，欧洲的神话学的历史可以帮助我们说明这一点。西欧国家，虽然远在希腊、罗马时代，就有关于神话的思想表现，但是，比较接近客观事实的理论，是在资本主义兴起之后，而真正科学的神话

① 像明代杨慎对于《山海经·西山经》里所记"浑敦无面目，是识歌舞"的天神帝江，疑他的产生原因，是"因古人用瞽人为乐官而附会其说"。这是很富于理解力的一种科学推测。

学，更在马克思主义产生之后。

中国古代传统的神话见解，常见的有两种：一种是把神话当做狭义的历史事实去对待，绝对信任它，把它照样写在历史书里（像《史记·三皇本纪》的补作者司马贞等）；另一种是用不合神话本身性质的规准去衡量它，事实上就是无保留地否定它（像王充等）。这些既不能形成对神话、传说的正当理解，对历史又造成一种不正确的看法。但是人类社会是要向前发展的，这种科学史的现象，不可能不随着社会的发展而产生重大的变化。

晚清时期，是这种科学史思想转折的关键时期。不仅中国社会本身起了剧烈变动，引起了学术思想的变化，国际的环境也大有利于学者们扩大眼界，有利于有进步思想的人，对学术上传统的见解信条，勇敢地加以怀疑或推翻。这就是当时神话思想跃进的历史机缘。

黄遵宪是资产阶级改良派重要的学者和作家。他既生长在中国历史转折的时期，又亲自住过那些资本主义国家和资本主义化的地方（最初是日本，后来又到美洲、欧洲及南洋），接触了许多新事物，因此他的知识比过去的学者自然更广博和明达。虽然他没有专门研究过神话学，甚至于这方面的专论也没有写过。可是，在一些著作里，他一再接触到这种问题，并表示了自己的意见。早年在东京中国使馆任职时所作的《日本杂事诗》的第二、三首，都是歌咏日本的古史神话的。第二首的原文是：“泰初一柱立天琼，岳降真形地始成。西有和华东诺册，一诗手造一胎生。”自注说：

纪神武以前事为神代史。曰：开辟之初，有国常立尊，为独化之神。七传至伊弉诺尊，伊奘册尊，为耦生之神。二尊以天琼矛下探沧溟，锋镝凝结成磤驭卢岛，名为国柱。因下居成夫妇。先以淡路洲为胞。钟灵孕祥，乃生八大洲，余岛皆潮沫所成者。①

接着，他说："泰西人有《创世记》，称耶和华手造天地万物，七日而成，同一奇谈。"在稍后成书的《日本国志》卷一《国统志》里，叙述了一些日本的古史神话之后，在"神武天皇"句下注道：

源光国作《大日本史》，赖襄作《日本政纪》，均断自神武。学者多宗之。盖以洪荒甫辟之初，等诸"搢绅难言"之例，于史体应尔。惟日本所重传国三器，实托始于此。余读神代史，盖类唐人小说，以地为胎生，以祖为物化，其奇诞不可以思议。盖盘古开天，女娲播土，万国同然，不足怪者。余故撮其大概，过而存之。

这位青年学者，对于神话的性质和它跟历史的关系，表示了上述的意见。这种意见，自然还不能很正确地说明神话这种原始文学的性质以及它对古代史研究可能产生的某种积极意义。大体说来，它还只近于那些头脑比较清楚的古代史学家(像司马迁等)的见解。但是，他的思想比他们更为明确。它不是过去那种见解的单纯继承，而是在新的社会、学术基础上有所发展的较高的产物。黄遵宪不仅比司马迁等有比较广泛的神话知识，也有过去所绝不能够有的(尽管还是初步的)民权和科学思想，而这对于他的神话见解是不能没有影响的。

如果说黄遵宪关于神话的思想，还有些貌似过去的见解，那么，另一位改良派学者在这方面确实是走得更远些。他就是那部相当有名

---

① 据清光绪五年(1879年)同文馆刊本。所述神话，见日本著名古史书之一《日本书纪》(元正天皇养老四年，即720年修成)卷一《神代》篇。

的《中国历史教科书》的编著者夏曾佑。[①] 在那部著作里，明白地表达了他对我国远古神话、传说及其与上古史关系的见解。他大胆地把中国历史上的太古、三代，总概括为“传疑时代”。在当时传统的历史学界看来，这真是巨胆包天的思想了。他说：“由开辟至周初，为传疑期，因此期之事，并无信史，均从群经、诸子中见之，往往寓言、事实两不可分，读者各信其所习惯而已。”[②]在传疑时代的第一节里，他说明了关于人类起源的两种截然不同的看法。一种是宗教家的，它以自己民族最古之书为凭，“详天地剖判之形，元祖降生之事”，另一种是生物学家的，即达尔文等的说法，“其说本于考察当世之生物，与地层之化石，条分缕析，观其会通，而得物与物相嬗之故”。这两种说法是水火不相容的。他虽然没有明白宣布自己对于这个问题是站在哪一方面的，可是从他对神话的见解和对太古史资料的处理态度看来，他肯定是属于达尔文派的。今天我们大家已经熟悉劳动使猿变为人的最进步的科学理论，对于达尔文的生物学派的人类起源说已经失去科学的兴趣，可是，在当时新启蒙的中国史学界，夏曾佑的这种史学思想却是相当进步的。[③]

---

① 《中国历史教科书》，凡三册，1905 年 7 月至次年四五月间陆续刊行，商务印书馆发行。后来该馆曾把它改名《中国古代史》（大学丛书），合并一册刊行。全国解放后的重印本就是依照它的。

② 1908 年，哥伦比亚出版部刊行了中国学研究者德人夏德（F. Hirth）的《中国古代史》，书中把我国上古史上的盘古及三皇至帝喾、帝挚时代，称为“神话及传说的时代”，把尧、舜及夏代，称为“行教的传说”时代，看法颇为大胆。但是，夏曾佑这部古史教科书第一册，初刊于 1905 年（光绪三十一年。目序署甲辰，即 1904 年）。书中的看法，比夏德更大胆，且时间也早数年。

③ 在时间上稍早出现的蒋观云的《中国人种考》第一章里，也有类似的说法。可见这是当时新史学界的一种共同见解。

夏曾佑在叙述了庖牺氏、女娲氏、神农氏的传疑史料之后，更概括地表示了他对原始神话和远古历史关系的意见。他从那些关于三皇的记载总结出一种规律（所谓"一理可明"）。他认为："人类初生，由野番以成部落，养生之事，次第而备，而其制造文字，必在生事略备之后。"在开始的时候，部族的旧事，是凭口耳相传的，稍后用图画，再后变为文字。而每个部族的头一本书，"必为记载其祖之古事，必言天地开辟，古人如何创制，往往年代杳邈，神人杂糅，不可以理求也"。他又说明传统古史所以跟真正历史有别的原因。因此，对于古代史料必须加以甄别。他认为庖牺、女娲等所谓古帝王，状貌、事业和年龄等都在半人半神中间，都是一种神话人物。"故言中国信史者，必自炎黄之际始"。上古史断自黄帝，我国千余年前杰出的史学家已经是这样做了。但是，夏曾佑的这种见解，却是有近代史学和神话学等知识做支柱的。从他把夏、商、周（西周）等史事都括在"传疑时代"的范围里，就可以知道他的史学见解是跟司马迁等有区别的。（自然，在我们今天看来，他的见解也不是没有可议之点）

夏曾佑在《神话之原因》那一节论述里，还指出古代神话、史事杂糅的古史书，跟部族性情、制度、文化的密切关系："既然为其族至古之书，则其族之性情、风俗、法律、政治，莫不出乎其间，① 而此等书常为其俗之所尊信，胥文明、野蛮之种族莫不然也。"他虽然没有明确认识到各民族的古代神话、传说尽管是想象的作品，却是用部族生活现实及精神状态做素地而产生的，它是一个部族社会的、物质的生

① 这句话，在表达上不很明确，它可以解作"其族的性情、风俗和政治等，都表现在那里"，也可以解作"其族的性情……等都是从那里产生出来"（或者说"都是从那里找根据的"）。从道理上看，自然以第一说为长，但是，从夏曾佑当时整个学术思想情况看，恐怕用的是第二说的意思。

活在艺术上的反映，并且紧密地为它服务的。但是，他到底看到这种精神产物和部族生活的一定联系，看到它在古代被部族人民尊重的事实。[①] 这种观点，虽然包含着重大的缺陷，却已经是一种近代化的神话学思想，是比那些神话史实论或神话抹煞论的见解高出许多了。

资产阶级改良派的学者，虽然反对把神话当做狭义的古史事实看待，但是，在另一方面，他们又往往喜欢用神话、传说材料去论证古史。从型式上看，这好像是互相矛盾的，实际并不是这样。因为神话、传说本身具有一定的矛盾：它既不是狭义的历史事实，但又包含着一定的历史因素。如果学者具有正确（或比较正确）的指导思想和严谨的科学方法，用神话、传说论证古史的做法，是可以获得科学成果的。巴科芬的《母权论》与恩格斯的《家庭、私有制和国家的起源》、拉法格的《思想起源论》等著作，是明显的学术史例证。

严复也是改良派的重要学者之一。他译述了当时西欧资产阶级社会科学的一些名著。在译著里，他往往发抒自己的意见，并运用中国史料去阐发其中的某些论述。他在所译《社会通诠》一书里，也是这样做的。[②] 这书的著者，把人类社会政治的历程分为三个阶段：第一，蛮夷社会；第二，宗法社会；第三，国家社会。[③] 在第一段里，著者甄克思根据斯宾塞和基凌所记关于澳洲土人的图腾制度来论述原始人

① 原始人把神话看成为极神圣的，跟对待一般民间故事（童话、笑话、动物故事等）有显然不同的态度，这种事实，是近代许多民族学志家所承认的。至于应该怎样解释它，还值得我们进一步探究。

② 原书名称直译应作《政治史》或《政治简史》。它初刊于1900年，严译本出版于三四年后。这书后来又有张金鉴的中译本。原著者甄克思（E. Jenks）是英国资产阶级社会学派的政治学者。

③ 这三个译名，是沿用林纾译的。因为它是意译的，跟原来译名稍有出入。

群的社会政制。在这书《绪论》里初提及这种制度的时候，严复为了帮助当时读者对它的理解，曾经加上简要的按语：

> 图腾者，蛮夷之徽帜，用以自别其众于余众者也。北美之赤狄(红印第安人——引用者)，澳洲之土人，常刻画鸟兽虫鱼，或草木之形，揭之为桓表，而台湾生番，亦有牡丹、槟榔诸社名，皆图腾也。由此推之，古书称闽为蛇种，槃瓠犬种，诸此类说，皆以宗法之意，推言图腾，而蛮夷之俗，实亦有笃信图腾为其先者。十口相传，不知其怪诞也。

在这段按语里，严复不仅介绍了欧美资产阶级学者关于图腾的界说，而且援引当时民族学史料和我国古代文献加以说明。闽为蛇种之说，早见于汉人文字学著作(许慎《说文解字》)里。像许多图腾部族一样，原来可能附有一段关于蛇祖先(或与它有亲缘关系)的传说，但是，没有学者把它记录下来。① 槃瓠神话，是我南方民族(瑶、畲等族)的著名神话。而从汉代起就见于史学家、文学家等的记录，并且直到现代仍活在这些民族的口头上。② 在文献记录上和口头传述上，有种种不同的说法。据古文献和现代口碑的叙述，这神话的大略是：从前某国或某部落有外患，国王或酋长号召人平乱，对成功的妻以女儿。他所养的一只狗，取了敌国或敌对部落首领的头回来报功。国王或酋长为

---

① 直到近代，福建(旧闽地)某些地区，还有奉祀蛇王的土俗，并且附有传说。但是，它距离原始的祀典和神话，已相当遥远了。(参看林纾《畏庐琐记·蛇王》条。)

② 古代记录，见汉应劭《风俗通义》(今本没有这种记载，见唐宋人援引)、晋干宝《搜神记》、范晔《后汉书》等。现代记录，见刘锡蕃的《岭表纪蛮》等。

了实行自己的诺言，把女儿嫁给了那只狗。狗和王女或酋长女儿走到山里去居住，并传下后代，成为种族的起源。有的还叙述了那只狗的特殊的来源。现代有的地方兄弟民族的说法稍有不同，说族的始祖与他族战争，为敌所虏，所蓄的猛犬，在他将受刑时，咬死了敌酋，族的始祖很感激，把婢女嫁给它，后来子孙旺盛，遂成一族。此外还有种种大同小异的说法。[①] 这种叙述，当然已经渗入了后来思想的成分，非原始神话的本来面目。但是，人狗配合传下了种族(或人受助于兽而得延族命)的基本说法，是颇接近于一般图腾部落的思想情况和传说惯例的。加以从传承着这种神话的民族保留在祀典、服饰、禁忌等方面相关的情形看来，这种神话是古代图腾部落的遗留物，似乎没有多大疑问。这种学术上的问题，经过国内好些学者的探究，差不多已经成了定案。[②] 严复在20世纪初年的译著里，首先引出了这种结论的端绪，不但对于这个问题的提出和解决是一个先行者，而且对于用中国古代神话、传说资料来论证某些世界性的历史现象来说，他也是创导者之一。在严复的译著发表之后，一时新学术界都注意到这类问题，例如革命派的学者章炳麟，就在《序种姓上》里，介绍了国外好些民族的图腾制度，并引用中国满族、蒙古族的古传说，以互相印证。[③] 当然，当时章炳麟的政治思想已远远超过了严复，他的论文是

---

① 参看拙作《南蛮种族起源神话之异式》(《民俗园地》第三期)等文。

② 参看岑家梧《槃瓠传说与瑶畲的图腾制度》(《西南民族文化论丛》)、何联奎《畲民的图腾崇拜》(《民族学研究集刊》第一期)等论文。

③ 《序种姓上》，见重订本《訄书》第十七(初刊本没有这篇文字)。当时另有一位非革命派学者也谈到原始社会图腾制度问题："人群进化，必由图腾。图腾之时，各以其地之鸟、兽、虫、鱼为旗帜，以别族类，如南洋岛番，鈫、蛇、犬、鹿等标记是也。吾国古史所称盘瓠(槃瓠)氏、犬戎氏、貊、狄、蛮、闽、蜀等名，亦是此理。"(黄英《众妙谈尘》，1908年刊)可见这是当时学界的一种新风气。

为革命活动服务的，跟严复比较保守的思想显然异趣，但是，严氏较早地用古神话证史的学术意义，到底还是不可掩没的。

中国人种的起源，是晚清新学术界议论得极热闹的一个问题。特别是其中的“汉族西来说”，受到了各方面学者的注意。他们各以自己的见解去进行论证或辩驳。改良派和革命派的多数学者都参加了这场大讨论。这是在当时社会形势和国际形势之下，民族意识的新醒觉和对自己民族历史新认识的要求的一种表现。改良派学者蒋观云(智由)还为这个问题著作了七八万字的专著《中国人种考》①。人种起源或来源，是涉及先史或原始时代的问题，那时代书契未产生或刚产生，因此在讨论这种问题的论述上，势不能不采用那些产生在文字出现以前而到后来才被记录的神话、传说。当时中国学者在对人种起源问题的论证上，都利用了《山海经》、《穆天子传》及其他许多古文献上的神话、传说资料。蒋观云自然也没有例外。尽管他对于中国和外国的某些古代神话(像希腊的抛石头变人和女娲用黄土抟人的开辟神话及犹太、巴比伦等族谓“人类尽灭”的洪水传说)，是不赞成把它当做历史事实看待的。② 但是，他认为“中国所传之古书”，“其言有可释以今义者”③。因此，在讨论和阐述中国人种问题的意见里，他采用了许多古文献上所记的神话、传说资料，以辩驳别人对这问题的各种说法，并证明自己所持的正面见解。在该文第七章(《昆仑山》)，为了阐明所谓“昆仑山就是喜马拉雅山”以及“西王母是黄种的氏族”的论点，他一方面引证《史记》、《汉书》和《水经注》等古史书和地理书，另一方

① 这部著作，初分期刊载于1903年及1904年的《新民丛报》；1906年印成单行本，新民社发行；1929年，附上别人两篇关于讨论中国人种问题的论文，由华通书局重新刊行。

②③ 见该书第一章及第二章。

面又援引《山海经》、《穆天子传》和婆罗门的神话、传说。例如他论证喜马拉雅山高峰的一段说：

> 今考帕米尔之高峰，于宁里克勒（即汉盘陀）之北，有名达格尔玛及玛斯泰达之两大山。……据今地理学者之言，此两大山脉，皆走南北向。夫以如是之高峰，矗列隐蔽于其间，则日在山东，在山之西者不可见，日在山西，在山之东者亦不可得见。所谓“日月相避隐”者，正谓此耳。《淮南子·天文训》：“日至虞渊，是谓高春；至于连石，是为上春。”春者，当指葱岭。虞渊，或指哈拉库尔等言。连石，当为葱岭一高峰之名。又《山海经》有钟山烛龙，视昼瞑夜之说。高诱注《淮南子》，以钟山为昆仑。《穆天子传》之春山，即钟山。穆王北升此山，以望四野，曰：“春山，是惟天下之高山也。”当即今赛里克勒北方之最高山脉欤？……

这自然只是其中的一个小例子，他的结论也未必是正确的。但是，从学术著作论证的方法上说，他是敢于运用古代的神话、传说的。这种用原始文学材料去论证古史问题的做法，正是我国近代史学界在古史论述方法上的一种新开辟。它比过去那种“全信”或“全不信”的对待神话的态度，是前进了一大步的。当时一些革命派的学者，在这方面也采取了同样的态度（虽然论点不一定相同），这不是偶然的现象。

神话传说与古史的关系问题，是我国过去史学界的老问题。但是，到了晚清，它重新被提出来，并且有了新的看法或处理态度。上面所述几位改良派学者所表示的意见和态度，在传统的学术思想里，多少已经注进一种新的因素。自然，由于客观的种种原因，他们的见解还没有达到当时世界史学的最高水平。但是，就本国史学的发展上说，它正标志着一段新的里程。

论民族间神话的类似和传播

在不同民族间，文献或口头所传的神话、传说往往有彼此相似之处。这种现象，虽然没有像在民间故事里那么常见，但是，无疑是存在的，并且早就引起了学者们的注意。对于这种神话学上的现象，近代西方资产阶级的学界，已经产生了一些理论上的派别，像“传播说”和“心理作用类似说”之类。“五四”以后到全国解放前的这段时间，中国的学术界就曾经自觉或不自觉地输入和应用过这类学说。①

在晚清时期，中国的学者们，一方面要用新的眼光去重新估价古代的文化遗产，另一方面又直接或间接地接触到世界的学术资料和先进资本主义社会的学术思想。这就必然要在当时富有生气的学术界中提出这类神话学的问题，并且给予解释。在前节里，我们已经可以看到有些学者(像黄遵宪)多少注意到不同民族间神话、传说的某些相似现象。这种情况，在当时学术界是有一定广泛性的。

洴澼子(唐才常)就是较早注意到这类神话学上的共同现象的学者

① 关于神话传播说的运用，像有人认为：中国古代的女娲，即是希伯来神话中的夏娃(参看苏梅的《屈原天问里的旧约创世记》)，或把我国古书所记“尸体化生说”的盘古神话，断为是从印度《梧俱吠陀》的同类神话变来(参看卫聚贤《盘古的神话》)，或认为二者同出一源(参看屠孝实《汉族西来说考证》)。这类说法往往流于轻断，不能真正说明神话的来源问题。心理作用相同说，是英国资产阶级人类学派的主张，传入我国后，一时颇为流行，我也曾经在一些论文里应用过它。

之一。他在那部不大为人注意的族种学著作《各国种类考》[①]里，一再接触到这种问题。他注意到印度日朝、月朝二族并出于天神的神话，跟日本天神之祖的神话传说的相似，虽然他的结论是不正确的(他认为那些都是“史家缘饰之词，不足致辩”)。他又注意到中国和印度、泰西(希腊?)、阿拉伯等处的洪水传说的“不谋而合”，并说“中、西之有人世界，皆自洪水而后”，承认洪水传说并不完全是谎话。

蒋观云在《中国人种考》里，也谈论到犹太、巴比伦、希腊和中国的洪水神话，并且相当详细地介绍了希腊的这种神话。他首先叙述普罗密修斯这位先虑之神，因教民取火，触怒了上帝，被锁在高加索的盘石上，受风刮日晒，锐鹰啄肉之苦。接着又述普罗密修斯对他的儿子第卡伦说，上帝将降洪水，可速作准备。儿子造了箱舟。不久，大洪水降临了，人类被灭尽，只存下第卡伦和他的妻子。他们下山的时候，逢见上帝传令神，告以“把母骨抛在肩后”。他们悟会神意，各拾石头往后抛去，第卡伦所抛的成为男子，他妻子抛的成为女子，这样就建立了希腊国。这是我国学术界较早介绍希腊的盗火者及洪水神话的文献。比较系统的希腊神话的输入，还在这种神话发表了数年之后。[②] 蒋观云对于这种分布于古代西亚、南欧等地区的洪水神话，曾经作过下面的论断：

……考之大洪水之说，不仅基督教经典及巴比伦之古书而

① 《各国种类考》，赵氏乐养斋辑印，上海编译局发行，1902 年刊。唐才常作这本书的主旨，据他自己说，是“显揭种类生灭之微，一以策抚有遗种者之急宜图存，一以明恃旧种者而不修，实学者之大为可惜焉”。

② 1907 年，商务印书馆译述并印行了巴德文原著的《希腊神话》，它似是第一部介绍到我国来的神话著作。

已，希腊神话中，亦记洪水之事，与《旧约》之所记者，殆无所异。由是言之，大洪水之说，或者当日从幼发拉底、底格里士两河间，迄地中海一带海岸诸国，皆同有此传说，而后记事之徒，乃据以载之一国古史中也。①

他又引用《淮南子》所记，共工头触不周山，天柱折，地帷缺，女娲氏炼五色石以补天，断鳌足以立四极，聚芦灰以止淫水的传说，最后作出结论："惟此洪水，其时期为最古，以吾人始祖亦从幼发拉底、底格里士两河间而来，或者与巴比伦、犹太、希腊同载其相传之古说欤？未可知也。"

从上面的叙述，我们可以了解到三点：一、蒋观云很注意不同民族间的同一题目的类似神话；二、他从地理学的条件去说明大洪水神话产生的原因；三、他认为各族类似的洪水神话来源是同一的。今天看来，他的一些结论并不是没有疑问，他所用的地理学观点也不是科学的神话学的正确观点(自然，我们不反对对某些神话的说明上注意到地理的条件)。但是，这种关于神话的思想，在当时的神话学史上到底不是没有一定意义的。首先他注意到类似现象的比较方法。把这种方法作为研究观点或主导方法自然是错误的。但是如果把它作为一种技术性的方法，在适当的对象上使用它，还不失为有效的手段。地理学的文化论，是前世纪以来资产阶级学者极流行的一种理论。它虽然可以说明文化上(包含神话学上)的某些局部的、比较表面的现象，但要深刻地阐明文化现象的内在意义，却是无力的，因为它不能抓住社会文化产生和发展的基本原因和动力。不过由于它多少注意到文化

① 见《中国人种考》第一章。

产生的一些客观条件，因此，比那些认为“万物由心造”的极端唯心主义的文化观点，是稍为接近科学的道路的。总之，蒋观云对那种分布于广阔地区各民族间的洪水神话的意见和探究方法，在近代中国神话学的创立上，多少是有些积极作用的。

有些存在于不同民族间的神话、传说，固然往往由于同一起源的流布，就是有些只见于某一民族的神话、传说，推究起来，也可能是从附近或较远的民族传入的。这种民族间神话流传现象的研究，也是神话学上所应相当注意的。因为研究和阐明这种现象，不仅能弄清楚个别神话的“血统”问题，并且可以帮助我们了解相关民族间长期存在的文化友谊，进而促进彼此的和睦和协作。

夏曾佑在《中国历史教科书》第一编《上古神话》一节的按语里，援引了《太平御览》所载的盘古神话：“天地混浊如鸡子。盘古生其中，万八千岁，天地开辟，阳清为天，阴浊为地。盘占在其中，一日九变，神于天，圣于地。天日高一丈，地日厚一丈，盘古日长一丈。如此万八千岁，天数极高，地数极厚，盘古极长。后乃有三皇。”①他对这种原始的开辟神话表示了自己的意见：

> 今按盘古之名，古籍不见，疑非汉族旧有之说。或“盘古”、“槃瓠”音近，槃瓠为南蛮之祖(《后汉书·南蛮传》)，此为南蛮自说其天地开辟之文，吾人误用以为己有也。故南海独有盘古墓，桂林又有盘古祠(任昉《述异记》)。不然，吾族古皇并在北方，何

① 《太平御览》卷二引徐整《三五历记》。

盘古独居南荒哉?①

盘古神话，本来是南方民族的开辟传说，后来才传入汉族，并被吸入上古史里的。这种说法，后来多数学者对它基本上是没有异议的。②其原因除了夏曾佑所提出的不见于两汉以前古书以及盘古、槃瓠字音相近和祠墓在南方等点之外，还有别的一些事实，可以助成这种推断。例如近代南方民族的神话、传说及历史歌多涉及盘古，认他为最先出现的人或民族始祖。而且有的兄弟部族，就以盘古为族名，像盘古瑶(不管它是由他们自称的或汉族称呼他们的，都不是偶然的事情)。

夏曾佑对这个不同民族间神话流传事象的论证，虽然比较简单，但是，他把这大胆的学术见解在当时的史学界提出来，是件不可忽视的事情。在古史神话的研究上，分析、阐明它的社会性质、社会意义等自然是很重要的，而对于它产生和经历的时间“地层”的探测，来源和传播的踪迹的研究等，往往也是不可少的。否则，对有些神话就不能作出真正科学的说明。这方面的工作，“五四”以后部分古史学者虽

---

① 有些历史家以为夏曾佑这种说法，是跟随日本桑原骘藏《东洋史要》之说(陈汉章《上古史》讲义)。按《东洋史要》，原名《中等东洋史》。晚清时有两种译本：一是樊炳清译的，刊于1899年，卷首有王国维序；另一种是金为译的，出版时间较后，自称为“重译考订”的《东洋史要》。金译本上古祺第一篇有“相传开辟之初，有盘古氏”的本文及“盘古音近盘(槃)瓠，疑苗族自述其先，而汉族误采之”的注文。但是，樊译本无此等文句，似是金为增添的，并非原书所固有。因此，所谓跟随桑原之说是不确的。

② 像《中国上古史导论》著者杨宽，《支那古代神话》著者森三树三郎，都大体上赞同此说，就是不同意说盘古和槃瓠有关系的吕思勉，也承认神话里的某些说法，盘古是我国南方部落的太古开辟神话(参看《盘古考》，《古史辨》第七册)。

然做了一些，但是，由于观点、方法等的限制，成绩并不太大，还有待今后学者们的进一步努力。夏曾佑在半世纪以前，已经注意到这种古史神话里的民族来源的探究工作，确是值得我们今天提起的。

论神话的作用和宗教家对它的利用

近代英国资产阶级人类学者马棱诺斯基所创的功能派神话学，认为在各种民间散文故事中，神话最重要的功能，主要是给原始社会中的人们以某种行为根据或道德的榜样。它并不像某些学者所说的，是一种关于自然现象的诗歌，或一种解释事物的科学。① 这一派的人类学理论，在本质上是唯心主义的，并自觉和不自觉地为殖民主义服务过。但他那神话的社会功能论，在一定程度上是可以批判地接受的。我们并不否定神话在原始社会生活里所产生的一定作用。在发展了的社会里，它还能以各种不同的性质和型式，继续作用于国民的文化生活。在我们社会主义社会中，某些古老的神话、传说，不是还以被提炼了的新形态活在我们的艺术、文学领域里，并产生着一定的社会作用吗?

在前面的论述里，我们知道了蒋观云对神话与历史的关系等问题的一些意见，现在再看看他怎样对待神话与资产阶级的国民教养关系的问题。他在《神话·历史养成之人物》的一篇短论里，② 阐明了一种见解，即神话和历史这种文化产物，对于一个国家人民心理形成上的巨大影响。文章一开始，就指述了那些古文明民族神话的性质和它对国民精神所起的作用。他说："印度之神话玄深，故印度多玄深之思；

① 参看李安宅编译《巫术科学宗教与神话》下编。

② 见所著《华年阁杂谈》，1903年《新民丛报汇编》。

希腊之神话优美，故希腊尚优美之风。”他认为要养成良好人物，必须有模范以资陶铸。他把人类教养的事情比做印刷。“古往今来，英雄豪杰，其一言一行，一举一动，即铸成之植字，而留以为后世排列文字之用者也。……而荟萃此植字者，于古为神话，于今为历史，神话、历史者，能造成一国之人才。”另一方面，他又认为神话、历史的所由造成，是一个国家人才的表现。如果那一国的神话、历史不能增进人们的兴味，鼓舞人们的志气与事业，就证明那个国家人才的短绌。

他再进而论证神话的教养作用。他说，有些文明人看不起神话，认为荒诞，这是不对的。他用历史事实来证明这种态度的错误：“近世欧洲文学之思潮，多受影响于北欧神话与歌谣之复活。”为什么会有这种作用呢？据他的意见，因为人心须要有东西去鼓荡它，而鼓荡人心最有效力的，是文学，而神话和历史（“以近世言之，可易为小说”），就是文学当中首要的东西。总之，他说明神话是富于感人作用的。而这种感人作用，在国民性格的培养上，不可缺少。

蒋观云又引述并批判了中国的太古神话。他举盘古开天辟地，头、肉、血、毛发、声音、呼吸等化为山、野、江、河、草木、日月、雷霆、风云等的传说。认为它“最简枯而乏崇大、高秀、壮严、灵异之致”。这种神话，加上那些泥塑木雕式的历史，所培养出来的人才，规模、志趣，“代降而愈趋于狭小”。而且由于这种神话、历史的没有兴象，缺乏趣味，也就不能够普及于整个社会。他并且说，由于《封神演义》、《西游记》代替了良好的神话，造成了义和团式的人物。最后郑重说：“要改进其一国之人心者，必先改进其能教导一国人心之书始。”

蒋观云这篇专论，篇幅不长，论点也很有可批判之处。但是，这是当时比较集中地谈论神话问题的一篇文章，而他所表示的主要意见，也是当时学术思想的一种新见解。

我们在前面已经提到神话、传说在一个民族不同时期的社会生活中的作用问题。这种作用，在阶级社会里，尽管情况比较复杂，但它的存在是没有疑问的。例如在封建社会里，一方面，广大的人民群众自然要从过去传统的神话、传说里去接受英雄的感发或各种社会战争的教训，并借以丰富自己的文化知识；而另一方面，地主阶级(特别是在它新兴起的时期)也要根据自己的立场、观点去继承这种民族的文化遗产，并吸进自己所创造的文学、艺术及其他精神产物里。这阶段中一些比较进步的知识分子，往往能把这种先民的文学遗产作为自己教养的一部分，并在创作中加以运用和发扬。例如中国文学史上第一位伟大诗人屈原，不但在他的诗篇里充满着人民创作(神话、传说及民歌等)的血肉和神采，就是他那爱国思想和正直性格也是跟民间文学的影响分不开的。他在自己的诗里，不是一再提到那位因为窃取了上帝息壤受到惩罚的神话人物鲧么?① 从他的诗句里，我们可以知道他是怎样崇敬并愿意效法这位中国古代神话里的普罗密修斯的。这只不过是一个例子罢了，像陶渊明、李白、杜甫等著名诗人，都是曾经受过神话、传说、民歌等的哺育，并且从那里吸取了创作资料的。

近世欧洲资本主义的作家、教育工作者，曾经根据自己阶级的利益和观点，有计划地利用过自己民族和别的民族的神话、寓言等，以丰富资产阶级的文化修养和培养所希望的国民性格。欧洲近代有些被压迫的民族，他们的先觉者，也曾经从事搜集、改作古代神话、传

---

① 《离骚》说：“鲧婞直以亡身兮，终然殀乎羽之野。”《惜诵》说：“行婞直而不豫兮，鲧功用而不成。”

说，加以传布，因而有利于唤起民族的自觉。像爱尔兰前世纪一些作家的活动，就是带着这种性质的。至于现代有的国家的学术界，把有意义的民间文学(神话、传说、歌谣等)加以整理、刊行，作为人民教养的一部分，更是理所当然和卓有成效的了。

在晚清时期，一些具有资产阶级思想的文化工作者，一方面从民族的古史神话、传说里找出某些英雄人物(主要是黄帝)加以宣扬，以唤起国民的民族意识和自豪感；另一方面又仿效资产阶级国家的做法，陆续输入各民族的优秀人民创作(像《希腊神话》、《伊索寓言》及《天方夜谭》等)，以扩大国民文化修养和养成理想性格。上文所述蒋观云在这时期提出神话的教养作用问题，是跟当时所提倡的民族醒觉和改进国民教育的思想等相联系的。自然，由于种种情势的关系，这种关于神话问题的意见，未必能收到较大的效果(这跟它理论本身的弱点也有关系)，但它的提出是有时代意义的；从理论本身说，也有它一些合理的成分存在。

蒋观云这篇短论，也有显然的缺点乃至错误。他对神话的观点是唯心主义的。他片面强调神话的教养作用，但不能认识到这种精神产物是一定社会结构的上层建筑，它在阶级社会里的作用，是相当复杂和曲折的。他还抹煞了中国神话、传说的某些优点，特别是丑化了人民自发反抗外国侵略运动的领导人物。这是跟改良派的民族自卑感和害怕劳动人民革命力量的思想弱点分不开的。

将观云还谈论到另一个有关神话的颇为重要的问题，就是宗教对固有神话、传说的利用。他在论证佛教经典所说的须弥山传说是根据古印度民族相传的神话、传说这一论点的时候，表达了这种意见。他援引了佛教经典及印度学者的神话辞典等记载之后，总结说：

然则合而考之，佛所说之“须弥”与古代传记诸外道所说，不过稍有参差，而其说之不始于佛，固甚确也。盖佛之说教也，意在开悟“众愚”，故不能不假其所记忆之事以为指点。而众人所最印于脑中而不忘者，为一种社会上相传之神话古说，借此以引诱其兴，则吾之言易入而足动听，而又不苦于理境之艰深。佛当日深悉此理，故说教之中，引旧日之神话甚多，不仅“须弥”，而“须弥”亦其中之一事。①

蒋观云不仅说明了佛教经典里所说的须弥山神话本于印度民族的民间古传（婆罗门教也吸收过这种古传）的特殊事实，而且指出了神话学上的一种原则，就是，宗教往往为了说教的需要，吸收了那些原来流传在民间的神话、传说，从而这种神话、传说就变成那宗教体系的一个构成部分。这个原则，应用在佛教和印度许多民间文学作品的关系上是很正确的。我们知道佛教经典里，包含有当时印度乃至于其他一些民族的民间文学资料，特别是神话、传说和民间寓言（动物故事）等。这种民间作品，经过说教者的采用和改编，就成了佛教教义和教材的一部分。这是一般印度文学史和佛教经典研究者所熟知的。② 我们佛藏中的许多本生经和譬喻经及佛传里的神话、故事，它的大部分，原来不都是这种民间作品么？这种宗教和神话关系的原则，其实也适应于许多民族的文化史。基督教的《圣经》里《创世记》神话，不就是吸取

① 见《中国人种考》第七章，第一七九～一八〇页。

② 参看小野玄妙《佛教文学概论》、A. A. 麦唐纳《梵语文学史》及季羡林《五卷书》译序等。

和改编了原始神话而成的吗?[①] 我国过去封建统治阶级所信奉的正统神教和广布民间的道教，不也是从民间采取了多量的原始神话、传说，经篡改而使之成为符合自己需要的东西的吗?自然，他们在吸取固有神话、传说的同时，也还要根据自己的教旨创造这类作品。蒋观云所指出的原则，在文化史上是有相当广泛的应用意义的。但是，他在提出这种原则的同时，没有(实际也不能)指出一个相关的要点，就是各种宗教对民间神话的吸取，必然带着对原来意义的篡改或歪曲，因而损害了那些具有刚健思想的民间创作。这是他明亮的见解里一个很大的黑点，也可说是资产阶级改良派神话理论的必然局限。

对古希腊寓言的介绍和评论

大家都知道,《伊索寓言》是一部具有世界地位的文艺名著，它跟荷马的史诗和埃斯库罗斯的悲剧，同为古代希腊民族在文艺上面遗留给人类的灿烂珠宝(自然它里面也不免夹杂着一些砂砾)。直到今天，它还是各国人民益智怡情的读物之一。我国前几年还由人民文学出版社新刊行了它的比较完全的译本。

这个寓言集，虽然长久以来，著作权被归在伊索这个古智慧者的名义之下，实际上，集子中大部分故事，恐怕是无名氏的创作，或者说是古代人民的集体创作。就如中国的《艾子杂说》里的大部分故事，不但不是苏轼的创作，也并不是另一位什么作家的个人创作一样。虽然伊索本来的阶级成分是奴隶，他有可能成为民间寓言的作者，而且我们也应当相信，其中某些故事，是经他引述过、加工过的，有些也

① 参看P. 拉法格《关于亚当和夏娃的神话》(在《宗教和资本》里，王子野译)及H. 枯诺《世界创造》(《宗教和信仰的起源》第五章)。

真是他创作的。可是，从集里故事的性质(它主要是一种民间动物故事[①])和篇数之多看来，从集中的某些故事跟东方民族的民间作品类似的情况看来，把它基本上当做古代民族(可能不只限于希腊民族)的集体创作(这并不绝对排斥个别寓言家，特别民间寓言家们作品杂于其间)，并承认它曾经过后来一些具有不同意识形态的作家的点染，是比较妥当的。

这部有名的古典名著，在330多年前就已经传入中国。它是由天主教的传教士金尼阁和中国人张赓合作译成中文的，书名叫《况义》。这个译本，国内已经少见。巴黎图书馆还藏着它的手抄本[②](近来北京图书馆，也藏有这手抄本的影片)。到了前世纪四十年代，又有新译本，叫做《意拾喻言》[③]。据说这个译本曾经流传到日本，并受到那里汉学家和爱国志士们的喜爱。从前世纪末起，我国学术界正在努力输入西洋文化、学术时，这类在欧美各国流行的、富有教育意味的文

① 动物故事，是原始时代人民创作里重要体类的一种。它被着重地看做说理的教训故事，那是后来的事情。这种动物故事，我国上古时代似乎也曾经大量出现过(它的一部分被古代的哲学家和史学家吸收在自己的著作里，成为后人所说的“寓言”)。现在我国境内某些少数民族，还在口头上比较多地保存着这种文学作品。

② 参看新村出《典籍杂考》里《伊索》等论文，1944年刊。

③《意拾喻言》，这个书名是依照新村出的《伊曾保(伊索)物语展观目录》等文所记的(据说，1854—1855年，香港出版的《遐迩贯珍》连载的伊索寓言也作此名)，但是周作人著《自己的园地》(1927年改订本)的《明译伊索寓言》及1955年刊本所附《关于伊索寓言》，都作《意拾蒙引》。不知道是原书本有两种名称，(这在书志学上并不是稀奇的现象)还是其中有一种是误记的？全国解放前，我在香港政治避难时，原藏有这个译本，来京时忘记带走。现在自己手头没有此书，近处图书馆又没有收藏的，只好暂时“阙疑”了。这书译者为英人汤氏(R. Thom)，书是在广东刊印的。

学名著，又被以更大的兴趣加以介绍了。零篇的译述，散见当时各刊物上的颇多，较早纂集成编的，有赤山畸士所辑的《海国妙喻》①。到本世纪初，以译述《茶花女遗事》、《黑奴吁天录》出名的林纾，也和严复的儿子等重译了此书。自序署光绪壬寅年(1902 年)。商务印书馆刊行本，初版署丙午年(1906 年)。集里共收寓言 298 则，是篇数比较多的一个译本。它刊行后，曾重版多次(到 1920 年，已经重印 16 版)，在我国近代儿童教育界，是相当流行的一本文学译书。

林纾每译一部文学著作，必在上面写一篇序言。这种序言，大都是“言之有物”的，有的往往还表现了他对时事的感慨。像《黑奴吁天录》、《撒克逊劫后英雄略》等序，都是这样。在《伊索寓言》这部译著上，他照例也写了一篇并不是泛泛之谈的序文。首先叙述这部希腊的古老名著和它的作者，它受西方学界重视和好些地方人民尊敬、爱戴的情形。接着他论到寓言作品跟人生经验、观察的密切关系以及伊索寓言的教育作用。他说：“尝谓天下不易之理，即人心之公律。吾私悬一理，以证天下之事，莫禁其无有出入者，吾学不由阅历而得也。其得之阅历，则言足以证事矣。……伊索氏之书，阅历有得之书也。言多诡托草木、鸟兽之相酬答，味之弥有至理。欧人启蒙，类多摭拾其说，以益童慧。”他对这种动物故事(寓言)的性质和产生原因，自然还没有能够达到更科学的理解。(例如他不知道原始动物故事的产生是远古人群跟动物生活非常接近，因而熟悉了它的形状、性情，并激起了艺术地描述它的意念和能力，原非有意“诡托于草木、鸟兽”，像

---

① 我所藏的这书，是收在《海国奇谈》里的，自序署光绪二十一年(1895 年)。顷看到人民文学出版社新版的《伊索寓言》的译序，说它在光绪十四年(1888 年)已经有刊本。

后来的寓言作家那样）可是，他抓住实际知识经验这些重要因素，用来评论寓言文学所以能说服人和长人智慧的意见，则是相当扼要的。动物故事或寓言，正是以浪漫的型式表现着一种实际的生活道理的。自然，这种道理的表达，在原始的群众创作者并不是怎样自觉的。

林纾当时对于文艺，是比较具有一种开通的世界眼光的。他不仅肯定《伊索寓言》的优越和教育作用，而且用它去跟我国古代一些笑话、轶事的著述，像《谐谑录》、《轩渠录》、《艾子杂说》等相比较，认为后者"专尚风趣，适资以侑酒，任为发蒙，则莫逮也"。他怕别人不能充分理解甚至于误会他这种意思，因此进一步说明他的见解："余非黜华伸欧。盖欲求寓言之专作，能使童蒙闻而笑乐，渐悟乎人心之变幻，物理之歧出，实未有如伊索氏者也！"在这里，他表现出一种能尊重别的民族优秀文化成就的新颖精神。当时不少头脑顽固的士大夫，认为在学术、文艺方面，只有我们自己的遗产是真正优越的，洋鬼子的东西是从我们这里传去的，或者根本是不能跟我们的相比的。跟这种见解和态度比较起来，林纾当时的新精神是颇可贵的。

林纾不但在译序上抒写了他对于这部古希腊民族名著的见解，而且在大部分寓言后面，附记了自己的感想、意见。在这些感想、意见里，特别显得突出的，是他那种炽热的爱国思想感情。例子俯拾即是，我们这里只能略举一二。第4则（《狼与鹭》①）后记说：

> 凶人以杀人为利，犹强国以灭国为利。不审其包藏祸心，而厚结以恩，将终为其所覆。彼心盖知有利而已，宁省所谓邦

① 林译本每则故事没有标题。为了使读者稍知道故事内容，我参照新译本及根据故事内容，每则加上一个题目。有些是有所本的，有些是我杜撰的。

交耶！

第9则(《狮与群兽立约》)后记说：

> 今以盛强之国，以吞灭为性。一但忽言弭兵，亦王狮之约众耳。弱者国于其旁，果如兔之先见耶？

第66则(《母蛙与子蛙》)后记说：

> 母蛙固愚，勇气足尚也；子蛙固智，学之适增长奴隶之性质。

第209则(《百舌徙巢》)后记说：

> 为国家而借助于人，虞心因之而滋，斗志因之而馁。一不得助，则举国张皇，若敌患非其国所应有者。病在恃人助，而不自助也。自助之云，先集国力。国力集，则国群兴，无论敌患，可以合力御之，即大利亦可合力举之。若事事恃怜(邻)而行，彼怜(邻)苟无所利，又安能为我？即为我矣，能如我之自为耶？……

此外，像第48则(《报仇之蛇》)后记说，“有志之士，更当无忘国仇！”第53则(《老牛论杀屠户》)后记说：“中国人当一力求免为霸，欧西无良屠也！”……在这些话里，不但强烈地表现了他对祖国命运的关心，对外国侵略者的愤恨和对清政府政策的不满，还显示了他认识到帝国主义者的野心和残酷，认识到自助自强和合力御侮之道的重要

(自然，他不能知道这种办法在当时政治情势下是难于兑现的)。这是当时一个爱国的维新党的感情和见解的真实反映。林纾的爱国的、改良的思想，在他写作《闽中新乐府》(1897年)的时代已经相当表现出来，不过到了庚子以后，由于国家情势更加危急，帝国主义的面目也更加显露，他的爱国思想也就更见激昂了。

林纾在《伊索寓言》的后记里，除了处处表露他对国事的关心之外，还表现了许多关于社会事象和人生行为等的见解。例如第18则(《母鼬与其子》)后记说："以新学之明，证旧学之暗，则可以向明。若居暗而侈明，未有不为一鼬者!"当社会上新旧学之争正剧烈的时候，他说这种话，显然是在讽刺那些顽固派的居暗侈明，反对新学。不必说，这是相当进步的言论。

自然，林纾是一个地主阶级出身的知识分子，尽管他由于民族的危机和社会阶级力量的变化，产生了爱国的思想和接受了改良政治、社会的观念，但是，他的思想到底是有相当局限的。就是我们前面所引用的一些话，今天看来，也不都是很深刻或者没有问题的(有的我们已经稍为指出)。至于他在后记里所提出其他的意见，有好些是落后或错误的，也有的是自相矛盾的。例如，他一再强调做人要安分守己，这是一种自私哲学，客观上只有利于统治阶级。他又认为明末李自成、张献忠起义军的发展，以至于推倒明朝，都是"主抚者养成之"，因而主张"处凶人，而杀之务尽"。[①] 这些地方，他那凶恶的地主阶级立场是赤裸裸地暴露出来了！又，他明明说过："凡无国权之民，生死在人掌握，岂论公理？岂论人情？故凡可以与人争公法者，

① 见该书第二八五则后记。

其国均可战之国。否则，公法虽在，可复据耶?”[①]这是很正确的国际认识。可是，在另外的地方，他说：“矧今日之势，全球入于公法，而吾华则否。人安有不群噪以攻我，联盟以排我者!”[②]似乎只要我们加入国际组织，就可以得到公法的保护，而不再受侵略、欺负了。这是何等天真的幻想！并且不正是跟上面的话自相矛盾么？他的后记里，像这类不高明的意见是显然存在的，但是，从他的整个见解看来，前面说的积极的思想，无疑是更重要的。

林纾在这部译著所附的许多后记里，还有一点见解是值得我们提起的。他常常注意到自己民族与希腊民族的故事有类似的现象，并且有时还对这种故事学上的现象表示了自己的见解。像第 54 则(《牧童与狼》)的后记说：“此骊山之覆辙也。”下面还引述了一个他所知道的现实的故事(某秀才的故事)。所谓“骊山之覆辙”，是指古史上所说的，周幽王举烽火戏诸侯，后来自食恶果的故事。[③]从这故事的情节看，本来大概是一个民间传说或民间故事，后来被史家吸收而成了历史事件的。这种现象，在中外历史上并不罕见。像中国商王武乙射天的故事，瑞士威廉·退尔射苹果的故事，都可说是这类例子。《伊索寓言》里的《牧童与狼》大略情节是：牧童因惯戏呼狼至，致失村人信用，到了真的狼来时，他再大声呼援，已经无人肯来了，结果使老狼饱餐而去。这个故事的骨干和教训意义，跟中国的戏举烽火故事很相似。林纾的联想，并不是无根据的浮思。

林纾在第 261 则(《樵夫与金银斧》)后记说：“此与《酉阳杂俎》所

---

① 见该书第一七七则后记。

② 见该书第二九四则后记。

③ 见《史记·周本记》。

载筑糠三版事正同。实则秉至诚者，无往不得人怜也。"《樵夫与金银斧》的故事，主要情节是：一个樵夫因斧头堕水而哭，水神取出金斧头和银斧头给他，他都不受。后来，水神取出他的旧斧头给他，他才肯接受。因此，水神连金银斧头也都送给了他。他的亲属中人，知道了有这种好运气，就自己故意把斧头抛入水里。水神照样先把金斧头给予他，他就不客气地直认为是自己失去的。水神不但把金斧拿回去，连旧斧头也不替他找了。这在主题思想上，是"诚实的人受助和不诚实的人受罚"这种类型。希腊这个故事，被法国著名寓言作家拉·封登给以重写。我国解放后，也曾经有人把它当做民间故事再创造过。①

林纾所谓《筑糠三版》的故事，也是一个"诚实和不诚实"型的故事。它的情节是：从前有兄弟二人，弟弟很富裕。穷困的哥哥想靠耕地养蚕自给，向弟弟求蚕种和谷种。弟弟蒸熟了才给他。到时，只生一蚕，而大得像牛一样。弟弟暗地杀了它。可是隔日，四方百里内的蚕都飞集到哥哥家里，邻居全来帮忙，也缫不完那蚕丝。谷种也只生一茎，穗长尺余。忽然给鸟衔去。哥哥追到山上，那鸟没入石隙里，他只好在石旁守着。到了半夜，月光明亮，他看见一群穿赤衣的小孩子在嬉戏。他们有一只金锥子，用以击石，马上出现了酒樽、食品。他们醉饱后，把金锥子插在石隙。哥哥拿了锥子回去，要什么东西，一击就出现。弟弟向哥哥要蒸熟的蚕种和谷种，以为这样一来，也可以得到那种如意宝。哥哥就给了他。可是，弟弟得到的只是一条普通的蚕，谷种也只出了一茎。当谷子快要成熟的时候，也被飞鸟衔走。弟弟很高兴，就追上山去。到了那鸟没入的地方，忽然一群鬼见了

---

① 鲁风《金斧头》，少年儿童出版社，1953年刊。此书曾获得儿童文学奖。

他，大怒说："这就是偷金锥子的盗贼！"马上把他捉住，问愿意筑糠三版，还是鼻子被拉长一丈，他回答说："愿意筑糠。"可是，经历了三天的劳苦和饥饿，也没能成功。于是，鬼就把他的鼻子拉得像象鼻子那样长。他回到家里，愧恨交并地死了。这是一个具有相当意义和艺术趣味的故事。从记录上说，又是时期较早(约在9世纪初年)和记述相当逼真的一个故事。它跟段成式所记的另一则故事(《叶限故事》)同为中国古代民间故事史上的珍贵资料。[①] 林纾不但注意到中西两个古故事情节的相似，而且正确地指出了它的主题思想所在：诚实受助。而这种思想正是中外劳动人民高贵的道德观的表现。

林纾还注意到伊索故事和中国文献上所记某些传说类似的原因问题，换一句话说，他接触到世界比较故事学上的一个重要问题。他在第5则(《父亲诫儿子》)的后记上说："兹事甚类吐谷浑阿柴，然以年代考之，伊索古于阿柴。理有不袭而同者，此类是也。"他这里新提到的两个故事，是一种"折箭"型的传说。它的主要情节是，一个父亲或母亲，用折箭杆或竹竿等的事实("单者易折，众则难摧")去教训儿子们同心合作。这种类型传说，在东方，南北朝时代的吐谷浑族，元代的蒙古族，"战国"时代的日本民族，都曾经流传过。在西方，除古希腊外，古代捷克也有过这类传说。[②] 它也曾引起过一些外国神话、故事学者的注意。对于这种各民族类似的传说，从起源上看，应该怎样论断，是一个学术上有意思的问题。林纾在60年前，对它已经提出

---

① 这两篇记录，除了故事本身的价值和记录方法的优越外，还有一种意义，就是这类故事是一种世界性的故事，许多民族差不多都有大同小异的说法，中国的古记录在比较研究上有一定价值。特别是"灰姑娘"型故事《叶限》，在流传时间的古老上，在记录文字的完整上，都是值得重视的。

② 参看拙作《晚清革命派作家对民间文学的运用》。

了自己的看法。他认为“理有不袭而同者”，换一句故事学上常用的说法，就是主张“独立发生说”。他认为这种故事情节的类似，不是由于传播，而是由于各自产生。论断的根据，是两者时间上的参差。林纾这种论断，在学术上还值得进一步探究。但是，他注意到这个问题，并提出自己的看法，这种事情，在近代故事学史上是不可埋没的。他的论断，也不妨看做我国学界对民族间类似故事起源问题早期的一种见解。

上面，我们从三方面论述了林纾对古希腊寓言的意见。这个寓言集，不但久为世界人士所爱读，也曾引起近代东西方资产阶级学者的探讨、评论，例如芍科布斯(J. Jacobs)的《伊索寓言小史》、上田敏的《伊曾保(伊索)物语考》和新村出的许多论考。在我国，虽然对这部西方古代文学名著很早就有译本，而且后来三番四次被重译着，但是，对它进行研究、评论的人到底还不多。在60年前，林纾以一位不懂外文的半旧半新的学者，不仅与人合作，译述了一个篇章比较丰富的本子，并且对作者和书中许多寓言，都表示了自己的意见(其中不少见解，在当时的社会思想史或文艺思想史上都是有相当意义的)，这就给改良派的民间文艺学增添了光彩。自然，他对于这部古希腊人的民间创作(就大多数的故事说)并未意识到它是人民集体的智慧和艺术才能的结晶。但是，作为一种客观事实，他确是对这部古典著作感到很高的兴味并且严肃地谈论了它。这就足以使我们在这篇论文里给予他以应有的位置了。

对歌谣的赞美

中国古代的文人学者，并不是完全认识不到人民诗歌创作(歌谣)的优越(特别是它的艺术方面)，像明清时代的一些学者(例如李梦阳、杨慎、袁宏道和王士祯等)，在这些方面，是有过相当精确的断片见解的。但是，在近代以前，这些见解的出现，到底是比较特殊的、少见的一种现象。到了前世纪末及现世纪初，那些从封建学术的迷梦觉醒过来的、具有一定新思想的作家、学者，纷纷把目光注视到过去长期被轻蔑或歪曲的人民的韵文创作上面。他们不仅人数更加多了，发言的声音更洪亮了，而且见解也比过去更为丰富或更深刻了。这是时代思潮在这方面的反映。像春天的花朵、秋天的鸣虫那样，它是历史的自然表现。当时学界对歌谣的采集和仿作的风气，比过去任何时代都旺盛得多，也正是同一时代思潮在这方面的表现。

民间歌谣，是古今都有的。春秋时代的各地歌谣(主要是黄河流域的)被编辑入《诗经》这部古代诗歌总集里，后来被当做儒家经典的一部分。在很长的时期里，那些封建统治阶级所养育的学者，往往用乌烟瘴气的话语掩盖了《诗经》的光彩。对于《诗经》里那些美妙的歌谣，过去多数学者、文人是不敢把它当做艺术品看待的。而只是将它看做儒家伦理观的一种表现，看做一种宣扬封建道理的教材。在汉以后，千百家的诗经学论著、笺注本里，把《国风》看成文学著作加以评论的真是凤毛麟角。像明代的戴忠甫、清代的朱彝尊、刘大櫆等对《诗经·国风》的态度,① 是相当大胆和具有卓见的。到了晚清时期，整个社会的性质激变了，学者们对于古代学艺的眼光也必然起变化。那些改良派的学者，像从黑牢里初放出来的囚徒，他们对于那些灿烂开放在阳光下的野花，禁不住大声叫喊起来了。

改良派的主将之一的梁启超，在戊戌政变前的一段时期里(在上

---

① 戴忠甫著有《国风臆评》，朱彝尊、刘大櫆有手批《诗经》。(我看到的是前人的过录本，是否有刊本，不详)都是用文学眼光去评论《国风》的。

海办《时务报》和在长沙讲学的时期里），是他思想最活跃和具有较大进步意义的时期，他谈民权（当然是有限度的），传布反清思想（暗地流布《扬州十日记》等），[①] 并主张改革陈腐的书面语文。在推荐一部提倡改革中国文字著作的文章中，他谈到古代歌谣的美的问题：

> 古者妇女谣咏，编为诗章，士夫问答，著为辞令，后人以为极文家之美，而不知皆当时之语言也。[②]

他所谓妇女谣咏，指的就是《诗经》里《国风》部分的一些歌谣（这部分的若干诗篇，是被过去的《诗经》学者认为是妇人、女子的作品）。他把这种歌谣，跟春秋战国那些“行人”、说士的辞令一例看待，认它是“极文家之美”，用现在的话说，就是达到极高的艺术程度。自然，这段话的出发点，是在说明人们的口头语言具有美好的表现力，从而号召大家用现代口语写作，抛弃那些僵死、陈腐并且累赘的封建性的书面文字。但是，从那简要的话里，同时也可以看出他是怎样对待和评价《国风》里那些妇女（在封建社会里，一般是被看做没有文化和人格的“生物”的）的“自然诗”的。他的这种见解，跟他当时在政治上、文化上想走资本主义道路的整个思想是密切联系着的。自然，对于这种民主性，我们不能估价过高，但是，它的时代进步意义却不容轻视。

吴保初也是当时具有爱国思想和主张变法的学者、诗人。他跟资产阶级改良派和革命派的人们都有往来，而且据说曾掩护过一些遭难的革命派人士。他在一篇论顽固派暗中阻挠新法的危害性的文章里，

① 参看梁启超《清代学术概论》第二十五节。

② 见梁著《沈氏音书序》，《时务报》第四期。

称颂了《国风》歌谣的优越性。他说：

> 语曰："通天地人谓之儒"，又曰："一事不知，儒者之耻。"[①]……且吾闻之，三代以上人，皆知天文，"七月流火"，农夫之词也；"三星在户"，妇人之语也；"月离于毕"，戍卒之作也；"龙尾伏辰"，儿童之谣也。[②] 后世魁儒硕学，空疏无具，知此者殆几绝也。于是，西学入中国，有志者反从而震之，以为绝学。不知者遂以"用夷变夏"之谬论，肆其诋排。[③] ……

吴保初这段话的本意，是在于说明学者须具有实际学问，才能办好政事，推进社会。他说三代以上的人都懂得天文，这话虽然有一定传统史学观念的影响，但是，主旨是要"托古改制"。这跟康有为把《礼运》的话和《春秋公羊传》的某些见解作为社会理想，来达到自己的资产阶级性的变法意图的做法是一样的。他引用了《国风》上的一些诗句和《春秋左氏传》的童谣，证明古代人民都具有天文、气象的知识，目的正在批判当时旧式学者的空疏无用。但是，由于他从古代人民的歌谣里采取例子，并明白地把他们高抬到后世所谓"魁儒硕学"之上，这就显著地说明他心目中是怎样重视《国风》等歌谣，怎样对它们的作者（农夫、妇人、戍卒和儿童等）怀着敬意。他歌颂了人民的智力（当然

---

① "通天地人谓之儒"，语本《法言·君子》。"一事不知，儒者之耻"，语本《晋书》陶渊明对范隆说的话（据《陔余丛考·成语》引）。又同书《刘元海传》，也有类似的话。"一事"，原作"一物"。

② "七月流火"、"三星在户"、"月离于毕"，分见《诗经》的《豳风》、《唐风》和《小雅》，"龙尾伏辰"，见《春秋左氏传》僖公五年。

③ 《论阴挠新法之害·下》，《北山楼集》第二三页。

是有限制的），蔑视了那些士大夫的本领，这正是当时一种新生的、进步的思想的表现——哪怕还是在一种含苞初放的状态里。

晚清改良派学者里面，甚至于在当时一般学者、作家里面，对歌谣兴趣最浓，理解也更深刻的，要算黄遵宪。他在这方面，不仅做了辑录工作，在自己的诗集里给我们留下一些美好的人民的心声，① 而且发表了好些关于歌谣的有价值的意见，特别是对歌谣五体投地的赞颂。这种事实太显耀了，逼得过去一些资产阶级的文学史家也不能不注意到。虽然他们的论述，不但论点有些问题，而且资料的掌握也是比较贫乏的、不全面的。

黄遵宪在清光绪十七年(1891 年)辑录了故乡梅县的 15 首山歌，并写了几段题记，寄给他的诗友胡曦(晓岑)。② 他的这些题记和信，是研究他个人的民间文学思想以及当时社会的民间文学思想的重要文献之一。他在题记的第一段说：

> 十五《国风》，妙绝古今，正以妇人女子矢口而成，使学士大夫操笔为之，反不能尔。以人籁易为，天籁难学也。

这段话，有力地说明这位维新派的著名诗人，对于我国古代人民诗歌艺术的全心倾倒，说明他多少理解到不少统治阶级的专业作家的腐心

① 黄遵宪《人境庐诗草》卷一，《山歌》一题，共收歌词 9 首，是他辑录的山歌的一部分(原有 15 首)。过去及现在有些人以为是他创作的。这种错误，不但从他给胡曦的信和山歌原底稿可以证明，就在所发表的《山歌》的小序上，也明明写着“采其能笔于书者，得数首”。他的工作，只是笔录和改动一些方言为普通文字罢了。

② 见 1937 年 3 月刊《逸经》及周著《秉烛谈》。

写作，反不如普通平民称心而出的自然吟哦的客观事实。我们前面说过，《国风》里的许多歌谣，虽然被收在封建官学的经典里，但是，它是被看做封建伦理的体现物和宣传品的。黄遵宪不仅沿袭过去少数比较大胆的《诗经》学者，把它直作艺术品看待，而且认为是那些学士大夫所不能企及的。这种对被经典化了的古代民间创作的大胆见解，是当时从传统的束缚中解放了的文艺观的表现。它很快就成为一般醒觉了的学者们的共同观点。这从前文所引述的吴保初称赞古代歌谣作者智力的意见中可以看出，从当时或稍后一些别的学者的论著里的类似言论中①也可以得到证明。

黄遵宪对民歌的欣赏力和理解力，不仅表现在对古代人民创作上，更表现在对当代的人民创作上。《山歌》的小序说："土俗好为歌，男女赠答，颇有《子夜》、《读曲》遗意。"这里，他把自己故乡梅县一带流行的山歌，比拟于《乐府诗集》里所收的南北朝时代南方的俗歌（其实，近代梅县等处的山歌，在质量和数量上都是超越了那些古典俗歌的）。这虽然也表示了他对近代民歌的看法，但是，文词太简，"语焉不详"。在上面所提到的山歌题记里，就更充分表白了他对这方面的兴致和见解。他称扬那位时代比他稍早的梁绍壬在《两般秋雨晻随笔》（卷四）里所记录的10多首粤歌，认为像《月子弯弯照九州》②等首，"皆哀感顽艳，绝妙好词"。他又赞赏故乡那位沿门拍板高唱的卖歌者

---

① 例如王国维在《文字小言》（见《静安文集续编》）里，举述了《国风》及《小雅》里"燕燕于飞，差池其羽"，"睍睆黄鸟，载好其音"，"昔我往矣，杨柳依依"等句，加以评论："诗人体物之妙，侔于造化，然皆出于离人、孽子、征夫之口。故知感情真者，其观物也真。"他又说，不愿意听"餔啜的文学"，宁可"闻征夫思妇之声"。

② 《月子弯弯照九州》这首民歌，宋代已见记录（见《宋人通俗小说》），明、清学者也都有记载，现在仍活在广大人民口头上。

的即兴创作，是"悲壮苍凉"的。这使我们不禁联想起俄罗斯一位大艺术家的逸话：他称赞那些背着干粮袋到处飘泊的流浪汉是语言的天才。[①] 黄遵宪因为追录山歌不能多得，从而感叹那些劳动诗人的天才（"因念彼冈头溪尾，肩挑一担，竟日往复，歌声不歇者，何其才之大也！"）。这种对人民诗才的欣赏能力和尊重态度，在当时是不多见的。

黄遵宪不仅自己辑录山歌和给它以很高的评价，他还倡议学界人士共同辑录，并指出记录、欣赏山歌的必须条件。他在题记最后一段里说：

> 仆今创为此体，他日当约陈雁皋、钟子华、陈再芗、温慕柳、梁诗五分司辑录。我晓岑最工此体，当奉为总裁。汇选成篇，当远在《粤讴》上也。

这是他想集合同人编辑《新国风》的简单计划和对它的预作评价。他认为可以担任编辑山歌总裁的那位朋友，是一位诗人，而且是颇善于写作风土诗的。[②] 所谓《粤讴》，是近代广州一带流行的方言歌集（它是文人写作的俗歌，并不是真正的人民创作）。黄遵宪大规模编集歌谣的学术雄心可惜没有实现（直到现在没有人提起这部民歌集，大概是不曾成稿，或者散失了）。否则，它不仅要远胜过《粤讴》，而且也还会给近代的新学著述增添一件比较重要的文献，给现代的歌谣采集、整理工作提供一个先驱者的榜样（它至少要比范寅的《越谚》等更富有文学价值）。

---

① 参看罗曼·罗兰《托尔斯泰传》（傅雷译）第十四章。

② 他写作了许多关于故乡兴宁土俗的诗，这里举一首做例子："平畴来打豆花虫，口唱秧歌度晚风。拍手儿童都大笑，水田惊散白头翁。"（见《宁水竹枝词》卷二）

黄遵宪对歌谣的理解，的确比过去和同时代的学者深刻些。他体会到山歌这种口头文学跟一定地方人民生活的密切联系。山歌是民俗的诗，方言的诗。要很好地记录它，就必须通过这种关隘（民俗、方言等），才能体会到它的妙处。① 这种见解，虽然说得简单些，但是直到今天，也还是值得歌谣的辑录者和鉴赏者参考的。

黄遵宪不但对本国歌谣有很高的鉴赏力和理解力，并且留意到外国的民歌。他一再记述了日本西京七月下半月民众的歌舞活动。对于那些民众所唱的歌说："其风俗犹之唐人合生歌，其音节则汉人《董逃行》也。"②此外，他又歌咏并介绍了信州地方的民间风谣。他在《日本杂事诗》（第二卷，第四四首）里说："信州荞麦白如霜，阿郎颜色何相当？为郎不食非郎愿，无奈丝牵个样长。"自注说：

男女赠答之词，淫思古意③，殊有《子夜》、《读曲》之遗。有谚语曰："信州好荞麦，情郎好颜色。不食麦犹可，迟郎愁煞我。"盖信州产面，白色胜雪，世所珍贵，故为喻也。

这里所介绍的，虽然只是日本民间的一种恋歌，但是，它真挚、朴实，正是民间诗艺的本色，跟那些都市化的艳歌之类，气味是不同的。黄遵宪对它和对故乡山歌的赏识，是从同一思想基础出发的。

在晚清这个时期，好些具有一定新思想的学者、作家，虽然他们

---

① 题记说："山歌每以方言设喻，或以作韵，苟不谙土俗，即不知其妙，笔之于书，殊不易耳。"

② 见《人境庐诗草》卷三，《都踊歌》小序。

③ 这里所谓"淫思"，似只指男女的眷恋的情思，非必像一般所谓的淫荡之思。

不一定参加过改良派的政治活动，有的甚至于并不跟康、梁抱着完全相同的政治主张，但是他们对于当时的民间歌谣，都表示了赞赏之意。我们试举一二个例子。《小说丛话》的执笔者之一浴血生，说“今之山歌，犹古之童谣，有绝佳者”，接着他举了《做天莫作四月天》那首有名的吴歌为例。[①] 著名小说家李伯元，他很欣赏民间歌谣，说“方言俚语，有自成绝妙好词者”。他认为把沅湘间童娃所唱的“风吹荷叶打船头”一句歌词，放在《唐贤三昧集》里，差不多辨别不出彼此来。[②] 这些意见，虽然是散在的、片段的，但是汇合起来，特别跟前面所论述的那些意见汇合起来，就成了有声有势的时代学术思潮。我们把这些去跟那种轻蔑民间歌谣的传统思想对比一下，就更可以明显地看出它的时代意义了。

论歌谣谚语在教育和创作中的运用

改良派学者关于民间文艺思想和活动，基本上是他们社会、政治改良思想和活动的一个有机部分。他们不但要用资产阶级的眼光去观察和评价神话、歌谣等的意义、价值，而且也要使它们为自己的政治主张服务。他们曾经那样重视和称赞通俗的文学体裁(小说、戏曲等)，目的就在于推进他们的新思想，因而逐渐改革那些过时的旧制度、旧习惯。例如他们当中的一位作家，就曾经明显指出改良民间歌曲和改良社会的关系：“今日欲改良社会，必须改良歌曲。”[③]因此，改良派的重要人物，也都主张利用歌谣、谚语等民间文学去进行新教

---

① 见《小说丛话》第五七页，1906年刊。

② 见《庄谐诗话》，《南亭四话》卷三。

③ 平子(狄葆贤)的话，见《小说丛话》第二三页。

育和宣传当时的新思想。他们或者提倡改编固有的谣谚作品，或者提倡运用民间型式写作新作品，或者在自己创作里渗入民间作品因素。这种见解以及相应而来的某些活动，在这段时期的文艺思想史上和文艺实践史上都是不容忽视的。

戊戌政变前，康有为颇致力于改良派的新教育活动。他的万木草堂的教学内容和方法，就是具有一定时代特色的。他为了编辑《幼学》（新儿童教科书）曾写过编辑体例。据他的意见，那新教科书内容顺序的安排，应该是：一、名物；二、幼歌；三、幼学南音；四、幼学小说；五、幼学捷字；……十、幼学津逮。① 当中二、三两项，最值得我们注意。他说：

> 次曰幼歌，凡童谣、土谚，泽以义理而畅之。

这意思就是采取民间流传的歌谣、谚语，加以改动，装进他们所要给予的新内容，使儿童念了受到启发。这可说是一种改编工作。他又说：

> 三曰幼学南音。用荀子《成相》之调，杨升庵《弹词》之体，因其方言，傅以事理，俾童子易识焉。

这一段的意思是，要利用一些民间熟悉或易于接受的文学型式（像古代《成相篇》、明代杨慎的《二十一史弹词》之类），并用方言土语，来传达他们所认为的新事物、新道理，这样，可以使儿童容易乃至高兴接受。这是一种旧瓶新酒的做法。总之，这位改良派的头领（近代向

---

① 见康著《日本书目志》卷十、《小学读本挂图》后记，1897 年刊。

西方寻求救国真理的豪士）为了要使他的改良社会的新思想容易普及于那些年幼的国民，他不惜与封建的陈旧教育内容和方法分裂，主张利用民间文学，编纂一种比较生动活泼的教育课本。这种主张是跟他当时对国事的忧愤和对变法宣传的热心联结在一起的。

在那个时期，梁启超也有相似的主张。他在《论幼学》里说：

> ……三曰歌诀书。汉人小学之书，如《苍颉》、《急就》等篇，皆为韵语。推而上之，《易经》、《诗经》、《老子》以及周秦诸子，莫不皆然。盖取便讽诵，莫善于此。……今宜敢各种学问，就其切要者编为韵语，或三字，或四字，或七字，或三字七字相间成文。（此体起于《荀子·成相篇》，“请成相，世之殃，愚暗愚暗堕贤良”。后世弹词，导源于此。吾粤谓之南音。于学童上口甚便）其已成书者，若通行之《步天歌》、《通鉴韵语》、《十七史弹词》……仁和叶浩吾之《天文歌略》、《地理歌略》，皆有用可读。①

接着，他主张用这类弹词、歌谣的通俗型式，编著《孔子立教歌》、《周秦诸子流浪歌》、《劝学歌》、《爱国歌》、《变法自强歌》、《戒鸦片歌》、《戒缠足歌》等。他认为学生自幼年讽诵这些歌谣，明白道理，“人心自新，人才自起，国未有不强者也”。这种旧瓶新酒的主张，跟康有为“幼学南音”的说法基本上是一致的。不过这里更说得具体些罢了。这种主张，在当时曾引起一定回响，产生了不少这类作品。

梁启超后来一直保持着这种主张，并且把教育的对象扩大了，把利用的文学种类也扩大了。在日本办《新民丛报》时期，他一再谈起这

---

① 见梁著《变法通议》，《时务报》第十七期，又《饮冰室文集类编》上册。

类问题。在他那个提倡尚武精神的《班定远平西域》的剧本里,① 不但通体用广州话写作，而且还用龙舟歌(广东流行)和梳妆台(各地通行)等民间曲调创作了新的歌曲。更进一步，他借剧中人的对话，进行了一阵关于套用民间曲调，创造新作品的理论宣传。那段话是：

我看见近来好多文人学者，都提倡尚武精神，或做诗，或做些词，但是没有腔，没有调，又不能唱，有什么用呢？又有人依着洋乐，谱出歌来，不错，这是好的。可是，洋乐的腔调，没有学过的，就不能够唱，而怎能个个有空闲去学它呢？只有你这几首梳妆台，全国里面，不管大人小孩子，男人女人，个个都记得这种调，就个个都会唱你这些歌。据我看来，比起大同音乐会所学的那些曲子还好得多呢。②

要宣传新思想，就必须利用文学、艺术的武器，而要使宣传品的内容，能够为比较多的人所接受，就必须利用那些在群众生活里有相当基础的文学、艺术型式——通俗的、民间的文艺型式。这种旧瓶新酒的思想，梁启超是不断提倡并亲自加以实践的。在《饮冰室诗话》里，曾经谈到新歌曲和利用民间型式问题。他说：

今诗皆不能歌。失诗之用矣。近世有志教育者提倡乐学。然已非尽人能学。且雅乐与俗乐，二者不可偏废。俗乐缘旧社会之

① 这个剧本刊载《新小说》第十九、二十号，署名曼殊室主(他弟弟启勋的号或笔名)。但据《饮冰室诗话》自述，这是他自己的著作。原来是他们兄弟共作的也说不定。

② 原文是用广州话写的，这里为了大家容易懂，译成了普通话。

嗜好，势力最大，士大夫鄙夷之，而转移风俗之权，悉委诸俗伶，而社会之腐败益甚。此亦不可不察也。①

作者在这段话里，不但批判那些只供少数在书斋吟诵的士大夫诗歌作品已经失去了比较广阔的社会作用，并且对那些效法欧美，搞新音乐活动的做法，也认为不能切合广大国民需要。因为后者也不能普及于比较广大的社会阶层。而这些社会阶层的音乐教育活动，只好仍然操在那些缺乏新思想的乐工手里，结果，就不能改进人心，挽救社会的腐败。这种意见，详细分析起来，不妥当的地方是不少的。例如他忽视诗歌随着社会发展而来的相对分工趋向：歌唱的诗和诵读的诗（自然他反对那种诵读的诗的腐朽思想和矫揉造作、远离群众的型式是应该的），而希望完全回复到原始时期的那种状态。又把民间乐人不加分析地看做传统思想的服从者和宣传者。这些都显然是不恰当的。但是，他在晚清那样的时代，关心到新歌曲的普及、俗乐的改造问题，他不愿看到一般国民没有一种新的音乐生活，不愿看到俗乐沿着老路为旧的社会制度和思想服务。尽管他的主张是不彻底的，但到底不失为当时一种比较进步的文艺思想。在上引那段话的下面，他还高度评价了自己所编写的新俗剧（《班定远平西域》）和其中的俗歌：

客岁横浜大同学校生徒开音乐会，欲演俗剧一本以为余兴。请诸余。余为撰《班定远平西域》六幕，自谓在俗剧中开一新天地也。中有《从军乐》十二章，乃用俗调十杯酒（又名梳妆台）所谱，

① 《饮冰室诗话》，原分载《新民丛报》，后来汇印成单行本。1910年，中华图书馆发行。引文见该书卷五。

虽属游戏，亦殊自憙。

梁启超说这话时，那种眉开眼笑的表情，我们现在仿佛还可以看见。他这种主张和态度的产生，虽然也有性格一类的次要原因存在，但主要的还是因为他想通过文艺武器来宣扬资产阶级的思想、文化。在《饮冰室诗话》里，他用相当的篇幅，刊载康有为、黄遵宪等人所作的通俗歌曲，大约也是从同一的基本思想出发的。

梁启超对民间歌谣的关心和仿作，也表现在《台湾竹枝词》的写作上。[①] 辛亥革命前夜，他到台湾旅行，听见当地男女群众（大都是由我国闽、粤等地移去的居民的后代）“相从而歌”，感到很大兴趣。认出他们的歌声里，隐藏着《诗经》上弃妇逐子那类诗篇所具的哀怨感情，[②] 他的爱国心被拨动了。他动用当地民歌的型式和表现风格，沿用好些现成的诗句，写成了10首竹枝词。这些竹枝词，不但型式上近于民歌（福建等地人民传统的民歌），在内容上也多少含蕴着那些失去了祖国的人民的情思。它表面上表现男女的恋情，实际里面寄寓着亡国人民的怨思[③]。用他自己的话说，就是“为遗黎写哀”。这种事

① 据《饮冰室全集》第四十五册《美文类》，中华书局版。

② 原文说：“译其诗意，恻恻然若不胜为《谷风》、《小弁》之怨者。”《谷风》为《邶风》，小序说：“卫人化其上淫于新婚，而弃其旧室，夫妇离绝。”（《小雅》里也有《谷风》，小序说是“天下俗薄，朋友道绝焉。”）《小弁》见《小雅》，前人说是讽刺周幽王放逐太子宜咎的诗。

③ 这种诗的意义是双关的（这是中国古典诗歌传统作法的一种），表面歌咏恋情，其实兼抒写失去祖国的哀思。例如第二首后二句：“树头结得相思子，可是郎行思妾时？”第四首末二句：“郎自薄情出手易，柴枝离树何时还？”寄寓着当时台湾被遗弃人民的怨思是相当明显的。近人注释这些诗，把它看做纯粹的情诗，是欠妥当的。

实，相当有力地表明，梁启超对于民众的乐歌和徒歌，是相当留意的，而且一再利用这种型式来表达自己的社会的、政治的思想。自然，我们须知道，改良派的学者，不但政治思想是不彻底的，改革的方法是温和的，他们对民间创作的见解和运用，也不会是很彻底的。上面所引的梁启超的“雅乐与俗乐二者不可偏废”的理论，就是音乐思想上妥协性的很好说明。（这类思想，甚至于当时某些革命派学者在对语文问题的看法上，也不能完全免除）

改良派学者，不但在幼童教育课本上，或对群众宣传的作品上，明显主张利用民间型式或改编原有作品，注入新血液，而且他们在自己的某些创作里，也主张或实行引进民间文学因素。梁启超的《台湾竹枝词》，就是这种原则的实践。黄遵宪在这方面更提出了明确的意见。

黄遵宪在自己诗歌的创作方面，有关使用民众语言的主张，是大家比较熟悉的。他青年时期的作品《杂感》里所说的“我手写吾口，古岂能拘牵？即今流俗语，我若登简编，五千年后人，惊为古斓斑”，以及《入境庐诗草自序》上所说的“其述事也，举今日之官书会典、方言俗谚，以及古人未有之物、未辟之境，耳目所历，皆笔而书之”，这是“五四”以来一些近代文学史学者常引用的名句。尽管这种主张作者自己也不能彻底做到，但是，的确是当时文艺思想上一种明达、勇敢的见解。它不但表现在诗歌创作论上，也表现在他的小说创作论上。当梁启超在日本创办《新小说》杂志时，他给梁的信上说：

小说所以难作者，非举今日社会中所有情态一一饱尝烂熟，出于纸上，又将方言谚语，一一驱遣，无不如意，未足以称绝妙

之文。……①

他从小说创作的内容和表现型式两方面着想，认为前者须有社会生活的经验、观察，后者须熟悉民众的一般语言及艺术语言(谚语)。还指出对后者的修养方法：“将《水浒》、《石头记》、《醒世姻缘》以及泰西小说，至于通行俗谚，所有譬喻语、形容语、解颐语，分别抄出，以供驱使。”这种使小说创作语言民间文学化的意见，跟作者主张诗歌语言俗语化的名论——是血肉相联的，同时，跟前面所述康、梁利用民间谣谚及民间文学型式的种种意见也是血肉相联的。黄遵宪这种意见，尽管不是很善美的，但是，它总是一种企图突破旧的限制，使作品能够为较多的人所接受的文艺新思想。它使我们记起欧洲文艺复兴时代的报晓鸡——但丁的《俗语论》或这个辉煌的历史时期法国人文主义者杜·贝雷的《保护和发扬法兰西语》的著作来。自然，这不是说他们的见解完全相同(实在彼此各方面有很大的差异)，但是，作为一个新时代的文学语言方面先觉思想的标志，彼此是有着相似之处的。

本节开头，我们已经提到改良派学者关于民间文学的主张和活动，是有它的实际意义的。它在客观上必然要产生某些效果。我们试举一件事实作旁证。晚清时期，社会生活的各方面都要求改革，那些具有一定新思想的知识分子，在各地纷纷进行这种工作(例如办新式学堂、出版通俗书报，以至劝戒鸦片烟、劝妇女戒缠足等)。当时兴宁地方，有些开明士绅提倡改良妇女首饰，除去那些浪费而又累赘的饰物。这种改良对于广大民众，在时间和经济上都有利，可是对于首饰店老板却是严重的打击。因此，他们暗里用山歌散布谣言，说这种

① 见钱仲联《黄公度先生年谱》引，《人境庐诗草笺注》卷首。

改革将带来祸殃。许多妇女及一些男人的思想动摇了。这时候，一个头脑比较清醒的知识分子，也用了同样武器(作了10首山歌)，驳斥谣言的荒诞和改装的好处。他把宣传品刊行分发，并交给民间歌者去沿街歌唱。这样一来，果然打退了老板们的谣言，顺利进行了改装运动。[①] 这自然不是什么典型的例子，但是，多少可以说明在社会的改革事业上，运用民间型式的宣传品，能够产生一定效果。

其他民间文学见解

晚清资产阶级改良派学者(以及其他一些思想上跟他们比较接近的学者)关于民间文学的一些比较重要的见解，我们已经分别在上面几节里作了论述。他们这方面的见解自然不限于这些。在本节里，我们再略述几点。

(一)论报章与民间文学

中国现代报章、杂志的刊载民间文学作品(歌谣、故事和谚语等)，我们大都溯源于“五四”前夜(1918年)北京大学日刊上的《歌谣选》及稍后独立发行的《歌谣》周刊(1922年)。后者不仅刊载民歌、童谣，也并登录传说、民间故事及俗文学。其实，晚清资产阶级文化运动萌芽时期，一些刊物上已经纷纷发表笑话、寓言、谚语及仿作歌谣等类作品。这种现象是跟当时学者们介绍外国的神话、寓言及热烈谈到民间文学的各种问题的学术现象密切相关的。它是资产阶级(特别是初兴起时期)比较地主阶级多少更注意民众的艺术、文化的一种表现。自然，它比起“五四”后对民间文学的搜集、研究活动，在气势上是远为弱小的。但是，它已经从学术园地里冒出了头来，却不容否

① 参看《宁水竹枝词》卷三所附罗荣经《劝兴宁妇女改妆歌》十首序。

认。后来，有人回忆当时的现象，只看做某些刊物少数人提倡的结果。[①] 从现象产生的真正原因说，这种看法固然不恰当，就是从当时客观的事实说，它恐怕也不是很正确的。

上述这种现象，在戊戌政变前，已经有些热心改变社会现状的进步学者注意到它，并加以赞许。他们当时把办报、读报、开学堂、举行演说会等，看做变法图强的重要方法。因此，很重视报章，并留心到它的内容。维新运动的左派旗手谭嗣同，就是抱着这种时代新思想的重要人物之一。他不仅积极参与当时湖南维新派刊物《湘报》的工作，而且著文专论报章文体(《报章文体说》)。[②] 在那篇论文里，他把中国传统的文章(除词赋外)区分做三大类(名类、形类、法类)，包括10种体裁，就是：纪、志、论说、学注、图、表、谱、叙例、章程、计(账簿等)。他说，要求在“一编之中，可以具此三类十体，而犁然各当，无患陵躐者……厥惟报章”。他又详细举述近代报章包括以上各种文体的具体情形，最后一段说：

> 编幅纡余，又及于诗赋、词曲、骈联、俪句、歌谣、戏剧、舆诵、农谚、里谈、儿语、告白、帖招之属，盖无不有焉。

这里所举的各种文体，像歌谣、舆诵、农谚、儿语，固然都是民间文学范围内的东西，就是戏剧、里谈，也往往跟人民创作有密切的关系。从这段短短的话里，我们可以清楚地看到两点：(一)当时一些作

---

① 见冯自由著《横浜开智录》、《广东戏剧家与革命运动》，《革命逸史》初、二集。

② 见《谭浏阳全集》续编，1917年，文明书局刊行。

为新文化而兴起的报纸，已经把民间文学的作品当做它的一部分内容而予以著录；(二)改良派的急先锋谭嗣同，当时已经注意到歌谣等民众精神的产物，并乐意看到它的发表和传播。自然，我们不能把这种现象和思想的意义太夸大了。不管是当时一些报刊的编辑者，或谭嗣同这位近代杰出的思想家，他们都还不可能像我们今天一样正确地理解人民创作的真正意义和价值。但是，我们也不能否认：这位急进的改良派的思想家、《仁学》杰作的著者，像他具有初步的民权思想和相当强烈的民族思想一样，他对于广大人民的文艺，已经模糊地认识到它在文化上合法的存在权利，认识到不应该像过去那样抹煞它，而应当让它出来见见天日。这种见解，跟这位在前世纪90年代号召冲决一切网罗的青年学者的整个思想是协调一致的。

(二)对于民间艺人才能的欣赏

凡读过刘鹗的《老残游记》的人，都忘记不了那第二回书里对二妞唱梨花大鼓的描写。这是我们古近代文学创作里描绘民间艺术家(特别是女艺术家)才能的优秀篇章。在古代文学作品或一般记载里，关于有声有色地写述民间艺人才能的文章是不多的。主要的原因，是在封建的文化思想体系里，“人民艺术家”这种观念不容易占有位置，且甚至易于招笑惹嫌。这种思想禁网的打破，必须有比较开通的社会气候。晚清正是出现这种社会气候的好时期。

我们在前面曾经专节论述了林纾对古代希腊寓言的见解。对于我国民间艺人的才能，他也曾经显示过他的鉴赏力。在《撒克逊劫后英雄略》序里，他认为作者司各特善于表现各种人物的口吻，每人所说，都能恰肖各自的身份，用他的话说：“述英雄语，肖英雄也；述盗贼语，肖盗贼也；述顽固语，肖顽固也。”为了有力地说明这一点，他先引述了自己故乡一位盲弹词家的说唱妙技以为例：

吾闽有苏三其人者，能为盲弹词。于广场中，相者囊琵琶至。词中遇越人则越语，遇吴人、楚人，则变为吴、楚语。无论晋、豫、燕、齐，一一皆肖。听者倾靡。

他认为名小说家司各特小说里表现人物的技巧之一，跟这位盲艺人的本领很相似。事实也正像他所说的那样，中国民间艺人的表现才能，往往使人惊叹不已。像苏三那样杰出的艺术家，在民间并不是怎样少见的。现在住在北京的人，就经常可以直接或间接(在收音机里)听到侯宝林等同志用各地方人或各种舞台角色的腔调所说的相声。他们的口吻真是惟妙惟肖。说广东话就像广东人，说上海话就像上海人。学青衣就完全是青衣腔，学大净、小生，就完全是大净、小生腔。使人听了总禁不住发出赞赏的笑声。自然，我们今天的艺人，已经是社会主义社会的艺术家，他们的思想和艺术，已经远远超过了旧时代的艺人。但是，他们的说唱艺术才能，是离不开传统说唱艺术的哺育的。在旧社会里，被轻视的民间艺人中，是有不少表现才能比较卓越的人物的。像说书史上鼎鼎大名的柳敬亭以及前面所提到的白妞、黑妞和苏三等。这正是古人所说的："十步之内，必有芳草。"

林纾所以能够注意和欣赏这种民间艺术家的才能，固然先要有客观的基础，就是民间事实上存在着苏三这类杰出的艺人，但是，从社会思想发展史看来，同样重要的，是林纾当时已经具有跟过去一般正统士大夫不同的文艺思想(新生的资产阶级的思想)。他对民间艺人的这种新态度，不但从当时比较进步的思想界可以找到联系，从他本人当时和较早时期的思想情况看，也绝不是绝缘孤立的。我们知道，这位作者曾经在许多文章里鼓吹过爱国思想；我们知道他赞成变法，甚至于希望“人无贵贱咸等夷”；[①] 我们知道他同情黑人被奴役的悲惨境遇。在文艺方面，他用比较通俗的文字写作了宣传保国和改良思想的《闽中新乐府》；[②] 他译述了近代欧洲的许多文学名著，并敢于承认西欧作家文心的巧妙，“大类吾古文家言”！（这在当时守旧派的文人看来，是一种“谬论”！）从这些思想表现里，可以理解到他能够相当认识民间艺人的说唱才能，并不是怎样奇怪的。这正是他当时整个思想的一个有机部分。可惜到了“五四”时期，这位曾经有过一定新思想的作者，却变成为新文化运动的对头。这一方面固然说明他过去的新思想有着相当的局限和不稳固因素，另一方面也说明历史的发展是怎样在后浪推前浪地急遽前奔。

（三）对《山海经》里怪异记载的看法

《山海经》这部古书，中国历代学者对它的看法是有种种不同的。从目录学家的处理上也显出很大的变化。在《汉书·艺文志》里，它是列在“形法”类里的。《隋书·经籍志》把它放在地理类之首。以后史书和私家目录多沿袭它。到了清代，四库全书的目录却把它改放在小说家里。这就是说，对它里面的许多记载是不能信任的。至于一般学者们对它的看法，就更分歧了。[③] 我国第一位史学家就对它“敬而远之”（“余不敢言也”）。刘秀、郭璞等又为它辩护。又有些学者是采取折衷

---

① 见《灶下叹》（“刺虐婢也”），《闽中新乐府》第二十三首。

② 他反对以《六经》教育儿童，认为“人人以歌诀为至。闻欧西之兴，亦多以歌诀感人者”（《闽中新乐府自序》）。这种见解是跟本文前面所述康、梁的主张相同的。他又对友人说：“……且吾不善为诗，俚词鄙谚，旁收杂罗，谈格调者将引以为噱。”表面上是自谦，实际上正是以自己的通俗文体自负。

③ 参看吴任臣辑《山海经杂述》，《山海经广注》卷首。

论调的。总之，在古书上，它是一部很招惹人议论的书。

到了晚清这个社会及学术思想大变迁的时期，它又重新唤起学者们的注意。资产阶级改良派和革命派的学者(以至其他不明显地属于这两派的学者)，都对它发表了一些新的看法。我们这里只谈谈改良派的。戊戌政变前，梁启超在湖南时务学堂教书，有个叫做陈为镛的学生，在札记里提出《山海经》所记人面兽身的问题。他批答说："汉世武梁祠堂所画古帝王，多人首蛇身，人面兽身。盖古来相传，实有证据也。《山海经》言，绝非荒谬。"①他企图应用汉代遗留下来的历史考古学的资料，去论证《山海经》所记神异人物的形状并不是杜撰的(稍后，刘师培也发表过类似的意见)。这种见解，比起过去某些学者完全抹煞它的原始文化史意义的看法，稍有学术的气味(那是根据古代所遗留的物质文化材料所下的判断)。但是，他到底不能进一步从社会的和心理的原因(社会的原因是第一义的，心理的原因是第二义的)，去正确地说明那种奇形怪状的所由产生。②

蒋观云也谈到《山海经》。他的意见比梁启超来得更具体些。他说：

---

① 见徐编《湖南时务学堂学生日记类钞》第三六页，1941年刊。(《翼教丛编》卷五，也载有这个批语。)按汉武梁祠石室所刻古帝王像，只有"人首蛇身"的伏羲、女娲，又左石室、后石室所刻人物中，有的上身有翼，下身作蛇形(其中有的有鳞，有的文似毛羽)，似也并未见有"人面兽身"的(参看瞿中洛《武梁祠画像考》)。梁启超所说，恐出一时误记。

② 当时一位喜欢搞新学的学者(他在政治上的思想是比较守旧的)王树枬，对古代希腊和中国的宗教、神话里的神的"奇离怪诞之状"进行比较，认为《山海经》所说的，"大荒诸国，多奇异形状，当即指其所奉之诸神而言"。这也是当时有一定意义的新见解。(见所著《中国人种考》第二章)。

《山海经》者，中国所传之古书，真赝糅杂，未可尽据为典要。顾其言有可释以今义者。如云长股之民、长臂之民，殆指一种之类人猿。类人猿中有名“萨弥阿”者，其前肢盖极长。又有所谓毛民者，当太古栖息林木中，为防寒暑，护风雨，一般无不有毛。其后又以无用毛之必要，渐次淘汰而至于尽。而其时原人之一种，或犹有毛，故号之为毛民耳。又黑齿为文身之俗，今日蛮民中尚多有之，是固易解者。至当时之所谓“国”，决非如今日之状态。或于一方之间，取其特异者而言之，如后世称马多者曰马国，象多者曰象国。其所指者，或为类人猿，或为兽类，而不必专泥于人类以相求，则亦可稍无疑于其言之怪诞矣。……

他企图利用所知道的动物学、民族志及原始文化史等知识，去解释《山海经》里一些奇异的人物、事象，而且对这部古典著作所记载的资料，采取了有区别的对待态度。虽然他所解释的现象只限于书里的一部分，解说也不太充分，可是这种说法，大体上还是站得住的，的确进入了过去学者在这问题上所未踏到的境界。它可以说是当时学界，对这部古典著作的某些疑难部分所做的比较科学的新见解。

论《九歌》、《天问》与南方原始文化的关系

屈原的《九歌》、《天问》，不仅是我国古代文学史上的有数名作，从作家与民间文学、艺术及风俗的关系史看，它也是一种有价值的文献。《天问》的写作，是由当时楚国祠庙所绘的神话、传说及古史的人物、事象触发的，《九歌》是根据楚国的祀典和祭歌而作的，这种说法是汉代《楚辞》注释家王逸首先指出，而为后代多数注释家所承认的。后来有些学者(朱熹)还倡说《九歌》的某些篇章是一种轮唱型式的作品

(民间戏曲的雏形)。这种说法，为现代中外一些《楚辞》研究家所发扬[①]。总之，《九歌》、《天问》等作品，与当时楚国广大人民的固有艺术、文化关系是比较密切的。自然，我们并不因此轻视伟大诗人思想和艺术的创造性。

20世纪初年，梁启超在他那篇概述中国二三千年来学术思想变迁的论著里，[②] 谈到了屈原的思想问题。他认为屈原不仅是文学家，“其感情之渊微，设辞之瑰伟，亦我国思想界中之一异彩”。并说：

> 《九歌》、《天问》等篇，盖犹胚胎时代之遗响焉。南人开化，后于北人，进化之迹，历历可征也。

又说，屈原在国家观念和立身行己方面，虽然颇近北派(孔子、管子等)，可是，他的“学术思想，纯乎为南风”。总之，梁启超认为屈原的某些作品，跟楚国当时民间存留的原始文化有较直接的关系。这种作品，跟当时在形态上比较发展的北方学术思想、艺术面貌是有所不同的。梁启超在那篇论著里关于屈原思想和艺术的主要见解，我们并不同意。可是，他认为屈原的作品，跟楚国当时民族文化(主要是民众的文化)有较密切的关系，这种意见是可以相对地承认的。因为它的确捉住了事实的相当重要的一个方面。这似乎是过去文学史上的一种惯例：越接近远古社会的作家的作品，往往就跟人民的固有文学艺

---

① 朱熹的说法，前人也有继承的，例如清代的陈本礼(《屈辞精义》)。现代中外学者昌明此说的，有闻一多(《九歌古歌舞剧悬解》)、铃木虎雄(《屈原九歌译文》)及青木正儿(《楚辞九歌的舞曲结构》)等。

② 《论中国学术思想变迁之大势》，初刊壬寅年(1902年)的《新民丛报》后转载于《中国新史学》及梁著各种文集刊本。

术和风俗、习尚的关联比较亲密。（自然，这里所谓“远古社会”，有时并不是指时间上的，而是指发展状态上的。像今天世界上有些民族，它的社会发展状态，还是属于远古类型的）像古代希腊、印度的文艺的情形都是如此。中国古代的文学现象也没有例外。屈原时代的楚国社会，虽然经济、文化等有比较急速的发展，但它的基础（至少其中的某些部分）比起中原许多地区来，是发展较为落后的，保留着浓厚的远古文化因素。屈原就在这种社会条件下进行和完成了他的创作。他的作品，具有较多的古代民间文化因素，那是很自然的。（当然，这里面还有他个人比较进步的思想在起作用，我们不能忘记）它与古希腊的悲剧，跟民族的原始文学艺术（神话和祭仪表演等）有较深的血缘关系的事实，在文学史上是类似的情况。

梁启超当时并未充分认识到这种文学史上的关系。他的意见是直觉的、是绪论性的。但是这种含蕴着一定文学思想真理的幼芽，尽管是嫩弱的，也值得予以注视。

改良派还有一些关于民间文学的见解，为了避免论述过于零碎，这里就不再多谈了。

结　语

在上面几节里，我们论述了晚清时期几位改良派学者关于民间文学的意见。通过这些论述，我们可以明白那些意见综合起来所显示的社会意义和科学史价值，也可以明白它所具有的缺点和错误。不管是前者或后者，只要我们能够用正确的态度去对待它，都会对这方面的科学工作有些帮助。

在改良派学者的许多见解里，首先使我们感觉到的，是他们对这门科学领域涉及的范围颇为广泛。他们谈到了神话、传说的性质和对上古史关系问题，也谈到寓言的性质和教育作用问题；他们谈到古今歌谣的内容和艺术问题，也谈到方言谚语和创作的关系问题；他们还谈到了宗教利用神话、改编歌谚以及运用固有民间型式的问题；还有对山歌的搜辑、记录等其他一系列的问题。其中大多数的问题，是过去学者所没有提出过的，甚至是他们难以想到的，像神话的教养作用及各国神话作品的比较等。就是对于那些旧问题，像神话和上古史的关系、民间型式的利用等，他们的见解也不只是过去言论的重复。

其次，他们的许多见解，大都带有新的时代(19世纪末到20世纪初)的特征和一定的科学史意义。举例来说，像夏曾佑论古书里神话与史实混杂、盘古神话的来源，蒋观云论神话的被利用，黄遵宪对歌谣的称赞，林纾对民间艺人才技的评语，都是有一定科学思想史价值的。他们这些意见对近代以前的民间文艺思想史来说，大都是新颖的、进步的。从数十年后的今天去看，自然要大打折扣，(在这段时期里，我们的社会现实和精神状况起了多么巨大的变化!)但是，作为一种民间文艺学史的遗产，它们还是相对地站得住脚的。

改良派学者的民间文学见解的产生和发展，那原因我们在前面的论述里虽然已经多少接触到一些，这里还有必要再总说一下。

首先，自然是社会阶级的原因。这也是最基本的原因。古老的封建制度，在西方资本主义军事和经济的袭击下，已成了摇摇欲坠之势。新产生的资产阶级虽然稚弱，却到底是一个新兴的阶级，有自己求生存和发展的强烈意识和要求。加以当时民族的危机相当严重，广大被剥削、压迫的劳动人民愈益穷困和不满，更促起人们的醒觉和改变现状的冀求。改良派学者的社会、学术思想，就是在这种历史条件下产生的。他们关于民间文学的见解，是他们总的意识形态的一个构成部分。大体上说来，在当时，它是有进步意义的。

其次，是改良派重视教育的原因。他们认为中国政治不振、经济落后，屡受外国的侵略、欺侮而不能回手，主要是由于广大人民缺乏知识和觉悟。要救治这种沉疴，主要的办法是迅速广泛地推行资产阶级式的新教育。① 不管是康有为、梁启超，还是严复，他们都有这种教育救国的思想（尽管他们不能认识到，在当时情势下，这是无法实现的），因而自然比较重视教育、宣传活动（办报刊、建学堂、开会讲演等），自然比较注意民间文学（以及一般俗文学）这种普及性的文艺而加以利用。康、梁关于谣谚、俗曲的意见以及当时这派人士某些通俗化作品的写作和传播，主要都是出于这个原因。

再次，是国际文化影响的原因。当时中国锁国的情况已经被打破。资本主义的文化，像舶来商品一样涌了进来。加以向西方（包含西方化了的日本）“取经”的知识分子纷纷出国（特别在庚子以后），这就给中国的学术思想以新的冲击，新的启发。改良派的学者大都是直接地或间接地接触过外来文化的，他们的政治思想和一般学术思想，都受到外来文化的一定影响。他们的民间文学见解自然也是如此，明显地带有当时的国际性的印记。从某种意义说，这种现象表示着中国的民间文艺学，正在朝着世界这门科学的共同道路前进。

没有这些原因，特别是社会的原因，晚清资产阶级改良派民间文艺学的产生和成就是不能想象的。

这种学术思想，既然是当时社会的产物，是某些社会阶级要求的反映，它就必然要在一定程度上推进当时的思想、文化，并给后来的这门科学以一定的影响。在资产阶级革命派的力量还没有壮大以前，

① 参看戴逸《戊戌时代的思想解放》，《戊戌政变六十周年纪念论文集》，1958 年刊。

改良派是当时历史进步力量的代表，他们的文化、学术思想(包括民间文学思想)，自然起着先进的、领导的作用。当时康、梁等人的许多言论是被一般醒觉了的知识分子所热烈欢迎的。他们的民间文学见解，自然要在新学界里起着指导作用，并在一定程度上影响较后起的革命派学者这方面的见解。等到改良派跟革命派在政治主张和活动严峻对立之后(这种对立是逐渐明显起来的，从1901年到1905年约经过数年时间)，改良派的主要人物的政治言论成为历史前进的绊脚石，他们的政治活动，在客观上也成为腐朽统治阶级帮手的时候，他们那时的政治思想渗入到文化学术各方面(包括民间文学方面)，那就必然产生了一定的恶劣结果。但同时还有另外一方面的情况，就是属于改良派的学者，他们有些学术思想，跟康、梁等当时政治上的反动思想和活动并没有直接、紧密的关系。像黄遵宪晚年关于小说创作和谚语关系的看法，严复关于图腾制度的意见，夏曾佑、蒋观云关于神话的见解，虽然都有局限性，却不跟当时康、梁反动的政治主张密切结合在一起。因此，在当时的历史条件下，它还可能产生某些有益的影响。因为从当时整个社会来说，是新兴的资产阶级思想、学术(所谓新学、西学)跟落后的封建主义思想、学术(所谓旧学、中学)作斗争，而改良派学者一般的文学思想，包括民间文学思想，基本上是属于资产阶级范畴的，跟资产阶级革命派学者这方面的思想，并没有本质上的差别。它对于腐败的封建文化来说，还是起着一定的破坏作用的。

至于改良派学者的民间文学思想，对于“五四”以后的民间文学思想和活动，是不是有一定影响，还有待于进一步研究。可是，从梁启超、黄遵宪等著作在清末民初广泛流行和影响来看，从“五四”以后社会政治革命(资产阶级性的民主革命)的性质来看，再从一般学术思想史继承和发展(包含扬弃过程)的规律来看，要完全否认这种关系的存在，恐怕是不太合理的。自然，我们不能忘记，“五四”以后规模壮大的民间文学思想和活动，是在新的社会基础上进行的。

资产阶级改良派的民间文艺学，是带有先天的孱弱病和胎毒的。尽管它的出现，在我国这门科学史的进程看来是处在一种突进的时期，但它到底还是一个儿童，并且发育不太健全。这派的学者，在这方面没有留下比较具有体系的著作。他们的言论是零碎的，像散点在天空的星星那样，散点在他们的许多著作里。而更关重要的，是他们的许多见解都没有(或不可能)接触到这门科学中一些较基本的问题，并对它做出正确的回答。在民间文艺学上，较基本的一些问题，是这种学问对象(不管是指的全体民间文学作品，或是个别种类，像神话、歌谣、谚语等)的本质和特点，它的产生和发展的社会意义及社会作用，这种口头创作与作家文学的关系等。改良派学者的民间文学观，尽管有些是相当精彩的，但大都限于某些次要问题的某些侧面。这种重大的缺陷，是跟他们基本思想的改良主义缺陷分不开的。至于他们这方面见解的一些显然的错误或偏差的地方，我们在上面已经随时略为指出，这里就不再谈及了。

产生这种学术思想上重大缺陷的原因，主要当然是由于当时中国资产阶级力量的薄弱和那些学者阶级出身的限制(他们多数生长在地主家庭，并且是科举出身，跟广大劳动人民是远离的，甚至是对立的，而跟统治阶级却有着千丝万缕的联系)，加以当时国外侵略势力和国内守旧势力都相当强大，这就使得改良派学者政治上十分软弱，文化思想上民主观点不强，他们的民间文学见解当然也不免具有上述重要缺陷。再说，在过去长期封建正统思想统治的学术界里，关于人民文学艺术的理论，不可能得到正常发展，那是极自然的历史现象。在晚清以前(甚至“五四”以前)，这门科学的一些重要术语，像民间文学、民间故事、民间戏剧、民歌、神话学……也还没有产生或确定，理论的缺少和见解的比较幼稚，就更不用多说了。在这样原有的学术基础之上，并且在短短的时期内，要那些并非专门研究这种科学的改良派学者，作出很辉煌的成绩，事实上也是困难的。他们固然接触到一些外国这方面的科学成就，有一些新的见解，但不必讳言，当时一般新学家的新学程度，是不怎样高深的。而且接受来的知识，不管怎样高深，也不能代替自己的研究成果。何况这种“求教”，结果也往往成为缺陷的泉源之一。有时这种缺陷还不仅是一般历史限制性的，而且是一种严重的错误。像蒋观云接受了白河次郎等历史著作里对我国古代神话的谬误看法，因而对自己民族珍贵的古文化遗产加以轻蔑的判断①，就是一个显例。总之，改良派民间文学见解的缺陷，是有它社会的、时代的以及学术史等的种种原因的。

话说回来，晚清资产阶级改良派的民间文艺学，尽管有重大的缺陷存在，它到底是我国近代这门科学史上不容抹煞的一个章节。

1964 年 3 月 17 日写完

1982 年 1 月 10 日订正

---

① 白河次郎、国府种德《支那文明史》第二章，对中国古代神话，极力贬抑，说它“不以文雅之诗歌表彰”，“不以华丽之仪式、庄严之祭祀装饰”，“不以精巧之雕刻表示”……“以此（按指盘古开辟神话）比诸希腊，则不足引起崇大、高秀、庄严、灵异之感觉，而直不过一滑稽耳”。蒋观云在《神话历史养成之人物》里沿袭了这种错误说法。革命派著作家陶成章在《中国民族权力消长史》中论到中国远古神话时，也有这种错误的言论，虽然他的著作是为当时的革命活动服务的。

槃瓠神话的考察

引　言

槃瓠神话是中国南部少数民族祖先起源的神话,[①] 具有高度的文化史的意义。在这个神话中，我们可以窥见原始人生活、习惯及思想的一斑。如果把从古到今世界上各民族的同类神话搜集起来，进行精密的整理和研究，这对于阐明人类幼年期的文化史，无疑将会有所帮助。

槃瓠神话虽然只是偶然地被记载在早期的中国文献上，

① 关于中国南部各省的少数民族，古来许多文献上，几乎都说是槃瓠的子孙。这种说法恐怕没有什么“可凭信”的价值。刘锡蕃在其近作《岭表纪蛮》中，极言只有瑶族(包括畲民)才是槃瓠的子孙，因为祀槃瓠的只有那个民族。本文引作例证的文献，较多采用瑶族的材料，偶然也引用属于苗族的材料，因为在中国古代文献上，“苗”字含有广狭二义。前者和泛称南方少数民族的“蛮”或“番”是同义词，后者则是专指某个特定的民族。为此在关于“苗”族的文献中，往往混杂有关于瑶、壮等民族生活的记录。本文在使用有关苗族的文献时，是从“苗”字的广义着眼的，凡涉及瑶族的地方，也不得不从古代文献泛称为“蛮族”。古代文献中，对少数民族往往有称为“蛮夷”之类的歧视称呼，本文有的地方又不得不引用，但并非同意这种偏见。

但这终究是一件可喜的事情。根据可靠的材料，这个神话在东汉时代已有著名学者应劭的记录。① 到了魏、晋、南北朝，它在流传中又产生种种的歧异，分别见录于当时文人、史家的著述。直至今日，这股余波仍未断绝。

古代的学者记录了槃瓠神话，但却不能正确地理解它。《通典》的作者杜佑最先对于范晔的记载提出非难。② 到了宋朝，又有罗泌出来应和。罗泌本人也被后世的学者指摘为好著录怪诞，可是他对于槃瓠神话，却毫不含糊地斥之为诡妄。③ 其后还有侯加地的辩难——一种"唯理主义式"的辩难。④ 直至现在，《岭表纪蛮》的著者刘锡蕃，还把《后汉书》等关于这个神话的记载看做是"附会无稽之词"，并由此慨叹国人之妄言妄听，正是造成学术不进步的最大原因。⑤ 可见这个神话在中国前代的学者们那里所受到的误解真是不少。

然而这个富有意义的神话，决不会永远为误解的迷雾所掩蔽。目前，对于它的科学探究的曙光已经出现在学术界的一隅，而且是越来越扩大了。1928年，笔者的朋友余永梁首先在《西南民族研究专号》上发表了《西南民族起源神话——槃瓠》⑥，我在为他写的论文《后记》

---

① 据《后汉书·南蛮西南夷传》李贤注。又罗泌也说："应劭书遂以为高辛氏之犬，名曰槃瓠，妻帝之女，乃生六男六女，自相夫妇，是为南蛮。"（《路史发挥》卷一《论槃瓠之妄》）

② 杜佑《通典》卷一八七《南蛮》上《槃瓠》条云："按范晔：《后汉书·蛮夷传》，皆怪诞不经，大抵诸家所序，大多类此。"

③ 见罗泌所著《路史发挥》《论槃瓠之妄》。文中有云："……是黄闵《武陵记》所志者，然实诞也。"又云："高辛氏之事，常窃诞之。"

④ 转引自清修《湖南通志》。侯加地的辩论之词如下："犬负公主至南山石室，道数千里。即使一虎负人，人将逐之，而况一犬乎？"

⑤ 见刘著第一章《瑶族》条。

⑥ 见中山大学《语言历史学研究所周刊》第三集第三十五、六期合刊。

中指出这篇文章提出了两个问题：一个是“槃瓠故事和盘古故事”，另一个是“槃瓠故事与马头娘传说”。① 余文的论断虽然未必是定论，但是这种探讨是一种开创性的而且合理的研究。余文发表两年之后，笔者在起草《种族起源神话》一文时，除了引用《搜神记》中关于这个神话的记录之外，还引用了明代邝露及近人某君的记述，希图证明槃瓠原是南方少数民族的动物祖先——自认为是血统所由来的“图腾”。② 但是笔者那篇文章只不过是简略的论述。对于这个富有学术意义的问题——槃瓠是南方少数民族图腾的问题——的探讨，去年由于松村武雄博士的着笔而比较有力地展开了。博士在那篇《狗人国试论》的论文中，引用了关于这个神话的历史文献及其他记录，从而推断说槃瓠是某个南方少数民族的图腾。③ 由于他的文章重心并不在此，有关槃瓠是南方少数民族图腾的考证只是他文章中的一个侧面，所以对于这个问题不能作更详尽的论述，但是他的探讨还是很有价值的。

如前所述，关于槃瓠神话的科学研究，现正在逐渐开展中。但是，在这个境域之内确实还有很辽阔的荒土，需要我们用很大的努力去从事开拓和耕耘。不仅是材料的搜集、比较工作需要做，有关槃瓠图腾的性质问题也需要研究。此外，我们还面临着许多新近提出而有待于解决的问题。

看到这一情况，笔者不敢偷安，决心要尽力耕耘那些尚未开拓的

---

① 这类问题在余文未发表之前也偶然有人论及。例如关于“槃瓠故事和马头娘传说”的问题，沈雁冰和笔者都曾先后论及。余文主要是对于槃瓠神话的一种比较的和综合的探讨。

② 见《民众教育季刊》第三卷第一号。

③ 见《民众教育季刊》第三卷第一号。松村博士在这篇论文中所引用的文献，见之于《搜神记》、《玄中记》、《后汉书》、《三才图会》等书。博士根据干宝《晋纪》的叙述，从而推断犬属是古代南方少数民族的图腾之一种。

部分。这方面的有关问题都是很有趣味的，但是为了便于探讨，只能先从中选择一些来进行研究。本文主要论证两个问题，即对槃瓠神话诸记录(文献的和口碑的)的搜集和比较研究以及确定主人公槃瓠的图腾性质。

上　篇

槃瓠神话，有的文献说在汉朝已经被录于应劭的著作之中。但是，在他流传下来的著作《风俗通义》里，却找不到有关的记载。如果退一步，依从章怀太子的说法，就算把范晔的记述看做是应劭的手笔，仅仅弄清楚应劭对这个神话的记录情况还是不够的。

现在且先来看看干宝的《搜神记》中有关的记录。干宝这本书目前有两种流行本。一种是作为单行本发行的，另一种则被收录在《汉魏丛书》、《龙威秘书》等丛书中。前者凡 20 卷，后者 10 卷。两方所记载的槃瓠神话，不仅有些地方文字不同，连情节也有相异之处。松村博士在《狗人国试论》中所引用的是后者，[①] 而笔者在《种族起源神话》中引用的却是前者。很明显，两者之中无疑有一种是后人假作或篡改过的。然而我们一时不能断定哪一种是真，哪一种是假。[②] 鉴于这些记录都是比较前期的文献，对于这个神话的研究都有相当重要的意义，所以都抄录如下：

---

① 松村博士文章中引用此文献时并未注明出处，可能是从类书中转引的。由于其文词完全和丛书本的《搜神记》一致，所以笔者作此推测。

② 载于单行本的槃瓠神话，隐约可见《魏略》所记的槃瓠犬由来的传说和《后汉书》的槃瓠神话记录相混合的痕迹。然唐朝欧阳询等所撰的《艺文类聚》兽部中引用的《搜神记》记述，也有和《魏略》所载的槃瓠犬的由来相同的一段文字，所以事实究竟怎样，一时颇难断定。

高辛氏，有老妇人居于王宫。得耳疾历时。医为挑治，出顶虫，大如茧。妇人去后，置以瓠篱，覆之以盘。俄尔顶虫乃化为犬，其文五色，因名“槃瓠”，遂畜之。时戎吴强盛，数侵边境。遣将征讨，不能擒胜。乃募天下有能得戎吴将军首者，购金千斤，封邑万户，又赐以少女。后槃瓠衔得一头，将造王阙。王诊视之，即是戎吴。为之奈何？群臣皆曰：“槃瓠是畜，不可官秩，又不可妻。虽有功，无施也。”少女闻之，启王曰：“大王既以我许天下矣。槃瓠衔首而来，为国除害，此天命使然，岂狗之智力哉？王者重言，伯者重信，不可以女子微躯，而负明约于天下，国之祸也。”王惧而从之。令少女从槃瓠。槃瓠将女上南山，草木茂盛，无人行迹。于是女解去衣裳，为仆竖之结，着独力之衣，随槃瓠升山入谷，止于石室之中。王悲思之，遣往视觅，天辄风雨，岭震云晦，往者莫至。盖经三年，产六男六女。槃瓠死后，自相配偶，因为夫妇。织绩木皮，染以草实，好五色衣服，裁制皆有尾形。后母归，以语王，王遣使迎诸男女，天不复雨。衣服褊裢，言语侏儒，饮食蹲踞，好山恶都。帝顺其意，赐以名山广泽，号曰“蛮夷”。蛮夷者，外痴内黠，安土重旧，以其受异气于天命，故待以不常之律。因作贾贩，无关繻符传租税之赋；有邑君长，皆赐印绶；冠用獭皮，取其游食于水。今即梁、汉、巴、蜀、武陵、长沙、庐江郡夷是也。用糁杂鱼肉，叩槽而号，以祭槃瓠，其俗至今。故世称“赤髀横裙，槃瓠子孙。①

以上是载在单行本上面的。下面抄录丛书本的：

① 见单行本卷十四。

昔高辛氏，有房王作乱，忧国危亡，帝乃召群臣，有能得房氏首者赐千金，分赏美女。群臣见房氏兵强马壮，难以获之。辛帝有犬名槃瓠，其毛五色，常随帝出入。其日，忽失此犬，经三日以上，不知所在，帝甚怪之。其犬走投房王，房王见之，大悦，谓左右曰："辛氏其丧乎？犬犹弃王投吾，吾必兴也。"房氏乃大张宴，为犬作乐。其夜房氏饮酒而卧，槃瓠衔王首而还。辛见犬衔房首，大悦。厚与肉糜饲之，竟不食。经一日，帝呼犬亦不起。帝曰："如何不食？呼又不来？莫是恨朕不赏乎？今当依募赏汝物，得否？"槃瓠闻帝此言，即起跳跃。帝乃封槃瓠为会稽侯，美女五人，食会稽郡一千户。后生二男六女，其男当生之时，虽似人形，犹有犬尾。其后子孙昌盛，号为犬戎之国。周幽王为犬戎所杀。只今土蕃，乃槃瓠之胤也。①

和干宝差不多同时代的郭璞，在他的《山海经》注文中也录有槃瓠神话，郭云：

昔槃瓠杀戎王，高辛以美女妻之。不可以训，乃浮之会稽东南海中，得三百里地封之。生男为狗，女为美人。是为狗封之民也。②

① 见《龙威秘书》本卷三，文中的"会稽侯"、"会稽郡"或又写作"桂林侯"、"桂林郡"。

② 《山海经广注》卷二十。

此外，在晋朝还有一向题作郭氏所著的《玄中记》，其中也载有这个神话，大体上和上面所引的郭璞注文相同，署名上所谓“郭氏”也许就是郭璞吧。①

范晔的《后汉书·南蛮西南夷传》说（也可以看做是应劭的记录）：

昔高辛氏有犬戎之寇，帝患其侵暴，而征伐不克。乃记募天下，有能得犬戎之将吴将军头者，购黄金千镒，邑万家，又妻以少女。时帝有畜狗，其毛五彩，名曰槃瓠。下令之后，槃瓠遂衔人头造阙下，群臣怪而诊之，乃吴将军首也。帝大喜，而计槃瓠不可妻之以女，又无封爵之道。议欲有报而未知所宜。女闻之，以为帝皇下令，不可违信，因请行。帝不得已，乃以女配槃瓠。槃瓠得女，负而走入南山，止石室中。所处险绝，人迹不至。于是女解去衣裳，为仆竖之结，着独力之衣。帝悲思之，遣使寻求，辄遇风雨震晦，使者不得进。经三年，生子一十二人，六男六女。槃瓠死后，因自相夫妻。织绩木皮，染以草实。好五色衣服，制裁皆有尾形。其母后归，以状白帝。于是使迎致诸子。衣裳斑斓，语言侏儒，好入山壑，不乐平旷。帝顺其意，赐以名山广泽。其后滋蔓，号曰蛮夷。外痴内黠，安土重旧。以先父有功，母帝之女，因作贾贩，无关梁符传租税之赋。有邑君长，皆赐印绶。冠用獭皮，名渠帅曰精夫，相呼为姎徒。今

① 例如，宋朝罗苹曰：“《玄中》之书……不知撰人名氏。然书传所引，皆云‘郭氏《玄中记》’。而《山海经》记狗封氏事，与记所言同一，知为景纯。”

长沙武陵蛮是也。①

范晔以后直到清朝的1000多年之间，槃瓠神话依然不断被著录于史乘之中，但是，却未发现有比前引的几篇更重要的新材料。在《艺文类聚》、《通典》、《太平广记》、《太平御览》、《册府元龟》、《通志》、《文献通考》、《三才图会》等古籍中，关于槃瓠神话的记载，不是直录旧文，便是删存骨干，或合并古记而加以删节。②

关于槃瓠神话比较完整而重要的文献，已尽于前所引述。③ 此外，还有一些和这个神话有关的断片记录，为节省篇幅起见，这里就不再抄录了。

笔者近来出于种种的机缘，得到一些有关这个神话的新材料。新材料和上面引述过的典籍记载颇不相同，如果把二者进行一番比较，实在是很有意思的事情。

余永梁在他的论文中最先引用了从广东省采集到的记录。它的内容如下：

---

① 见《后汉书》卷七十六《南蛮西南夷传》。

② 载于《册府元龟》等书的是直录《南蛮传》旧文的例子，刊于《通典》等书的是删存主干的例子，而《三才图会》中所载的是并合古记而加以删略的例子。

③ 刘著《岭表纪蛮》第一章有如下一则记录："南越王，有犬名槃瓠，王被擒，具毋传令有能脱土归者，当以王女妻之。槃瓠闻言欣然往，窃负而逃，遂妻以女。槃瓠纳诸石谷，与之交媾，生子数人：曰僮、曰瑶、曰僚、曰俍、曰伶、曰侗，各成一族，自为部落，不相往来。故瑶人多姓'岅'。嫌犬名不雅，改为'盘'。且冒称盘古之裔，其实非也。"按：此传说是槃瓠神话的异传。故事的一部分极似马头娘传说。据刘氏自注，此文引自《古今图书集成》一四一〇卷。但笔者曾在匆忙中查阅此书，却未见有载。姑志于此，以待进一步查考。

从前有一个皇帝烂了足，很利(厉)害，遍请医生们医理，都不见效。时帝蓄有大黄犬一只，性甚驯，无论命它什么事，它都很顺从。一天帝独居，犬在帝旁，便向这犬说，你能医好我的足么？它表示可以医好。帝对它说，你真能把我的足医好了，情愿将公主配你，并封你疆土。它于是点头将己舌向帝烂足舐了一阵，不数日，足便好了。它便向皇帝作要求的样子。帝晓得它的意思，但不愿将公主给它，因为人和兽怎能配合。只允给予许多金子和封以广土。它见帝不允，很不快活，几天不食。帝怜念它医好自己的足，不得已将公主配它，并封以荒土。公主见父言出法随，也只得从它居住这荒土。后来生的儿女多有尾。这是关于人类有尾的传说。①

这个故事无疑是槃瓠神话的一个异传，因为它们的情节大体上是相似的。类似这样的传承情况，在浙江省南部畲族所居住的地区也有发现。笔者近来已经获得两则有关的材料。下面先转录怀清所记录的一则：

昔某皇帝患烂足疾。国内的医生都不能医好。皇帝便下命令谁能够医好烂脚便把皇女嫁他。某天，有一匹狗来对皇帝说，你的脚让我舐三天一定会好的。皇帝起初不相信它。后来觉得有点奇怪便让它试试看，却意外地有了效果。因为舐过一次而大大减少了痛苦，便让它继续舐下去。第三天，脚竟完全好了。于是，

① 见《语言历史学研究所周刊》第三五、三六期合刊的《西南民族研究专号》，记录者是叶观君。

狗便向着皇帝要求皇女。但是，皇帝和皇女因为它是畜生而不允许它。狗便说："请你把我藏在柜中，49天之后我便成为一个漂亮的人了。"皇帝照着他的话做了。皇女非常懊丧地，在第四十八天就把柜子打开来。这时狗的身体已经变成人样，只有头还没有变成。他因为皇女不守戒约而不能变成完全的人样，所以很恨皇女。这时候皇帝和皇女已经不能找出口实来拒绝他，便招他做了驸马。他们所生的五个孩子由皇帝赐以五姓，即雷、兰、锺、鼓、盘。现在多数的畲民都是从这五人出来的。

以下再抄录魏人箕的记录：

从前，某个贤明的国王有一个非常美丽的女儿，国王十分地溺爱她。某一天皇女突然不见了，国王十分焦急地使下臣们各处搜查，但是半个月还一点消息都没有。国王深思之后，贴出一张布告，说是有谁找到了皇女，便招他作女婿。这张布告贴出没几天，某一天黄昏时候，一只壮大的狗带皇女到宫里来。国王大为欢喜，可是，看到带皇女回来的却是一个畜生，不觉烦恼起来。但是因为他不想失信，便对狗说："皇女当然要下嫁给你了，而你又是兽类，怎么好呢?"狗听了频频摇动尾巴对王说："把我放在铜柜内7天，我可以变成漂亮的人。"王就命侍臣照办了。宫女们听说狗要变成人，觉得很奇异，但因为国王的禁令还不敢打开铜柜。到第六天夜晚，一个宫女终于打开来看了，那只狗的身体和手脚已经变成人的样子，只有头还没有变成。因为被人打开来看了，已经不能再变。国王为了履行自己的约言，不得已把皇女给它。狗和皇女就是后来畲民的始祖。①

这两份记录，一看便可知道和余永梁所引用的是同一个故事，无需再加分析。不过，值得注意的是现在在朝鲜人民当中，也流传着和中国南部少数民族起源神话同样的故事。他们是这样叙述的：

从前黄帝轩辕氏有一个最爱的女儿，为了选女婿而用绳作一个大鼓挂在门前，布告说：如果有人打这个大鼓使鼓声传到内庭去便收他作女婿。某一天有了鼓声，出来一看，见是狗在打鼓。叫它再打，它又举起脚来，真的发出像皮大鼓一样的声音。只得依照约言把女儿给了它。狗伴着女子，日里是狗，夜晚就变成美少年，言语应对也和人一样。某天狗对妻子说，明晚为了要完全变做人，须得禁闭在房内。房内如果有痛苦的声音也切不可偷看。第二晚果然房内有痛苦的声音，妻子忘记戒约跑去偷看，狗已经脱去皮毛几乎是完全的人形，但是只有头上还剩有些皮毛，因为被妻子所窥，已经不能再脱了。现在的□□人是他们的后裔，所以头上留长发作标志。②

为什么会产生这种地域相隔较远，而其流传的故事却相似的情况呢？是由于人种迁移，还是由于故事本身的传播，或者还有其他的原因？探讨这类问题，对传承学的研究是有意义的。然而这不是本文的

① 魏人箕和怀清二君的记录稿，是笔者收到的未刊稿。

② 见今西博士《朱蒙传及老獭稚传说》（刊于为内藤博士颂寿纪念的《史学论丛》，原文是长川口卯氏所采访的）。这和中国南方少数民族起源的神话无疑是一致的。

主意，因此不准备去讨论它。

关于槃瓠神话的近代人的记述，除了前面介绍过的以外，还有刘锡蕃所记的新资料。

其一云："或谓瑶之始祖，生未旬日，而父母俱亡。其家畜猎犬二，一雌一雄，驯警善伺人意，主人珍爱之。至是，儿饥则雌犬乳儿，兽来则雄犬逐兽。儿有鞠育，竟得生长。娶妻生子，支裔日繁。后人不忘狗德，因而祀奉不替。"①

其二云："或又谓瑶之始祖畜一犬，甚猛鸷。一日临战，于阵上为某大酋所执。将杀之，刃举而犬猛啮酋。酋出不意，竟死。瑶甚德狗，封之为王，以所爱婢妻之。其后子孙昌大，遂成一族。"②

其三云："其又一说，则与范晔《后汉书》所云相类。唯谓犬子长成之后，与狗父出猎。狗父老惫，堕崖而亡。子负犬还。犬时口流鲜血，沿子肩部下交于胸。子哀之，自后缝衣，即像其形，另缀红线两条，以为纪念。"③

上面所录的三则记述，虽然过于简略，但其重要价值是不容忽视的。下面先就其中最重要的两点发表一些意见。

---

①② 见刘锡蕃《岭表纪蛮》第八章"狗王"条。

③ 同上。又刘氏所著《苗荒小纪》中也载有这个神话，说法略有不同，今并录之以资参考。其文曰："瑶之始祖，父犬而母人，或曰，女为高辛氏公主，生四子，及长，挈犬出猎，犬老惫不能工作。子怒，推之河，死焉，及归，其母问犬。子以告。母大恸，以实语子。于亟赴河，负犬尸还。犬时口流鲜血，沿子胸部而下。子哀之，自后缝衣，必纫红线两条，交叉于胸，所以为纪念也。"（见第八章）按无名氏著的《桂阳风俗记》中，叙述土人赛槃瓠的礼俗云，"其歌尾词，辄曰寻耶（爷）去。言槃瓠以寻父死于野，招其魂焉。"（《小方壶斋舆地丛钞》第六帙）这一记述过于简略，使人无法明白传说的原委，但仍可以肯定必和刘氏的记述有关，系同一神话的歧传。

其一，综观上述各种记录，可以看出现代所搜集的槃瓠神话，倒似乎比古代文献的记载更接近于原始的形态。范晔、干宝的记录都是在1000多年以前写下的，但是故事中所涉及的制度和所表现的思想，却类似于文明社会的产物。例如："乃募天下，有能得戎吴将军首者，购金千斤，封邑万户。"以及"帝大喜，而计槃瓠不可妻之以女，又无封爵之道。……女闻之，以为帝皇下令，不可违信，因请行"等等的记叙，就是明显的例子。过去有些学者之所以对这个神话产生怀疑，主要原因就在这里。① 固然，古代文献中也有能比较保持原始文化色彩的记载，但是大体上都已被套上了后代文化思想的锦衣。而现代所记录的几篇材料中，虽然也同样表现出某些和产生这一神话时的社会情况不相调和的地方，然而从全局来看，比起范、干等人的记述来，和口头流传的原型显然接近得多。例如在浙江的畲祖传说中，一方面有着"皇帝和公主，因为它是畜生而不许它"这样的说法，另一方面其整体的叙述却毕竟保存了一种比较纯朴的形态。

应该如何解释古记录(以至一部分新记录)中存在比较后起的文化色彩的这一现象呢？以笔者的浅见，认为可能由于以下三个原因。

一、产生和传承这个神话的少数民族，后来他们的文化发展到相当的高度(不论是全体或是一部分)，所以一面承继着远祖的传说，一面又有意识或无意识地进行了修改。

二、当这个神话由少数民族传到汉族的时候，汉族人民不知不觉地把自己比较高级的社会文化色彩掺和进去，因而改变了它的原形。

---

① 例如杜佑说："晔云：高辛氏募能得犬戎之将军头者，购黄金千镒，邑万家，妻以少女。按黄金，周以前为斤，秦以二十两为镒。三代以前分土，自秦汉分人。又周末始有将军之官，其吴姓宜自周命民。晔皆以为高辛氏之代，何不详之甚！"

三、出于记录者有意无意的改动。

上面所说的第一条，是造成各民族大部分的神话先后异形的一个重要原因。然而对于这个特定神话的变形考证来说，却不能作为主要的理由。为什么呢？因为产生及传承这个神话的少数民族，迄今为止文化程度仍滞留在比较幼稚的状态——由于分布的地区不同，文化状况稍有差别，但基本上是没有太大差距的①——不管怎样，实际情况都和范晔、干宝记录中所反映的不相适应。

第二、三两条，虽颇富于盖然性，但也不能很容易地判别它们的主次。——或者可以说，从某个方面看来，还是后者起了较大的作用吧。②

其二，古今各种记录，故事情节虽然多少有所不同，但是故事主干却大体相同。换句话说，它们似乎是同出一源的异传。

众所周知，神话、传说很容易变形，这是“传承学”上的一条规律。至于变化的程度、原因，却是各不相同的。无论如何，只要经过相当的时间或空间的流传，任何神话、传说恐怕都不大可能完全保持产生时的固有形态。一部族、一种族或者一民族的神话（包括极严肃的族祖起源神话在内），辗转传述的结果，必然分化成若干大同小异或小同大异的型式。流传的时间愈久、范围愈广，差异也就愈大。试举一二个例子来看。如台湾巴娃奴族的关于祖先发祥的神话，就因部落、蕃社或者叙述的人不同而产生差异，以致想作出一个概括的说法都非常困难。仅只关于祖先出生这一点，就有以下各种的异说。“有

① 参检有关南方少数民族的各种文献，其中所记述的瑶、畲族的生活情况，大抵是处在狩猎兼初期农耕（即刀耕火种）的阶段。近年来，其中汉人化了的部分，大抵也只从事稍为高级的农业。

② 范、干二氏的记录，一部分文词和本来是素朴的“民间传承”相异，这大约是经过记录者渲染了的。

说是由石卵孵化的，有说是从大石的裂缝生长的，有说由竹里生出的，有说是由大树根生出的，又有说用神仙的歌造出的。”关于出生地点的说法同样也是分歧不一。[①] 另外，苗族（狭义的）的种族起源神话也呈现颇为歧异的样式。[②] 总之，世界各民族的神话和传说，在经历了相当的时间和空间的口耳相传之后，都必然会多少有所改变。

综观槃瓠神话的古今诸记录（除刘氏记述和第一则外[③]），故事的主要情节大体是相同的。它的简略型式是：

一、某首领遭遇某种急难。[④]

二、一只狗为他完成工作。

三、狗得首领女子为妻。

四、狗和女子成了某一种族的祖先。

以上这些主要情节，必定是这个神话产生时的本来样式，至少是非常接近于本来的形态。我们在上述各种记录中所见的种种异说，主要是在“传承过程”（包括汉族传述阶段）中产生的。这是就一般而言。如果细加剖析，那么，其中也会有由记录者所加的部分，或者神话中某些初生时的说法，由于部族分化而仅留存于某一部分族人的口中。

① 见台湾总督府习惯调查会出版的《番族习惯调查报告书》第五卷之一。

② 参看东京帝国大学出版的《苗族调查报告》第四章及刘锡蕃《岭表纪蛮》第一章。

③ 刘氏所记的这个槃瓠神话（上文引用的“其一”：“或谓瑶之始祖，生未旬日，而父母俱亡。……”），和这个神话的一般说法颇不相同。但由故事的情节看来，大约不是极后代的产物，也不是汉民族的伪造，因为像这个类型的神话，在一些文化后进的种族中也在流传。举例来说，《周书》卷十五的记载云：突厥的祖先在幼年时，被部族中人弃于草泽之中，一只牝狼给他肉吃，得免于死，长成之后，与狼交合而传下后代，是为突厥。在罗马的建国神话中，也有说一个被弃的婴儿得牝狼的哺乳而长大，后来成了建国英雄的故事。

④ 这一节在间岛朝鲜族的同型神话中有一种说法是“酋长特意出难题”。

例如在采自浙江南部的记录中，有着当狗正在变形时因妻子违约而失败的情节，这种说法似乎并不是后起的。

下　篇

如“引言”所述，从唐朝到现在，有些学者对槃瓠神话持有怀疑的意见。他们中有的人认为，这个神话所说的不符合历史事实；有的人觉得神话中的事件太过于违反事理；也有的人说，神话中的怪诞之处是由于后人误解附会而加上去的。他们的意见虽然彼此不同，但是对于这个神话中所说的事情，以至神话本身，都一致的抱着怀疑的态度。①

应该承认，这些看法并不是没有理由。甚至可以说，它们在一定程度上还是正确的。不过我们不能满足于这种简单的否定结论，而必须作进一步的科学的探讨。

任何神话的产生和流传，都必定有它的现实根据和心理根据。槃瓠神话中的狗祖先及其行为，在很长的年代里一直被南方少数民族认为是真实的事情。可见这槃瓠神话无疑是真正存在过的，它不是后人(包括记录者)的随意捏造。

在澳洲、亚洲及美洲等地区的土人部落中，把动物或植物——极少数是无生物当做亲人而对之敬爱的习惯，即所谓 Totemism(图腾崇拜)，谁都知道它今天还残存着。这种习惯的表现之一，是凡信奉图腾的氏族，大抵把那作为图腾的动物、植物或无生物，认做自己的血统所由来，并造出种种的神话、传说来加以证明。美洲的印第安图腾氏族，乃至古代及现代信奉图腾的人群之中，都存在这类的传承。关

① 以为不合历史事实的有杜佑，认为太违反事理的有侯加地，主张因后人的误解、附益而产生这种怪诞的说法的有罗泌、刘锡蕃。

于这种信念和行事的资料，除民族学的及文献学的以外，在先史考古学中也可以发现。① 现在试举民族学上一二个显著的例子。

据美洲绰头人(Indidn's Chotows)的传说，那些蛇氏族、鹰氏族，便是蛇、鹰和人类的女子结合而发祥的。② 虾氏族传说，以从前绰头人从缸里拾到虾，便教它用两脚走路，把它的脚爪和身上的毛除掉，这个甲壳动物就逐渐变成人了。据说这就是那个氏族的起源。③ 又有一个神话说是一只鸟捉住一只蜂壳，那壳忽然变做少女，后来产生了印第安的一个氏族。④ 在马达加斯加岛的亚卡拉脱拉人当中，传说狗是本部落的祖先。⑤ 诸如此类的例子，实在不胜枚举。所以许多学者认为，氏族成员自认为出于动物祖先的血统，正是图腾制度的一种特征。⑥

由此看来，槃瓠神话，不也就是我国南方某些少数民族在其氏族时代产生的关于自己图腾祖先的一种传述么?

所谓"槃瓠"——这个神话的主人公，并不是以动物命名的祖先的误传，⑦ 也不是开辟中华的盘王的讹传，⑧ 实在是某些少数民族所信奉

① 早川译《世界原始社会史》第二编第四章中说："在法兰西的某个洞穴内发现如次的绘画：一个肚子很大的孕妇仰卧着，上面站着驯鹿。这个绘画，恐怕是表现了一种动物起源的图腾信仰。"

② 见于托依(C. H. Toy)著《宗教史序说》(*Introduction to the history of Religion*)第五章。

③ 见培松(Maurice Besson)著《图腾主义》第三章。

④ 同上。

⑤ 同上。

⑥ 例如高尔登魏赛尔(A. A. Goldenweiser)在他所著的《图腾主义的分析与研究》中所举图腾主义五特征中的"从图腾发展来的信念"一例。又伯恩女士也在她增订的《民俗学概论》中有关于成员和图腾的血缘关系或他们自信是来自图腾的例证。

⑦ 罗泌说："伯益经云，卞明生白犬，是为蛮人之祖，卞明黄帝氏之曾孙也。白犬者乃其子之名。盖若后世之乌帬、犬子、豹奴、虎豘云者，非狗犬也。"

⑧ 刘锡蕃认为《后汉书》等所记述的槃瓠，乃是最先开辟华土的一个瑶民族长——盘王的误传。

的动物，是图腾时代的“动物的祖先”。因为在这个神话中，兽和人结合以及族人是从兽的传殖而生的种种说法，正是图腾时代人类所必然产生的思想——人和兽没有分别，甚至还有着亲密关系的一种合理的“心之反映”。

如果认为这个神话还不足以说明槃瓠是某些少数民族的图腾动物，我们可以另外找到各种更加有力的证据。首先从宗教仪式来看。因为礼仪是原始人群真实生活的一个重要方面。

法国著名的社会学者杜尔干(Emile Durheim)将原始人群的宗教仪式(图腾氏族的宗教仪式)作了分类，其中有所谓“模仿的”及“纪念的”仪礼。前者是当氏族举行宗教典礼的时候，族员及司祭者们模仿氏族图腾的形态、举动及声音等等的行为。这样做的主要目的是表示族员和图腾是同一性质的，彼此间有亲缘关系，都是共同社会的成员。后者是在行宗教典礼的时候，族员及司祭者们，以种种的设备和动作表演神话祖先的“传说生活”。这样做的目的是在使氏族的“神话的过去”复活在氏族成员的精神中，使他们振奋起为生存所必需的集团意识——社会的意识。①

以上所说的两种礼仪(特别是前一种)，在各地的图腾部落中是常见的。下面举几个明显的例子。澳洲的阿仑达族在举行图腾动物(青虫)的祝祭的时候，有模仿青虫由蛹蜕壳出来的仪式。② 又在举行另一种青虫图腾的祝祭时，“主祭司一下向地面曲下身体，又一下跪行着，同时抖动伸出的手腕，以表示昆虫振动翅翼。还时时伏在楯上，模仿蛾由卵生出来飞回在树上的样子……祭习模仿那动物脱出蛹时或者努力想飞起时的动作而转动着。”③瓦拉蒙加人(Waramunga)也有这

① 参照杜尔干的《宗教生活的雏形》第三编第三、四章。

② 见杜尔干《宗教生活的雏形》第三编第三章。

③ 同上。

种模仿的祭仪。“祭仪在晚间十一点开始。到半夜时，氏族的酋长便很单调地学着鸟的啼声。”①澳洲西北大多数的部族中，都存在着这种模仿的礼仪。如果在食物很少的时候，属于这一动物图腾的氏族首领，就要伴着它到某个一定的场所去举行宗教的仪式，而在仪式进行中，首领的主要动作便是模仿那动物最重要的特征。② 得基沙斯地方的印第安人也有这样的宗教仪式。狼氏族的少年战士达到成年的时候，用狼的皮包住身体，和其他同样装束的战士们一齐把两手放到地上，做四脚走路的样子并且学狼的叫声。③ 住在中国最南部的黎族，传说着少女和犬配合而成为那一族祖先的神话。据前人记录：“醉即群作狗号，自云狗种。欲祖先闻其声而为之垂庇也。”④这大概也是模仿图腾动作礼仪的一种遗留形态吧。以上说的是模仿礼仪，下面再举一些纪念仪式的实例。澳洲的娃兰格族在举行黑蛇祝祭的仪式中，有演出祖先历史(从由地下出来到决定再回地下时止)的一幕。⑤ 亚仑达族也有这种表演图腾的“神话历史”的仪式。

松村博士在前述的论文中引用了干宝《晋纪》中的一段记载：“武陵、长沙、庐江郡夷，槃瓠之后也。杂处五溪之内。槃瓠凭山阻险，每每常为害。糅杂鱼肉，叩槽而号，以祭槃瓠”。俗称赤髀、横裙，即其子孙。博士接着说：“如果这种记述是传达着事实，那么为狗人的远祖的槃瓠是一种灵感。其子孙崇拜之，用‘糅杂鱼肉，叩槽而号’的祭仪而祭祀之。”⑥博士所说“如果这种记述是传述着事实”的话，恐

① 杜尔干《宗教生活的雏形》第三编第三章。

② 同上。

③ 见培松《图腾主义》第三章。

④ 见张庆长《黎岐纪闻》、陆次云《峒溪纤志》。

⑤ 见杜尔干《宗教生活的雏形》第三编第四章。

⑥ 此处所引《晋纪》及松村博士语均见《狗人国试论》，1933年载《民众教育季刊》三卷一期。

怕只能看做是行文上的委婉，而并不包含怀疑的意思。总之，在我们看来，在那个自称为是槃瓠后裔的少数民族中，这种“叩槽而号”、模仿图腾动物动作的祭仪是确实存在的。因为这除了见诸干宝的记载之外，还可以从其他文献得到证明。如马端临《文献通考》卷三百二十八中云：“(瑶民)岁首祭槃瓠，杂糅鱼肉酒饭于木槽，群号为礼。”明朝邝露的《赤雅》也载有：“侧具大木槽，扣槽群号。”①清朝的官书和私人撰录中都有同样的记载。② 笔者在10多年前调查广东省的某个畲山所得资料也和文献记载相符合。(他们畲民)每年到了阴历五月初五，不许外人进村。传说他们在这天取出狗祖宗的像来，挂在祠堂中间，一起顶礼膜拜。这时全部人员都以手足抵地，做出兽类的种种动作。③ 刘锡蕃在他的近著《岭表纪蛮》中记述瑶族祭狗王的礼典说：“每值正朔，家人负狗环行炉灶三匝，然后举家男女，向狗膜拜。是日就餐，必扣槽蹲地而食，以为尽礼④。”以上许多记载划然一致，足以证明这类模仿仪式是确实存在的。也许有人怀疑以上诸文献所载，是传闻错误或者互相抄袭的结果。不过这种怀疑实际上是不可能成立的。为什么呢？因为这些文献大半出于曾亲去察看的学者之手，其中

---

① 见邝氏书卷二“瑶人祀典”条。

② 见于官书的记载，如《皇清职贡图》卷四第三十记述兴安县(广西省)平地瑶的风俗云：“每岁首祭槃瓠，杂置鱼肉酒饭于木槽，叩槽群号以为礼。”私人的撰述中，如陆次云《峒溪纤志》说，“岁首祭槃瓠。揉鱼肉于木槽，扣槽群号以为礼。”(据《龙威秘书》本)又闵叙《粤述》中说：“岁首祭先，杂糅鱼肉酒饭于木槽，扣槽群号为礼。”(据《说铃》本)。

③ 参照中山大学《语言历史学研究所周刊》第一卷第六期拙作《惠阳畲仔山苗(畲)民调查》。

④ 见刘著第八章。

有两三位还声明他们是专为传达事实而写的。[①] 可见，这种模仿图腾动作的祭仪，的确是和槃瓠神话相结合而存在于南方某些少数民族的实际生活中，这应该是毫无疑义的。

至于少数民族中纪念的礼仪，似乎没有模仿的礼仪那么丰满。但是不管这方面可考的文献是多么缺乏，我们仍然可以肯定这类仪式也是确实存在过的，正如模仿礼仪是确实存在过的一样。关于纪念礼仪的文献，有前面提到的邝露的著述。其文曰："其乐五合，其旗五方，其衣五彩，是谓五参。奏乐则男左女右，铙鼓、胡卢、笙、忽雷、响瓠、云阳。祭毕合乐，男女跳跃，击云阳为节，以定婚媾。侧具大木槽，叩槽群号。先献人头一枚，名吴将军首级。予观祭时，以桄榔面为之，时无罪人故耳。"[②]这是邝露记述"瑶人礼典"的一段文章，其中最值得我们注意的是末后的几句话。从行文的语意看，当时该地的瑶人在祭图腾槃瓠时，照例要举行有关的"神话历史"仪式——用一个罪人的头当做神话中人物吴将军的头而供献于灵威之前。邝露去看的时候，恰巧没有罪人，得不到生人头，便用桄榔面来作祭品。[③] 这里所述的仪式情况也许和原来的多少有些不同，但是仍可以断言大体上是从前遗留下来的。因为这种仪式不仅和前面所说的澳洲图腾氏族的纪念仪式非常相像，而且和本部族所郑重传承的神话也是完全一致的。

其次，从与宗教仪式有关的衣服、装饰来看，证明南方某些少数民族和犬属之间确实存在着一种图腾关系。

如前所述，信奉图腾的民族，在举行宗教仪式时，通常都要学那

---

① 例如陆次云《峒溪纤志》自序云："诸溪种类多矣。诸书所载，同异攸殊。余征诸见闻，详为考正。措辞虽简，征事弥该。"刘锡蕃也在《岭表纪蛮》中说明自己是根据实际调查所得来写的。

② 见邝露《赤雅》卷二"瑶人祀典"条。

③ 以人头作祭品是在自然种族中常见的风习，中国南部少数民族中也不乏此例。

图腾动物的各种举动。有的部落，其司祭者或全体都要用那种动物的皮革或羽毛(或身体的其他部分)把自己装扮得和图腾动物相似。这样做的目的，不用说就是为了表明或促进和图腾的亲密关系。类似的做法并不局限于举行宗教仪式的时候，在平时的装束中也往往表现出来。例如美洲奥马哈(Omaha)地方的龟氏族，族人把头发剃成龟甲一般的形状，四边分开编六条小辫子，以象征龟的头尾和四脚。小鸟氏族的人，在额上编极小的辫子以象征鸟嘴，有的还在脑后垂一条小辫子以象征鸟尾，两耳上还扎起两丛头发以象征鸟的两翼①。中国古代南部的哀牢夷，是一个以龙为图腾的部落，所以“种人皆刻画其身，像龙文，衣皆著尾。”②

在《搜神记》和《后汉书》中，对于自信为槃瓠后裔的族人服饰，都作以下描述：“好五色衣服，裁制(或制裁)皆有尾形。”作此装饰，其目的不正是为了表明自己和犬属的血缘关系吗？明朝学者陶宗仪在《南村辍耕录》中“老苗”条记述当时南方苗、瑶人的衣饰说：“束腰以帛，两端悬尻后若尾。无问晴雨被毡毯，状绝类犬。”陶氏所说，不能视之为后代人好奇夸诞的记述。因为他所描写的装束，确是以犬属为图腾的氏族的一种“同体化”的表现，和干、范二氏的古记录也可以互为证明。

《贵州通志》中《土民志四》记述狗耳龙家的风俗说：“衣尚白……男子束发而不冠。妇人辫发，螺髻上指，若狗耳状，衣斑衣，以五色药珠为饰。”陆次云的《峒溪纤志》“土司”条中也说：“狗耳龙家妇人作髻，状如狗耳。”又《皇清职贡图》卷三中，也记述古田(福建省)的畲妇头上的装扮说：“妇以蓝布裹发，或戴冠，状如狗头。”所以会形成这

① 见培松《图腾主义》第三章。

② 参照《后汉书·南蛮西南夷传》及鸟居博士《有史以前的日本》中的“倭人的文身”。(此文笔者曾译成中文，刊于《艺风月刊》第二卷第十二期)

种特殊的风俗，绝不是偶然的，其中想必有重要的原因。也就是说，这种装饰风俗，和把犬属奉作亲族的社会、宗教制度(图腾信仰)是直接有关的。进一步说，这种风习，就是原始时代模仿图腾形状的遗俗。在《魏略》和单行本的《搜神记》中，在记述槃瓠的由来时，都说“俄化为犬，其文五色。”①而《搜神记》及《后汉书》又都说槃瓠的子孙好五色衣。关于这一点，松村博士认为犬有五色毛的说法，是由于那个少数民族在祭槃瓠的时候，司灵者穿上五色衣而形成的。这当然是一种合理的假定。但是反过来说，不也可以把后者当做前者的结果吗？具体地说，先有了图腾动物是“五色毛”的神话，后来族人们才在祭祀时穿上五色衣以表示自己和神话中的祖先原来是同体的。如果这个假说可以成立的话，那么自《搜神记》以下，各种文献都基本一致地说南方某个少数民族好着五色衣服，② 这一事实足可证明那个种族的人是多么喜欢在衣饰上模仿他们的图腾动物(同时又是他们的神话祖先)。

再次，某个南方少数民族对于犬属的敬爱、禁忌，也可以证明有关的图腾信仰确曾存在。

氏族人员和图腾的关系，绝不止是名义上的、淡薄的关系。氏族人员希望从图腾得到保护、指示以及其他利益，而他们的义务是必敬重和爱护图腾。所以一般图腾氏族大抵不伤害、不食用他们的图腾

---

① 《魏略》的记述被引用在唐人的《后汉书》注中。

② 中国古今文献中关于这一点的记载很多。这里举一、二个例子。《隋书·地理志下》曰：“诸蛮本其所出，承槃瓠之后，故服章多以班布为饰。”明末屈大均《广东新语》曰：“槃瓠毛五彩。故今徭姎徒衣服斑烂。”(卷七)清朝魏祝亭《两粤瑶俗记》曰：“衣则男女皆湅五色缕织之，若贸汉纯素及间色布，亦必绣刺五彩。以槃瓠毛五彩故也。”收于《小方壶舆地丛钞》再补编第八帙。近代莫加玙《融县苗山概观》曰：“狗瑶中女人头发掩于面前，衣裳多为花者。”(南宁《民国日报》副刊)

(如果是无生物就不使用它),甚至于连碰它都不允许。他们并且往往禁止或限制别族人伤害它或食用它。有的图腾氏族,在发现图腾动物尸体时,为它营葬仪或服丧服。许多学者把以上这类行为看做是图腾主义的重要特征。[①] 我们不妨举些实例来看。亚仑达的氏族以蚊为图腾,那氏族的人就不能对蚊加以伤害;[②] 奥马哈族不能碰麋鹿的任何部分;澳洲的图腾氏族,见到图腾动物的尸首,就要为它服丧或举行郑重的丧礼。[③]。

关于槃瓠后裔的风习,在我国古文献中也有记载,可惜未见述及对于图腾动物的爱敬、禁忌风俗的,甚至连痕迹也见不到。[④] 不过在文献中不能获得的资料,却一再地见于近人的记录,因此仍有利于我们的论证。如兰英在《荔浦瑶民生活素描》[⑤]和廖我在《广西瑶民生活

---

① 例如里法治所拟的《图腾主义大纲》第三项说:"对上述那些动物、植物、无生物(按系指与人类某个集团有关系的动物、植物、无生物)表示尊敬。这种表示尊敬的类型样式,如果对象是动物、植物的时候,便严禁吃它;如果是无生物,便禁止使用,或使用而加以某种限制。"(被引用于别里著的《太阳之子》中)伯恩女士在《图腾主义三个特征》的第三条说:"相信在人类集团和图腾之间,存在着咒术——宗教的结合。集团的成员在希望得到图腾的保护时便对它表示尊敬。这种尊敬的表现型式各种各样,最普遍的是禁止毁伤他们的图腾,如果是可以吃用的东西便禁止吃用。"(《民俗学手册》第一部第三章)。莱那里(S. Reinach)及弗罗伊德(Freud)也以为,氏族偶然发现死了的图腾动物,便和族员同样对待予以追悼、埋葬,这是图腾主义的一个象征。"(见莱那里《祭祀、神话及宗教》)

② 见培松《图腾主义》第二章。

③ 见培松《图腾主义》第一章。

④ 晋·周处《风土记》曰:"每岁七月二十五日,种类四集于庙,扶老携幼,宿其旁,凡五日。祀以牛彘酒酢,椎歌欢饮即还。唯不用犬云。"(原书已佚,这是根据《五朝小说》中所收的逸文)这段话的最后一句很值得注意。不用犬作牺牲,就是表示避免杀吃祖先的物类。根据这仅能获得的文献资料,亦可作为对于图腾所行禁忌的一个例证。

⑤ 见广西南宁《民国日报》所刊《出路》(1934 年 8 月 4 日及 6 日)。

缩影》[①]、《蒙山县瑶民生活概况》[②]等文中都提供了这方面的资料。由这些新记录看来，有的南方少数民族(至少是其中的一部分部落)至今还流行着对于图腾动物的敬爱、禁忌等风习。这种风习无疑是从图腾时代一直传下来的。

上面从信仰、礼仪、服饰形象以及对于犬属的爱敬、禁忌等方面论证了“犬属曾是某个南方少数民族的图腾”这个命题，其他还有可作为旁证的一些记载。例如某个南方少数民族地区有槃瓠石像。《辰州图经》说：“隍石窟如三间屋，一石狗形，蛮俗云，槃瓠之像。”[③]游朴的《诸苗考》也说：“麻阳民，土著者皆槃瓠种。……一村有石，名槃瓠石，民共祀焉。”[④]读了这些记载，使人自然联想起澳洲的图腾民族雕刻在岩石、墓石、木头上的图像以及亚美利加的土人雕刻在旗杆(图腾柱)、屋子、天幕等上面的图像。可以推断，这些现象都是文化不发达民族的宗教信念(图腾主义)，它既是宗教的又是艺术的表现。又如沈作乾的一个调查记中说，某民族婚俗“新郎和新妇交拜成礼，然后悬一狗头人身的祖像于堂中，大家围着歌拜。”[⑤]这种结婚仪式显然是从前以犬属为图腾的原始时代礼仪的一种残留，当然也必然有和以前不同的地方。

---

① 见广西南宁《民国日报》所刊《出路》(1934年8月4日及6日)。

② 同上。

③ 引用在罗氏《路史》注中。

④ 据吴任臣《山海经广注》卷十二所引用。

⑤ 见《东方杂志》二十一卷七号。

综前所述，可以断定犬是某个南方少数民族的图腾动物，① 槃瓠神话是荒远的古代人们所编造的关于氏族血统来源的说明神话。原始人崇敬槃瓠，不只是对一只“个体的”狗，而是把它当做犬的代表。② 这些互相关联的制度、神话、风习等，也有因为氏族社会的进步、分化——主要的是由狩猎文化阶段进到半狩猎半耕种的文化阶段——而逐渐变形的。不过这种社会变革，毕竟不是很重大的和急遽的。分散在各处的同种部落，在相当的一段时期内还会多少保存着这种制度、神话和风习。

---

① 原始人以动物、植物以至无生物作为图腾的原因，是一个有争论的学术问题，至今还没有得出定论，如果这里面的原因对于不同的集群来说是各不相同的话，那么，中国南方的某些少数民族以犬作为图腾的原因，或者可以归结到狩猎生活时代与犬的深切关系。因为那些种族，至今还把狩猎作为一种生存的手段(虽然他们中大部分已经懂得了原始的、或者是较高级的耕种法)，从文献上也可以明白地看出他们以犬为劳动中的助手。我们假如想知道原始人(狩猎时代的原始人)和猎犬的亲密关系，读了下面一段记载就可以明白。“(番人)以田犬为性命，时抚摩之，出入与俱。数年前，有长官欲购番一犬，弗与，强而后可。犬出，举家阖户，痛哭如丧所亲。”(台湾《诸罗县志》卷八中所记述的番族风俗)我以为，在这样的条件下，是有可能产生以犬属为亲属的图腾主义的。

② 据兰英所记述，其中一部分族人至今还爱护着犬属全部，这是一个很好的证明。

本文对于槃瓠神话的考察，应该说还是不够充分的。如对外婚制[①]、氏族制及母系制等与图腾主义有关的问题，本来也有一一加以探讨的必要，但是，因为时间、学力等限制，只好等待将来有条件时再续笔了。

1936年夏，作于东京

---

① 关于这些问题，本文再无讨论的余裕，这里只就"外婚制"略说几句。述说南方少数民族婚制的文献虽然很多，但大抵偏向于自由择配的描写，关于两方当事人的世系等却往往忽略了。不过，我们从干宝的"产六男六女……自相配偶，因为夫妇"、范晔的"生子一十二人，六男六女。槃瓠死后，因自相夫妻"以及屈大均的"婚姻不辨同姓"等等记录来看，他们的婚姻似乎是"内婚制"。这也许是图腾主义逐渐崩坏时的一种现象，因为外婚制往往是和图腾主义并行的。可是话说回来，存在图腾主义的部落，同时不一定有外婚制，而行外婚制的部落又不一定存在着图腾主义。这是已经学者们证明了的。所以，以为图腾主义和外婚制决不分离的人很多，而主张两方面没有必然联系的人也为数不少。例如在图腾研究方面卓有成就的弗雷泽(J. H. Frazer)博士，在他的重要著作《图腾主义与族外婚制》(Totemism and Exagamy)中，就作了如下的警告："图腾主义及外婚制这两种制度，在许多种族中有偶然的交错和混合，但是我要请读者记住它们在起源和性质上是根本不同的。"所以那个自称为槃瓠后裔的南方少数民族设有外婚制，也决不会妨碍图腾主义的存在。对这个问题还需要深入探讨，目前只是作一个简单的推论。(近人著述的广西凌云县瑶人报告中，有关于该族婚姻的简略记载，但是这里不可能再论及了)

洪水后兄妹再殖人类神话

——对这类神话中二三问题的考察，并以之就商于伊藤清司、大林太良两教授

绪　言

洪水神话、传说，是扩布世界的著名神话之一。在本世纪10年代末，英国人类学家弗雷泽(J. G. Frazer)在他的《圣经旧约中的民间传承》(*Folk-Lore in the old Testment*)里面，对这种神话、传说，曾经作了相当概括的介绍和表达了他对这种神话问题的看法。1931年，日本东洋史学者出石诚彦亦发表了有关中国古代洪水神话并介绍了世界民族洪水故事的长文(《关于中国古代的洪水故事》)。

在世界洪水神话中，有一部分故事的主题是“洪水过后仅遗的人传衍人类”。它是一些古代世界文明古国如巴比伦、希腊、罗马、印度和希伯莱等所共有的同类型的原始神话，是人类古典文化中的一批珠玉。

在中国西南部和东南部许多少数民族的现代口头传承中，大量地存在着一种神话群，它的情节大部分与上述古典神话相似，但其中心“母题”却更富于社会史(家庭史)的意义。那就是本文所要探讨的“洪水后兄妹(或姊弟)再殖人

类"的神话。据距今 50 年前后有些学者的搜集、统计，这一类型故事中的中外记录约近 50 点。它的扩布地域和民族，也不限于中国境内，而是扩展到东南亚等地区。其实，就现在我们所知道的情况看，连东北亚也都有同类型(或基本同类型)的口头传承流布。

中国南方少数民族(主要是苗族和瑶族)的这种类型的神话，在 20 世纪 30 年代末 40 年代初，曾引起了一些人类学者、民族学者、考古学者及文艺学者等的注意。他们对它进行了科学的考察与探究，如芮逸夫的《苗族的洪水故事与伏羲、女娲的传说》(1937)、马长寿的《苗瑶之起源神话》(1940)以及常任侠的《重庆沙坪坝出土之石棺画像研究》(1939)等，而闻一多的《伏羲考》①(1942 年前后)，更是扛鼎的力作了。

全国解放后，由于政府对少数民族文化和一般民众文学、艺术的重视，对各种神话、传说、民歌等口承文化的搜集、整理和出版，一时蔚为风气。这种类型的神话(特别是东南、西南少数民族口头所流传的)的记录也颇有增加，其中有一部分是出现于这些时期搜集的民族史诗里的。而这种类型神话记录的大量涌现，却是在"四人帮"被打倒后到现在的这段时期里。近几年来，我们为了编辑全国性的民间文学(故事、歌谣、谚语)三套集成，在各地区进行了这方面的普查工作。各省、市(县级市)、自治县先行编纂、出版了资料本，然后各省、市(直辖市)、自治区再精选汇编为省、市、区本。现在有些省、

---

① 现在收入《神话与诗》里的《伏羲考》，在 1942 年发表的，只是其中第二节《从人首蛇身像谈到龙与图腾》(《人文科学学报》，一卷二期)，其他部分，当时似未脱稿。1948 年 9 月《文艺复兴》("中国文学研究专号"发表的《伏羲与葫芦》(即《伏羲考》第五节)的第二段，还是《闻一多全集》的编者朱自清从有关稿本中凑合起来的。

市、区已经完全出版了县、市等级的资料本，并编出省、市、区本的初稿。在这个广泛调查、记录和出版的大规模学术活动中，汉族地区流传的这种类型神话呈现出惊人的情景。就我个人所看到的，大陆上除甘肃、新疆、内蒙等三个省区，还没见到有关的记录外，其他省、市、区都有记载，有的地区甚至十分丰富(如河南、浙江)。它不但在数量上颇有增加，而且在故事内容上提供了许多不同层次、不同形态的新资料。这是对今后这种类型神话作进一步学术探索的极有利的凭借，是东亚神话学上一个使人兴奋的信息。

跟资料的大量涌现相应的，是我国学者(主要是中青年学者)在对这种类型神话的考察、探究上，人数更多了，观点及探究成果比起四五十年前也大有长进之处，像李子贤、姜彬、乌丙安、陶阳等的探讨，就是运用新的观点进行比较认真的考察、论证所得到的一些新业绩。

在国际(主要是日本)学者中，对这种类型神话的舆致也不弱，并且获得了一定的成果。例如伊藤清司教授，他在70年代就从中日神话比较的角度，一再讨论了这方面的问题。近年(1989)，他又写作了《人类的第二次起源——中国西南少数民族的创世神话》。此外，在彼国，还有村上顺子的《论中国西南少数民族的洪水神话》等文章，也是致力于这个类型神话探索的专论。

这种以洪水泛滥与兄妹结婚为主题的神话，对神话学者、民族学者和历史学者来说，本来就是具有相当吸引力的；何况在约半个世纪前后的一些时候，我国就有一批人文科学者在这个学术荒地里进行过开荒工作，并且获得了可喜的初步成就呢？更何况世迁时移，今日我们已经拥有更丰富的资料和一些足资参考或引起思索的国内外学者的论著呢？几年前，我就开始注意到这种类型的神话，并陆续积累了一些资料，思考过一些论点。现在，因为客观的需要，不能不赶紧执笔写出我的意见来。

过去讨论这种类型神话的文章，大都着眼于我国南方少数民族的资料。汉族所传的即使被提到，也只处于陪衬的地位。本文却主要着重汉族现在民间传承的资料。这样做的原因是：①汉族所传承的这种类型的神话，近年"出土"情形十分喜人，中间实在有不少问题值得我们去探索；②探讨少数民族的论著已经不少了，我不妨避熟就生，在取材上另走一条新路径，虽然两者并不是截然没有关系的。

关于这种类型的神话，50 年来，国内外学者们从各种不同的角度和观点，对它提出了种种问题(例如，它与我国古典神话人物的关系、它的族属、它的流布区域、它与日本古典神话的比较乃至于产生怪胎等问题)，做出了种种判断或揣测。现在我们即使把这类神话材料范围主要限制于汉族人民口头所流传的，可提出来研究的问题也并不少。本文只就下列三点加以论述。这三点是：

1. 神话产生的时期问题：这种神话产生在血缘婚正在流行或是它还被容许的时期，抑或是在它已被禁止的时期?

2. 这类神话中两种母题(洪水为灾和兄妹结婚)存在的关系问题：它们是在神话的产生时期就同时存在的，还是在流传的过程中才拼合而成的?

3. 石狮子和石龟的问题：现在神话异文中那预告灾难和救助兄妹的两种并存的动物(或它们的精灵)，原来是各自独立产生的，还是在故事流传过程中前者由后者蜕变出来的?

这类神话的产生时期

世上的各种事物，大都有它的产生、延续、发展以至消亡的过程。像神话这种人类共有的精神产物，自然也不能例外。我们现在所探索的“洪水后兄妹（或姊弟）结婚传衍人类”这一类型的神话，在文化史上的出现是相当古老的，而它的传布又那么广泛（也许可以说是东南亚文化圈中的复合文化成分之一吧），自然亦会有自己的产生时期。而在半个世纪（特别是近十几年来）国内学者们的探究中，当然也要接触到这个问题。现在试就我国学者在这方面的意见略谈一下。

本世纪30年代末至40年代初，上文所提到的芮逸夫、马长寿、闻一多、常任侠诸位学者，虽然对这类神话做过搜集材料（主要是我国西南地区少数民族所口传的）的工作，并进行了许多的比较、推论，但他们对于神话的产生时期问题却少见着笔，尽管他们中有些人对这类神话的族属问题曾大力给予探究。全国解放后，学者普遍学习了摩尔根、恩格斯等关于民族学、原始社会及古代史的理论，对于这类神话中兄妹结婚的情节感到新的兴趣和产生了新的看法。特别是近10多年来，神话学一时成为热门，这个广泛存在于我国南方各少数民族间的洪水后兄妹结婚类型神话，就更受到青壮年学者们的注意和探讨了。他们关于这类神话产生时期的意见颇多，有的说得相当明确，有的则比较朦胧。但归纳起来，有如下两类：

1. 认为这种神话里的这部分情节，是原始时期血缘婚和血缘家庭的反映。因此，这种神话显然就是这个历史阶段的产物。①

2. 认为这种神话里的这部分情节，尽管“曲折地反射”了血缘婚的事象，但是，故事里强烈地表现着反对血缘婚的思想倾向，因此，

① 持这种看法，说得比较明确的，如张余，他在最近发表的《晋南的神话与传说》（《民间文学论坛》，1990年2月）里说：“伏羲兄妹成婚生人的神话，便是这种血缘家族的公社阶段的口头文学的遗传。”其他学者如宋恩常，他有些说法也近于这派，虽然他没有明确指定产生时期。

它不可能是血缘婚正流行时期的产物，而应该是由第一阶段血缘婚家庭过渡到第二阶段氏族社会时期的产物。①

这两种说法，各有自己的根据和见解，尽管有的比较全面，有的则不免偏颇。我综合考察了汉族民间所传的记录材料，参考了少数民族所传的同类材料，并参证以周围一些民族同类型或同母题(兄妹结婚母题)的神话传说，初步得出如下意见。

这种类型或母题的神话，原来是洪水后(或天地开辟时)人或神的兄妹为传衍人类，没有迟疑地结成夫妇；或者经过神命，经过婚卜、追赶等方式，两人(或两神)结合。当时的故事形态，可能是很单纯、简朴的，然却是那个时代男女婚合情况的忠实反映。随着时间的进展，社会中两性关系由原始的族内血缘关系，发展到族外的匹配关系。这时血缘(兄妹等)婚渐渐成为社会禁忌，原来率直反映前代婚姻状况的神话也就被修改、增益了。简要一点说，这类神话是产生于血缘婚还在流行(至少也是还被容许)的时期，而在后代长期传承的过程中，才被自觉或不自觉地修改成为现在我们所看到的这种样子。我立论的根据如下：

首先，这种类型神话，在当代民间口头传承中，还遗留着比较原始形态的说法。要说明这一点，我们必须分析现代汉族(实际上不限于汉族)口头大量分布着的这类神话的“异文”。据我的观察和分析，它们在对兄妹婚的叙述上，情况可分为三类。

1. 对洪水(或无此点)后兄妹结婚的事情，主人公没有什么疑虑。在当时那种情形(洪水泛滥后，或天地开辟后)下，他们为了传代，就

① 见乌丙安《洪水故事中的非血缘婚姻观》(《民间文学论集》第一册，中国民间文艺研究会辽宁分会，1983年)。主张这种婚姻观的，还有唐呐等。

自然结合了(有的有神或动物的命令或劝导)，并且传衍了后代。[①] 有关这种说法的记录篇章虽不占多数，但也绝不是个别的。少数民族的同类型(或同母题)神话中也可以看到一些例证。

2. 对结婚的事情，兄妹双方或一方有疑虑，或表示反对，但经过神或动物的劝导(或者由他们自己中一方的提议)，他们采用占卜、追赶、觅藏(捉迷藏)、询问等方式的一种或多种，以决疑虑或逃离困境。在他们认为是天意许可或解除了疑虑后，就结婚传代了。从我现在手头所聚集的资料数量看，这种情形占绝大部分，可以说是有较大普遍性的一种说法。

3. 兄妹双方(或一方)对结婚传代的事，开始就抗拒(不管神、动物或他们中一方的劝说、提议)。经过占卜等决疑后，他们勉强结合，但并不同床，避开性的关系(有的甚至连结婚型式也不履行)，而以捏泥人解决传衍后代的问题。[②] 这可以说是代表了极强烈地反血缘婚的态度的。从它们在资料中所占的比重看，这种说法也是比较占少数的。

以上三种情况，据我看来，第一种似乎比较近于神话形成时期的原始形态，而后两种虽然彼此间也有差别，但都是在长期传承的过程中，受了后起的族外婚、封建时代森严的婚姻制度及其论理观念(“同姓不婚”)等的影响，而使它的面貌、性质起到了或小或大变化的结果。

这种情形，在众多的少数民族同类型神话的记录篇章里面，也呈

---

① 例如《人的由来》(《玉环县故事卷》，1989年)，《雷公报复》(《永嘉县故事卷》，1989年)。少数民族如藏族、壮族、白族、水族等口传神话中都有这类说法。东北的鄂温克族的同类型神话也是这种说法，但主人公不是兄妹(或姊弟)，而是父女。

② 例如《兄妹造人》(《通化县故事卷》，1989年)，《用泥造人》(林兰编《民间传说》上卷，1931)。少数民族，如藏族、毛难族等的同类神话都有相似说法。

现着相似的现象。它说明这是它们经历了近似的社会过程和文化背景的必然产物。

其次，是周围民族的比较资料。在我国东北、东南周围的许多地区或民族，如桦太、日本本土、泰国、越南等，都有洪水后兄妹婚类型或兄妹婚母题的神话。① 但是，他们的情节大都是属于上述第一类的。在没有进行过严密地比较、分析之际，我们当然不能妄断他们中间彼此的“血缘”关系，但是，把他们作为一种邻近地区或民族民间同类型或同母题神话的比较资料去看待，应该是容许的。

再次，关于这个问题，还有一种有关的历史事象，值得我们把它作为论断依据而加以考虑。那就是在我国古代文献上，明显地记述着原始时代的杂婚（包括兄妹婚）一类的情况。例如古代子书中所记：“男女杂游，不媒不聘”，“无亲戚、兄弟、夫妻、男女之别，无上下、长幼之道”等说法，② 绝不是随便臆想出来的话。春秋时代，中国早已进入“文明”时期，但是，远古那种血缘婚的事象，在某些地区、某些社会阶层里还有公开奉行者。例如，关于齐国的著名君主桓公，就有“姑姊妹之不嫁者七人”一类的事实记载③。古时有些学者曾以后代

① 参看大林太良编译《世界的神话》第五章《北亚细亚的创世神话》（日本放送出版协会，1976 年），《无文字民族的神话》第二章《东南亚细亚的神话》（白水社，1989 年）及日本古典著作《古事记》（上卷），《日本书纪》（上卷）。

② 《列子·汤问》（杨伯峻《列子集释》本）、《吕氏春秋·恃君览》（高诱注、清乾隆灵厉山馆刻本）。

③ 见《荀子·仲尼篇》（王氏《集解》本）。类似记载也见于《史记·平津侯主父列传》、《汉书·地理志》等。这似乎是东夷风俗的遗留。但据《史记》所载，韩国、汉代的一些贵族都有类似这种近亲婚姻的行为。那么，这种原始婚俗的遗留，似乎又不仅限于齐国了。《金史·海陵本纪》也有类似记载。请参看易白沙《帝王春秋·多妻》，中华书局，1924 年。

的伦理观念去评论它，其实，这不过是原始时代风习的遗留。在古代埃及、波斯等王室贵族中都有过这种风习的存在。① 现代中国某些少数民族中，也还有残存着这种婚俗的。而在往古时期原始人群的实际生活中既有这种事象存在，它也就要被倒映在他们的神话传说之中，这正是极自然的事。它作为一种文化残留物，一直被保存在现在的口头传承中，这也并不是难以想象的。

看了我上面的推断，有的同行可能要提出疑问，那就是，第一种说法，既然形态比较原始(神话起初产生时的形态)，那么，为什么在现代口传的记录中，它的数量反而比较少了呢？其实，这种道理是不难理解的。血缘婚的存在时期距离现在是十分遥远的。反映那种两性关系的故事能够凭借口耳相传的型式流传到现在，实在已经是不容易的事！它是经过严格的历史筛滤而仅存的“文化遗留物”。倘若它在传承过程中一点也不被侵扰，倘若它至今仍占据着同类型或同母题神话记录的绝大数量，那倒要真使我们的文化史也变成神话了。

我国现代有些学者，把这类神话中出现兄妹婚的情形，看做是后代(即那种原始两性关系已经成为过去的时期)的人们对往古历史事象的追忆，这自然也有一定的道理。但追忆须有凭借。当时既无文献记载，这种凭借便只有源自民众的口头传承。反映原始血缘的故事，大概正是由于这种凭借被保留下来的。只是这类神话口头传承的后半部出现了矛盾说法(拒婚、卜婚等)，引起了以往学者的解释的绕弯子现象。现在，我们认识了神话中的这种矛盾，是由于后代人们在传承过

---

① 近代英法婚姻家庭史家，如魏斯忒马克(E. A. Westermark)、费勒克(C. v'erecgue)等婚姻、家庭史的著者曾经在他们的专著中介绍过这种古代历史事实。

程中加以修改、增益的结果，那么，也就不必在学术解释上再绕弯子了。更何况，前面所述的种种情况，大都可以帮助我们作出较为确切的推断呢①！

两个母题是固有的还是拼合的

在本节里，我们将讨论这个类型神话前后情节的关系问题，故要先把故事的基本情节(类型)揭示一下。关于这种神话的类型，近年国外学者也有人拟作过。现在，我根据自己所搜集的汉族传承的记录，略拟如下：

1. 由于某种原因(或无此点)，天降洪水，或油火，或出于自然劫数(或无此情节)；

2. 洪水消减了地上的一切生物，只剩下由于神意或别的帮助等而存活的兄妹(或姊弟)；

3. 遗存的兄妹为了传衍后代，经过占卜或其他方法，或直接听从神命，两人结为夫妻；

4. 夫妻产生了正常或异常的胎儿，传衍了新的人类(或虽结婚，但无两性关系，而以捏泥人传代)。

这种类型，如果更集约些，大体也可以表现为下列两个母题(motif)。

1. 洪水泛滥(或天火漫延等)酿成了大灾难，毁灭了地上的一切

① 有的学者因为现在民间口头所传兄妹婚情节中的主人公是个体，不符合“原始社会血缘家族兄弟姊妹配偶制”的说法，因而认为它不是那种血缘婚的直接反映(或者说“不是十分典型的”)。这个问题牵涉对原始时期血缘婚情况的理解和原始文学作品反映现实的艺术特点的认识等问题，说来话长，待以后有机会再来讨论。

生物，这可以简称“洪水为灾”母题。

2. 仅存的人间兄妹(或姊弟)，经过某种方式(占卜、觅藏等)，或听从神命，结为夫妻，传衍后代。这可以简称为“兄妹结婚再殖人类”母题。

像“绪言”中所说，50 年来，特别是最近这段时期内，许多学者在这种由两个母题组成的神话故事上，很少有从这方面的现象提出问题，或者进而加以较详细探究的。① 单从这种故事情节本身的结构看来，的确也没有显著的破绽，似乎是合情理的。但是，我们试从神话中两个母题故事在我国文字记录上的存在情况看，从我国数十年来(特别是近 10 年来)这类神话新记录的众多异文看，以及从我国周围地区、民族所流传的这种类型或母题的神话传说看，结论也许就要发生变化了：这种神话中的两个母题，到底从故事诞生时就一同存在，还是在故事流传过程中两者才拼合起来的呢？这点的确不免引起我们的怀疑。经过反复思索，我初步得到的看法是：神话中的两个母题，大概原来是分别存在的，它们是在流传过程中才被拼合到一起的。下面，就让我略述理由和证据。

(一)从我国古代有关这两种母题的神话传说的情况看

我国的古代文献富于洪水主题的神话传说(或者像已故松村武雄所说的“治水故事”和“下沉故事”——即“地陷故事”)，像大家所知道的夏禹治洪水、共工振滔洪水以薄空桑等，都是比较著名的故事。这些故事中的洪水为灾的母题，虽大都常与别的母题相纠合，却没有与

① 李子贤在《论丽江纳西族洪水神话的特点及其所反映的婚姻状态》(《中国少数民族神话论文集》，1984 年)中，指出该族这种类型神话的复合性。可惜没有扩展运用到多民族同类型神话的研究上，并开展进一步的论证。

兄妹结婚、再殖人类的母题相结合的。就是那位补天造人的大女神女娲氏，后来被传为伏羲的妹和妻，而且为今天有些学者所指实为洪水后兄妹结婚再殖人类的这一类型神话的女主人公的，在《淮南子》(西汉初年著作)中被描写为遭洪水大破坏后的宇宙秩序建立者(包括她用石灰堵塞洪水的活动)，① 但在那个时期，她显然也没有与兄妹结婚、再殖人类的母题发生什么关系。

到了明代，城市间流行小说的讲说和写作。其时出版的公案类小说《龙图公案》(或称《包公案》、《包公奇案》)，才收有了名为《石狮子》的篇章。② 在那里，不但现代口传的"洪水后兄妹结婚再殖人类"类型神话中的重要配角——石狮子开始出台了；就是从大体上看，其结构也与今天广泛流传的这种类型神话的说法相当接近。但是，在故事中，洪水过后存活的并不是同胞兄妹，而是乐善好施的崔长者一家，并且故事拼合了坏人"恩将仇报"的母题，结局是包青天(拯)明断了是非。这个把民间传说加以再创作的作品，对我们今天考察这类神话中两个母题是否原来共有的问题，似乎特别有佐证的作用。

我国自汉魏六朝以来，文献上屡屡出现地陷型洪水传说。这类故事，较早的要算《吕氏春秋》所记的伊尹故事。③ 这个故事也断片地见于《天问》等(这种故事从另一方面看，也可以说是"伟人奇异出生"的传说)。此外，还有《淮南子注》、《搜神记》、《述异记》、《水经注》等所载的跟这类型大同小异的一些传说。④ 它们所述洪水的规模和破坏

① 《淮南子·览冥》,《淮南鸿烈集解》本，商务印书馆，1923年。

② 明无名氏著《龙图公案》卷二，清嘉庆年间翻刻明代经元堂刊本。

③ 《吕氏春秋·孝行览·本味》高诱注，清乾隆灵厉山馆本。

④ 参看张常叙《伊尹生空桑历阳沉而为湖》(《社会科学战线》1982年4月)及拙作《中国的水灾传说及其他》(《民众教育季刊》，1933年4月)。

力大都比较小(这大概是因为它产生得比较晚，人们对于水灾所及范围的认识比较近于现实)，但它无疑是我国古代洪水传说的一种型式。在这种类型的传说中除洪水为灾的母题外，所拼合的其他母题虽互有不同(多与动物或人类报恩型的母题相结合)，却都没有与兄妹结婚再殖人类的母题相拼合的。洪水兼兄妹婚这种类型神话传说在我国开始被记录，主要是在"五四"新文化运动以后、民俗学运动正在兴起的时候。

另一方面，在我国文献上所记载的兄妹结婚繁衍人类母题的神话，是见于约 1 000 年前唐末李冗《独异记》(下)所录的女娲兄妹结婚的故事。它被现代研究者们所重视，认为它是我国这类神话的最古文献。其实，这个所谓"女娲兄妹"的故事，主要只有这类神话的后一母题——兄妹结婚传衍人类。① 像许多较古记载没有这后一部分的母题一样，它缺乏前面洪水为灾的母题。我们看，这故事的开头说："昔宇宙初开之时，有女娲兄妹二人，在昆仑山下，未有人民、议以为夫妻，又自羞耻……"这不是很值得我们认真思考的么？

(二)从现在国内大量被记录的口承资料和我国大陆东南方外围一些地区、民族的文献或口传资料有关这种类型神话所呈现的情况看

我们现在所看到的我国这种类型神话的大量记录(汉族及其他少数民族的)，关于这个问题的情况是，兼有两种母题的篇章自然占大多数(各篇的情节自然也有种种差异)，但也有一部分篇章是只有兄妹

① 袁珂已经指出：这个神话"所记并无洪水，所以……所写只是创造人类而不是再造人类"(《古神话选释・女娲・伏羲》，人民文学出版社，1979 年)。但他认为没有洪水情节是由于脱略(日本有些学者也认为彼国诺、冉二神兄妹结婚产生国土的神话，是洪水后兄妹婚类型神话的"破片")，与我的意见恰好相反。

结婚母题而没有洪水为灾母题的。这方面的例子并不少见，汉族的如浙江丽水的一种传说讲，盘古开天地时，天下只有兄妹两人。他们经过滚磨的卜验后结为夫妻。[1] 又如吉林桦甸的记录说，天地开辟时只有大海及兄妹俩，他们在洪钧老祖的劝说下，通过滚磨穿针等活动，结果成婚传代。[2] 国内少数民族的如西藏珞巴族有一种说法，讲天地结婚，产生一对男女。他们长大后，一天，因为燃烧天上掉下来的鸡蛋，迸溅的蛋汁沾到姐弟俩的下体，他们因而相爱结为夫妻，繁衍后人，成为珞巴族的祖先。[3] 台湾高山族的说法是，太古由石头产生兄妹，两者终结合为部落始祖等。[4] 这些神话，都只有兄妹合婚传人类，而没有与洪水为灾的母题结合在一起。这说明这类神话中的两种母题是可以分合的。

与我国一衣带水而彼此文化传承关系密切的东邻日本，其古典文献上所记的伊耶那岐和伊耶那美两位兄妹尊神诞生国土的神话，[5] 是中日两国学者在讨论洪水后兄妹再殖人类神话时，常被提及的。但是，这个神话尽管很有学术价值，像有些日本同行所感觉到的；但它却不能算是上述类型神话的一种典型形态。因为它只有这个类型神话的后半部分母题。反之，在越南的有关神话中，虽然也有以洪水为母

① 《丽水市故事·歌谣·谚语卷》，丽水地区丽水市民间文学集成办公室，1989 年。

② 《吉林民间文学集成·桦甸故事卷》，桦甸县民间文学集成编委会，1987 年。

③ 于乃昌编辑《西藏民间故事·珞巴族、门巴族专辑》，西藏人民出版社，1989 年。

④ 参看田上忠之《藩人的奇习与传说》(台湾藩族研究所，1935 年)及大形太郎的《高山族》(育生社弘道阁，1942 年)等。

⑤ 见日本《古事记》卷上(中国周启明译本，人民文学出版社，1983 年)。

题以及有男女结合成为某族始祖的情节，但却不是兄妹结婚传代，因此也算不上我们所说类型神话的典型形态。[①] 又南太平洋的许多民族，有不少洪水为灾的神话，也有兄妹二神或二人结合传代的神话，[②] 但两种母题结合在一起的，虽然不是完全没有(菲律宾的口承神话中就有这种例子)，但总算比较少见。上述这些情形，多少可以作我们思考和判断这类神话中两个母题拼合问题的有益参考吧。

(三)从一般民间传承故事母题离合的情形看

我们知道，民间口承作品与作家书面文学间的一个重要差别，就是它的“变异性”。一个神话、一个传说或一个民间故事，由于不同时代、不同人们的口头传述，在形态上(言词、情节甚至主题)曾发生或大或小的变化，而母题的复合或分离，正是这种变异性常见的一个方面。这是为致力民间故事学的学者们所熟知的。从中国古代神话的情况看，更是证据显然了。例如，嫦娥的原始形象，是司月女神常羲，后羿则是东夷的著名射手(或射神)。但是，到了汉初著述家的记述中，他们已经成了夫妻关系，她甚至还演了一出盗药升天的小喜剧(其中还和原来的西域凶神西王母发生了关系)。伏羲、女娲在我国古代文献上，本来是两位不同部落、代表着不同文化阶段的大神，但也在流传过程中渐渐变成兄妹、变成夫妻或蝉联王位的圣皇；[③] 而在近代传说中，又与洪水为灾的母题拼合起来，情节上的变化不可谓不

---

① 参看大林太良的《东南亚细亚的神话》，《无文字民族的神话》，白水社，1985 年。

② 参看仲小路彰编著《古代太平洋圈》(世界创造社，1942 年)、松村武雄编述《澳大利亚群岛玻利尼西亚群岛的神话传说》、《美拉尼西亚密克罗尼亚群岛的神话传说》(名著普及会，1980 年重刊)。

③ 参看袁珂编著《古神话选译》(人民文学出版社，1979 年)中关于伏羲、女娲部分，谷野典之的《女娲·伏羲神话系统考》(《东方学》，59 期)。

大。至于一般传说，民间故事中这种情节的离合情形，就更是家常便饭了。例如现代号称四大传说之一的孟姜女故事，主人公孟姜女本是正谏齐王吊丧越礼的、刚直不阿的将军太太(杞梁妻)，但在不同时期、不同地域人们的口传中，她逐渐成为善哭之妇，成为万里寻夫、且蔑视帝王权威的孟姜女(连名字也改变了)了。在这里，不但原来正谏的母题不见了，而且善哭也不是她惟一的本领。传说又加入了邂逅结缘和远出寻夫等新母题。这种变化，竟至使现代一些拘泥于文学作品(其实是作家个人的书面文学作品)创作原则的学者，不敢承认后者是前者故事的蜕变。这种地方就不能不让我感叹那些汉、唐等古代学者的更有见解和胆识了(因为他们敢于把她的前后传说汇集在一起，承认彼此是有关系的)。

总之，神话等在不断流传过程中是必然要发生变化的(包括母题的离合)。对于我国现在广泛流传的洪水后兄妹结婚再殖人类这种类型的神话，我认为，其中前后两个母题的存在，很可能是由于后来的拼合，而不一定是原来所固有的。这种判断或揣测虽然有点新异，但从上面所述的几点看，它绝不是无根据的怀疑。至少，是有一定理由、一定论证的意见吧。

从石龟到石狮子

熟悉神话、传说以及民间故事的学者，大都知道在这些种类的民间传承中，常常要出现动物(或其精灵)及神灵等角色。在故事中，他们有时是配角，有时却是主角。中国洪水后兄妹结婚传衍人类的这种类型神话，就现有的汉族大量民间口传的记录看，作为配角的动物(或其精灵)，一般就是石狮子或石龟。这种情况在中原地区的神话资料中表现尤为明显。这类神话中的配角，尽管还有传说是别的动物，如野猪等，也有说是神仙的，如太白星君、洪钧老祖之类，但是占较大数量因而也较有意义的，却是它们两类。

在目前几乎传播到我国大陆各地(实际上也并及隔海的台湾)的这种类型的神话里，石狮子与石龟是同时在各种异式里分别扮演着同样角色的。在故事较完整的型式里，它们的任务约有三项：1. 对主人公(兄妹或姊弟)预告灾难将来临的信息；2. 在灾难中救助他们(或预告以避灾的方法)；3. 劝导他们结婚以传衍后代(有的还在此点上给以助力或充当媒人)。在故事比较简略的型式里，它们也担任其中的两项或一项任务(例如只进行预告、救助或只劝婚、当媒人)。这类神话，如果没有它们的参预，该不仅是减声减色，而且会比较难以构成故事的相对完整形态(自然，在少数记录里，它们的任务是被别的"人物"——如神、仙等代替的)。

说到这里，或许有人不禁要问：这种不同动物在同一故事里担当同一任务的现象，是早期就存在的呢，还是在后来不断传播过程中才出现的?(从常识看，是不可能在故事一开始就如此的)再者，如果这种现象是后来形成的，那么，这两种动物谁是最初的角色，谁是后起的角色呢？这些都的确是值得探索的问题。

我认为，现在故事呈现的这种情景，是它们(石狮子和石龟)在历史发展过程中身份更替的结果。而从两者更替的时间顺序看，乌龟是原始的角色，狮子则是后来者——它的替身。我的判断是从分析了两种动物在我国历史、文化上的出现和活动以及它们在我国民间传承中有关的情形等方面后得出的。以下我比较具体地进行论述和证明。

(一)从乌龟方面的情形看

乌龟在我国历史上出现的古老和它在文化上的显著足迹，是稍有史学常识的人都知道的。它被认为是能预知自然变化及人类吉凶、祸福的灵物，被看做是长生不老的表征。人们给它以高贵的称号：灵龟、神龟及宝龟，又把它去跟其他一些神异动物龙、凤、麒麟结合起来，合称"四灵"。

被认为能预知事物变化和人类吉凶，是乌龟在文化史上的一大特点。从殷墟大量出土的龟甲卜辞看（"先商"出土文物中已有陶龟，但未见有占卜用的龟甲），可以知道殷商的统治者，不论国家大事或日常风雨，都要凭借龟甲、兽骨去占卜。周代以来，用龟甲占卜吉凶的事，史传不绝于记载。我国最伟大的史学家司马迁在他的《史记》里，就专门设了《龟策列传》①。随着时间的不断进展，历史不知翻过了多少篇章，但是，直到现代，我们依然能在古庙闹市或街头巷尾的卖卦先生的小桌上，看到那些被认为有关人生命运的龟壳和金钱。这点大概足以说明乌龟与我国传统文化关系的长久和密切了。

这种传统心理和文化现象的灵物，自然要反映到民间传承的文学中来。在有关这方面资料的古代典籍记录里就早有它的踪迹。例如《庄子》所记宋元君夜梦清江使河伯（龟神）告以将为渔人豫且所获的故事，②《列子》所记上帝命十五匹大龟（鳌）首戴五座大山及龙伯国大人钓走六匹大龟的故事，③ 都是很著名的。秦汉以后，关于龟（或龟精）的传说更是枚举不尽。在现代汉族口头传承中，也有不少是说乌龟帮

---

① 今本《史记·龟策列传》。据过去学者考证，是后人根据原目补写的，但篇中也记述了司马氏的意见。

② 《庄子·外物》，《庄子集释》本，思贤书局，清末刊。

③ 《列子·汤问》，《列子集释》本（龙门联合书局，1958年）。按：现行本《列子》虽非原书（学者们疑为晋代该书注者张湛所补辑），但书中所载的一些神话、传说以及上古习俗，大多为前代的遗传，并非出于后代学者的伪造。因此，对这类资料，我们仍不妨把它当做较古的传承看待。

助人的,[①] 这大概是关于它的比较古老的观念的反映。但也有一些是说它偷吃东西或侵犯民间女子而受罚的,[②] 这就说明它已经由神圣的灵物变为邪恶的精怪了。总之，在民间传承中，乌龟(或石龟、龟精)的故事，现在还大量存在着(虽然彼此间有差异)。这也似乎象征着它被看做长寿灵物的特点吧。

现在且回到“洪水后兄妹结婚衍殖人类型神话”的正题。跟这种神话有密切关系的故事，是前文已提到的历史较古的“地陷传说”。在这类传说的记述中，就有乌龟(石龟)的出现。例如晋代那位被称做“鬼董狐”的干宝，他就记录了古巢县将沦陷前，一个老太婆不吃大鱼的肉，因而得到预告，免于溺死的故事。[③] 梁任昉所记述的历阳县将沦为湖之前，那位受到厚遇的书生，预告老太婆大祸将临的消息，使她因此得救的故事,[④] 也属于这方面的例子。在这两个地方传说里，作为预示水灾的征兆，都有城门石龟出血(或眼红)的情节。[⑤] 这种情节，也正是现代洪水后兄妹结婚再殖人类型神话里，作为部分故事中对主人公灾难的预告者和救护者的石狮子所承担的。这种古今故事中情节的吻合，绝不是偶然的。它说明现代故事中的同样情节，正是从

---

① 例如《龟山的传说》(《梁山民间故事卷》第一卷，梁山县三套集成办公室，1988年),《石龟》(《韶关民间故事集成》卷上，韶关民间文学集成编委会，1988年)等。

② 例如《乌龟石》(《湖北民间故事传说集》，中国民研会湖北分会，1981年),《龟山的石头为啥打不成块》(《梁山民间故事集》第一卷，梁山县三套集成办公室，1988年)等。

③ 《搜神记》卷二十，《学津讨原》本。

④ 现行本《述异记》卷上，清末湖北书局重刊。

⑤ 关于这种情节的传说，请参看铃木健之的《神话·传说·故事》第二节《石龟的眼》,《中国文化史·近代化的传统》，山本书店出版部，1981年。

古代传说中脱胎出来的。

当然，要有力地证明这一点，我们还必须同时考察问题的另一方面的情形。

(二)从石狮子方面的情形看

狮子在我国历史上的出现是比较迟的，它在文化史上经历的足迹也是比较稀疏的(特别是在中古以前)。尽管古代有些词典学者和古典注释家似乎企图把它的出现和活动提前些，因而把古书上一些兽类名词跟它联系起来，例如认为“虒”就是师子(狮子)，或者认为《尔雅》里所说的“如虦猫、食虎豹”的狻猊“即师子也”。[①]我们固然不好随便否定这种说法，但是，能使我们较为安心承认的，还是像史书上所说汉章帝时，西域安息贡狮子一类的事情。[②]自东汉以后，直到元代，都有外国(主要是西域)进贡这种动物的史实。而且有关它的记载也逐渐多起来。当然，谈到它跟中国人民生活、文化、信仰等的关系程度，它到底比不上龙虎或龟蛇。有关这一点，只要看唐代学者欧阳询所编纂的著名类书《艺文类聚》的兽类部分里没有“狮子”这个项目，就可以参透其中的信息了(同时代徐坚编的另一部类书《初学记》，所收录的也不过《尔雅注》等文献及一些诗文资料罢了)。

尽管如此，这外来的异兽狮子，终于进入中国人民的生活圈、文化圈了。如名画师顾光宝所画的狮子，就为人治疟疾；谗人诬李泌受人金狮子而终于受到惩罚的传说或历史故事等在文献上出现了。[③]但

---

① 前者见许慎《说文解字》第九卷(《说文解字段注》本，成都古籍书店影印)，后者见郭璞注《尔雅·释兽》(《十三经注疏》本，中华书局重刊)。

② 《后汉书·西域列传》，一般刊本。

③ 前者见唐陆勋《志怪录》，后者据《渊鉴类函》卷四二九三一，近代影印本。

是，大概由于时间及实物接触等的限制吧，在民间传承方面到底不多见，像宋代官修中国古代小说之海的《太平广记》，记录龙、虎一类传说，故事多到八卷，而狮子却只寥寥三则，其中一则还是“杂说”，另两则记魏武帝伐匈奴跟狮子格斗，后魏庄帝试验异国所献狮子是否有伏虎威力，不过略似民间传说罢了。

情况终于有了较大变化。像前文提到的，明代那位无名氏所编著的《龙图公案》中便载有《石狮子》一篇。尽管这种小说情节并不是与现在汉族民间广泛流传的洪水后兄妹结婚再殖人类一类神话的说法没有出入的地方，如石狮子不是灾难的预言者，结局也不是兄妹结婚传人类(它的主题是清官审判负心汉)等。但在这个故事里首次出现了石狮子眼中流血预兆水灾的情节，并有洪水泛滥广大生灵受害以及善良人因善行得到救助的情节，它与今天民间所传的洪水后兄妹结婚再殖人类类型的神话，在基本上有相当多的类似之处。这无疑是我们今天研究此类型神话应当注意的一种历史资料，特别在研究石狮子与石龟前后更替关系的问题上更是如此。我以为现在汉族流行的这种类型的神话，部分记录中石狮子及其预告灾难等情节，是从较早时代地陷传说中的石龟角色及其作用所蜕变而成的。而明代小说中的石狮子及其预兆作用的叙述，正是现在这种故事有关情节的较早形态。在现代同类型神话的另外记录里，那角色仍是乌龟，这是原始说法的遗留。它说明故事情节的演变并不是一刀切的。

关于现代流传的洪水后兄妹结婚传衍人类一类的神话中，那作为配角的动物(物精)的演变关系，还有其他可供佐证的资料，为了避免烦琐，就不多提了。总之，从石龟到石狮子的更替演变过程，是有迹象可寻的。

结　语

上文就我所提出的三个问题，即这类神话的产生时期，神话中两个母题的离合及石狮子与乌龟的关系问题，进行了扼要的分析和论证。由于篇幅、时间的限制，也由于个人学力和精力的限制，在意义的挖掘、理论的阐述和论据的援引等方面都有些简略，或者不免于疏失。这些缺点，只好等待将来有机会再补正了。

近年因为频频翻阅这方面的大量记录，觉得这种类型神话综合看来，它的内容是相当丰富和复杂的，因此它所提出的问题也相当多。其中较大的，例如：它的流传区域，它的发源地区或民族族属，它的母题的复合性等；较小的，如所谓“怪胎”的真正的原始文化观念内涵、婚卜或试婚问题……它们有的是过去和当代学者已接触到的(甚至出力讨论过的)，有的则是新问题。不管是后者或前者，都有必要根据所发现的大量新资料，运用新的科学方法或采用新的角度，去加以比较详细的分析、综合和判断，这样，才能使这种类型神话的各方面(因而也是整体)得到应有的阐明。这样做的结果，不但大大有利于现代神话学的推进，也将使东亚文化史(特别是口承文化史)的研究大放光彩。因此，我诚恳希望国内外学者们再接再厉，以达成功的领域。我虽然年龄已经老大，但在有生之年，总要在这种学术园地里竭力去继续耕耘。

1990年4月26日初稿于北京师大，时当未寿之年。

[附记]本文写作过程中，在确定论点、整理和核对资料等方面，得到董晓萍女士的大力相助，谨此致谢。

马王堆汉墓帛画的神话史意义

长沙马王堆汉墓的发掘和整理成绩，是近年来我国考古学界、历史学界和科学界共同有创造性的丰硕果实。

这个汉墓的许多出土文物和墓葬情况，对于社会科学、自然科学和技术学，都提供了贵重的研究资料。它不但增益了我们对两千年前历史、文化和社会的了解，也活跃了我们今天考古学、历史学、艺术学及神话学等的研究空气，同时它对于世界文化科学者和自然科学者等也展开了一个历史资料的宝库。它使人们感到惊奇，并被唤起了浓厚的研究兴趣。

在这个古墓的许多出土文物里，最惹人注目的当然是那幅帛画①。那幅帛画在我国美术史上的价值，远远超过了1949年同地区陈家大山出土的凤夔人物帛画，从某些方面说，它可以跟孝堂山石室和武氏祠石室的刻像相比拟，

① 帛画，研究家们对它进行了各方面的探索，提出了关于它的新名称。本文目的只在论述画中的一些神话，与它的名称关系不大，因此，仍然沿用《发掘简报》上的称谓。

特别因为所遗留的是不易保存的彩色帛画，它更值得我们珍视。帛画所提供的资料是多方面的，各种专门家，可以从各方面去加以探究。我自己对于神话、传说比较熟悉，想在这方面谈述一些自己的意见。它的这方面资料，有的已经同志们进行过探索。我便从他们所达到的处所出发，做些或同或异的论述。

帛画里关于神话方面的资料是很丰富的。我的考察范围，暂限于它上部(即所谓天上部分)所绘的，而且也只着重其主要部分。其他部分的探究，待另作续篇。

一、是烛龙？还是伏羲？

帛画上部当中站着一个人物，他披着头发，身上穿着蓝袍，下部是蛇体——那蛇体并环绕了他的四周。这个人物，无疑是位身份很高的天神，是个古神话里的有名人物。但是他到底是谁呢？研究者们有着不同意见。有的同志认为他是钟山之神的烛龙，有的说他无疑是伏羲，又有的说他是一位镇墓神……这些意见，大都持有相当理由。其中烛龙说和伏羲说，似乎更有力量些。我个人的意见是趋向于伏羲说的。

为什么呢？让我先谈谈烛龙问题。像同志们所指出，关于烛龙神话的主要材料，是《山海经》里的记录。《大荒东经》说："西北海外，赤水之北，有章尾山。有神，人面蛇身而赤，直目正乘(朕)①。其冥乃晦，其视乃明。不食、不寝、不息。风雨是谒，是烛九阴，是谓烛龙。"这个神的特点，是形状人面蛇身而赤。他的眼睛的开闭便是空间的晦冥，并且有召唤风雨的法力。《海外北经》所记的钟山之神烛阴，

① "正乘"，郭璞说"未闻"。清代《山海经笺疏》撰者郝懿行，认为"乘"应是"朕"。朕即眼瞳。

他的形状和眼睛开闭的作用大都和这相似。但是，他鼻息是风，呼吸成冬夏，并且身体的长度惊人(千里)，古代注释家也承认他就是烛龙。此外，还有一段相当重要的材料，是晋人《玄中记》里所载的。它说，北方有个钟山，山顶有一个像人头那样的石头。他的左眼是太阳，右眼是月亮。他张开左眼是白天，张开右眼就是黑夜。他开口是春夏，闭上口就是秋冬。① 这个神话虽然比起《山海经》里所记的简略些，明眼人都会看出它们是同一树干上长出来的杈枝。关于这位北方之神的文献记载，自然不限于这些，好像《天问》、《淮南子》等里面都有，但是，比较重要的材料已经大略具备于上述的记录里了。

从上述记录的内容看，像某些同志已经注意到的那样，他的神格是一个宇宙创造神。大家知道，在比较神话学上，关于世界创造的神话有几个类型，如宇宙制造说、宇宙发展说、宇宙变成说、宇宙胎生说及宇宙孵化说等。烛龙神话，是属于其中的宇宙变成说的。就是说，在这类神话里，宇宙(天地、日月、昼夜、季节、气候……)的存在、运行或起没等，是由于某种人物(神、魔之类)身体的某部分变成的或某种活动造成的。在我国古典神话里，盘古神话(古代南方部族神话)的某些说法，如盘古"垂死化身，气成风云，声为雷霆，左眼为日，右眼为月，四肢五体为四极五岳。……"② 又如"盘古氏泣为江河，气为风，声为雷，目瞳为电"③，就是它的例子。这类型式的神话，古代印度、巴比伦、北欧以至日本等，都曾经产生和流传过，不过是神话的主人公和变化事物的种类，彼此各有不同罢了。

---

① 《玄中记》，原书已佚，此据《太平御览》卷三十八所引。

② 见《五运历年记》，原书佚，此据马骕《绎史》卷一所引。

③ 见梁任昉《述异记》卷上。

烛龙神话的主要内容本来是在幽暗的地方放射光辉。《诗含神雾》说："天不足西北，无有阴阳消息，故有龙含火精以往照天门中。"①前引记录里"其冥乃晦，其视乃明"等说法正表明这点。从神话产生的条件说，这是由于北方的特殊自然背景，在当时人们头脑里的想象的反映。但是，烛龙作为一个神话人物，他的职能远远超过了这一点。他是日月、昼夜、季节、气候等的主宰者，他是创造的大神。在我国古典神话里，除了女娲、盘古、帝俊那样的大神外，像他这样具有创造主的神格的并不多见。照理，他是有资格站在帛画天界的中心的。何况他的形体又正是人首蛇身，跟画里的那个神像很吻合呢？所以我们有些研究者承认他就是那个大神，并不是没有理由的。

烛龙尽管具有上述的神格，可是他在中国的神话史上却没有占上一个比较显要的位置。这是什么原因呢？依我个人的揣测，可能因他产生和流传于北方的部落间，在民族融合的过程中，没有被吸取或受到重视。随着社会生活不断变化，这个神话不但没有发展，反而渐渐消失了固有的光影了。它没有在较广阔的社会里取得更大的流播和发展机会。我们试看晋人在《玄中记》所保留的那段叙述，它比起《山海经》里的记载已经颇有残缺的地方，这正透露了其中的消息。因此他在西汉初年贵族盖棺帛画的天国图中，就不容易取得那种大神的位置，尽管从他本来的神格看，是有这种可能的。

现在转到伏羲吧。作为帛画天国图里的大神，我认为他是具有较大的可能性的。为什么呢？在下面，我试举出一些理由来。

首先，因为他在古代神话、宗教和传说的古史里的显赫地位。他

---

① 原书佚，此据《山海经》郭璞注文所引。"龙含火精"句，郭引原漏"火"字。此据前人校本补。

本来大概是陈地一个部落的主神，或竟是一个以蛇类为图腾的氏族的传说祖先(从现代民族志的材料看，这种蛇图腾的氏族或部落并不是罕见的)。在我国上古民族大融合的过程中，他的神话和宗教礼式被吸收了，在新的社会意识里被给以新的安排。我们现在所能看到的有关的资料里，对他有种种说法，有的说他是位规天矩地、创造种种社会制度的文化英雄，有的说他是继天为王的第一位人皇，有的说他是位春之神兼主管东方的天帝。自战国以后，他在人间(传说的历史)和天上的位置都相当显耀，并且陈(传说中的他的都城)和楚(长沙)在地望上又是比较接近的，他的传说容易流通。因此，他的形象就很有可能被郑重地描绘在侯爵妃子陪葬的帛画的天国图中。(这种绘画的用意，是要使他在天国那里继续享受人世的华贵生活)

其次，伏羲的形象常见于汉代及以后的坟墓等的石刻以至绢画中。比起烛龙或其他的神话人物来，他的形象在考古学资料中占有不可比拟的优势。在西汉初年所造成的巨大建筑物鲁灵光殿，已经刻绘着“鳞身”的伏羲画像。近年和过去所发现的汉代及以后墓石(还有些其他建筑物的石头)上所雕刻的人首蛇身(或人首龙身)像数量相当多，① 连边远的新疆，也在墓穴里埋藏着这种形象的绢画。这说明伏羲这个人物对死人的密切关系，说明他在汉代及以后的显赫地位和重大影响。难怪自李唐到清朝的1000多年间，他在国家祀典里占着稳固的地位了。因此，我们把马王堆汉墓里所发现帛画天国图的大神

① 古书中往往龙蛇并称。闻一多说：“金文龍字……和龏字……的偏旁皆从巳，而巳即蛇，可见龙的基调还是蛇。……总之，龙与蛇二名，从来就纠缠不清，所以我们引用古书关于龙蛇的传说时，就无法，也不能将它们分开。”(见《伏羲考》)关于这点，只要看古文献关于伏羲的形体或称“蛇身”，或称“龙身”，便可了然了。

(人首蛇身像)，认做跟汉代以来许多古墓里出现的同样形象的伏羲，在道理上是相当自然的。

可能有些同志要说：武梁石室里的伏羲像，是和女娲在一起的，即两人蛇身交尾像。其他，如吐鲁番的绢画也是这样。但是，马王堆汉墓帛画里的人首蛇身像却是单身的。他能不能算是伏羲呢？

我们知道，汉代及以后，在各地发现的人首蛇身像(有的是人首龙身像)，情况颇不一致。有的是双身交尾的，有的是双身但不交尾的，有的(数量不少)却只是单身的。这只要检看《南阳汉画像汇存》、《江苏徐州汉画像石》及武梁祠的石刻等，① 便可以明白。现在我们试进一步考察一下单身的人首蛇身的伏羲像是不是能够存在？我以为这是完全可能的。因为从较古的文献上看，伏羲和女娲的故事，并不是合在一起的。《易系辞》记述伏羲的"功业"，陪着说的是神农、黄帝等而不是女娲，《楚辞·天问》，问到女娲的形体和它的制造者("女娲有体，孰制匠之？")但是没有提及伏羲(把本节第一句"立登为帝"的"帝"字解释作"伏羲"，是东汉《楚辞章句》作者王逸的说法，后代注释家已给以纠正)。《淮南子·览冥训》大段地叙述了女娲平洪水、补天缺的伟大功业。在叙述前，虽然提到"伏羲"的名字，但从文字看，只能说明他们两人(神？)的世代上的关系，并不能说明他们的家属上的关系。在同一章里，还有"夫钳且、大丙，不施衔辔，而以善御闻于天下，伏羲、女娲不设法度，而至德遗于后世"一类的话。这里，伏羲、女娲尽管连接着说，但是，到底仍然只能说明他们世代上的关系，而不

① 试以孙文青编的《南阳汉画像汇存》为例，如第六十三图，墓柱石所刻是双人龙身交尾的，第六十八图墓柱石所刻，二人人身蛇尾，相向但不交尾，第五十五墓柱石所刻，一人人首蛇身，第五十九图墓柱石所刻，一人女身龙体……

能证明其他。① 据我们的揣测，他们两人，很可能本来是两个不同部落，不同地域的大神（或者神化了的首长），他们各人有自己的功业，各有自己的崇奉群众。从所传述的神话中透露出来的消息看，他们所代表的社会发展阶段也并不是怎样相同的。伏羲大概是渔猎时期部落酋长形象的反映，而女娲却似是初期农业阶段女族长形象的反映。他们的神话原来各自流传着，到民族大融合以后，才或速或迟的被撮合在一起。他们被说成为相接续的人皇，被说成为兄妹，被说成为夫妇。（关于兄妹和夫妇的说法，可能是跟别的部落的原始神话有关）而这种后起的传说，也不一定能够同时普及于各地区和各社会层。因此，他们形象在墓石、墓棺或其他建筑物上面的反映，也是因时期或地域的不同而呈现异态。总之，在西汉初年，某一地区坟墓里所绘的人首蛇身伏羲像是单身的，这完全不是怎样值得奇异的事。其实，这类单身像，在考古学的资料上是有确凿证据的。它就是山东梁山汉墓壁画里那个人头蛇尾、明明标题着“伏羲”的单身画像（不过它时代稍为靠后些罢了）。

复次，是伏羲与太阳、月亮的密切关系。从考古学的资料看，自西汉以后，各地坟墓里关于伏羲、女娲像，往往伴随着日月图。它们大都被画在他们的顶上，也有画在他们两人交体中间的上下部的。例如重庆沙坪坝石棺的画像、陕西米脂官庄村墓门的刻像及新疆吐鲁番墓中的绢画等。关于帛画里的日月图，有些同志，用古代陪葬的旌旗

---

① 有人可能要把王延寿在《鲁灵光殿赋》里所说的“伏羲鳞身，女娲蛇躯”，来证明在西汉初期已经有两人蛇身的交尾像。其实，这个并列的句子，只能说明图画里同时存在着他们两人的像，并不能证明他们是交尾的（就是说不能证明他们是夫妇或兄妹的关系）。赋里这两句的上文是“五龙比翼，人皇九头”，内容上也并不是有怎样密切联系的。

上所绘日月等的景象来解释。这自然言之成理。但是我想它们跟那中间站着的大神(我们认为伏羲)可能有些比较密切的关系。这种假想，在文献上到底有什么根据呢？我们知道：在《易乾坤凿度》里，曾说伏羲有“立四正”的功绩。所谓“四正”，就是：一、“定气”；二、“日月出没”；三、“阴阳交争”；四、“天地德正”。① 据这种说法，就是当时(西汉末)有伏羲调理太阳和月亮的传说。我们现在对于纬书的态度，应当一分为二：一方面要看到它制造(或集合)许多阴阳五行的妄说，为巩固当时统治阶级政权服务；另一方面又要看到它保存了当时还残余在民间的古代神话、传说。后者好像关于古帝王的“感生说”，便是例子。《易乾坤凿度》关于伏羲和日月关系的记载，可能也正是属于这一类。因此，我们可以推想，那太阳和月亮跟站在中间的大神是有比较密切关系的。那个大神也就是伏羲。

最后，作为说明那帛画天上部分的大神是伏羲的再一个理由，就是那被大家承认为他形象特点的人首蛇身。固然，在《山海经》里这种形象的神怪并不只一二，而烛龙也正是这种形象的。但是，这种形象对于伏羲似乎关系更加密切。这跟许多古文献的记载和古物上的刻画是分不开的。我们试看，即使立意把他当做人皇看待的历史家(例如补作《三皇本纪》的司马贞之类)，也不能把他这种神话上的奇怪形象抹去，这就可见它的势力之大了。因此，我们把那位被描绘着这种形象的帛画上的大神认做伏羲，是有相当理由的。②

上面我根据所陈述四点理由，认为帛画里站在太阳和月亮中间那

---

① 原书佚，此据《黄书逸书考》三十八册引。

② 梁萧绮所整理的《拾遗记》(据马骕《绎史》卷一所引)，叙述伏羲形象，有“发垂委地”的话，颇与帛画所绘天神形状相符合。但是，现存《拾遗记》本子，“髮”多作“鬚”(这也可能是误刊或经过篡改)，因此，没有引为论证之资。

位大神，很可能就是所谓“三皇”之首的伏羲，这自然只是一种推论。要得到不能移易的结论，必须有更确凿的证明。而这就有待于地底有关证物的出现，或根据文献、考古和民俗志等资料作更深入、精密的研究。

二、太阳神话：十(九)日、扶桑和乌鸦

太阳和月亮的神话，是天体神话的一个构成部分，在神话史和神话学上占有相当重要位置。现存的各原始民族和进化民族的上古，大都产生和流传过这种神话，尽管彼此间具体的说法各有不同，主要原因是，太阳和月亮，不但是人们经常容易接触到的自然现象，并且跟人们的现实生活(生产、居处和身体健康等)有极密切的关系。这样，人们就必然要把它们反映到头脑中来。由于原始生产力低下和智力未发展所造成的思想上的限制，这种反映，当然不可能正确地表达客观的情况和规律，而只能出以幻想的型式，就是毛主席在《矛盾论》里所指出的“幻想的同一性”。

在马王堆汉墓帛画的天上部分，画了我国古代关于太阳和月亮神话的景物。这里先说太阳方面的。帛画里画了九个红太阳和一株扶桑树。在树顶的那颗太阳，不但体积独大，而且中间还站着一只黑色大乌鸦。

关于十日和扶桑树的神话，是早见于先秦及汉初记录的。这种传说，大概有三种型式(不包括后羿射十日的英雄神话在内)：(一)“……下有汤谷，汤谷上有扶桑。在黑齿(国)北，居水中，有大木。九日居下枝，一日居上枝。”(《山海经·海外东经》)①(二)“东南海之外，甘水之间，有羲和之国，有女子羲和，方浴日于甘渊。”(《山海

① 《大荒东经》里也有一段近似的记载。

经·海外南经》)(三)“若木在建木西，末有十日，其华照下地。”(高诱注云：“若木端有十日，状如莲华。”《淮南子·地形训》)帛画所表现的，大概是第一式，即十个太阳，栖扶桑树上，更迭出照的说法。这大概是我国远古住在海滨的人民，对于每日太阳都从海那边出来的现实光景所作的想象的说明。(唐人《登天坛望海日赋》：“山惟隐天，海则孕日。”)

所谓扶桑，或作扶木或搏桑，大概是原始人民心目中的一种神树，也就是神话学上所称的“世界树”。最著名的，是北欧神话里的伊格德拉西尔。《山海经·大荒东经》说扶木“柱三百里，其叶如芥。”又《玄中记》说：“天下之高者，有扶桑无枝木焉，上至于天，盘蜿而下屈，通三泉。”①《淮南子·地形训》在叙述神山昆仑及悬圃之后，接着说到扶木和建木：“扶木在阳州，日之所曊(照)。建木在都广，众帝所自上下。”可能扶木也有这种为天神所由上下的作用。在另一方面，扶桑又和太阳里的乌鸦有瓜葛。《玄中记》里又说：“蓬莱之东，岱舆之间，有扶桑之树，树高万丈。树巅常有天鸡，为巢于上。每夜至子时则天鸡鸣，而日中阳乌应之。阳乌鸣，则天下之鸡皆鸣。”②关于天鸡先鸣，天下之鸡应之的传说，原来是独立存在的。在这传说里已经把它和神树扶桑及太阳中的乌鸦联结在一起了。这是神话、传说里一种常见现象。这样一来，它就使太阳神话的内含更加丰富了。

现在我们谈谈九个太阳的问题。上面说过，帛画扶桑树上共有九个太阳，一个大的在树巅，那八个小的分散在树枝间。这跟古文献上

① 原书佚，此据《齐民要术》卷十引。“盘蜿而下屈”句，鲁迅辑本(在《古小说钩沉》里)校注，说《事类赋注》引作“盘屈而下”。又据影明本，“泉”字下有“也”字。

② 原见《古玉图谱》卷二十四。此依鲁迅辑校本转引。

所谓"十日"的说法显然不一致(说"十日"的，除《山海经》、《淮南子》外，还有《庄子》、《招魂》及《竹书纪年》等文献)。这个问题，自然要引起当前研究者的注意，并试图给以解答。有的同志说那散布在树间的八个是北斗星，有的认为可能有一个隐藏在树叶后面，也有的认为是神话的歧传。我是赞同后一种说法的。因为在神话、传说上这种现象是习见的，是相当自然的。神话、传说本来是用口头语言创作和传播的。它很容易出现歧异的现象。何况在不断的扩布和流传的过程中间，必然要受到那些转述者自觉或不自觉的修改呢?例如传说的古史里，帝尧儿子的数目，有的文献里说他是10个，有的却说他只有9个。又如关于那位远古寿星公彭祖的年龄，说法可更热闹了。有的说是700，有的说是767，有的说是800，有的却说是八百余。到底是多少岁呢?没有人说得准。好在也没有人想去搞清这种糊涂账。至于神话、传说里的故事情节、人物性质歧传得彼此大异的也并非少见。像鲧那样的人物，我们在屈原作品里所见到的，和其他一些古文献的记录比起来，在性质上几乎相反的。因此，对古文献所说的十日，在帛画里却只见到了9个，如果我们记得民间口头创作的特点，就用不着大惊小怪了。

其实，所谓"九阳"或"九日"，在文献上也并不是怎样少见的。自战国以后，两千多年中，中国的文人学者，在他们的诗歌、散文和论著里，不断使用这两个词(特别是"九阳")。这里我们试举一二例子。《吕氏春秋·慎行论》:"禹至交阯……九阳之山、羽人裸民之处、不死之乡。"《远游》:"朝濯发于汤谷兮，夕晞余身兮九阳。"①东汉王逸的《九思·遭厄》:"蹑天衢兮长驱，踵九阳兮戏荡。"仲长统《述志诗》:

① 《远游》相传为屈原作，近人定为西汉人作品，所以放在《吕览》之后。

“沆瀣当餐，九阳代烛。”魏嵇康《琴赋》：“夕纳景于虞渊兮，旦晞干于九阳。”晋傅咸《烛赋》：“六龙衔烛于北极，九日登曜于扶桑。”唐李峤《为百僚贺雪表》：“三元肇景，九阳初动。”宋朱熹《次秀野韵》：“淋浪座客休辞醉，饮罢晞身向九阳。”清张锦芳《满江红·木棉花》：“一簇晨霞标乍起，九枝海日光齐跃”……我们前代的作者从不同的角度使用了这两个名词，注释家们的解说也不完全一致。(像王逸把《远游》里的“九阳”，解作“九天之涯”，从上下文看，分明不妥，前代注释家已经有矫正它的。)但是，“九阳”、“九日”，在文书上并不是稀见的名词，而且大都跟太阳神话有相当关系，这绝不容否认。从这里，我们以为汉初帛画上那跟常见文献的说法有出入的九个太阳，很可能是那位有才能的民间画师根据当时口头的歧传绘画出来的，他并不是故意或无意少画了一个。

我们再谈谈“九”字和“十”字在古代的使用问题。我们知道这两个字，有时固然作为实数用，但是在许多场合，它们(尤其是“九”字)是当做“虚数”用的，即一种“公式数字”(三、七、三十六、七十二、百、千、万等都有这种性质)。但是，“九”字比“十”字，这种用法似乎更常见些，从天地山川、制度物品以至抽象的事物，凡数量比较多的，大都可以加上这个数词。如九天、九地、九域、九霞、九曜、九阁、九族、九品、九卿、九经、九锡、九歌、九死……简直无法数得完。在古代南方这个词相当流行。光拿《楚辞·天问》一篇略算一下，就有九重、九天、九子、九则、九州、九衢、九辩、九歌、九令等九个。《淮南子·天文训》说到天空，就一连用了五个“九”字(“天有九野，九万九千九百九十隅”)。如果我们把古代书籍里用有“九”字的语词搜辑起来，那真可以成为一部小辞典。因为这种显眼的现象，清代的学者汪中所以特地写了一篇《释三九》的专论。从这种情况看来，那么，帛画里的太阳，不作“十”个，而作“九”个，并不一定就不合理些。总之，神话里的那些太阳，说它“十”个固然可以，说它是“九”个也不见得就是错误。（苗族的开辟神话里，就说初创造的太阳是九个。那真是一个近于巧合的例子了）

最后，我们再谈谈那只乌鸦的问题。太阳里有乌鸦，也是比较古老的传说了。现在我们所能看到的早期文献，像《天问》里那两句问话：“羿焉弹日？乌焉解羽？”《山海经·大荒东经》也有“一日方至，一日方出。皆载（戴）于乌”的话。[①] 到了《淮南子》里，自然说得更明白了。他说：“日中有踆乌”，（高诱注：“踆，犹蹲也。”《精神训》）又说：“羿仰射十日，中其九日。日中九乌皆死，堕其羽翼。”[②]为什么太阳里会有乌呢？过去除了汉代的王充加以论难外，似乎很少人注意到这个问题。近代外国研究者曾提出一些答案。有的从天文学的角度，说是太阳黑点的反映，也有的认为是由于鸦的“晨去暮来”的行动所引起的联想。[③] 总之，这点，我以为还值得我国神话研究者的进一步探索。

大家知道，关于太阳里的乌鸦，过去有“三足”的说法。这种说法大概流行于西汉末。因为在那时期出世的纬书像《春秋运斗枢》、《春秋元命苞》等都记载着它了。西汉时代的司马相如在《大人赋》里说：“西王母……有三足乌为之使”，因此有人以为太阳里的三足乌可能是

① “皆载于乌”，虽然也是一种说法，但是从文献记录和考古学的资料看来，还是以《初学记》卷一所引“皆戴（同载）乌”为是。

② 此依王逸《楚辞章句》所引，与今本《淮南子·本经训》所记有出入。（《北堂书钞》与《艺文类聚》所引，略同《章句》。）

③ 见出石诚彦的《关于上代中国的太阳和月亮的故事》（收在著者《中国神话传说的研究》一书中）。

从这里演化来的。我们从帛画里的那只乌看，却是和平常所见的两足乌，这是跟早期的文献记录一致的。(虽然后来的古物材料上，有的把它画成了三足的奇形)

三、月亮神话：蟾蜍、兔子和嫦娥

现在把话题转到月亮神话。

帛画天国部分在太阳和扶桑树的另一方，便是一弯镰刀形的白色月亮，上部有一只大蟾蜍和一只体积较小的兔子，两旁缭绕着云气。镰月下面是一个飞腾而上的女人，她就是嫦娥。虽然不能说完全没有遗漏，但是我国古代月亮神话里的一些主要事物已经被表现在一起了。

月亮里存在蟾蜍的说法是比较古老的。《天问》里“夜光何德，死则又育？厥利惟何，而顾菟在腹?”这四句问话，初期的注释家王逸，把“菟”释为“兔”，把“顾”释为“顾望”，因此把后二句演作“言月中有菟(兔)何所贪利居月之腹而顾望乎?”但是这种生硬的解法，宋代的楚辞研究者朱熹已经表示不同意了。他认为“顾菟”应该是兔的一种名称(专名)[①]。到了近人闻一多，才把这个动物的正身确定了。他用了十一个语言学上的左证，判定“顾菟”就是“蟾蜍”，而不是“兔子”[②]。这样一来，《天问》的话，可算是月中蟾蜍在文献上最早的记录了。其次，就是《淮南子·精神训》那句“月中有蟾蜍”的话。但是，这些时期(战国至汉初)月亮里有玉兔的记载，在现在保存下来的文献里却还没有见到。有些外国研究者把王逸的注文当做真凭实据，因此断定月亮

---

① 见朱熹所著《楚辞辩证》卷下。闻一多在《天问释天》里说：“《章句》又释顾为顾望，朱熹以下诸家皆无异说……惟毛奇龄以顾菟为月中兔名，庶几无阂于文义……”这是他一时失察的地方。

② 见上注《天问释天》(《闻一多全集》乙集)。

里兔子的神话在周代已经广泛流传了。[1] 至少从文献的角度看，这是不确切的。

我们虽然不能准确知道月亮里有兔子的神话产生或广泛传播于那个时期，但是，从文献上看，蟾蜍和兔子并存于月亮里的传说，在西汉末年已经相当流行了。因为这时期的学者刘向(纪元前七七——前六)曾经用"阴阳论"的观点去解释这种蟾、兔并存的现象。[2] 此后关于这方面的文献记录和被发现的实物材料就数见不鲜了。(关于实物方面的石刻，像孝堂山石室、少室石阙里的这类图像，是大家知道的)但是这次马王堆汉画中月亮神话图景的发见，却补充了文献上的记录，提前了蟾、兔神话出现在实物上的记载时期。这在神话史和考古学研究上同样是值得注意的事。

在这里，顺便谈谈月亮神话里这两种生物的起源或来源问题。关于月里蟾蜍的来源，以前似乎很少人注意到。闻一多在论证"顾菟"问题时，曾经附带涉及它。他的结论是："月中虾蟆(蟾蜍)之说，乃起于以蛤配月之说，其时当在战国……"这个论断虽似新奇，但是从论证过程看，却颇为坚实可信。关于"蛤"字兼有"蛤蚌"和"虾蟆"两种意义的说法，除了他举出的两个例证外，我在这里再提供一些证明的资料。宋苏轼《宿余杭法喜寺后绿野亭望吴兴诸山怀孙莘老学士》诗："稻凉初吠蛤，柳老半书虫。"注："岭南谓虾蟆为蛤"(据清人金檀《青邱高季迪先生诗集》注所引)。又明高启《闻蛙》诗："何处多啼蛤，荒园暑潦天"，注家也认为蛤即是虾蟆。我们乡下(广东海丰)的口头说

---

① 见A·福尔克《中国人的世界观》第七章。

② 见《五经通论》，原书佚，此据《艺文类聚》卷一、《太平御览》卷四等所引。

话里，虽然也有蟾蜍一词(它是比较文雅的)，但是一般都称虾蟆为蛤或蛤牯。我问过一些生长在南方别的省份的朋友，据说他们那里也有这种叫法。此外还有性质相关的某些记载，为免烦絮，就不多引了。上述一些文学的和民俗志的资料，或可以为确证闻说之一助吧。

关于月亮里有兔子的起源问题，过去似乎比较受注意些。但是所说不免怪诞或迂阔。例如有些谶纬家，认为月亮里存在着蟾蜍和兔子是由于阴阳要相制相倚。("两设以蟾蜍与兔者，阴阳双居，明阳之制阴，阴之倚阳也。")[①]这是半神话式的解释。近代外国有些所谓东方学者，认为中国古代的民族和文化是西来的，甚至以为连某些神话、传说的东西，也是从外国输入的。有人看到中国古代有月亮住着兔子的神话，同样，古代印度也正有相似的故事，因此，不管三七二十一，就断定中国的月兔是一种舶来品。(主张这种说法的，如W.F.梅耶斯)不错，古代印度，有一个关于月兔的故事，大概说，一只有善行的兔子，因为不能取得肉以供天帝的需求，便毅然投身火里，成了焦兔，天帝把它放到月亮里，以昭示他的高行。这个传说，在唐代曾被收录在一部佛教经典的类书里。[②]但是，像有些学者所指出，月亮里有兔子的传说，不但中国、印度有，就是和我们远隔重洋，很少交往的古代墨西哥也有，南非洲的祖鲁兰德那里一样流行着这种传说。[③]产生在中国纪元前的月兔神话，为什么一定是从印度输入的呢？

自然，我们知道，比邻民族间文化(特别是传说、故事之类的口

① 见《春秋元命苞》。原书佚，此据《初学记》卷一等所引。

② 指唐代李俨撰《法苑珠林》。月兔传说，见该书卷七《日月篇》。

③ 见出石诚彦《上代中国的神话及故事》第二节。

头创作)的交流是常有的现象，古代中、印间学术、文化的互相影响，也是不可否认的事实。但是根据现在考古学的新材料，在我国西汉初年就已经流行的月兔神话，却未必是从次大陆传来的进口货。除了这种传说从东半球到西半球各民族间都存在着和它在中国流传时代比较早的理由之外，从传说的内容看，尤其不能承认印度输入说。因为印度传说带有深厚的佛家说教色彩。中国早期关于月兔的说法，却不见有这种痕迹。中国这方面，原来没有比较具体的故事，后来虽有“月中捣药”的文献和实物的图像，但时代较迟，而且也跟“修菩萨行”的印度兔子不相类(它倒是近于本土道教思想的产儿)。这是判定月兔是否输入品问题的关键。

关于月兔来源的解释，我们暂时只能以比较常识性的“阴影说”为满足。月亮里有阴影，这是原始的人民也会感觉到的，所以世界上许多文化早熟或晚熟的民族差不多都有关于这种现象的传说。中国较早期的蟾蜍和兔子，后期的兔子捣药、吴刚伐桂树等故事，大都直接或间接和解释阴影的现象有关，虽然其中有的还别有思想背景(如前面已经说过的，蟾蜍和蚌蛤的关系之类)。东汉天文学者张衡，在他所著《灵宪》里说：“月者，阴精，积而成兽，像蛤兔焉”①。抛开他的阴阳之说不管，后两语正暗示出蛤(蟾蜍)、兔的形象和月面斑点的联系。又纬书《诗推度灾》说：“月，三日成魄，八日成光，蟾蜍体就，穴鼻始萌。”(宋均注：“穴，决也。决鼻，兔也。”)②后两句说明两种生物的像(阴影的像)随着月形由缺趋圆的逐渐形成。晋人虞喜也曾在

① 原书佚，此据《太平御览》卷四所引。唐章怀太子注《后汉书·天文志》，也引此文，字句略有出入。

② 原书佚，此据《法苑珠林》卷七及《太平御览》卷四所引，又《易乾凿度》也有此文。

他的著作里，说从月亮的自缺向圆的过程可以看见传说里的人物和桂树逐渐形成的情况。[①] 这也暗示传说中的人物、桂树是指的阴影。古代印度，除了修行的兔子的传说之外，还有一些其他解释月中阴影的故事，如认为它是高大的阎浮树的影子，或认为它是大海里鱼鳖等影子在月轮里的显现。[②] 这和我们古代解释月里阴影的蟾蜍、兔子等说法，在思考方式上是相似的。

最后，谈谈嫦娥的神话。这是我国民间流传相当久远和比较普遍的一个天体神话。他在我国各种艺术的创作里也成为习见题材或典故。近代我国最伟大的文豪和思想家鲁迅，为了批判当时某种恶劣的社会现象，也取材于这个古神话，而写成了光辉的讽刺小说《奔月》。现在我们有机会在帛画上看到跟最早记载它的文献差不多同时的、非常生动的艺术表现(这是后来石刻和壁画里所见的飞仙艺术的先驱)，实在是学术界的极大喜悦。

像大家所知道，记录嫦娥故事的最初文献是《淮南子》[③]，《览冥训》里说："羿请不死之药于西王母，姮(嫦)娥窃以奔月。"因为作者是作为说理的譬喻而使用的，所以语词相当简略。在许慎、高诱及其他东汉一些学者的注释和记述里就比较说得详细些。我们试举张衡的记述："……其后有凭焉者。羿请无死之药于西王母，姮娥窃以奔月。将往，枚筮之于有黄，有黄占之曰：'吉。翩翩归妹，独将西行，逢

① 原书佚，此据《初学记》卷一，《太平御览》卷四所引。

② 参阅《法苑珠林》卷七《日月篇》。

③ 清代学者丁晏曾解《天问》"白蜺婴茀，胡为此堂"二语为关于嫦娥神话。这里没有采用其说。

天晦芒，毋惊毋恐，后其大昌！’姮娥遂托身于月，是为蟾蜍。”①这在内容上比较丰富一些了（尽管它也还是有缺略的地方，例如没有提及她和后羿的关系），而且把它和已经存在的蟾蜍捏合起来。这个故事，后来还有一些发展的说法，这里就不便引述了。

这个传说的情节，是融合了别的一些神话的人物和动物的成分的。羿是上古东方部落的英雄神，他的故事很多（《天问》就再三地说到它），最著名的当然是射日。他本来是独立存在的神话人物。西王母是大家知道的古代西方神话里的重要人物（虽然原来它是一个地名）。《穆天子传》的记载即使有问题，但是汉人在文献和实物里已经常表现她。蟾蜍和不死药是传说，故事里的东西，就更不用说了。这些表明这个传说的产生的时期多少要迟些。另一个证据，是它有着方士求不死药的道家思想，而这种思想是从战国到西汉初才流行的。

我国古代实在有比嫦娥传说更古老的月亮神话，那就是《山海经·大荒西经》所记的常仪浴月的故事。它说：“有女子方浴月（按指所画图景）。帝俊妻常仪，生月十有二，此始浴之。”郭璞注说“义与羲和浴日同。”关于《大荒南经》所记羲和生日和浴日的故事，我们在上面已经提到过。这种神话，情节自然很简略，但是相当真实地反映了原始人民朴素的想象。跟这种原始的神话比较起来，嫦娥故事就显得有些复杂和藻饰了。尽管如此，它们也不是截然无关，后者的名字（嫦娥）就是从前者的名字（常羲或常仪）来的，因为在古代，两者在音读是接近的。但是大概由于故事较富于情节和主题思想较合于后来某些人的心理，嫦娥传说在口头上和艺术上取得了较长久的生命。

---

① 原书佚，此据《后汉书·天文志》唐章怀太子注，《太平御览》卷四所引较略。

嫦娥神话是什么性质的神话呢？它无疑也是一种解释性的神话。有些研究者认为它所解释的是月亮的每月缺而复圆的现象。这大约是可信的。原因有二：其一，我国古代人民似有把月亮的圆缺看做同人的生死一样的想法。汉代学者刘熙所著的字书《释名》里，有这样一段话："晦，月尽之名也。晦，灰也，火死为灰，月光尽似之也。朔，月初之名也。朔，苏也，月死复苏生也。"①朔、晦两字的原来意思是否如此，姑且不论，以圆缺为生死，却是初民容易产生的一种素朴的思想。这位古训诂家的话很可能是有所本的。其次，世界上别的民族也有这类想法。例如南洋菲吉岛的神话说，月神与鼠神讨论人类的死的方式问题，月神主张应当像她自己那样暂时死亡而又再生，但是那鼠神却不听他这一套，主张人类应当像鼠类那样死不再生。他的话得胜，此后人类就不能像月神所说那样幸运了。这种想法正和刘熙所说的相同。嫦娥所以能够成为"死则又育"的月亮的神，是由于她吃了不死的药，这种解释正是从认为"月是不死的"原始的想法化生出来的。

四、阶级斗争与神话

神话是原始社会人们的一种意识形态，是具有相当特点的一种意识形态。这种特点，即马克思所说"在想象中并通过想象以征服、支配和形成自然力"②。

马列主义的认识论告诉我们：人的认识是客观事物的反映，这种反映决定于人们的社会实践（主要是生产实践），回过头来，它也能反作用于人们的社会实践。伟大导师们的社会历史理论又告诉我们：在

① 见该书卷一《释天》。

② 见《政治经济学批判》所附《导言》，第四节（人民出版社刊本）。

阶级的社会里，人们的意识是跟着他们的阶级对立而互相对立和互相斗争的。神话虽然具有一定的特点，但是，它既然是一种社会意识，自然不能跳出这种一般性的规律，好像孙行者跳不出如来佛祖的掌心一样。过去的研究者们，对于神话的反映现实方面，曾经作过某种程度的探讨，但是对神话在不同社会形态里作用的转变方面，却较少注意。我现在对马王堆汉墓帛画的神话这方面作些探索。由于有关文献的缺少和时间的匆促，这种探索只是尝试性的。

像我们前面所说的，伏羲原是一个部落的主神，照理他的神话应该相当丰富。可是现在我们看到的古文献上的记录，却数量不多，而且相当零碎。这大概由于从战国起他就被历史化了，加以儒家的“不语怪”精神，也在发生作用。关于他的主要功绩，最突出的是教民渔猎。所谓“伏牺氏”的名字大概就是从这里出来的。他的另一个功劳是发明八卦，这是说他使用一些常见的实际事物去做记事的符号。又说他是人类婚姻制度的创立者和某些乐器的发明者。此外，还有说他感生的奇迹(神女感虹而怀孕)和做东方天帝等的神话(做天帝的说法是比较后起的)。这里所谓功绩，大概都是代表一种文化现象产生或发展的阶段。这种文化都是群众在长期的社会实践中逐渐形成的，绝不是一两个文化英雄在短时间里所能创造出来。关于伏羲的功绩的说法，至多只能表明他是个原始社会的文化神。这种神是许多民族神话、传说里所常见的。中国传说的历史里如燧人氏、神农氏之类，大都就是这种性质的人物。这种所谓文化神，虽然是虚妄的，但是他也多少反映了社会历史的某些现象和要求，在生产力非常低下，人类智力发展还在幼年时期的社会里，他对于部落成员的团结、奋斗等，并不是完全不起一些作用的。马克思告诉我们：“想象力，这个十分强烈地促进人类发展的伟大天赋，这时候(引用者按，指原始社会的‘野蛮时期的低级阶段')已经开始创造了还不是用文字来记载的神话、传奇和传说的文学，并且给予人类以强大的影响。"①

但是，社会性质的转变，必然要影响到流传下来的神话、传说的内容和作用。原始部落的文化神，到了封建社会的西汉初期，他不能不起重大的变化。他不但被说成为最早的人皇，而且在神国里的位置也升高了。他不再是只流传于部落里的大神，而是天国里的大神了。他的像尽管仍然披着头发和有着一半蛇体，但是，他庄严地立在太阳和月亮的中间，成为地上贵族灵魂的接待者和保护者了。这时期，他是我国封建社会一个地位显赫的大神，对于地主贵族阶级是关系亲密的。汉代及以后，许多贵人坟墓和其他重要建筑物所以刻绘着他的形象，原因正在这里。

帛画里所表现的太阳和月亮神话，也大部分产生于原始社会(或接近这社会)时期。原始部落的人们为了保障自己的生产和安全，对于太阳和月亮(特别是前者)，不能不很关心。他们要认识它们的性质和运行规律，并且往往作出某种相应的活动，企图给以影响。这种要求和活动，就成为原始的神话和法术。原始的神话的作者，绝不像某些资产阶级的学者们所说，是一些科学家、哲学家或审美家，凭着冷静的理智在做哲学探讨，或凭着什么灵感在创造艺术。我们不能忘记，原始神话的创作以及往往和它相伴在一起的法术行事，是原始人们在那极困难的生活条件下，企图认识自然，从而控制自然的一种精神活动。

帛画里所表现的那些太阳和月亮神话，本身已经相当简单(它们彼此在产生时期上似乎也并不一致)，跟它们相关的其他材料更少保

---

① 原见《路易士·亨·摩尔根"古代社会"一书摘要》，此据曹葆华译《马克思恩格斯论文学》(人民文学出版社刊本)引。

留下来。这对于要较深入地理解它们当时的作用颇为困难。但是，如果耐心寻求，也并非没有一些痕迹。生活在公元3世纪的郭璞，在他的《山海经》注里，留下了一段可注意的文字：“羲和，盖天地始生，主日月者也。故《启筮》曰：‘空桑之苍苍，八极之既张，乃有夫羲和，是主日月，职出入以为晦明’……故尧因此而立羲和之官，以主四时，后遂为此国，作日月之像而掌之，沐浴运转于甘水中，以效其出入。……所谓世不失职耳。”[①]这段注文（主要是后面部分），注者没说明出处（这也是古注释家常见的事），他是当时一个极博学的人，所说当有来历。[②] 他说的，古人作太阳和月亮的像，在甘水里沐浴运转，以仿效它们每天的运行。这种做法，绝不是儿童游戏，而是原始人的严肃行为。它是一种在原始社会里和神话一样广泛存在的交感法术。原始人为了对某种现象或事物达到一定的目的，便模仿对象的形状或行为，或并加以咒语，认为这样便会产生预期的效果。正像恩格斯对原始宗教所说，它把“关于自然界的虚假表象”去作“史前期低级的经济发展”的“补充”。[③] 我国古代盛行着这类法术的做法不用说了，就是在近代的民俗里还多少残余着。例如月蚀时，人们认为是天狗在吃它，因此敲锣打鼓，去把它解救。又当天时阴雨缠绵时，人们用纸剪成一个女子提帚打扫的形状（叫做“扫晴娘”），把它粘贴在壁上，以为这样便可以转雨为晴。这些都是企图用想象的活动去控制自然。

羲和和常仪浴日月的神话，正是和浴日月的法术相互并行的。它

---

① 见该经《大荒南经》。

② 《拾遗记》卷十《瀛洲》条，有一段记载和郭璞所述，内容相似，不过文词较粉饰罢了。

③ 原见1890年10月27日《致石米特的信》，此据武绳西译《马克思恩格斯论宗教》第一章引（人民出版社刊本）。

们是想通过想象及相应的动作去影响他们还无力控制的自然现象。这种神话和法术虽然不会产生真正的效果，但是到底是他们在当时条件下，向自然斗争的一种意志和努力的表现。这是他们集体所创造的人类曙光期的文化的构成部分，是人类后来发达了的文学、科学活动等的萌芽。

但是到了奴隶社会，严峻的社会阶级的对立，使一切原始遗留下来的思想、文化，都受到性质上的改变，到了封建社会，这种原始文化所受到的侵袭当然有加无减。帛画里所表现的天国神话，是适应于地主贵族的要求而选择、安排的，它不能不带上这个统治阶级的烙印。嫦娥奔月故事的比较原始的形态，我们已经无法知道了，从常仪浴月的神话来看(我国南部的倮倮族，也有过近似的神话，说初创造成的日月，不大明亮，经过两位天女的洗浴才放出光辉来。由此，可见常仪神话是一种比较原始的传说)，它至少是经过思想上的修改的。方士思想原是为迎合当时统治阶级的需要而发展起来的。我们只要看一看秦始皇、汉武帝是怎样跟这班家伙(方士)打交道的，便可以明白了。汉初方士思想侵入固有的神话领域是很自然的。这样一来，就必然要改变原始神话(或比较近原始的神话)的面目了。

问题更重要的，尤在于这些古神话到了新的社会(初期封建社会)里，它在起着什么作用，为什么人效劳。关于这幅帛画的名称和作用虽然还在讨论中，但是有一点是明白的，就是它(特别是天国部分)是要死者的灵魂升上天国("人死魂气归天，形魄归地"，这是中国古代人们对死者的想法)，在大神的尊严和日月的光明中继续她生前的繁华的生活(甚至于比生前所享受的还要美好的生活)，太阳和月亮，本来是自然现象，但是在原始社会里，它们已经不能摆脱和人们的关系了。关于它们的原始神话(乃至于相应的法术行事)，就是一种证明。

当时这种神话是属于整个部落人员的，是为他们大伙服务的(尽管实际上不一定有多少效果)，但是放在马王堆侯爵妃子棺上的辉煌的日月神话图，却是属于那“高贵的”的女主人的东西。那乌鸦，那蟾兔，那郁茂的扶桑树，都成为贵族宫邸苑囿里的禽鸟花木，连那飞空的嫦娥的身上也不免缭绕着贵族的“薰香”了。

这种关于神话作用的巨大的变迁，证明了马克思、恩格斯所指出的那个不可动摇的原理：“任何一个时代的统治思想始终都不过是统治阶级的思想。”①任何时代意识形态领域里的阶级斗争，都准确地反映着当时的物质分配和社会关系领域里的阶级矛盾。在阶级社会里，被统治的阶级，正像他们物质产品的被掠夺一样，他们的精神产品也难免这种被掠夺的命运。在这意义上，帛画是一种历史性的文件，是当时统治阶级进行文化掠夺的真实罪证！

以上数节，对马王堆汉墓帛画上部所绘的神话景物和从它所看到的阶级斗争现象，作了一些论述。这种论述是很不充分的，还可能有错误。但是，从这里可以感觉到这幅创作于两千多年前的彩画，在我国神话史上乃至世界比较神话学上的重大意义。它展出我国古典神话里的一些重要篇章，印证并补充了文献上这方面的旧记录，提供了考古学上某些神话题材的早期资料。更值得注意的，是它显示了封建统治贵族篡夺原始人民的精神产品的例证，使我们在鲜明的画面上看到古代阶级斗争的具体情况。过去我们颇致憾于绘有丰富神话和历史故事的巨大建筑物，如楚“先王庙及公卿祠堂”和鲁灵光殿等的片瓦无存。现在这块汉墓的帛画，尽管篇幅有限，但是它所提供的神话史

① 见《共产党宣言》(人民出版社刊本)。

料，是可以稍慰我们这方面的渴想的。

群众是物质财富的生产者，同时也是精神财富的生产者。这种真理，从这幅帛画的发现，又一度得到证明。在我们用正确的批判眼光，扫除去那些玷污着这种人民创造的秽垢之后，它将更加放射出不灭的光彩来。

1973 年春夏之间写成，1978 年夏订正

老獭稚型传说的发生地

——三个分布于朝鲜、越南及中国的同型传说的发生地域试断

一

把古代扶余族间所传述的朱蒙传说①，来和现代朝鲜

① 朱蒙传说，在我国东汉的时候，已见于文人的著录(参看王充《论衡》第二卷《吉验篇》)。但这种传说因流播的长久和扩大，它的形态上自然要发生相当的变化，所以在中国和朝鲜的文献上所记，颇有互相出入的地方。现在，且录魏收所著的《魏书》的有关记载于此："……自言先祖朱蒙。朱蒙母河伯女，为夫余王闭于室中，为日影所照，引身避之，日影又逐，既而有孕，生一卵，大如五升，夫余王弃之与犬，犬不食，弃之与豕，豕又不食，弃之于路，牛马避之，后弃之野，众鸟以毛茹之，夫余王割剖之不能破，遂还其母，其母以物裹之，置于暖处，有一男破卵而出。及其长也，字之曰朱蒙。其俗言，'朱蒙'者'善射'也。夫余人以朱蒙非人所生，将异志，请除之。王不听，命之养马……后狩于田，以朱蒙善射，限之一矢，朱蒙虽矢少，殪兽甚多。夫余之臣，又谋杀之。朱蒙母阴知，告朱蒙曰：'国将害汝。以汝才略，宜远适四方!'朱蒙乃与乌引、乌违等二人弃夫余东南走，中途遇大水，欲济无梁，夫余人追之甚急。朱蒙告水曰：'我是日子，河伯外孙。今自逃走，追兵垂及，如何得济?'于是，鱼鳖成桥。朱蒙得渡，鱼鳖乃解。追骑不得渡。朱蒙遂至普述水，遇见三人，其一人著麻衣，一个著衲衣，一个著藻衣，与朱蒙遂至纥升骨城，遂居焉!"

咸镜北道会宁附近等地方民间所传的近似老獭稚传说的故事①做一种故事学上的比较工作的，这在1913年日本人种学者鸟居龙藏博士所发表的三轮山传说的论文②中，已经启露了端倪，③ 但是正式地把老獭稚传说和朱蒙传说做比较研究的，那是1930年彼国已故今西龙博士所作的贡献。今西博士关于这问题的探究的论文题目，是《朱蒙传说及老獭稚传说》④。在那里，今西博士从文献上和口碑上，提供出了非常丰富的关于朱蒙传说和老獭稚传说(及和它部分地同型式的诸传说)的资料。⑤ 临末，他给予了这样的结论，那历见于中国和朝鲜古文献上的朱蒙传说，它原始的姿态，是类似于现在会宁附近所流传的老獭稚传说一类的东西。换一句话说，就是现代的老獭稚型传说，是古代的朱蒙传说的原初形态。

---

① 乌居博士所介绍的两则传说(一则关于明太祖的，一则关于清太祖的)，都算不得较完整的老獭稚型传说，因为它们都缺乏天子地的一部分情节，换句话说，它们仅具有老獭稚型传说的前部分(三轮山型)而没有那后部分(天子地型)，虽然它们也同样地带着异物所生之子孙，终于成功为人间的帝王的一类说明性部分。

② 这论文，后来收在《有史以前的日本》一书(1928年初版)中。

③ 乌居博士于引录了《后魏书》中关于朱蒙传的记载的后面，接着说道："这(朱蒙传说)我以为是和前述的豆满江畔的传说(他所介绍的关于清太祖的传说)颇同其型式的东西。"又说："像以上所述的，那些传说，初看虽然像不同的样子，但把它们细加考察的时候，可以说是同一型式的东西。"(第一四五～一四六页)

④ 发表于为内藤博士颂寿纪念的《史学论丛》中。

⑤ 今西博士在那篇论文中所引用的关于朱蒙传说和老獭稚传说等的资料如下：《论衡》，《好太王碑》，《魏书》，金富轼《三国史记》，《旧三国史记》(以上朱蒙传说)，崔氏《云渊实迹》，卢氏《记清太祖之父传说》，《清太宗汗之父努尔哈赤故事》，《努哈齐神话》，《老努尔哈赤之父的传说》，《兀良哈传说》，《清室祖先传说》，《满洲始祖出生故事》，《兀良哈始祖传说》等(以上老獭稚传说及和它部分地相类的传说)。

这个问题，到了去年(1933)末，却又被彼国的另一位学者给予以新的论断。他以从别一个国境所获得的资料为根据，强力地推翻了今西博士的结论。这反对论的主持者，是那时候刚从越南的“学术之旅”归来的松本信广教授①。松本教授在同年的12月号《民俗学》(月刊、东京民俗学会辑编)上，揭载了一篇论文，题目作《老獭稚传说的越南异传》。据松本教授的意思，那现在流传在朝鲜会宁附近的老獭稚传说和过去流传在越南境内的丁部领出生传说，两者乃是同出于一个本源的异体。② 他并推断：这些传说中的女子和动物结婚的情节，是两地各自固有的古传承，而那因为骸骨被安置于水里灵物的口中或角上，子孙便得成为天子的说法，却是从中国境内发生了而分头传开去的。他颇抱歉于不能得到中国的这种材料(关于天子地的传说)为左证。

以上，是老獭稚传说和别的传说(朱蒙传说及丁部领传说)的比较问题的提起以至于论驳的一段小史。

在这里，谈谈我现在重新来触动这题材的一点旨趣。

像前面所叙述了的，我们邻国的三位学者，各自运用专门的学识来从事这类颇近于冷僻的“民间传承学”上的比较研究工作，他们的热心和毅力，是叫人钦佩的。正因为这样，我们不能不利用自己的方便，在他们赤足踏过了的道径上做更进一步的探险。这结果不一定就

① 松本信广教授，著有《古代文化论》及《日本神话的研究》等书。去年，他为极东文化的研究，曾亲赴越南作学术的踏查。

② 松本教授云：“要之，这两种传说(老獭稚传说和丁部领传说)的相异点，并没有那么重大，都是从同一的本源而出的异体无疑。”但从他的整个的结论看，所谓“从同一的本源而出的异体”的，并不是指的这两个传说的全部分，而只是它们中间的某一部分，即关于天子地的那部分。

是成功，但我们总算尽了自己可能尽的责任，也是人类文化演进史上的一种必需的共同协力。

在这篇小文里，我所企图尽力的，不是要重新来讨论老獭稚型传说是否为朱蒙传说的原形的问题(关于这，我同意松本教授的结论)，也不仅是为论定这两个传说同出于一源的问题。我的主要的工作，是一方面提供出他们所不曾发见的同型式(老獭稚型)的中国的资料，一方面根据这新资料而做出比较确切的论断——关于这些同型传说发生地域的决定。

自然，这工作是很困难的。本来关于诸种民族间文化流传的问题的考察，是极不容易成功的一件事情，而这类问题属于“民间传承”方面的，那尤其是难于把握了。何况笔者的学殖是这样荒落？更何况眼前环境不大适宜于从事这种细致的工作？① 但是，明明晓得这样，却仍执笔来做这冒险的尝试，那正是为前面所说过的责任心所推动着的缘故吧？假如这小文能够相当地把我的本意大体表达出来，并且使读者于读完之后，觉得还不算是一种太不近情理的胡说，那就是笔者无上的满足了。

二

所谓老獭稚传说，是怎样情节的一个故事呢？在这里，试把崔基

① 本文的大体，虽然是在国内起草的，但那时候正忙着预备出国，心绪匆匆，自然许多地方没有做到周密的地步。到东京以后，又忙着一些别的事情，几把它全搁置在冷寞里，中间只为它从所在学校的研究院中，借阅过一两册参考书。现在暂时移居到这海滨的乡下来，一切需用的文籍，都无从得到，而文章又偏偏不能不在这时候脱稿，这真是无可奈何的事。

南氏的记录①介绍于我们的读者吧。这传说大体上可分为两部分，前部分是叙述女子私和水獭婚合，以至于怀孕及水獭的被发现等情节的，就是日本故事学者们所谓的“三轮山型”②。后部分是叙述地师发现天子地，使老獭稚入水葬骸骨，以至于试验结婚及成为天子等情节的，就是我所谓“天子地型”。

咸北会宁郡西十五里地西村（即鳌池岩也），有土豪李座首者，年老无子，只有一女子，绝代姿容。长养深闺，父母极爱之。一日，其母审视其女，则孕胎弥月。大惊，急告其夫。曰：“女儿急失行至此，家将亡矣！”其父大怒，打杀为计。直招女儿取问曰：“尔以未嫁女子，与何人通奸，即从实直告！”女儿曰：“小女生长深闺，果无犯罪。而但夜夜五更，枕睡之间，有何许四足兽，潜入闺内，密解里衣，□□而归。感悟而起，则迅出门外。夜夜如此者累朔，羞愧而不敢禀情。”云。……其父曰：“若然，则今夜假寐，□□之际，明绸细丝一缫丸，备于枕边，系其足解送，则必知其踪迹矣。汝亦慎从焉！”是夜，俟其来，果系其足。翌日，由丝寻迹，则丝入于附近小泽矣。于是，李座首多率里民，通沟注水，各持木桶，移水彻底，则有獭潜伏，丝系于

① 崔基南氏，朝鲜人。他关于这传说的记录，题作《云渊实迹》。作于韩隆熙二年，但至明治四十一年始刊行。

② 所谓三轮山型，是日本的重要传说之一。它从古便出现于记载，现在尚流传于民间。据各家著述所载，形态也很有不同的地方。现在就把其中比较普遍的一种说法，略介绍于下：有一个女子，每天晚上，跑来一个男子和她同睡。后来，事情给父母晓得了。父母便吩咐她，等他晚上再来的时候，把穿了线的针，给刺在衣上，看他究竟回到哪里去。后验出那男子是来自三轮神社的，始知道他是一位山神。不久，女子遂生了一个孩子。

足。于是，捕获打杀，埋于泽畔。其女子弥月解胎，即黄头小子也。不忍杀之，使母子即为别产，名其儿曰老獭稚。

以上是前部分的记录。以下便是后部分的了。

(老獭稚)渐长，气质武强，禀性敏异。善潜泳水，如獭性。每日出游，往于泽畔，守獭冢焉。一日，有客着蔽阳笠者，来访獭稚，指往泽畔。相见曰："我有堪舆之术，得吉葬之地而在渊中，故不得遂试。"老獭稚曰："第言之。"地师曰："深渊之中(此深渊未详，似指汉城岘深渊)，有卧龙石，左角有天子之气，右角有王侯之气。裹尸骨挂其角，则子孙必有发祥之兆矣。则我葬于左角，尔葬于右角，则各遂其愿矣。"于是老獭稚左手持地师之父尸骨，右手持老獭之骨，投入深渊中。暗生诡计，换手挂角。须臾而出。地师亦知其情，然势莫奈何。叹曰："是亦天也！各归其地。"老獭稚居常不事产业，只为水猎而已。钟城郡南四十里地水门洞，家有一女子，其性迂阔，意气过于男子。年已冠笄，请婚者多。其父母欲许，则女子自谓非我逑也。使其父母不许云云。老獭稚闻其言，往其家请婚。则女子窥其门户出言曰："君为人非常，则我有试取之方。"同时小便，两人各穿地三寸。于是，应诺，成婚而归。连生三子，三郎即清太祖也①。

① 这个记述，是根据今西博士的论文中所引转录的。其中有一二很明显的误排或误笔，已给予改正，其他一律仍旧。

关于这传说，尚有咸镜北道庆兴郡守庐卢氏的记录[①]，因为情节上大致和这相似，便从略不赘了。

顺次，得叙述到越南境内所流传过(或者现在尚以原来的抑稍变异了的形态流传着)的丁部领出生传说。这传说在彼邦，正和老獭稚传说在朝鲜一样，也有中文记录[②]。我们试先看看它的前部分：

丁先皇，华间洞人也。世传洞中旧有深潭。其母为欢川刺史丁公著媵妾，常于潭边洗濯。适见一巨獭，胁与之交。归而有妊。居期生一男子，丁公甚锺爱之。母独知其为獭所生。未几，丁公卒，而獭寻为人所获。洞人烹而食之，弃其骨。母闻之，候众人散去，拾骨以归，封裹置之灶上。尝嘱儿曰："尔父骨在此。"

再看后部分：

及(獭子)稍长，轻捷善氽(音斗)，号为丁部领。辰有北客，就我国(越南——笔者)看地，因从龙脉至此。适觅天文，见有红光之气，自潭中起，望之如一匹练，直射于天马星。明日至其旁，觅看良久。曰："水中必有神物。"因求善水者探之。原潭内有一处最灵，人莫敢近。客人以厚赏邀求，部领闻而愿往。即氽深处，以手摩之，果见一物，似马形，立于水底。登辰回报。客人曰："尔可复下，以草纳这马口，试看如何?"部领即将草一把向马前。马果开口嗑之。再归以告。客相与语曰："果然有穴。"

① 卢氏以外，尚有几则记录，因为它们都不能算是比较完整的老獭稚型的传说，所以不提及。

② 见彼邦文献《公余捷记》卷五。

即索银与部领曰："今少酬劳，他辰更有厚赠。"仍约以暂且归国，不久复来。丁部领虽少，是个聪敏的人，闻北客语，曰："穴在马口无疑。"待他去后，即取灶上骨，以草包之，下水推入马口。马便吃了。既而人多慑服，推为众长，居陶澳册。常与叔父战，奔过潭家湾桥。桥折，陷于淖(泥也)。叔父欲刃之，忽见二黄龙拥之，叔惧而退。由是，归附益众。居数年，客人即火烧先人骨，自北而来。寻至伊处，欲葬之。闻部领英才盖世，手下已千余人。知此穴他已葬了。自以枉费工夫，因此含怨。即就与之语曰："闻君已得地，此穴虽佳，第马无剑也不好。今许剑一把，置诸马颈。必能纵横寰宇，到处清夷。"部领信之。遂入水，就神马处，以手摩其颈，置剑而回。其后，每战必克，号万胜王。卒平十二使君，是为先皇。在位十二年。寻为内人杜爽所弑，及其子琏。盖堕于客人之计，马首有剑(带杀故也)①。

这传说，若和前面所录的老獭稚传说严密地比较起来，自然有着许多歧异之点。例如：(一)故事中的那位和水獭交合的女子，在那里是处女，在这里却是"有夫之妇"。(二)在那里是水獭偷走进李家里和少女交，在这里是妇人到水边去而被奸于獭。(三)在那里有和三轮山传说中的情节一致的系丝于獭身的事情，在这里却没有。(四)在那里只说獭子常守老獭冢，在这里却有母亲置骨于灶上的事。(五)水中的灵物，在那里是卧龙石，在这里却是神马(或马形的东西)。(六)在那里不见存在地师复仇的情节，在这里却显然有着。(七)在那里所有的试验结婚情节，在这里也没有。(八)在那里成为人王的是水獭的孙

① 依松本教授论文所引转录，除一二处错字略加订正外，大体仍旧。

子，在这里是水獭的儿子。这种种的不相同的地方，我们是不能够否认的事。但这两个传说中，彼此所具有最重要的骨干，却是一致的。那就是下列的型式：

(一)獭和人类的女性婚合而生的儿子，善于泅水。

(二)因外人的请求，发现了水中的灵物。

(三)安葬先人遗骨的时候，把自己父亲的骸骨放入。

(四)因此，便成为天下之主。①

三

现在，我要开始介绍在我国东部(江苏灌云)所流传的宋太祖(赵匡胤)的出生传说了。这传说的原记录者，是对我国民间故事的搜录有相当功绩的孙佳讯氏②。下面所写录的，就是孙记的述略。

从前有一姓赵的人家，把渔船当做住屋，讨生活于海浪之上。一天晚上，船上忽然来了一只大水獭。它打一个滚，变成白面书生。跑进赵姑娘所住的舱里，说自己和她有缘分。从这以后，它便夜夜来和她同睡在一起。不幸，赵姑娘的肚子渐渐地大起来了。终于在父亲做寿的那一天，被他老人家看破了秘密。他便责骂他的老婆。其实，她也并不晓得女儿干过些什么事。询问的结果，才知道原来是那么一回事情。她便吩咐女儿备好穿上细麻线的针，等它今夜再来的时候，给刺在衣上，看它把麻线究竟拖到什么地方去。晚上，水獭精来了，赵姑娘虽然不免因将断情而哭泣，但终于依照母亲的话做了。第二天早

---

① 这个型式，大体是用松本教授的语句写成的。

② 孙佳讯氏所记录的传说、民间故事不少，已结集成书的，有《娃娃石》一册(开明书店版)。其他，散见于各种刊物及别人所编纂的故事集中。

晨，她的父亲带了铁锹，尾随着麻线去追寻那怪物的踪迹。大水獭的身体，在沙滩上被发见了。结果，是他把它劈死了，埋葬在那里。以后赵姑娘每经那块地方，便禁不住哭泣起来。几个月后，她生下了一个小孩。她的父亲，因为自己没有儿子，便把他收养起来，给他一个赵小的名字。

赵小从幼便很能泅水。到了十一二岁的时候，竟能钻进冰冻了的海里去取鱼。有一天，他因为做买卖，打死了一个取货不给钱的滑头子，被送进衙门里去。县官很奇怪他年纪这样轻，会有力量打死人。接着听说他是卖鲜鱼的，更觉得诧异。因为，那正是海上结冰的时候。盘问之后，县官晓得他所捕鱼的那海中，有一条活龙在那里(它常给赵小嘘气保暖)。于是，他便要他(赵小)带自己(县官)祖宗的骨灰去送进龙嘴里。这样，就可以赦免了他的杀人罪。赵小自然同意。县官便把那装着骨灰的小瓶交给他了。赵小回到家里，硬要母亲告诉他自己是否有爸爸。她被迫不过，只得把过去的事情说出了。他立刻跑到埋葬水獭的地方，掘出了几根骨头。把它烧成灰，装进了一个小瓶里。他带了两个装着骨灰的小瓶，跳进冰窟窿里去了。这回，那活龙的嘴，却不像平常一样地开着，只从鼻孔里嘘出热气来。他为要使它开嘴，便把一根芦柴塞进它的鼻孔里去，叫它打喷嚏。当那龙正在打开嘴巴来的时候，他即刻把自己父亲的骨灰送进去，而龙的嘴巴马上又紧紧地闭住了。从这以后，无论怎样它再也不肯打开。他没有办法，只好把那县官祖先的骨灰瓶，挂在龙角上。因爸爸的骨灰葬在龙肚里，赵小后来就做了皇帝。那便是宋太祖赵匡胤。那根芦柴的后代(柴王)和那位县官，也都因受了龙气的影响，各获得了相当的高位。[①]

---

① 原文刊在北新书局出版的《灰大王》(第四八一五四页)上。

读完了这宋太祖出生传说，我们不免感到不小的惊异。它和前节所述的朝鲜的老獭稚传说及越南的丁部领出生传说，三者除一些细节不同之外，大体上是多么相像啊！

我们早就明白，因为民族或部族间彼此文化阶段的相近，而产生了相似的神话和传说等，这种神话学上所谓的“心理作用相同说”(即英国人类学家所主张的)，是具有颇大的解释一般神话事象的能力的。但是，像前面所列述的那些传说主要情节高度的类似，不，简直该说是相同！却不能仅在这种原则(心理作用相同说)之下，去求正确的解释。换一句话说，我们与其把它们(流行朝鲜、越南和中国的三个同型式的传说)看做各自独立地发生了的，怕不如看做从同一的根源传播出来的更为符合事实。更简洁一点说，就是对于这些相类传说的解释，用神话学上的“传播说”，似较胜于应用那“心理作用相同说”。

四

如果我们像前面所说，肯定了这流传在朝鲜、越南和中国的三个同型式的传说，是从同一的根源分传出来的，那么，这些传说本来发生的地域应该在哪里呢？朝鲜？越南？还是中国？这问题，是自然地要求着我们的解答的。

前文所已提及了的，松本教授对于老獭稚传说和丁部领传说的来源问题，曾作过这样的论断：这两个同属一个型式的传说，前部分(就是三轮山型的情节)是两地各自固有的民间传承，而后部分(天子地型的情节)却是从中国发生了而分头传去的。这样，便产生了两地的型式上相同的传说。

松本教授的这个论断，对我们现在所直面着的问题，是否具有妥当的解决的能力呢？在我们看来，松本氏的论断，对于他所处理的原有的材料说，既已稍嫌牵强，他对事像构成的解释，是采取着那么凑巧的方式，而所援引的证据，又不免稍濒于薄弱，① 对于我们现在的问题(已发现了新的更重要的材料的现在的问题)，当然更是无力的了。我们得另外再找寻妥当的推断。

我们以为，这三个分布在亚细亚的东南部的同型式的传说。它发生的地域以位置于中国境内为适宜。

我们支持这论断的根据在哪里呢?

第一，因为中国的这个传说，比于朝鲜和越南的，较近于原始的形态。关于这，我们试举出几点看看：

(一)中国这传说中，把水里的灵物(龙穴)说是活龙(或有灵的龙)，这比于越南传说中的说是马形物(或神马)，② 朝鲜传说中的说是卧龙石的，都较近于原始的意味。③

(二)中国这传说中，说水獭骨殖的埋葬，从灵物(活龙)的口中送进去，④ 比于朝鲜传说中说是挂在角上的，显然更属于传说的原来的

---

① 松本教授所用以证明越南地方原有的三轮山型传说的存在的，是《渊鉴类函》上一段关于南方獭类习性的记载。

② 松本教授曾在他那篇论文中，引用了越南地方的别一个故事，以证明越南民间对于“龙”和“马”两者的混同。倘若真的这样，它或反足以证明我所主张的这传说从中国传去后曾被变形的推测。

③ 在中国许多比较典型的风水传说中，都把那葬地看做活的动物，例如龙、狮子、牛等。这种思想正是被万物有灵观(Animism)所深切支配着的原人或近原人的正常想法，虽然在我们现在看起来是那么可笑。又中国习惯，一切的葬地都叫做“龙穴”。这传说中，那葬地的动物，在若干同型(天子地型)的传述上，既然都说是“龙”(中国的七篇记录中，有三篇说它是龙)，那无疑是它的原始的一种说法。而所谓龙形石和马形物，都当是稍为变形了的东西。

④ 关于这点，越南传说和中国的其他许多天子地型的传说，大抵都是一致的。

型式。[①]

（三）中国传说中，后来成为天子的，是水獭的亲生的儿子，[②] 而在朝鲜传说中，他却成为老獭的孙子，后者无疑是被变形了的结果。[③]

（四）朝鲜这传说中的女子试夫一段情节，从这类型式的故事看来，实是一种添附的成分[④]，所以在中国传说中便看不到，越南传说中也一样。又越南传说中地师破地的情节，也不像是这传说原来所具有的（它似是因故事所附丽的主人公——丁部领——的事实的关系而增益了的），所以，在中国传说中就找不到这一点。当然，在没有和越南传说有着同样特殊背景的朝鲜传说中，也不会存在着它的。

以上，是我们粗略地检举出来的几点。当然，如果我们精细地加以考察，中国的这传说中，或许不无一些是较属于后起的成分，但是，从大体上看（如上面所列举的），中国传说比起朝鲜和越南的，较近于这传说产生时候的形态，这总是可以相对地肯定的。

本来，在若干同型式的传说中，较多地或最多地保存着那传说的原始形态的，固然不一定就足以绝对地证明它所流传的地域必为那些传说的共同发源地，但不能不说它往往具着较大的必然性。假如，这

---

① 朝鲜传说中，所以有把骸骨分挂于灵物左右角的说法的缘故，大概由于原来故事中有把地师祖先的骸骨挂于角上（或项上）的情节（如中国和越南的说法）而传误的吧。

② 这点，越南传说也和中国一样。又中国其他许多天子地型的传说中，除了本文第五节所举例的那个以外，也没有不同的说法。

③ 朝鲜传说中的这种变形，恐怕和试夫情节的混入有关系，就是说，因为混合了试夫的情节，不能不把“儿子”改为“孙子”。

④ 试夫的情节，在有些传说、故事中，虽然是一种重要的因素，但在这种传说（老獭稚型传说）里却分明是属于附益的成分。

同时更得别方面的佐证的时候，那可靠性也自然越增高了。

五

其次，因为构成这些同型传说的主要的前后两部分情节（三轮山型和天子地型），现在一方面尚各自以独立的形态，流传在我国民间的口头上。

关于三轮山型的传说，像今西博士和松本教授所已知道的，它在千余年以前就已被记录于我国的文献上了。那便是唐代张读氏所记的曹氏子的故事。[①] 和曹氏子的故事相类或稍为变形的传说，散见于古来杂记一流的书物中的颇不少，像清代李调元氏所记的柳树精传说，[②] 便是一个例子。过去的且不必说。现在中国民间口碑中，这类型式的传说仍然很丰富地流播着。就已著录的几篇记载看来，我国东部临海各省都有着这种传说。下面所介绍的，是蒋昌声君笔录的浙江

---

① 见张氏所著《宣室志》中。这故事大略的情节云：平阳人张景，有一个爱女，独居于旁室。一晚，房中来了一位白衣的男子，向她求欢，并自说是齐人曹氏子。女子很怕他。那男子到第二晚又来。次日，女子便把这事情告诉父亲。父亲交给她一支末端穿着线的锥子，并嘱咐她那人来的时候，给刺在身上。晚上男子又来了，女子使用甜言瞒他。到了半夜，她暗地用锥子刺他的项。那人跃然大叫，拖着线跑了。第二天早晨，女子的父亲，叫仆人追寻他的踪迹。到舍下数十步的古木下，发见一个洞穴，绳缕穿在里面。再探究下去深不到数尺，有一只大蛴螬蹲在那里，锥子正插在它的项领上。张景把它杀了。从这以后，那男人便不再来了。关于这种型式的传说，比《宣室志》所记更古的，有刘敬叔所著的《异苑》中的记载。在那记载里，有些地方更近于三轮山传说（像男子是山灵，至少，他自认是山灵，及他曾经和女子实行交媾等点），但作为三轮山传说的主要情节之一的刺针（或别物）于异物的衣上（或身上）的情节，在那记载里却找不到。这，不晓得是在传承上本来欠缺的，还是由于记述者把它省略了。

② 见李氏所著的《尾蔗丛谈》卷一。

海盐地方的传承。

从前，某处有一所人家。那家里养着一位非常美丽的女儿。某天晚上，忽然有一位穿黑衣的少年，跑到她的闺房里和她同睡。这样过了好些时候，终于被她母亲知道了。母亲便责骂她说："女儿呀！你怎么可以瞒着你母亲去偷和男子睡觉呢？"女儿只得羞涩地述说了事情的经过。母亲听完了，便说："这样，你更不应该了！连姓名和住址都不知道的人，怎么就可以和他睡觉呢？"接着她吩咐道："今天晚上，我给你在庠车上绕一条很长的线，它的别一端穿在缝针上。当那男子临去的时候，你把缝针暗插在他的衣领上。这样，明天便可以寻出他的究竟来。"女儿果然照办了。第二天，她们沿着那条线走，走，走，走到河边的一棵空心大杨树桩旁，向里面一看，那里一只大乌龟颈上正插着一支缝针。①

这个故事，不但大体上很和三轮山传说的情节相同，而其中和人间女子私通的异物，是属于水栖动物的乌龟这一点，尤其使我们想到它和宋太祖出生传说（及其他的老獭稚型传说）中的水獭的关系。② 其实，在中国古来的传承上，把水栖动物的獭作为主人公的"人兽婚型"

① 笔者数年来在浙江所搜集的"民间传说丛稿"之一。未刊。

② 关于这一类传说中的那异物的种属问题，鸟居博士所说的下面几句话，很值得我们玩味："我以为这三轮山型传说的型式，最初，是像现今豆满江畔（或扶余族）所流行的，到少女之处来的美少年，乃是水獭一类的水族的东西，那或者变成了龙或蛇吧。且最初，美少年是走入水里去的，这渐渐变化，或者成为洞穴之中，而最后便至于变成像《古事记》的在山中神社的说法吧。"（《有史以前的日本》第一五八——一五九页）

的传说（大致上和三轮山型相近的传说），是颇为丰富的。① 而当中更表现着和老獭稚型传说的前部分情节相近的，是《通幽记》上所载的关于楚州沈氏女的故事。这故事的情节如下：

……村民有沈某者，其女患魅发狂，或毁坏形体，蹈火赴水。而腹渐大，若人之妊者。父母患之，迎薛巫（薛二娘）以辨之。既至，设坛于室，卧患者于坛内。旁置大火坑，烧铁釜赫然。巫遂盛服奏乐，鼓舞请神。须臾，神下，观者再拜。巫奠酒祝曰："速召魅来！"言毕，巫入火坑中坐，颜色自若。良久，振衣而起，以所烧釜，覆头鼓舞。曲终去之，遂据胡床。叱患人令自缚。患者反手如缚。敕令自陈。初泣而不言。巫大怒，操刀斩之。割然刀过，而体如故。患者乃曰："伏矣。"自陈云："淮中老獭，因女浣纱，悦之。不意遭逢圣师，乞自此屏迹！但痛腹中子未育，若生而不杀以还某，是望外也！"言毕，呜咽，人皆悯之，遂秉笔作别诗曰：

潮来逐潮上，
潮落在空滩。
有来终有去。
情易复情难。
肠断腹中子，
明月秋江寒。

---

① 例如刘氏《异苑》卷八所载的张道香的故事云："朱元嘉十八年，广陵下市县人，张方女道香，送其夫婿北行。日暮，宿祠门下。夜有一物，假作其婿来云：'离情难遣，不能便去。'道香昏惑失常。时有海陵王纂者，能疗邪。疑道香被魅，请治之。始下一针，有一獭，从女被内走入前港。道香疾便愈。"

……须臾，患者昏睡。翌日，乃释然。方说，初浣纱时，有美少年相诱，因而来往，亦不自知也。后旬月，产獭子三头，欲杀之。或曰："彼魅也而信，我人也而妄；不如释之。"其人送于湖中，有巨獭迎跃，负而没之。①

我们试把这故事中关于女巫作法的一段情节除去，② 以它来和宋太祖出生传说中的水獭和人间女子私通以至于她的怀孕、生子等情节相比看，不是会使人自然地想到它们之间的密切关系么？至少限度，我以为这比松本教授所援引的关于南方土俗之类的记载，是更能说明那老獭稚型传说前部分情节的根源所在的。

我们再谈到天子地传说问题。关于这类传说，和老獭稚型传说后部分情节的说法十分相似的，在我国古代文献上，似乎尚未被发现过，虽然像孙坚得仙人所指点的葬地，后来便成为天子的传说，早就显现于文籍中了。③ 现在民间口碑中，这种型式的传说(和老獭稚型后部分情节相类的传说)，却很广泛地流布着。就我个人所看到的记录已有6篇。从流播的地域说，像东南部的江苏、湖南、广东等省，

---

① 据《太平广记》卷四七〇水族类所引。

② 这种女巫作法驱魅的情节，恐怕不是这传说的原初时所具的形态。大约，这传说原来是仅为叙述兽人兽婚合的故事而作的，后来因被借用作女巫法力宏大的证明的时候，才变成了这种型式的。

③ 见《异苑》卷四。刘氏原文云："……孙坚丧父，行葬地。忽有一人曰：'君欲百世诸侯乎？欲四世帝乎？'哭曰：'欲帝。'此人因指一处，喜悦而没，坚异而从之。时富春有沙涨暴出。及坚为监丞，邻党相送于上，父老谓曰：'此沙狭而长，子后将为长沙矣'。果起义兵于长沙。"

都有它的踪迹存在。故事中的主人公，大多说是赵匡胤，① 其次，是朱元璋，② 也有说是不很知名的霍滔的。③ 诸传承的情节，大抵相类似。现在从其中捡出一个来，把它重要的情节略述于下：

(一)地师为了追寻龙脉，来到海滨。

(二)他看见一个童子在那里呆望，便问他什么原因。童子说是看见海中有海狮在弄球。

(三)地师晓得那里是龙脉的所在，便约定童子明天再到那里相会——替他带食物给狮子吃。

(四)童子回到家里，把在海滨所遇到的事情告诉母亲。她心里明白了地师的用意。

(五)第二天，母亲给了童子一包东西(她的丈夫的骸骨)叫他带去给狮子吃，并嘱他不要让地师晓得。

(六)童子到了海滨。地师也交给他一包东西，叫他带进海里去喂狮子。

(七)他进了海里，把母亲所给予的一包先送进了狮口。狮子马上把口闭住不再开了，因此，他只得把地师所给予的那一包挂在狮项上。

(八)地师虽然明白地看出了童子在水里所做的事。但因为即使这样，于自己仍然有着好处，便也不再多事了。

(九)那童子便是做了皇帝的赵匡胤(宋太祖)的父亲。那地师呢，

---

① 象适(《李子长好书》)、俞琴(《朱元璋故事》)、张立吴(《呆黄忠》等人的记录)。

② 象志桓和无名氏(俱见《呆黄忠》)等人的记录。

③ 见刘万章氏编述的《广州民间故事》中霍璧奇氏的记录。

就是后来为宋室名臣的赵普的祖先。①

这叙述自然不是十分近于这传说发生时候的原形的东西，因为里面有若干的地方，像是比较地属于后起的。② 同时它也不能算是其他诸记录的最严格的代表，因为在许多点上，彼此是颇分歧的。③ 但把这作为这类传承的一个例子，大体没有什么不可以吧。

我们把这例子的情节，去和流布在朝鲜、越南和中国的老獭稚型传说的后部分对比着看，彼此大致上相同的地方，谁还能够不承认呢？

由上面的论述看来，我们至少可以这样推定：所谓老獭稚型的传说，大概是原来流传在中国境内的三轮山型和天子地型的两种传说混合而成功的。④

六

再次，因为老獭稚型传说中所表现的“风水思想”，是中华民族的最有特征的民俗信仰之一种。

---

① 见林培庐氏编述的《李子长好书》第121—123页。

② 例如说那水中的灵物是海狮，和后来做皇帝的不是童子本身而却是他的儿子等点，都不像是这传说最初所具有的形态。

③ 把各记录比较地看来，传说中主要的情节虽大致相同，但枝节的地方颇多差异。像张立吴氏所记的，临末有闻鸟声和灶神上奏玉帝等情节，这些，在适氏的这记录里是看不到的。而其他诸记录一致地说是地师父亲（或祖先）的骨被挂在灵物的“角”上的，在这记录里，却独说挂在“项”上。

④ 朝鲜（以及日本）虽早有三轮山型传说流传着（见僧一然撰述的《三国遗事》等），但关于天子地型的传说，却未被发见。而中国，一面既有混合型式的宋太祖出生传说流布着，一面又存着三轮山型和天子地型各自独立着的传承（前者1000多年以前已见于文人的记载）。况且，水獭和人间少女（或少妇）结缘以至于生子等情节的故事，又那样显然盛行着。我们自信这种假定，不是怎样属于幻想的东西。

自然，关于风水思想的发源地及其所流布的区域等问题，这在没有做过精密的学术上的检察的现在，我们是不能够随便武断的。但是，至少我们可以大胆地这样说：风水思想即使不是发源于中国，即使不仅仅流行于中国的整个的民间，但它老早已在中国人民的思想中占着势力(这是从文献上便可以考知的)，它流传的广泛和深入，也恐怕要以在中国境内为最。

这不是笔者个人虚妄的臆说。松本教授在他论文的推断中，不把天子地的情节，看做朝鲜或越南传承上所固有的东西，而特地把它归源于中国，也正是因为这缘故吧。

不论文献中、口碑上，表现着这种风水思想的传说、故事，在中国真是多到比太平洋中的波浪还不易数得清。所以像把这种思想作为故事重要骨干的老獭稚型传说，在我们看来正是一宗很亲热的“道地国货”，一点不觉得是从别个民族传来的生疏的东西——自然我们晓得，在那流传着老獭稚传说的朝鲜境内，也颇富于风水思想和表现着这种思想的民间传说。① 但那恐怕是由中国所输去的文化之果罢了。

更次，是因为中国同朝鲜和越南的一般文化上的密切关系，换句话说，就是中国文化素来对朝鲜和越南的深重的影响。

朝鲜和越南，因为地理上接近中国境的缘故，在古代，在政制上不用说，就是一般制度、习惯和信仰(简括地说：一切国民的文化)，也都和中国有着极深切的关系，这是无论在历史书上，在考古学上，

① 朝鲜民间所流传的风水传说，例如《河回柳氏墓地传说》，《松林寺缘起述》(俱见孙泰晋氏编述的《朝鲜民谭集》)，《风水先生的兄弟》(见中村亮平氏编述的《朝鲜童话集》)等。

在民俗学上等，都可以历历证明的。[①] 仅就朝鲜方面来说，它现在的民间传说中，和中国所有的大体相同，且可以断定，必是从中国流传过去的着实不在少数。[②]

假如我们真的承认流布在亚细亚东南部的三个境地的老獭稚型传说是必出于一个根源的，那么，把它的最初发生地域安置在中国境内，这仅仅从这同型传说流传地的三个国度的历来文化关系上看，也不见得是很不妥当的。

此外，如果我们从这些同型传说(老獭稚型传说)的三个流传地域相关的地理位置来看，以至于从朝鲜和越南传说中所谓“天子”的那实在人物(清太祖和丁部领)和中国政治的关系来看，把它们共同的起源断说在中国，也都是有很大的可能性的。

在这里，让我把全文的主要意思概括在下面：

老獭稚型的传说，除朝鲜和越南之外，在中国境内，也一样地流传着。我们从(一)传说中所保存的原来的形态的多量，(二)传说所由组成的主要情节的独立存在，(三)风水思想的主要流行地，(四)传说诸流传地的文化的历史的关系以及(五)传说诸流传地的地理位置、传说中主人公的政治关系诸点，推断这三个流布于亚细亚东南部的同型传说，它发生的地域大概在中国境内。

1934年8月10日脱稿于日本房州的海岸

---

① 我们仅从“文字”一项来看，便可晓得中国文化和朝鲜、越南两国关系的深切。它们虽然各有其自国的特殊的文字，但都曾经把中国的文字作为她们的“国文字”而使用着(参看久保天随氏所著的《朝鲜史》和李根仙氏撰述的《越南杂记》等书)。

② 详见拙著《中鲜共同民谭的探究》(待刊)。

刘三姐传说试论

绪　言

刘三姐传说，① 为我国南部著名民间传说之一。其流传地区遍及广西、广东、湖南、云南、贵州等省，但主要为两广，特别为广西。

由现今所能见到之文献观之，此传说在南宋时代已见于学者所编著之地志。② 至明末清初，刘三姐传说及有关歌谣更多出现于文人学者之记载。著名文人，如屈大均、王士祯等之著作中皆涉及之。此后继续记述者不绝，有私人之著作，亦有公家编纂之地方志书。然对此传说及其歌谣注意较多，并开始用新眼光对之进行记录、论述者，当起于"五四"新文化运动之后，学界热心于搜集民间歌谣、

---

① 刘三姐，前代文献，大抵作"刘三妹"，现在个别地区，亦有仍沿旧称者，但大多数已作"刘三姐"。过去及现在记录，亦有称刘三妹、刘三娘、刘三姑者，但并不普遍。本文一般行文，泛称"刘三姐"，惟引用文献或转述别人记录时，大抵仍沿用原文称谓。

② 南宋王象之《舆地纪胜》。

故事及民俗，并给以探讨之时期。其时，如北京大学之《歌谣》周刊、《研究所国学门周刊》、中大之《民间文艺》、《民俗》周刊等，都曾刊载过有关资料及试论性文章。

1958年后，由于全国大规模采集民歌运动与提倡编写各少数民族文学史活动等文化浪潮之激荡，广西学艺界对广泛流传在本省地区内之刘三姐传说及有关歌谣，引起极大注意，大力进行采集工作，并在所得资料之基础上创作具有地方及民族特色之新歌剧：《刘三姐》，不久又把它移上银幕。新创作流行全国各大城市，从此，刘三姐之姓名与故事，已普及全国矣。此种新中国之文艺浪潮，必然要飞涌到邻邦之学艺界。如数年前日本刊行之村松一弥教授所著《中国之少数民族》，书中即有介绍及此传说之篇页。此只随手拈来之一例而已。

刘三姐的故事，虽然原来仅一区域性之民间传说，然由于所根据之社会风俗之深固，与流传地区之广阔、时间之长远，加以曾有较多之记录文献，使彼不仅具有丰硕文艺性与社会意义，而且含有多方面之学术问题，值得国内外学者去作广泛与深入之探讨。

20世纪20年代末，我曾一度对此传说深感兴趣，并写作过有关之小论及进行资料辑集工作。① 几年前，我因将赴兰州，参加“少数民族文学教材编选及学术讨论会”，在比较匆忙之期间，准备关于此传说之讲稿，后来并在学术讨论会上讲过。但回到北京后，讲稿一直留在录音带中。现今，为应国外学界编辑纪念著名东洋文化史学者松本信广先生逝世一周年论文集之需，再取出当日讲稿大纲及有关资料（其中亦有年来继续收得者），加以考量、组织，草草写成此文。

---

① 《歌仙刘三妹故事》，《民间文艺》周刊，第5期；《几则关于刘三妹故事材料》，《民俗》周刊，第十九、二十合期。

此传说，内容与涉及问题颇为众多，如刘三姐传说产生之年代与地域，所传主人公之籍贯、族属及经历，故事流传过程与分布地区……此种种问题，皆值得用力探讨。本文因限于时间等，只拈出两三要点加以论述。[①] 其他问题，请俟他日再作续篇或补篇，以弥缺陷。

前代文字记录之功过

刘三姐的传说，由民间之口头传承，开始被记录于文字，至今已有700多年之历史。最初被作为地方传说出现，即南宋王象之所著《舆地纪胜》中之《三妹山》，文字极简略，只指明山之得名，与刘三姐有关而已。[②] 至明末清初，学者所记乃稍详。今以广东诗人屈大均之记述为例。其所记《刘三妹》云：

“新兴女子有刘三妹者，相传为始造歌之人。生唐中宗年间。年十二，淹通经史，善为歌。千里内闻名而来者，或一日，或二三日，卒不能酬和而去。三妹解音律，游戏得道。曾往来两粤谿峒间。诸蛮种族最繁，所遇之处，咸解其语言。遇某种人，即依某种声音，作歌与之唱和，某种人即奉之为式。”

往下，诗人接叙三姐与秀才对歌之故事：

“尝与白鹤乡秀才登山而歌，粤民及瑶、僮(壮)诸种人围而观之，男女数十百层，咸以为仙。七日夜歌声不绝，俱化为石，土人因祀之阳春锦石岩。”

① 附带声明一句，本文所论述之现代口头资料主要取自广西境内所流传者，他省所传，一般从略。(我准备另写《论广东传说中之刘三妹》一类论文。)

② 《舆地纪胜》卷九八《三妹山》条下云：“刘三妹，春州人，坐于岩石之上，因名。”(据清道光二十九年惧盈斋刻本。)

再下，描述岩之形状及有关三姐异闻：

“岩高三十丈许，林木丛蔚，老樟千章，蔽其半。岩口有石磓，苔花绣蚀，若鸟迹书。一石状如曲几，可容以一人，黑润有光，三妹迹也，月夜辄闻笙鹤之音。岁丰稔，则仿佛有人登岩而歌。”

该文最后叙述三姐对后代民歌之影响及受崇敬：

> 三妹，今称歌仙。凡作歌者，毋论齐民与俍、瑶、僮(壮)人、山子等类、歌成必先供一本，祝者藏之，求歌者就而录焉，不得携出。兵后，今荡然矣！①

屈氏此则记录，对刘三姐之籍贯、时代、学养、才能、行止及影响，皆有叙及。在古代文献中，此种记述，已是较为详赡难得者矣。清代前期，其他文人学者王士祯、陆次云、闵叙及张尔翮等之记录，较此，或略或详，所述各点，亦互有出入。如关于主人公之籍贯，屈氏谓为阳春(广东)，王、陆、闵、张皆谓为贵县(广西)；三姐之斗歌对手、屈氏谓为白鹤乡秀才，闵、张等则皆谓其秀才为张伟望。此外，尚有不一致者。然从故事之主要点观之(如一女子善歌，后遇敌手，唱酬俱化为石，及被后代尊为歌祖等)，则大体相同，可推断其大略出于同一之口头传承。

由宋至清(特别在清代)，不少文人学者，或由身历其地，得之见闻，或由披览前人抑同时人之著述，陆续记录过此兼有社会风俗史与民间文艺学价值之歌手传说，使此种原来只流传于一定地区之民间口头创作变成书面文献，因而能为读书界所知悉。不管记录者之动机如

① 《广东新语》卷八《女语·刘三妹》。

何，此种工作及其结果，在对民间文化之传播上，乃值得称述者也。何况从今日观之，彼又为我国民间文艺学之研究，提供关于此重要传说之历史珍贵资料乎？

然而一种事物，其性质、作用，往往不限于一方面。前代文人学者，不断用比较固定与易于传远之文字，将民间口承之刘三姐传说变成文献，当然为一种值得庆幸之事。然而吾人须观及彼等操笔之士，由于出身之家庭，所受之教养以及在生活实践中所形成之审美趣味等（概括言之，由于彼等之世界观），在记述过程中，不免掺入某种偏见以及不符合事实之想象或推测之辞，因而导致或多或少改变损害民间创作之原来面貌与意义。此种情形，前代记录中，各家所表现者虽并不全同，然其倾向则大抵一致也。兹就此方面情形，指出几点：

（一）强调刘三姐之学问，特别称赞其书本知识

前代记述者多将此出色之民间所传女诗人兼歌唱家（刘三姐），作为当时富贵家庭之才女看待。彼等根据自身所熟悉与要求者以进行构想，对女主人公加以种种打扮、渲染。如云："十二岁，淹通经史"（屈语），"七岁即好笔墨……人呼为女神童"（张语）。如此犹嫌不足，更夸张其语言与音律方面之智识、才能，如云："三妹解音律"（屈语），"溪峒初不知歌，有三妹游戏得道，侏㒧之音，无不通晓。就其声作歌，为谐婚跳月之辞，苗人奉以为式"（陆语），"三妹解音律……尝往来溪峒，诸蛮种族最繁，所遇之处，咸解其语言，遇某种人即依某种声音，作歌与之唱和，某种人即奉之为式"（屈语）①。以上所引，

① 屈语见《广东新语》卷八《女语·刘三妹》。张语见《刘三妹歌仙传》，《古今图书集成·方舆汇编·职方典》144卷。陆语见《峒溪纤志·志余》，《昭代从书》丙集。

除记述语句有彼此互相沿用抄袭问题之外，同时显示出记录者等心眼中之民间诗人、歌唱家，在学问、才能上竟达到若何境地。根据此种叙述观之，则刘三姐真成为一个封建时代上层阶级之才女犹难比拟之超人矣！此乃彼等匠心经营之结果也。现今许多根据民间口头传承之忠实记录，刘三姐乃一农家(多说为贫农家)之劳动妇女，彼虽爱好唱山歌，并且心灵才捷，为一出色之民间诗人与歌唱家，但极少(几乎无有)说其通经史、解音律及通诸民族方言者。是足以证明前代文人学者此方面之记述，乃彼等对民间传说加以窜改或涂饰所作成者也。

(二)改变刘三姐之家世及出身

如上文所述，在现在口头传承记录中，刘三姐乃农民家庭出身之女子，其家庭成员，大抵只有共同从事劳动(种地、砍柴等)之兄妹二人，有少数记录谓尚有母亲或嫂嫂。此当为民间传说之本来说法(或比较近于此种说法)；即前代文人记录中亦多无称说三姐之显赫家世者，如屈大均所记云："新兴有刘三妹者"，王士祯云："有刘三妹者，居贵县之水南村。"[①]所说止如此。

然前代学者记录中，却有与上述相反者，谓刘三姐出身于仕宦世家，并详记其父、姊。如《刘三妹歌仙传》作者张尔翮，不但认三姐为汉族人，而且追溯其远祖至汉代，并记明其父姓名及事略等。彼云：

> 仙女刘三妹，系后汉刘晨之后裔。其父尚义，流寓斯土(按指贵县)，生三女，长大妹，次二妹，亦善歌，早适有家，而歌不传。

---

① 王语见《池北偶谈》卷十六《粤风续九》条。

此种说法，无疑出于附会。附会者虽可能为别一读书人，但更可能即此传作者。对人讲究家世门第之观念，乃封建社会中上层人物社会观之重要部分；但处在受压榨地位之广大人民，彼等却缺少此种观念、更不会想到在自己之口头创作中对所喜爱之主人公给与此种“高贵”身份。上面所引之此种叙述，不但显示其为原传说之外加成分，且无疑已改变人民创作之原有性质矣。

(三)渲染刘三姐赛歌对手之身份及对唱歌曲

前代文人学者关于与刘三姐比赛歌唱对手之身份，或说为秀才，或说为书生张伟望，而现代民间传说中则大都谓为劳动青年，如农夫、樵夫、牧童等。在现代口头传承中亦有秀才、书生一类参与赛歌之人物，但彼等一般并非作为与三姐势均力敌之对手，而乃作为配衬出三姐卓越诗才与歌才之丑角人物。彼等配角也，非正角也。至于古代记录所载对唱之歌曲，尤多为操笔者渲染之词。《刘三妹歌仙传》记二人对歌及其所唱歌曲云：“乡人敬之(按指三姐与秀才张伟望)，特架一台，置二人于上，一唱《阳春》，一唱《白雪》，流风激楚，不分高下，非《下里》《巴人》比也。”此已颇见装点矣。但尚未及诗人王士祯所记之藻绘炫目也。王氏云：

> 有刘三妹者，善歌，与邕州白鹤秀才，登西山高台，为三日歌。秀才歌《芝房之曲》，三妹答以《紫凤之歌》。秀才复歌《桐生南岳》，三妹以《蝶飞秋草》和之。秀才忽作变调曰《朗陵花》，词甚哀切，三妹歌《南山白石》，益悲激。观者皆歔欷。……

此段文词，真将二人对歌情景，写得声色动人，特别其中几个歌曲之名称，更极其“雅丽”。但此种情景及歌曲，恐为诗人想象之产物，并非民间当日对歌时之实在情景和事物，亦非真正民间传说所固有之面貌。现代广西等地尚在流行之对歌情景，固然无此种优雅场面及其“雅丽”歌曲名称，在数十份刘三姐传说之新记录中，亦绝无其影迹，特别是其歌曲名称(现在民间流传之对歌，不少为极优美动人者，然与彼等所举曲名，根本异趣)。王士祯之诗歌创作风格以爱好文词“漂亮”著称(前人所谓“王爱好”，与朱彝尊之“朱贪多”并称——也可谓为“并嘲”)，其写作笔记、诗话，亦同具此倾向。以此种笔墨记述琐事、佚闻，是否得当，姑且不说，但以之记录民间创作，却无疑为有害者也。

以上三点之外，前代关于刘三姐传说记录之藻饰化之处尚有，其最明显者，即关于三姐状貌之庸俗描绘是也。[①] 总之，前代文人学者对刘三姐传说之记录，有其功劳方面，亦有其过失方面。吾人今日从研究之角度说，要阐明传说之全貌，当然必须利用此种历史文献；然为保持科学性，同时亦不能不存警戒之心。因为传说之原形颇被改变也。为更好看出此种古记录所取材之民间传说原貌，其有效方法之一，即利用现代口头传承之忠实记录，以进行比较，而此种新记录资料正相当丰富也。(新记录，亦有藻饰化者，当分别观之)

传说形态之发展

近年，刘三姐传说出现大量新记录，其篇章数量与故事内容之丰富，远非前代记录所能比拟。根据此种资料，吾人可以窥见其现今形态发展及分布地区之大略状况，同时亦可以衡量其历史的及文艺的

① 如张氏《刘三妹歌仙传》中云：“至其貌之羞花掩月，光彩动人，见之者无不神贻意荡”之类是也。

价值。

比之前代所记录之传说，近今之记录资料，无疑增添若干新成分。此种新成分，大抵为较早时期之记录所无或少见者。

但，此传说在发展上并不平衡。一般虽在不断发展，然亦有在进程上比较缓慢，或近于停滞者，吾人且从此后者说起。

在20世纪20年代，广西一位民俗学热心者（据说此人在大革命失败时成为烈士），曾经在《歌谣》周刊上发表一则关于刘三姐传说之文字。该文前半，写述柳州立鱼峰之情景，下半即介绍象县所流传之三姐故事。此部分文字不长，今转述于下：

> 传闻刘三姐乃广东潮海人。有唱歌天才，走遍两粤，不逢一敌手。后至立鱼峰，遇一农夫，与彼对唱，一直继续不停，连唱三年又三月，三姐似不支。心中一急，呆然化为石象。农夫见后，叹息一声，悠然逝去。①

此则记述，情节简单，然刘三姐传说之核心部分（女子善歌，与人对唱，结果化为石），已大略具备，而质朴、无藻饰语。即使非此传说之最初形态，当亦近似之矣。近人所记桂林歌仙台传说，② 情节虽与此略有出入，但其大体骨干及叙述简朴之点正与此相似。盖亦现代口承中之接近传说原形者也。此类说法，尚有其他记录，不更一一述及矣。

---

① 《歌谣》周刊、第八十三号期，北京大学歌谣研究会、文中“潮海人”云云，“海”当为“梅”之误排。该文作者为刘策奇。

② 《歌仙台》，原见《桂林山水》，现据《刘三姐专集》（《中国当代文学研究资料》，广西师范学院，1979）所载。

与此种简式之传说形态相异，现代民间所传此故事形态，许多乃比较丰满与复杂者。此乃现今传说之主流。下文试略分地区介绍之。

贵县，其刘三姐传说，已见于前代记录，今日仍为此传说之流行地。现代记录亦不止一篇，兹转述其较典型者。

明代末年，① 广东有一位排行第三之女子，因逃难，随家人移居贵县南山，务农为生。彼女善唱歌。其歌传自仙女麻姑。后移居西山，从事纺织。至今西山凌口石上，尚留有其脚印。

时，广东有一秀才，姓张名伟望，闻三姐善歌，约李姓友人，共载满船歌书，至西山寻三姐赛歌。既至，在村口见一洗衣女，因向之问三姐所在，彼女实即三姐也。其时彼佯问寻三姐何事，秀才等以来意答。三姐即唱歌嘲弄之，有"洗纱便是刘三姐，两只盲驴何处来"之句。两秀才虽气愤，然终对不出歌来。不得已，请三姐另起唱，适时正下微雨，三姐即景口吟六句，请作回答。两秀才又终不能作答。彼等心恨所载歌书无用，因将书与船俱覆入河中。(后其处突起，即所谓"覆船山"也)两秀才仍不服输，约三姐同至山冈上白口对唱。歌声嘹亮，引动西山青年男女聚观，因此，触怒村中土豪等，认为三姐等对歌有碍治安，使人到场捕捉。但彼等不识谁为三姐与秀才，群众诳之曰，对歌者乃石人。土豪等又以为妖，因用狗血等物禁厌之。至此三姐知其地不可再居，因逃往他处。

"三姐虽已离开西山，但唱歌之风并不因此消歇。当地青年组织歌堂，并唱三姐所唱过之歌，用其歌之型式创作。在开歌堂时，要请

---

① 据记录者《附记》云：原来《贵县志》谓为"唐代"，此乃彼根据当地(贵县)开化时期所断定。(但并未说明现代口头所说为何代。)按《歌仙刘三姐的传说》(见下注)，亦称"唐朝时候"。

三姐之灵坐歌堂，散堂时送之回去。”①

贵县在广西杀南部，接近广东西部之灵山、浦北等地。此等记录，有移居西山及与秀才张伟望对歌等情节，颇与本省旧记录及广东前代所传者部分相近。后者盖由于地域接近，易于传播也。然亦有为较古之记录所未见者，如土豪等之迫害及当地群众回护三姐等是也。总之，此新记录之贵县传说，既具有前代记录之主要成分，亦有后来继续增添之成分(后者多为现在广西境内同一传说所具有者。详见后文)。其中可注意之点，即故事收梢处，不见两人(或三姐一人)化石之情节，只余群众诡云“唱歌者乃石人”之一点痕影而已。

兹再看广西东北部恭城关于刘三姐传说之记录：

据说，古代恭城马鞍山附近，有一地名刘家俻，中有一佃农人家，兄嫂与姐妹三人共居。三妹(三姐)容貌美好，爱唱山歌。附近有一财主家大少爷想娶之。然彼女却钟爱养牛青年凤哥。彼此乃一对天生好歌手。三姐哥嫂却嫌凤哥贫穷，希望与富家结亲，因而不满三姐所为，课以种种难为之事，如使之种最大之田地，分开混之油麻(芝麻)、绿豆，甚至使煮石头为糍粑。然三姐因仙鸟、仙人之帮助，终得完成任务。

三姐扬言，有能对歌胜己者即嫁之。官家、富家子弟皆想得其为妻。秀才等亦想在与其对歌中取胜。有桃、李、余三秀才载一船歌书来求对歌。遇三姐在河边洗衣裳。彼女诡称为三姐之妹，问知彼三人姓氏后，即开口嘲之，其歌有“三个脓包哪里来”之句。秀才等翻遍歌

---

① 《关于刘三姐的故事调查报告》，彭祐声记述，《僮族民间故事资料》第一集，僮族文学史编辑室，1959；《歌仙刘三姐的传说》，《广西僮族文学》第2编，广西僮族自治区人民出版社，1961。

书，无以对答。因狼狈逃去。

“其后，官家、富家互相勾结以对付三姐。时值中秋夜，当地青年男女正在欢唱，富家带领家丁，实行抢婚。行至半途，忽狂风骤雨，将轿子吹上山顶，因不知三姐去向。（此段民间有种种歧传，或谓三姐跳崖反抗，因攀住树藤得救。此时已被害之情人凤哥变为鸟儿驮三姐上天去。或谓地主拉三姐抵债，因反抗被送入狱，凤哥劫狱，被追捕，数日后，两人在山头化为石人云云）

恭城福利河岸有岩洞，岩口压有极多歌书，据说乃三姐遗物也。”①

此传说，有三姐与劳动青年相爱、受富家迫害及哥哥出难题等情节，乃明末清初记录中所少见者。而现代广西境内传说之新记录，却大多数有之。当然彼此在细节上亦有差异，如三姐情人所变之鸟儿救彼上天之说法，乃颇有特点者也。又其哥哥课给三妹之难题，如分开芝麻、绿豆，由动物（鸟）之帮助而得完成等，乃从民间流行其他故事中借用者。

再看广西南部地区扶绥县此传说之当代记录：

“从前有个刘三妹，乃刘家第三女。彼女美丽聪明，并且勤劳。又善唱歌，无论上山砍柴，下地种植，或至河边洗衣裳，皆必唱歌。同时歌手无能及之者。邻近青年，闻彼女歌声，即来与对唱。彼等想唱胜之，曾集合与之对唱三昼夜，卒为彼所败”。

“刘三妹因青年对己追逐者多，扬言谁对歌得胜，即嫁与谁。因此，青年四出请歌手教歌，准备战胜彼女。三妹歌名远播，县城中绅

① 《恭城有关刘三姐的传说故事》，《广西僮族文学资料》，僮族文学史编辑室，1960。

士闻之，用黄金数十两，抬轿打鼓，向三妹家求婚，三妹坚决反对”。

“三妹心爱常同上山打柴之青年，其人勤劳、勇敢，且亦为一天才歌手。然三妹之母亲哥哥却要强迫彼与城中绅士结婚。母亲以甜言相诱，三妹心终不动。绅士只得暂时作罢”。

“但从此母亲与哥哥憎恨三妹。彼女在劳作中经常与所心爱之青年对唱，歌名不断传扬。后来，传入一家船客耳中。彼船客原有三位著名歌手，在歌场中无敌手。此时船客闻三妹善歌消息，大喜。即与歌手等共载三船歌书，来到三妹所住村边，向人询问三妹是否在家，彼等乃来与对歌者。此时，适三妹出门挑水，即答应对唱。三位歌手连忙检阅歌书，准备对答，但对三妹所唱第一首歌即对答不出。翻遍歌本，皆寻不出可用之歌词。气极，因尽倾所载歌本入河中，匆忙离去”。

“从此，三妹歌名更远扬。城中绅士、老爷闻彼女与人对歌，又生坏心。用更多之黄金向刘家求婚，三妹仍然拒绝。哥哥见彼如此固执，心更憎恨，暗想谋害之”。

“某日，三妹在靠河之山上砍柴，哥哥乘其不备，用力推之。但被挂在藤上，未果坠下，此时犹唱歌咒骂其哥哥。三妹挂于藤上三日夜，第四日，哥哥复来劝诱，彼终不答应嫁富豪家。哥哥狠心割断其所挂藤，三妹终于坠河死去。然其歌声长留石壁上，后人走过河边，犹能听见其动人之歌声。”①

扶绥地与贵县相近，往东南行，即为广东西部之钦县、防城等地。此处流传之刘三姐故事，有心爱同村之劳动青年、拒嫁富豪人家

① 《关于刘三妹的传说》，《僮族民间故事资料》第一集，僮族文学史编辑室，1959。

亲事，及哥哥见憎并相害等传说中后起情节，一般比较完整。然如该传说之重要情节，为从来记录所具有之三姐化石，此处传说记录中亦已不见。所谓歌声长留石壁上，或为该情节一种极淡之遗痕乎？此种情节变态之产生，恐由于传说中三姐之结局，非因对歌神疲精竭，乃为被哥哥害死。由此，可悟传说、民间故事，在发展中形态变化之一种原因。

再者，扶绥地域虽与贵县相近，但从此新记录传说观之，与贵县所传颇有差异。如贵县传说中已早见于文献之对歌敌手张伟望，两人对歌情形与绅士等迫害原因及做法，亦各有不同。此等处，关系并不太大，然亦可以推见口承文艺歧传之状况及其形成原因之复杂也。

最后，吾人且看处于广西西部宜山地区之现代传承：

“从前，宜山下涧村有一女子，姓刘名三姐。彼女极勤劳，每日打柴织布，与哥哥共过生活。彼爱好唱歌，每中秋节日，青年男女对歌，无人能胜之者。彼因此歌名远扬，村内外向之求婚者颇多，但彼惟爱同村卖柴之李小牛。小牛亦为一好歌手。两人常一处唱歌，并互赠礼物。此事为当地地主莫海仁所知，认为有伤风化，即命人将彼二人捆缚，投之于河。小牛被淹死，三姐因抓住一块木板，随流飘至柳州，被一渔父所救，并认其为义女”。

“此后，三姐在柳州唱歌扬名。莫海仁探知此事，又特请三个歌手去与对唱，想使三姐名声败落。谁知三人均非三姐敌手，反而增益其名望。莫海仁更恼怒，即令打手将彼捆缚装入猪笼，投之柳江中。虽经人捞起，然已不能再活矣”。

“群众捞起三姐尸首之日，恰为中秋佳节，彼等将尸首装扮后葬于河边，并在坟上供奉两条大鲤鱼。正供祭间，坟墓忽裂开，三姐跃出，骑一鲤鱼飞空而去。剩下一鲤鱼，变成小山，即今日柳州市对河之鱼峰山，又曰立鱼峰。峰有岩洞，其中供三姐石像，每至中秋夜，群众皆瞻仰。”①

此宜山传说，有三姐与劳动青年恋爱、与三歌手对歌、为绅士迫害及受群众救助等情节，大体颇与现代贵县（东南）、扶绥（南）、恭城（东北）所传述者相近（其结尾亦无三姐化石情节），而与明末清初记录相差较大。可见传说形态变迁与时代、社会密切关系也。又根据当地同传说之另一记录②亦有涉及鲤鱼峰之情节，虽然具体说法有出入。宜山与柳州地相近，且交通比较方便，其传说涉及柳州三姐故事遗迹，亦自然之势也。

由上面之举例介绍与简略分析，吾人可以得出下列几点看法：

（一）传说之发展及停滞

自明末清初，刘三姐传说被文人等予以记录、介绍之后，三四百年来，彼本身仍在我国南方地区（主要为广西）广泛流传。随时间之向前、社会生活文化之进展、交通之发达、人口移动之频繁等，大部分地区之此传说，从内容到型式皆有发展。此种发展，不仅提高传说之思想内容，同时亦丰富故事之艺术型式，强化其社会作用。自然，在此种发展过程中，某种原有情节（如三姐化石）亦有被遗落者。此点从传说之原貌看，似可惋惜，实亦事物发展过程中所不能避免者也。

传说随时代、社会而发展，此乃其主要方面，然同时亦有其次要方面，即某地区故事仍大体保存原始状貌，其例，正如本节开始处所介绍之象县一带所流行之传说是也。此种说法虽然流行于现代群众之

---

① 《歌仙刘三姐的传说》，《广西僮族文学》，第二编，广西僮族自治区人民出版社，1961。

② 《关于刘三姐的传说》，邓业建记录，《僮族民间故事资料》第一集，僮族文学史编辑室，1959。

口头中，但比现代其他多数地区所说者无疑显出简单、素朴，甚至于比之前代记录中之某些说法，亦较近于传说之原始风貌。彼处于一种停滞状态中。吾人固然应重视传说之一般发展状态，但对此比较特殊之状态，亦不能忽视也。因为彼能为吾人提供应说比较早期形态之标本，使吾人得以明了其发生、发展之整个过程也。

(二)传说形态发展中之不同线索

广西各地区传说之发展结果，当然有若干共同点，但并非所有情形皆如此。反之，颇有彼此参差之处。例如绅士等之迫婚、抢婚或以礼教、风化一类名义迫害三姐，为此传说现代流传说法中之重要情节，然贵县传说即无之。又如三姐与村中劳动青年相爱之情节，亦为现代说法中之极重要者，然扶绥所传亦不之见。反之，某种情节在其他地区传说中皆不见，但在某地区传说中却占有显著地位，例如扶绥传说中对于哥哥课与三姐之种种难题。又恭城传说中无三姐战败对歌三客人一类情节，然彼在其他地区传说中乃常见者。依此种情况揣测，刘三姐传说在广西广泛流传过程中，其形态发展可能有主线，还有支线，即在一定程度上，除大部分地区之传述，沿袭共同之说法外，另有部分地区之传说，由于种种条件，产生出某种新情节(此种情节一部分可能从其他流传之故事中借用者)，形成一种新形态。此种相对分头发展之情形，当即造成上述若干差异现象之一种原因。在发展上形态之分歧，本乃一般民间故事、传说之常态(从此种文艺之表现媒介及流传过程等言之，或者应谓之“必然状态”)。但关于所以导致分歧之原因却并不单纯，其具体情况，还有待于此方面研究家，根据大量材料，进行细密之探索与阐明也。

(三)本传说与其他故事之牵连

一般民间故事、传说研究之结果告诉吾人：一个故事在长期口头流传过程中，往往从其他故事借用某类情节，造成两个故事情节上之牵连。甚者，乃复合两个以上本来各自独立存在之故事以成一体，如我国北方地区所传之大黑狼故事，或南方某地区所传之蛇郎故事，皆有此种异状。在故事之牵连上，刘三姐传说并不例外。例如上文所提到，三姐哥哥不满意彼之爱唱歌或不愿嫁与富豪家，因课以种种难题，其中如使拣分散于地上之芝麻、绿豆，彼因动物或其他超自然力量之帮助，得以解除困难之情节，乃中国民间故事中所常见者。彼之出现于刘三姐传说中，无疑从其他流行故事借来者。又如某地区说三姐被恶人害死后，从坟中跃出，骑鲤鱼上升之情节亦为从我国古代著名仙人传说中脱化而来者。① 又，在广东北部所传刘三姐故事，更有与罗隐传说复合者。② 由此观之，刘三姐传说在发展过程中，除直接从当时社会现实取用某种新材料之外，还从流行之固有民间故事、传说中，采用某种情节以充实原有故事。此种采取或借用（即故事间情节的牵连）原为故事发展常态之一，只要接合得自然，并有相当意义，对原有故事言之，不但无害，而且有益也。

（四）传说在发展过程中丰富、提高

刘三姐的传说，在南方广大地区不断扩布流传过程中，经无数民众，特别其中之文艺天才及专业艺人之不断讲述、修改、润色，传至近今，其思想内容、故事情节、人物典型及表现手法等方面，日臻丰富、完善，整个故事显然被提高矣。例如三姐之大胆恋爱劳动青年，拒绝富豪之诱婚、迫婚，反抗哥哥之无理干涉，用智慧、歌声击败迂

① 仙人琴高骑赤鲤鱼出水与弟子相会后，又骑鲤鱼而去之传说，为我国古代著名仙话之一（见《水经注》卷9）。又，传说晋时江阴渔人子英，初得赤鲤，养之池中。后赤鲤长大，子英骑其背上，升天为神仙（见《搜神记》卷下）。

② 《山歌原始的传说及其他》，愚民，《民俗》周刊，第十三、十四合期。

朽之秀才，渔夫、群众对三姐之同情、救护以及三姐之骑鲤鱼上升等情节之出现，表明此传说经过继续创造过程之结果，更加深入与广泛反映、概括社会现实生活，更加能代表广大民众之思想与愿望，更加能显示民众之艺术才能与趣味。总之，现代所见到之刘三姐传说，不但富有社会史、民族史、文化史等方面之价值，且亦为当地民族文艺府库中一份贵重珍宝。无怪乎，当20世纪50年代末，此传说及有关歌谣被当代文艺工作者集体创作成歌剧，搬上舞台及银幕之后，风行全国，博得无数观众之鼓掌声、喝采声及一般报刊上之赞美声。此种文艺上之巨大胜利绝非出于偶然。其重要原因之一，由于剧本之故事与大量歌词，乃广大群众长期集体创造之硕果也。

刘三姐乃歌圩风俗之“女儿”

前代若干刘三姐传说之记述者，皆云刘三姐乃南方少数民族之喜爱唱歌及歌圩之创始人，① 认为关于彼女之传说，乃一种真实之人物传记。解放前有些学者基本赞同此说。近年来部分研究者虽有较明达之见解，然缺乏详尽之论证，因此，问题尚未比较充分阐明。吾人今日实有给以稍加辨明之必要。

认刘三姐为广西一带地区唱歌风俗始祖之说法，其由来颇久，明末清初文人学者之著述中，曾经一再涉及。如《广东新语》之著者云：“新兴女子有三妹者，相传为始造歌之人。”②又如《峒谿纤志》之著者

① 歌圩，为群众定期对唱民歌之一种民族节日，在广西境内甚流行。前人记述云：“四月间，乡村男女，指地为场，赛歌为戏，名曰歌圩”。(《龙州县志》“风俗”条)约略等于日本古代之歌垣、嬥歌会之类。

② 同本书第274页注②。

云："诸谿峒初不知歌，善歌自三妹始也"。[①] 此后，私人著作，地方志书，多有沿袭此说者。盖本为民间口头传述，并非记录者之臆造也。

当代著述，亦尚有记及此说者，如关于歌圩之起源，广西各地虽有各种不同说法，然谓其创始于刘三姐之善歌与倡导之说，仍占相当大势力。如蓝鸿恩在《歌圩》中举述四种来源说法，其最后一种即云："僮族古代有一歌仙刘三姐，发明山歌，众往学之，人多聚成圩市，因此，就有'歌圩'。"[②]在若干地方，刘三姐被尊为歌唱之神，对彼举行祀典。有些地区如上节所提及之贵县，唱歌之初与唱毕，要举行迎三姐、送三姐之仪式。又某地区，传说当地某著名歌者之出众才能，乃歌仙刘三姐神灵所授予。[③] 由此种种情形观之，刘三姐为唱歌及歌圩之倡导者之说，今日民间固仍甚流传也。

再观全国解放前学者对历史上果否真有刘三姐其人，歌圩风俗果否真为彼女所倡导等问题，究持何种看法？关于此点，吾人且先举《岭表纪蛮》著者刘锡蕃之意见以为例。彼于该书中称刘三姐为"蛮歌之鼻祖"，并引上文所述陆次云"蛮人之善歌始于此"之语。刘氏虽不赞同传说中之神话部分，却认为"刘三妹（姐）或许有其人"。彼申述其看法云："与张（伟望）唱歌三日，知为敌手，相慕之甚，乃托言登山唱歌，因而相偕私奔。"又解释《浔州府志》所谓三姐化石后，其未婚夫往视之，亦化为石之情节云："大约其未婚夫寻其未婚妻，以致失踪，

---

① 同本书第274页注②所举。

② 《歌圩》，原刊1962年6月24日《南宁晚报》，此据广西僮族自治区群众文化资料编辑室编印《广西歌圩资料》所述。

③ 《岭表纪蛮》第十八章《歌谣》，商务印书馆，1934。

所谓化为顽石，乃当时戏言嘲笑，久而讹为事实耳。”①此在神话、传说学上，乃一种《论衡》式之合理主义之解释，非近代科学神话学之理论也。又如《粤江流域人民史》著者徐松石，亦在其著作中，称“刘三姐乃两粤山歌之祖”，在引用古代文献及现代口头传说之后，感叹三姐以一女子而为两广民谣、粤讴、木鱼歌、龙舟歌、采茶歌之远祖，然其历史竟如此不明为可惜。

如上文所提及，近年来，对刘三姐是否实有其人及歌圩是否为彼所创始等问题，在理论上有所进展。如蓝鸿恩认为：歌圩归功于刘三姐，乃后人对赛歌之作用发生兴趣，因考其根源，于头脑中出现歌仙形象，从而产生刘三姐之传说。② 最近农学冠在《壮族歌圩之源流》一文中，对刘三姐倡始唱歌(又曰“传歌”)之传说，采取否定态度。彼认为一种社会流行之风俗，绝不出于某人所组织或倡导，实乃由其深刻社会原因所产生者。彼又认为壮族歌圩发展到唐代，已臻完善，并已造就众多“刘三姐式”之民间歌手。刘三姐传歌之传说，其实，乃体现当日歌圩发展潮流之情形。③ 此种看法，大体可谓正确；惜论述未畅耳。④

记得20年代末(1928)，我草写《歌仙刘三妹故事》小文时，已明确指出刘三姐传说之产生，乃后人根据当地流行之唱歌风俗，加以想

① 《粤江流域人民史》第二十七章《杂论·刘三姐出处》，中华书局，1939。

② 《歌圩》，原刊1962年6月24日《南宁晚报》，此据广西僮族自治区群众文化资料编辑室编印《广西歌圩资料》所述。

③ 《广西民间文学丛刊》，1981年第一期，广西民间文学会研究。

④ 在抗日战争期间，《广西特种部族歌谣集》(中央银行经济研究处，1942)编著者陈志良在该书上册《歌谣之研究》第三章已说出比较明达之见解，大约谓该地人民对民族流行之唱歌风俗，推源思本，要个善歌者作开始人。刘三姐故事，就在此种情况下产生者。然陈氏亦未作较多之论述。

象(如化石情节),所造成者;文中虽然略引证粤俗好歌之文献,但对自己所提论点,并未作深入之探索与陈述。近年重检阅此传说之古代文献及现代记录,对此等问题,有进一步之了解与看法。1978 年冬,在兰州民族文学学术讨论会上,作关于刘三姐传说之讲演时,对此等问题曾予以适当论述。今在此重新提起,然限于种种条件,亦只能作大体之论述而已。兹将我之意见分三点言之。

(一)社会风俗为集体创造之产物

每一社会中所流行之风俗、习惯,乃至其大部分制度、文物,大抵由该社会之民众,迫于共同之需要,凭借现实所能提供之条件(物质的、精神的)所创成。在流行过程中又不断受到广大群众之补充或修订,一世代又一世代,一地域又一地域,流传与扩布,直到原来之社会需要及所凭借之各种条件已经变迁、消失,此种社会文化产物亦逐渐或迅速成为一种“残余物”,或终沦于消亡。此乃其一般社会文化现象发生、发展之规律。而对此规律之发见与阐明,主要却为近代社会科学之功绩。在科学尚未发达,或虽发达而未能被其光耀之广大群众对传统风俗、习惯等往往不免采取一种“前科学”之解释,并世代沿袭之。彼等因为一方面对于周围存在之事实,产生寻源问底之历史要求,另一方面实际智力等又不能与要求相副,于是,产生一种空想或半空想之解释。彼等凭借局限之经验、知识与较少之推理能力等以解释某事物之起源。在此种思想活动中,幻想起极大作用。其结果即为各民族大量存在之“推原论的”神话、传说。刘三姐及其传歌之传说,乃此种解释传说之一个显例。此种传说,作为人民文艺创作看,固不失为一种有价值之作品,作为社会史、文化史及民族心理学等之科学研究资料看,亦有其相当价值。但作为风俗、习惯起源之科学的解释,则不足取也。

论此种思想产物之一种特点，乃将集体创造之社会事象之起源，归功于一二杰出人物。此种人物，可能为见于历史文献之有名人物，亦可能为民间杜撰之人物。我国古代风俗、习惯中之起源神话、传说，如寒食节禁火之推源于介子推之被焚，端午竞渡与吃粽子推源于屈原之溺水及保证彼能安全获得祭品，全国各地优秀之建筑物皆被谓为鲁班之巧艺……此类事例，俯拾即是。此等解释性传说，充分说明过去群众对社会文化事象(风俗、习惯等)作解释时，其所遵循思想途径与表现型式之一种共有特点。

此种特点，不仅过去民众惯用，我国古代历史家亦常用之以推断远古历史人物及事物。大家熟悉之古史人物如伏羲、黄帝等，皆被说成许多社会文物、制度之创制者；而许多文化事物如弓箭、农具，以及渔猎、耕种、养蚕、织布等生活技术，皆莫不各有其有名有姓之创始人物。我国此种神话、传说式之古史观，流行两三千年，一直到近代历史科学之知识发达后，方使之根本改变。刘三姐被当做南方歌圩风俗之创始人，乃此种传统的历史、文化解释法在风俗问题上之一种表现。

我国地域广阔，民族繁多，以汉族为首，各民族皆有唱歌风俗存在及流传，因而亦各有其关于唱歌起源之传说，如河南罗山地区汉族民众，说始传歌者为秦始皇时代之一女子(或云太白金星所变之老人)，彼女可怜辛苦筑造长城之工役，因唱歌以消除其疲乏。后人遂沿袭成风。① 又吴地汉人认张良为山歌创始人。② 甘肃地方流传关于

---

① 尚钺《歌谣的原始传说》(通讯)，《北京大学研究所国学门周刊》第七期。

② 《新刻姑苏花锦城赵盛兰山歌刻传》，此处据张亚雄编著《花儿集》120页转引。

花儿（当地汉、回、藏等民族所喜唱之民歌）起源之故事，谓河州昔有一牧童，唱从道士所传授之花儿，见悦于一女子，两人遂结成伴侣。此种歌曲被传唱至今。[①] 广西地区，壮族民间流行之唱歌起源传说，约有数种，故事中之主人公有名有姓者，如邕宁所传陆葛姐、周哥美郎之类，[②] 多数虽无主人公姓名，但皆个人，并非集体。此正说明用刘三姐传歌以解释歌圩之起源，乃民众文化事物解释法之一种惯例。歌圩起源之科学的解释，不能以此为据也。然此种传说对歌圩起源问题之研究，亦并非全无用处，但看如何运用之耳。

总之，从文化史之角度观之，广西等省少数民族喜欢唱歌及赛歌风俗，起初并非某个人所发起、创造；反之，乃住居其地之民族，开始由为满足众人之生活需要，而集体创造之，又经过各时期民众之传袭、丰富及改变而成今日之状态者。此乃关于此种社会现象之科学的说明也。

(二)刘三姐为歌圩风俗之女儿

前人，乃至某些近人，谓刘三姐为至今尚广泛流行壮族民族艺术节日歌圩之创始人，或“第一领袖”。其实恰好相反，彼女乃此艺术节日之女儿，彼之哀丽传说，乃此种民族风俗活动之倒影。歌圩产生之时代及其原因，前人与近人，已有种种说法（部分亦见上文所提及）。此种问题，本身相当复杂，关连之处又颇多，须作比较深入之探索，方能充分阐明，此处暂不详论，仅拟简单一触及之。此种风俗之产生时代，恐当在较遥远之部落生活时期，并非如过去一般记录者所说，始于唐代或明代。至其产生原因，现在民间所说，除刘三姐故事外，

① 据《广西特种部族歌谣集》上册所述。

② 《多彩的邕宁僮族歌圩》，《广西歌圩资料》，1963。

尚有种种说法，如娱神说、择偶说、老歌手选女婿说、纪念殉情者说……此种种说法中，颇有值得注意研究者(如前两说)。总之，从一般社会学、文化史之观点看，社会风俗、习惯之形成，必由于特定社会生活之需要，其发展与衰颓，亦必与其社会生活密切相关。如歌圩此种源远流长、且广泛扩布之民族节日，其起源甚古，当时无疑作为一种社会文化机能而存在者。在流播过程中当有增益、修改，产生一定之变化状态。不管如何，歌圩在产生与流传过程中，必然与当地群众生活、文化及集体思想有极其密切之关系，并不断起各种现实作用(实际的或心理的)。此种风俗具有一定强度之生命力，从远古到现代，仍兀立于其地民众社会生活之原野中，如一株常绿不彫之大树。过去封建时代，国民党统治时期及林彪、“四人帮”篡政时期，皆曾对此种群众喜爱之民族节日活动，给以横暴摧残——污蔑、禁止，甚至捕捉处罚歌手。然此种野蛮之压力，并不能使之真正歇绝。彼依然继续生存，在新社会中还添入新内容。因为与广大民众血肉相联之文化活动，绝不可能任意将之斩绝也。

此种具有坚强之生命力之民间风俗，在其长期发展过程中必然将产生许多杰出之民间诗人、歌手(我国解放前及以后，各地区，特别少数民族地区，即出现不少此种人物)，彼等之诗才、歌艺及种种逸事，必然要广受群众注意，因而在民间流传。当流传过程中，不断被喜爱诗才歌艺之群众，尤其是民间艺人，当做创作素材，加以剪裁、熔铸，逐渐使之成为一种传说，一种民间散文艺术作品。此种过程，往往跨越时代，江河长流。同时作品亦不断受到增益、改变。一般说，愈至后来，情节愈丰富，当然亦可能有情节脱落，甚至性质改变者。传至今日，形态繁复、流布广阔之刘三姐传说，极可能依据此种文化条件与创造过程所产生与发展者。传说中若干显著之景况、情节，如男女对唱、唱歌时之背景(山野间)、对唱往往连亘数昼夜、观者之众多以及上层阶级之敌视等，皆明显从现实唱歌风俗中所取材者也。在现代中国南部流行之民间传说中，如刘三姐一类之女歌唱家并不少见。仅就以盛产山歌著名之广东东江一带，其所传之民间女诗人、女歌手，除刘三姐(妹)外，尚有山歌仙子张六满、捷才歌手黄小妹等。① 彼等想皆沿如此途径中所产生传说中之女诗人与歌手也。在刘三姐传说流行之主要地区广西，亦不少此种传说，现在试举流传该自治区南部横县之四仙女赛歌传说为例，其故事略云：

“横县陶圩一带壮人极喜唱歌，因而以此著名。一日天公想授彼等以唱歌本领，因使四仙女下凡。仙女至其地后，发见彼等之唱歌才能。四个壮族青年即与彼女等对唱于山上。经四昼夜，仙女等渐感不支。天公知之，即令返回天上。奈彼女等不甘服输，仍继续对唱，唱至第五夜，其歌声遂断绝。盖已化为四块石头矣。其山，后称四仙岭，至今尚有四仙女所化之石头在焉。”②

此传说情节，有与刘三姐故事差异之处，如女歌手共四人且为天公所派来人间者，又化石者仅为女歌手(刘三姐传说中间亦有如此说者)等；但基本情节却极相似。倘非同一传说之歧传，即同一社会文化土壤上所生长之花卉也。彼表明在同一唱歌风俗中，必然会产生此类歌手故事。

总之，歌圩风俗与刘三姐及传说之关系依据传统之说法，后者(刘三姐)为母亲，前者(歌圩风俗)为女儿。但事实正相反，后者乃女

① 《山歌故事》，《粤东客家山歌》，梅县民间文艺研究会(筹备)等，1981。

② 《四仙女赛歌》，《僮族民间故事资料》第一集，僮族文学史编辑室，1959。

儿，而前者却为母亲也。然则，前代学者之记载及现代某些学者所肯定者，实为倒果为因之说法。而此种说法，乃一种“前科学”之理论也。

(三)传说与历史事实问题

从一般情况说，民间传说，大抵为一种群众之文艺创作，虽然彼不能不取材于社会事实(往往并涉及某种自然现象)。我国民间实有恒河沙数之传说，在形成上自然有种种不同情况，但大略可分为三种：①幻想或想象成分较多或简直占压倒优势之作；②现实成分较多，幻想只限于局部者；③基本上依据“真人真事”作成者。第一种不必说，乃一种道地的文艺创作，即主要乃取材各种资料，由创作者以高度之想象结构而成者。第三种(此于数量上恐属少数)，除彼本身具有之“传奇性”以外，在社会流传过程中，不能不受种种不同身份、经历、趣味之传述者，特别特殊之故事讲述家或民间艺人之剪裁、陶炼、藻饰、改动，因而必然具有一定之“创作性”，与原有故事中之人物、事件不能再完全相同，甚至可能有相当大之差异。此种情况，从现代口头流传之若干古代历史名人传说中，固可以探知其消息；而现在吾人所知悉之某些人物、事件，在社会流传中所起种种变异事实，亦大足供参证也。

刘三姐传说之形成，究属上述三种中之何种，一时不易判断。属于第一、二种，当然有颇大可能性。即使属于第三种，即其始有如传说中所云之杰出民间女诗人、女歌手及其与某男子对歌，结果两不相下之真人真事；而其终变为石头之情节(此乃故事形态上相当重要之部分)，已属于虚构。至其后，故事不断丰富，乃至某些基本情节之改变(如对歌者变为三秀才，收稍已无化石之事等)，更无须多说矣。由此观之，刘三姐传说，实与韩凭妻、孟姜女、山伯英台、白蛇娘子及望夫石等我国著名传说，同属于取材广泛社会生活而经过一定虚构之民间口头创作。其历史性，乃广义的，并非(至少，主要并非)狭义的也。过去学者信任民间相传之说法，固属非是，对此种民间创作，企图探本寻源，究明刘三姐之确为真人真事。此种想法，毋论不可能实现，即真正成功，意义亦并非甚大也。

1981年10月24日，北京

中国的天鹅处女型故事

——献给西村真次和顾颉刚两先生

一

“天鹅处女型故事”(Swan Maiden Tale)，如这个标题所昭示，在许多民间故事中，它是特别地富有所谓“诗之美丽”的情趣的。从另一方面看，它又是一个在我们地球上，有着极广泛的流布区域的故事。因此，于一般的故事阅读者、搜集者不必说，便是神话学、人类学的研究者们，也对它怀抱着特别的兴味。

关于这个故事的谈论、研究者，在西方和东方的学人中，虽然不在少数，但成绩更昭著的，恐怕要算英国的有名人类学者哈特兰德博士(Dr. E. S. Hartland)①和日本早稻田大学教授西村真次氏②了。而后者(西村氏)所搜集世界的同型故事几近50篇，一时颇使人有“叹观止矣”

① 在哈氏的名著《童话的科学》(*Science of Fairy-Tales*)中，对于这故事，有很长的篇幅的论述。

② 见西村氏所撰的《神话学概论》的“附录”中。

之感。

西村氏关于故事同型篇章的搜集，虽不能说他没有达到相当的程度，但对于我们中国这样世长地大的国度，却仅收录了一篇，并且是属于蒙古族的。这至少在我们中国人，是要感到相当的遗憾吧。从前（19世纪）欧洲学者戴尼斯氏（Dennys）作《中国的民俗》一书，把中国使臣所记琉球的天鹅处女型故事和欧洲的比较后，颇诧异于中国本土（对琉球而说）没有这故事出现。后来日本神话学者高木敏雄氏，把《玄中记》中所载的"女鸟"故事举了出来，证明在中国古代，曾经存在过这种类型的故事。① 其实，这插着翅膀飞遍地上各处的天鹅处女型故事，在中国古代固然早已出现，就是现今国内各处，也莫不呈现着它的踪影，并且姿态万千。

因为种种的障碍，外国学者对于中国神话、故事、民俗等的观察、研究，正如对于同国的别部门的探讨一样，往往比较隔膜，有的甚至于是错误的。（自然，正确而较深入的获得，也不能说完全没有，不过仅限于少数罢了）这在我们，是应给以谅解的。但是，利用自己的能力与方便，把外国学者所不易摸捉住的真相，给以叙述、说明，这难道不是我们为主人者的义务？

根据上述的理由，使我不敢再秘藏自己的疏浅，鼓着少年的勇气，来一度担负叙述这有世界性的天鹅处女型故事在本国传播情况的责任。我自己比任何人更先明白，这工作，是不能达到使读者感受满意的程度的。但事实上，这微薄的献礼，倘能于研攻这故事的学者们的成绩之上略有所增补，这于自己的愚念，不是已相当地酬偿了么？

---

① 见高木氏所著《日本神话传说的研究》（神话传说篇）第二三一页。

二

什么是天鹅处女型故事呢？换句话说，天鹅处女型故事，是具着如何形态的一种故事呢？

这个问题的提出，在一部分对于神话、故事已具素养的读者，诚然不免觉得太多事，但在一般人面前，不见得全是没有意义的吧。

我们在这里，将如何完成解答这个问题的任务呢？这看来似简单的故事，其实它的形态的复杂，正和传播的广远及历史的悠久①成一个正比例。详细的述说，在这里不但非篇幅所应许，而且也是不必要的。我们且画一画它的轮廓吧。

这故事在各地传布着的形态，哈特兰特博士，把它归纳为下列六式：

(一)海生式；

(二)平阳侯式；

(三)海豹女郎式；

(四)星女儿式；

(五)梅露西妮式；

(六)梦魇式②。

这里各式相互间颇呈现着高度的异态，甚至于有令我们要诧异或怀疑它们原来是同属于一个类型的。在约瑟、雅科布斯氏(Mr. Joseph Jocobs)所修正的哥尔德氏(S. Bring Gould)的《印度欧罗巴民间故事

① 西村教授推断这故事开始传播的时间，至少也当在"新石器时代"终了以前，然否固待考究。但这种型式的故事，它的产生必非甚近是不容疑惑的。

② 参看赵景深先生编著的《童话学 ABC》第八章。

型式》中，也载了这故事的型式。它的情节如下：

(一)一男子见一女在洗澡，她的“法术衣服”放在岸上；

(二)他盗窃了衣服，她堕入于他的权力中；

(三)数年后，她寻得衣服而逃去；

(四)他不能再找到她。①

这是比较普遍、单纯，近于原形的状态。依西村教授的研究，这故事的“本来形态”应该如下面所列：

(一)天鹅脱了羽衣，变成天女(人之女性)而沐浴；

(二)男人(主要的，为猎师或渔夫)盗匿羽衣，迫天女与之结婚；

(三)结婚后，生产若干儿女；

(四)生产儿女之后，夫妇间破裂，天女升天；

(五)破裂原因，即由于发见了“在前”为“结婚原因”的被藏匿的羽衣。②

现在地球上各处所流布着“五花八门”的形态，是从这种“基本型”分化、加减而成的，这是西村教授所提示于我们的意见。

我们就在这里终止了“正文之前”的叙说，让下节直接地去开始那“正文”的描述吧。

三

天鹅处女型故事，开始产生或传播于中国境内的时代，现在实在不容易考见了。倘就尚存的文献看来，在晋代当已很流行吧。干宝

---

① 原文见伯恩女士(Miss Burne)编著的《民俗学手册》附录C，中文有我和友人杨成志先生合译的单行本出版(国立中山大学语言历史学研究所印行。)

② 见西村教授的《神话学概论》第三七二页，及同氏的《人类学泛论》第六章。

《搜神记》中，有着这样的一段记载：

> 豫章新喻县男子，见田中有六七女，皆衣毛衣，不知是鸟。匍匐往，得其一女所解毛衣，取藏之。即往就诸鸟，诸鸟各飞去。一鸟独不得去，男子取以为妇。生三女，其母后使女问父，知衣在积稻下。得之，衣而飞去。后复以迎三女，女亦得飞去。①

郭氏的《玄中记》②也记述了这个故事。把两者比较起来，语句大致相同。③但后者(《玄中记》)前面多了这样一段关于鸟的叙述："姑获鸟，夜飞昼藏。盖鬼神类。衣毛为飞鸟，脱毛为女人。名曰帝少女，一名夜行游女，一名钩星，一名隐飞鸟。无子，喜取人子养之以为子。人养小儿，不可露其衣，此鸟度即取儿也。以血点其衣为志。故世人名为鬼鸟。"④周作人先生，怀疑这种"鬼鸟"传说，原来并非和天鹅处女型故事一道的。不过因为"衣毛为飞鸟，脱毛为女人"二语，而联带记述了它(天鹅处女型故事)罢了。⑤这个推想，我以为是颇近

---

① 见《太平广记》卷四六三所引，现行本《搜神记》第十四卷中有此条。

② 此书旧云"郭氏撰"，作者的时代及名字不详(有人以为郭氏就是郭璞，恐未免误会。)但就南北朝隋唐学者的频见称引(《水经注》、《齐民要术》、《北堂书钞》、《初学记》、《艺文类聚》)等，都曾触用此书一点看，它的著作时代，在晋代前后，约略可以推知。

③ 《玄中记》所记，豫章下少新喻县三字(据《太平御览》所引)郦道元《水经注》卷三十五所引，首句作"新阳男子"，而下文也颇有不同。马国翰氏以这是由于"约意言之"的缘故。

④ 此段语句，参合《荆楚岁时记注》及《太平御览》所引而成。

⑤ 见周氏近著《儿童文学小论》第48页。

情理的。

这故事的古代记录中，特别使我们感到珍贵的材料，更没有比得上20世纪初年敦煌石室中新发见、题句道兴撰的《搜神记》里所载的田昆仑故事了。这记录长近两千字，叙述文词，不但十分浅显，并且相当地采用了当日的口语。故事的内容，也拙朴少装点。它在学术上应当占有的价值是很高的。微可惋惜的，是语词间略有脱落、讹夺的地方。但这些是不足抹煞它的好处的。现在把它逐段转述于下。

从前有一位田昆仑，他家里很贫乏。到了相当年纪，还没有讨老婆。境内有一个水池，水深而且清澄。有一次，正是禾稼成熟的时节。昆仑到田里去，远远地望见了三个漂亮的姑娘在洗澡。他要看清她们，谁料忽然已变成三只白鹤。两只坐在池边的树头，一只仍在池中洗垢。他便悄悄地跑近了她们，并且偷取了一套衣服。① 一会儿，大的两个各抱了自己的天衣，乘空而去。只剩下一个最小的留在池中不敢出来。久之，她遂向昆仑吐露实情，说她们姊妹三人，原是天女。偶游戏于池中，因被他看见，两位姊妹各自抱了天衣而去，她自己留在池中，衣服被他取去，所以不能露形出池。深愿他把衣服发还。出池以后，当和他结成夫妇。昆仑怕她得衣即飞去，所以只答应脱自己的衣服给她盖体。天女起初不肯接受，后来看看实在没有办法，只得服从他的意思。出池的时候，天女又想向昆仑骗回天衣，但他终坚持着不肯放松。结局，他们一道回到昆仑家里，成为夫妇。

---

① 原文没有此句，这是我依下文语意补上的。

以上，可算是这故事的第一段。

昆仑夫妇，过了若干时候，便产下一个儿子。形容端正，叫做田章。昆仑因事西行。① 一去不还。他临行的时候，天女说，他去后她当抚养儿子三年。② 到了期满时，她便向阿婆索看天衣。当昆仑离家时，曾叮咛地嘱托母亲，勿使媳妇得见天衣，并商定了秘藏它的地方。这时阿婆本不愿意把天衣给她看，无奈被她诉说得太频繁了，只得让她看一回。她见了天衣，一时以未得方便，所以暂隐忍着没有披了它飞去。不久，她又向阿婆求看天衣。阿婆初不肯，但被她用甘言说动了。在防备谨严之中，天女竟穿了她从前的衣服，从屋窗飞了出去。此时在这屋子里剩下的，只是伤心的阿婆。

到此处，算是故事的第二段。

天女在人间，虽然已经历五年的时光，但从天上的日历看来，不过仅有两天而已。她这回归到了天上，给姊姊们骂了一顿，怨她不该和地上众生缔结夫妇。③ 她在天上因挂念世间的儿子而哭泣。④ 两位姊姊便劝慰她不要干啼湿哭，说明天和她再到人间游戏，定可以看见儿子。另一边，突然失去了抚养的幼儿田

---

① 原文，此句作“其昆仑点著西行。”

② 原文，此处道：“夫之去后，养子三岁。”由上下文势看来，线索颇欠分明，姑揣译之如此。

③ 原文，此句作“你(指昆仑妻)共他阎浮众生为夫妻”。

④ 原文，此处接连下文语句似颇朦胧，或许有讹夺也说不定。

章，也在因想念母亲而啼哭。正是天女们要下凡间来游戏的那一天，田章在田野中悲哭着。忽遇了一位来散步的董仲先生。他晓得哭的是天女的儿子，又知天女将到世间来。便对小儿说，当日中时你即向池边看，有三个穿白练裙的女人走来。两个举头看你，其他一个低头不看你的，便是你的母亲。田章依从了他的教训做去，果于日中时看见三个穿白练衣裙的女人，在池边割菜。他便跑前去叫唤“阿娘”。她止不住地悲哭起来。于是，姊妹三人便把天衣共乘这小儿到天上去。

以上为第三段。

小儿被带到天上，天公看了，知道是自己外孙，他老人家兴起怜惜的心肠，便教他学习方术、技艺。至五六日间（小儿在天上虽然只经过几天的学习，但成绩却抵得人间的十数年以上），天公对小儿说，你带了我的八卷文书下去，将得一世荣华富贵。倘若入朝，必须谨慎言语。小儿听了吩咐，便回到人间来。当时一般人都晓得他的本领，皇帝听到了，便召为宰相。后来因在殿内犯事，被流谪于西荒之地。

以上，为第四段。

后来，官众在田野里游猎，射得一只白鹤。厨人破割鹤嗉，里面有一个小儿，身长三寸二分，带甲头牟，见人辱骂不休。当时朝廷群臣百官，都不晓得他是什么人。不久王在田野中游猎，又得一枚齿，长三寸二分，捣击不碎。朝内群臣又没有个晓得它的来历。于是，官家便发出榜文，昭告世人，有能够晓得这两件物事的，赐金千斤，封邑万户，官职由他选择。但结局终没有人来应征。

以上，为第五段。

这时候，朝廷中群臣百官便共商议，大家以为这种奇物，恐怕除了田章，别人是不容易晓得的了。[①] 官家便即发驿马走使，去把配流的田章找了回来。于是，便发问道，近来听说你聪明广识，奇怪的事都晓得。现在问你，世间有大人么？田章回答道，有，那是秦故彦。他是皇帝的儿子。因为战斗，[②] 被打落板齿，不知所在。有人得到的，当可证验。接着官家又问他道，世间有小人么？他回答道，有，那就是李子敖。他身长三寸二分，带甲头牟。曾在田野之中，被吞于鹤。到现在，尚在鹤嗉中游戏。不是(?)有人猎得的，验之便可知道。官家又问天下之中，有大声不？章答曰，有。有者何也？雷震七百里，霹雳一百七十里，皆是大声。天下有小声不？章答曰，有。有者何也？三人并行，一人耳声鸣，二人不闻，此是小声。又问天下之中，有大鸟不？田章答曰，有。有者何也？大鹏一翼起西王母，[③] 举翅一万九千里，然(后)始食，此是也。又问天下有小鸟不？曰，有。有者何也？小鸟者，无过鷦鷯之鸟。其鸟常在蚊子角上养七子，犹嫌土

---

① 原文。此句作“惟有田章父识之，余者并皆不辩。”以下文看来，“父”字或有误。

② 原文，此句作“为昔鲁家战斗”。

③ 此处西王母三字，似当做地名解。

广人稀。其蚊子亦不知头上有此鸟。此是小鸟也。皇帝便封田章做仆射之官。这样一来，皇帝和世间百姓，才晓得田章是天女的儿子。①

以上，是故事的收梢——第六段。

这个记述，和干氏的及郭氏的记录比较起来，不仅是描写上繁简的不同而已，内容的演变，情节的增益，处处表现着这故事在当时民间传播上形态的进展。我国古代小说，到了唐朝，有着蓬勃生长的气势。我们现在读《霍小玉传》、《南柯太守传》、《柳毅传》、《虬髯客传》等传奇的作品，颇赞赏那时散文文学艺术手腕的进步。这篇天鹅处女型故事的记录，在一般陈旧的文学评论家看来，语词上殊欠所谓"雅驯"也未可知。其实，依我们的眼光评量，这一篇最早期的现代语化的散文文学的作品，至少它的价值——文艺之历史的价值，不应远在前文所提及的《霍小玉传》等之下。② 它实在和同被发现于石室中的《季布歌》、《昭君出塞》等③通俗文学，有着一样被重视的意义。这虽然是就文学方面来看的，但是，同时它的作为民俗学资料的价值，不也因此更加唤起我们的注意么?

四

现在，中国境内，尚存活着的天鹅处女型故事，因在流传上经过

① 这故事全文，见罗振玉氏辑印的《敦煌零拾》第一五页(铅印本。)

② 句氏《搜神记》，似从来未见著录。它著作的年代，不能详知。但以同时被发现的许多通俗文学作品推测起来，当在唐代，或在这前后，所以把它和当时(唐)的传奇比较。

③ 俱见刘复博士编辑的《敦煌掇琐》上辑(国立中央研究院历史语言研究所刊印)。

了改削、增益、混合等种种自然的作用，它的姿态不但和古代的显出差异，便是同时彼此之间也有很大的悬殊。为了叙述及研究之比较上的方便，我们可试把它划分为数组——自然，这不必是较严格的型式的区分。

现在，在这里开始第一组的篇章的叙述吧。

首先要提到的，是赵景深和赵克章二君所记述的《牛郎》。

据说，从前有弟兄两人，弟弟心肠忠厚，哥哥却很奸猾。弟弟因常赶牛的缘故，被人叫做牛郎。弟兄分家，弟弟只得了一辆破车和一只老牛。一天，老牛对主人说，某处河里，有许多仙女在洗澡。倘他能取得她们中间任何人的衣服，便可以得她做妻子。第二天他跟了老牛出发，果然看见了许多正在洗澡的仙女。他抱了一堆衣服上车(牛车)就走。结果便带回了一个仙女做妻室，她就是织女。织女和牛郎生下一对男女。一天，她用巧语骗得了自己从前被取去的衣服，便乘云而去。牛郎忙担了他的儿女，穿上牛衣(这是老牛死时所嘱咐的)，急赶上去。谁晓得慌张中少穿了一只牛腿，使他不能即赶上了织女。正在追逐的当儿，忽来了王母。她用玉簪划成一道天河，把他们两人分开。牛郎托了燕子去说合，不意被误传了日期，所以后来永远只能一年一会。[①] 这个故事，没有记明所采集的地域，但附注中有"北"人称妻室为媳妇的一句话，也许是我国北部的哪一省所流传的吧，虽然两记述者都是西部四川地方的人。

① 见赵编《中国童话集》第一册。

其次，是洪振周君所记的，和前篇用着同样标题的奉天的传说。

从前某处，有一个叫做王小二的孩子，依着坏心肠的哥嫂过活。一天，他在牧场看牛，忽然黄牛告诉他，哥嫂在家里弄好东西吃，他忙跑回去，果得分吃了香喷喷的蒸豚。后来有一次，黄牛又告诉他，哥嫂正在准备给他毒药吃；并嘱他分家的时候，只要求分得了自己(黄牛)便算。他回到家里，果证实了哥嫂的毒计，便立即提议分家。自己什么也不要，只带着黄牛走了。走到一个地方，黄牛忽变成了苍颜白发的老头子。他对小二说，自己乃是天上被谪的星宿，他死了，坟上必定长出一棵葫芦秧子。他(王二)沿着秧子走前去，便有很大的好处。到了那时候，王二遵从了黄牛的话去做，看见一道河流，里面有一位美丽的姑娘，正在那里洗澡。他便拿走她放在岸上的衣服。到了夜间，那姑娘说，自己和他有夫妇的缘分，愿意一道过日子。并说，她是王母的女儿，名字叫做织女。于是，王二把衣服还了给她，彼此共同快乐地过活。有一天，是王母的诞辰。织女因怀念母亲，便和王二同去拜寿。王母见了，把他们痛斥一顿。二人啼啼哭哭，终不忍分开。王母便用金钗在他们中间划了一道天河，吩咐他们于明年七月初七日再见面。从此，他们每年便只有一回相会的机缘了。①

再次，我们看看郑仕朝君的记录，他的故事的采集地，是浙江省南部的永嘉。据云，有个看牛的孩子叫做牛郎。一天，他正要回家的时候，他的老黄牛忽然向他说起话来。自称本是上界神仙，因犯罪被

① 见《妇女杂志》第七卷。

谪于人间。现在主人(牛郎)有性命的危险，他为报答平日善遇的恩惠，所以要向主人告说。接着说家里的哥嫂，怎样在设计谋害他，并吩咐他分家时，只要分得了它自己(老黄牛)和一辆破车及一只破皮箱便算了。牛郎回到家里，立即证明了哥嫂的狠心——要用毒药杀死他。于是，他便去请了舅父来替他们分家。舅父颇想帮助他，使他多得点东西，但他却服从了老黄牛的吩咐，终竟只要求了那三件不值钱的东西(老黄牛、破车、破皮箱)。牛郎和老牛离了家，老牛变出酒菜让他吃过之后，又告诉他获得美貌老婆的方法。它说，前面的河里，有个女子正在洗澡。她是位神仙，名叫织女，和他(牛郎)有夫妇的姻缘。他前去取得她的衣服，彼此便可成为夫妇。牛郎依所吩咐的做去，果得了织女为妻。三年过去了，牛郎和织女已生下两个孩子。一天，老黄牛告诉牛郎，说自己灾期已满，要回到天上去。它(黄牛)死后，织女定要逃走。那时穿了用它的皮所做的靴子，便可赶上她。老黄牛死了不久，织女果然乘牛郎不备的时候，穿了从前的浴衣，腾空而去。牛郎穿了皮靴，抱着儿子赶上去。织女拔下金簪，划了一条天河，阻住了牛郎的去路。彼此在河的两岸，以牛轭、梭子互相抛掷。(这些东西，至今每当七夕前后，还可见于天河两岸)后来，天帝替他们说和，但“逢七见面”的消息，竟被拙于言词的鹌鹑，说错成了“七七见面”。直到现在，鹌鹑还短着尾巴，口里常说“不对，不对”，这是被罚和想改正误报的缘故。①

更次，有孙佳讯君记述的流传于江苏省灌云地方的《天河岸》。从前有一个贫少年，家里只有一头老水牛。他因为常常看管着它，所以大家称他牵牛郎。有一次，老水牛忽然告诉主人(牵牛郎)，说草地南

① 见拙编《新民半月刊》第五期。

边的河里，有七位仙女在洗澡，他前去把她们的一套宝衣藏起来，便可以得到一位做妻室。他照老水牛的话做去。那时，其他许多仙女，都披了各自的宝衣上天去，只一位叫做织女的，因为衣服被拿掉，不能腾空驾云，结果只好跟着牛郎做妻子。不久，牛郎的老水牛生病了，它临死时吩咐主人等它死后，把皮剥下来，包上许多黄沙，又用它鼻上的索子，捆成一个包袱。每天把它背在肩上，遇紧急时，一定能够给他以帮助。牛郎当然遵话做去。两三年后，织女生了一男一女。她时常追问她从前被取去的宝衣，牛郎总不肯老实告诉她。这一次，她又问起了它，并且动以甘言，牛郎终告诉埋藏的地方。她得了自己的宝衣，便披着驾云而去。牛郎忙拉了儿女，靠肩上牛皮的法力，腾空赶去。织女为了隔断他们追逼，用金钗划成了一条白浪滔滔的大河。牛郎把皮包袱里的黄沙洒了出来，立时河中现出一道沙堰。织女仍被紧紧追赶着，于是，她用前法再划了一条天河。可是牛郎却因牛皮包袱里的黄沙已洒尽，而不能赶过去了。他把捆包袱的索子抛了过去，织女也用梭子回报他。(后来我们在牛郎织女二星身旁所看到的小星，便是当时抛掷的索子和梭子)在这当儿，忽来了一位白胡子的神仙，奉了天帝的命令，替他们解决此事。从这以后，两人各住河的一边，每年七月七日在河东相会一次。他们便永远服从这个命令了。①

这四个说法，相互间固然也有许多歧异的地方，但大体上是一致的。因为它们都是被借以解释牛郎织女两星的起源的，所以为了方便，不妨把它们简称做“牛郎式”吧。

① 见林兰编《换心后》第五三页。

五

属于第二组的篇章，其内容的梗概如后。

首先，且述林憾君记录的闽南故事的《七星仙女》之一。据云，许多年以前，有一位德行很好的穷农夫，天帝可怜了他，便问七星仙女，哪一位肯下凡给他做妻子。答应了这命令的，是她们中间最小的一位。仙女既到人间做了农夫的妻子，他们的家境，便渐渐富裕起来。不久，又生下一个儿子。三年期满，她便离开丈夫和儿子回天上去了。儿子稍大时(10 余岁)，入塾跟从了有名的术数家鬼谷子读书。他常常悲哭自己没有母亲。后来鬼谷子指示他会见母亲的方法道，某天到某山中去，那边有一条小溪。在正午时有七只白鹤飞下来洗澡，那便是七星仙女。他要先躲着，等她们洗澡要飞去的时候，向那只羽毛略松的白鹤哭叫“母亲”，她便会现出真形(一个美丽的仙女)相见。并郑重吩咐他不要说出是自己教他这样做的。儿子照了先生的话去做，果然和生身的母亲快乐地相会。天女临去时，给了他一些宝物，并嘱他带了一个葫芦去送给先生(鬼谷子)。儿子回时，把葫芦掷进先生房中，这一来，把他推算天上事情的书籍都烧光了(从此世上无人更能晓得仙人们的事)。现在七星的末一颗，比较没有光彩，便为的是她曾经下凡做过母亲的缘故。①

其次，是孙佳讯君记的《海上仙女》，采集地为灌云。东海扶桑谷上有一个洞，洞里住着八个仙女。一天，她们同在天河洗澡之后，最小的一位，忽觉得自己有尘缘未尽，便独自地飞下人间来了。她遇见了一位小秃子，一道同到他的家里，因此就成为夫妇。小秃子渐渐发

① 见林兰编《龙女》第一五一一九页。

起财来，秃头也长出了黑发。不到两年，又养了一个孩子。过了三年之后，来了一位走江湖的先生，对小秃子说他遭遇了女妖怪，并给予他三张治理她（女妖）的神符。仙女见了他拿着神符进来，便说他和自己（仙女）缘分已尽。她去后，儿子倘想念她的时候，可到东海扶桑谷，悬杨柳下，扶着白版石，左右各唤三声"妈妈"，便能够相见。她走了以后，小秃子一切回复到以前的不幸。他懊恼之余，便抱着孩子决意去寻他（孩子）的妈妈了。经过了几个月的路程，最后又爬过高山，渡了大海（渡海时，靠着一只大虾蟆的帮助），才达到扶桑谷。依前日仙女所吩咐的话做去，他看见了带着铁索链的妻子了——她因破坏仙家的清规，受了刑罚。仙女给儿子戴上一顶风帽，对秃子说了几句话，便不见了。他只得仍抱着孩子，走那回家去的路。在道上，他发现了风帽带上的六个青铜钱——永远使用不完的宝贝。直到现在，海边的人还常能听见浪头里的铁链声呢。①

复次，有黄廷英君记述的广东境内罗定县流行的传说——《七月七日的一件故事》。据说，董仲舒的母亲，是天上的一位仙女，因一时动了尘念，到人间和董仲舒的父亲结为夫妇而生下了董仲舒。后来，她忽辞别了丈夫及儿子而去。数年以后，仲舒在私塾里念书，因为同学带点心的事，他怀念起自己的母亲来。回到家里，便向父亲询问。于是，父亲对他说，到了七月七日五更的时候，东海里面，有一群女子在洗澡，他的母亲就是其中的一个。他把岸上摆列着的第七套衣服拿起来，然后高声唤"母亲、母亲"，她便和他会见了。时候到了，仲舒照父亲的话去做，果然在东海的海边和母亲相会。他不肯把衣服交还母亲，苦苦要她同回家去。后来，她摘了海边的棠莺果给他

① 见国立暨南大学出版的《秋野》。

吃了，才得取回衣服而去。①

最末，我们来介绍广东梅县民间的七星传说，那记录者是黄伯彦君。从前有一个穷孩子，为奴于星卜师，时常因苦于没有母亲而哭泣。一天，星卜师告诉他说，他本有母亲，不过现在她已列籍仙邦。七月七日，在七星桥上，将有似乞丐装束者七人走过，其中一个衫角有血光的，便是他的母亲。他信从了星卜师的话，到了那时候，跑到桥上去等候，果然来了七个乞丐模样的女人。他把那位衫角有血污的拉住而哭。她见同伴已远去，儿子尚不肯放手，便拿出一个葫芦来给予他。并对他说，以后倘需要什么，葫芦必能使他如意，可不用啼哭。另外，又取一葫芦，叫他带回给星卜师。她既去，儿子也循原路回家。他把葫芦掷入星卜师的房间。于是，所有的星卜书籍，都被烧掉了。②

六

现在，轮到属于第三组的篇章之叙述了。

第一个，我们就提到《华姑》吧。据说，古时有穷少年张三。一天，他在山前的河旁捞草，忽然跑来了一只老麋鹿，向他乞求救命。一会儿，猎人来时，他依照了老麋鹿的话把他骗走了。老麋鹿忽变成老头子，请他一道到它家里去玩。他到山洞里，备受了优待。老麋鹿又叫孩子们送米到他家里，并替他盖了好房子。过了几天，他要回家，老麋鹿怜悯他没有女人，便对他说，它家后花园里，有八位仙女在池里洗澡，衣裳都挂在池旁的树枝上，他若取了一套跑回家里，自

① 见国立中山大学民俗学会的《民俗》周刊第十七、十八期合刊。

② 见中山大学民俗学会的《民间故事调查表》(未刊稿)。

然有一位给他做妻子了。他依了它的吩咐做去，果然得到那本来住在北方很远很远的华姑。结合两年后，她养了一个男孩子。一天，华姑问张三宝衣藏在什么地方，他给甘言所打动，便老实说出来了。他说完话，到山洞里去看老麋鹿。老麋鹿知他的妻子寻到从前的衣服，必已经抱着小孩跑了。便给了他一个小瓶(含在口里，使人不饥饿)，并告诉他去找寻妻子的方法。他听从了老麋鹿的话，便向北方走去。走了三天，到一块地方，被一条大河阻住了去路，因为得了河岸上一位老婆子抛线锤子的帮助，才安稳地渡了过去。他一直走了七天七夜，到一座荒山上，才会见了所想念的妻子和儿子。她很感激他的殷勤，并说明自己母亲是一个欢喜害人的老妖精。他见了岳母，依妻子的吩咐，不敢吃她(岳母)命令吃的饭。夜里他歇息在东廊房，岳母使蚊虫精去吃他，因为华姑绿手帕的帮助，得免于难。第二天晚上，他睡在西廊房，又来了吃人的黑蚤精，但同样地因为被认为华姑(他盖了她的绿手帕)而幸免了。次天，岳母觉得他还有点本领，所以不再想谋害他。因此，他们夫妇便快乐地住在这荒野的山上。① 这故事的记录者，是孙倩诉君，但采集地域却没有注明。

第二个，是陈凤翔君所记的《刘孝子娶仙女》。流传地是浙江的台州一带。据说，从前某村有一个姓刘的人，平日很孝顺父母，所以人家称他做刘孝子。他家里很穷苦，到了30岁，还没有讨妻子。他怨恨土地菩萨没有保祐他，所以把偶像凌辱了一阵。晚上，梦见土地菩萨来指点他得到美丽的妻子的机会。第二天，他便依梦中所听得的话去做。带了铁锄，在离家30里的松树旁掘了一会儿，果然发现了一条巨大的蚯蚓。他立即闭着眼骑在它的背上飞去。到耳边没有风声

① 见林兰编《鬼哥哥》第四六页。

时，他把眼睛睁开了。当前立着的是一位土地菩萨。他告诉他说，这里已是天上。天上有七颗星(即北斗星)，是七姊妹。今天她们要到某处烧香，必须经过此地。他躲在这里等待着。到那时候，让她们前面的六位走过去，将第七位抱住，她便是他的妻子了。土地菩萨说完忽不见，他便伏在一间凉亭里等着。不久，仙女过时，他抱了最后一个，于是，她便成了他的妻子。他们同回到人间，但世代已离他别家时很远了。仙女以法术造出大房子和许多器物。不知怎样，事情给仙女的父亲知道了。他愤怒地到了人间，把刘孝子和自己的女儿带回天宫去。一面把女儿关闭在冷房中，一面以严刑处置刘孝子。当天，他吩咐下人，于晚上把刘孝子送进水牢淹死。他第四个女儿把消息传给七妹。于是，刘孝子得了妻子和她姊姊们的帮助(给了他一个避水的纸包)才安然过了这难关。次日，仙女的父亲，吩咐下人当晚把他送进火牢烧死。又被第四个女儿泄漏了消息。刘孝子得了妻子所给予的小瓶(瓶里装着水)的助力，仍没有损伤地过了一夜。父亲恨极了，便准备自己去处理不怕水火的刘孝子。第四个女儿仍然把这消息传给了七妹。于是，她便偷偷走出了冷房，去预备帮助丈夫。当父亲拿刀来杀刘孝子时，她却掷去一个布包，他父亲便失明了。他们夫妇乘此机会，重回人间过甜蜜的生活。① 以后，天上七颗星中只有六颗光耀着，就是这个缘故。

上述两则，除这故事一般共有的情节外，其较特异的地方，如最后一段，便是前举许多则中所没有的。

---

① 见《新民半月刊》第三期。

七

除前述三组的许多篇章外，有在别的型式的故事中，包含着这故事(天鹅处女型故事)的一二情节的。这些，本来原可略而不述。为了材料上提供的较周详起见，不妨试举一例，以资参考。

我们就举出米星如君所记的《孔雀衣》吧。这故事，从大体的情节上看，是属于在中国境内流行颇广的“百鸟衣型”①。但前面叙述主人公白秀得妻一段，却假用了这天鹅处女故事一部分的情节。据说，主人公生性呆呆，屡受同伴们的欺骗。到了七月七日，那些聪明的人们又打算欺哄他了。他们当他走过时，便说当天的半夜里，南天门是会开的。从天上下来许多的仙女，都落在村后的山上。山顶上有一个清水池子，仙女们要到那里洗澡。又说，天上的仙女，每年有一个下来嫁给世上的凡人。若是谁有福分，今天夜里到山顶上去，伏在池子的旁边，定会看见她们，而且不定可得到一个做自己妻子。白秀听了他们的怂恿，半夜里果然到山上的池旁去等候。当好听的音乐把他的睡眠惊走时，见从水池的那边走过了七位仙女，都穿着轻飘明丽的衣服。等她们走过面前，他便把末了一位的裙子拉住，要求她做自己的妻子。仙女终于笑着答应他了。从这以下，叙述的都是属于百鸟衣型一般所具的情节，和天鹅处女型故事没有关系，不再说下去了。②

---

① 见拙作《中国民间故事型式》其情节大致如下：(一)一人，得一美女为妻。(二)他恋家废工，妻令带己(妻)像往工作。(三)像为风吹去，贵人得之，大索图中人。(四)妻别去时，嘱他日后以百鸟衣往叫卖。(五)贵人堕其计中，夫妻再合，并得富贵。(《民俗学集刊》第一册)

② 见米星如君编述的《吹箫人》第一〇〇——一五页。

八

在这里，让我来做一点比较的探讨吧。

于氏《搜神记》和《玄中记》的纪录，不但在文献的“时代观”上占着极早的位置，从故事的情节看来，也是“最原形的”，至少“较近原形的”。关于这，我们只消把它和西村教授或雅科布斯氏等所拟定的型式一比较看，便自然地明白了。

这故事，到了句道兴氏的记载中，便有很大的演化。以前的女子，是鸟的变形(衣毛为飞鸟，脱毛为女人)，现在的白鹤，却反是仙女的化身了。中间如术士的教唆，田章的召对等重要情节，都是出于后来的增益。此外，像干记中没有明言男主人公姓名，句记中却说是田昆仑①，干记中的女子六七人，句记中却说是仙女三个，干记中女鸟生三女，句记中却说是一子，干记中女鸟使女问父亲而晓得了藏衣的处所，句记中却说是仙女自己向婆婆问出来的等差异以及其他干记所没有，而句记细写着的零星情节，更不必细述了。总之，这故事情节的进展，在1000年前②已是那样地足令人惊异了。

属于现在这故事的第一组的所谓“牛郎型”，大概共同的情节如下：

(一)两弟兄，弟遭虐待；

---

① 我国古代有所谓“昆仑奴”，唐人文籍中尤常提及。据近人考证的结果，是指一种“黑奴”(参看《现代学生》第一期《昆仑奴考》。)这里田昆仑的“昆仑”二字，自然有指为“黑奴”的可能，但却未必一定这样——由公名借为私名，可能性也很大。又“田”字，必一定是姓，因为下文他的儿子叫做田章。

② 敦煌所发见的文籍，其写藏年代，约从唐末始，至宋初止，最近的也在千年左右了。

(二)分家后，弟得一头牛(或兼一点别的东西)；

(三)牛告以取得妻子的方法；

(四)他依话做去，得一仙女为妻；

(五)仙女生下若干子女；

(六)仙女得衣逃去，他赶到天上被阻；

(七)从此，两人一年一度相会。

四个记录里面，虽然大致的情节是相同的，但部分的或极微末的地方，自然不免互有差异。为了阅览上的方便，我们不妨略选几点，写出一个对照的表来：

	主人公	仙女数目	子女数目	离去原因	划河者	隔居原因
赵记	牛郎	许多	一男一女	骗得衣服	王母	燕子误报
洪记	王二	一位		向母庆寿	王母	王母之命
郑记	牛郎	一位	两个孩子	取得衣服	织女	鹌鹑误报
孙记	牛郎	七位	一男一女	骗得衣服	织女	天帝之命

第二组里四则，它的较根本的型式，大约如下：

(一)仙女(大多是星之女神)由于天帝之命或自己的缘分，下嫁一凡人；

(二)仙女生子后，以某种原因离去；

(三)儿子思母，以术士或父亲的教唆，而寻见了母亲；

(四)儿子得利，术士遭殃；

(五)解说某种自然现象所以致然之故。

各篇中，也有部分情节和这“型式”不尽符合的。例如，术士因泄漏天上的事情被报复一点，在孙佳讯、黄廷英二君的记录上是没有的。又如关于某种自然现象成因的说明，也不是很普遍的，所以在两位黄君的记录上都看不到。(两君的记录，同是采自广东境内的传说)其他，各篇尚有或大或小的诸差异。好像在黄廷英君的记载上，仙女的儿子是历史上大名鼎鼎的董仲舒，于其他各篇中，他却是连姓名都没有的“谁某氏”。仙女的离去，大都是出于自动的，但在孙君的记录上，却出于术士符箓的迫勒(虽然同样说是因缘分已尽)。在黄伯彦君的记述上，这故事极重要的情节之一——仙女或鸟浴于水中——却变成十分稀淡的残影(七月七日，七仙女装做乞丐模样在桥上经过)了。此外，歧异的地方还尽有着，读者当能更详细地留意到吧。

第三组中的故事，我们试假定它共同的型式如下：

(一)男子有某种美德；

(二)他以动物或神仙的帮助，得一有超自然力的女子为妻；

(三)女子生子后，自动或被动地离去；

(四)女子的父或母，以异力谋害男子；

(五)他以妻子的帮助得免；

(六)女子的父或母宽恕了他们，或其父反受祸。

这组材料虽然只有两则，但除较基本情节的相似外，彼此歧异的地方也颇不鲜少。略举数点如下：第一，男主公得助的原因，在孙记是救了老麋鹿，陈记说是他愤辱了菩萨；第二，使男主人公得妻的经过，孙记大略和这故事一般的述说相近(由动物的吩咐或引带，他窃取了女鸟或仙女的衣装，而得到她为妻)，但陈记却有骑着蚯蚓到天上去一类的情节，又陈记中仙女非为洗澡而来，乃因烧香经过，也不是普遍的说法；第三，男主人公到妻子的母家去，孙记说是寻找妻子，陈记以为是被妻父所带走(与妻子同被带走)；第四，男主人公的遭危难及解脱，孙记是他被送到东、西廊房，夜间动物精前往侵害他，依妻子的手巾而得免，陈记却说他被送进水、火二牢，以辟火及避水的宝物(妻子所给予的)而脱险；第五、收梢，陈记说明天上某星光所以不亮的缘故(和前组的林君的记录相同)，孙记却没有这种说法。其他更微末的异点，不必尽举了。

最后，关于米星如君记述的《孔雀衣》中所包含的这故事(天鹅处女型故事)情节的一部分，是一般同型故事的记录上所共有的(自然同时也是重要的部分)，这该用不着叨叨申说了吧。①

以上所做的比较工作，自然是很粗略的，并且比较的范围，大都各限制于狭小的境域(如以古代的与古代的对比，现代的又分为各组而相较)中。但为给予读者一个较简单明了的印象，这也许勉强足够了。

九

前节把中国古代和现代的天鹅处女故事，枝节而粗略地比较了一番，在本节里，我们想把这故事的形态上的变化，再概要地叙述一下。话分做几段说吧。

(一)旧有情节的修改

一个故事(民间的故事)从前代传到后代，或从甲地传到乙地，它的形态必然要或多或少地被修正改削。这种修改，有人仅仅归因于口舌传述的错误，这是太把修改者的心理(无论是意识的或非意识的)忽略了。因为时间上的或地理上的文化程度高低不同，往往把传来故事的原有情节，给以适合于自己社会的习俗和心理的改正，这是学者们所公认了的事实。例如灰姑娘式的故事，在文化较高的社会里所说的

① 女主人公回到母家庆寿，是和丈夫一道同行的，和普通的单独离去(并且是偷偷地离去)不同。

那位帮助女主人公仙女，在文化低级的社会里，原只是山羊或牛或狗之类。① 把这种歧异，单看做由于误传的缘故是缺少理解的。

在这故事(中国的天鹅处女型故事)里，对于原有情节的修正的地方颇为繁伙。我们选择几点较重要的说说吧。

1. 在干记上的女主人公女鸟，自句记以下，差不多无例外地都变成仙女了。

2. 女鸟或仙女的无意被男主人公看到，在现代有些地方的传述上，便变成自己有意的(如灌云、罗定的)或被命令的(闽南的)行为。

3. 女鸟或仙女衣装被盗因受劫持的情节，在现代的传述上，变成女身被抱住，或衣裙被拉牢(前者如陈凤翔君所记，后者如黄伯彦君所记——但在这里，拉衣裙的人已不是她的丈夫而是儿子了)。

4. 女鸟或仙女，到后来得衣而遁，在现在或变为缘尽而去，或以别种理由而离开(前者如林憾、孙佳讯二君所记，后者如洪振周君所记)。

前述四处情节的改变，大都是有社会文化史的意义的。原始的社会不存在了，它遗留在文艺(神话、故事、民谣等)中的事物和思想等，不再适宜于后阶段社会人的理解，所以不能不按照着当时的思考给以变形。这些修正，一方面是促进了故事的合理性，一方面却渐渐地使它远离了原始创作时的形态了。

(二)吸收或混合了别种故事的情节

吸收或混合了别种故事的情节，使自身渐渐地和原始的形态显出了不同，这也是一般传播广远的故事的常例。中国的天鹅处女型故事，在这一点并没有什么例外。略掇举数点于下：

---

① 据英国人类学者安德留兰(Andrew Lang)氏的说法。

1. 句记中后段述朝廷官员因为打猎得了奇物，并没有人能够辨识，便召回远谪的田章来询问。他一一给以满意的答复。这一种“答奇问”的情节，大概是从别的故事上吸收来的(或者从新创作的)。

2. 现代的牛郎型四篇记录中，除了孙佳讯君的以外，首段都混合了在我国民间故事中最常见的“两兄弟型”的情节。

3. 句记及林、黄(伯彦)二记，都混合了一部分术士泄漏天仙行事的情节。孙、黄(廷英)二君所记虽略有不同，但可看做这种情节的变形，或对另一种情节的吸收(后者用以解黄记较妥当)。

4. 第三组的两个记录，都有男主人公到了妻子家里，被她的父母所虐待的叙述，这种施用酷刑的情节，也是从别的故事上吸收过来的。

这种情节的吸收，大抵自然是为了“必要”的关系，但其中也不无是一时偶然拌合的吧。

(三)故事性质的转变

在后代流传的民间故事(Folk Tale)中，有许多是由于原始时代的神话(Myth)、传说(Legend)堕落而成的，这是神话学者、童话学者所常说的话。反之，民间故事也未尝不可以变成严肃的神话或传说。两者实有彼此变换的可能。不，两者还有“循环转变”的可能。

天鹅处女型故事，它开始时便是一个民间故事，抑是由于神话的堕落，这笔老账颇难数得清楚，并且恐怕各地所有的，来源未必尽同，倘使我们不赞成全世界这型式的故事都出于同一根源的话。但就中国这故事最早的记录看，却只是一个“民间故事”。如果后来这故事的演化，是由于这里(即干氏等所根据的民间故事)做出发点的，那么，我们可以说，这故事是由民间故事而转变为其他性质不同的故事——神话、传说的。

1. 变为名人传说　在句记上已有这种意味。不过，所谓田章并不真是历史上有名的人物，而只是传说中的“名人”而已。在现代某地方的传述中，便老实把它和汉代的名儒董仲舒拉在一起了[①]。又在林君的记录中，所谓术士的就是有名的鬼谷子先生。

2. 变为自然现象起源神话　在“牛郎型”中，这故事都成为解释牛郎、织女两星运行的神话。[②] 又在有些地方，或变为星光的解释(如林君、陈君所记)或成了潮声的说明。

此外，如林君记录上谓术士书籍被烧毁后，人间再不能晓得天上仙女们的行事(黄伯彦君所记梅县的传说，虽没有明白写出，恐也有同样意味)，这也是一种解释性的神话——关于人事的神话。

以上所述三种形态上的变化(旧有情节的修改、吸收或混合了别种故事的情节及故事性质的转变)，自然是择举较重要者叙说而已。其他还有枝叶的变态，这里只好从略了。

---

① 这地方的董仲舒，恐怕因句记中所说的术士董仲而缠误的吧。但无论如何，一个民间故事被变形为名人传说是很常见的事。

② 中国的牛郎、织女星神话，起源甚古，在传播上形态也屡有变化(参看《妇女杂志》十六卷第七号黄石先生的《七夕考》及中大《语言历史学研究所周刊》第一集第十一、二期拙作《七夕风俗考》)。但像现在这故事(天鹅处女型故事)的牛郎型所具的形态，于文籍考核起来，在宋代也许已经存在，龚明之(宋人)的《中吴纪闻》有一段云：“昆山县东，地名黄姑。父老相传，尝有织女、牵牛星降于此地。织女以金篦划河水，河水涌溢，牵牛因不得渡。今庙西有百沸河。……”这记载，虽于二星故事写得太缺略了，但现代牛郎型故事中的以金篦(或作金钗之类)划河的情节，在这里已昭然地存在。且从这记载的文意看来，牵牛和织女，因故互相追逐的情事，并非毫没有线索可寻。所以我疑心在当日，现代牛郎型的情节已相当地成立了。《江宁府志》记织女庙修，文意大约和龚记相近，并说该庙是宋咸淳五年，嘉定知县朱象祖重修的。

十

在这里，我们要做点关于这故事所含的质素的探讨，这可以略补足前文过偏于形态方面的论述吧。

自然，这故事依前文所叙述，篇章相当的繁富，它里面所包含的要素也不免很庞杂。因为篇幅的关系，我们只能从中选择出若干点，加以适度的论述。假若比较重要的那些不被刊落，这目的就算达到了。

(一)变形 这是世界神话、民间故事中所共同的要素之一。它出现在故事中的形态很复杂，但归纳起来，可分两类：一类是自动变形的，另一类是被动变形的。后者例如格林所记《蛙王子》、《百合花和狮子》等的男主人公，都是被魔术师使变形的。① 前者例如阿西娜的变海鹰，海神的幻形为狮子、野猪等。② 但西洋民间故事中的变形较多属于后者，在中国呢，却以前者为常见。天鹅处女型故事的变形(女鸟化为女郎，或仙女化为白鹤)也是前者的一类。像这种禽鸟或兽类，化为女子，或仙女化为鸟类的故事，在中国古代文籍上，或现代民间口碑中，真是不少。③ 关于鸟类化为女子，以至仙女化为鸟类的原因，西村氏引用哈特兰德博士的话，疑这是图腾主义时代的思想，以为脱羽衣而沐浴的理由，虽不呈现于故事的表面，但所谓天鸟舍弃

---

① 俱见《格林童话集》。

② 俱见于荷马(Homer)的第二史诗《Odyssey》中。

③ 例如猪变女子(《搜神记》卷十八)白鹭变女子(《搜神后记》及刘氏《幽明录》等)鹿变女子(《太平广记》引《五行》)记，狐变妇人(张读《宣室》志)，又天女化燕子(《采兰杂志》等)仙女化白鹤(《太平广记》引《河东记》)等等。

重荷而发达为人的过程，已潜藏在故事的里面。[①] 这自然是有相当理由的看法。但我以为鸟兽脱弃羽毛或外皮而变成为人的原始思想，或许由虫类脱蜕的事实做根据而演绎成功的也未可知。我们故乡，有一个关于"人为什么会死"的解释神话。大意说，人类本来是没有"死"这回事的，到了老年，只要像虫类一般脱了一回皮(即蜕)，便又回复少年了。后来，有某人正在脱皮时期，误被媳妇所窥见(破坏了他的禁戒)。从这以后，人间便永远存在着死神了。这明明是应用虫类蜕化的事实到人类上面来的想法。又如前人所记董上仙故事，关于她仙去时的情形，有云："因蜕其皮于地，乃飞去。皮如其形，衣结不解，若蝉蜕耳。"这和上述神话，都足以加强我的"假设"成立的可能性。至于由仙女变成鸟类或兽类，可以看做这种思想的引申或递变，抑或由另一种思想(当然也有某种事物做根柢的)所形成的。

(二)禁制 禁制的风习，在原人社会中有很大的势力，因而于神话及民间故事里，也深映着它的踪迹。例如西藏的《白鸟王子》的故事，女主人公阿乃杜，误信了老妇(大约是妖妇吧)的话，把白鸟王子(这时他被魔法变为白鸟)所卸下的羽毛烧掉了，因此他(白鸟王子)便失掉了灵魂——虽然结果仍由她经过种种困难去换回了它。[②] 希腊神话中，爱神丘比特和赛支恋爱的故事中间也有一段和这意味相仿佛。中国民间故事中，如《直往西南》里的男主人公因违背了妻子的告诫，在中途张开了雨伞，因此使她(妻子)陷于苦难的境地。[③] 这也是一种禁制。天鹅处女型故事中的女鸟的羽毛或仙女的衣裳被人所藏匿，便

---

① 见《神话学概论》第374页。

② 见远生氏编译的《西藏民间故事》。

③ 见谷万川君编述的《大黑狼的故事》。

不能不受人的支配。一直到她重得了羽毛或衣裳，才恢复了原来的自由。这是显然的禁制思想的表现。

(三)洗澡 这故事中除了极少数的变形外，差不多都有洗澡的情节——女鸟或仙女到池或海中洗澡的情节。这看去虽然是像不关什么重要的事，但在民俗学上的意义是颇可吟味的。在神话和民间故事中，这种女性(人间的或超人间的)洗澡的叙述，往往可以碰到。希腊神话里面，常见女神们在溪涧或海中洗浴的事。[①] 在印度，也有王女到外面的池里洗澡，遇着豹子的一类故事。[②] 中国故事中的这种情节，最深印于我们的脑海的，怕是《西游记》里蜘蛛精在濯垢泉洗澡，而猪八戒前往鬼混的一幕喜剧吧。[③] 前人所记关于融县铁船山的仙女泉的传说云，七月七夕，曾有仙女浴于泉侧。[④] 这不但洗澡一点和天鹅处女型故事相近，并且使我们不能不怀疑到它原是这故事所吸收或分出的一部分。现在民间故事中，如《摘心避难》的男主人公，在山里见到池中一位天女似的姑娘在洗澡(她是大红蛇变形的)。[⑤] 这也是一个显例。这类情节的叠出，是颇有可研究的意味的。许多关于原人的记述中，常提到他们在河海中野浴的事。例如清人六十七在《番社采风图考》中，记台湾野人妇女的川浴云："彰化以北，番妇日往溪潭盥洗沐浴，女伴牵呼，拍浮蹀躞，谑浪相嬲，虽番汉聚观，无所怖忌。"这故事所具有的洗澡的情节，看做他们(原人)平日实生活的反映，自

---

① 例如月神狄亚娜常和她的从者在深林的小川中洗澡。史克拉在清池中洗浴，为格老苦士所看见等，不一而足。

② 见戴伯诃利(Lal Behari Day)的《孟加拉民间故事集》(Folk Tales of Bengal)《豺媒》篇。

③ 参看《西游记》第七十二回。

④ 见《名胜记》(据《月令粹编》)卷一二所引。

⑤ 见谷编《大黑狼的故事》。

然是很正当的。但我们如果再做进一步的思考，也许可说其中或带有“除秽”一类宗教上的意味。说到这里，我联想起古代弗里季地方，他们的女子在结婚之前，照例要到河里去洗澡，目的在奉献她们的贞洁于费略斯精的民俗。[①] 又希腊及许多印度欧罗巴民族间，多有相似的风习。著名学者卫斯特马克氏(E. Westermark)以为这种行为，暗示着“净化”的目的。[②] 我们虽然不敢遽然断说这故事中洗澡情节的原义，是一种献贞或净化的作用，但在后来的传说上，或多或少地带着这种意味也未可知。再者，这故事中的女主人公原本是一种鸟类(外国大多是天鹅，中国则是女鸟)。鸟类里面有许多是常沐浴于水中的(如天鹅、凫鸥、鸳鸯等)。脱羽毛洗澡的情节，或仅是原人极幼稚的一种推想也未可知。(后来的仙女洗澡，是一种情节上的因袭，或者夹杂着另一种意义)

(四)动物或神仙的帮助　再没有比动物友谊地或报恩地帮助主人公的情节，更普遍于民间故事中的了。欧洲故事中，像《穿靴的猫》[③]一类的谈述，是大众所周知的。中国古代记录上，像《蛇衔珠》、《黄雀入梦》的故事，[④] 我们也不至于忘记吧。和动物的帮助人相近，神仙(超自然者)也常在故事中演着这种脚色。这在古代希伯来民族及希腊民族的神话、传说中，已不是怎样生疏的事例了。中国古今的故事中，这类情节更丰富。随便拈掇一例，如张成因幻形为妇人的神明的

---

① 见沙尔、费勒克著的《家族史》第十二章。

② 见卫斯特马克氏的《人类婚姻小史》第八章。

③ 法国贝洛、德国格林等，皆记录过这故事。

④ 前一条，是隋侯故事，后一条，是晋杨宝故事，详见干宝《搜神记》卷二十。

帮助，岁岁大得蚕。① 这是一个极普通的民间故事。中国的(其实别国的也有一样的)天鹅处女型故事，有一部分的说法，是含着动物(牛或鹿)或神仙援助男主人公的情节的。这在故事的演进上看，是以后吸收而来的成分的一种。但就这种“成分”的本身看，却是在故事中很普遍而富于文化史意义的东西。人类学者们以为动物对人类报恩或友谊的资助，这种故事的发生，应追溯到人类生活和动物还有密切关系的时代，而神仙(超自然者)和人类交涉的思想，也已远在人类宗教行为产生的远古时代。

(五)仙境的淹留 哈特兰德博士在他的名著《童话的科学》中，所论述到的五类童话，里面有一种，就是“仙境淹留”(Supernatural Lapse of Time in Fairyland)。这种类型的故事，虽然各地所传情节不很一致，但重要之点却是大抵相同的。记得宋人绝句云：“娟娟红树碧峰前，为爱桃花入洞天。偶逐霓旌才百步，却忧人世已经年。”②又云：“棋罢不知人世换，酒阑无奈客思家。”③这都是颂咏淹留仙乡的情景的。欧洲民间故事中，我们可举出格林所记，牧人彼得因追踪亡羊的缘故，到了一个仙人所居的洞穴，回来时人世已历 20 余年的故事。④ 中国古籍上关于这类型故事的记载，最为我们所熟悉的，是晋朝王质入山采樵，看两位童子下棋，等到棋下完时，他的斧柯已经烂了的传述。⑤ 但和天鹅处女型故事中的这种类型情节(指陈凤翔君所

---

① 见干氏《搜神记》卷五。

② 陈尧佐《洞霄宫诗》。

③ 欧阳修《梦中作》。

④ 见英译本《格林童话》集。

⑤ 见梁任昉撰《述异记》等书。

记录的）相近的，是刘晨、阮肇误入天台的故事[①]。因为两者都是说及男女两性的因缘的，和彼得、王质或李班、惠霄、蓬球等[②]传说颇有不同地方。

十一

前节记述了这故事所含的要素五种，在本节里我们还要继续写述下去。

（六）季子的胜利 据学者们的搜集和研究，人类的家族制度上，曾经存在过一种奇异的继承法，就是继承家业的，不是年纪长大的儿子而是最幼小的季子。这种制度，现在亚洲、美洲、澳大利亚等处的自然民族多尚残存着。而世界上许多文明的民族，它的上代大都也可以找出实行过这种制度的痕迹。有力地证明着这种初期的继承制度的，是神话、民间故事中"季子胜利"题材的普遍。《小说的童年》作者麦考劳克（J. A. Macculloch）氏，谓琼斯（W. H. Jones）氏的《马札尔人民间故事集》，所收53个故事中，竟有21个是属于季子胜利式的。日民俗学者松村武雄氏说："这种现象，殆一切民族的故事所共通的。是不问东、西洋，也不问自然和文化民族地显著的民间故事的普遍相之一。"[③]西洋故事中如前文所提到的《穿靴的猫》，便是季子胜利式的好例。中国古代，是否存在过季子相续制（Ultimogeniture），这问题还有待于社会学者们的探讨、证实，但民间故事中这种情节的存在，确乎是无可怀疑的，至少现在口碑中，这种讲述极为丰富．我

---

① 见《太平广记》六十一引《神仙记》。

② 李班等故事，都见于唐段成式撰《酉阳杂俎》前集卷之二。

③ 见松村博士所著《末子相续制与故事》(《民俗学论考》第333页)。

们试举一个最显明的例子，如狗耕田型故事，占胜利的总是年幼的弟弟，而齿长多谋的哥哥，所赢得的无非是恶劣的结局。① 中国的天鹅处女型故事，在现代某几处地方的叙述上，也显明地真有这种情节。据我想，这大约是从本来独立地存在的狗耕田一类兄弟型的故事中吸收了来的。

(七)仙女居留人间 和前节所说的凡人淹留仙境的“母题”相反，而一样地广布于故事中的，是仙女居留人间的故事。希腊神话中，往往有上界女神到人间帮助凡人，或和他们结缘的，这是大家知道的事。② 中国古代记述中，这种型式的故事也非常地丰饶。如晋干宝所记《园客妻故事》，云园客貌美，没有娶妻。后来有天上神女，下来助他养蚕。不久，便一道成仙去了。③ 这以外，像成公智琼、杜兰香④等故事都是好例。但以上所举的，不过泛说是仙女，没有指明是何种星宿的女神。和天鹅处女型故事中现代一部分的说法(指把那仙女认为七星之一的说法)尤相似的，莫如唐朝牛峤所记的织女下偶郭翰的“罗曼斯”。⑤ 这篇记录写得很缛艳，自然是和当代许多传奇性质相近的东西，但它的骨髓里，怕不会没有若干民间故事的成分吧。⑥

(八)缘分 神话、民间故事中的重要质素，大多是世界上各民族

---

① 参看拙作《中国民间故事试探》(《民众教育季刊》第一卷第一期)。

② 仙女到世上帮助凡人的，如荷马史诗中所述，其例甚伙，至和凡人结缘的，像丘比特女儿的下恋安特米翁之类便是。

③ 见《搜神记》卷一，又出《女仙传》(据前人类书所引)。

④ 见《太平广记》引《集仙录》及《墉城仙录》。

⑤ 见牛氏所著《灵怪录》(依《唐人说荟》本)。

⑥ 这故事大概的情节，和晋以来许多笔记小说所记载的相似，而天上织女下嫁凡人的故事，也不是很仅见的。例如为董永偿债而来的仙女，便自称是“帝之织女”(参看《搜神记》卷一)。

所共通的。这只要看本节和前节的一些论述，便可以相当地感觉到了。但也不是完全如此。有许多要素则是仅存在于少数民族中间的。例如我们现在要谈到的“缘分”，便是其中的一个。在西洋及其他各处的故事中，说及缘分的似乎很少见。在中国，不始于近代，自六朝以来的记载上，含有这种成分的故事，早就大量地存在了。这种故事的情节，大致说天上的仙女，以和世人有宿缘的缘故，自动或受天帝命令去和那人结合。后来缘尽，便独自回上天去了。这是约略的说法，实际上各故事自然有和这稍稍出入的地方。例如前人所记唐宝历时封陟的故事。那仙女以“业缘遽萦，魔障欻起”的缘故，虽然对这位男主人公怎样地献媚殷勤，无奈他老用着“不欺暗室”的理由回绝她。结局，他却不免陷于恸哭自咎的境地。[①] 这便是一种较特异的说法。(其实，这种变异，可能是儒教思想所渗入的结果)中国天鹅处女型故事中关于缘分的情节(洪振周、孙佳讯二君所记述的)，是很近于通常的型式的。[②] 本来缘分的思想，不是中国的固有物，这只要查考一下汉、魏以前的神话、传说便了然了。它大约是跟佛教一道传入中国的。所以，六朝以来的故事中，多浓郁地带着这种色彩。自然，我们晓得一种思想或制度，由甲地传至乙地，在那里所以能够发育滋长，是要有相当的土壤的。但关于这问题的话只能暂止于此了。

(九)术士的预测 法术(Magic)，到了我们文化已高度进步的社会里，和微生虫在极讲究卫生的场所一样地是不适宜于存活了。但在文明民族的远古时代，或现在尚停留在文化史初期的自然民族，法术

---

① 见前人类书援引《传奇》。

② 这种型式故事的记载，屡见于前人笔记中。兹特举近人记录的一个民间故事为例。某君所述的《水獭精》云，当水獭变成白面书生，走进船舱里时，对赵家的女儿说道：“我俩生前有缘分，我早已被你迷住了。”(《小猪》)

在他们的社会里一般是演着很重要的角色的。近世考古学者和土俗学者所揭示于我们的事实，是怎样地显明而真确。英国人类学者马雷特(Marett)博士说："法术实未开人秘密的科学"[①]。这话是很接近真理的。法术，在它产生的初期，也许是由于一般人执行的，到了后来，便渐渐有了术士、巫师一类的专门家。于是，大部分较重要的法术，都由这种专家去司理。神话、民间故事中，以法术或术士作为要素而组成的，是很普遍的事。如古代阿拉伯故事中，所谓非洲法术师，使徒弟下地穴盗取神灯的事情，我们凡读过《天方夜谈》的人，是不会忘记的。埃及故事中，含有法术或术士的要素的，到处可以找到。[②] 我们中国，在古代已很富于这种故事了。其中说术士能预知神仙的行止(像天鹅处女型故事里所具有的一样)，我们可以举出三国时管辂的故事为例。据说，这位大术士，一天去到平原地方，见了一位姓名叫做颜超的小孩子。他断说他不易活到壮大。于是，小孩子的父亲便求为设法延命。他指点他们于某天用酒食去诱求在大桑树下弈棋的仙人，找寻解救的办法。颜超依话做去，果然获得完满的结果。[③] 这和天鹅处女型故事中，术士嘱咐仙女的儿子，于她(仙女)下凡或在某处经过或洗澡时，把她缠住的情形，不是极相似吗?

(十)出难题 人类或超自然者课役人去从事于智力上或体力上种种艰难繁重的工作，而被役者终获得了胜利(或否)。这种情节，在世

---

① 见博士所著《从咒文到祈祷》一文，按博士此话(法术实未开化人秘密的科学)，乃为修正世界著名民俗学者弗雷泽(J. G. Frezer)博士的"法术是相应于我们的自然科学的未开化人的科学"的话而说的。

② 例如《木乃伊与法术》的书、《比赛法术》、《苦敷王与法术师》及《咒的黑箱》等故事，不一而足。

③ 见《搜神记》卷三。

界各民族的神话、民间故事里，是广泛存在的。古代希腊神话，说半人半兽形的斯芬克斯(Sphinx)蹲在道旁，要求过路的人猜它那“早上用四只脚，白昼两只脚，晚上三只脚走路的是什么”的谜语，这不是大家更熟悉的故事么？古代印度的故事中，像耶沙怕尼王误听了奸臣的谗言，使正直的和尚去做种种超越人力的工作，① 也是这类故事的适例。关于试验智力一类的故事，中国现在民间颇丰富。② 要求和女子结婚的青年，被女子的家族课以种种困难的工作或可怕的危害，但他卒因女子(或超自然者)的帮助，得以成功，这是所谓有名的“求婚故事型”。③ 我国古代记录中，如杨伯雍求婚于著名徐氏之女，徐氏故索白璧一只为聘仪。杨氏因超自然者的助力，终于达到他的目的。④ 虽然这故事的一部分情节和一般的求婚故事型略有出入，但因求婚而被课以自己力量上所难办到的事物，而终由于“他力”的帮助解除了那困难，这种要点是赫然存在的。天鹅处女型故事的古记录中，田章被召回的时候，有解答奇异问题的情节。这大体上可看做“答难题故事”一类的说法。至于近人孙倩诉、陈凤翔二君记录的末段，说男主人公到了妻家，受尽种种的虐待，终因妻子的帮助免于危难，这简直是一般求婚故事型中重要的情节了。

除本节和前节所论述的十项外，关于这故事中所包含的要素，尚有好些。不过在这方面确已写得不少了，还是暂告结束吧。

1932 年夏，作于西湖

---

① 见于印度的古童话集《Jataka》中。

② 例如《李太白识破蛮书》、《孔子穿九曲明珠》等故事。

③ “求婚故事型”即故事学者所谓“远旅的故事”(A Far-travelhed Tale)这类故事的著例，像希腊《耶松取金羊毛》、日本《大国主命逃出根坚洲国》等都是。

④ 见《搜神记》卷十一。

中日民间故事比较泛说

引　言

1934年晚春，我抛下浙江大学的教鞭，乘轮到了东京。记得那正是樱花盛开的时节。但我此行决不是为了游览或访问、考察。我的目的是颇明显的：学习与探究。学习什么呢？学习民间文学及民俗学的主要理论和相关的各种人文科学知识。因为过去10年，我从事这两种学科的资料采录和理论探索(同时还从事这方面学术的组织、传播等活动)。不用说，多少取得了一些成绩(有些论文，后来被国际学人认为是“力作”)，也坚定了在中国学术上牢固地树立这种学科的决心。但我当时也清楚地认识到，我的专业学识和能力还不足以担负起我要完成的事业。因此，我必须创造条件，填补这种缺陷。我必须争取机会，到国外去学习一段时期。这是我出国的主要目的。其次，因为从20年代末到30年代前3年，我在教授民间文学功课和写作民间故事等论文之余，阅读了一些日本语文的著作(包括高木敏雄自费出版的《日本传说集》之类)。我感觉到中、日两国

(还有朝鲜)的民间故事、传说，类型和母题相同或者相似的颇多，值得联系起来研究；而且当时我国在人文科学里，比较研究的方法已相当时髦。所以，我想在学习之余，也进行一些研究，把题目定为《中日民间故事(包括传说等)的比较探索》。这可说是当时赴日的副目的吧。

到了东京，我忙于学习活动。除了阅读民间文艺学、民俗学的理论及其历史的著作外，还要涉及民族学、人类学、社会学、语言学等社会、人文科学的著作。为了发表某些学术意见及卖文补助生活费用，还得执笔写作文章。限于时间和精力，我就把那副目的搁置了。在东京两年多的时间，对于日本民间故事等口头传承，我虽收集了一些资料和阅读过一些跟它有关的理论著作(如高木敏雄、柳田国男、松村武雄及芦谷重常等学者的撰述)，却始终没有着手去进行那个原拟论题的研究工作。到东京不久，我曾在当时日本学者们共同出资刊行的《民族学研究》上，发表了题为《老獭稚传说之发生地》的论文。但那是关于中国、朝鲜和越南三个地区同型民间传说的比较探究，而关于中、日民间故事、传说的比较，却始终没有动手。现在回想起来，尽管已是半个世纪以前的往事，仍不免多少有些惭愧和遗憾。

近年来，我国民间文艺学、民俗学走了从来没有的好运。民间文学三大集成(故事、歌谣、谚语)的搜集、编纂工作，大大推动了这方面的学术活动。各省、市、自治区都进行了普查，已印行了县、地资料本达数千册。各省、市刊行的省、市卷本(同时也是国家卷本)也在陆续定稿或编纂中。我因为职务上的关系，不断接触了故事记录资料和参与了这方面的工作讨论。这使我对中国现在民间口头的叙事文学(包括神话、传说及狭义民间故事)增进了知识和产生了新的看法。而10多年来，我国学界与海外学界的接触和相互理解逐年增多，日本这方面的学者如伊藤清司、大林太良、野村纯一和君岛久子诸先生、女士，不但一再来访，得以叙谈，并且他们中间有的关于中日民间叙事文学的论著，也使我们钦佩和感奋。对于我个人来说，也正是引起我想到半个世纪前想做而未能成功的学术课题。

今天这个中、日两国民俗比较研讨会的召开，使我有机会重新温一温多年冷却了的学艺梦想——执笔来试写作两国民间故事比较这个老问题的谈论文章。我的心是热切的。但是，碍于种种条件（例如时间的仓促、特别是应用资料的不顺手等），我的文稿只能算是一个备忘录，或是在自己老年学术上补过的一个开头。

这篇文稿主要由两部分组成：(1)对两国同类型民间故事的概观，(2)对两国同类型故事，举出两个例子略作比较。

本文的论述，日本方面的资料的取材，主要出于下列数书：

甲　日本昔话名汇　柳田国男监修　日本放送出版协会刊行　1946年

乙　昔话の型（《日本昔话大成》第11卷）　关敬吾等编著　角川书店　1980年

丙　日本の昔话(1～3)　（本书3册，原各册都有名称。这里用副标题总称）。

关敬吾编辑　岩波书店　1956～1957年

丁　日本昔话百选　稻田浩二等编著　三省堂1971年

两国同类型民间故事鸟瞰

中国和日本，由于彼此地理接近和长期历史交往等原因，文化上的亲缘关系是相当广泛和深远的。两国在民间文学，特别是民间故事方面的关系则更具代表性。因为它既有长期人民交往和移居（主要是由中国移居日本)的传播途径，又有长期文书流通的传播渠道。这方面相同和相似的篇章不少，是大家公认的。但在数量上到底有多少？过去谁也没有做过切实的调查、统计。因此谁也不能确切地回答这个问题，即使是一个不完全的、近似的数字，也不容易说出来。

尽管如此，却仍有一些学者近年来有意无意地在这方面举了一些例子，或者做出了一些极概略的估计。

前者如《日本与中国的民间故事有强度的亲近关系》的作者(此文据小泽俊夫教授编著的《日本人与民间故事》一书所载。作者署名“プン・ユ・ホフアン”，并注明是中国人，但不知其汉语原名如何写法，不敢妄译)。他的中、日民间故事共同类型的比较篇章，举出了下列6个例子：

1. 旧房子的漏
2. 窝西拉君(或称马鸣菩萨，蚕神，即中国的马头娘)
3. 耳听(中国“月下老人”型故事)
4. 里正变做猴子的故事(中国恶家婆被罚变成猴子型的故事)
5. 蛇男子(类似中国蛇郎型故事)
6. 戴笠地藏(中国的“米泉寺”型)

在简要地比较了这6个同类型的故事之外，作者又举述了几个故事里的共同母题，那就是“从瓜中出生的女儿”、“动物食了人而变成人”、“用梨种子使枯了的梨树开花”、“善良人跟坏邻人的对立”及“欺骗敌人而完成正义的复仇”等。

日本从事日中神话、民间故事比较研究的学者君岛久子女士，在她的《日本的故事与中国的民间传承》一文中（该文是女士最近见赠的复印本，没有详细记明写作年月及登载刊物名称），也列举了两国同类型故事的5个例子，那就是砍竹翁（中国西藏的竹姑娘型故事）、浦岛（中国的龙女型故事）、蚁通（中国的采桑娘型故事）、婆皮（灰姑娘的异式）和花世之姬（中国西藏松嘉拉毛型故事）。

此外，还有这方面的专家伊藤清司教授进行比较论述的两国同类型的一些故事（《日、中两国民间故事的比较研究》，见他在华学术报告集《中国、日本民间文学的比较研究》，1983），这里不再多介绍了。

跟上述学者一些举例式的指说相反，另一部分学者却作了概括的比较或叙述。例如《中国民间故事类型索引》（1978）的编著者故丁乃通教授，就把自己编撰的类型去跟池田弘子女士的《日本民间文学类型和母题索引》相比较，指出了两国民间故事的共同类型23个。他因此认为两国这方面的交流并不那么密切（跟中国和她西邻的那些国家或民族比较起来）。（《中国民间故事类型索引·导言》）。

但是，也有些学者对这方面的估计，跟丁教授所说的并不一样。例如，日本这方面研究权威、故关敬吾教授（日本民间故事类型索引等著作的编撰者）。他说，他重读了我的30年代前期在日本《民俗学》（月刊）上所发表的《中国民谭型式》一文（这是一篇未完成的著述，它只列举了50个左右的型式，尽管所取材的故事多是比较重要的），认为“中国的民间故事有一半以上与日本民间故事相同或类似”（关氏的《寄语》——给他编著的《日本民间故事》中文选译本的序言）。关氏的话虽然是一种概说，但是所估计的数量，跟丁教授所说有明显的差异——升高了。然而他这话，没有明确指出所比较的是否仅限于相同类型的，或者还并包含相同母题的在内。因为两者的分或合，估计结果相当不同。但是，从大体上说，我是比较倾向于他的估计的。

中日两国民间故事(包括神话、传说在内)的亲密关系，不仅是学界同志们所承认的，而且像上文所叙述的，学者们已在这方面做了些试探、估计的工作。尽管那些成果目前还不能使大家满足，但到底在这块学术土地上动过锄，播过种。我们有责任踏着他们的足迹前进。而要进一步发展这项工作，当前两国这方面的条件都是比较有利的。

因为时间有限，又是单枪匹马作战，我现在这个工作只是一种粗略的尝试。我以《日本民间故事大成》资料篇所载的《昔话の型》(因为它刊行在《日本昔话名汇》之后，所收类型比较多)为根据，就我个人所知道的中国故事去相比较。我认为中国有同型式的，就把它登记下来，并附记上主题或中国同型故事。这样做的结果，当然不能说是完整、准确的。因为我多年来并没有专门从事这种工作(即中国民间故事的探究及其与日本民间故事的比较研究)，所知道和记忆的故事到底有限。像上文所提到的，几年来，我国由于编纂民间文学三套集成，各地涌现的资料本已经有数千册，但我所读过的并不太多。然而，尽管如此，我想这次试作，仍然多少可以在这方面带个头，以促使两国更多的同志来参加这项工作，我自己也正好藉此对半个世纪前想做而未完成的课题从新做点补救。

现在，我把这次初步认为两国属于同类型的民间故事，举例于下：

1. 十二支的由来(猫与鼠的纠纷故事)
2. 猴蟹合战(后半即中国的猪哥精型)
   猴的夜盗、蟹的报仇、马夫的报仇、雀的报仇，皆同型异式。
3. 旧房子的漏(中国的怕漏型)

4. 雁与龟(开口招害型)

5. 天仙妻子(中国的羽毛衣型)

6. 吹笛女婿(吹箫得妻故事)

7. 画中妻子(卖桃式、难题式，中国都有)

8. 蜜蜂的援助(蜜蜂帮助曾经救过自己的人解答难题，使其得到妻子的故事)

9. 破谜女婿(解答了女方的谜语得以成婚的故事)

10. 蛇儿子(救养小蛇，得到好报的故事)

11. 育儿的鬼灵(女鬼为育儿到市上购物的故事)

12. 烧炭财主(中国享夫福女儿型)

初婚型，再婚型，中国同样存在

13. 产神问答(享夫福型的另式)

14. 狗与猫与指环(猫、狗成仇型)

15. 花笑翁(跟中国狗耕田型相似)

16. 地藏净土(从鬼怪或动物那里得到好处。学样者失败)

17. 摘瘤爷(生瘤的人因跳舞得到好处。学样者失败)

18. 米福粟福(灰姑娘型)

米埋糠埋、皿皿山、阿银小银等都属同型异式

19. 捡栗子(后母虐待继子的故事)

20. 歌唱的骸骨(冤魂报仇的故事)

21. 没有手的姑娘(继女为后母所害，失去双手，后终得到幸福的故事)

22. 浦岛大郎(因救助海中动物而被邀游龙宫，并得到宝物而归的故事。中国所传，大略相同)

23. 龙宫童子，是上型异式。

24. 黄金的斧头(诚实人失去斧头，因说真话，神仙给以金斧。贪心者学样失败)
25. 老狼报恩(某人帮助老狼得到报酬的故事)
26. 报恩的动物、忘恩的人(负义与忘恩型)
27. 忠义的狗(中国文献和口头传承，都有此类故事)
28. 天赐金锁链(中国的老虎外婆型)
29. 姐弟与山妖婆(与上篇同型式)
30. 旅人变马(中国的“板桥三娘子”型)
31. 收拾猴神(以人为牺牲的故事。李寄型异式)
收拾大蛇，也是同型
32. 宝怪(住凶屋得财宝型故事)
33. 甲寅三郎(与负义与忘恩同型式)
34. 太阳的三根毛(类似中国问活佛型)
35. 金子打鸭(中国享夫福型异式)
36. 手拉儿子裁判(亲生儿与养儿型。包公案故事之一)
37. 夫妻的缘分(命定的妻子故事。中国月下老人型)
38. 尼姑裁判(买镜子型笑话)
39. 牵线信号(中国呆女婿故事类型之一)
40. 新娘的齿牙(笑话)
41. 试胆(胆怯者的笑话)
42. 烧掉父亲(笑话)
43. 如果捡到金子(财迷笑话)
44. 八石山(善良人种煮熟的种子获得好处的故事)
45. 尾张远呢？金比罗远呢？(两人争论地方的远近，使裁判者得到好处的笑话)

46. 比赛沉默(愚人的笑话)

47. 蚁通明神(中国穿九曲明珠型)

48. 瘸金子的马(以骗术取胜的笑话)

49. 远地的火警(合谋欺骗得利的笑话)

50. 熊的儿子(旅人与熊结合生子的故事)

51. 孟宗竹(中国古代孝子哭竹生笋的故事)

52. 竹筅打水(后母虐待继子的故事)

53. 鱼石(西域人识宝型)

以上粗略举出了50多个共同类型。就我个人所知，这是有关本课题所列举数量较多的一个表。但是，它绝不是最后的、完整的统计。事实也远远不止于此。原因除上文所指明的几个弱点之外，还有其他一些不利条件，如我对于关氏《昔话の型》阅读得比较粗略，因而也多少影响了我确认类型的数目等。这是很抱歉的。在此，我还想附带声明一点，即我确定类型的要求，一般比较严格。双方必须主题及基本情节大致相同的才给予承认。而那些只有部分情节相同或相似的多被舍去。所举类型不太多，跟此点也有关。我希望今后自己(或者与人合作)能够把这项工作继续下去，使它达到比较完整的形态。

为了对一些重点故事作点稍微具体的比较论述，我原拟第一次选出几个同型故事加以论述，那就是：

怕漏

老鼠嫁女

猴蟹合战

灰姑娘型故事

享夫(或自己)福的女儿

猫狗相仇

马头娘的故事

现在因为种种条件限制，暂时只能就《灰姑娘型故事》和《老鼠嫁女》两个类型进行论述，其他只好等待将来再执笔了。

灰姑娘型故事(比较例子之一)

大家知道，灰姑娘的故事是一种世界大扩布型民间故事，也是在我们中日两国民间有着较广泛传播的一种故事。在中国，1000年前，就出现了关于它的记录，并且是在情节上相当忠于当时民间传承的记录。日本方面，虽然时间稍后，但也有一些故事梗概或母题大略相近或相同的前代记录。与西欧各国先后流传着的灰姑娘型故事一样，我们东亚——日本、中国、朝鲜、印度、越南等地区，也流传着这个故事的各种型式大同小异(当然也有小同大异者)的说法，正像有些学者所指出的“亚细亚型”——尽管它所概括的未必充分。

(一)中国的灰姑娘型故事

唐代诗人和学者段成式(803～863)在他那部颇有名声的笔记小说《酉阳杂俎》里，跟其他的一些民间故事(有些是产生和流传在外国的)一道，出现了这个各民族共有的、灰姑娘型故事的记录。从同型的故事在世界文献上的出现时间看，它是最早的(撇开古埃及那《两兄弟》的部分母题相同的故事不算)。一般学者认为较早的这种类型故事，如意大利巴西勃《五日故事》里的《灰猫》，也远在段记之后。从故事的主题、思想、基本情节等看，它也当然是属于这种类型的故事的典范。但由于中国文字的特殊性，过去有些西欧这方面的专家如M.R.

柯克斯女士，就在她的专著里遗漏了它。

中国这个古典的灰姑娘型故事，自从日本民俗学者南方熊楠在《随笔》里指出后，数十年，中日学者都注意到它了。例如，周作人就在民国初年的论文中论述了它(《古童话释义》)。稍后如松村武雄编著的《世界神话传说大系》的"中国卷"也收录了它(题作《后母故事》)。近年来两国学者谈论到它的文章就更多。因此，关于它的详细情节，这里就不再细述了。

这个世界性的故事在中国境内的传播，不仅很早就被记录了，到了现代，它的传播更加广泛和深入(局部地区)。除汉族聚居的地区外，东南、西北地区的少数民族，如苗族，藏族等，民间口头上也流传着。而就汉族聚居地区(包括当地少数民族同化程度较深的地区，如广西)的情况看，该故事的主要传播地是中国南部(广东与广西，特别是后者)。中部地区(如浙江)及北部地区(如河北)，也有跟这类故事基本形态相同的说法流传。本文非灰姑娘型故事的专论，因此在主要取材(探讨对象的范围)方面，尽量加以限制。汉族所传的，也只取其形态比较典型的篇章。少数民族的，则除了广西壮族地区的，其余都不涉及。这样做，是由于壮族故事本身比较完整，还有它的历史较长、传播较广泛深入等原因。

本节的论述，主要取材于下列各记录：

1. 达侃与达嫁(黄革搜集整理，手稿)
2. 孤女泉(覃建真搜集、整理，手稿)
3. 灰姑娘和达架(蓝鸿恩著《广西民间文学散论》，广西人民出版社)
4. 牛奶娘(刘万章记录，《广州民间故事》，中大语言历史学

研究所)

5. 疤妹和靓妹(姚传铿记录，余同上)

6. 牛奶娘(费林搜集、整理，《珍珠泉》，山西人民出版社)

7. 灰姑娘(王秀华讲述，王春艳整理、记录，《抚宁民间故事卷》(中国民间文学集成)第一卷，秦皇岛市抚宁县三套集成办公室)

根据上述记录，并参考其他一些有关资料，我试把中国这种故事概括为下列类型：

1. 有姐妹(或姐弟)二人。姐为前母所生，妹为后母所生。姐美而妹丑。
2. 后母虐待姐姐，使其干繁难工作(如短时间内完成绩麻、或剥麻、纺线等活计)。由于母牛或神等的帮助，得以完成(一次或两次)。有的还有后母使妹妹学样失败的情节。
3. 后母杀牛、食其肉，姐姐收藏或掩埋牛骨(或无此情节)。
4. 后母带妹妹去看赛会、演戏，或参加歌会、宴会，使姐姐守家，并留困难的工作让她做(分拣相混淆的芝麻、绿豆等)。姐姐因神或母牛之灵的帮助完成工作，并得到美丽衣着(包括绣花鞋等)，得以前去赴会。
5. 姐姐在赴会或会后途中，失落一只鞋(或所带戒指)。她答应鞋(或戒指)的获得者或代取者的求婚。
6. 婚后夫妻生活幸福(或无以下情节)。妹妹妒忌姐姐，设法害死她，自己冒充姐姐。
7. 姐姐的魂灵化作鸟儿，鸣唱以提醒丈夫；被妹妹杀害，又变为竹树等。后复变为人，寄寓邻居老婆婆家。

8. 由于邻居的帮助，夫妻终得团圆。后母和妹妹受惩罚(有的较严厉，如妹妹被杀或舂死等)。

这个类型，自然只是那些活生生的、姿态不一的故事情节的抽象概括。许多生动的细节被略去或干枯了。有的情节，甚至是重要情节，讲述中就被省略或改变了(如失鞋、对鞋、绣花鞋变为戒指之类)。我们所取材的记录，一般是情节比较完整的。但也有个别篇章比较简略，如抚宁的说法。对于去看赛会或参加歌会的情节，却变为王爷选王妃，因而也就没有失落绣鞋等情节，尽管她所得到的喜鹊报恩物里是有绣花鞋的。又浙江(《牛奶娘》)的说法，不仅姐姐是母牛喂大的，还有生母之灵给以蓝布衫，使她变丑，因而得嫁相爱慕的穷小子，却并没有失鞋、对鞋一类情节。至于两广故事里，婚后妹妹及后母谋害姐姐的大段情节，则是浙江、抚宁等的说法所没有的。

就上面所记类型以及所概括的原有故事的形状看，我觉得有下述几点意见需要说明。

1. 现在中国民间所流传的灰姑娘故事，与1000多年前的古代记录比较起来，虽然有些差异的地方(如帮助姑娘的是牛而不是鱼之类)，但在一些重要的情节方面(如后母虐待前妻女儿、动物的帮助者、得鞋失鞋，以至与得鞋者或有身份者结婚等)，大体是一致的。我们虽还不能就此断定两者有直接“血统”关系(关于这点，下面还要涉及)，但它们却无疑是有一定亲缘关系的——在广泛范围内的亲缘关系。

2. 中国现在所流传的这种类型的故事，虽然其开始很可能是外来的(这一点还有待于今后的细密研究)。但是，它既然进入中国人的口和心，就必然要跟这国土上的人民的生活和文化，特别是跟它的民间口头文化，进行着或大、或小、或深、或浅的接触和交融，因此被打上中国生活、文化的烙印。换句话说，它被中国化、民族化了。有关此点，我们试举一二例证。如故事中具有重要意义的物事："鞋子"以及它的失落和被拾得的关键情节，在我们的叙述里，就有自己的特点。那在西方所谓金鞋、玻璃鞋之类，就大都变成了土香土色的"绣花鞋"或"凤头花鞋"。那捡到鞋子的求婚者，也多变成中国的秀才乃至贫苦青年(说是王爷的，只是北方所传的那个例子)。此外，如那西方故事里的跳舞会，在我国的故事中，则一般改为中国民间流行的迎神赛会，或者演戏、庙会，甚至于某地方特有的歌圩等。它们足以说明，一个外来的民间故事在流传过程中，是怎样被民族化了。以前我们在进行故事的比较探究中，往往只着重在彼此类同的地方，而忽略了它们之间的差别。其实，这差别的地方同样具有值得重视的意义。这一点，在民间传承的研究方法上，是值得我们反省的。

3. 现代中国所传述的灰姑娘型民间故事，在结构上，有的比较单纯(即近于原来形态的)，有的则比较复杂(即吸收了别的故事的母题，或复合了别的故事的母题)。有些日本学者就曾经指出，他们的灰姑娘型故事《米福粟福》等，是复合了两个本来各自独立的故事而成的(见下文)。在民间故事里，结构复合，特别是母题的移用，那现象的频繁恐怕是大大超出了我们的想象的。中国灰姑娘型故事也没有什么例外。

中国现在流行的灰姑娘型故事，如广东、广西的说法，故事里主人翁结婚之后的那些情节，我开始怀疑它是从广泛流行的《蛇郎》型故事那里借来的。但是，看了R. D·詹姆森的《中国的灰姑娘故事》(见《中国民俗学三讲》)之后，才知道在广西邻近地区越南的同型故事里，已经如此。可见，它的粘连或复合的由来是很早的了。至于故事中那些使灰姑娘感到无法做到的难题（如短时间内绩完麻丝，挑拣混合的芝麻、绿豆等）以及由于精灵的帮助而得以完成的母题，大概也是从别的故事中吸收过来的，尽管有的也已见于别的民族或地区的故事里。这一点，对于一般民间故事结构现象的探究是有益的借鉴。

4. 中国现代民间所传的灰姑娘型的故事，与中国古代有关这个故事的记录，是不是一脉相承的呢？关于这一点，我认为需要进一步研究。我不想在此就这个问题展开探索和论证（我也没有这方面的准备）。我只想发表一点个人看法。简单说，这个故事，很难说是本土产生的（这是由于这个故事世界扩布现象以及它本身存在的那种内涵的证据）。现代中国南北所传的故事中的那个帮助者（精灵、动物、一般说是“母牛”），在我国古代段氏的记录里却明明是“鱼”。目前各国所传的故事中讲牛的固然多，但说是鱼的也有。而在跟广西接壤，并且在人民血统上多少也有关系的越南，它现在流传的此类型故事中出现的帮助者正是鱼。但在地理相接、民族聚居和迁移关系也很密切的广西和广东，两者现在所传的这类故事中的这个角色却都是牛，与古代所传的不一致。对于这种现象，可以有两种解释：①认为这是一般故事在流传过程中常见的变异（由于这样、那样的原因，从甲动物变成乙动物）。②认为是前后故事传进来时原有的差异。在这里，我们自然不能完全排除前一种看法，但是从各方面的情况（如唐以来，两广国际的民族及文化关系）加以考虑，后者对于故事来源差异的看法，也并不是纯属臆测的话。只是要充分证明这种论点，还有待于作广泛、深入的分析和考察，我这里只算提出问题和一些揣想罢了。

（二）日本的灰姑娘型故事

日本古代文献上就存在着许多继子故事，有的在情节上与灰姑娘故事有某些近似。但是比较典型的说法，似乎只见于近代的民间口头传承中。

日本学界注意民间文学工作比我国学界早些，数十年来，也在这方面涌现了一批优秀学者。依彼国的专门研究家所说，柳田国男氏主编的《日本昔话名汇》里，就举了15个型式，例子近百篇。稍后关敬吾教授编纂的《日本民间故事集成》，有关此类故事列举了20个型，例子三四百篇。后来还继续有新的类型出现(根据山室静氏《世界的灰姑娘故事》第八章所述)。他们的工作当然使我们羡慕，但他们所谓类型，似乎是包括与该故事情节有关的许多故事篇章在内的。其中有些是所谓“异式”吧。我们现在侧重以那些比较公认的类型的篇章为主，即《米福粟福》(中译名为《米布吉和粟布吉》或《米姐和粟妹》，见关敬吾氏编《日本の昔话》第三集)、《糠福和米福》(稻田浩二、稻田和子编《日本昔话百选》)以及柳田的《名汇》、关的《民话の型》里所举的例篇等，来作为我们的考察对象。

为使读者对日本这个类型的故事有个概括认识，让我先介绍关氏所作的灰姑娘故事的类型：

1. 后母把破袋子给继女(姐)，好袋子给亲生女(妹)，让她们去山上捡栗子。
2. 姐妹投宿山妖婆的家。山妖婆叫她们捉虱子。姐姐干了，妹妹不敢干。
3. 姐妹从山妖婆那里得到柳箱而归。姐姐的装着衣服，妹妹的装着青蛙和脏东西。
4. 后母带妹妹去看戏(祭礼)，叫姐姐看家，并令其(A)用桶打水；(B)分拣稻子、粟、米。

5. 朋友(和尚)、雀子给予帮助，她跟友人去看戏。

6.(A)姐姐被妹妹看见；(B)姐姐给后母、妹妹投食物。

7. 姐姐被在剧场看见的青年求婚。后母要他娶妹妹，但青年终与姐姐结婚。

8. 妹妹羡慕姐姐的出嫁，母、女乘着石臼而行，落下水里，变为田螺。

——《日本民间故事大成·资料篇》第47页

这个类型，基本概括了现在日本境内流传的灰姑娘型故事的主要情节和大略结构。但是，正如一切民间故事类型的制成，都不免有些缺陷，因为它要舍去细节、有时还是比较重要的情节一样，这个类型也不例外。例如，日本口头传承的该类型故事里，关于姐妹关系的一种说法是：她们俩相当和睦，主要是妹妹同情乃至协助受虐待的姐姐。具体事例是，她俩在山里时，妹妹叫姐姐去找剥树皮的爷爷补破袋。而更重要的一点，是在后母给她们分栗子时，妹妹设法瞒过母亲，把好栗子给了姐姐吃。这是在衡量故事讲述者和听讲者的思想、态度，因而在衡量整个故事所表现的伦理观念上，都是颇关重要的。这种做法，虽出于情节概括时的不得已，但到底不能不使人多少感到有些遗憾。

从这个类型以及一些与它关系较密切的资料来看，我们可以得出下列各点看法：

1. 这种类型的日本民间故事，尽管有些一般应有的情节被失落了(主要如灰姑娘得鞋、失鞋等情节)，但是从整个故事的主题思想、重要情节以及结构框架等方面看，它基本是属于这个世界性类型的故事的。它绝不仅是只有主题思想或局部情节(某些母题)的相同或类似而已。

2. 日本这种类型故事的结构，既具有世界这种类型故事构成的共同形态，同时又有自己的特点。它是复合了其他故事或吸收了别的一些母题的，如姐妹(或姐姐)寄宿山妖婆家，为山妖婆捉虱子并从她手中受赠宝物以及后母迫使姐妹去山上拾栗子，叫姐姐用竹篮打水等故事或情节，都有这种痕迹存在。这不仅是从故事结构分析所得到的推理，而且是有其他相关材料足资证明的。在日本乃至在中国的民间故事中，或多或少地(有些还是相对独立地)都是存在那种误入精怪之家以及凶恶的人物向善良的人物故出难题等种种母题的(中国的同型故事中，就有后母使继女用煮熟的种子去播种、用漏桶或竹筐去挑水等情节)。日本口头传承中也明显存在着后母使继子拾栗子或杨梅的独立故事(参看关氏《昔话の型》)。而故事间的复合，是跟母题的借用同样常见的现象。日本学者山室静氏在他的专著《世界的灰姑娘故事》中曾经着重指出，日本此类故事在结构上是复合两个故事而成的，前后两个故事的分界就在于参加祭礼那个地方。他并且认为因此而带来了故事的结局(妹妹的悲剧)的缺陷。他的意见，大体上是可以同意的，虽然还有些借来的情节(如使姐姐用竹篮子打水)没有被指出。

3. 日本这个类型的故事，据我看来，正如彼国某些学者所指出的，是从外国输入的，虽然那时间不能太明确决定。尽管在日本古代文献上有许多继子型传说、故事，但是像现在民间所传说的这种形态的，似乎没有见到完全相同的篇章。而这种类型的故事，既然是世界大扩布的，就有可能通过某种渠道传入三岛，又在那里经过不断讲述、改造、充实，而成为现在见到的、相对稳定的形态。因此，它一方面具有世界类型的那些重要共同点，同时又具有当地风土、文化的独自特点。它被民族化了。最显眼的，是它的从最典型的说法到各种异式，有时连袜子也上场了。但那作为此类故事的重要“物事”和相关情节——鞋及其得到与失落等，却始终看不到踪影。这就绝非偶然了。它是因为日本民族的妇女，传统习惯是不穿鞋子的(她们穿的是“下驮(木屐)”或“草履”)。因此，在别的民族所有的金鞋、玻璃鞋、绣花鞋等，在她们的故事里便统统无法出场了。此外，如那山里的女妖婆(山姥)之类，也是这个岛国的俗信的产物，并且还常常出现在其他的民间故事、传说里。总之，日本现在民间流传的灰姑娘型故事，在内容和情节、结构上，既是国际的、又是民族的。而且后者的香气是相当浓郁的。

4. 从民俗学、民族学乃至文化史的角度看，日本的灰姑娘型故事无疑是有相当价值的。但从一般文学的或美学的角度看，它又应该得到什么评价呢？不错，故事的主题有深刻的社会、历史意义，它的基本情节，乃至一些细节，也多是写实的，或近于写实的(除了那些幻想性情节)。它的伦理意义和艺术意义是并肩存在的。但也如有些学者所指出的，它在结构上却有着拼合的痕迹，并因此导致了某些意义上的矛盾。我认为，从这种类型故事的那些世界的优秀篇章来看，它是比较质朴的、较少光泽的。也许正因为如此，它又赢得了较多的民族特色吧。

(三)两国这种同型故事的比较

关于这个问题，我只能提出一些粗浅的看法。

1. 两国现代民间所传播的这种类型的故事(它的典型或比较典型的叙述)，基本是同属于这种世界类型故事的。因为它们的主题思想、基本情节及大体结构框架，大都是相符合或相接近的。但是，中国这种类型的故事(包括那个唐代的记录)，在情节和结构方面，似与西方(如法、德等国)有着较多迎合的地方。在故事的情态上，有些说法好像也较为赡美些。

2. 两国的这种类型故事，在情节、结构上，都有混合别的故事或者吸取其母题的现象(后者如后母使姐姐用漏桶或竹篮子去打水之类的情节)。这似乎容易使我们推想到两者的传播问题，即出于直接的传播关系，或是直接的同一来源问题。中日两国，由于前文曾提到的种种原因，在民间口头传承(包括传说、民间故事及谚语等)方面，有许多作品的相同或相似现象是由于直接传播结果，这是不容否认的。但是，这是就大体上说的。至于个别同类型故事(特别是那些世界性的故事)要确定它们是否有直接传播关系，还必须进行全面和深入的考察，才能得出比较可靠的结论。关于中日的灰姑娘型故事，我们现在还没有做到这一步。

老鼠嫁女型故事(比较例子之二)

老鼠嫁女型故事，据日本有些学者指出，除了中国和日本之外，它还流传于朝鲜、越南、印度和印度尼西亚等国家。在东方，也应该说是一个颇有点名气的故事类型。

近年(1987)，百田弥荣子女士在她的题名为《作为俗信产物的“鼠的出嫁”》的论文里，简要叙述了彼国学界有关这个类型故事的研究的(包括记录等)小史，指出了南方熊楠、松村武雄及大岛达彦等学者的学绩。我国几百年前的明代，就有学者刘元卿记录了这个型式的民间故事(《应谐录》，据《雪涛谐史》及《续说郛》所载)。“五四”新文化运动发生之后，记录、谈论民间文艺(包括传说、民间故事)，成为学界风尚。记得20世纪30年代中期，就有一位学者(胡怀琛)发表文章谈论中国民间所传播的这种类型的故事及其与印度故事的关系(《中国古代小说之外国资料》，《逸径》半月刊，第四期，1936年4月)。全国解放前夜(1948)，我国印度文学研究家季羡林教授进一步探索这个问题，发表了《“猫名”寓言的演变》的文章(刊于上海《申报》，4月24日)。近年来，书刊上也时有关于这种类型故事的记录或译文出现。从已有的资料看，这种类型故事在大陆和三岛本土上的传播，都不能说是很普遍的。它的文化史和文艺史的意义，也不一定能超越两国那些比较优异的口传作品。但它在一般民间故事里具有自己的特点，从它的产生、流传历史的久远和扩布区域的广阔看，也实在不容许我们轻视它。特别是从中日两国民间故事的密切关系上看，尤其如此。

(一)中国的老鼠嫁女型故事

像学者们所知道的，中国这种类型故事的较早记录，是上文提到的那部明人笔记所载的。它的主要情节如下：

1. 齐奄家蓄一猫，自信其奇特，把它命名“虎猫”。
2. 客人说，虎比不上龙的神灵，请改为龙猫。
3. 另一位客人说，龙升天要靠浮云，不如叫做云猫。
4. 又一客人说，风能吹散浮云，请改为风猫。
5. 又有一客人说，墙能挡风，应该叫墙猫。
6. 再一客人说，老鼠能在墙上打洞，就叫鼠猫吧。
7. 东里丈人(智者)笑主人昧于自知，致失本真。

这个古代记录，其故事基本情节和整体结构等与古印度寓言很相似，这是国内外学者们都承认的。

这种故事在中国现代民间传承里，是否照样(或大同小异)存在着呢？我们的回答大体是肯定的。像上文所说，几年来我们进行了全国民间文学普遍的调查、收集工作。在这当中，许多过去未曾被搜集、记录的口头文学作品都涌现出来了。关于老鼠嫁女类型的故事，我们也看到了它的新的记录。首先，让我们看看四川遂宁市地方所流传的这个故事。原记录不长，就抄在这里吧：

有一个耗子的女儿长大成人了。耗子(妈妈)想给女儿找个本领大的丈夫。她想："太阳高高在天上，本领一定大，我把女儿嫁给他吧。"于是，她去找太阳提亲。太阳一听，双眉一皱说："我不行，要是遇着云一来，就把我遮住了"。耗子便去找云。可是，云又说："我不行，要是遇着风一来，就把我吹散了。"耗子又去找风。风不安地说："不行，要是遇着墙，就把我挡住了"。耗子又去找墙。墙又说，"遇着耗子，就要把我钻垮了。"后来耗子明白，还是自己的同类本领大，就把女儿嫁给了另一个耗子。(讲述、采录者：刘仙钰，《四川遂宁市卷》，文化艺术出版社，1990)

这个记录尽管跟我国古代文献上的说法有些差异的地方(主要是主人公不是猫，而是老鼠)，但它跟这种类型故事其他地区的记录却是一致的(下文将论及)。而且这种故事的这种说法，在目前中国的口头传承中，也不是孤立的。近年出版的河北邯郸地区(涉县)的记录里，就有相似的说法。它的梗概如下：

1. 鼠妈妈生了一个俊秀的女儿。
2. 女儿长大后，许多鼠青年来求婚，鼠妈妈都看不上。
3. 鼠妈妈想把女儿嫁给一个无敌的大英雄，就首先想到了月亮。

4. 她带着女儿到天上去提亲。月亮说，他最怕云彩。
5. 鼠妈妈去找云彩提亲。云彩说，他最怕风。
6. 鼠妈妈又拉着女儿去找风。风说他的敌人是墙。
7. 鼠妈妈又转向墙提亲。墙说，他最怕老鼠。
8. 鼠妈妈看上一个好长相的鼠青年，向他提亲。他说，他怕猫，一碰上就没命了。
9. 鼠妈妈带着女儿去找猫女婿，找到了一只大花猫。她俩一下子就被他捉住了。

（王福榜记录：《鼠妈妈选婿》，《邯郸地区故事卷》中册，中国民间文艺出版社，1989）

这个故事的说法，与上述例子基本相同。差异的细节，是故事前半部分有鼠青年求婚遭拒绝和被认为伟大的英雄是“月亮”而不是“太阳”的说法。结尾处鼠妈妈拟向猫提亲并被吃掉的情节，在同型故事中是颇特殊的。但从总体上看，这篇故事无疑是属于这种类型的。

此类故事大同小异的说法，也见于王树村君的介绍。在他所编辑的《中国美术全集·民间年画》卷“老鼠娶亲”的图版说明里，叙述了一则有关的故事(1985)。那故事的主题、人物情节、结构都与上述两篇大略相同。值得注意的，是它的结尾与上述邯郸地区的说法相符，就是鼠青年说怕猫、老鼠爹娘因此去向老猫提亲终被吃掉的情节。这种情节，恐怕是在流传过程中由讲述者所增添的。它已带有现代民众文化思想演进的色彩(有关此点，请参看拙作《从文化史角度看“老鼠娶亲”》，见《话说民间文化》，人民日报出版社，1990)。

综上所述，可见，老鼠嫁女型故事，在中国的民间传承中有着两种形态，我试把它们简化为两式：

1. 鼠女择婿式

2. 异猫命名式

前者即现在遂宁等处所传的，其故事主人公、基本情节同于古印度寓言(见后)。后者是明代文人所记录的(它现在仍活在日本的口头传承里(详见下文))。从故事的演变规律看，好像前者的说法是原始的，后者的说法却是派生的，虽然从被记录的时间看，后者倒是远远在前了。

我国流传的这种类型的故事既然有明显的两式，那么，它便给我们提出了一个问题：这种现象，是故事输入中国后在流传过程中才产生的？还是在它输入中国之前就存在着这种分歧？要解决这个问题，我们只有回头考察一下印度等地这类型故事的记述篇章。

印度，是众所公认的这种类型故事发源地。在印度古典文学名著《说海》和《五卷书》里，都有关于这个故事的基本相同的记录。现在，我根据季羡林教授的译文，把《说海》所载的说法简括如下：

1. 一个隐士拾得一只从鹰爪里掉下来的小老鼠。
2. 隐士用法术将小老鼠变成一个少女，带回住所。
3. 少女长大了，隐士想给她找个有力的丈夫。
4. 隐士叫来太阳，要他娶这女子。他说，云比自己有力。
5. 隐士又去叫云来，要他娶她。云说，风比自己更有力。
6. 隐士又叫来风，要他娶她。风说自己不如山有力。
7. 隐士又叫来喜马拉雅山，要他娶她。山说，老鼠比自己更有力，因为他能在自己身上打洞。

8. 隐士叫来一只林鼠，要他娶这个女子。林鼠请隐士告诉他，怎样让她钻进洞穴。

9. 隐士把她复原为老鼠，让她进洞去配雄鼠。

《五卷书》所述，基本情节亦同，只有些细节差异，如开首说一个苦行者在恒河里洗澡，他把小老鼠所变的少女收为养女以及少女成人后，苦行者的一些想法等等。

这则印度古代寓言，与我国现代民间所传的鼠女择婿式，在精神和状貌方面都是很相同的（只是两者情节的繁简有些不同罢了）。但是，它却跟刘元卿所记的“异猫命名式”有一定的差异，即主人公是猫和主要情节产生的动机，是要为它取个伟大的名字。这是一种异式。但它是否也有国外的来源呢？可以说，我们还是能够从国际的文字记录中找到有关它的蛛丝马迹的。这就是被记述了的那个锡兰民间传承（学者认为它也是由印度传去的）：

梵志养了一只女猫，要把她嫁给世界第一个伟男子太阳。他使她去看太阳。太阳说，云比自己伟大。而云对于风，风对于蚁冢，蚁冢对于母牛，母牛对于豹，豹对于猫，递相推让。梵志终于把她嫁给猫完事。（据南方熊楠《田鼠的择婿》所引，原见《俚俗与民间故事》第九号，此依赤松启介《非常民的民俗文化》所载）

这个印度邻近地域的民间故事，就其主题思想和情节结构看，虽然类同于鼠女择婿式，但其中一个差异之处，便是主人公是“猫”不是“鼠”。我原以为中国第二式的猫及关于它的命名活动，是由印度故事传入后所产生的异文。现在觉得中国古代记录中的此类故事中的“猫”

同样也是外来货。总之，锡兰所传的这个类型故事，跟中国的第二式(异猫命名)实有相当的关联，虽然它在主要情节及结构上仍近于第一式(鼠女择婿)。我们揣想，中国古代记录，大概正是沿着这种国际说法稍加变异而成的吧？而从历史上看，中国与锡兰(古称狮子国)的关系，也早在东晋时代便已开始。此后史不绝书，且一再见于唐宋僧人、学者的记录。明郑和亦曾亲临其地。在这样的一种历史、文化背景下，该故事得以传入我国，以后在流传过程中发生一定程度的变异，这完全是可能的事。更使我们惊异的是，日本民间所传的此类故事，几乎与我国的两式完全吻合。这就不仅是一种很有趣味的现象，而且也是提供了学理上可供思考的珍贵资料了。

(二)日本的老鼠嫁女型故事

日本本土与中国大陆一样，民间流传着这种类型的故事。但是从柳田氏主编的《日本昔话名汇》的记载看来，它却远远没有《桃太郎》、《猴蟹合战》、《瓜子姬》和《一寸法师》等故事那样地广为日本人民所知(《名汇》里登载的关于《土鼠的选婿》项目的记录，只有福岛县的《磐城昔话集》、新泻县的《加元波良夜谈》等寥寥几点)。尽管如此，它绝不是一个完全没有声气的故事，更不是一个毫无意义的故事。这只要看看现代彼国学者对它的注意就知道了。可惜我一时手边有关这个故事的资料太少，只能将它跟中国同类型的故事稍作比较而已。

我们在上文中谈到中国此类故事的两式，在我所接触到的有限日本资料里同样存在。现请看关氏编辑的《日本の昔话》(2)中《田鼠的婚事》所记述的情节大要：

1. 一只田鼠有一个极可爱的姑娘。

2. 一天，他同别的田鼠商量，想把女儿嫁给日本第一名大将。

3. 有个田鼠说，日本第一名大将是太阳公。田鼠就想把女儿嫁给太阳公。
4. 另有个田鼠说，太阳公悬在天空，才成为第一名大将。他又想把女儿许给天空。
5. 又有田鼠说，天空会被云彩遮住，云彩才是第一名大将。他想把女儿嫁给云彩。
6. 又有田鼠说，风能吹散很厚的云彩，风才是第一名大将。他又想把女儿嫁给风。
7. 又有田鼠说，风吹不动土堤，土堤才是第一名大将。他又想把女儿嫁给土堤。
8. 又有田鼠说，多结实的土堤，老鼠也能挖出洞来。他又想把女儿嫁给鼠，因为日本第一名大将应该是田鼠。
9. 经过议论之后，田鼠姑娘还是嫁给了田鼠。

这个日本故事，除了一些小节如老鼠嫁女是同类相议的结果和“墙”变为“土堤”等并不动摇全故事基本情节的细微差异外，它与刘、王君等记录的故事(鼠女择婿式)大体相同，同样它与印度古寓言的关系也是如此。在日本民间故事的海洋里，这类故事的这种说法和记录当然不会是孤立的。在我手边，就有一个相似说法的故事译文，即蔡美连译的《老鼠嫁女》(注明“日本十大传说之二”，见《山西民间文学》，1988年第三期)。它的题旨和情节，大略同上文所记，只是细节稍有出入，如开首说鼠女的父母住在仓库里，食品很富有，但没有儿女，好容易靠神灵保佑，才得到一个美丽的女儿。当她长大后，鼠父母便要为她找一位日本独一无二的女婿。以下情节，便与这种类型中的同式说法一样了。值得特别提出的是，那挡风的障碍物，既不是“山”，也不是“土堤”，而是与中国两式相同说法的“墙”。至于故事结尾，说这对鼠夫妻的后代子孙兴旺，只是它的一个异点罢了(这篇译文没有注明原文出处及原记录者或整理者，待查考)。

那么，在日本的老鼠嫁女型故事中，是否也有明显的与中国第二式(异猫命名式)相同的说法泥？回答是肯定的。请看下文叙述：

> 有一个人非常好胜，养了一只猫，还想给它起一个最伟大的名字。想了好久，给它起了一个“天”字。朋友听了说道：“天也争不过雨云呀!”“那么，就唤作雨云吧。”“雨云也争不过风呀!”“那么唤作风吧。”“风还是争不过窗纸呀!”“那么，唤作窗纸吧!”“窗纸争不过老鼠呀!”“如此说来，还是叫作猫吧!”(王真夫译：《日本古笑话》,《文艺杂志》，创刊号，1943年)

这个笑话的主题和主要人物，与上述《田鼠的婚事》不同，而跟我国的古记录却很相近——主人公是老猫，活动的动机不是择女婿，而是选好名称。我们不知道这个古笑话的原出处，也不知道它是来自文书记录还是现在的口头传承(据推想，前者的可能性较大)。但不管怎样，它是流传颇广泛的老鼠择婿型故事的一种异式。据种种条件揣测，它很可能是由《应谐录》里的记录传衍出来的(我国明代书籍，特别是各类杂书，传到日本的颇多。彼国民间故事、传说，不少是源自这些书籍的记录)。

(三)两国这种同型故事的比较

1. 如上文所述，中日两国民间传承中不但存在着同样类型的老鼠嫁女故事，并且同样具有鼠女择婿和异猫命名的两式。此种特殊现状，加上过去两国长期的一般文化及口头传承的密切关系的事实，就不能不使我想起它们之间的传播关系。更明白一点说，即我认为日本的这类故事是从中国传过去的。在没有得到相反的证据之前，暂时我们只能作此判断。因为对这一现象的解释上，任何“各自创造”和“偶然相似”的理由，都不大容易令人信服。同此道理，我们也推断两国这种类型故事的渊源大概都在印度和锡兰等处。

2. 中日两国这种类型故事虽然很相似，但如上文所述，也各有这样那样的差异之处。而这些差异，则往往是民族文化、民族心理的特点的显示(或暗示)。比较显著的例子，像日本的说法中，那田鼠希望女儿所嫁的是“日本第一大将”。这使我忆起过去在东京街头常见的店铺门上所标榜的“日本第一”字样(我当时心里不免窃笑。其实，这正是研究彼国民族文化的一种好资料)以及它所体现的日本民族心态。日本以往对军人的尊重，也能帮助我们理解故事里的这种心理的不自觉流露。又如我国明人记录后面的东里丈人这个人物及其思想，熟悉中国文献及文化的人会感到他(智者)是很“面熟”的。那种要求“不失其真”的想法，也是中国传统中不难见到的一种心态。

3. 从文学角度看，印度的古寓言在艺术构思上是比较精巧的。这可能是原有的民间创作经过了记录文人的加工的结果。中日两国的同型故事大都比较朴素，大体反映了两国民间传承的一般现象。自然，有些被记录者润色了的，如《应谐录》所记的中国故事和蔡美连所译的日本故事，也在这里或那里多少映现着执笔者加工过的痕迹。它们也因此会跟广大群众创作和口传的作品有一定程度的差异。从科学(包括民间文艺学、民俗学、民族学、语言学等)研究的角度看，固然要求记录的民间故事绝对忠实于民众的口述，但从一般文艺创作和广泛阅读的角度看，则一定的加工乃至于再创作，只要符合一般艺术的要求而能对读者产生预期的教养的、审美的效果，那也并不是什么坏事。上述这种区分，是我们今天学术发展所达到的见识。它对于历史的或现代的部分记录者，却不能这样严格地苛求。因此，对于这种类型故事中所存在着的记录者加工的痕迹，从科学的观点看，虽然不能使人满意，但毕竟是一种无可奈何的事。完全符合科学研究的要求的记录，只能期望于今后那些有专业知识和受过科学训练的工作者们的贡献了。

1991年2月中旬

于北京北师大小红楼

《中国民间故事类型索引》序

最近，我重读了丁乃通教授这部关于我国民间故事类型及索引的著作，它使我联想到世界和中国的民间故事学，广泛一点说，民间文艺学，它的兴起及发展的历史过程，它现在的种种成就，因而使我对这本书更感到兴趣，也更加思索着这类著作的学术意义。

丁乃通教授原是一位英国文学的研究专家，10多年来，他又成为孜孜不倦地钻研我国民间故事的学者。他特别重视我国民间故事的类型整理工作。他这部《中国民间故事类型索引》译本的原著，就是1978年在芬兰首都刊行的。

关于中国民间故事类型的整理工作，在前个世纪70年代，已经有一位当时住在香港的英文杂志经营者和编辑者戴尼斯(N. B. Dennys)初步尝试过。本世纪20年代末到30年代初，我在这方面作了一些努力(像有些同志所知道的，我整理的故事类型，先后曾在《民俗学专号》(《开展月刊》)及日本《民俗学》月刊等上面发表过)。但是我刚走了几步，就停脚了。到了30年代后期，德国学者W·爱伯哈德博士曾经刊行了《中国民间故事类型》一书。丁教授这部《索引》

是这方面的最新著作。它距离我和爱伯哈德博士的旧著的出世已经四五十年了。

丁教授这部新著有许多值得我们重视之点。首先，当然要数它所运用的资料的丰富。像著者所自述，他为了找寻这部故事类型的资料，曾经跑遍美国和欧洲的图书馆。他所使用的材料，不仅有“五四”新文化运动以后收集、出版的，并且也有采取自我国古代文献的。更值得指出的，是他大量地利用了全国解放后所收集、记录的材料，而当时国外有些学者正企图全盘否定这些记录的科学价值。本书后面附录了一个数量达600余种的《参考书目》。就是比较熟悉这方面情况的我，看了这个书目，也觉得其中有些是自己从来不知道的。而远居太平洋彼岸的著者，却能找到并使用了它，这怎能不使人感佩呢？

其次，是编著者在整个工作上的认真。他花了近10年的时间，从事这项工作，不仅像上节提到的在资料搜集上费尽工力，他的全部作业都是那样认真、严谨。他以运用阿尔奈和汤普森的国际故事分类法为主，排除各种困难，在浩如烟海的资料中，苦心地整理出几百个类型(国际共通的和中国特有的)，并各记上有关的文献。在全书的前面，冠以长篇《导言》，书末除《参考书目》外，还附有《中日故事类型对照表》、《专题索引》等。这是一件绞尽心血的科学工作。索引一类的著述，在学术上是很需要的，但编纂起来又是相当烦琐的。有些眼睛向上看的学者根本瞧不起这种工作。过去我曾经暗暗赞叹陈垣先生编纂《中西回史日历》和叶绍钧(圣陶)先生编纂《十三经索引》的业绩。以他们的学术成就(陈)和创作才能(叶)，却甘愿来过这种不显眼的“冷淡生活”。如果不是胸襟宽广和具有为广大学界服务的决心，是办不到的。这也正是我们要向这部索引的著者表示敬意的地方。

再次，是著者对中国的和国际的民间故事类型异同问题的意见。

丁教授在他那篇精心撰著的《导言》里表述了一些优异的见解，这里我只指出他那关于中外故事类型异同的结论。有些研究中国民间故事的学者，曾经认为中国民间故事是自成系统的东西，它跟国际的民间故事类型很少相同。这种论调，在没有得到有力的事实反驳之前，是颇容易被人相信的。对此，丁教授的实际作业给予了正确的回答。他用确凿的统计数字说话：

> 百分之几的中国故事类型可以认为是国际的故事呢？本书列入了843个类型和次类型，仅有263个是中国特有的。就连这些也有少数和西方同类的故事差距并不很大，也有的类型在中国邻近地方，例如越南曾经发现过的。

即使我们对他所说的数字打了些折扣，这个结论，仍然是使人惊异的。3年前，关敬吾博士在为自己所编录的日本民间故事集中译本作的序言上说，他重读了我的《中国民间故事型式》，认为中国的民间故事有一半以上与日本的民间故事相同或者类似。我看了颇为惊讶。尽管我当年所编成的故事类型很少，而我也知道日本故事跟中国相同或类似的相当多，但他这个估计（自然是约略的）却仍然出乎我的意想之外。丁教授上述的结论正使我产生同样的反应，并且还感到在这种学艺上国际密切亲缘关系的喜悦。

总之，丁教授这部花费了许多年月编著成的《中国民间故事类型索引》，是对于我国民间文艺学建设上一件极有益的作业。尽管由于他久居海外及我们对本国民间文艺学史料没有科学的清理，使他在《导言》的论述上不免有个别值得斟酌之处（如关于“童话”一词的来源及对冯飞、林兰业绩的评价等）。又像他自己所预料的，由于几年来国内收集工作的发展等原因，故事的类型和索引，将有某些“增订的必要”。但是，像许多优秀的著作大都会带点不足之处一样，这种“微瑕”是绝无伤于它的整个成就的。

趁此机会，我想略谈自己对民间故事类型索引的编著条件、作用及它在我们民间故事学上的位置等问题的一点看法。

民间故事的研究有各种观点和方法。像我们常常所提到的人类学派的故事学(哈特兰德等)，就是一种。又如苏联学者普洛普教授的形态学的研究(它被推为法国结构主义这方面理论的始祖)，也是一种。再如近来日本河合隼雄教授的深层心理学的研究，当然又是一种。民间故事类型索引的编著，以 AT 分类法为最著名。它由芬兰学者阿尔奈发表于本世纪 10 年(此后，他还发表过关于芬兰民间故事及传说的索引)，后来美国学者汤普森加以译述和补充。近年来日本学界对它颇为看重，著名学者柳田国男、关敬吾等都有类似的著作(《日本民间故事名汇》、《民间故事的类型》等)。记得几年前，日本民间文学学者以臼田甚五郎为首的访华团诸先生，也曾经向我们提议合作编著这种类型索引，可见他们对此道兴致的一斑了。

这类故事类型索引的编著，不管所处理的对象是一国的，或是全世界的，它的一个先决条件，就是在它所涉及的范围内，流传故事已经有相当数量的文字记录，而且其中有不少篇章的情节是大同小异的(可能少数是小同大异的)。而这种情形，在各国民间故事方面是比较显著的。这就使这种著作的编纂成为可能，乃至于必要。

这种故事类型索引到底有什么作用呢？我想，如果你是一个普通学人，它可以引导你去了解一个国家或者全世界的民间故事的类似情形，乃至由此窥见它(民间故事)的大略状貌。如果你是一位民间文艺研究者，你将在上述的作用之外，被引起对某些类型故事进行探索或进一步搜集它的兴趣；或者你将被引起对于民间故事的某些宏观概念的思考，并进一步去给以钻研、阐发。当然，它最普通的作用，是作为一种工具书去供检查。因为它有这些用处，它的产生和存在是自然的。也因此，那些辛劳地从事了这种工作的学者是值得敬重的。

如上所说，从整个民间故事学的观点看，这种工作无疑是有意义的，但它只是整体的一个侧面，或一个环节。我们所理解和要求的故事学，主要是对故事这类特殊意识形态的一种研究。它首先把故事作为一定社会形态中的人们的精神产物看待。研究者联系着它产生和流传的社会生活、文化传承，对它的内容、表现技术以及演唱的人和情景等进行分析、论证，以达到阐明这种民众文艺的性质，特点、形态变化及社会功用等目的。类型索引的编著乃至根据这种观点、方法的探索，一般比较不重视它思想内容和艺术特点等的分析和阐明。它的注意力比较集中于故事梗概的共同点及相异点，比较重视探究故事的流变过程和原始形态。没有疑问，应该说这种探索成果，对整个故事学的建立是有益的；对我们的研究来说，也是有用的。对于某些作品，或这种口头文学体裁的某些侧面，这种做法，不仅是有用的，甚至于是必要的(当然，主要是在我们的指导思想的统率下)。但是，作为一种故事的整理、研究的主要观点和方法，它跟我们所奉行的，不能说没有一定的差别。尽管如此，我们今后还要用一定的人力去编纂《中国故事类型索引》乃至于编纂《中国传说类型索引》(这是前几年丁教授回国讲学时，亲口向我提议的)。它是我们这门科学(故事学)发展的需要，是它“面向世界”和未来的需要。

丁乃通教授，现在是美籍的学者。但他不忘出生和受过教育的祖国。他热烈地爱她。他不仅花费巨大的精力编著这部祖国民间故事类型的索引(他还发表过这方面的研究论文，像《中国和印度支那的灰姑娘型故事》等)，近年他又一再回来看望大陆的山河和同胞，殷殷关心祖国学术事业的发展。对于后者，他还充当了护法金刚。当海外有些学者对我国民间文艺方面的活动或人物，有误解甚至于诬蔑的时候，他是那样“义形于色”地站出来为它辩护。他真不愧为有出息的炎黄子孙的后裔！

几年前，丁教授应召回国讲学时，我有幸一再和他握手倾谈。他的原籍是杭州。他用亲切的语言，谈起他在家乡中学读书时所知道的我在当地的学术活动。那时我还是个 20 多岁的青年，出于对祖国民间文化的眷爱，不顾一切地在搞民间文艺和民俗的搜集、出版和探索工作。丁教授的谈话，引起了我对半个世纪前，在西子湖边那段生活的回忆，它像梦境一样反映在我的脑屏上。它给了我欣悦，也使我感到惭愧——当时我在任何方面都是那么幼稚！

这个译本的原著(英文)作者曾经寄赠过我。现在它由北京大学的老师们比较完整地译成中文出版。这不但会使“身在海外，心在祖国”的丁教授感到高兴，作为中国民间文学事业的致力者和著者朋友的我，同样是满心欢喜。我希望这个译本的出现，能给我们这方面中、青年学者以一定知识和启发。它将成为一颗落在肥沃土地上的种子，它一定会开花结果。我想，这也正是作者希望在祖国出版界首先看到这个译本出现的本意吧。

承丁教授一再表示要我为他的这部著作的中文译本作序。这个任务使我感到光荣也感到惶恐。我生怕犯那“佛头点粪”的讥笑。但是，他的好意(还有其他朋友的劝勉)，终使我勇敢地提起笔来。只要我的话不致贻误读者，我就将稍稍感到自慰了。

1985 年 6 月 26 日，作于北京国谊宾馆

《中华谜书集成》序

> 谜也者，回互其辞，使昏迷也。或体目文字，或图像品物；纤巧以弄思，浅察以衔辞；义欲婉而正，辞欲隐而显。……
>
> ——刘勰《文心雕龙·谐讔》

10年来，我国的社会文化呈现出许多新的景象，随着经济上的开放、引进，许多海外的异质文化也潮水一般地涌了进来。例如：出现在街头的五光十色的男女服装，在电视里出现的大异传统（包括新的传统）唱法的“通俗歌曲”以及各种新奇的舞姿……民族传统文化，也有着新的气象。有的歇息了多年的文化活动复活了，有的已经衰微的活动重新发展起来。前者如北方的花会、庙会，后者如各地的龙舟竞赛或放风筝大会等。在这方面的活动里，猜谜也是引人注目的一种。近年来，许多地方的节日里，特别是在灯月交辉的元宵节里，出谜和猜谜，几乎是一种不可缺少的群众文娱活动。这种活动，是值得文化的考察者和研究者注意的。

制谜和猜谜，主要是人们的一种智力活动。它既是智力的运用和体现(制者)，也是智力的比赛和考验(猜者)。从另一种角度看，它又是智力的训练、积累和推进的过程。

制谜和猜谜，作为群众的游艺节目，固然是一种娱乐活动，实际上，它的意义和作用远不限于这一点。在制谜和猜谜的过程中，当事者的心理活动，也绝不限于智力方面。在这里，他们要调动和倾注着所具有的各种智识与阅历、经验，特别要运用他们的想象的力量。它是多种心理因素活动的结晶。他们制成一个好谜或猜破一个好谜，那种欢悦的感情差不多可以跟创作家或科学家的成功相比拟的。

谜语活动，绝不是无足轻重的玩艺。应该说，它是一种综合的心理活动和有意义的文化现象。

谜语活动的起源是很古老的。在古今社会里，它具有不同形态、性质和功能。

在古代，特别是在远古时代，谜语活动是一种极严肃的、具有社会意义的文化事象。它是一种角智活动，比起原始社会里的角力活动，意义更为重要。我们都知道古希腊神话里，狮首人身的怪物斯芬克斯伏在路边，要过路的肿足王猜谜的故事。当它那个关于“人”的谜语(“早上四只脚，中午两只脚，晚上三只脚”)被猜中了，它就只好碰死在岩下了。如果肿足王猜不中那谜子，他也是要付出生命的代价——被吃掉的！这是个虚构的神话，但它却真实地反映着原始社会的严峻事实。谜语在那些时期人们的生活里，绝不只是一种游戏，而是一种严肃的角斗、考验，乃至于是一种庄严的社会制度。在中外古代文献记载的许多故事里，都明显地透露着这种信息(参看周作人：《谜语》，《儿童文学概论》，儿童书局)。在现在一些原始部落里，还能让我们看到谜语在他们社会里的重要性。例如恩登布人青年男子成年礼所表现的。成年礼是标志着一个男子从无知的儿童过渡到一个社会成员的关口。在这人生特定的时刻，必须知道民族的历史、传说、学会种种成人必备的知识和技能，要经受种种严酷的考验。这时候，那些"卫士们(按即帮助他们过关的人)给他们上课，发表很长的训诫，教他们猜许多有意义的谜语"(参看 M·哈理斯《文化人类学》第十章，中译本 328 页)。为什么在这个"过关"的时刻，这些男青年们要学会猜谜语呢？除了认为这种本领同其他种种部族成员必须具备的知识、能力有同样重要的意义外，是没有别的解释的。它是他们生活文化上必备的心智能力之一。

在我国春秋、战国，下至汉代，有不少关于谜语(当时叫做"隐"、"䜵词"等)事件的记载。随便拈一、二例，像刘勰所举，"昔还社求拯于楚师，喻眢井而称麦麴，叔仪乞粮于鲁人，歌佩玉而呼庚癸，伍举刺荆王以大鸟，齐客饥薛公以海鱼……"正如这文艺学家所恰当地指出的：这种隐语(谜语)的功能，"大者兴治济身，其次弼违晓惑"。这充分说明，在那些时代，谜语还是一种具有严肃作用的语言文化，绝不只是"童稚之戏谑，抚髀而忭笑"的文娱活动。

现代我国社会里的谜语活动，明显地分两个方面：一方面是民间的口头谜语，这种谜语，大都采取诗歌型式(语句整齐而有韵)，它的制者和猜者，大都是不识字或识字不多的民众、儿童。这大概是沿袭着较古的传统下来的。另一种是用文字表现的谜语。它的型式，大多是散文的，但也有用文人格律诗型式做的。它的制者和猜者，大都是知识阶级。这是就大体上说的，两者相混、交错的地方也不是没有。从其最初源泉说，两者应该是同源的。但是现在已经各有疆域和面目了。从文艺性说，也各自有其优秀的成果。但是，民众的口头谜语，内容更能广泛反映社会生活，在艺术上也有不少具有诗的素质。至于它们的作用，除智力活动和艺术趣味的滋养之外，都没有古代那种庄严的社会功能了。这是文化现象随着社会、时代而变化的自然规律的表现，不可能逆转，也不应当逆转的。

一种文化现象适应社会的需要产生了，便成为一种社会存在。它经过传承、扩布和发展，必然或早或迟地要被反映于民族文献上；同时或稍后，它也必然要引起人们对它的逻辑思索，因而产生了理论的成果(从萌芽状态到比较发达的状态)。我国这方面的学术活动，虽然直到现代才有谜史、谜语研究等比较系统的专著，但是，对于它的资料的记载，像上面所提到，出现是比较早的。至于理论方面的出现虽然比较迟，但不是没有闪光的篇章的。

关于谜语的起源，现代学者，有的从春秋、战国算起，有的却上追溯到夏代。他们都有自己的根据和看法。我近来觉得从残存的文献资料看，中国谜语的远源，在传说的黄帝时代已经出现了。它就是那首被文学史家们认为诗歌起源资料之一的《弹歌》。这首形体短小，记载时期也较迟，并且创作原因和作用也被给以别解的短歌，其实，正是一首我们现在所能看的远古谜歌。

《弹歌》，最早见于汉代赵晔所著的《吴越春秋》。据说，这歌的产生，是由于远古孝子为了守住父亲的尸首能免遭禽兽的吃食而发明了弹弓，这首歌就是歌咏这种事情的。这种说法，虽然不是没有一定道理(20世纪20年代前期，还有一位热心的民间文艺学者白启明，为了阐明这种说法，专门写了一篇文章，发表在北大《歌谣》周刊的周年纪念增刊上)。但是，据我从这歌的内容和型式结构等看来，推断它大概是一首仅存的远古谜歌。它是值得今天谜语学者和谜语史家认真去作一番探索的。(承认《弹歌》是一首谜歌，并不是我个人的新发现，在“五四”新文化运动之前，就已经有学者这样主张了)

关于谜语的理论著述，虽然根源也发生颇早，但是论到相当成熟之时，却不能不算刘勰的《谐讔》篇。刘氏不但是伟大的文艺学者，同时也是杰出的谜语学者，尽管他这方面的著述只有《谐讔》一篇，而且内容上是兼及俳谐的，但是在它短小的篇幅里，对于谜语这种文化现象的特点、性质、历史和功用，却作了相当精辟的论述。他那些判断语，到现在还没有失去作用。后代学者，在制谜及记述资料等方面，虽然有一定成就，但在理论方面却没有加以继承和发展。直到现代，我们学界，才出现了像陈光尧的《谜语研究》(1930)、杨汝泉的《谜语之研究》(1934)及已故友人钱南扬的《谜史》等这样粗具系统的著作。它们虽然不是什么精湛的著作，也可算是给这门学问打下一些基石了。

由于明清两代及民国时期许多学者的努力，谜语的专著及论文数量已经不少，虽然大都篇幅不大，从内容上看，又是作品资料占多数，尽管如此，为了便于研究和选读，一种专题性丛刊的汇集出版，是必要的。因为这类著述是零碎散在的，很少有图书馆大量收藏它们，个人收藏的更少了。我个人手头有二三十种，那是因为“民间谜语”是我所研究的民间文艺的一个部门(虽然不是很重要的部门)，为了全面了解和探索这种现象，就不能不收集这方面资料。尽管我所收藏的资料，也有一些比较贵重的，如题陈眉公编著的《时兴雅谜》(旧抄本)、不题编者姓名的《新奇灯谜》(《新刻华筵趣乐谈笑酒令》的一部分，此书又题《博笑珠玑》，明刊本)和清代满族学者编撰的《满谜》(清光绪年间刻本)，但数量到底太少，要对谜语作比较全面、深入的研究是不够的。因此，我对于人民日报出版社同志花大力气编辑并刊印这部收罗宏富的谜书集成，是从心底里赞成和欢迎的。

这种专题性著作丛编出版后，首先当然对谜语研究家或谜史编著者可以起到提供宝贵资料的作用，即对于从事制谜和爱好猜谜的同志也是有益的参考文献。至于对一般的读者，同样能贡献一种滋养的精神食粮等，就不须细说了。

承编者好意，要我在这个集成前面说几句话。原因是60年前，我曾经为刘万章君的《广州谜语》写过序，并且在那个序里说要编写《谜语概论》的书。其实，几十年来，我很少在这方面作过深入的研究，那个《概论》，也像别的一些打算写作的书那样成了泡影。本来是应当坚决谢绝的。但我心里又有些不甘，我很欣赏他们这项工作。因此，尽管觉得写不出什么好意见，但总可以尽着一份赞助的心意。我终于执笔写了上述几段话。如果它只是一些废话，那也无大妨碍。因为这部书里反映着一个惊奇繁复的精神世界图景，读者在神思的漫游中是绝不会没有收获的。

1989年5月22日序于北师大，时年八十六

民　俗　学

关于民俗学结构体系的设想

一

一门独立的学科大都有它的结构体系，民俗学也如此。这门学科的内容，应该包括对民俗原理的探索与阐发、对民俗史和民俗学史的研究与叙述、民俗学的方法论以及对民俗资料的收集保存等方面的理论与技术的探讨。这些方面的有机结合，就形成了民俗学的结构体系。

民俗学的结构体系，是这门学科经历了漫长的发展阶段，其理论积累达到了一定程度的产物。如中国古代自先秦两汉开始，下至魏晋南北朝时期，就先后出现了一些有关民俗事象的见解乃至专著（描述性的和理论性的）；后者比如东汉应劭的《风俗通义》、梁代宗懔的《荆楚岁时记》等，这些都是学界比较熟悉的。然而，它们尽管是属于民俗学范畴内的东西，但是还远远谈不上构架成一个学科的体系，甚至那时连“民俗学”这个科学术语也还没有产生。这种情形一直持续到本世纪初。自“五四”开始，在新文化运动的推动下，加上当时西方先进人文科学思潮的影响，在北大创办的《歌谣》周刊上，“民俗学”这个名词才第一次被比较科学地使用了。从那时起到现在，已经历了半个多世纪，所收集的民俗资料的丰富自不必说，就是在理论研究方面，也出现了不少论文和一些专著，有时这方面的活动在学界还显得相当热闹。这当然是我国现代民俗学科大步迈进的一个时期。但作为一门科学，民俗学的活动有哪些方面？它是由哪些部分构成的？各部分的内容及特点怎样？等等，也就是说，它的结构体系怎样？对于这些问题，从“五四”到当代，却很少有人提起过。

原因在哪里呢？无非是学科发展条件不成熟。就像水不到一定温度不会沸腾，花不到一定时节不会开放一样。

一门学科结构体系问题的提出，就其自身看，有赖于该学科的发达状况和由此产生的研究者们的学科意识的形成。而我国除古代“科学前史”的时期不算，就现代讲，虽然民俗学的发展已有六七十年的历史，并且其总趋势是前进的，但是这中间走过的道路还不免坎坎坷坷。新中国成立半年后，中国民间文艺研究会成立，我国学界从此在民间文学、民间艺术等领域的搜集、整理和研究方面，都取得了不小的成绩。但从整个民俗学的范围看，却颇处于停滞状态(除了因为调查少数民族的社会历史，曾注意到他们的风俗习惯外)。“四人帮”得势时期就更不消说了，连已有相当发展的民间文艺都遭受到严重的扼杀，更何况被扣上“资产阶级学术”帽子的民俗学？

只有到了70年代后期粉碎“四人帮”，中断了多年的中国民俗学才时运亨通，迅速崛起为一种热门学科。这是学术史的新兴时期。

新时期我国民俗学的发展兴旺，首先表现在这门学科的学术机构的纷纷建立上。1983年5月，中国民俗学会宣告成立(在这之前，有些省份如辽宁、吉林、浙江等已先后成立了省级学会)。此后几年，各省、市级分会相继建立，数量已达全国省、市总数的⅓以上(按现在已经超过半数一校时记)。北京大学、中央民族学院、北京师范大学及牡丹江师范学院等一些高等院校，还成立了民俗学社。山西丁村、天津、苏州等地则开办了专门性的民俗博物馆。这种民俗专业机构的建立和队伍的壮大的形势，充分说明了民俗学事业的兴起是一种客观需要，它同时也大大推动了各地这方面学术活动的开展。其次，是民俗学专业书刊的出版数量可观，而且有些也具有一定的质量。在这类新出版的书刊中，有的是搜集和整理民俗资料的，如《侗乡风情录》；有的是致力理论探索的，如马学良教授的《云南彝族礼俗研究文集》、宋兆麟的《巫与巫术》；有的是重刊古、近代民俗资料以及介绍国外著作的，如晚清学者顾禄的《清嘉录》(重刊)、日本学者柳田国男的《传说论》和世界民间文学、民俗学的古典名著——法国史诗《罗兰之歌》、夫累则(J. G. Frazer)的《金枝》等等。民俗刊物有云南的《民族文化》、广东的《岭南风俗》以及吉林的《民俗报》等。它们都在不同程度上表述了新的民俗见解，普及了民俗学的知识，对我国当代民俗学运动的发展，起到了有力的推动作用。1979 年，我曾和顾颉刚等七教授公开发表重建民俗学及其机构的倡议书，但七八年后民俗学事业的这种迅猛发展盛况，却又是我们所始料未及的。

我国当代民俗学的发展，自然增强着我们把民俗学作为一门科学来研究的“学科意识”。当然，有时一种学术的发展，同其科学体系意识的发展不完全是同步的。但如果总是对一门学科的体系结构缺乏认识，还要夸夸其谈这门科学，那么，即使偶然幸中，也是根基不牢、影响不大的。记得 1935 年，我曾写过《民间文艺学的建设》一文(刊于 1936 年《艺风》月刊)，就民俗学中的民间文学研究提出了一些学科建设的意见。近年有些日本学者们对它颇重视，其中一位青年学者曾问我，当时是怎样想到这个问题的。我现在回头想想，觉得当时自己在建立这门科学的意识上，还只是开始构想。这种构想念头的出现，又同“五四”以后民间文学的搜集、整理、研究历时十几年，初步具备了学科建立的一定条件有关。但今天看来，我那时的学科意识，到底是相当薄弱的。它有点像小孩子穿着开裆裤、拖着两条鼻涕时照的相。换句话说，学科意识虽已粗略具有，但是如体系结构一类的问题，终究是没有好好想过的。

我喜欢“实事求是”这句话。如同随着接触人类和人类文化现象的增多，从而人的意识上升，发展起人类学一样，民俗学也要经过这样一个过程。这样，它的研究者才能在实践中比较切合实际地提出其体系结构的问题。1986 年，广州中山大学的人类学教授张寿祺撰写了《论民俗学的本体结构》一文，提出民俗学含有六部分内容：理论民俗学、历史民俗学、生活民俗学、意识行为民俗学、应用民俗学和综合民俗学。当我看到张教授的这篇论文时（他是提交给民俗学讨论会的），我自己的这篇《关于民俗学结构体系的设想》的大纲也恰好脱手了。事先我们彼此并不知道，这才真可谓是“不谋而合”了。我读了他的文章颇觉高兴，他也有同感。这说明当时对于民俗学提出这样的问题，主客观条件都相当成熟，或比较成熟了。

一门学科要发达起来，除其自身的发展程度及研究者的学科意识等因素外，还需要社会政治、文化环境的保证。这一点也是至关重要的。大家知道，从这个角度讲，解放前我国民俗学得不到长足的发展，那是由于缺少相应的社会制度和文化需求的土壤。解放后就不同了。先进的社会主义制度，要求建立与之相适应的、反映最广大人民群众最根本利益的先进意识形态；特别是党的十一届三中全会以来，提出实现四化、建设两个文明的宏伟蓝图，并倡导将实事求是作为学界的指导思想和风尚。这些都是我国民俗学得以久废重兴的背景。缺乏它，任凭我们主观上具有怎样良好的愿望，也是不容易演成事实的。

更为可喜的是，在种种有利的背景下，整个社会对民俗的地位和作用的再认识。不错，现代民俗学是从某些资本主义国家兴起的，也的确有些民俗学者在他们著作的序言或导论里，说到民俗学可以为殖民政策服务的作用。但这只是某些国家(主要是英国)、某些学者的说法。即使在资本主义国家的学界里，这种说法也并不是普遍的。反之，有许多被压迫、被欺凌的民族国家，他们的提倡民俗学，是明确地为着强化国民的民族意识，宣扬本国的民族文化，恰好和上述那种说法相对立的(如过去的德国、芬兰、现代的埃及、朝鲜等)。这是因为民俗学所处理资料的地域、群体范围，在某些国家比较广泛；但是更多的国家却是把它的范畴仅限于本国、本民族。后者是为了强调本国、本民族的文化和历史，激发民族的觉醒和自强，才大力发展这一学科的。“五四”以后中国民俗学的兴起就多少是带有这种色彩的。事实也是这样。人生活在民俗里，就好像鱼生活在水里，两者是须臾不可分离的东西。不管一种社会文化发展程度的高低，都有一套为其社会需要服务的民俗。越是社会不发达，民俗的权威就越大，乃至一切文化都采取民俗的型式。而在今天世界上那些发达的国家里，民俗也同样没有消失。日本现在还是“民俗热”。美国有一位民俗学家，近年写了本《文明中的文化人类学》，谈到美国流传的一种汽车里有鬼的新故事。这就说明民俗存在于多种社会形态中的特殊地位与功能。

话回本题。总之我国若不是这10年来学术界摆脱了极“左”思潮的干扰，不是民俗科学的诸方面都有了长足的进步，要提出这门学科的结构体系问题，也还是不可能的。这里体现了一定的学术发达的规律。

二

下面，谈谈我对这个课题的初步设想。

我个人认为，民俗学的结构体系，应该包括以下六个方面：

第一，民俗学原理

第二，民俗史

第三，民俗志

第四，民俗学史

第五，民俗学方法论

第六，民俗资料学

这六个方面又可归纳为三个方面，即：

（一）理论的民俗学

（二）历史的民俗学

（三）方法及资料的民俗学

甲、民俗学原理——对民俗事象的理论的探索与阐述，包括综合的或单项的问题的研究。

民俗事象纷纭繁复，大家看过《民俗学问题格》一类的小册子，便可以对这种事实有一个概括的了解。按照研究民俗事象的广狭、以逻辑思维的方法进行分析与阐明，情况又可以分为两种：一种是综合阐述各种民俗事象的，如柳田国男的《民间传承论》，S.C·班女士改编的《民俗学手册》（旧译《民俗学概论》）、P·山题夫的《民俗学概论》及后滕兴善的《民俗学入门》等。另一种是单项研究，如黄或石的《端午礼俗考》、江绍原的《中国礼俗迷信》、《发、须、爪》以及顾颉刚的《孟姜女故事研究》等。而那些入门著作，一般都是综合的、概括的，既可以概括一个民族、地区，也可以概括对象的一个种类，单项研究有利于就某一专题做纵向深入的探讨，如秋浦的《萨满教研究》，便不限于论述当代这方面的宗教事实，而且对过去的历史事象亦可加以阐述。

对于民俗事象本身，除要进行理论研究外，还要进行应用问题研究。理论民俗学一般研究的对象，不一定都直接取之于现实生活，但应用民俗学一定是针对现实的，是对具体民俗问题的直接的科学研究。大专院校的教师侧重一般理论研究，地方民俗学工作者则往往侧重对应用问题的探索。后者例如现代我国重视旅游业，就有好些地方同志从这方面做文章，阐述“民俗学与旅游业的关系”等问题。当然，应用民俗学的问题要获得有效成果，也离不开遵循一般的科学研究方法和原则。只凭想象或者感想之类去写作，是不会得到可靠的结论的。比如用民间故事教育儿童属于应用问题，然而，为了使我们的结论切实有效，就必须对它进行种种分析和论证，如各类故事的自身特点怎样？它产生和流传的规律是什么？儿童在哪一个心理发展阶段上喜欢故事等等，这便是涉及了理论研究的范畴了。总之，理论问题与应用问题的有效解决，都必须经过科学研究的程序，这是不能违拗的真理。

乙、民俗史——对综合或者单项的民俗事象的历史的探究与叙述，包括通时的，或断代的事象的探究与叙述。

综合的民俗史往往概括地论述一个民族、一个地区的所有或大部分习俗，如张亮采的《中国风俗史》等。单项的民俗史如袁珂的《中国神话史》(此书兼及神话研究史)、韩养民等《中国古代节日风俗》和钱南扬的《谜史》等。

民俗史与现代民俗研究的区别，在于民俗史侧重从文献中搜集资料。但这不等于它就成了资料的堆砌或铺排，而是要经过辨伪、考订，再用唯物史观加以分析综合所描述出来的事实(其中包括一定的规律)。如薄松年的《中国年画史》及白川静的《中国古代民俗》等，大体都属于这一类性质的著作。

民俗史的编著，主要采用历史的考索和叙述的方法。它与前面讲的民俗学原理应用逻辑的方法和理论表达方式有所不同。比如中国的放风筝习俗，研究它的起源、功能、后来的传承型式及内涵演变，再用论文的型式表达出来，使人们达到对该事物性质等的正确认识，这是理论考察，是作《风筝论》的内容。如果作《风筝小史》呢？那就要讲风筝发生的时地、产生的社会条件、其各种形态及作用，以及随着历史的演进它经历了哪些变化及其原因等。这种风俗史的著作，是跟一般理论著作有相当差别的(它以历史事象为考察和叙述对象)。

历史的方法与逻辑的方法，都为人们认识客观世界所需要。从马克思主义哲学讲，两者既有区别、又有联系。要写好《风筝论》，没有历史知识自然不行；而《风筝小史》的作者也需要具备逻辑思维的分析、综合能力，才能把历史的东西恰当地理解并描述出来。在这种意义上说，民俗史著作又是与民俗学理论研究相互联系的。

丙、民俗志，或称民俗志学——这是一种对全国、全民族、或某一地区的民俗事象进行科学记述的作品。

民俗志是民俗学的基础，民俗学必须建立在这个基础之上。没有大量的、坚实的民俗志资料的提供，民俗学研究是不能有大作为的。

民俗志的主要特点是记叙的，或者说是描述的。它在时间上，以现代客观存在的资料为主，也不排除对过去时代资料的整理和记述。这一点，颇像生物学与古生物学的差别。生物学是搞现代的，古生物学就是搞史前的。民俗志与民俗史的关系也是这样。

民俗志的记述也有综合的与单项的两种。综合的如胡朴安的《中华全国风俗志》、山晏等的《山东民俗》、邓云乡的《燕京乡土记》，单项的如杨知勇等的《云南少数民族婚俗志》、郭子昇的《北京庙会旧俗》等。

民俗志的编著型式，约略有以下两类：(1)直接记述，如《荆楚岁时记》。(2)间接类抄，如《玉烛宝典》、《北平风俗类征》等。

民俗志在民俗科学中的位置十分重要。它是民族文化史料不可缺少的组成部分。我们通常所讲的上层建筑，如宗教、政治、法律等，其中都包括风俗成分，甚至它们的早期形态本身就是一种风俗、习惯。这是因为风俗伴随人类社会集体生活的产生而产生，只要有社会群体生活的地方就存在风俗，就存在风俗服务于社会生活的现象。而要研究风俗，当然离不开民俗志的帮助。

我们举一个例子，即有名的关于“老鼠嫁女”的风俗记载，来说明民俗志可以为文化史研究提供有力论证的观点。开始，人们对老鼠又怕又敬，描画它，祝它娶亲，表现了初民原始宗教信仰。以后随着社会的进步、人类智慧的提高，人类控制自然的本领加强了，原始宗教观念淡薄了。因此老鼠嫁女的民间年画剪纸的内容上，前后显示出不同的形态——主要是构图中的有无猫的存在(参看拙文《从文化史角度看“老鼠嫁女”》)。民俗志又是同政治、法律等意识形态的活动密切相关的。人类早期法律——自然法(或称“不成文法”)，便往往体现为某种风俗，如禁忌等。中国古代把自然法镌刻在钟鼎上，则是从不成文法到成义法的过渡。一些少数民族直至解放前还保留着一种把自然法刻在石碑上的风俗，叫“石牌话”(或石牌体)。它说明越是文化背景不发达，民俗作为一种政治法律，就越有更多的人能够接受它。

民俗志保存了大量的社会文化史料，可供给一般读者社会、历史知识(包括古人的心理状态)。民俗志往往涉笔成趣，能够使人们享受到精神上的愉快。所以，研究民俗学的人，最好本人从事这项工作，它既能丰富个人的实践，也能普及民俗文化。

丁、民俗学史——关于民俗事象的思想史、理论史，也包括搜集、记录、整理和运用它们的历史。

从事民俗学研究，必须了解它的起源和演变过程；了解前人已经做了哪些工作，他们的成就和不足分别在哪里？这就要求我们清理这方面的历史事实，总结民俗学的产生和发展过程，以便使更多的人获得对这一门学科发展真相的认识。

我国早在先秦时期，就产生了有关风俗问题的零散看法，或断片言论。随着社会人文的进化，这种看法或言论当然更多了。但直到解放以后，我国在民俗学史方面的整理、编著工作还始终没有来得及很好地动手。近年许多报刊上发表的关于古代、近代或现代著名文人学者与民间文学、民俗学关系的论文，勉强可算是这方面的著述。我自己写过几篇关于晚清民间文艺学的论文，可以说是属于民俗学史范围内的东西。北师大民间文学研究室集体编纂的《中国现代民间文艺学史》，也是这类著作的一种，虽然都是偏于民间文学方面的。

据我所知，国外有关民俗学史的专著也不多，像我们所知道的如意大利学者科基雅拉(G. Cocchiara)的《欧洲民俗学史》，就是其中之一。日本直江广治博士的《中国民俗学》，和泽田瑞穗博士的《支那民俗学的新收获》的长篇论文，都是以我国现代民俗学活动为论述内容的。外国学者对中国民俗学的历史研究尚且作了这样的努力(尽管只限于现代的)，不管成就怎样，我们都应该表示敬意。

目前我国这块领域还近于处女地，有志者大有用武之地。我们可以从编写近、现代民俗学史入手，先干起来(似乎已经有人在尝试)，以后再分阶段持续努力。这样就可能在短时期内编著出一部比较完整的中国民俗学史。这是我们民俗学工作者所时刻不应忘记的一项“基建”工程(张紫晨教授已经把他这方面的讲义整理成专著，正待刊行。这是个好信息)。

戊、民俗学方法论——关于民俗事象整体的观察、研究和具体搜集、整理的技术与方法等两个方面的理论。

整体性是民俗科学方法的实质和核心。在学科整体化的同时，也存在着一种不断分化的趋势。科学方法论是从哲学和一般科学的高度，探索对象的研究手段的综合性研究领域，目前在世界许多国家、许多学科都受到相当重视，并且这种势头还在加强。我国民俗学方法论研究起步晚，但历史的经验告诉我们，在方法论问题上，自觉与不自觉(或自觉的程度深浅)，结果大不一样。要建设具有中国特色的民俗学，就必须把方法论问题提高到研究日程上来。我的《民间文学论集》(下)收有一篇《中国民谣机能试论》的文章。该文作于30年代中期。由于题目上用了“机能”二字(即“功能”)，后来便有人问我是否受到马林诺夫斯基功能学派的影响。其实，我那时读过的马林诺夫斯基著作很少(现在记得起来的只有《原始社会的犯罪与习俗》)，倒是后来才多看了几本。我当时能用机能的观点去分析民谣，主要是由于自己在平时接触民谣的过程中，在学习一般民俗学理论的过程中，慢慢地形成了这种模糊观念。如果现在一定要我讲具体受了哪一派的影响，老实讲，我真说不清楚。这种观点的采用，并不是很自觉的，因此文章所能到达的科学性也不免受到限制。

科学研究都是自觉比不自觉要好。不自觉也可能做出一些事情来，但在方法论上越清楚，选择的方法越适当，科学成果就越显著，这是毋庸置疑的事实。当然，如果只靠方法论的自觉，而没有其他条件同时配合，单枪匹马，恐怕也难有较大的成就。

现在我们从事学术活动习惯说自己是运用马克思主义的辩证唯物论作指导的。这当然是好事。但实行起来，却也颇不简单，因为情形相当复杂。本世纪 40 年代以来世界上陆续诞生的许多综合性学科，都从不同侧面揭示了人类社会、自然界和思维活动的相互联系及各自的内在规律，为丰富和发展辩证唯物主义提供了有益的素材，也为民俗学的发展提供了新思路和新方法。这样，在坚持马克思主义指导思想的前提下，参照当前科学方法论研究的新成果，结合本学科的实际情况，我认为民俗学的方法论应当包含以下三个层次：

(1)哲学层次的方法。哲学作用的一个根本标志是反映物质世界最普遍的本质联系、存在方式和属性。民俗学研究的哲学是否具有这种功能呢？回答是肯定的。这种观点以马克思主义的唯物辩证法为最高指导原则和方法，其中，恩格斯讲的三条极其重要，即：一切事物都是相互依存和相互制约的；一切都处在运动和变化中；以及由量变到质变的规律。它既是方法、又是观点，也是一种世界观，是对民俗事象的总体看法、观察方法，同时也包括处理的方法。它高层次地统领着民俗科学的研究工作。

(2)与许多学科共同的方法，即一般学科通用的归纳法、比较法、调查法和统计法等。这是由民俗学的研究对象及目的与其他学科(特别是社会科学)有共同或相近之处所决定的。对这些方法的应用，大家比较熟悉，这里就不多说了。

(3)本学科的特殊方法。我们知道，研究天文学要借助望远镜，研究物理、化学、生物学要借助显微镜，各个学科大都根据自己的特殊研究对象而采用各自的特殊研究方法，民俗学也不例外。19 世纪晚期，芬兰历史地理学派及其方法的形成，使民俗学(主要是民间文学中的民间故事)有了自己的一套研究方法。这种方法试图通过不同地区同类型民间创作种种异文的比较，探讨每一种对象的“原始形态”。用这种方法既可以从民间故事的历史演变过程中，追溯出故事的各种变态；又可以从地理流布途径及变化中，追寻到故事的产生地点。这种方法对于那些“世界大扩布”类型的故事(如“灰姑娘型”、“天鹅处女型”等)的研究，是很有效的。但也有的民间文学作品没有这样的传播情况，如中国的许多笑话(极少数笑话尽管与印度等有关，但也决无一般幻想性的民间故事那样传播广泛)、歌谣等。大都可以在国内广泛的流传。但一出国门，由于语言不通、韵律不协，便失去了它的特殊味道，这就大大妨碍了它的广泛传播。因此，研究这一类体裁的作品，主要应根据它们自身的实际，选择合适的方法，而不能随便袭用一种方法。否则，就可能事倍功半，甚至完全徒劳。

即便是对那些以往民俗学者经常使用的方法，我们的态度也还是要以新的实践经验和认识观点为依据，来决定自己的用藏取舍。如对上个世纪以来许多民俗学者曾广泛使用的人类学派“取今”(指后进民族及进化民族中的某些民俗)以证古的“遗留物”研究方法，今天看来，就不能再原样照搬(两年前，我们研究室的同志曾为它召集过专门讨论会)。据我这几年的观察结果，在现代民俗中，从远古遗留下来的东西是有的，但数量不是太多，而且在性质上大都有着变化。很多古老风俗在其产生的时代大都有禳灾辟邪、驱妖赶鬼的目的与功能(主观的)。可是到了后来，风俗虽然传下来了，人们也还是大略照样去做。但风俗的内容、某些型式及功能，却已不知不觉随着社会的变化而变化了。例如吃粽子、划龙船，开始大都是具有宗教、法术意味的民俗，后来却说成了纪念大诗人屈原的行事。现在它的性质与作用则基本上是一种民众文娱活动了，这就说明风俗是跟随社会的前进而前进的。它不断调整自己不适应社会需要的一面，实现了性质和功能的转化。它不是简单地消亡(随时代而消亡的民俗是有的，但不是全部)，或者完全成为“遗留物”。由此可见，根据学科的特点选择方法，提高方法论的修养和使用意识(善于选择)，是很有必要的。

民俗学方法论的著作，目前国内还很少见。国外似乎也不多。芬兰学者柯伦(K. Krohn)的《民俗学方法论》(此书日本有关敬吾教授的译本)，是芬兰历史地理学派的重要著作。福田アツオ教授的近著《日本民俗学方法序论》，对日本民俗学大师柳田国男的“方言周圈论”和“重出立证论”两个著名方法提出异议，主张“地域研究方法”，注意了地区文化的整体性，也不无新意。也有部分著作涉此方面者，如B·汪继乃波的《民俗学的研究方法》(《民俗学》第三章)和尤·科普格洛夫的《搜集民间文学的方法》(《民间文学实习手册》第二章)等。它们都有中译文，大家可以参考。

丙、资料学——关于民俗事象的资料的获得、整理、保存和运用等活动的探索、论述。

资料是科学研究的凭藉。古人说：“巧妇难为无米之炊”，就指的这个道理。资料的取得、保存、辨别、应用等等，处处都有一套道理，也就处处要进行考察和探索，以利于研究的活动。我们要保障资料的可靠性，并使这种公共文化财产能够比较长久地保存下去。

资料民俗学，包括资料的来源(历史的和现代的、本国的和外国的)、资料的采集和整理(指调查，收集、编目、分类、索引)、资料的鉴别和保管(建立资料档案、资料馆)、资料的信息交流等等。这些工作的进行，都应该有经验和理论的指引。经验的总结和理论的建立都有待于研究、探索，这就是资料学的任务。

以上就民俗学的结构体系，作了一些设想，并就设想的各部分内容要点作了简略地说明。这只是一个初步构想，是一种备忘录性质的意见。

一定的科学结构体系的建立，在一定时期内有它的稳定性。但是从科学史发展的长远过程看，它又是处在不断调整和完善中的。我们今天所认识的结构体系，昨天未必产生，明天则可能要变成另外一副样子。所以，在我们的头脑里，应随时随事，都具有唯物辩证法的观点。僵化的观点是不能真正认识和有效处理现实事物的。

[附记]这是1986年末，中国民俗学会在北京召开第二次学术讨论会时，我在会上作的讲演(后来又在教研室讲过一次)。讲稿由董晓萍同志根据录音并参考我的讲话笔记整理而成。这里要附点小小声明，就是当时讲话里某些地方引用的著作例子不尽典型，因为当时未能找到很合适的作品。现在乘校稿之便，参考年来出版新成就，略作调整，希望能使它达到比较合适的地步。

1990年12月记于北师大宿舍

民俗学的历史问题和今后的工作

——1983年5月在中国民俗学会成立期间的讲话

大会叫我作一个关于民俗学的报告，实际上只能说是一种即兴谈话，一种漫谈。因为我要谈的那些问题，不但自己没有作过认真的研究，我们的学术界也没有人进行过。再加上一个多月以来，我右手有了毛病，不能执笔，连签名都有些困难。事情又比较忙，对要讲的问题没有工夫去琢磨。所以，我讲的话算不得对什么理论的阐发，可能其中还有错误。现在不过把那些问题提出来，附带地谈一点自己的看法，供大家在研究时或思考时做些参考。能在这个庄严的成立大会上谈谈这些问题，我实在非常高兴。

我要讲的总题目是“民俗学的历史、问题和今后的工作”。内容分三个方面。

第一，60年历史的简单回顾

中国民俗学，从北大的“歌谣征集处”算起，到现在应该是65年；如果从《歌谣》周刊算起，也已经有63年了。这60多年里，中国的社会起了极大的变化，这是大家知道的。在整个新民主主义革命时期，中国社会上的变化是波澜壮阔的。就我们这一行学问来讲，情形固然不能完全相比，但也是相当复杂的，中间有许多的起伏。这一段历史还没有好好地理一理。我们还没有写过“中国现代民俗学史”。最近我们承担了“六五”计划中的一个重点项目，就是《中国现代民间文艺学史》。我们这方面的工作还刚刚开始，将来写出来是什么样子还很难说。就是像个样子，它在整个民俗学史中也只是一个部分(依照传统的看法)，是民间文艺学的史，而不是整个民俗学的史。大家知道，民间文学是民俗学中最受到重视的一部分，在中国和外国都是一样。但它毕竟只是一个部分，虽然直到现在，民俗学(folklore)这个词，有些国家的学界，也用来单表示“民间文学”。整个民俗学的历史的研究写作，我们还没有动手，甚至连资料也没有好好地进行计划搜集。最近上海民研会的同志花了很大的力量在旧报刊上搜集了15000个论文目录，将刊印出版。这在资料这方面做了初步的工作。但研究活动还看不到多少。

60年，在整个人类历史过程中，只是一瞬吧。但在这60年里，中国的社会、文化以及民俗学本身的经历，确实是相当地复杂的。大会负责同志给了我一个单元的时间来谈，是很优待了，但要在这两三个小时里单把这段历史谈完，都有点难以办到。不谈这段历史行不行？好像也不行。许多同志都要求讲一讲。讲一讲也好，因为像我这样80岁的人已经比较少了，一般的同志对这段历史又知道得不多。但是我现在只能讲几个点，像蜻蜓点水那样，不可能面面都讲到，深入更谈不上了。

这60年，按我的看法，可分为前后两个时期。从1923年到1949年新中国成立，这25年是60年里面的前期，从1949年到现在的35年是后期。

前25年又可分为两个阶段，从1923年到抗战爆发算第一阶段。

从那以后到1949年为第二阶段，这阶段是抗日战争和解放战争时期，这段时期情况比较复杂，当时中国的大地上，除了沦陷区外，分为国民党统治区和解放区。而且民俗学或者说民俗学的某一个部分(民间文艺)，在解放区有它特殊的发展。所以把这时期划为另一阶段。

从全国解放到现在，可分三段，首先是17年，再往下是10年内乱，最后就是1976年10月到现在的六七年间。

我们民俗学，在上述那些时期里经历了什么情况，对那些经历，我们应该怎么看呢？

前25年的经历和成就，因为离现在较远，可能更容易作大略的概括。

我们先讲第一个时期，从《歌谣》周刊到抗战，这14年间，民俗学走过什么道路，有些什么表现，一些留心这段文献的同志比较熟悉，大多数同志就可能陌生了。现在从北京大学的活动谈起。因为它是我国这门现代人文科学的发源。在“五四”运动的前一年，北京大学成立“歌谣征集处”，由文科的一些教授主持，从事我国近世歌谣的征集和选刊。过了两年，歌谣研究会成立了。再经两年，出版了《歌谣》周刊。该校这方面的出版物，除《歌谣》周刊外，还有歌谣丛书及小丛书。特别值得注意的是，《歌谣》周刊《发刊词》上，明确指出了歌谣研究有两个目的，一个是学术的，一个是文艺的。所谓学术研究，就是指民俗学。这说明61年前，我国第一个搜集研究民间文化的刊物，开宗明义中，明确指出它研究的目的之一是民俗学。北大不久又成立了风俗调查会、方言调查会，因此，周刊上也多登载关于风俗、方言的文章。关于《歌谣》征集的范围和刊载的文章，大家可以把该周刊找来看一看(解放后上海有重印本)。总之，以北大歌谣会为主的民俗学活动是开创时期，前后约七八年的时间(包括后来《国学门周刊》及《月刊》的活动)。

1925年以后，因为经费的关系和其他问题，北大的学术活动陷于停顿状态，民俗学活动也就停止了，一些学者也都南下了。顾颉刚先生、容肇祖先生等当时民俗学活动的参加者到了广东(他们先到过厦门)。这是第一个阶段。这阶段虽然时间不太长，但意义却相当重要。它打开了中国现代民俗学的源头，对当时和后来学界的影响也相当大。

第二个阶段就是中山大学民俗学会时期，大约在1927年末中山大学文学院的一些教师就开始民俗学活动了，并首先使用了“民俗学会”的名称。最初出版了《民间文艺》周刊是后来《民俗》周刊的前身。改名为《民俗》周刊是在1928年春间。广东的冬天是多雨的。记得那年(1927)岁暮，我和容先生等一起到街上去购买过风俗物品(唱本、冥器之类)。中大民俗学会的较大活动大约在1928年春。似乎没有开过什么正式的成立会。前后参加中大民俗学会的主要成员，有顾颉刚、容肇祖、董作宾、杨成志等。董先生和我曾经一起编辑《民间文艺》，后来他回河南就去转搞考古工作了。《民俗》周刊前后出了120多期。后来杨成志先生从欧洲回来时，又改为《民俗》季刊，前后出了2卷8期。它初出版于广州，抗战时期是在粤北坪石继续编刊的。印数不多，所以现在很少见到。此外该会还出有30多种丛书，其中有顾颉刚的《孟姜女故事研究》、容肇祖的《迷信与传说》、白寿彝的《开封歌谣》等。中大民俗学会所作的事业中，除出版书刊外，还建立过风物展览馆，举办过民俗学传习班。抗战后局势动荡，民俗学会活动就很少了(除了上面说的《民俗》季刊仍在勉强出版外)，直到中大从粤北搬回广州，情况也没有大变化。

从本身的规模来讲，从影响的广泛来讲，中大的民俗学活动和成就，好像比北大还大些。因为它存在时间较长，刊物出版的时间也比较长，又刊印了许多丛书，各地参加的人(还有团体)比较多，它在这门学科的发达史上是占有一定地位的。但是，现在检查起来，民俗材料收集了不少，其中有些是相当宝贵的，但理论上的成就不是很高。当时主要参加活动的人，观点上有各种不同的角度，有的从文字的角度，有的从历史的角度。研究的指导思想，不用说，并不是解放以后我们普遍运用的马克思主义。它只是“五四”后流行的民主与科学，再加上民族觉醒意识。我在前几年写的《“五四”前后的歌谣学运动》一文中总结说，北大的歌谣学运动(也可包括中大的民俗学活动)作为当时一种社会文化现象，是新民主主义文化的一个组成部分。但就它本身的性质来讲，却是属于一般的资产阶级学术的范畴。我们知道，关于新民主主义时期的政治、文化，毛主席在《新民主主义论》中指出，整个来讲，“五四”以后的中国革命运动是属于资产阶级的民主革命性质的(尽管它又是无产阶级领导的)。那么，我们对于当时资产阶级大学里的民俗学活动具有这种性质，也就不必惊异了。

从20年代末到30年代初，我们在杭州成立一个民俗机构，叫做“中国民俗学会”。虽说是一个学会，实际只有很少人活动。现在国内国外文章上还常提到的有钱南扬先生、江绍原先生和我。实际上，开始时确有钱南扬先生，他编辑《民俗》周刊，不久他就离开了杭州，很少参与学会的活动了。江绍原先生，当时住在杭州，虽然跟学会有关系，但也不大管事。实际上只是我和另外一个人在工作。最初出了一个刊物，就是上面提到的《民俗》周刊，是附在当地一家报纸上的。因为时间比较长了，不记得它究竟出了多少期。(去年我在上海，见到赵景深先生，他保存得比较好，手上有100多期。我们把它复印了，虽然中间略有缺张。钱小柏先生手里也有一些)后来出了《民间》月刊，又出了《妇女与儿童》。为什么民间的东西叫《妇女与儿童》呢？这中间有一个内幕。当时有人办了一个《妇女旬刊》，他办这杂志是为了招登广告，内容他是不大重视的。我们就和他合作，主要刊载的是民俗资料，后又改名为《孟姜女》。《民间》月刊的来源也有点特殊。开头不是我们自己办的。当时绍兴有个青年人叫陶茂康，是个小掌柜，但他很爱好民间文学，自己出钱编辑刊物，已经出了十几本。我们看上他了，就和他合作。他的名字也列在刊物编辑者当中。他出印费，我们供给稿子，一共编了 12 期。因为稿子中有些学术性的东西，使它不好卖了，就此停止了合作。最后又出过《风土志》一类旧刊物。此外，还出了一些丛书(如刘大白的《故事的坛子》等)。丛书预告书目颇多，实际上只印行了小部分。国内外有些学者对它的实际情况不大清楚，误认为那些书都出版了。这是民俗学刊物出版上一个小插话。

这个民俗学会当时还出了两本《民俗学集镌》(第一册附在一个杂志上，称为《民俗学专号》)。第二本是我们自己印行的。这两本论文集从学术观点来看当然不是马列主义的，但里面有几篇文章比较有分量，所以后来杨堃博士对它们评价颇高。这两本东西，从当时民俗学界的一般水平说，是提高了一步的。杭州民俗学会，像中大民俗学会一样，还影响到一些地方的知识青年，使他们成立了这方面的组织。

对北大、中大、杭州这三个属于重点的民俗学机构的活动和影响，有些同志(包括杨堃博士在内)从发展阶段上作了一些区分。记得杨成志博士也曾对这个问题发表过主张。最近王文宝同志也一而再、再而三地与文章谈论这个问题。我也觉得对这个问题应该研究研究。把北大那个时期称为“开创期”是比较明确的。把中山大学和杭州的两个民俗学会区分为“发展”和“衰落”的两个阶段等说法，是否必要和恰当，就值得斟酌了。“衰落”是杨堃博士的说法。对此，王文宝提出不同意见。现在考查起来，杨堃博士之所以把杭州时期说成“衰落”，不管正确与否，那“罪魁”恐还是我。在《民俗学集镌》第二期上，我发表了一曲《中国民俗学运动歌》，里面有几句话：“这里有一个壮大的花园，里面有奇花也有异草。但现在啊，园丁不到，赏花的人更是寂寥！”(我当时所以这样说，现在回想起来，可能是因为中大这方面活动的暂时停滞)这种咏叹，使杨堃博士认为是活动“衰落”的证据。当然，我不大赞成他这种说法，因为当时这方面的活动对过去不但有继承，某些点上还有所发展。但如果我不讲那些话，杨先生也许不会作这种判断。因此，至少我是有一份责任的。这是题外的话。我认为，中大和杭州的具体活动尽管有不同之处，但大体上可联系起来，不要因为一个在广东，一个在杭州，就把它硬分开了。至于这个时期叫做什么期，我没有想好，让将来写《中国民俗学史》的同志再去研究和确定吧。

现在来谈谈抗战时期的情形。刚才讲中大民俗学活动时也提到一些。由于抗战时期是非常时期，民俗学活动也有些特殊性。当时沿海一带、北方和华中一些地方已经沦陷，一些大学和学术机关搬到贵州、云南及四川去了。如搬到贵州的上海大厦大学，有个社会学部，教师们对民俗学比较注意，而又迁到了有少数民族存在的地区，他们就在这方面做了好些工作。如进行社会民俗调查，出版《民族学论文集》之类的书刊。他们把社会学的调查和探究跟民族学、民俗学结合起来了。还有中央研究院民族研究所的人员也在进行民族调查，出版了一些有关民俗的民族学著述。所以到了这个时期，中国的民俗学的疆界无形中扩大了。这就是抗战时期国民党统治区中，民俗学与民族学、社会学的关系大大密切起来，虽然在这以前，我国学界已经多少出现过这种倾向。记得 1928 年春，有个连山瑶排的代表团到了广州，我就和中大同事陈锡襄几位先生去访问过他们，刊物上还发表过有关的文章和照片。后来中大派杨成志先生和俄国人类学家史禄国教授到云南去作人类学和民族学的考察，容肇祖先生也参加了一段时间。杨先生回校后，曾发表过关于罗罗(彝)族的调查报告。1935 年他从法国留学回国后，这种倾向就更加强了。所以说中山大学民俗学在抗战前就和民族学、人类学已有关系。抗战前一些年，北方燕京大学教授吴文藻博士研究社会学(马林诺夫斯基一派的)也同民俗学有相当关系。在他的指导下，燕大培养出一些这方面的人才，例如昨天在这里出席的林耀华先生，就是那个时期的学生之一。此外还有费孝通、李安宅等教授。抗战时期，这些学科更进一步接近了。

这个时期我国西北地区，以延安为中心的解放区，在对待民间文学艺术方面，出现了一种崭新的倾向。由于当地人民当家作主的民主政权性质，又由于当时唤起民众、教育民众的迫切需要，毛主席提出了尊重和学习民间文艺的新的正确的指导思想。早在 1938 年毛主席在谈到共产党员学习的问题时，就提出了“中国作风、中国气派”的理论。因此，不久我国学界就掀起了民族型式问题的讨论热潮。谈到民族型式，首先当然是文学艺术的问题。要向群众宣传，那种知识分子气很重，欧化倾向很浓的作品是跟群众没有共同口味的。所以要有“中国作风、中国气派”，让老百姓都喜闻乐见。这种指导思想开始在解放区广泛传播，很快影响到国统区的学界。记得 1940 年间，我在坪石中山大学中文系任教，进步的学生已经在讨论这种问题。文艺要有民族型式，就是说内容是革命的、马克思主义的，但型式要民族化，特别是要有为老百姓所熟悉的那种型式。后来，在延安文艺座谈会上，毛主席又要求作家、艺术家向群众学习，学习老百姓那种“萌芽状态的文艺”，就是人民群众自己的、程度比较不高的那一种创作。

从此，延安很多作家、艺术家都下乡去了，去学习人民的东西，熟悉人民的东西。他们中不少人还做了搜集、编纂民间文艺作品的工作，如何其芳同志编的《陕北民歌选》就是一份优秀的成果。因此，解放区的文学艺术有了一个新的起点。当时他们根据延安文艺座谈会讲话的要求去实践文艺大众化的主张。这对于民俗学有多大关系呢？很有关系。因为所讲的"萌芽状态的文艺"，是包含了民间故事、歌谣和民间戏剧等在内的。它包含了民俗学的一部分，甚至可说相当重要的部分。其次，由于这种理论的传播，使得一些知识分子(特别是进步的知识分子)不仅知道重视民间的文艺，并且也使他们对于老百姓的东西、对于民间一般文化也给以重视。这一个新传统对于全国解放以后的文学艺术工作，都有很大影响。对抗日战争时期及解放战争时期的解放区这种关于民族民间文学乃至于一般民间文化的指导思想，和它所产生的影响，现在我们应该认真加以探索和表扬，应该给以足够的评价。

抗战时期，中国文化虽受到侵略者的残酷摧残，但由于一些特殊条件，在解放区固然有新因素的发展，在国统区也取得过去所缺少的成果。可惜这些，新中国成立后，我们没有好好给予总结。

从新中国成立后到现在的情况，大家比较熟悉，我简略说一说。可以分成三个阶段：(一)是 17 年；(二)是黑暗的 10 年；(三)就是这几年，"四人帮"倒台后到现在的这几年。

在新中国成立后的 1949 年冬天，文化部负责同志对我说，要成立一个研究民间文艺的机构。我说："好啊！正很想搞呢。"就在第二年的春天，我们建立了中国民间文艺研究会。开头编印 3 期《民间文艺集刊》，它是侧重理论的刊物，后来因为抗美援朝也就停止了。到 1955 年才改出《民间文学》月刊，直到现在还在出，自然中间"十年内乱”时不能不停顿。民研会还出过许多故事、歌谣集，特别是歌谣集。在社会活动上做了些其他有关工作。1958年大跃进时期，曾倡导一次编写少数民族文学史的活动。少数民族文学同民间文学的关系当然很密切，中国50几个少数民族过去大多数是没有文字的，它的文学怎么表现和保存呢？不就是靠口头吗？那些都是民间文学呀。因此那个时期对于中国的民间文学（主要是歌谣），特别是少数民族的民间文学的搜集出版相当积极。17年间对于民间文学艺术的搜集乃至于研究，成绩是比较大的。特别在工作上一般力求用马列主义作为指导思想，虽然实际达到什么程度还可以研究。那时候，当然也有些“左”的思想的影响，如有的同志提出过文学的主流就是民间文学的主张。这表面好像是对广大人民创作的文学艺术的尊重，其实不对。因为在长期的阶级社会里面，上层阶级的某些成员，由于拥有比较优越的条件（如文化修养）和他们的现实主义精神，创造了一批优秀的文学艺术品，有的还成为民族的骄傲。如屈原、李白、杜甫的诗歌，施耐庵、曹雪芹的小说，关汉卿等的戏曲……都是我国文艺史上的高峰，不能把它当做“支流”看待。

17年对于民俗学的其他方面，比如对社会习惯、风俗这些东西就很少触及。只有对于少数民族的历史、社会调查工作是展开了。这种调查也包含各族大量民俗资料在面里。这些资料，可惜在写作民族简史或民族概况时，采用很少，当时又没有印成材料本提供给需用它的学界人士。有些同志说，当时他们下去调查语言，是把它和民族的整个社会生活、风俗习惯等联系在一起的。后来发表时，就只保存了语言的那部分。这就是说，当时对于整个民俗学的工作没有提到学术研究的日程上。过去所搜集的这方面资料，近年逐渐都印出来了，这真是我国社会科学界的一件好事。我劝搞民族民间文学、民俗学的同志一定要看看这些东西，虽然在记录方法等问题上也许多少有这样那样的缺点，但大都是原始材料，相当可宝贵的。

民俗学在解放后的17年里，作为一门科学还没有建立起来，可能和我们当时大力学习苏联有关系。因为民俗学这个术语，他们一般只用在“口头创作”这个方面。他们也有关于民俗学资料记录和理论一类的活动，但那大都被归到“民族志学”的范围去了。此外，加上我们自己当时对某些社会科学的一套特殊看法，就使民俗学的活动一时不能不中断了。民俗学在17年里面没有得到应有的重视和发展，这是我们学术上的一种不幸和损失。但是这种缺陷现在已经由喜人的事实给以补偿了。

“十年内乱”时期，是一个非常黑暗的时期。不要说那些过去搞民俗的，连解放后一般搞民间文学的大都倒了霉。在这时期，连学术资料也一样遭殃。《格萨尔王传》的稿子，是一位非常爱好民间文学而又勇敢、机智的同志用一口缸埋藏在地下，才得以保存下来。可见压力之大了。许多宝贵资料也都丧失了。我们民研会本来收集的这方面图书相当多，包括民间文学以外的民俗学的东西，还藏有许多没有发表过的手稿。可惜那些宝贵的手稿都在“文化革命”中被送到燕京造纸厂，再也不见踪影了。至于各种收集整理机构都被关了门，就更不用细说了。总之，这10年，是民间文学事业上的一场大浩劫！

最近这几年，“四人帮”倒台之后，各条战线恢复了春天。民间文学的春天也恢复了。特别是中断了多年的民俗学的春天也到来了。关于这种情形，我在开幕词中已经简单讲到。总的来讲，这几年的大好形势是我们60多年来都没有经历过的。这样说是毫不夸张的话。这预示我们这门人文科学将要达到的光辉前景。

关于民俗学历史的问题，就这样漫谈了一下。这方面，今后还需要大家去认真探索、研究，方能写出比较完整和准确的科学史来。

第二，对民俗学几个问题的意见的“速写”

实在说，民俗学的问题是很多的，比如民族学和民俗学的关系怎么样，就是一个。有些国家对此曾经讨论来讨论去。一般认为，民俗学的研究范围是“一国”的，民族学的研究范围是“多国”的。不过，我们中国是多民族的国家，汉族之外还有50多个少数民族，所以如果说中国的民俗学是“一国”的，它的对象同时也是“多民族”的。因此，我们的民俗学也可以说是民族学。严格地说，民俗学同民族学也有某些不一样的地方，譬如民族学很重视民族起源、迁移、混合等问题的研究，即民族本身的研究，当然同时也研究风俗、习惯及一般文化，如物质文化、精神文化、科学技术等。但是，它有它一定的特殊问题。照国外的一般情况，民俗学虽然大都是研究本国的民俗，但也有例外，如早期英国的民俗学著述，也把欧洲的和那些文化落后的民族的民俗包括进去，成了“多民族”的。但一般来讲，民俗学总是记录本国的民俗和对它作理论的研究。我们现在对民俗学与民族学的关系这一类问题还是应该研究的。我们这次会议小组讨论里，听说也有些同志对林耀华先生的意见提出一些不同的看法。这很好，可以共同讨论讨论。但是，今天，这方面我不准备多讲。

下面我想集中讲几个问题。

(一)民族的与阶级的问题

照马克思主义的观点来看，民间文学主要是劳动人民的文学。从历史上说，就是以农民、手工业工人为主的文学创作，当然中间也有些不纯粹的东西。那么，民俗学研究的整个对象，是不是同民间文学完全一样，就是说，只限于劳动人民的风俗习惯呢？这恐怕就不那么单纯了。昨天的会上，有人提出了“俗文学”是不是民俗学研究的对象，这个问题是提得有意思的。还有，记得去年我在宁波开浙江民间文学研究年会，同时也是浙江民俗学会成立会，有很多民俗学方面的论文，如关于春联的、匾额的。要说到社会阶级，它们都是工农阶级的文化产物吗？自然不能如此说。那么，算不算民俗现象呢？又似乎不能不算。当然春联这种东西，可以从表现媒介、型式和内容等去作阶级分析。但是，它那么普及，农村居民的大门口到处都可以看到它，如果不能算民俗现象，那么，民俗范围就不免太窄了。所以说，我们搜集研究的对象——民俗，就一般来讲，是广大民众（主要是劳动人民）创造的和继承的，因为从数量上说，民众究竟是国家人口的多数，实质上民俗的创造者和传承者，也大都是广大民众，这一点是肯定的。可是，如果因此就认为上层社会没有民俗，或者认为它完全没有和广大民众共同的民俗，这似乎就不好讲了。中国过去有许多“岁时记”讲述岁时风俗。许多年节风俗，从农村到朝廷差不多都要奉行，尽管活动的具体情况不一样。这就是说，一个国家里大部分风俗，是民族的（全民共有的）。当然，民族里面又包含着一定的阶级内容。同样的过年，喜儿、杨白劳的和黄家地主的就很不一样。但是他们都要在同一天过年，这也是事实。所以重要的民俗，在一个民族里具有广泛的共同性。它不仅限于哪一个阶级。当然我们对民俗现象要作分析。有一些风俗（或者这风俗的原来）是贵族社会所特有的，这大抵是少数，而多数的风俗可能是共有的。其次，就是民族上下都过的节日，或一个人从生到死所经过的仪礼，虽然上下一样的奉行，但当中都有阶级的差异。这个问题，我也没有仔细研究过，仅能大体认为一般民俗既有民族的性质，也有阶级的性质。大家知道，过去德国有个学者，认为民间的优秀文艺作品不是民众自己创作的，是从上层贵族社会那里沉淀下来的。作为对整个民间文化起源的评断，这种见解是错误的。但是我们知道，马克思主义认为，统治阶级的意识就是那个社会里的统治意识。像中国的地主阶级统治了那么长久，它的一些思想、文化要侵入到广泛的人民群众中间去，这是不容否认的事实。只是它侵入民间之后，变形不变形？或变化得有多大？又它在民族风俗现象里占多大比重？……这值得我们进一步去研究。

(二)农村文化和都市文化的问题

搞民俗学当然着重在广大农村，这在许多国家都是一样的。因为农村里保存着更多的传统的文化、风俗。我国现代有许多旧式的小城市，但有不少城市是“欧化”(或“半欧化”)的。我们的民俗学研究重视传统的、民族固有的文化，因而重视农村(包括旧式小市镇)这方面的情况。如果有限度地这样做，当然不错。但同时我们对现代都市的文化应该采取什么态度呢？比如上海，由于过去100年资本主义势力的入侵和盘踞，它同农村的文化大不一样，同中国固有的、资本主义进入以前存在的城市文化也不一样。这就需要我们去研究。农村的文化是重要的，它是很长时间形成和传下来的。里面有很好的东西，也有从现在来看用不着或有害的东西。我国民俗学的材料多数在农村，这当然要重视。但是我们也不能排斥对现代都市材料的搜集和研究。美国和日本近年来学界的趋向，颇重视研究都市的民间文化。美国的情况比较特殊，日本的情况和我们比较接近。日本过去长期主要是农业社会。一些城市也只是旧式商业性质的。近百年来，资本主义侵入了，就出现了那种新型的都市。我们的上海也是这样的新型都市。去年冬，我到上海，曾对那里民研会的同志说，应该研究当地的都市文化，就是说要研究过去近百年的社会出现了什么新的情况，文化风俗活动在这里起了什么变化，它同旧有的文化风俗有哪些不同……我觉得这些是很重要的问题。现代上海的文化风俗，当然起了极大的变化，但也不能笼统地断定。据说在上海某些偏僻的地方，还保留着非常古老的东西。在这里，它可能比内地许多地方还要保守。研究新型都市文化不能把它原来的比较保守的那一部分东西丢开不管。在我们国家里，农村是广大地区，但从战国以来，特别在齐国、赵国这些地方就已经有了人口相当多的商业城市了。这种城市文化同农村文化有区别(同时自然也有关联)，同今天的都市文化也有区别。我们应当认真去研究，一个地方一个地方地去研究，进行具体深入的研究。

(三)古代学和现代学的问题

这个问题在我们国家里面好像还没有被正式提出来。民俗学研究的对象、所要解决的问题主要是历史学的还是社会学的？所谓历史学的，就是古代的；所谓社会学的，就是现代的。这其实是我们实际当中多少已经存在着的一个问题。

过去我们在中山大学办《民俗》周刊时，写了许多文章，论述了好些民俗问题，其中不少用的主要是历史上的材料，就是古书上所记的传说、故事及民俗等。这是因为这种学问产生不久，大家对它的概念还不太清楚时的情况。从民俗学的一般性质来讲，它应当是现代学的，它的工作方法是对现存的民俗资料进行调查和搜集，也就是它的资料来源主要是现在的。研究的目的当然也是为了现代。这一点是需要明确的。现在有些同志着眼古代文献上的东西，所用的材料都是古代书本上的，所得出的理论结果也不见得能为现代生活、文化服务。那么，从我们这门学问的根本性质来看，假如有个别人这样做还不太要紧，如果很多人都在这样做，那就成问题了。我们的民俗研究，如果从材料起就都取自古代文献，那就不是现代学而是古代学了，是属于历史学范畴的学问了。所以我们要讲清楚，民俗学的研究是现代学，它研究的资料主要是从现代社会中采集来的。有些更谨严的学者，还要靠自己亲自到民间去收集第一手资料。因为光用人家收集的资料是不怎样理想的。如《金枝》的作者弗雷泽博士，写了那么多的著作，提出自己的独特见解，在人类学、民俗学史上算是个大学者了吧，可是人家却批评他，说他只用第二手材料，自己没有作田野工作，是一个缺点。民俗学研究的目的，要尽可能建立精密的现代式的科学。

那么，是不是历史的东西我们就不管呢？这也不是的。我们还有民俗史、民俗科学史要研究和写作呢。对于中国几千年来的、多民族的风俗发展的历史资料，应该重视并进行整理研究，这就是中国民俗史。两千多年来，我们学界在这方面留下了大量的文献，其中有关于风俗的专门著作或者片断的意见。如《风俗通义》、《荆楚岁时记》等专著，都是相当贵重的。《荆楚岁时记》尽管只是讲一地方岁时风俗的，篇幅也不长，但1000多年前世界上像这样的著作并不多。它应不应该整理、研究呢？最近日本有人翻译了这本小书并加了考证和详注。我们现在还让它安眠在旧书堆里，没有动手。另外关于别的民族的风俗记载文献，如《真腊风土记》，是关于柬埔寨的，内容虽不很丰富，但涉及方面颇广。对它要不要整理、研究呢？我们的答复都是肯定的。这种研究应该叫做“文献民俗学”或“历史民俗学”。我们不排斥对历史上的风俗记载的整理以写出科学的民俗学史。但我们的民俗学应该着重在现代，不要大家都忙着去抄古书，那种工作让少数人去搞就可以了。

(四)理论和实践关系问题

这是最后一个问题，也是现实性很强的问题。

这里所谓理论，一方面是指工作者专业知识上的修养，即具有一定民俗学的基础知识和基础理论，另一方面是指理论研究。我们现在对民俗学上的许多问题，由于没有进行理论研究，往往只能随便发表观感或抄抄旧说。比如关于端午吃粽子、划龙船的风俗起源，现在一般根据旧文献，说是因为祭屈原和救屈原的关系。真是这样吗？其实，这只是一种“民间的”解释，不是科学研究的结果。拿划龙船来说，原来的目的是要送走瘟神恶鬼之类的巫术、宗教活动。但是时代往前走，它的意义也渐渐起了变化。到了现代它就成为一种民众娱乐了。划龙船等风俗跟屈原发生关系，是因为后代的人已经忘记它原来的性质、作用，或者对它原来的解释已感到不满足，因而把它与投水尽忠的诗人联系起来。(首先作这种说法的，大概是楚地的人)过去的人可以这样讲，现在一般的人也不妨这样说说，但搞民俗学的人还抄袭这种旧说，就没有多大意义了。如果文献上的记载句句都可相信，还需要我们科学家做什么？科学，就是从事实出发，进行客观的分析研究，以求得正确的结论。所以说，理论是很重要的。理论研究有个别的、专题的研究(而且专题也有大有小)，还有比较概括的研究。如民间娱乐、民间游戏、宗教等，都是大的问题，是概括性较强的；如果专研究划龙船之类的民俗就是小一点的专题。不管怎么样，对于一种事物现象(包括民俗学在内)，总得开展一定的理论研究。因为我们是生活在现代，是在马克思主义指导下进行社会主义的物质的文化的建设，我们离不开科学。而科学就是建筑在对事物研究的基础上，得出客观的正确的结论，并用来指导我们的行动、思想的。这是最起码的常识。马克思经典作家一再说：我们的学说是指南，而不是教条。没有研究，就没有正确的思想理论，正如毛主席讲的，没有调查就没有发言权。我们做什么事情都应该有调查研究，也就是要有一种理论活动。比如就我们现在的企业说吧。因为不少管理人员对企业及它的管理，缺少应有的科学知识，对实际存在的问题又不去进行科学研究，所以工厂就管理不好，就要赔本。对于任何事情来说，都是如此。如果既缺乏知识，又不进行研究，那就只能是外行，无所成就，甚至是败坏事业的人。所以我们要真正成为马克思主义的学生，对于我们所从事的民俗学工作，就没有理由可以不充实理论知识和进行一定的研究活动。

现在讲应用的问题。实际应用是民俗学工作一个应有的方面，但不能把它同理论活动对立起来。有些同志厌烦理论。他们说："什么理论呀？干，就行了。"当然，不干是不对的，但是干有蛮干，有巧干，有干得正确，或干得错误。我们坏事也可以干出来，好事也可以干出来，关键在于对这工作有没有正确的理论修养和理论研究。大家都说，没有正确的革命理论，就没有正确的革命行动。我们要做好民间文学的搜集整理工作，做好它的推广普及的工作，就不能没有这方面的理论知识和理论研究。我随便举一个例子。例如，要把民间故事去给群众看，给小孩子们看，这是好事吧。但是，对于民间故事，你是否有相当知识？群众的文化程度和艺术趣味你是否知道？你是否了解儿童的心理特征？是否知道儿童的一般学习情况？拿儿童来说，他们在一定的年龄阶段有一定的心理倾向。我们拿去教育他的东西就要适合他那个倾向。否则不能产生预期的效果。我不太懂得儿童心理学，据说，10岁以下的儿童喜欢幻想性强的故事，到了10岁以后，就比较喜欢英雄的故事。这种说法不知是否正确。总之，对于这类心埋情况必须尽量摸清楚，才能在"给予"方面和"接受"方面对上口径。给予成人看的问题就更复杂了，也就是说更需要调查研究了。不研究所给予的作品的性质、特点，不研究怎样才更适合他们的需要，这样能做好那个工作吗？你只有找出事物的规律、找出最好的办法，才能有效地应用。现在在文化工作上，认为只要干就行，这种想法无疑是不正确的，是不符合科学的马克思主义的精神的，也是不符合目前中央同志提倡的实事求是精神的。

这里，我想再举一个具体的例子说说。近年地方上到庙里烧香的老太太可不少。据我前年在杭州灵隐寺等处所见，甚至有穿高跟鞋的女同志、穿干部服的男同志在那里拜佛。对这种现象，我们当然是不满意的。但只是禁止他们，甚至于把他们抓起来，能解决问题吗？宗教的产生和传播有它的社会根源、思想基础，而且它在社会上有长期存在的历史。宗教行为的本质是人们向幻想中的外界力量乞求。他们为什么这样想和这样做呢？大概不外两点：一是缺乏科学知识，不懂得那种偶象是不会真正帮助他的；二是现实生活不能使他们得到满足。两者凑合起来，就使他们要向幻想的外界力量去乞求，要相信巫师，求神拜佛。我们这些人为什么感到他们这样做可笑呢？因为虽然我们也有时对生活不满足，但我们有一定的自然科学和社会科学知识，就能取其他方式去解决生活不满足等问题。如果我们不懂宗教学，不懂群众心理，那么，我们只会把这些人关起来，或对他们吐口水说：社会主义国家的公民还去拜菩萨？在思想的问题上，我们只有对各种现象的社会历史原因、心理原因等弄清楚了，最后才能解决得好。不然即使出于好心和认真努力，也不一定能得到什么好结果。

我们民俗学理论上有许多基本问题，如民俗的特点是什么？它是怎样发生和发展的？它与其他文化关系怎样？民俗是什么性质的一种科学？它的范围怎样？它与别的人文科学关系怎样？它在搜集研究上应用何种方法？……关于这些问题的知识，应该尽量掌握。有条件的同志更应该自己去进行研究。在从事这种学问的应用上，也应该努力去研究思索那些实际存在的问题，因为这是应用工作的必备条件。

第三，今后要做好几件事情

我们这个学会建立起来了，好不容易呀！应当感谢领导的关怀、帮助。我们现在的人力和经费都还有限，能做的事情是比较少的，因此要老老实实地做一点最需要的也是力所能及的事情。

(一)编辑科学的资料本及研究文集

到底能编出多少呢？现在很难说，但一定要编辑。我们不搞那些通俗的读物，因为已有许多地方在搞。我们首先要搞那种科学的资料本，就是忠实于人民的口头、思想和行动的东西，而不是拔高了的、涂改了的。还有研究文集要适当地搞。一年里面能搞出一本，我们也就满意了。有些外国的学会的学术刊物一年也就出那么一两本。不过，它们有的继续多少年了。在内容上，如果能像《民族学研究》那样的水平，我们就满意了。这点，我们还没有太大的把握。但达不到一定的水平就不出。这是我们的决心。

(二)组织编译世界民俗学的古今名著

解放前 30 多年里面多多少少也介绍了一些外国的东西。解放后，在民间文学方面大力学习苏联，也介绍了一些有价值的东西。这对于我们不必说是有益的，可惜是只限于一个国家的。现在世界上很多民族，很多国家都有这方面的东西出来，它们不一定符合我们的需要，但是我们得看一看、研究研究。有一些在国际学界已经成为古典的东西，不管它怎么样，我们学者也得知道，如《原始文化》、《金枝》之类。对于一般有价值的人类学、民族学的著作，我们也要有计划地介绍。这方面恐怕大家都会感兴趣。不过我们也只能做一点组织的工作，因为人手有限，一年里面能刊出三五种就很不错了。希望有力量的同志大家合作，分头来干。我们现在翻译的力量还不是太充足。日本《柳田国男全集》36 本，我们连一本也没有翻译过。(近来有人翻译了他的《传说》，那只是小册子，并且没有公开发行)对这样一个理论家，连他的比较重要的专著也没有介绍过，在这门学问上就没有办法做到知己知彼。很多外国学者研究中国的神话传说的著作，我们也介绍得很少。今后，这一方面一定要有计划地进行。自然，我们对于这些拿来的东西都应该根据马列主义的原理加以检查、评判，并从我们的现实需要加以吸取、消化。

(三)计划并资助某些民俗学的专题研究、专题调查报告及重要文献整理

现在，我们会里一时没有力量大规模进行研究工作，但要做一些重点问题的研究，比如对某些历史长、传播广的风俗，如年节活动等可以作为专题研究。再如“五四”以来的民俗学史，也可以作为研究的专题。其他题目还很多，可以有重点地进行。再就是专题调查。普遍的调查可以由各地去做，但是某些现在尚存的风俗，我们觉得它意义比较大的，就可以重点调查。普遍的调查由地方去做。并不是我们看不起这项工作，是我们一时限于能力。再就是文献整理。我们国家现在正在展开古籍的整理工作，这是很重要的一项文化事业。中国古代民俗学的专著及散见在经、史、子、集及后来报刊上的资料是不少的，应该加以重点整理。我对地方的同志常常提起，可以找几个本地的同志合编地方民俗志的书目，把地方文献的记录、报刊上的材料、论文等的目录都编辑出来，做一些基础的工作。以后再做专书的整理。如《风土记》(辑佚本)之类收在丛书里，一般的人手上不易得到，应该迅速加以整理，单行出版。像刚才提到的《荆楚岁时记》也一样。《山海经》一书最近有袁珂先生的新版本。这个版本校勘很精审，但有一点使我们觉得不很满足，就是关于神话传说方面的注解太少。清代的学者吴任臣著了一部《山海经广注》。这部书从严格的校勘家等看来，价值不大，但从我们的角度看，却颇有价值。他注解神话传说，就尽量地把有关资料搜列出来。(所以叫“广注”吧?)这本书过去学术界不予重视，但我们应该比较重视它。现在新版的《山海经校注》，在神话、风俗等方面做的工作比较少(这也许是袁先生采取慎重态度的缘故),有待今后好好地去补充。今年法国巴黎科学中心有个学者叫R. 马蒂厄来访我,说他重点研究《穆天子传》。他回国后给我寄来了这个研究著作,很厚的一本,注解得相当详细。记得他当时曾将了我一军。他问我,你们研究室谁研究这本书?好在当时李德芳同志在旁边,我就指着他说:他作了一点研究。这就是说我们这方面整理的工作是相当大量的,不要因为我们搞的是现代学,就不搞古籍整理研究,那是败家子的态度。

(四)最后一件事,是举办民俗学讲习班

民俗学工作已在各省市展开了,但多数人不一定对民俗学有足够的知识,所以有责任在这方面帮助帮助那些同志。我们打算在今年暑假7~8月间,开办一个民俗学讲习班,跟少数民族研究所的少数民族文学讲习班结合起来,大概可以招收150人的样子。现在正在积极筹备。民俗学工作已经在全国广泛展开,知识的武装必须跟上去。如果跟不上去,工作的收效就会受到或大或小的影响。

这里讲的几项工作,真正做起来,从各种力量上看,特别从经济力量上看,恐怕很吃力。但不管怎么样,我们一定要尽力去做。

漫谈就谈到这里。谢谢大家!

[附记]这篇讲词,是刘铁梁、李稚田两位同志根据当时的录音整理的。原词实在讲的有点汗漫。经过一番删改,还远不能使自己满意。但一时无力细改,只好让它去出丑了。

1983年10月24日

民俗文化学发凡

一、学科名称的由来及其概念、性质

1989 年 5 月 4 日，中国社会科学院将召开国际学术讨论会，隆重纪念“五四”运动 70 周年。大会筹备组事先发出通知，邀请我参加会议，并希望提交学术论文。我答复同意了。

70 年前的这一场伟大的思想、文化运动，像一夜春雨，催开了现代中国的民主和科学文化事业的花朵。对此，多年来已有不少文章予以论述。我个人对这场运动怀有特殊的感情，一是因为我多年来所从事的民间文艺学、民俗学两学科，是这场运动的伴生物；二是因为我自己当时转变为追随新思潮的“新党”，进入了这两种学科之门，也是“五四”运动启蒙的结果。“五四”运动与现代中国民间文学、民俗学运动的关系，在某种意义上，决定了“五四”与我个人学术道路的关系。10 年前，即 1979 年“五四”前夕，我也曾应邀撰写纪念文章。我那一次撰写的文章题目是《“五四”前后的歌谣学运动》。它只就民间文艺学方面的一些问题进行了论述。现在，10 年过去了。我们经历了学术界不平凡的 10 年，或者说我国民间文学、民俗学与文化学事业在解放思想、实事求是的方针指引下蓬勃发展的 10 年。这时再回顾 70 年前的“五四”运动，和它所派生的现代中国民间文艺学、民俗学运动，我的思想认识不能不有所前进。我感到，这两场运动之间的联系，不止于民间文艺学，它在以下四个方面都有所体现：

(1)在上、下两层文学方面，“五四”前后的歌谣学运动，抨击封建上层文学，使一向被贱视的下层文学的地位得到提高。这自然是一个重点。

(2)在语言学方面，“五四”运动又是一场白话文运动和推行国语的运动。它所提倡的以平民的白话代替传统的文言，用白话写新诗以及主张以北京话为基础向全国推行国语和用它编写教科书，反映出了一种思想、文化载体方面的重大变化。这是世界上新旧思想、文化更迭时经常出现的现象。欧洲文艺复兴时期和日本明治维新以后的文字改革时期，都有过类似情况。

(3)在鼓吹通俗文艺方面，“五四”新文化运动宣传明、清以来广泛流传的通俗小说和戏曲，称赞它们是中国文学史上的典范优秀作品。这样抬高通俗文艺的地位，是非常大胆的做法。

(4)在民俗调查和研究方面，“五四”知识分子首次呼吁对一般民族民俗资料的调查与搜集。北京大学还曾建立方言调查会和风俗调查会，开展了一定范围内的风俗学活动。它是我国今天广泛推进的这一活动的起点。

总之，重视口头文字，宣传通俗文艺，提倡白话和推行国语以及收集整理一般民俗资料，这四种事实，要比单纯民间文艺学的范围远为宽泛。大体上它们都属于民俗学的范畴。它们并非彼此孤立，而是在“五四”运动和现代民俗学运动中，互生共存，成为一个有机的整体。同时，它们既是民俗学现象，也是文化学现象。从历史本身讲，它们的迭合，说明这两场运动的多重联系；从理论角度讲，它们表现了两个学科(民俗学与文化学)之间的交叉现象。用从前的“民间文艺学”、“民俗学”等名称去概括这些事象，显然有些不够。于是，我大胆创用了“民俗文化学”这个新名词。它比较符合“五四”的史实，既照顾到当时的民俗学活动，也使之与文化学挂上了钩。由于这个原因，我便把前面说到的 1989 年国际学术讨论会上我所提交的论文，题目确定为《“五四”时期民俗文化学的兴起》。

我提出“民俗文化学”的概念，还有另外两点考虑。

第一，它适合我国的国情。中国是一个文明古国，也是一个民俗大国。作为文明古国，它的内部有着文化层次的区别。中、下层文化(包括民俗)是其基础部分。民俗不是靠文字传承的，但它是民众后天习得的知识、行为的一部分，也是一种文化样式。中国封建社会延续几千年，占人口绝大多数的是农民。那么民俗文化的主要创造者和承担者便是农民，当然，还有渔民、工匠等劳动者。民俗的发生和传播虽然不靠文字，但民俗被借助文字而记录下来，是我国的一种长期存在的历史事实。这使我们民族拥有丰富的民俗文献遗产，同时也表现出民俗文化与上层文化之间的历史联系。这种情况在世界其他国家或不多见。当然，在传统社会里，这种民俗文化与上层文化发生联系的现象，往往是不自觉的。它甚至是被上层社会的正统观念压制的。这种情况到了结束帝制的现代民主革命阶段开始扭转。特别是到了“五四”运动掀起后，鼓吹民族觉醒，倡导民主与科学，民俗文化与上层文化的关系更加亲密。从这种意义看，现代中国的民俗学运动，继“五四”运动之后崛起，不过是前述历史联系的递进，并带有革命性质的表层化罢了。

世界各国的民俗学研究，大都有从本国国情出发的不同路数。有的国家偏重于未开化民族习俗的探究；有的国家有侧重研究上、下两层文化的升沉交流规律；有的国家呼吁发扬自己民族的文化传统；也有的国家苦苦寻觅本国文化的根源。……我国今天建设民俗文化学这门新学科，是适应我国的历史情况和社会主义新文化、新科学的要求。它不是一种盲目的模仿结果，更不是好事者的闲事业。

第二，它具备了学科建设的基本条件。"五四"以后，我国的民间文艺学、民俗学不断发展。特别是近十几年来，它有了长足的进步。改革开放以来，国情因素日益受到注意，民族文化研究也随之后来居上，并产生了一定的社会反响。这些都为我国民俗文化学的建立和发展提供了有利条件。1990 年，我出版了一本小册子《话说民间文化》，它的主要论述对象就是中国的民俗文化。它曾引起学界的一定注意。

总之，我采用民俗文化学的观点和方法，去回顾 70 年前的"五四"运动，有客观的社会、历史原因，也有个人学术思想发展的原因。这是一种综合思考的结果。前面讲的 1989 年"五四"时我那篇论文在大会宣读后，颇引起某些国际同行的兴趣。但当时并没有充分的机会，可以让我对这门新学科作进一步的阐述。

民俗文化学的含义是什么？它是这样一种学问，即对于"作为一种文化现象的民俗"去进行研究的学问。这里，我们把民俗研究纳入文化的范畴，是对固有文化观念的扩展。是不是这样做，那结果将大不一样。过去学者们谈论"文化"，很少涉及"民俗"，因为他们所注意的文化对象，一般只限于上层文化，对中、下层文化是轻视的。而谈论民俗的，又很少把它作为一种文化现象去对待，似乎民俗算不得一种文化。其实，民俗在民族文化中，不但是名正言顺的一种，而且是占有相当重要的基础地位的一种。我们只有把民俗作为文化现象去看待、去研究，才符合事物的实际；也才能强化我们的学科意识，促进这门新学科的研究成果。

民俗文化学，是民俗学与文化学相交叉而产生的一门学科。现代社会信息量增加、各种学科分支或交叉的现象日益显著。一些分支学科或交叉学科，又逐渐发展成为独立的学科。如民俗学和文化学，各有百年以上的历史。它们作为独立学科，也都产生了自己的支学。如民俗学的分支有宗教民俗学、历史民俗学、语言民俗学、艺术民俗学和心理民俗学。文化学的分支更加名目繁多，略举之如：文化社会学、文化地理学、文化经济学、文化生物学以及文化史学和文化哲学等。民俗学与文化学两个主体学科相交叉，产生了民俗文化学。它是一种新学科，也是国际国内学术潮流大势之所趋。

在民俗学史上，较早将民俗纳入文化范畴的，是英国文化人类学先驱 E. B·泰勒。他在 19 世纪后期发表的巨著《原始文化》(1871)中，把习俗与知识、信仰、艺术、法律等现象，统称为“文化”，并把研究这种现象的学问称为“文化科学”。这是一个学术史上的里程碑，我们正是根据这种精神创立这种新的文化学支学——“民俗文化学”的。

我国的民俗文化学的建立，又是在创建祖国社会主义新文化的整体布局构思，并将通过借鉴外来先进学术、文化成果和弘扬优秀民族传统文化的过程来实现的。从科学分类上讲，它属于社会科学，也属于人文科学。

二、民俗文化的概念、范围和特点

民俗文化，简要地说，是世间广泛流传的各种风俗习尚的总称。

民俗文化的范围，大体上包括存在于民间的物质文化、社会组织、意识形态和口头语言等各种社会习惯、风尚事物。物质文化，一般包括它的各种品类及其生产活动两个方面。它是由人类的衣、食、住、行和工艺制作等物化型式以及主体在物化过程中的文化传承活动所构成的。像传统的民居型式、服饰传统和农耕方式等，都是物质文化的内容。社会组织，指人类社会集团中氏族、家属、宗族、村落、乡镇、市镇以及各种民间组织，包括民众职业集团的总称。当它们彼此之间的关系，通过某种约定俗成的方式固定下来，成为维护民间人际关系和生存方式的纽带时，它们也就进入了民俗文化的范畴。意识形态，涉及民间宗教、伦理、礼仪和艺术等，是在物质文化和社会组织的基础上形成的精神民俗部分。此外，还有口头语言。口头语言不属于以上三类。它是人际关系的媒介，是许多文化的载体，是一种特殊的符号民俗传承。世界上一些国家，如美国、日本等，他们的某些学者，往往十分重视对口头语言民俗的研究。我国自“五四”民俗学运动兴起之后，也在口承语言民俗的领域，做过一些调查和探索，但成绩不太显著。倒是在民族学界做出了许多成绩，这是值得我们借鉴的。

民俗文化的特点，从交叉学科的角度看，它具有一般文化科学对象的共性，也具有自己的个性。这两种性质的有机结合，使它形成以下五个特点。

(一)集体性 所谓集体，包括氏族、部落、村镇、民族及其他种种人群集合体。民俗文化的集体性，指它是由集体创造、集体享用、集体保存和传承的文化。也有的文化产品是先由集体中的个别人创造，再由集体的认可或加工后传播的。但从整个过程来讲，总要有集体参与的主要因素，才能成为民俗文化。我国的民俗文化，有些是带有普遍性的，也有些只是局部性的，这与我国的地域辽阔、各地文化发展不平衡和某些民俗本身的性质等因素有关。但不管怎样，只要习染成风，就要为某些社会集团所享用和传承，成为一种公共文化财产，而不再是个别人或少数人的东西，这一点是很明确的。

(二)类型性(或模式性) 指民俗文化事象在内容和型式方面彼此类似的性质。它是群众在共同需要、共同心理的基础上，所形成的和不断给予陶炼的结果。它是一种模式化的文化事象，是与上层文化的重视个性与独创性相对的。我们姑且拿文学史的现象做例子。上层社会作家的作品，一般不但要署名，而且大都是个性化的。没有哪一篇伟大作家的作品不带有个性。从中国的古代诗人李白、杜甫，到外国的诗人作家莎士比亚和托尔斯泰，莫不如此。上层社会的文学越个性化(尽管在某些方面也另有共通之处)，就越被认为有价值。民俗文学则不然。它一般是具有类型化特征的。如老虎外婆、田螺娘、巧媳妇、傻女婿四大传说，——这些故事谁来讲、在哪儿讲，它们的基本情节，乃至于某些语言，都是大体相同的。即使不是相同类型的故事，它们的母题(情节单位)也往往是相同或相近的。民俗文化由于是民众的自发创造，又为同一社会的民众所享用和传播，因此它们一般缺乏个性，而表现为一种类型、模式是极自然的。

当然，讲类型不等于否认变异。类型文化在结构上，是一种同中有异或大同小异的文化。类型性简化了民众识别、传习与操作这种文化的难度，提高了它在人脑传递中的信息贮量和在时空蔓延中的关联程度。变异是对于类型文化的适应性生态调整。但总的说，类型性虽然标示着民俗文化在文化史上的早期状态，但是对于这种文化所产生和存在的那种社会，是起着相适应的作用的。

(三)传承性和扩布性 传承性指民俗文化在时间传衍上的连续性；扩布性指这种文化在空间伸展上的蔓延性。一切文化，大都具有这种传承性和扩布性。但是，民俗文化跟上层文化比较起来，它们在这方面是具有自己的特点的。例如，在传播媒介上，上层文化(如文学、历史、哲学等)的传播，主要依靠文字；而民俗的传播，主要依靠口头语言。由于这种传媒的不同，便使两种文化在某些方面产生了明显的差异。比如，一则民间故事，一个民间传说，由于是用口语传播的，它就不但从横向上能产生出许多“异文”；而且在纵向上也能不靠文字记录，却以大同小异或小异大同的型式，流传许多世代，从而形成故事学上的独特研究方法。过去有学者，多把传承性看成民俗的主要特征，忽略了它的扩布性，这是不应该的。

关于扩布性，我个人还有两点看法。一是从扩布性自身的规律看，那些发生时间较早、社会功能较宽泛的民俗，扩布地域可能要相对广大一些。那些发生时间较晚，又与一般民众生活关系较少的民俗，扩大的地域就可能相对狭小。二是从扩布性的研究趋势看，过去一般着眼于地域民俗之间的共同点，以寻求民族文化的同源性，这是必要的。但我认为，不注意差异性也不行。例如灰姑娘的故事，已有些学者指出，它在全世界有500多个异式。远的不说，据我所知，仅在中、日两国各地，就流传着许多灰姑娘故事的异式。当我们研究这种世界大扩布民俗文化事象时，只看到它们都属于“辛特里拉型”的相同点行不行呢？我看不够。我认为，要同时研究它们在中、日本土流传的各自差异点。因为，正是这些差异点，反映着两国不同民俗文化的各自特点，同时也是各自民族文化的特点。

（四）相对稳定性与变革性　民俗文化是广大民众在长期社会生活中所创造、传承和享用的文化。比起上层文化，一般具有较大的稳定性(特别是在社会不太发达的时代)。但它在时空中传承、扩布和演进，也必然呈现出种种变形(或变质)以及消亡等现象，从而产生与自己的稳定性相联系的变革性特点。

英国进化学派的人类学者曾经创立了“文化遗留物”说。他们把不少民俗文化事象认定为过去人类文化的“遗留”或者“活化石”，过分突出地强调了民俗文化的稳定性方面。实际上，稳定与变革，是民俗文化特征中的一对不可分割的范畴，这是我们在这方面的大量资料中得到证明的。

中国社会在数千年的发展中形成了自己的民俗文化特色。这种特色是通过我国民俗文化的稳定性体现出来的。比起世界上一些发达资本主义国家，我国的民俗文化的稳定性，主要是农业小生产制度的产物。新中国成立后，大力创建社会主义新文化，传统的民俗文化有些适应社会的发展，淘汰了其中的陈腐成分；也有些在今天的现代化目标面前显得格格不入，必将被改革，才有利于社会主义两个文明的建设。移风易俗与弘扬优秀的传统文化相结合，以达到更高层次的、民族民俗文化的稳定形态，这就是历史文化进步的自然法则。它也是我们与过去进化论的人类学派的观点区别所在。

（五）轨范性与服务性 民俗文化是一种适应性文化——表现为适应民众集体心理和生存需要的相对稳定的模式。这种模式的稳定性和约定俗成，使它具有不成文法的强制或约束力量，起到对它的主人——民众的侍奉作用。这就是它的轨范性与服务性特点。

轨范性，指民俗文化对民众行为和心理具有制约性。服务性，指民俗文化在轨范民众的同时，具有满足民众需求的功能。像其他文化一样，民俗文化的轨范与服务性质，根据环境和对象的不同，也有程度强弱或隐显不同等差别，但它总是在不同方面和不同程度上，对民众的集体生活起着一定的作用。

轨范性与服务性，是一对历史范畴。在人类历史发展的过程中，人类自身生产的文化方式是不断变化的。拿婚姻形态来说吧，开始是原始群婚阶段，后来经过对偶婚等衍变，逐渐成为今天的一夫一妻制婚姻。但在群婚或对偶婚时代，谁违反了这类婚俗，谁就要受到鄙视或惩罚。这就是民俗文化的轨范性与服务性在起作用。当一定的婚俗型式适用于一定时期人类繁衍与社会生活、文化的水平，被集体成员当做典范普遍遵守时，它就既发挥服务的功能，又同时轨范着人们的婚姻行为，具有一种威慑力。现代学者要研究民俗文化，就要注意民俗文化的这两种性质。当然，像前面说过的，民俗文化的轨范性与服务性，根据环境和对象的不同，在功能体现上有所差别。有些民俗文化的制约作用比较虚幻，乃至在后来的社会发展中转为消极作用或者作用消失，如巫术和部分民间组织型式。也有不少民俗文化即使在今天看来仍具有积极作用，如端午节饮雄黄酒驱毒，六月六日晒衣物和年终掸尘搞卫生等。它们在轨范与服务民众生活方面，表现了较强的历史适应性，也带有比较长久的现实意义。

三、民俗文化在民族文化中的位置

民俗文化是民族文化的基础部分，因此，民族文化的涵盖面当然大于民俗文化。

1982 年，我在杭州大学中文系讲话时，曾经说明，中华民族的传统文化可以分为三条干流。第一条是上层文化，从阶级上说，它主要是封建地主阶级所创造和享用的文化。第二条是中层文化的干流，它主要是市民文化。第三条干流是下层文化，即由广大农民及其他劳动人民所创造和传承的文化。中、下层文化就是民俗文化，它虽然属于民族文化的一个部分，但却是重要的、不可忽视的部分。

在我国过去的长期封建社会中，一般出身(或依附)于上层阶级的文人学者，是看不起中、下层文化的。这种情形到了近代多少有些改变。建国后，我们学术界由于受到苏联学术的影响和极“左”思潮的干扰，有些人曾经过分夸大了某些民俗文化(例如民间文学)的意义和作用，把它抬高到民族文化的唯一主体的地位。这种做法也是不妥当的。现在提倡实事求是的学风，我们就要从本民族三层文化的事实出发，恰当地估价民俗文化的位置。

从民俗文化本身讲，它内容宏富，其中有些还是人类文化宝库中的优秀部分。它们在民族长期的生活中，发挥过广泛、巨大的作用；有许多在社会主义新社会中仍在发挥积极作用，成为祖国新文化的一部分。

当然，从文化根源上讲，三层文化都发源于没有阶级时代的原始文化。它们曾是一个统一体，后来却分化了。在封建社会里，统治阶级的文化是占统治地位的文化，它要侵入被统治阶级的民俗文化是必然的。但是，就是在阶级对立的社会文化中，也不能排除民俗文化对上层文化的基础作用及不断影响。以文学史为例，中国历代的上层社会的文学体裁，不少是从中、下层社会的创作那里汲取来的。从先秦的《诗经》、《楚辞》到汉魏六朝的五七言诗歌以及后来的词、小说、戏曲等，都是如此。上层阶级取用民间体裁后，一般要从内容和型式上给予不同程度的改造。这不一定都是坏事。平心而论，传统文人学者对民间体裁的改造，有的能起腐化作用，也有的能起提高作用。对此要做具体分析。这种例子说明，中国历史上上层文化的发达，不是与民俗文化无关的。今天我们在创建史无前例的社会主义新文化，更要重视民俗文化和不断从它那里得到营养。

总之，中华民族的三层优秀文化的荟萃，构成了我们民族传统的灿烂文化。我们在民族文化的大系统内，研究民俗文化，一是可以更全面地了解民族文化的总体面貌及其历史和现状；二是可以帮助我们有根据地去分辨传统文化的优劣，从而汲取和弘扬那些优秀部分，藉以壮大、繁荣我们的社会主义新文化。这无疑将是很有意义和实益的一种学术文化工作。

四、民俗文化学与其他社会科学的关系

民俗文化学与其他同文化相关的社会科学关系密切，也与其他同民俗相关的人文科学关系密切。

与民俗学、文化学的关系。民俗文化学所涉及的民俗事象，是广大民众创造和传习的物质财富与精神财富的各方面，带有一般文化的特征。因此，研究者要树立“作为文化的民俗”的观念。这门学科所涉及的文化事象，又不是民族文化范畴的全部，只是其中的中、下层那一部分。因此，研究者还要树立有关民俗的文化意识。民俗学与文化学各自丰富的内涵，成为这门学科的外延以及考察它的性质的两种“家族亲缘”所在。而它作为一门独立的科学，又有自己的一定的性质、范围、结构和功能等。这又使它区别于一般的民俗学与文化学。

与文化人类学、民族学(包括民族志)、社会学、文艺学、伦理学、宗教学、语言学等的关系。文化人类学、民族学等人文学科一个共同的范围特征，就是在其研究对象中都囊括或者部分涉及民俗文化事象。而民俗文化学的研究，也要牵涉或者必然要联系到这些邻近学科。具备民俗文化学的知识，可以在一定程度上，帮助上述相关社会科学或人文科学的研究。例如，《说文解字》之中，记述了大量有关我国古代动、植物字源以及民俗信仰的资料。它们反映了我们的祖先当时对动、植物形态、性质的认识和“万物有灵”等的崇拜心理。许慎收录并解释了这些文字，就为后人留下了解读古人思维的钥匙。一位语

言学者如果运用民俗文化学的知识来研究《说文解字》，就会对许慎的工作成绩有新的认识。从另一方面讲，民俗文化学者也需要借助上述相关学科的知识。比如，历史上某些地区或民族存在过“初夜权”习俗，文化人类学和民族学的研究证明，它是初民主动把这种权利让给氏族或部族中的权势者，以祈求消灾远祸的风俗遗存，而那些原始时代的权势人物往往又是宗教的执行者，是初民信奉的神职人员。一个民俗文化学者如果不了解这种原始文化史背景，把它都说成是统治阶级压迫人民的罪证，那就不符合原始社会的实际情况了(在阶级社会里，情形当然有所不同)。可见，各种社会科学、人文科学虽各有自己的性质、作用，但是在某些方面又是彼此密切相通、能够通力合作的。

五、民俗文化学体系结构的设想

一门学科的建立，要具备相应的结构体系。民俗文化学的结构体系，我以为应该包括以下六个方面。

(一)一般民俗文化学——指通论性的研究和论述，或称“普通民俗文化学”。目前国内所流行的几种民俗学《概论》的本子，就是近于这种性质的论著。它是对于民俗文化学的一般探究和表述(不过他们很少注意到它的文化性质)。

(二)特殊民俗文化学——指对民俗文化某一门类的研究和表述，如家族民俗文化学、经济民俗文化学、宗教民俗文化学、艺术民俗文化学，等等。

家族在中国是很有特点的。家族民俗文化，包括家庭结构、婚姻制度、亲属关系、财产继承方式及其相关的文化心理等，它们在社会学、人类学、民族学等的研究上，都已成为一个重要的方面，但作为民俗文化学的对象，相对来说还是一个新领域。

经济民俗文化学，着眼于中、下层社会的生产、经营、分配、消费等活动所表现的风习的探究。在国际上，它的研究已成为专门学科。这对我们是一种启发(近年国内学者已经注意及此的，如“消费民俗学”、“风物传说的宣传与旅游业的兴起”等等的提出和探究)。

至于宗教民俗文化学和艺术民俗文化学的研究，也是我们这门新学科不容缺少的两个部门，这里就不一一缕述了。

(三)描述民俗文化学——也可以称为民俗文化志学。它指理论性的民俗文化内容以外的、记述民俗文化事象的部分。这种描述性著作，有概括全民族的众多民俗事项的，也有限于一地区的事项的，乃至于以单一事项为对象的。

理论的民俗文化学，是对学科的特征、范畴、功能及演变等的逻辑概括。描述的民俗文化学，则是对学科对象的具体事项现象的整理和叙述。例如，人生仪礼中的婚娶习俗，就其理论阐述讲有《婚俗文化论》，就其事象的描述讲有《婚俗文化志》，两者的分工不同。我国历史典籍中有不少记录民俗的文献，如早在1000多年前就出现了专门论述民俗事象的书(应劭《风俗通义》等)。其余如梁朝宗懔的《荆楚岁时记》、南宋周密的《东京梦华录》等，它们谈不上是理论著作，但却辑录和保存了某一历史阶段、某一地区的风俗，在描述中羼杂着传统文人学者个人的一些见解。这些都是值得我们重视的。

(四)历史民俗文化学——指以古代民俗文化为研究对象的这种学问。原始民俗文化学也可以归入此类。一般地说，民俗文化学是“现在学”。但中国文化史上富于民俗志积累的特点(如前文所述)，也使中国建立历史民俗文化学条件比较优越。历史民俗文化学在民俗文化学中的位置，好像历史考古学在一般考古学中的位置一样。历史考古学着眼于各历史时期地下和地上的各种文物资料，一般考古学则以人类史前及各历史时期共通的物化资料为主要研究对象。历史民俗文化学，它应该面对祖国漫长的社会发展时期中，积累起来的丰富物质民俗和精神民俗财富，给予科学的研究与阐明。它的结果不仅可以辅助一般民俗文化学的研究，而且可以向广大国民提供民族文明史教育的必要教材。

(五)应用民俗文化学——研究当代民俗存废的理论。它是民俗文化学中不可缺少的项目。它直接体现着民俗文化学的发展现状和未来趋势，是民俗文化学在实践应用中的转化形态。

建设应用民俗文化学，在于强调民俗文化学是一门有直接效益的现在学。它牵涉到的问题有两个。

第一，从科学理论方面讲，它要提出民族的现实民俗事象的存废理论界限。这就需要考察我国现实和历史的真实情况，观察和思考世界文化的发展现状，服从创建社会主义新文化的总体目标。在这个前提下，我认为，我们对现存民俗的抉择与去取，不外以下三方面：

一是完全保留或基本保留的。如许多已经世界闻名的古雕刻、古绘画、古建筑、手工艺品以及某些民间优良道德等。

二是经过批判、改造，可以继续流传下去的。如有些民间年节习俗，群众文娱活动以及某些民间医药等。

三是必须完全消除的。如现在还有一定市场的纯粹迷信活动、买卖婚姻、片面的夫权等。这些有害的文化遗存物，在现实生活中，必须扫除，但是，作为历史现象，可以把它们送进博物馆或者研究室，供专业研究者去探究。因为它们毕竟可以告诉后人，传统文化发生、发展的过程以及我们的祖先在这方面是怎样思考和活动过来的。

经过抉择、批判或改造的旧文化成分，在跟新的文化成分的互相配合下，就会产生一定的、新的性质，为新时代的生活服务。

第二，就实际应用来讲，它要提出保护民族优秀民间文化的现行措施。当然，这也需要进行科学研究。有些人认为，应用民俗文化不存在研究的问题，只要动手干就够了。这是一种错觉。缺乏研究，民俗文化的应用就不是科学的实践，就难以保证所实行的措施有效。西方有些国家自19世纪下半期起，经过科学的观察研究，利用本民族的优秀神话、童话及民间游戏，进行儿童教育；现在则更广泛地利用国内的民俗文化扩大社会教育活动(所谓"民俗主义"的做法)，这都是值得借鉴的。只是我们对于民俗文化的具体应用，要注意我国的国情特点。比如，同样说到民俗文化的社会教育吧，一个人从幼年到老年，除了生理变化外，在心理上也有不同的变化。各种年龄阶段对教育读物的要求就各有不同。没有调查，拿不出研究结果，也就提不出合理的办法，那怎么能取得好的应用效果呢？所以在这个问题上，我反复强调，应用是重要的，但绝不能不调查、不研究而任意动手！

(六)民俗文化学方法论——方法论是民俗文化学体系中不可缺少的结构要素。它的提出，是有可资借鉴的科学史背景的。19世纪末，英国语言学家麦克斯·缪勒，利用他对印度·欧罗巴语系的良好素养，去研究古典神话，创立了语言学派的研究方法。稍后，这种方法为英国人类学派的安德鲁·兰等的进化论方法所代替。20世纪初，以芬兰学者科伦·阿尔奈为代表的民俗学派崛起，创设了地理历史分析的方法，在一定程度上，也推动了学科的前进。这些方法，在应用上各有局限性(特别是语言学派)，但它们各自对于某些民俗文化事象的探究，发挥过一定的历史作用。而且越到后来，方法论越趋向成熟。

我的意思是说，民俗文化学的建设，应该在上述科学史的基础上，选择自己的认为最佳或较好的方法，以使充分获得民俗文化的研究成果。

六、民俗文化学的方法论研究

民俗文化学的方法论，有两层含义：一是认识民俗文化自身的观点；二是处理民俗文化事象的专业方法。

我把民俗文化学所应用的方法，分成三类：

(一)观点兼技术性的方法 这就是我关于民俗文化研究的概括审视的总体方法。具体地说，就是历史唯物主义和唯物辩证法的世界观与方法论。我多年从事民俗研究，深感历史唯物主义与唯物辩证法，对于研究民俗文化事象至为重要。这是其他任何层次的方法论都不能替代的。人们的认识，由于自身条件的限制，开始往往不免片面或浑沌。要达到对事物的科学认识，就要掌握一种技术的方法去进行探索。但同时又必须具有一种更高层次的、宏观透视能力，即哲学的观点。马克思主义的唯物辩证法，正是这样一种哲学观点的代表。它既具有哲学的概观性质，又兼有对事物进行分析的技术性质。我认为，它在我们的学科研究上，是应该担当主导作用的。当然，在坚持主导的观点和方法的前提下，为了更有效地观察和处理对象，还可以乃至必须吸收其他一些观察、处理对象的观点和方法。因为，我们既要坚持马克思主义，又要使之发展和丰富。100百多年来，由于社会的不断进步，学术成果和研究方法也有新的增进和发展。对于一切有益于人类科学文化进步的学术成果，马克思主义将是一个开放的体系。因为它本来就是吸取和消化(改造)当时的科学成果(包括方法)而创造出来的。

(二)搜集资料的方法 科学理论的成就，首先取决于研究者的观点、方法；其次取决于对资料的掌握程度及分析能力。

在这个问题上，大量占有资料，是开展研究的第一个步骤。马克思讲过："研究必须充分地占有材料。"这话是完全正确的。其次，要辨析材料。材料的可靠性不一，使用价值的大小也不等，研究者因此必须具备辨别能力。历史的资料固然要辨析，就是当代的资料也要细别。近年来，在国内外不都是有"假民俗"的问题出现吗？如果我们把那些由于某种原因伪造的"革命歌谣"，或者半创作乃至完全捏造的所谓"民间故事"，当做真正的人民口承文学，那就大上其当了。

民俗文化学的搜集资料的方法，主要有两种。

甲、田野作业的方法　它也称实地调查法（兼及区域调查法和参与调查法）。近年这方面的论述很多，我就不在这里多讲了。我想强调两点。

(1)中国地域广大，各地区之间的风俗差异颇大。全国范围内的民俗文化普查要抓紧，各省（市）、自治区的民俗文化普查也要抓紧。在某种程度上说，只有区域性的调查搞好了，才能摸清全民族民俗文化的整体面貌。一些国际学者认为，只有区域调查的资料才算科学。他们重视局部调查的用意当然是不错的，但他们也有偏颇。区域调查缺乏对民族整体文化的大体了解也不行，特别是像中国这样一个多民族的文明大国。因此，我主张加强区域调查，同时注意到对民族整体文化的把握。这样局部与整体同时进行，在观点或结论上是可以互相补充、互相得益的。

(2)出野调查中的参与方法必不可少。这在国内外都有成功的先例。参与是生活方式的参与，也是文化心理、民族意识的参与。这种整体文化参与，所得资料不但数量大，而且可信程度高。因此我在发展中国民俗学上有一种思想战略，就是在少数民族民俗文化研究方面，要尽量注意培养本民族自己的专家、学者。他们在参与性上具有天然优势，更适合了解和研究本民族的民俗文化。北京师范大学近几年的研究生培养，已在尝试着这样做。我们热心期待着这些少数民族的青年学者，对我国的民俗文化学事业，做出特殊的贡献。当然对于汉族广大地区，我们也同样希望能产生许多本地区生长的中、青年学者，为祖国和本地做出优异的学术贡献。

乙、文献学的方法　我再三说明，历史文献比较丰富，是我国民俗文化状况的一个特点。所以，适当地采用文献学的方法，是由这种特点决定的。

我国"五四"以后，颇有一些学者，从文献入手，开辟了各自的民俗文化研究领域。像顾颉刚先生的孟姜女传说研究，钱南扬先生的祝英台传说研究和容肇祖先生的迷信与传说研究等。我个人也曾依据文献，写过《七夕风俗考略》一类的文章。那时不是一点也没有田野考察，例如顾颉刚先生就同容肇祖、孙伏园先生等做过有名的妙峰山调查。我是说，那时学者们的主要倾向是面对历史文献。出现这种情况，与当时我国的民俗学运动刚刚发轫，不像现在这样意识到田野作业的重要性有关；也与这些出身文史专业的学者的学术功底和个人兴趣有关(在他们的知识结构上，大都是以丰富的国学文献为基础的)。前代民俗资料的记录，大多不能算是纯粹科学的资料，有的不免掺杂了封建说教和文饰成分。但是我们之所以不能够完全摒弃它们，是因为它们毕竟是先人的直观记录。只要运用适当，就可以与现代资料互相比较发明，为今天的田野调查提供历史佐证。否则，放弃它们，将是一种损失。至于搞古代民俗文化研究的学者，必须运用民俗文献史料，当然就不用说了。

丙、以上两种方法的综合使用　就中国的情况讲，我认为，将田野调查与文献学方法相结合，效果可能比较理想。明白一点说，这样自会提高我国民俗文化学建设的层次。

（三）专业操作的技术性方法 它指进行具体科学探究的操作做法，是民俗文化学工作者必备的专业技能。

甲、分类法 分类是开展科研、收集到足够资料后的第一道工序。经过对材料的科学分类，才可能进一步进行分析和比较研究。国外有的名牌大学，把分类学列为研究生的必修课，反映了对它的重视程度。我国的民俗文化学工作者也要进行这方面的学习和实践，使我们的科学研究工作在正规的轨道上进行。

乙、分析及综合的方法 分析及综合，是科研工作中的最重要环节。有些同志认为，科研的主要步骤是撰写论文；但实际上，分析及综合才是关键所在。对大量资料，进行周密的分析，找出对象所包含的各部分因素；然后加以整合，以达到对事物要素联系的整体认识，这就是分析及综合的工作内容。它的结果不是要素的机械相加，而是要素的有机融合，即不是加数而是乘数。有了这种过程，对象的内在脉络才能显示清晰；研究者对于对象的有价值的结论，才能获得。论文写作不过是对这种结论的一种表达罢了。

丙、比较方法 它属于一般科学方法。人们认识别的民族的文化特点，往往比认识本民族来得容易一些。在认识规律上，通常是先看到别人，才比较清楚地了解自己。因此，民俗文化学也应该强调比较的方法。小到一个故事情节单位，大到一个地区、一个民族的整体民俗形态，都可以进行比较。我国 20 世纪 30 年代的比较民俗研究一度很活跃，虽然带有种种局限。现代日本和韩国学界的比较民俗研究颇发达，我国正在重新赶上来。

丁、统计方法 以上方法的使用，比较偏重于质的规定。但是，现代社会的研究工作日益进步，已不满足于质的规定，而要求同时具有量的规定。例如，20 世纪 20 年代中期，董作宾研究那首几乎遍布全国的歌谣《看见她》，就不仅运用分析和比较方法，而且兼用了统计方法，来处理收集到的同一类型的几十首歌谣。从而对于《看见她》所反映的民俗文化现象，既揭示其性质(定性)，又指出其分布数量(定量)。这是我国早期民俗学运动中运用这种方法的一个尝试。它启发我们，在现代科学发展的今天，我们学科的建设，适当地运用统计方法是必要的。比较与统计两种方法并用，则能取得更好的科学效果。

戊、各种方法的综合使用　研究方法在实践中的使用，是采取单一性的好，还是采取综合性的好？这要取决于研究对象自身的需要。采用综合性的方法可能更普遍，当然其中有主导的或辅助的区别。

(四)选择、使用方法的自觉性　这是指研究者在选择使用方法过程中的主观能动作用。它有三层含义。

(1)研究者自身强化方法论意识。自觉与不自觉，效果大不一样。搞科研的人哪有不运用方法的？但不少人处于不大自觉的状态。这样也能搞研究、写文章，但终究不免有些盲目。只有明确了方法论意识，才能随时鉴别，选择好的、适用的方法，淘汰坏的、不适用的方法。

(2)研究者对于所选择的好方法，在运用过程中，也有消化与生吞、熟练与生疏的区别。如果要解决某种学术上的问题，特别是一些难题，即使有了好方法，但对它掌握不牢靠，运用不灵活，加上其他一些缺点，那成效自然就不会理想。

(3)研究者从对象出发选择方法。还是前面讲过的，选择方法，归根结底，要从研究对象的需要出发。就是说，要符合对象的客观实际。例如，研究周作人的民俗文艺观。如果我们只根据他后期的某些民间文艺见解，去概括他的全部民俗文艺观，就不一定妥当。因为他在这方面的言论前后期并不完全一样，谈论的背景也有差异。要全面了解和说明这个课题，就必须全面考察周作人的前后期见解。从方法论上讲，就是要用历史的方法。而这种方法的选择，是适应研究对象的要求而来的。

七、民俗文化学的效用

民俗文化是一种传承文化，但它如果不能与民众的现实生活保持血肉联系，它就早被民众淘汰了。民俗文化的研究离开现代性，同样也就失去了存在的价值。所以，建设一门民俗文化学，不能不考虑到它的社会效益。

民俗文化学的效用，概括地讲，有两方面：一是保存现有的民俗遗产。一个国家在世界历史中的地位，正是由这个国家的民族文化传统地位及相关的人民心态所决定的。我们中华民族拥有十分丰富的传统文化，它不但过去起过积极作用，直到当前，它还是广大国民不可缺少的祖国文明史知识的一部分。二是研究民俗，认识国情（包括广大民间文化和民众心理在内），以利脚踏实地参与现实改革。只有正确了解全部民俗文化的性质、功能等，才能有效地弘扬优秀民俗文化，并创造新民俗。

民俗文化学的效用，具体地讲，可以从以下三个层次来认识。

（一）对民族民俗文化现象（包括它的历史现象）的科学认识（这部分现实文化及其文明史的认识）作用——这种科学认识为文明国的国民不可缺少的一种修养。这几年，大家公认民俗学“热”起来了。其实，这种“热”有几种类型：如（1）运动宣传型：为配合某项政治运动，开展民俗宣传；运动过后，“热”也就消逝了。（2）节日纪念型：各种大型节日前后，电台报刊出现一批民俗探源文章。年复一年，重复搬用，形成固定模式。(3)文艺技巧型：影视文艺镜头或作品，穿插民俗，作为民族化“技巧”。(4)商业广告型：名目繁多的西瓜节、荔枝节、服装节……看宣传与民俗沾亲带故，实际上与民俗甚少关系。厂家的目的只是做商品广告。不管怎样，这些活动，多少能使一般国民比从前更多地看得起自己的传承文化，谈论起民俗，这是好事。但如果满足于上述情形，用民俗去完成非民俗的各种任务，或者主要仅仅为追求经济利益，而不顾及其他，那就偏离民俗文化学的全面宗旨了。

目前世界上许多发达国家，都把民俗传统的效用，看做是对一个国家的历史地位的证明。这对于我们这样一个文明古国，更应如此。何况我们还肩负着更艰巨的继往开来的使命。我们的目标是：弘扬民族传统优秀文化，借鉴外来进步文化成果，创造社会主义的新文化。在这个大前提下，我们研究祖国的民俗文化，主要目的是提高国民精神的、文化的素质，以帮助改善国情，促进民族自强。这个意义是深远的，也是根本性的。我一向主张这种深层的民俗文化学研究。像这样一门科学，倘若只能为眼前一些孔方兄服务，而忽略了它的更深远的目标，那就不免自己贬值了。

(二)指导或辅助人们去正确辨别、改革当前传统民俗文化事象的性质效用。研究民俗文化学，掌握这方面的科学知识，我们的工作，像前面所提到的，不外三种：一是考察、论证传统文化中可以基本或完全保留、继承的民俗部分；二是考察、识别经过批判、改造可以流传下去的民俗；三是考察、辨明必须淘汰的陈规陋俗。

在这一过程中，我们不能回避对外来先进文化的借鉴与合理吸收问题。所谓外来文化，主要指现代欧美等经济比较发达的国家的文化。它们在内容、性质和功能等方面，都是相当复杂的，因此，对于我们的适用性，也是参差不齐的。例如，它们的先进科学、技术和某些精密的产业管理方法等，跟它们的政治、思想、经济等制度以及生活道德风俗，就不能完全一律看待。我们积极学习他们的先进科学技术和管理方法等，克服我们某些传统的生产方式、社会组织方式以及文化观念的局限，是十分必要的，有时甚至是刻不容缓的。但借鉴、吸收的目的，是促进本民族的现代化事业。如果忘了祖宗，一味模仿，就会变成盲从。盲从不可能把自己变成别人，反而失掉了自己。比如中国的某些陈腐的家族伦理观念须要改革，但套用西方伦理模式来处理中国人际关系，就未必合适。何况我们还有自己的社会制度与传统伦理文化中的优良部分？至于那些跟我们的社会制度和改革要求不相适应的社会弊病和思想、做法，就不用说了。总之，对于外来文化，我们要采取一种科学态度。我们的原则是，借鉴和吸收，要有利于我们的四化建设大目标；要取人之长，而不掩没自己的长处，并使两者有机地融合起来。

(三)其他效用。如协助民俗旅游业的开展等等。民俗文化学用于提高国民素质是务虚，用于协助民俗旅游业等的发展是务实。我看，务虚的重要性，绝不亚于务实，或者说意义更加重大。国民有教养而务实，国家各项事业都会获得良好的发展。因此，在这个问题上不能本末倒置。民俗文化学的主要任务，是提高民众的素质(包括文化、历史知识的水平)，这不但是我国的当务之急，也是关系到民族兴败、存亡的基本战略。有了这一条，再去促进改革开放后出现的新事物，如旅游业等，才能真正从根本上有助于国力的增长。

八、结束语

以上论述，只是关于所讲题目的大略意见。对于这门新学科，我们的知识和所能想到的话还不多。因为它还处于婴儿状态。

这门新学科的前途是远大的。就我国的国情和世界文化发展的趋势看，它存在着以下有利的发展因素：

(1)我国社会主义时期的科学、文化建设和研究，需要这种新学科的参与和贡献；

(2)全人类民俗文化(各民族的基础文化)的科学研究和历史(文明史)叙述，正有待于我们这个古国兼大国的这方面的学术成就给以助力；

(3)我国广大民间富有这方面的学术资料，学术界对它也有一定的积累，而这正有力地催促着这门学科的建设；

(4)当前我国民俗学和文化学相当繁荣的事实，对于民俗文化学这门交叉学科的建立和展开，是极有利的条件。

对于这门新学科的建设和推进，如上所述，当前，既有内外的迫切需要，也有顺利进行的条件。事在人为。希望对这种学问有兴趣和志向的同志(特别是中、青年同志)努力奋进！

我这个民俗学界的“老牛”，也当竭力以助其成功！

1991 年 3 月 14 日于民间文化讲习班初讲

1991 年 10 月 6 日于北京师大中文系再讲（董晓萍整理）

“五四”时期民俗文化学的兴起[①]

——呈献于顾颉刚、董作宾诸故人之灵

一、引　言

像大家所知道“五四”是中国近代历史的一个转折点，是值得我国人民（特别是文化界）长久纪念的一个伟大的节日！

自20世纪20年代以来，特别是中华人民共和国成立以后，中国学者们对于这个历史上的伟大运动——对于它的过程、性质、起因、影响等方面，进行了考察、探索、描述、评价及资料编集等活动。写作的文章和编著的书籍，数量上是相当多的。如果我们把它收集起来，大概可以成为资料专柜或者一个小资料库。

这些资料，在不同的程度上，是值得注意的，甚至于是值得重视的。其中，有的是作者亲身参加活动的回忆，有的是对当时个别事件或问题的探索，有的是对整个运动

① 所谓“五四”时期的界限，学者们有不同的看法，我参酌各家的意见，并根据本文所涉及对象的需要，定为自1915～1925年间。

事件的概述，有的是对它历史意义的揭示……这些著述合在一起，就可以使人们对这个时期政治的、文化的整体及个别重要的活动得到相当认识。这是今天我们应该承认并且感谢的。

但是，像对别的事物的认识、评断一样，在它得到成果的同时，往往不免有着欠缺、局限。因为社会在不断发展，事物也在不断变化，人们的感应、辨识能力同样在不断前进。“五四”运动到现在已经70年了。在这段历史时期里，中国社会经历着多大的曲折、变迁和进步！知识分子在对这历史事件的认识过程中，怎能够一贯正确、圆满，没有一点缺陷或失误呢？过去学者在对待这段历史事件的掌握、描述或评论上存在着这样那样的缺点，事理上是自然的。重要的是我们今天能够正确地发现它，并给予有效的补正。使这种对历史的认识，随着时代前进，在意义上更加完整，更加妥善。

本文执笔的目的，就想对于前人或时人关于“五四”时期这段历史论著的某种欠缺给以补正。它主要是在论述那段时期学术界对于民族传统中的民俗文化所采取的态度、进行的活动以及取得的成果——它在当时整个新文化运动里所占有的位置。在“五四”这个非常时期，那些青壮年的学者们的活动对象，正像我们今天所面对的一样，有着内、外向两个方面。内向的，主要是对待民族传统文化问题，外向的是对待外国文化问题。在对待固有传统文化这方面，大体上又可分为否定的、破坏的方面和肯定的或积极地对待的方面。前者如严厉批判专制制度、封建伦理和正统文艺等；后者如热情扶植民众口头活语言，赞扬口承文学及优秀传统通俗小说、戏曲等。

多年来，我国学术界关于“五四”时期新文化活动对待传统文化的注意和评论多侧重在前一方面，即对于旧制度、旧伦理和旧文艺等的批判上，对于后者则很少或较少涉及。更不必说，把当时学者们对大众语言、口承文艺、通俗小说、民间风尚的见解、评价联成一个整体加以论述、评价了。[①] 这不管由于什么原因，现在看来，是应该弥补的一个缺陷。只有这样做，才可能使人们对这个近代伟大的文化史的理解更为全面，更为丰富和深刻。这是我们所应负的责任。本文就希望能在这方面尽点微力。

我今年87岁了(依我国传统算法)。“五四”运动涌起那一年，我已经是个开始懂得人事的十六七岁的青年。当时由于社会风潮的冲击和民族振兴精神的感召，我在故乡的小市镇上组织了救国联合会，从事爱国宣传和抵制日货活动，[②] 并且在学艺方面，从此走上新的道路——在这之前，我曾进过私塾，学习过古诗文。现在回想那段时间犹使人热血沸腾。“五四”时期的政治的和文化的运动，实在是我的启蒙老师！它的影响长久活在我的精神上和工作中。今天，在比较良好的社会条件下，我执笔撰写这篇文章纪念这个伟大的“历史母亲”，尽管因为时间和精力的限制，只能粗略地完成个大概，但绝不是无意义的。从祖国学术史方面说，它可能稍稍弥补了上说的那种缺陷，从个人经历说，它是对“历史母亲”略尽虔敬之忱。

二、民俗文化学的兴起

一个已经进入文明阶段的国家，它的社会大都有上下阶级的存在。那些不同阶级的人群，彼此不但在经济上、政治上、社会地位上

① 本文初稿草成时，看到敏泽同志的《五四文学与传统文学》论文(《主体性·创新·艺术规律》，人民文学出版社)，可惜他的着重点与我不同，因此不能从中吸取有益成分。

② 关于我当时从事救国宣传的事情，记得1954年曾应《人民文学》编辑部的约稿，写过《一阵春雷》，在那里略有论述。

有明显的区别，在文化上也显然有着“楚河汉界”。从历史文献的资料看，我国至少从商代起就有这种分化的社会状态。自那以来，随着时代的进展，这种阶级分化的状态就更加强化了。到了近代，上层阶级社会的贵族、富豪的文化，跟社会中、下层一般民众的文化不仅是互相区别的，互相对立的，甚至于是互相对抗的。单从意识形态之一的文学看，情形就很显然。长时期对封建社会(以至于后来的半封建社会)中，那些拥有财产、握有权力的上层人士，他们当然拥有符合自己要求和趣味的正统文学。但是，广大劳动人民和城市人民，他们既然有自己的生活和观感、欲求，也有那从原始社会继承下来的文艺传统，因此，必然也要产生和享有自己的文学。但是，在那样的时代里，上层人士一般都抱有成见，对于这种中、下层的文学，是鄙视的，是否认它的价值的。其他，对于中、下层社会流行习俗、伦理，乃至于作为共同体的重要标志之一的语言(民间语言)也同样受到蔑视。

自然，一个由世代共同生活形成的民族共同体，由于社会的分化，不同阶级的文化，彼此有互相区别，乃至于互相抗拒的一面；但另外又有互相关联、互相渗透的一面。实际的情况是颇为复杂的。但不管怎样，总的说来，前者(即对立面)是主要的，或比较主要的，后者(即联系或渗透)是次要的，或比较次要的。

由于上述原因，人们在对待传统文化问题上，就存在着怎样对待传统文化中不同层次的问题(不管对待者本人是否意识到)。具体一点说，他肯定或否定的是社会中哪一个层次的文化？是肯定或否定上层社会的文化呢？还是肯定或否定中、下层社会的文化呢？这结果和意义是有区别的。试举个例子。晚清的康有为，是主张改革的一位大人物。他所参与的“百日新政”虽然昙花一现，总算是近代政治史上的一件大事。他反对君主专政、反对科举制度，主张开议会、办新学、振兴工商业，就是要有限度地改革封建制度、文化。但是，他要求实行君主立宪，要保护孔教和旧伦理；至于像“五四”时期那种抨击儒教、正统文学及主张用老百姓口语代替文言等做法是他所反对的就更不用说了。这就是说，康有为等虽然迫于严峻形势，主张有条件地改变上层的文化，但实际是要保存那文化的所有者——上层社会，因此他绝不可能用高度热情去赞扬中、下层的文化，甚至把它拥为正统，或让它去代替某些上层文化(像用口语作新诗)。这只是一个例子。但从这里可知道由于立场或主观见解的不同，对于同样的传统文化，结果看法是有差异的。

“五四”时期，那些从事新文化活动的学者们，大都是具有爱国思想和受过近代西洋文化洗礼的。同时他们又是比较熟悉中国传统文化的。他们觉得要振兴中国，必须改造人民的素质和传统文化。而传统文化中最要不得的是上层社会的那些文化。至于中、下层文化，虽然也有坏的部分，但却有许多可取的部分，甚至还是极可宝贵的遗产(这主要是从民主主义角度观察的结果，同时还有西洋近代学术理论的借鉴作用)。尽管在他们中间，由于教养等不同，在对个别的问题上，彼此的看法有参差的地方，但是在主要的问题上却是一致的。这就形成了他们在对待传统里中、下层文化的共同态度和活动。为了便于称呼，我把这种学术活动，概括地叫做：“民俗文化学”。这是一个草创的名词，希望在今后人文科学界中的同志们加以酌定。

为了使读者对“五四”时期这方面的学术活动得到比较条理的了解，我把它重要的四个方面分别论述于下。

甲、白话升格及方言调查

语言是人们联系共同生产活动、生活事务和表达个人的思维、感受的必需手段。在集体的人们活动中，没有语言这种文化因素是不可想象的。语言本身既是人类社会一种重要文化因素，又是别的许多文化因素的载体。所谓“口承文化”，它包括人类的各种口头文学以及用语言表达和传承等各种人生经验和知识。近代学者把语言作为构成民族概念的重要条件之一，这是完全有道理的。世界上，即使那些文化非常不发达的部族或部落，大抵他们也有其基本一致的共同语言。否则不能成为共同体了。问题只在于他们的语言形态处于原始阶段，而流通范围也很狭隘罢了。

在阶级分化了的社会里，随着生活方式和文化传统等变化，各阶级成员所使用的语言，在具体形态上不免有这样那样的差异，但是，那些基本的语法、语汇，大体总是一致的。成为重要问题的，却是在这样的社会里，那些人们掌握语言的记号(文字)或使用它的能力和程度。

中国是世界上较早地进入文明阶段的国家之一，从文献看，在3 000年前已经有部分的人能够使用文字，同时也已经具有国家雏形以及相当的经济组织和较高的工艺技术。但是，由于社会的分工和阶级的分化，那用以记录语言的文字却只掌握在上层社会少数人手里，跟广大的群众没有多少关系。而这种只成为上层知识分子的“家珍”的文字日渐形式化，结果跟一般口头语言相距更加遥远了。据近代学者的推断，我国这种情形开始于汉代(实际可能要更早些)。从此以后，很长久的时间里，文字的掌握和使用就更加跟广大的民众(主要是农民)的文化生活和实际语言断缘了。

广大民众，虽然长期被排斥于文字使用之外，但他们却不仅有自己的语言，还有自己的文化传统，有自己的各种型式的口头文学。7世纪以后，商业城市不断发达，商人和一般市民也用流行的语言，培育出为他们服务的文学，就是小说、戏曲和小调俗曲等通俗文学。同时佛教广泛传播，由于说教传道的需要，他们也用通俗的语言，写作了语录和佛曲等(后来一些儒家的学者也用口语记述讲学的言论)。这些新的、通俗的文化活动，大概开始于唐代，经宋、元、明而更加盛行(特别是通俗文学——包括佛曲——方面)。

在这种情形的发展过程中，不仅产生了元代的杂剧、明代的评话式小说(如《水浒传》、《西游记》、《三国演义》等)，而且后来也产生了《儒林外史》、《红楼梦》等的个人创作。这种通俗文学，不但流行于城市，而且有的也流入农村(由于通俗戏剧或流动说书人等的中介作用)。这种通俗文学，不但成为那些时期广阔社会的文学读物，同时也是普及普通话的得力老师——“五四”时期国语运动所以能够迅速收效，这种情况的存在是个重要因素。

鸦片战争以后，我国政府在外事交涉和国际交兵中节节失败，形成了民族、国家的危急局势。有识之士(包括部分政府官员)觉得非参照欧美国家情形，改革某些固有制度，大力开通民智等，不足以抵御敌人，保护自己。而要开通民智，必须迅速普及教育。但是要完成这种任务，必须统一国语，特别使书面文字与口头语言统一起来。而当时实际情形到底怎样呢？在我国幅员广阔的国境中，虽然绝大多数省份的人民，使用着一种大致相同或相近的普通话(白话，它是千百年来社会、政治及交通等的发达所逐渐形成的，像上文所谈及，它也产生过许多通俗作品——有的还是文学史上的杰作)。但是它跟当时朝廷及一般读书人所使用的文字是不相应合的，是各自成体系的——其中只有少数的基本词汇和语法彼此还有关联。并且从文化心理上看，这种广泛存在的活文化(普通话)在当时许多知识分子(特别是士大夫阶级)眼中是鄙俗的，没有文化价值的。尽管如此，但是要救亡求存，这是一个关口，非闯过去不可！于是，有识之士不得不大声宣传运用白话写作的必要，并且把主张见于实践，例如办白话报，用普通话写作小说或教育文字（我们知道，像章太炎那样的国学家，当时还在《教育今语》上用白话写过通俗的文章）。制作切音字母（王照）、简字谱录（劳乃宣）等，目的都在开通民智，普及教育。但是顽固的封建势力仍然把握着政权，社会上的习惯势力也如盘根错节，因此，口头语言与书面文字的分裂局面仍然在继续着。它有待于更大力量的冲击。

1917年初，胡适在《新青年》杂志上首先提出改良中国文学的建议，接着陈独秀大声喊出“文学革命”的口号。胡适在《刍议》里，提出改良的“八事”，最后的一事是“不避俗字俗语”。他简略叙述了我国过去白话文学的发展及受阻，英、法、德等国俗语文学发达的过程之后，接着说：

> ……以今世历史进化的眼光观之，则白话文学之为中国文学之正宗，又为将来文学必用之利器，可断言也。……以此之故，吾主张今日作文作词，宜采用俗语俗字。与其用三千年前的死字（如“于铄国会，遵晦小休”之类），不如用二十世纪之活字，与其作不能行远、不能普及之秦汉、六朝文字，不如作家喻户晓之《水浒》、《西游》文字也。（《文学改良刍议》，《新青年》2卷5号，1917.1）

这是明确地要用口语做诗文，去代替那久占正统地位的文言。接着，《新青年》又发表许多响应这种主张的文章、通信及白话诗、白话论文。这中间，胡适自己还用白话编大学用的讲义《中国哲学史大纲》，而从1918年起，《新青年》上的文章全用口语。到了1919年初

("五四"前夜)，北京大学的学生傅斯年、罗家伦等又创办《新潮》月刊，邀请当时该校及校外进步人士李大钊、胡适、周作人、鲁迅等经常撰稿，以致力于新思潮、新文化的提倡和推进。文化革命的野火的势头越烧越旺。语文统一、普及国语的运动也随着迅速发展了。国语运动家黎锦熙，后来在《国语运动史纲》里回顾这段历史时，扼要地说："民八(1919)……本会(按指国语研究会)的国语统一与'言文一致'运动和《新青年》的'文学革命'运动完全合作了：这是要大书特书的一件大事。"①

正在那时期，"五四"运动的滔天浪潮涌起了。它本身是一个划时期的政治运动。但是，从关系上说，它跟当时的新文化骨肉相联。在它发生之前，新文化、新思想(包括苏联十月革命的思潮)已经在"打前站"，而它发生后又掀起了空前的文化上的狂涛大浪。仅从语文改革的范围看，那成果的重大就是惊人的。由于国语研究会及国语统一筹备会成员(他们大多数是参与新文化运动的学者)的努力，1918 年末，教育部已经正式公布了《注音字母》及《国音字典》；"五四"运动兴起后，由于学生界的醒觉和爱国宣传的需要，一时全国白话小报如雪花纷飞。据有些学者后来统计，当时这种小报有 400 多种。水到渠成，1920 年 1 月，教育部通令全国把国民学校(小学)的一、二年国文改语体文，到了 1923 年，连中学的国文科也改为国语科。② 此后，刊物上的文章和文艺、学术著作，一般都采用当代人们的口语了。

到了这时，那倡议于晚清，经历了一二十年，用人民口头上说话作为记述事物，表达思想、感情的媒介的要求达到了。这是我国民族

① 《国语运动史纲》卷 2，商务印书馆，1934。

② 参看《国语运动史纲》卷 2，国语运动第 3 期情况，商务印书馆，1934。

文化向现代化迈出的一大步，是当时学术界致力于民俗文化活动的一个重要方面，甚至于是它的一个基本方面。

“五四”时期，关于语言方面的学术活动，除了上面所述确立了以普通话为国语，用语言去统率文字的工程之外，还有一项值得指出的活动，那就是重视方言，号召对它进行调查并研究。

普通话虽然流行地区广阔，且曾经在民间被采为文学用语，产生了优秀作品，并且经过专家的审订、整理(国语词典的工作)。但是，我国地域广阔，境内有好些特殊的方言区，如广东、福建、江苏及浙江等，它们的语言(特别是语音)有较大的特殊性(其中不仅语音、语汇有很大的差异，甚至语法也有独特性，例如“广州话”。在这种话里有的把副词放在动词之后——“你先行”，说作“你行先”)。就是在同一说普通话的地区，也不免各有自己的一些特殊词汇，至于方音的差异就更为普遍了。这些都是值得语言学家、国语学家们注意的。何况方言学在我国学术史里，还有较早的历史源泉呢。

北京大学的研究所国学门于 1922 年把本来独立的歌谣研究会收编了进去，为了工作需要，又继续成立了方言调查会和风俗调查会。歌谣是“方言的诗”(有人更进一步，说它是“方音的诗”)，歌谣和方言的关系是很密切的。因此《歌谣》周刊刊行后，学者在收集、整理和探究上自然要碰到这个问题。所以早在《歌谣选》时期，就派定了负责审音的人(沈兼士、钱玄同)。《歌谣》周刊出版后，曾陆续发表过这一类的文章，例如《歌谣与方言调查》(周作人)、《歌谣与方音问题》(董作宾)等。方言调查会成立前夕出版的《歌谣增刊》(1923.12.17)更集中发表了几篇文章，其中有钱玄同、黎锦熙、魏建功等的论文。但是，从理论上看，更值得注意的，是林语堂和沈兼士的文章。林氏论题是《研究方言应有的几个语言学观察点》，沈氏论题是《今后研究方言的新趋势》。

现在且约略介绍沈文的大旨。他的文章主要目的在总结我国过去方言学的成就与缺点，并进一步论述新方言纵的研究和横的研究，最后指出古今方言研究的不同点：

(一)向来的研究只是目治的，注重文字，现在的研究是耳治的，注意言语；

(二)向来只是片段的考证，现在须用系统的方法，实行历史的研究和比较的研究，以求得方言流变之派别，分布之状况；

(三)向来是孤立的研究，现在是利用与之有直接或间接关系的发音学、言语学、文字学、心理学、人类学、历史学、风俗学……等科学以为建设新研究的基础。

这些意见，现在看来，虽然没有多少特殊的地方，但是在60多年前的学术界，无疑是相当新颖的，对于青年学者是有指导意义的。

方言调查会研究任务的指出，固然由于歌谣收集、整理和研究的直接需要，但作为新国故(用现在的术语说是“民族文化遗产研究”)研究对象的一方面(民族方言学)，它本身正是不容忽视的。这点从林、沈等教授的论文所阐述就可以明了。方言调查会成立(1924年1月)后，作为这方面的负责者，林语堂又在《歌谣》上发表了具有纲领性的文章：《宣言书》。在该文里，他举出调查会应做的事件和考察的问题，一共有7点：1. 制成方言地图；2. 考定方言音声；3. 调查殖民历史；[①] 4. 考定苗彝异种的语言；5. 依据方言的材料反证古音；6. 扬雄式的词汇调查；7. 方言语法的研究(《歌谣》周刊47号，

① 这里所谓“殖民”是指历史上国内人民迁移的事情。林氏认为“殖民历史为方言调查的一部分”。

1924.3.16)。这7点，扼要地概括了方言的调查。研究的主要任务，跟上文所提到的作者的《研究方言应有的几个语言学观察点》以及后来发表的《方言调查会方音字母草案叙言》[①]3篇文章，从研究观点、方法到实际作业项目等在当时起着指导性的作用。

北大方言调查会成立后，虽然成绩不大，但已经粗略地建立起这种新人文学科。在当时它是新语文学活动的一个方面，同时也是正在兴起的民俗文化学的一个分支。这个有相当意义的学术活动，后来似乎很少被学人提起过。

乙、口承文艺的发掘

在我国长时期的封建社会里，广大群众，特别是其中的劳动人民，因为没有机会接受教育、学习文化，因此，一般不能享受文字的阅读和写作。但是，像前节所指出，他们既是同样经营着社会生活的人，又有着自己固有的一套文艺传统与文化传统。他们既不能没有观感、思索、想象及欲求，就不可能不产生和享有自己的一套文学，以语言表现和传播的口承文学，分言之，就是神话、传说、故事、歌谣、谚谜及小戏等。这种野生文艺，在创作和传播上，也有一些脱产或半脱产的民间艺人，但是更多的是一般业余的作者或说唱者。由于他们缺少丰富的文化修养和专业训练，也由于没有更多的工夫去琢磨，他们的文艺作品，往往不免显得简单、粗糙。但是，如果我们排除士大夫的传统成见，那么，在民间的文艺的海洋里，也不难发见那些光彩照人的珍珠宝贝。因为口承文艺，大都是民众业余的创作，它较少专业作家的那种匠气，或别有用心(如借以求名求利的思想等)。换句话说，它一般比较真实、朴素、纯洁，而这些正是伟大文艺最可

---

① 《歌谣》周刊55号“方言标音专号”，1925.5.18。

宝贵的品格；更何况口承文艺作为广大民众的生活写照和心灵声音，它还有重大的社会史、文化史的价值呢？

但是，在过去长时期的社会里，这种带着泥土气和汗酸味的野生文艺，是被当时的上层社会分子，特别是那些自命风雅的士大夫们所蔑视，乃至于厌恶的。自然，也有些例外的情形。例如诗三百篇里的《国风》，汉、魏六朝的乐府民间诗歌。但这是有着特别原因的。十五国风的所以被尊重，主要由于它被收录在儒家经典里，并且据传说，那种经典是经过孔圣人编选过的。汉、魏乐府民歌的被注意，主要也不是由于它本身的价值，而是因为曾经前代朝廷官署保存或学者著之文献。古代民众口承文艺所以保存得太少（姑不论那保存下来的大都要经过文人的"手术"），这是一个重要的原因。现在看来，这正是民众的，乃至于人类的文化史的一种厄运。

明代中叶以后，有少数知识分子逐渐能够看到民歌、笑话等的好处，加以称赏或收集（例如杨慎、李开先、冯梦龙等人所为）。那些时期，中国社会形态已经透露了新的曙光，因而士人的心智也有了一种朦胧的醒觉。即使这样，上述那种情形还是仅限于少数人。

到了近代，特别是晚清时期，由于社会的发展和政局的危迫，由于西洋文化、学术的传播和激发，不少有识之士（他们大都受过西洋文化的教育、影响和具有一定的国家、民族的意识），他们开始认识到民众文化（包括文艺）的意义、价值，或加以评论（如鲁迅、蒋智由等对于神话的言论），或加以利用（如敖嘉熊运用山歌型式以传播新思想）。同时也有些旧式的学者出于对乡土的感情（或者并有对民间文艺本身的由衷喜爱），收集、整理了家乡的歌谣、谚语（如范寅的编印《越谚》）。到了民国初年（"五四"的前夕），受了英国人类学派理论影响的周作人，便连续写作了《童话研究》、《古童话释义》及《儿歌之研究》等论文(这些文章初发表于绍兴教育专刊等，后收入作者文集《儿童文学小论》，儿童书局，1932)。在这前后鲁迅也发表了号召建立国民文艺研究会的文章。[1] 他们兄弟还亲自采录歌谣或并征集童话。这已经是“山雨欲来风满楼”的时候了。

1917年的春天，是中国学艺上疾雷惊蛰的春天。“文学革命”的呼声和新诗创作的实践，很快唤起了青年们的醒觉。第二年(1918)的春天，由刘半农、沈尹默的建议，蔡元培的支持，北京大学成立了歌谣征集处，他们在《北京大学日刊》上附刊《歌谣选》，并发表《征集近世歌谣简章》。两年后，歌谣征集处改为歌谣研究会。到1923年冬，北大建校25周年纪念日，该会编印《歌谣》周刊。开始仍附于《北大日刊》，25期后，才独立发行。这个周刊，一直出到96期(其实是97期)。因为《北大研究所国学门周刊》创刊，歌谣等稿子并入其中，《歌谣》才告停刊。

北大歌谣研究会，除了广泛收集歌谣和发行周刊之外，在那些时期，还编印了《吴歌甲集》(顾颉刚)、《看见她》(董作宾)等歌谣丛书。

《歌谣》周刊一开始，就在《发刊词》(1922年12月27日)上表明了收集这种口头文艺的目的。共有两点，一是学术的(按即民俗学的)。“歌谣是民俗学上的一种重要的资料，我们把它辑录起来，以备专门的研究”。一是文艺的。“从这种学术的资料中，再由文艺批评的眼光加以选择，编成一部国民心声的选集”。“这种工作不仅是在表彰现在隐藏着的光辉，还在引起将来的民族的诗的发展”。这种意见，在以后一段时期内，指导着学界这方面的收集、研究活动。

《歌谣》周刊，不但每号都刊登歌谣材料，同时也登载探索和讨论

① 参见《拟播布美术意见书》，《鲁迅全集》第7卷。

等理论文章——还有理论译文。在所刊的百数十篇长短不一的这类文章里，对于歌谣学、民间文艺学乃至于民俗学的问题，作了初步的或比较深入的探索和解答。这是我国这门新学科一桩可贵的财富①，其中有些意见，到现在还是值得回味的。

周刊在开始一段时间，刊载的资料和讨论的问题，比较局限于歌谣范围。后期扩大内容，传说故事、通俗小调及风俗习尚也包括在内。这种趋势，是自然发展而成，并不是由于个别参与者的私人意图(记得“文化大革命”前，有位学者对这种现象表示不满，好像是《歌谣》周刊的退步，这种意见，真不敢附和了)。

“五四”运动发生以后，由于文化界人士的醒觉，新思想、新学术的浪潮一时汹涌。歌谣运动也在广泛展开，各省报刊，不但刊载新政论，新学理论文及新文艺作品，同时也登载本地歌谣，或转载这类材料。记得当时我们广东的省报《群报》及地方日报，都开辟有“歌谣”这一栏。我开始注意这种野生的文艺，就是从那里引起的，稍后才直接看到《歌谣》。出版界也纷纷出版这方面的集子，如《各省童谣集》(商务印书馆)、《民谣集》(泰东图书局)，乃至于《童谣大观》(广益书局，《歌谣》周刊上曾载有批评它的文章)。当时有些教育机关，也编印这类集子，如江苏第一师范所出的《儿歌集》(1923)，就是一个例子。民间故事的搜集、刊载，也渐渐成为风气，突出的例子，如《妇女杂志》，就在第七卷(1921)里刊登了许多这方面的材料。《语丝》(1923)也在这方面加以提倡。总之，歌谣征集处和歌谣研究会的活动在当时及稍后的一段时间里，对学术界和出版界的影响是相当广大的(20世

---

① 20年代后期，我曾经把《歌谣》所载的理论文章，编选了一个集子：《歌谣论集》(北新书局，1927)。可惜限于篇幅，有一些较长的文章不能收进去。

纪20年代后期中山大学的民俗学会及杭州学界的中国民俗学会等的兴起和活动，都跟它有密切关系)。

歌谣研究会和《歌谣》周刊的贡献成果是多方面的，这里只取出两点，稍加论述，以概其余。那就是顾颉刚的孟姜女故事的搜集、研究和董作宾的《一首歌谣整理研究的尝试》。先谈孟姜女故事研究。

孟姜女故事，是我国著名的民间传说之一。顾颉刚抓住这个好题目，用狮子搏兔的劲头去广泛收集资料，精心进行探索。他在周刊上，首先发表了那篇《孟姜女故事的转变》。这篇填满了整整一号周刊篇幅的文章，虽然还只是全文的上半部(这论文的完整的型式，是后来刊登在《现代评论二周年增刊》的《孟姜女故事研究》1921.1)，但是它却在当时学术界射出一道强光。作者在论文里，把唐、宋以来流行的孟姜女传说追溯到东周时代的杞梁妻故事。他沿着历史时代的发展，叙述了故事随着社会形势、民众心理而或小或大地变化着的情况。从一个阻止非礼郊吊的杞梁妻变为万里寻夫、哭倒长城的孟姜女，这故事实在离奇，似乎有些使人难以相信。但当年这位年轻的历史学家，同时是一位忠实的考证家。他不仅博学，也善于慎思明辨，他用了极丰富的资料和认真的态度做出了坚实的结论。直到现在，国内外还有一些学者对这个结论在表示怀疑。但不能提出什么真正有力的论据。我是相信作者的判断和论证的可靠性的。①

该论文刊出后，作者又就一些跟故事有关的问题，写了几篇小论。并把它和读者的通信及他们提供的各种资料(歌曲、传说、记述等)，在《歌谣》上刊行了几个专号(这些，后来作者还把它编成3个册

---

① 参看拙作《评介一位苏联汉学家的神话研究》，《民间文学论坛》，1988年第三期，1988.5。

子，在中山大学作为民俗丛书印行)。

回想这篇故事论文发表时的情形是有意思的。论文一刊出，就引起了学界的震动。许多学人从心里感到惊异、钦佩，大家忙着给作者写信表示赞赏，并提供所知道的资料。现在我们试看看新文化运动闯将之一的刘半农(他当时正在巴黎留学)的信里所表白的意见：“在《歌谣》六十九号中看到《孟姜女》一文的前半篇，真教我五体投地。你用第一等史学家的眼光与手段来研究这故事；这故事是 2500 年来一个有价值的故事，你那文章也是 2500 年来一篇有价值的文章。”①这话初看起来好像有些夸张，但从历史文献和实际情况查考起来，却是一种实在话语(但这并不是说顾氏的论文已经尽善尽美了)。

现在再谈董氏的论文《一首歌谣整理研究的尝试》。这篇论文，是作者“从一万多首的歌谣中……选出 45 首同母题的歌谣”(“隔着帘子看见她”)，加以考察分析、综合，得出(甲)风俗，(乙)方言，(丙)文艺三方面的概略情形。在整理过程中，他曾经过取材、分地、考订等手续。作者的分析眼光是很细致的。例如关于风俗方面，他对作品中“女子服装”的分析，就得出从北京的、南京的、直到绩溪的，共 12 类。又如关于文艺方面，他根据同类型作品的结构，为分 5 段，每段都列举了那些作品的实际状态并加以比较和说明。这种分析、比较的结果，使读者能够窥见同一类型歌谣，对同一事情所描写的各自形态。作者的手腕并不仅长于分析、比较，他也颇善于综合说明。例如他在对方言方面的总述中说：

由分地整理之结果，可以知语言的变迁与歌谣有同样的关

① 《歌谣》周刊第八三号，1925.3.22。

系。……甲地和乙地的歌谣相同，就是甲乙两地语言相通的证据；歌谣不同，也可以说就是语言不通。……一山相隔，歌谣便自不同，一水相通，歌谣便可传布。就这一首(按：应说“这一类型”)中，已经可以窥见。以后我们只努力的采辑歌谣，同时就是调查方言的根本大计了。

(《歌谣》周刊，63号，1924.10.12)

这篇关于同一类型歌谣整理、研究的尝试论文，还有别的一些优点，这里就不再琐琐细说了。它刊出后也引起学术界的瞩目、倾心。它可说是自北大搜集发表歌谣5年多以来最有分量的理论文章，跟前文所介绍的关于孟姜女的研究，先后辉映，堪称这时期口承民间文艺学上的“双璧”。由于它们的诞生和存在，使我们这门新的人文科学有了比较坚牢的基础，在那稍后的一段时期里，一些新产生的故事、歌谣的研究性文章，不少是从它们得到启发或方法上的借鉴的。这就证明它们在当时学界所具有的意义了。

在材料的收集、整理方面，歌谣研究会的工作也是值得一提的。那就是上面说到的顾颉刚的《吴歌甲集》。这部材料，原来分期刊载于《歌谣》周刊，后来才汇印成专册。它的取材虽然稍杂(除了大量朴素的口头歌谣，还收有一部分城市妇女吟诵的唱本式一类的作品)，但是在注释的精细上是值得称赞的。特别编者所撰的《写歌杂记》十章，其中像《起兴》、《撒帐》等都是在歌谣学上颇关重要的文字。此外还有魏建功的《读歌札记》、《吴歌声韵类》、疑古(钱)玄同的《苏州注音字母草案》及《歌谣中标字的讨论》(沈兼士、顾颉刚)等附录，胡适、疑古玄同、刘复、俞平伯的序言。前者大都跟这部歌谣本身语言、声韵等有密切关系，后者也大都“言之有物”，足供参考的。一个民间文学的资料集有这样的详密注解及辅助的资料和理论，不但在当时是空前的，到现在也没有看到第二部。它的科学性是不容埋没的。

"五四"后期，是口承文艺学活动相当兴旺的时候，理论方面，除了上面所提到的以外，还有那些书面化了的古代民间歌谣的被重新提出和推崇。关于这，我们只要举出胡适的《国语文学史》①讲义(1921)和徐嘉瑞的《中古文学概论》(1923)便可见一斑了。《国语文学史》是那些时期胡氏在北京、天津等地国语讲习班的讲稿。讲者在讲义里，阐述了他对中国白话与文言的离合历史和白话文学发展的情况。在汉、魏六朝的文学中，讲者就只是举述那些时代的乐府民歌(他称做"平民文学")。所谓词赋、古诗文等都没有资格登场。并且对那"平民文学"评价很高，例如试看对于《焦仲卿妻》称赞说："汉代民间文学的最大杰作自然是《孔雀东南飞》一篇。这一篇写的是汉末卢江小吏焦仲卿夫妻的悲剧，凡 353 句，1765 字，乃是中国文学史上一篇最伟大的史诗。"(《重印国语文学史》第二章)这种关于文学史的新见解，无疑是要使当时听者或读者耳目一新的。

徐嘉瑞的《中古文学概论》(上)，是一本断代的新的文学史著作。他把文学分为"贵族文学"和"平民文学"，并重视文学跟音乐、舞蹈的关系。在贵族文学与平民文学的问题上，他重视平民的文学。在谈到汉、魏平民文学的章节里，他明白说："贵族文学，在文学史上，固然也有相当的(古典的)价值。现在作文学史的人是(以)词赋派文学为上，平民文学为附(谢无量《(中国)大文学史》，述乐府不过两页)。我

① 此书本来只有讲义本，后来适氏的学生和朋友把它整理印行(北京文化学社，1927.4)，后来上海新月书店刊的《白话文学史》(1928)，是它的改写本。

现在反过来，以平民文学为重……”。[①] 在实际的处理上，第二编汉魏六朝的平民文学共6章，篇幅90余页(37～125)，而同时代的贵族文学、第四编，共三章，只有寥寥十余页(149～166)。在评论上，对平民文学，不但比较详尽，且多赞美的词句。随便举个例子，如对于六朝民歌中双关语(或谐音修词法)说：“六朝文学中之犇词，确实是我们中国文学中的一种隽品。它的含蓄最深，又耐人思索，使人百读不厌。况且他的出处又不是从书上来的，只要聪明人一猜就着”。这种对古民歌艺术的见解，在当时是新颖的，也是富于启发性的。

文学史，主要是古典文学的园地，对它的见解，容易偏于保守。胡、徐这种大力提高古代口承文学的著述的出现，无疑要给当时一般新文学和口承文艺学运动大大添威助势。胡适在给《中古文学概论》写的序言上指出了汉魏六朝的民间文学，不断由原来在野的身份，上升为“正统文学的一部分”的历史事实之后，接着说：“我们做中古文学史，最要紧是把这种升沉的大步骤一一点出来，叫大家知道1500年前也曾有民间文学升作正统文学的先例，也许可以给我们一点比较的材料，也许可以打破我们一点守旧仇新的顽固见解。”(《中古文学概论》卷首第八页)这最后一句话，是多少道破了上说那种情形的。

“五四”时期，口承文艺的发掘与探索，是这门学问的初期建立阶段，也是当时整个民俗文化学兴起的重要方面。

三、民俗文化学的兴起(续)

丙、通俗文学登上文坛

唐、宋以来，那种产生和流传在城市的通俗文学逐渐兴盛起来。

---

① 《中国文学概论》第二编，第一章，亚东图书馆。

到了明、清时代就更加发达了。现在所谓文学史上的“四大小说”，就是在这些时期出现的。从作品的种类看，除了一般较大型的小说、戏曲外，还有小型的小调、俗曲等。当中占重要地位的是小说。前期它的产生过程及演变，据一般推测，大略如下。先有一些民间流传的故事，城市的民间艺人把它收编起来(中间可能还有“书会先生”的参加)给予讲说和不断修改。后来，某些文人学士看上了它，又把它修订、编纂(或大力再创作)，印行出来。到了后期，有些不得意的文人就利用这种说书型式自己创作了(例如《红楼梦》、《儒林外史》之类)。其他种类的通俗作品，有的产生、发展过程，大略可能也是如此。例如弹词。它的起源，可能要追溯到唐代的佛曲，甚至于战国的“成相”，不管怎样，它首先是民间弹唱的文学型式，并且似乎是有过演说史事的作品在口头流布的。但是到明代中后期已经就有文人仿作，像杨状元(慎)的《廿一史弹词》。到了明清易代的时候，抱着家国之痛的文人，就更要借它(弹词的型式和历史事实)来抒写自己的满腔悲愤之情了。熊开元的《击筑余音》、贾凫西的《木皮鼓词》(又称《历代史略鼓词》)，就是这类作品。到了晚清，小说家李伯元还用它写作过《庚子国变弹词》。

上面一些文学史的事实，说明通俗文学本来出生于民间(有的开始还是民众的口头文学)，后来经过文人的修改、再创作(甚至于利用民间型式去搞新创作)，它自然起了变化。从某种意义上说，它被提高了。尽管如此，它还不能根本改变原来的地位，仍然是不登大雅之堂的“在野文学”。大家知道，清代政府所修的四库全书，收罗历代文籍是相当丰富的(当然那些政治上犯禁的，要受到排斥或涂改)，但在那里一般的白话小说和戏曲等，都没有厕身的资格。至于像《水浒》、《红楼梦》等优秀作品，却免不了以诲盗、诲淫的罪名而频遭禁抑的事情，更是大家熟知的了。原因是封建专制政权没有根本改变，科举制度和士大夫的顽固头脑以及社会上的习惯势力依然存在。这就必然使那种非正统的民俗文化(通俗文学及相关的其他作品)翻不了身。

晚清时期及民国初年，情形稍有变化。在那革命思潮高涨的时刻，进步知识分子，为了唤起革命意识、开拓人民知识，不但要利用民众中流行的山歌、民谣等口头文学型式，也要利用通俗文学的型式。当时用小说、戏曲、小调等型式去写作宣传新思想、新事物的作品，大量出现于报刊上。像梁启超这样的志士文人，就曾用广东的戏曲型式(班本)写过《新罗马传奇》。特别是那位后来反对新文化运动最出力的林纾(晚清时他还是一个社会改良主义者)，也曾在白话报上发表过通俗文学型式的道情。其他就可概见了。这里还要提出的，是这时期，新学界对于那些传统的通俗文学(如小说、戏曲等)都有比较新颖的见解。尽管其中有些见解，现在看来并不高明；但是把它放在当时文艺理论思想史里去看，还是有相当意思乃至价值的。即使在这样时期，也没有使那些通俗文学，真正取得正统文学的地位。这种好景的到来，分明还有待于更大风雷的震动，还有待于更大浪潮的冲击！

"五四"新文化运动，正是这种更大的风雷和浪潮！

当时澎湃汹涌的文学革命和语文统一的运动，推出了通俗文学，抬高并确定了传统通俗文学中优秀作品的位置。

在新文学运动发生的初期，那些先驱们就明白提出，要用普通话(白话)代替脱离生活实际的文言，要用这种多数人能听能说的语言，去写作一切应用文字及文学作品。在追溯白话文学的起源及论证它的"语言教师"作用时，他们指出了明清以来的那些优秀小说(《水浒》、《西游记》和《红楼梦》等)为我国文学史上的正宗。(我们今天回顾起来，这实在是我国文化史上一件惊天动地的大事！)例如在那篇新文学运动首先发难的文章里就这样写着："今人犹有鄙夷小说为小道者。不知施耐庵、曹雪芹、吴趼人皆文学正宗，而骈文、律诗乃真小道耳。"又说："吾惟以施耐庵、曹雪芹、吴趼人为文学正宗，故有不避俗语俗字之论也。"①另一位急先驱大声喊出文学革命的三大主义，那第三项的末句说："建设明了的、通俗的社会文学。"下文在指出韩愈"变八代之法"的文学史意义及两种缺点之后，接着又说："元明剧本，明清小说，乃近代文学之粲然可观者"。并指出由于前后七子及八家文派(归、方、刘、姚)等的罪过，使得"盖代文豪若马东篱、若施耐庵、若曹雪芹诸人之姓名，几不为国人所识。"②

此外，当时先锋队伍中有些学者，虽然觉得过去"小说之作品，其有价值者乃极少"，但是，他仍然同样承认："小说诚为文学之正宗"。③ 使我们不禁惊异的是连上文提到的那位新文化的死对头林纾，在当时也被迫承认"白话至《水浒》、《红楼》二书，选者亦不错。然其绘影绘声之笔，真得一'肖'字之诀"。并以《水浒》中"武松之(登)鸳鸯楼"为例，详论其笔墨的精妙。尽管他强调的道理，是白话的好文章是从古文中得来，"无古文，安有白话?"④至于把明清的通俗小说推作文学正宗，他老先生当然是更不会承认了。

上述那些先驱们拥护通俗文学(特别是小说)的一些意见，现在看起来，虽然平淡无奇，在60多年前可不得如此。这只要看那些时期，以林纾、严复、梅光迪、章士钊等为代表的反对言论及悻悻之态，其

---

① 胡适：《文学改良刍议》，《新青年》2卷5号。

② 陈独秀：《文学革命论》，《新青年》2卷6期。

③ 钱玄同：《寄陈独秀》，《新青年》3卷1期。

④ 林纾《论古文白话相消长》，原出处待查，此据张若英(阿英)编辑《中国文学运动史资料》第三编，1934年初版。

非寻常意义可以想见了。但是，中国文字及文学必须根本改革，对过去传统文化(特别是上层阶级的文化)必须给它重新估定价值，这是中国历史社会发展的要求，是当时广大人民的迫切愿望，也是世界社会、文化发展的必然趋向，加上国内越来越多的人的觉醒和拥护，这种文化狂澜绝不是那些人(不管他是所谓饱学之士或目不识丁的人)所能够用力阻止的。历史运行的结果，确切证明了这点。倒是严复《书札》里那句话："此事全属天演"，[①] 颇有见解(多少有点进化论的见识)，虽然他的结论和态度是不可取的——70 年来的史实正打破他所谓的"优存、劣败"的主观预想。

在这些时期，使过去那些流传很久的通俗文学，一旦高步登上文坛——被推崇为文学正宗，并且地位迅速牢固起来，对这种现象起作用的，除了先驱者们确实、锋利的言论和那些作品本身的优异性质之外，我觉得还有两点因素是应该郑重指出的，那就是①胡适等的传统小说考证及导论；②鲁迅的小说史的整理。由于这两件坚实的文学史的工作，使那些原来比较断片的评论更添加重量，充实内蕴，使这些优秀的通俗作品，更加被读者所理解和尊重了。

先谈胡适的小说考证及导论。

胡适自倡导文学改革，及推尊明、清那些优秀小说为我国文学中上的正宗，并且是我国普及白话的语文教师之后，又致力于个别优秀小说的考证及新式印本的导论(二者大都结合在一起)。从"五四"运动第二年(1920)到"五卅"(1925)运动那年末，他一连作了以下几篇论考、序说的文章：

水浒传考证　　1920　　镜花缘的引论　　1923

① 参看严复：《书札之六十四》，《中国新文学运动史资料》第三编。

红楼梦考证	1921	三侠五义序	1925
三国志演义序	1922	儿女英雄传序	1925
西游记考证	1923		

(这里只记出有关这些小说文章的第一篇，后来继写的不详举。)

在这时期之后，他还写作过《海上花列传序》(1927)、《官场现形记序》(同前)等性质相类的文章。因为那些通俗小说(特别如《水浒传》、《西游记》、《红楼梦》等)，它的著者不是著名文人(往往还是假托的名字)，著作又一向不被学者们所重视，有些关于作品的意旨(或主题)被故意弄得很模糊，有的则在读者脑里产生了许多猜测……总之，在那些优秀通俗小说上存在着许多问题，要使它成为今天一般人有益的读物，就必须下手做种种工作，例如选印较好本子，给书中文字分清段落，并使用新式标点，这是一方面。对作品的作者身世、成书过程、书的内容、意义及技术优劣等，给以必要考证、解说，这是另一方面。胡适所做的，主要正是后一方面。

胡适对国学(包括通俗文学)有相当根柢，特别对清代的考据学有较高兴趣。他又具有一定西洋的哲学和文学理论等的知识。这些条件使他当时能够担当那种小说考证和序论的任务。《水浒传》、《西游记》、《红楼梦》等考证，他用了很大的力量去搜集资料，进行分析、论断，使读者增添了许多知识，也使他们耳目一新。我记得亚东图书馆新刊行的《镜花缘》正发行时，由于一位在师范里曾经教过我国文的老师的好意，我得到一部。我读了这部以前不知道的小说，留下了深刻的印象，直到现在还相当清晰。这跟胡氏那篇《引论》的论述的作用是分不开的。他除了详细地考证了小说著者的经历、学问和人品之外，特别侧重详论了著者对妇女问题的见解。这点特别牵动了我当时的思想。因为妇女解放，正是新文化问题的一个热点。在我知道了

100多年前(据考证，著者生于清乾隆中叶，死于道光年间)，我国就有一位学者在所做的小说里讨论过这种问题，怎么能不兴味滋滋呢？《镜花缘的引论》，在胡氏的考证、序论里，并不是最典型的，不过因为亲身体验比较深，所以拿它来做个例子罢了。

在这里，我想借机会谈一下一个跟胡氏小说考证有密切关系的问题。那就是他较早提出来而且影响较大的《红楼梦》著作的"自传说"。这个关于这部名著的题材来源问题的看法，也是胡氏《红楼梦考证》(以及他其后许多有关的文章)的主旨。他的说法出来后，不但很受注意和赞赏，而且有些年轻的学者(如俞平伯、顾颉刚)在围绕着它进行探索。这是红学史上的一段事实。但是，全国解放后，因为这样那样的原因，它一直在受批判，连俞平伯的论著也不能幸免。现在形势已经变化，我们不妨本着实事求是的精神和学术问题与政治问题相对分开的原则，重新来看看这个学术问题。

讨论一种学术见解或思想，必须把它放在一定历史的环境里去考察。这是一种常识。自传说产生那时期，红学言论的状况，到底怎样呢？大家知道，自从这部名著传世以后，世间产生了许多议论和推测。到了晚清以及民初，异说就更多了。到了"五四"时期，这种异说，据鲁迅所述，比较重要的约有三个：①纳兰成德家事说；②清世祖与董鄂妃故事说；③康熙朝政治状态说。[①] 这些大都是"推测之词"。胡适不满意这些说法。他根据袁枚所说的一点启示，"大胆假设，小心求证"。结论是这部名著中所述大都是著者的亲身经历。这就是"自传说"。从他所举述的曹氏家史等资料看来，自传的说法，基

① 胡适在《考证》里所举出的三点说法，跟鲁迅这里所举，内容完全一样，不过排列次序和文字繁简略有所不同罢了。

本上是确实可靠的。当时正在北大讲中国小说的鲁迅，就是充分肯定此说的。他在讲义里，引用了曹氏自己开篇的一段叙述之后，接着说：“盖叙述皆存本真，闻见悉所亲历，正因写实、转成新鲜。”后文在评论蔡元培的《石头记索隐》“旁征博引，用力甚勤”之后，说：“然胡适既考得作者生平，而此说（按指蔡氏所主张‘康熙朝政治状态说’）遂不立，最有力者即曹雪芹为汉军，而《石头记》实其自叙也”。鲁迅《中国小说史略》，自最初编写的讲义到正式出版，乃至20世纪30年代的再版的书本上，对此点都没有异议。可见他是始终相信这种说法的。

从文学创作的情形看，文学作品与自叙的关系，并不只是《红楼梦》这部名著的问题（自然它在这个问题上情形是比较特殊的）。文学作品，不管是叙事、抒情，都不能跟作者的经历、见闻、体会和其他的心理状态无关（尽管这种经历、见闻和心理状态是有它的社会背景和文化背景的）。这就是时下文艺理论家所强调的主体性（或其一部分）吧。在古往今来，“恒河沙数”的文学作品是属于自叙性质的确实不少（特别是那些抒情性的作品）。但不能说一切作品都如此。记得郁达夫曾经强调说，一切文学作品都是作者的自叙传。这自然有些夸张（说是艺术的夸张吧），但是如果说一切比较成功的作品，多少带点自叙的成分（包括经历、见闻及心理体验等），那是应当承认的。过去许多年来，我们的文艺理论在哲学观点、社会作用及创作过程等方面的说法都不免有些偏向，加以对个人的历史、学艺等的评定只从现实的政治利害出发，因此，对许多学术上的问题，都不可能坚持历史主义、实事求是的精神。像对“自传说”这类问题的批评，不过是一个例子罢了。（我们承认“自传说”在当时红学上的进步意义以及在一切文学创作里的自叙因素，并不因此否认文学创作的社会学考察的重要

性。我是主张在文学的考察上，社会的和个人的因素应该辩证地加以处理）

话回到当时胡适对传统小说的考证和序论上来。当时这些工作，对于提高通俗文学在文坛上的位置，无疑是起着相当大的作用的。

再谈鲁迅小说史的整理成绩。

近年评论、研究鲁迅在“五四”时期的文学功绩的，多注重于他的以《狂人日记》、《阿Q正传》等为代表的创作小说和以《热风》等为代表的社会文化批评（即《新青年》上的“随感录”，现在惯称为“杂文”①），这诚然不错。但是从对于文学史的贡献来说，从对于中国中下层文化的整理表彰的功劳来说，他在当时编著、讲述的《中国小说史略》，是绝不允许轻轻放过的。

《中国小说史略》，正式出版于1924～1925年（北大新潮社）。但这只是鲁迅小说史讲义的改定本。从“五四”爱国活动涌起的第二年（1920），他就在北京大学及北京高等师范学校讲授此课，并编出了讲义。直到正式付印，讲义稿是经过一再修订的。这是一部极坚实的文学史著作，从民俗文化史的角度看，它的编著和出版，尤值得称述。

大家知道，中国的小说，虽然有着很长的源流，到了近世也产生过辉煌的作品。但是，像鲁迅在《史略》初版《序言》开头所说：“中国之小说自来无史；有之，则先见于外国人所作文学史中，而后中国人所作者亦有之，然其量皆不及全书之什一，故于小说仍不详。”这几句话，概要地说明了作为文学重要体裁之一的小说，应该有它的历史专

① “杂文”一词，在中国文献上所用的意义，是各种不同体式的文章汇在一起的意思。鲁迅自己也是这样应用过的。它现在虽然已经成为一种文学体裁的通称，但我觉得并不能确切显示出这类文章内容的性质、意义。

著，也透露出直到那时它还怎样不被学界所重视。而这种现状当然是有着社会的、文化的根源的。

从历史的事实看，小说一类的东西，向来是不被重视的。唐、宋以前，所谓小说，除《穆天子传》、《燕太子丹》等少数外，其他只是一些笔记式的小品。它在学艺上不占什么显眼地位，姑且不论。唐、宋的传奇小说，较有创作意味，但很少集成专著，大都是杂见于时人的笔记或后人编纂的类书里。宋代以来，小说有很大发展，而且用的是民众口语(因为它从民间说书那里派生出来的)写述的，除了那些半创作的历史小说之外，大多数是取材现实社会或民间传说的。它标志了我国中层社会文化的发展。这时期虽然有极少数文人另眼看待它，但是一般上层社会的士大夫及其追随者对它是不肯摘下自己的有色眼镜的。所谓“委巷之声，钜公色厉”(二语见珏甡的《粤讴序》，《粤讴》卷首，上海华通书局)，岂仅对于民歌俗曲态度如此而已？小说的长久没有专史，直到“五四”时期，这种情形也不能大变化，原因正在这里。而鲁迅毅然起来为它作专史，这固然不能抹煞时代和社会的作用，但是著者的勇于开辟文学史新道路，为民俗文化张目的功绩又岂容忽视？

鲁迅不但勇于开拓小说史的新道路，而且还能够出色地完成他担负的任务。鲁迅开始讲述小说史，虽然始于 1920 年，但是它的准备工作却是相当长远的。据说，曾经过将近 20 年的时间。“从我们所接触到的材料看，他在 1912 年就编成《古小说钩沉》，并发表了序言。20 年代中陆续刊行的《小说旧闻钞》、《唐宋传奇集》等也都是原来为编著小说史而辑录的资料集子。后来增田涉教授记述他在这方面学术准备工作的勤苦精细的话，读了是很使人感动的”。[1]

这部破天荒的小说著作，它除了在材料的穷搜精别之外，还有其他的许多长处。著者对于前代某些作品的考证（例如说《世说新语》出于刘义庆的文学宾客的手，说《宣和遗事》为元人所作，又如指出阳羡书生寄鹅笼中的故事的印度来源等）及对某些作品的中肯评论（如对于吴趼人作品等的批评意见）都说明了他的创见或眼力（参看上举拙文149～150页）。

怪不得当时日本的青年学者增田涉非常佩服这部小说史，并竭力把它译成日语。他后来追怀了初次接触这本书时的情形。据说，当时关于中国小说历史的著作，国际上只有他老师盐谷温教授《中国文学概论讲话》中有关部分的论述，是领先的东西。到了鲁迅的著作出来，那光荣的地位就不再属于盐谷教授了。这些话决不是溢美的。它是那部在“五四”新文化运动期间产生的、大大加强了我国民俗文化的学术地位的小说史所应该享有的公允评价。

这里顺便谈谈“五四”时期，那些先驱者们对于传统戏剧的态度和看法。总的看来，他们对它的批评是严厉的，有的甚至于是基本否定的。这主要是因为他们是从西洋的戏剧观点出发去考察的。其次，他们批评的对象是演剧（包括表演唱、脸谱、音乐等），并非专指文学的剧本，而在这方面，中国戏有许多特殊性以及某些落后性。但是，他们中间，意见也并不完全一致，有的人的看法就比较客观些。例如周作人在《中国戏剧问题的三条路》里所表示的。他以前也曾否定过旧

① 引自拙作《中国小说史与增田涉教授》，《关于鲁迅的论考与回想》147页，陕西人民出版社。

剧。[1] 但是在这篇文章里，说法大体上是比较合理、持平的。他认为“新剧当兴，而旧剧也决不会亡的，正当的办法，是分道扬镳的做法”。今后戏剧可走的有三条路：

第一，纯粹新剧　为少数艺术趣味而设。

第二，纯粹旧剧　为少数研究家而设。

第三，改良旧剧　为大多数观众而设。

这种主张，在第一、二条(特别是第一条)上，想法不免保守些，但从总体设想看，是平实可行的。文章里还有些比较深入可味的意见，像下面几句话：

> 依照田家的习惯，演剧不仅是娱乐，还是一种礼节，每年生活上的特点，他们的光阴与钱财不许他们进剧场，但一年一次以上的演戏于他们的生活上是不可少的。以前我也赞成官府的禁止迎会演戏，但现在觉悟这种眼光太狭窄，办法也太暴虐了。

接着他还说，在稍加改良的条件之下，“应该尽量地发展农村的旧剧，同时提倡改良的迎会，以增进地方的娱乐与文化。”[2]这种意见，在当时新文化运动那些站在前沿的学者们中是颇为特殊的。[3] 尽管他在这里说的不是城市典型的通俗文艺的事例，但因为多少有关

---

① 致钱玄同信《论中国旧戏之应废》，《新青年》，5卷5号，1918。

② 以上引文均见《中国剧的第三条道路》，初刊《东方杂志》21卷1号，现据《艺术与生活》引用。

③ 周氏有《谈目连戏》(1923年，后收入《谈龙集》)一文，是较早介绍农村演剧的文章，该文思想也跟这里所说的密切相关。

联，所以在这里提及了。

以上简略论述了“五四”时期传统通俗小说地位的大大提高（附带提到民间戏剧的被肯定）。那些一向被歧视的优秀小说，现在都被学者们郑重地作为考证、探索、表扬和编写文学专史的对象。它俨然成为祖国文学的正宗。这真是一个异数！从当时整个新文化运动的局势看，它是文学革命以及语文统一的要着（也是它的一种战绩），同时它又是当时正在兴起的民俗文化学的有力的构成部分。

丁、风俗习尚的勘测、探索

风俗、习尚，本身当然是一种民族文化——不能缺少的民族文化。而它的疆界又是相当广阔的，在人群各种社会文化活动里，差不多都有它的踪迹存在。生产作业，有它的风俗、习尚；生活起居，有它的风俗、习尚；各种社会组织，有它的风俗、习尚；宗教、伦理、文学艺术等各种意识形态的活动，也有相关的风俗、习尚——总之，风俗、习尚是伴随着各种社会事物和活动的存在而存在，随着它的发展、变化而发展、变化的。它如水银泻地，无孔不入。古人说：“入竟（境）而问禁，入国而问俗，入门而问讳。”这说明那些到处存在的风俗，不但本国、本地有，别国、别地一样也有。它的严厉的拘束力，不但本国、本乡的人要遵守它，别国、别乡的人到了那里也非得遵守它不可。否则，要闹笑话或坏事了。

因此，一般的民族通史，特别是民族文化史，决不能疏忽了这方面的史实。至于像民族志、民族学和民俗志、民俗学等学问，正是以它为重要内容的，在那里，它的被郑重记述，被论究，就更属当然的事情了。

从考古学的资料看，在我国这片广大土地上很早就有人群居住了。有人类生活，自然就要产生和保持着一定的风俗、习尚，尽管跟后代的比较起来，它是很不同的。从文献上看先秦书籍里，已经有不少古俗的记录，连关于风俗(特别是人与人交际的仪礼之类)的思考、概括的言论也有了，虽然大都是断片的。汉代是我国武功文治发达的时代，对民族重要文化之一的风俗现象的记录、评论的著作也出现了。例如东汉思想家王充，他是民间信仰、习俗的批判者，但他也是这方面资料的保存者。到了东汉末，专门述评风俗的著作也出来了。那就是应劭的《风俗通义》(后代简称《风俗通》)。至于两汉时期的正史(如《史记》、《汉书》)、地方史(如《蜀王本纪》、《吴越春秋》)等著作，其中包含了一定分量的民俗资料就不用细说了。

汉代以后，风俗的专著陆续出现。如晋周处的《阳羡风土记》(或简称《风土记》)、梁宗懔的《荆楚岁时记》以及隋杜台卿的《玉烛宝典》等。南宋、元初，关于汴京、杭州的朝野风俗，竟产生了几部专著(其中有的篇幅是比较短小的)，如《东京梦华录》、《梦粱录》及《武林旧事》，都是我国风俗史及风俗学史上的贵重著作，即在世界风俗史文献里也是占有相当位置的。明清以来，风俗志一类专著不断涌现，其记述对象且由国内扩展到国外了。

到了近代，国内外交通比较畅达，民主思想抬头和欧、美、日本等有关学术的输入和刺激以及文字发表、印刷的便利等原因，使我国这方面的著述一时相当活跃。但也多限于材料记录(一般还是零碎的记录)，理论、探究及比较系统的著作还未出现。1911 年末，张亮采发表了他编著的《中国风俗史》。这是中国风俗有史以来的第一部著作，虽然篇幅不大(220 页)、观点也有可以商酌的地方。但因它出版较早，且具有一定系统，所以颇值得注意。现在试看看我国这位风俗史的首创者的一些意见。他说：

> ……至于人类，则渐有群；而其群之多数人性情、嗜好、言语、习惯，常以履月经年，不知不觉，相演相嬗，成为一种之风俗。而入其风俗者，必不免于为所熏染而难出其界限之外。记曰："礼从宜，事从俗。"谓如是则便，非是则不便也。①

这些话，对于一般风俗、习尚的形成过程及风俗对人们的拘束力的解说，大体上是妥当的。过去长时期封建社会里，士大夫们惯于用圣人、帝王风化、政教的观点去解说和规范风俗，比较起来，张氏的说法已经稍近于科学了。

从民俗文化学的要求看，张氏的话只是从旧风俗观到新风俗观的一只渡船，或者说是一曲前奏。

"五四"运动的前一年，也是新文学运动的后一年，北大歌谣征集处的搜集和发表歌谣，是关于民俗文化这门新科学的真正发端。因为歌谣、谚语本身就是一种民俗现象，甚至于是相当重要的民俗现象，欧洲一些国家的近代民俗学活动，最初大都是从搜集歌谣或民间故事等开始的；其次，歌谣是以活语言表达和传播的口承文学，同时又是别的许多民俗事象的载体。北大研究所国学门在歌谣研究会成立后，特别是《歌谣》周刊刊行后，所以接着要成立方言调查会和风俗调查会，都跟这种道理有一定关系。

由于上述原因，像前文所提到的，《歌谣》周刊在《发刊词》里就明白说道："我们搜集歌谣的目的有两种，一是学术的（即民俗学的），一是文艺的。我们相信民俗学的研究在现今的中国确是很重要的一件

---

① 引自《中国风俗史·序例》，商务印书馆，1912.

事业，虽然还没有学者注意及此，只需几个有志未遂的人是做不出什么来的，但也不能不各尽一分的力，至少是供给多少材料或引起一点兴味。歌谣是民俗学上的一种重要的资料，我们把它辑录起来，以备专门的研究：这是第一个目的。”①

从《歌谣》创刊第一号开始登载的《本刊启事》之二就声明投稿的范围：“本刊欢迎关于歌谣、谚语和民间风俗的论文。”以后一段时间内，周刊刊登的材料及研究、讨论等理论文字，虽然大抵是关于歌谣及谚语方面的，但在一些通讯、讨论文字里，也常提到民俗学(例如该刊26号上所载答复俄国学者伊凤阁的信里所说：“学术的研究当采用民俗学”之类)。自49号以后直至停刊，大量兼载方言、民俗、故事乃至通俗文学的文章，并刊出了“婚姻”、“腊八粥”、“方言标音”等几个专号。正像后来容肇祖在一次讲演里所说：“《歌谣》周刊自49号起，虽未曾改名(按以前有人建议改名)，而实在是民俗周刊了。”

由于客观的需要，和张竞生、常惠等人的倡议及努力，北大研究所国学门成立了风俗调查会。时间是1923年5月。当场决定三种调查方法：①书籍上的调查；②实地调查；③征集器物。

调查会并通过张竞生所拟的风俗调查表，印发出来去征集资料。但该会直到次年(1924)5月才正式通过会章。这是我国现代最初的民俗学机构。在该会成立之前，曾发出征求会员启事，开头说：

> 风俗为人类遗传性与习惯性之表现，可以觇民族文化之高下，间接即为研究文学、史学、社会学、心理学之良好材料。晚近以来，欧西学者极为重视。1878年英国首先设立民俗学会于

① 《歌谣》周刊第一号，1922.12.17。

伦敦。现在美、法、瑞士……等国亦均设立团体，从事探讨。我国学者，记民众事故，大抵偏重礼制，即论风俗，琐碎不全，能为有系统之研究者盖少。

又如调查表里“旨趣”等七条说：“搜罗材料，当用科学的方法，即是实地调查。实事求是，不可捕风捉影”，第八、九条说：“调查人对于本地的风俗，应该就事直书，不可心存忌惮或掩饰”，“调查时如能附带收集各地特别器物更佳”。从当时风俗调查会文件里摘出来的这些话，可以使我们约略窥见那些倡导者从事这项新学术工作的宗旨、抱负和采取的方法。尽管因为种种不利条件，这项事业当时没有收到比较理想的成果；但是，他们的企图的活动，他们留在学术史上的足迹，是不可消灭的。

北大风俗调查会，虽然存在年月不长，但它却派人在北京及其附近进行了几次风俗调查，据说“具有很好的搜集的材料”。而妙峰山庙会调查，却是成绩更大的。现略作介绍。

妙峰山，位于北京城西北 80 里的地方，是仰山的主峰，也是北京一带的“香主”。山顶庙祀天仙圣母碧霞君。据说，她是东岳大帝的女儿。解放前，每年阴历四月初到十五，朝山进香的人很多。在旺盛的日子去的有好几万人。他们不仅来自京兆、天津、保定，甚至于旅京南方妇女来的也不少。① 1924 年，顾颉刚、容庚、容肇祖、孙伏园和庄严五位，受风俗调查会的委托，从四月初八到初十，去山上进行了 3 天的考察。回京后，他们各人都写了文章，在当时《京报副刊》（孙伏园主编）上发表，一时颇引起了学界的注意，招来了一些学者的

---

① 依据顾颉刚：《妙峰山进香专号引言》，《妙峰山》第一页的叙述。

回响。

1927年冬，中山大学语言历史学研究所的民俗学会成立。次年开始印行丛书。顾颉刚编刊了那著名的《孟姜女故事研究集》之后，又编辑了他们所写的妙峰山调查文章，并附上一些其他学者(如江绍原、白涤洲、傅彦长等)的有关文章，同时还邀请了当时中大文学院的同事何思敬、崔载阳两教授添写了意见，结集成一部专著，简名《妙峰山》，于1928年7月出版(此书国内久绝版，年来上海有影印本发行)。

妙峰山香会是当时(及那以前的一段时期)河北一带的大香会之一。这种香会，虽然主要是宗教信仰活动，实际上已经发展成为一种综合的社会、文化活动。我们那些年轻的民俗学者，在亲身参与这种非常的民众活动之后，认识到“在这上，可以看出他们(民众)意欲的要求、互助的同情、严密的组织、神奇的想象；可以知道这是他们实现理想的一条大路”。换一种说法是“他们储蓄一年的活动力，在春夏间作出半个月的宗教事业，发展他们的信仰、团结、社交、美术的各种能力，这真是宗教学、社会学、心理学、美学、教育学等等的好材料”。(《妙峰山》第6、9页)他们甚至于在这种民众运动中，看到“民族中的下级社会的文化保存着一点新鲜气象”，而他们认为这正是拯救民族衰老的“强壮性的血液”。(《妙峰山》第74页)

这些民俗学者，为了考虑到在当时学界可能对他们参与群众的宗教活动并公开发表调查记录的事情会产生误解，为了辩护，他们指出这种做法的两点意义，一是为有利于社会运动的，另一是为有益于研究学问的。要达到这两种目的，都必须了解民众。而参加、调查他们的香会，正是了解他们的绝好机会(《妙峰山》第418页)。这种意见，不管从当时或者从现在看，都是相当合理的。

当时和稍后的一段时间里，国内那些具有现代学术观点的学者，对于这种风俗调查及其成果，都表示赞赏，并且就各人的学术专业观点给以评论。例如宗教学者江绍原、艺术学者傅彦长、社会学者何思敬(解放后他以国际法学专家身份从事这方面的发言活动)、心理学者崔载阳等，大都是这样的。现在试举一二例。

江绍原说："汉族的法术宗教现象的调查、研究我们自然责无旁贷的。"他认为法术宗教这种文化事实的研究从时间上看，可分为前史的、历史的和现在的，从社会阶级看，可以分为上等社会的和民众的。前史的、历史的研究，有的已见萌芽，有的已有专家(如陈垣)，而现在的、民众的宗教研究，"则顾颉刚先生的妙峰山香会调查，在邦人中只怕是绝无仅有的"。因此，他"不能不妒北京大学国学研究所和顾先生……又不能不祝贺他们"。他在同一文章里，还畅谈了对于过去士大夫的礼和民间的礼(俗)的差别等问题。①

再看看何思敬的意见。他在读进香专号的文章里，称赞妙峰山专号，是打破那种暮气的一个霹雳。所谓"暮气"，主要指的是现在智识分子对民众宗教生活的缺乏知识和冷寞态度。在上引那句话之后，作者接着说："不特关于民间，科学的调查(这)是第一次，并且这第一次的调查已经得到很好的成绩。这全靠此专号作者们的同心协力，尤其颉刚先生的精敏周到。他在专号中确是一个最忠诚的调查者。"在下文中，他论述了风俗调查有三种困难，并提出碧霞君这位女神的起源，可能与原始农业有关的敏锐假想等，都是很有学术意义的，特别

---

① 参看江绍原《北大风俗调查会〈妙峰山进香专号〉书后》，《妙峰山》第231—242页。

是后一点。①

何氏这篇读后记里所述关于知道进香专号主要作者顾氏的那一段回忆文字，尤使我读了长久不能忘记。他说，在他和顾氏见面的前一年半(按：当时，他还在东京帝国大学社会学部学习)，他本来不知道国内学术界的情形。有一天，东洋文库主任石田干之助告诉他中国有新国学发生。他为好奇心所驱使，就从东洋文库借了七八本北大国学门周刊到寓中翻读了一遍，从中发见了颉刚先生的1926年的“始刊词”及另外数篇，后来又见他的孟姜女研究前篇，忽然他的心境好像来了一阵暴风，觉得中国学术界起了革命。于是，从几本北大周刊的知识，写作一篇介绍文章，刊载在《民族》杂志上，意在告诉日本的民俗学界、民族学界，使他们知道我们也有跟他们同样的新学术运动发生。从此之后，颉刚先生的姓名也就永刻在他的记忆中了。② 这段轶话虽然长了些，但我还是把它转述了。因为它绝不只是顾、何二人学术上的关系故事，也不限于跟妙峰山风俗调查有关。它是跟我国现代民俗学史有关的一段记载，并且关联到中、日这种学术交流的史迹。

以上略述了从歌谣征集处开始到妙峰山香会的调查活动(以及学界对它的评价)的过程和成果。它是我国现代民俗学活动富有气势的开端，也是当时整个民俗文化学兴起的一个有力部分。

四、结　论

以上两节，论述了“五四”时期新文学界对民俗文化进行考察、探索和评价、表彰等活动及其成果。虽然不够详尽，但总算画出一个概

① 何思敬《读妙峰山进香专号》，《妙峰山》第250页。

② 参看《读妙峰山进香专号》，《妙峰山》第49—49页。

貌了。

这些对民众语言到一般民俗事象的学术活动，自然是彼此相对地独立的，它们各有自己的对象范围、处理过程乃至于社会作用等。但是，从另一方面看，它们又互相关联、互相照应，乃至于有着某种共同点的。聚集起来，就成为一个系统。如果我们把当时的整个新文化运动看做一个大系统，那么，民俗文化学活动，却又是它的一个小系统了。

这种以民俗文化为对象的学术活动系统(或小系统)，它的性质到底是什么呢？要弄清这点，必须要先弄清整个新文化的性质。关于这一点，在当时就有人给以指出了，就是大家知道的“德莫克拉西”(民主)与“赛因斯”(科学)(陈独秀语，这是他当做《新青年》的“罪状”提出来的)。到了抗日战争前期，毛泽东同志作为新民主主义时期文化性质提出了三点：“民族的、科学的、大众的(即是民主的)”(参看《新民主主义论》，《毛泽东选集》，第二卷)，这比较完整，就是比较更能包括这段历史时期文化活动的特点。它对我们所论述的“五四”时期民俗文化学的活动的性质也基本适用。我们就根据它来略述一下(三点次序稍有变更)。

首先关于民族性。这个性质在民俗文化学上的体现，有两方面。一是资料方面，一是学者意识方面。前一方面，情形更为显然。民俗文化学所处理的对象，即民众语言、口头文艺、通俗文学以及风俗习尚等大都是民族文化事象。它是广泛地存在、流传于民族众多成员中的。它体现着民族社会生活及其多数成员的思想、感情和创造能力。19世纪末，那位意大利学者G.韦大列在他所收集、译注的北京歌谣集的序言上，曾经预言：“根据在这些歌谣之上，根据在人民的真感情之上，一种新的民族的诗也许能产生出来。"①这种认为新的文学创作不能离开民族广大成员的民间文艺传统的哺育的观点是有卓见的。同时它也证明那些歌谣之类的民间文学，怎样具有民族的特性了。而搜集歌谣，正是现代民俗文化学的开端，是以后它许多活动的先驱。

民族性的另一个体现，是在那些学者们的思想、意识上。"五四"运动中的爱国主义活动，是这时期民族独立、自尊意识的突出表现。而这种民族意识在当时新文化运动的各方面也大都不同程度地体现出来。民俗文化学，因为它对象特点的关系，这种性质表现得更为明显。像前节曾经提到的江绍原那篇谈妙峰山进香的文章里，在所引用的那句话前面，他写道：

> 中国境内的铁路、矿山，如果我们要求由中国人自己建筑、开采，同样，中国境内的"法术宗教"现象我们也该要求由中国人自己调查、研究……此外，建筑、开采和调查、研究，于一国人精神上的意义，实在比建筑、开采的成就和调查、研究的结果，更属重要。

从这些话里，我们可以看到当时觉醒了的中国知识分子，对于开创新学术事业的识见和抱负。在《歌谣》周刊发行的前期，该刊最热心的编者之一常惠，在他与卫蔚文的通讯里，彼此都感觉到搜集、整理和刊行歌谣，这种事业不能只让外人去做，而我们自己却不动手。由

---

① 韦氏编译《北京歌谣》(Pekinese Rhymes，1896)序言，这里借用《歌谣》周刊《发刊词》上的译文。

于当前那样情形的存在，使他们“不能不挥把汗。”①我自己近年在追思那些时期开始收集口头文艺和民俗资料的原因时，觉得当时报刊纷纷多登载这类资料固然起了逗引作用，但从我本身的内因看，主要还是那种民族自尊意识在起支撑作用。因为那些时期，自己多少知道一些外国学者已经在我们这块园地里动过犁锄。作为中国的学人怎么反而袖手旁观呢？这种意识，直到今天，还是支持我这方面工作的一根支柱，尽管这种意识现在已经不像过去那么单纯了。

再谈民主性。制度上、伦理上及思想上的民主化，是当时处在半封建社会里多少已经觉悟过来的知识分子以及人民的主要要求。他们批判当时政治上的假民主，批判家庭中和社会上的种种束缚，批判专为上层少数人娱乐享受的文艺……无一不是这种思潮的表现。一些学者正在热心地提倡白话文，搜集歌谣、传说，提高过去俗文学位置。这些学术活动，看去好像跟当时的主流思想(民主主义)没有太大关系或者直接关系。实际不然。这些是从另一方面对旧制度、旧伦理和旧文艺(正统文艺)的批判，是更基本的、积极的批判。因为这些新得宠的传统文化，是民族中、下层的文化，是正统的文化所排斥或认为不足挂齿的“低贱文化”。这点，只要看看当时那帮守旧分子(不管他们过去怎样，这时却是民主文化的反对派)，怎样攻击、鄙夷这种重视民俗文化的学者及其活动就十分清楚了。林纾、章士钊及学衡派一些学者的反对白话文、新文学及以传统小说为正统文学的主张，这是大家知道的事情。让我举点其他的例子。北大日刊上的《歌谣选》，特别后来的《歌谣》周刊刊布后，许多头脑较新的学界同志纷纷表示欢迎，有的并把这种活动扩展开去，闹得轰轰烈烈的。但同时也有一些旧派

① 参看《歌谣》周刊，第四号，1923.1.7。

学者觉得这是件难以忍受的事。当时保定地方就有一位进士公，大骂蔡元培胡闹。因为他在堂堂的大学里，跟学生一道去搞那些："风来了，雨来了"的儿童胡喷出来的玩意儿。[①] 这虽然只是一个例子，但是它却的确是具有代表性的。主要原因是这种新学术活动冲击了统治阶级的吃人文化。再者，大家记得《水浒》是历代朝廷和地方官厅所禁止的"坏书"，而歌谣、传说里，许多内容是跟封建社会的法律、道德、礼仪等针锋相对的。这就可以证明民俗文化学活动的民主性和它必然要受那些拥护统治阶级文化的人士的讨厌了。

再谈科学性。这里所谓科学性，也有两种意思，一是指科学本身(科学的知识、原理等)。另是指科学的态度、精神及方法等。这两种，在"五四"时期都有显著的表现。前者如介绍进来那些自然科学和社会科学的著述、学说等，后者如运用科学知识去批判旧制度、旧伦理以及直接介绍西方的科学方法等。这些情形，在民俗文化学方面，大体也同样存在。例如关于有些学者继续介绍或应用英国人类学派的神话学、童话学的理论(如周作人、沈雁冰等)。又如有些学者运用欧洲意、英、法等国的语言学史的事实以论证中国的俗语(白话)当做为国语和文学用语。又如在歌谣探讨上，学者们常常使用的比较方法及历史方法，就是对国际科学方法的采用。至于收集歌谣、方言，强调采用外国流行的科学方法等就不必一一细举了。总之，在"五四"那段时期兴起的民俗文化学，虽然成果不大平衡，也还没有形成严格的科学体系，但是，由于种种有利条件(包括从事者们的学养和奋斗精神)，使当时的民俗文化的采录、探索，不仅具有一定的科学性，而且已经使这门新学术具有一个科学的雏形。

---

① 参看卫景周：《歌谣在诗中的地位》，《歌谣》周年纪念增刊。

我们已大略说明了新生的民俗文化学的性质，就不难进而指出它学术中的意义和价值。首先，它是当时社会历史发展要求的产儿，是那汹涌澎湃的新文化运动的一个有机部分，具有那运动的主要性质，并且为它壮大声势，增进效力。它绝不是脱离时代潮流的“散兵游勇”。这是第一点。由于这种新学术活动是前一个时期新学术、新思想的继承和发展，由于我国这方面学术资源的富饶，以及参加学者们的学问素养和奋斗劲头，它虽然处于草创时期，但一般地说，已经取得可喜的成绩。这是第二点。最后一点，这种新学术，既有所继承，更有所启导。自 20 世纪 20 年代中期以后，我国民间文艺学、民俗学、民族学、人类学及语文学都有不同程度的发展。从学术的历史的继承、影响关系看，它是它们的直接的哺育者或启导者。从这几点，可以看到这种新学科在学术史(乃至于文化史)上的意义和价值。这是值得我们今天回顾和给予表彰的。

有些同志可能对我上面的论述产生些怀疑。他们或者认为当时马克思主义思想已经开始传入我国学界，新的民众文化运动(如办平民夜校、宣传“劳工神圣”思想之类)也在开始。这种新兴的民俗文化学，既不是在马克思主义学理指导之下，又没有与当前民众的新文化运动密切结合，能否认为是新文化运动，特别是新民主主义文化的一部分呢？关于这点，我有自己的看法。

新民主主义时期的进步文化是以(或者说应该是以)马克思主义为指导的。但是，我们知道在这个时期，马克思主义的学说虽然已经输进来了，但在学术上还没有占据领导的地位(更不要说“定于一尊”了)，它不过是许多外来学说中的一种。从社会主义学说看，当时无政府主义在青年学子脑中就曾经很有市场。其次，像前面所提到过，新民主主义时期的革命是资产阶级性的，它的文化的性质或要求是民族的、科学的、大众的(就是民主的)，这是经典性的说法。而像我们前面所阐明，当时的民俗文化学，并没有违反这种性质。再次，文化活动虽然与政治及社会运动有关，但到底不能相等同，应该说，两者的关系是相当复杂的。如果简单地用后者的标准去衡量前者(文化活动)，那怕不是一种真正理直词正的做法。在这方面，我们是有过痛苦的经验的。在“五四”这段历史时期，乃至那稍后的一段时期，非马克思主义理论指导的学术著作是大量存在的。它们都应该被看做废纸或毒品么?那怕不能吧。例如解放前中央研究院一些研究人员所编著的民族志、方言调查报告以及关于人类学、民族学、考古学的论文，现在能够一概取消它的学术存在权吗?这些道理，本来并不高深，不过我们过去一段时间里，大家都戴上过有色眼镜，因此就不很容易辨清周围事物的原来颜色了。

至于一切学术活动是不是只跟当时的社会运动乃至政治运动直接相结合才算是有意义和价值的，这也是颇值得商议的问题。能够跟当时进步的社会运动乃至政治运动密切相结合的学术活动，是可称美的(当然它本身还需要有相当的质量)。可是，这种原则或要求，却不一定适用于一切学术活动。因为各种学术本身的性质不同，学者们的出身、性格、学养也各有差异，而为现实服务也有直接、间接、暂时和比较长久的区别。“五四”时期主要从事民俗文化学活动的学者，大都出身资产阶级、小资产阶级(也有个别出身地主、官僚家庭)，他们大都是拥护(即使有程度上的差别)民族、民主和科学的，至少在当时的思想状况是如此，却不是无产阶级革命和专政的拥护者(包括那位后来成为辉煌的马克思主义者的鲁迅在内)。他们的民俗文化学的活动，是适合于当时中国社会对文化的基本要求的，并且也有着不容淹没的成就。它的活动，一般虽然没有结合当时的社会运动(个别方面是有的，并且作用相当大，像用白话去代替古文的做法），但却不是脱离时代的文化要求的。反之，正是它不可缺少的部分。从这种民俗文化学术后来的发展看，它的社会作用是比较深远的，我们现在还要进一步繁荣这种学问。

总之，“五四”时期兴起的民俗文化学，它作为新文化运动的有机部分和它的学术史意义与价值是应该正视的、肯定的。

* * *

“五四”时期的民俗文化学，固然有它的学术史意义，从今天的形势看起来，它也有它的现实意义。我国社会，现在正面临着一个巨大的历史转折点。我们正担负着一种彻底改变固有社会结构的任务，在此，我们不禁回想到“五四”运动。它过去70周年了。历史的背景、运动的任务等，彼此当然都有很大的差异。但是，两者也有某些类似点。例如像绪言里所提到，我们今天和“五四”当时在文化上，同样面临对内和对外的问题，就是怎样对待传统文化（上层文化和中、下层文化）和对待西洋文化（即现代文化）的问题。人们对待它们的态度，在一定程度上也有类似乃至相同之处。有的急进的同志，痛恨传统文化，觉得非“全盘西化”不可。也有的同志觉得中国的传统文化，在世界中不但有自己的特点，而且有相当的优点。只要加以整理刷新，不是不可以应用于新时代的。当然也有些同志是比较折中的，于外来及传统文化采取择长补短的办法。这些意见，多少跟“五四”前后所出现的有些类似。

当时民俗文化学的从事者，并没有集体表示对创造新文化的意见。但是，在他们这方面的作业里，大体上表现出一种共同的倾向。就是，重视民族传统中的中、下层文化，调查它、探索它，乃至表彰它。这种态度，我以为是值得注意的。它比那些把民族传统都看做落后的、腐朽的乃至于毒害的意见，固然高明些；比起那些只把民族中那些上层人物所创造和享有的文化去代表民族整个传统文化的意见，也有较多可取之处。这样看来，那些产生在60多年前的民俗文化学者们的意见、态度，并不只是一些文化化石，而是还活在我们文化里并且可能影响现实生活的文化生物。

1989年3月25日于北师大小红楼

金华斗牛的风俗

牛牛尔何争？
于此辄斗怒。
——宋文同《毛老斗牛》句

记不清是哪个时候，我在董氏编的《广博物志》上，翻见了这么一则引用自《成都志》的记述：

李冰为蜀郡守：有蛟，岁暴，漂垫相望。冰乃入水戳蛟。已为牛形，江神龙跃，冰不胜。及出，率勇者数百，持强弓、火箭，约曰："今江神必为牛矣。我以太白练自束以辨。汝当杀其无记者。"遂呼吼而入。须臾，雷风大起，天地一色。稍定，有二牛斗于上，公练甚长白，武士乃齐射其神，遂毙。从此，蜀人不复为水所病。至今，大浪冲涛，欲及公之祠，皆浉浉而去。故春冬设有斗牛之戏，未必不由此也。①

① 《广博物志》，第四九卷。

李冰和江神角斗的神话，是早就被记录了的，[①] 所以不致使我怎样注意。叫我眷眷不易去怀的，是"故春冬设有斗牛之戏"一语。世界上有名的斗牛风俗，如西班牙所盛行的那样，是我们大家所熟知的和有趣的事。

我国古代的四川境中也盛行着这种民众娱乐吗？我不免怪异地这样自问。后来，又知道浙江境内的旧金华府属一带，现在尚流行着这种斗牛的风俗。因之，激起了我去加以探访、研究的兴趣。

我发表了一则关于斗牛习俗的随笔之后，[②] 陆续得到了几篇对于金属这种习俗颇详细的记录。[③] 高兴之余，我想何不利用这些新鲜有味的材料，写成一篇半叙述、半探究式的文章呢？虽然写是自然写不好的，但也算不负这个"不落俗"的题目呀。何况这于我们几位材料的采录者，也足以略表感谢之意？

现在，提笔来草写这篇小文，目的就在践行前述的一点意想。本文的职能，只在把此际尚作为民间重要娱乐之一而流行的金属斗牛习俗，加以相当的写述，及关于其发生的粗略探究。至于这风俗的"史"的经历、变迁等，愧作者在此不能一一论述到。

---

① 《风俗通》云："秦昭王使李冰为蜀守，开成都郡两江，溉田万顷。江神岁取童女二人为妇。冰自以其女与神为婚，往神祠劝神，酒杯但淡水。冰厉声责之，因忽不见。良久，有两苍牛斗于岸旁。有间，冰还，流汗谓官属曰：'吾斗大极，不当相助耶？南面，腰中正白者，我绶也。'主簿乃刺北面者，江神遂死。蜀人慕其气决，凡壮健者，因名冰儿。"按今本《风俗通义》无此文，此见前代类书（如《太平御览》等）所引。

② 题为《斗牛的风俗》，刊于《民俗》周刊第 32 期。

③ 见曹松叶君的《关于金属斗牛的风俗》，刊于《民俗》第 35 期。

一

把金属（金华、义乌、浦江等县）斗牛的习俗，做一个比较具体的叙述，这是本节所要完成的任务。

（一）斗牛的原因及时间

为什么要斗牛呢？这怕是谁都想急于知道的事吧。关于这个问题的答复，虽然因为时间及地域的不同，在记录者不免稍有分歧的说法，但归纳之，不外下列三种：

A. 祈赛

B. 庆祝神殿开光

C. 解除杀气

这三种中，第一、第二两项，在有些记录者的报告里，是写明同属于一个行动的。又“解除杀气”一项，追究起来，恐怕也不是出于独立的行动，而只是第一、二项的同样动机所希望招致的结果。如果我揣测得不很错，那么，所以要斗牛的原因很简单，就是乡民为祈报神祇，在偶像装成开光之日，藉以娱神并解除杀气的一种表示。

至于时间呢？大都是说在秋收之后，也有说是在春日的——要之，是在农事休歇或将兴之时。

（二）关于牛的种种

一个武艺出群的勇士，他先天的健康，不消说是很紧要的。但仅有这一点还是不够的，他还需要后天的训练呀。如人中的勇士一样，牛中的“斗士”，除了必具的先天的健壮以外，后天的训练，也是不可缺少的。

在距离斗牛时期的遥远之前，人们选择身体茁壮，或已表现过好斗天性的雄牛①，使之在草地或水田中和一些身材相当的别的雄牛，练习种种式样的角斗②。每头牛，必经过相当次数的训练，然后才教它去上正式的斗场施技的。

牛既在训练中表现出种种善斗的姿态，人们即以此或以其形状、颜色，给它以名号。例如战斗时，它惯把全身压在对方的前部以困之的，叫做“西洋挂”；惯把全身压住对方的前部，而放尿以注射其眼睛，且后两脚很快捷，形似老鼠的，叫做“老鼠挂”；看见对方，便直奔向前，势很凶恶的，叫做“飞龙”；善以脚斗的，叫做“三桠钗”：这些都是以它们的角斗时的技术和姿态得名的。又如毛泽光黑，形容美丽的，叫做“花旦”；毛黑而角挺出的，叫做“乌龙枪”；黄色而肥大的，叫做“黄大梁”；光是黄毛的，叫做“黄挂”或“黄狮子”：这些都是以它们的颜色及形状而得名的。其他如四牙而能撞击的，叫做“四牙撞”，这都是以形状和斗技混合而得名的。诸如此类新鲜、奇异的名儿，实在多着呢。

这种牛，既被期许为将来的“斗士”，所以养育上，自然非特别注重不可。平日，除使它多睡觉，多休息，多清洁之外，于饮食尤为注

① 斗牛必雄而无雌。又选择斗牛的标准，据施君云：“第一，要择高大而强壮的壮牛，颈部宜短，肩部宜高肥，而角根的毛儿，须带红色。其次，眼部宜稍凹。”

② 胡君详记训练斗牛的情况云：“选大小相等者甲乙二牛，各去其绳，牵其鼻，使之两两相向，教以斗触。斗必先以鼻，而继以角。若甲胜于乙，将甲鼻绳力扯一下(名曰‘扯钩’)，使其退后一步，乙必猛进。倘乙胜，亦如之。使各发性，以施其技。有将足挂上，冀省己力，而使对方负乏者；有故意退后数步，猛然撞击，使对方脑晕失抵抗力者；有偷袭其须，使对方负痛逃逸者。胜负既分，负者前跑，胜者后追。勒住胜者，使其复斗，或隔日再斗。……”

意。寻常的牛是喂草的，但此种牛则必饲以用米谷煮的饭粥。[①] 如其他是爱饮酒的，那么，更须饮以陈酒。到了斗期前后，那更是享用奢华了。喝酒，是不算一回事的。你猜，它更高贵的食料是什么呢？你不但不容易一下子猜出来，就是听了，也要重重惊奇吧——那是“参”与“阿芙蓉”呀。

牛的装饰，也是一件极值得我们叙述的事，其装饰离奇、华丽、颇难尽述，姑略描模其较普通者。先谈买卖时的。牛的头上，挂头牌一块，上面插了两根雉尾，黄、红、蓝、绿，非常艳丽。背上，则放置“背红”一块。这种“背红”，大都是用缎子做的，上面绣着各种花纹。背红上面放旗架子一具，插着一面帅旗和四面三角旗。牛绳也极讲究。赴斗牛场时，则牛角上扎着金花，背上仍蒙着绣花缎背红，头和颈缚上许多大红马缨及铃儿。[②] 同时，并有喧扬的锣鼓伴导。说到威风呢，也算很可以了。

这种作为斗士的牛，在买卖、参神及斗争之前预配时，有种种的仪节。买卖的时候，先由买主往观牛的本领、形态，托牛媒人代付定钱；然后备了音乐队伍去迎接它。那时，买主必大设宴席以享卖者。

---

① 施君云：“假如有人愿意要把养牛加入战团，那么，在先一年，勿使耕田，喂得好，睡得也好，毛儿应该不时地刷洗。”王君也云：“每天必洗毛及脚蹄各一次，夏天则挂帐避蚊。”关于卧一点，清人陈其元氏所记更加有趣。他说：“其畜牛也，卧以青丝帐。”这不简直就是豪贵人家的小姐、少爷的生活吗？

② 依曹君说，有些地方临斗场时，其牛没有这样阔绰的装饰。但在别的两三位之记录中，却都有这种记述。例如陈氏所记云：“牛之来也，鸣钲前导，头簪金花，身披红绸，簇拥者数十人”。胡君所述，则比此及施君的尤为详尽。又王君记斗牛的装饰云：“头上扎着一个皮套，以保护头壳。”“系有许多绳，牵者先寡后众。在扎缚皮套（俗名‘套角’）时，有牛梯一具，架于牛之鼻际。”曹君文中，也有“大牛入场套皮帽，多有小的红梯，把牛叉住，不使跳跃”的语句。

随后，将价钱交付清楚。卖者将牛送至门外付与买主时，必向他索牛绳钱10元至三四十元。卖者也必须预先购备许多礼物及嫁妆以媵牛行。参加角斗之牛，在开战前，必与对方预配。那时，如果是低级的牛配了高级的，那么，低级的一方必须拿出许多礼物，因为它和高级的牛斗一次，身价便增加了许多倍。

斗牛买卖的身价，颇高出常牛。最高级的，从500元至800元；中级的，亦须300元；下级的，则在百元左右。因为买卖者爱虚荣，每以角子代替银元，故说起来，常谓之“千元”或“数千元”。

(三)斗牛之所

选水田之大小适用的，先灌以水，使成泥泞。场的南北两方，各设一辕门(或曰“龙门”)，用竹竿弯成，上挂红布。牛的出进，须由于此。

(四)斗争时的情形

斗牛开始的时光，大都在下午一二时。两方的牛，由卫士们牵进场中。大约已很接近时，彼此的眼睛都变成了血红，两耳竖直起来。这时，两边的卫士，已各自闪开，而两只勇敢的生物，便开始它们的角斗了。(但也有甲方的牛，在场中作斗争准备；乙方的牛，牵入辕门之后，把牛绳去掉，大喊一声，牛即跑至场中角斗的。这种牛，叫做“撞”)。两方的主人、亲友，尽力地从旁边叫喊，以助威势。看客也掌声如雷。全场的人物，个个都情绪紧张着，激动着，如像在一个混战的沙场中。过了些时，两牛渐渐要分胜负了。这当儿，大家的呼唤和情绪更格外紧张。等到数进数退，胜负显然。那败的逃，胜的追，一时东西奔突，甚至有牛角折断，血流满面的。那些围在场上的观众们，个个都惊心吊胆。主人雇来的卫士们(拆牛人)，紧衣窄袖，前去把牛绳拉住。倘胜利的牛，还要追斗的时候，他们就用木架子

(形象小梯)把牛头高高叉住，使它两目朝天。约过数分钟后，它的怒气便平服了。

如前文所说过，角斗的牛是有等级的(大约分三等)。开始的时候，三等牛居多；次之二等的，再次便轮到一等的。三等的，因为训练不够，角斗不久，即现奔突、凌乱的状态。老于角斗的牛，步法非常整齐。参加斗争的牛之主人，倘双方是强蛮的，因已方的牛之某点吃亏，便彼此混打做一团，有时竟酿成严重的讼案。

(五)斗后

两牛胜负分明之后，胜的这方，其主人及亲友们，个个眉飞色舞。一时，爆竹声，鼓乐声，拍掌欢呼声，闹成一片声音的怒潮。他们如在沙场上打胜仗似的回去了。[①] 败的那一方，一般被雇来的勇士，当场散去，主人也垂头丧气了。

至于两方的牛之终局呢？胜者，不久便有人(富翁、阔佬们)用高价来把它购去。败的呢，或留下次再斗，或便不免如败军之将似的被处死刑了。

二

斗牛，是一种分布得很广泛的民间俗尚。但就各地所流行的看来，方式上也颇有不同之处。如我们所知道的，西班牙是以斗牛的习

---

① 关于其畜牛斗胜方面之家庆祝胜利的情形，陈氏曾作这样的描写："胜利之家，张筵款客，高朋满座。主人轩眉攘臂，矜其牛之能，曰彼之角如何来，我之角如何往；彼如何攻，我如何蹈瑕；我意彼必从是出，而彼竟不料我竟从此出也。言之津津，竟忘我之为牛，牛之为我焉。"

本节全体大意，皆来自上注为所举施、曹、王、胡四君的记录，即词语之间，也多沿袭不改。为了行文方便，不能一一注出，在此合并声明一句。

俗闻名的。在书本上或银幕上，看过了《卡门》(*Carmen*)这名著的人，[①] 该没有不记得那有趣的民俗的吧。

据说，西班牙最有名的斗牛场在马德里，此外，维塞尔也很有几个。斗牛举行的时候，无论城里人、乡下人、贵族或平民，都簇拥到斗牛场上来。斗场非常地伟大。斗士有骑马的，有不骑马的。他们都穿着极华贵、显目的服装。骑马的，又手执长枪，脚系长铁帮腿。有几个执旗的人，他们也穿着便于用武，同时又鲜丽炫人的服装；腰间束着鲜色的宽丝带，手执奇形怪象的短矛；顶端五彩的旗帜飘扬着。还有一些马夫，是牵着马匹预备拖死尸的。牛棚门打开之后，牛凶猛地冲了出来，人与牛的武剧便开始了。这是和牛角斗的，斗者多是骑马的斗士。当牛走近他时，他便会用枪刺它。它受了伤，便跑开去。如果没有刺中，牛角便撞到马身上来，受伤的马和人一齐倒在地上。这时，执旗的人便跑来给他帮忙。这样重复了好几次，执旗的人才去把牛的生命结果了。最好看的，尤其是斗士首领的斗法。他一手执着托利多剑，一手执着红旗。他能以最敏捷的手段，避开牛的冲犯。这还不算奇特。最可佩服的，是他能够在牛身上若无其事的嬉戏。一定要经过几次千钧一发似的危险，他才肯把牛杀死[见布娄温氏(Browne)的记录]。

葡萄牙人的斗牛，大体上也和这相似[见谷多尔氏(M. Goodall)的记录]。印度的村落间，也有这种民俗，但情形比较温和。我们试看芬纳莫尔氏(Finnermor)所记：

当赛牛的消息宣告之后，附近各村的人，拥塞到赛牛的平原

① 或译《嘉尔曼》，法国作家梅里美的小说名著，后被改编为戏曲和电影。

上。这种赛牛法，一些不像欧洲有的地方的赛牛法和英国以狗触牛怒戏的那一种。照例那只牛并不曾受什么伤，但是参赛的人，要当心自己吧。开始的时候，牛的主人把它放到赛场当中。又用一块新的布系在它的颈项上。那块布里包着一笔奖金。那赛者能够把那只牛驾驭和能夺了它颈项上的那块布，他就算胜利了。

这只是他抽象的解释与叙述，我们不妨再看看他那比较具象的描写吧：

当观看的人齐集坐定的时候，发号者大力击鼓，表示着比赛的时间到了。牛的主人也把牛带到场中，将它释放和吩咐它要努力战胜而回。同时，有20个人向着牛的方向奔去，尽力去夺那奖品。他们手上没有利器，他们战胜那牛，全靠勇气和敏捷。这才是真实的游戏呢。一只久经训练的牛，很懂得游戏的规矩。它站得很直，它的双眼很尖利地注视着它的敌人。及至见有人向它一跃，想骑住它，正在这紧要的时候，它会忙把牛角一闪，一脚踢向敌人，全力冲过去。其次就像火光一般地旋转。因为有人向它的侧部攻击，其余的人向各方进攻，它就还击，脚踢和冲锋，对着它的敌人，好像九柱戏一般。直至它或被人捉住，或让它逃脱重围……

芬纳莫尔氏又说，有时碰到十分老练厉害的牛，人们是不敢前去和它争胜负的，因为有生命的危险。

在新大陆上的墨西哥，也有如上所述人类与牛赛斗能力的习尚。

为了节省篇幅，就不絮述了。[1]

现在，试谈和本文前节所描状的牛和斗牛的风尚吧。在我国唐代段成式所撰的《酉阳杂俎》中，有这样一则关于西域龟兹国元旦风俗的记载：“龟兹国，元旦斗牛、马、驼为戏。七日胜负，以占一年羊马减耗繁息也。”这里虽没有指明所谓“斗牛”的，是牛之同类的相斗，但从文意看，总不会是人与牛斗的意思吧——至多，只能说是牛与别的兽类混斗而已。

此外，如南洋的马来人，也有畜牛使相斗的民俗。人类学博士斯泰尔(F. Starr)说：“(马来人)斗牛，不像墨西哥或西班牙人那样残酷。在墨西哥或西班牙，牛是与特别训练出来的一团斗七角技的，在马来地方，则是牛与牛斗。”其地尚有水牛与虎斗的玩戏，据斯泰尔氏所说，这在马来人的社会中是尤其著名的。[2] 其他，还有什么“地黄牛戏”。[3]

如上所述，斗牛的方式，有种种不同之处。因之，我们对于它的发生时代及原因等，也当分别地看。西班牙式的斗牛，未必即与中国金华式的斗牛，是在同一时代(当然是指文化的阶段)，以同一的原因而产生的。关于这点，让下文去提及吧。

三

要明白一种习俗的起源之时代及意义等，不可不从社会的观点去

---

① 见斐纳摩氏所著述的《印度的家庭生活》(Home life in India)及该书前集第四卷《境异》。

② 原文云：“最有名的，是水牛与虎斗。把水牛与虎置入一个槛中，便被等怒而互相攻击。水牛方面胜的居多。”

③ 某氏(没有署名)所著《马来半岛土人的生活》中云：“地黄牛戏，亦为马来人所好者。戏时，以细线围于地黄牛之上部，而使之旋转于地。”

加以检讨。因为人类的文化，无论是物质的，抑或是精神的，它的产生与流行，都可以从社会的环境上找到正确的解答。风俗、习惯，自然没有例外。

尼登教授曾有一则谈论民俗起源的话云：

> 民俗起于不知不觉之中。人与人相接触之后，民俗自然产生。……我们推求民俗的起源：最初是偶然有人做了一件事，得到成功，以后旁人复仿行之，也成功了。因此仿效者日益加多，久之成为民俗。民俗既经成立，便觉得非这样去做不可。……

假使我们相信这个持论的话，那么，一切民俗，差不多都是没有它所应诞生的理由的。它的产生，只由于某人的偶然动作。它的流行，也不过仅由于模仿的成功，而不是另有需求的客观性和可能性。这种观念论者的解释，是很难于正确地把握"事物的真相"的。反之，我们另看看从社会学观点出发的学人之意见吧。例如马哲民氏说：

> 风俗是由某种生活环境常常发生的一种关系的行为之型式，而又以之支配一定社会人类的内心行为，所以它虽不是法律、道德等规律，但亦带规律的性质，是人类行为自然形成之"典型"(Types)。①

他又说：

① 见马氏所著《精神科学概论》第八章。

在一定的社会物质生产力所形成的社会生活之下，人类生活的型式，本与之相适应。由一定的生活型式，便决定一定的风俗。等到社会变化，风俗亦不得不随之变化，这是一个定律。

这里所引的两小段话，虽然很概括，很简略，但我们觉得它对于人类俗尚的产生及其性质、变迁等的解释，是比较合理的。

斗牛，是民间娱乐，是一种流布于世界各地的颇有力的风俗。我们倘要把它看做一种在不可知的时代中，由于偶然一些人的高兴，而被倡立了的(它和那产生着它的时代的民众之物质生活及其一般的精神状况，是毫没有关系的)，这便不用说了。我们如果不满足这种偷懒的解释，那么，进一步把它所产生的时代及原因细探出来，这是必要的，而且是富于意义的吧。

四

我以为西班牙式的斗牛，与中国式的斗牛，是产生于两种不同的经济背景之下的。前者是狩猎时代的产物，后者是农耕时代(或兼畜牧时代)的产物。前者的目的(无论是自觉的，抑或非自觉的)，在演习着人类对于兽类(牛)的征服能力，或对于实际劳动——狩猎野兽——模仿的游戏。后者则在致使或比赛那于初民生活有迫切关系的生物(兽力的奴隶)之体力的壮健，当然同时在表现上不免带着一些宗教的意味。

要详细地阐明这个问题(单指后者——即中国式的斗牛与农业的

关系)，我们不能不作下列数点谈述。①

第一，我们先来探问这个颇像有点迂远的问题：中国的农业时代发生在什么时候呢？据旧史所说，伏羲开始教民畜牧，到神农时代，便产生了农业。但这种时代，现在学者多承认它是“神话及传说的时代”，虽然其中不无包含着许多事实的影子，但其“时间”及“人物”都是缺少可靠的确定性的。并且这种人物和时代，只是当日某一个氏族或部落的呢？还是真如我们后代史家所想象的那样，主要地属于我们全民族的原始祖宗及原始时代的呢？这也是很大的问题吧。

倘转到比较可靠的材料上检查，则在商朝末叶，② 他们尚是“一种粗耕的、兼田渔游牧的经济生活的民族。”至于农业上用兽力(在中国大都用牛，所以“犁”字以“牛”)的事，据近年国内学者的考究，同得到“开始于周代”的结论。这大约是颇靠得住的吧。(引语见程仰之先生所著《殷民族的社会》，刊于广州中山大学《语言历史学研究所周刊》第十六期。参看郭沫若著《中国古代社会研究》。)

第二，要谈谈牛在我国过去被注意及敬重的情形。如我们所知道，牛，这种驯养的动物，因为它与人类生活之关系，所以它在许多民族间多曾被虔敬地重视过。例如古埃及与印度的先民都达(Todas)

---

① 一切宗教(原始人的自然在内)的产生及作用，并不像玄学家所想象的那么神秘奥妙，它和人类的物质生活是有拆不开的深密关系的。不过，它穿了一件看似奇特的服装表现着罢了。所以斗牛的习惯(其实，民间的许多习俗亦然)，带着宗教的意味，不但不妨碍它与实际生活的密切性，并且可说反足证明这一点。

② “可靠的材料”指河南安阳小屯出土的甲骨。关于殷墟的时代，罗振玉氏云：“安阳之墟，为武乙所都，殆无疑义”。(见罗氏《殷墟员卜文字考·考史篇》)

对于牛的崇敬之忱，真是达到极点了。①

中国古代对于牛的注意和重视，在文献上是颇不贫乏的。例如，仅从文字上看，凡牛之雌雄、牛岁、毛色、行动、鸣叫等，皆有特定之字(参见许慎《说文解字》卷2)。此外，如万物的“物”字，告诉的“告”字。皆从牛得其义，可想见我们古代祖宗的生活和牛类关系的紧密了。

像古埃及或现代许多文化落后的种族那样崇奉牛神的事，在我们中华民族，似尚未见有此种较显著之文献的发现。但对于牛的尊敬的情绪，直到现在，在村落及小市镇的人们的头脑中，是仍然相当地保存着的。《礼记·月令篇》有“季冬之月……出土牛以送寒气”的话，可见后来所举行的“迎春”的隆重典制(汉唐以来，“土牛迎春”，为朝廷及地方之重要典制。见《续汉书》李涪刊误等)，它的来源是极古老的了。又《王制篇》云：“诸侯无故不杀牛”。注云：“谷者，民之命，牛植谷，故王制禁杀”(现在乡间还有以杀牛为罪恶的。这恐是混合了原始农业社会思想及佛教的“好生观”的结果)。从这些断片的材料中，以考古代农业时期，对于牛这种牲畜的重视当不是全无一点把握的吧。

第三，关于牛的性格，我们也想顺便说点话。如我们所知道的，一切的家畜，在原始时代，都是“野生”的。人类至了驯养野兽的成功，在文化史上便开始了极光荣的记录。据考古学者们的探究，到新石器时代，才有人类驯养动物的遗迹。而在几种被人较早豢养的动物

① 古埃及人最崇拜牝牛及太阳，以牝牛为天神(参见酒卷芳男氏的《历史以前》)。都达人所尊敬神圣的水牛，饲育于榨乳僧。榨乳时，皆须行极严重的礼节。详见斯泰尔氏《异域的人民》第24章。

之中，牛类便是其一。

不错，牛在许多被豢养的动物之中，也算得上是极驯服的。但它终是动物——由野兽变成的家畜动物，它不免有“野性”迸发的时候。《说文》“牴”字训“触”，“告”字训“牛触人，角箸横木，所以告也”。又《周礼》有“封人掌……饰其牛牲，设其楅衡”的语句，杜子春云：“楅衡，所以持牛，令不触人”。① 由这些看来，牛类常有发作野性的事可知。关于牛斗的文献，如辛说的勇持斗牛之角（见《唐书·辛说传》），崔安潜的爱看它们竞斗的姿态等（见《北梦琐言》），都不是什么很特殊的事例。

第四，不妨提一下文化荒野幼稚的种族，他们的游戏娱乐与禽兽的关系。因为人类早期的生活（狩猎的、畜牧的、农耕的）与动物的关系是很密切的。因之反映在他们文化上的物事，也不能不以这为主要成分。原始民族以及一部分开化较迟的民族（甚至于文化已经很高的民族），他们的娱乐——日常或定期的娱乐，以禽兽（尤其是兽类）为对象，是非常普通的事。各民族的戏剧及踊舞，其起源及扮演，很多是以兽类的动作等有相当的关系的。随便举点例子，如古希腊人“春祭”时饰马尾、效牛鸣以娱神，印第安人等有饰小羊惧狼以诱水牛来救的简单戏剧[见克尔沃唐(Chlverton)的《论艺术之起源》]，日本人的狮子舞（见西村真次教授《文化人类学》第三章第八节），澳大利亚人的蛙蝶舞[见格罗塞(E. Grosse)博士的名著《艺术的起源》第八章]等。我国有些地方每到了旧历新年常有弄麒麟、狮、象等娱乐的事。②

---

① 《庶物异名疏》云：“郑玄谓‘楅’设于角，‘衡’设于鼻，如椴状。释之如椴状者，汉时有置于犬之上，谓之椴，故举以况衡。”

② 据我所知，广东、浙江等省，皆有此俗。又元宵儿童的灯会，其灯形模仿各种动物。纸鸢亦然。

至于直接以禽兽之类为戏的事，更是各民族所习见的。印度人的玩蛇（见松村松林博士的《惊异与神秘的生物界》等著作），马来人的斗鸡（见《马来半岛土人之生活》），土耳其人的斗公羊（见英人密林根[Millingen]氏所著《土耳其》）以及中国人的斗鸡、斗蟋蟀、玩猴子及绵羊等，都是好例。

以上我们把阐明本文要旨所需要交代的话一一述过了。在此，我们要来简切地结束了本文的主要论点。

大约当我国已进入犁耕的周代，某地方的民众为了要使他们的经济生活所深重地依赖着的家畜（牛）之体力增进健壮（或彼此要竞较它们的壮健），所以在秋收之余或将从事于春耕之时，大家乐于赶着正在隆重地举行祈谷或报赛典礼的际会，兼行这种角斗的比赛。在“为生活”的实利意义之下，他们藉此娱神并以此自娱。

这种风习，自发生至今，为时已约二三千载，原意当早被忘却（至少忘却了一部分），表现的方式也有不少“变本加厉”之处。但我们倘加以精细的考察，它的起源的时代及原因，并非怎样难以捉摸的。

普列汉诺夫(G. Plekhanov)氏曾经这样说过：“我们毫无什么能力可以说在他们的生活上（他们，指文化上未开展的原始人），游戏比维持生活所必要的活动，占着更大的意义”（见普氏所著《再论原始民族的艺术》一文）。这是我所以要把现在尚保存着农业风的金属社会中的斗牛风俗，解释为起源于远古初进犁耕时代，与当日民众实际生活有迫切关系的娱乐之理由的说明。

1931年6月2日作于杭州

论民族志在古典神话研究上的作用

——以《女娲娘娘补天》新资料为例证

民族志与古典神话研究

民族学这门学科，主要包括两个部分。一个是以研究民族事象为任务的民族学(Ethnology)，就是理论的民族学；另一个是以记述民族事象为职志的民族志(Ethno-graphy)①，就是记录的民族学。这两部分是有密切关系的(有些学者把后者看做理论民族学的“下属科学”)，但是，在一定的程度上，它们的活动可以或应该相对地独立进行。

作为一种比较严格的科学，这种学问的形成和发展，显然是近代的事情。它跟近代资本主义的兴起及其海外通商、传教和殖民等活动有着密切关系。但是，如果我们要去探寻这种学问的远源，那么，在欧洲可以追溯到古希腊的著作，例如希罗多德的《历史》，就包含着这类有关异民

① 这个名词，日本过去学界，曾译作“土俗学”(或“土俗志学”)，我国解放前出版的某些著作也沿用了它，例如谢六逸编译的《神话学 ABC》第一章；我自己也曾在某些文章中采用过。

族的风俗记录；在我国，则那部大约编纂于两千年前的《山海经》(其中《海内外经》等部分)，就提供了这方面的可贵资料(当然不免夹杂着一些怪诞的东西)。唐、宋以来，这方面的记述就逐渐多起来了，关于境外民族的，如《诸蕃志》、《真腊风土记》等，关于国内民族的，如《蛮书》、《台湾使槎录》①等等都可以说是有一般文化史和民族学史价值的。"五四"新文化运动以后，特别是前中央研究院成立以后，有关的学术单位，依照世界这门科学的宗旨、方法去进行工作，对于南方的苗、瑶、彝族，东北的赫哲族等，都进行了调查、探究活动，并取得了一定的科学成果。可惜对于我国历代所积累下来的这方面的丰富文献，没有给予必需的整理，而研究工作也没有较广泛地展开。

解放以后，由于我们国家的社会主义的性质和正确的民族政策，对众多兄弟民族的历史、文化做了许多工作，取得不少资料。但因为太偏重于为当前的政治服务，因而相对地忽略了对各民族历史、社会、文化的广泛深入调查和研究。至于对过去这方面文献的整理工作，就更少动手了。这使我们学界在建立以马克思主义为指导的，具有中国特点的民族学(包括民族志)及发展各种文化科学(包括神话学)的工作上，都受到一定的损失。这种"负"的经验，是值得我们认真总结，作为今后工作的借鉴的。

我们应该毫不犹豫地承认，民族志及民族学的原始资料和研究成果，对于我国乃至于世界文化史及一般文化科学的研究和发展，都是极其宝贵的。因为中国境内有50多个兄弟民族，他们不但所住的地

---

① 《蛮书》，唐代樊绰著，其中第四卷和第八、九两卷，所记为云南少数民族及周围民族的情况。《台湾使槎录》，又名《台海使槎录》，清代黄叔璥著。该书后半部《番俗六考》。记述当地高山族的民俗和歌谣等。

域各自不同，所处的社会形态也大相悬殊。直到全国解放前，他们当中有不少民族，社会性质还处在原始公社的末期，保留着原始社会的制度、风习和文学、艺术。有些民族则停留在奴隶制或农奴制的阶段，有的处在封建社会的初期。他们不同程度地保存着与社会形态相适应的制度和文化。这几十个民族，差不多把人类所经历的社会阶段状况，同时地展开在我国辽阔的版图上。它成了社会发展史的形象的展现。这对学者们进行社会、文化各学科的考察、研究，是何等有利的条件！

近年，有的同志从纳西族现代保存的某种婚姻习俗（“阿注”），联系到他们的宗教、神话等，去阐明该族远古历史上存在过的婚姻制度及社会性质，取得了有说服力的科学成果。这只是一个小例子，但它能说明民族志的资料，对于社会史、文化史的探究、阐明，具有多大的作用。

现在稍谈谈民族志跟古典神话研究的关系问题。

我国古典文献里，保存了不少神话、传说的记录。这种宝贵的资料，从“五四”以来，逐渐引起我国学者的科学关心。解放前和解放后，从事这方面搜集、探究工作的人不能算太少。我们只要翻翻那册没有公开发行过的《民间文学论文索引》（所收限于解放前，而且并不是怎样完备的）里神话、传说部分的论文，对解放前这方面的情形，就可以大略明白。解放后，中国民间文艺研究会编辑过好几年的《民间文学论文资料索引》，但似乎并不怎样完全。因此，现在我们不大容易明了这方面的论文和记录篇章到底有多少。但是，只凭我个人过去耳目所及而现在还记得起来的，数量也就颇不少。我们这方面决不是一张白纸。当然，从观点的应用看，从使用的方法看，的确都还存在着一些问题。现在只有认真总结经验，并且今后作进一步的努力，才能使我们在世界学坛上无愧于主人翁的位置(世界学者——特别是日本学者，正在大力研究我们这方面的文化遗产)。

大家知道，无论从事哪一种文化科学的研究，都必须注意到研究的方法，重视那有关的辅助科学。忽略了这些，即使具备了其他的必要条件(如正确的观点、可信赖的基本资料等)，也可能限制了我们的科学成就，甚至使我们陷于困境——不能有所收获。

如上文所说，我国古代文献中的确保存了好些神话、传说资料(有的就是在世界神话学上也是很有价值的)。它绝不像过去一些西洋学者所说，中国古代缺乏这种文化产物，或者要用后来的神怪小说等去冒充它。但是，跟古希腊、印度等民族比较起来，我们这方面的资料，大都是分散的、零碎的。特别值得注意的，是它们在书面化的过程(事实上当然不仅限于这种过程)中，受到种种损害，弄得面目模糊，甚至于性质全异——关于这些问题，下文要比较详细谈及。这种状况，对于我们进行古典神话学的研究、探索，无疑是不利的。它阻碍我们去取得更高的成果。为了突破这点，我们必须充分利用各种辅助科学。我们必须求援于古文字学、考古学、民族史、民族志及原始文化史等。在这些辅助科学中，我觉得民族志(神话、传说是构成它内容的一个部分)，必须给以应有的重视，充分发挥它在研究资料上的辅助作用。

民族志的范围是十分广泛的，居住在五大洲的大小民族(特别是那些文化晚熟的民族和地理上靠近我国或文化上跟我们有历史关联的)都能提供这种宝贵资料。如印度、越南、日本、朝鲜以及南洋群岛等地区的民族社会、文化的记录，对于我们的古典神话研究，都可能产生一定的有益作用。

这方面的工作，过去已经有些外国学者在尝试了。例如法国的马斯伯乐教授，就用印度支那民族的神话、传说，去阐明我国那些古典神话(羲和、洪水等传说)，并且得到一定的成绩。①

国外民族志(神话、传说记录)的利用固然是必要的、有效的。我现在更要着重指出的，是对国境内许多兄弟民族的民族志资料的重视和运用。这种资料，数量是相当庞大的，质量也有不少是极贵重的，它是一个巨大的神话资料宝库！它对于我们研究那些在记录上有种种缺点的古典神话，能提供极丰富也极重要的一般比较材料。有些古典神话记录，意义不大清楚，在某些民族志资料的照明下，往往能够使它原来的性质、意义显现出来。

特别值得我们看重的，是兄弟民族这方面的民族志资料，不仅能提供一般性质的比较资料，往往还能提供一种跟我们文献上某些古典神话"血缘相关"的更为宝贵的资料。就是在现在一些兄弟民族的神话、传说记录里，既有那些在较古时代就已经流传入我们古典神话的领域，成为我们古典神话的一个构成部分的；也有原来为汉族的神话、传说，因接触关系，流传到兄弟民族的口头上，而直到现代，仍然以大致相似或相同的原来面貌在流布着。这是十分宝贵的学术资料，它有利于并促进我国古典神话学的研究是不用说的。

去年，我们集合了16所高等院校的一些有关教师在北京师范大学共同编纂《民间文学概论》的教材。在拟定的章目中，有一个是"我国各民族民间文学的交流和相互影响"。开始时，我们觉得这方面现成的材料不多。但是，经过这部分负责同志认真的调查、探索，结果却发现了不少的有关资料，终于完成了那一章的写作计划。这件小事，对于今天我们考察古典神话，研究它与民族志(民族的神话、传

---

① 参看冯沅君翻译《书经中的神话》第一、二节，商务印书馆。

说及有关的风俗、制度的记录)的关系问题，是一个有益的启示。

总之，我们今天要攻下古典神话学这座关口，重视和运用我国境内数十个兄弟民族的民族志资料以及有关的民族史成果，是非常必要的，那样做也是一定能奏效的。为了进一步证实这种观点，我现在试通过论述我国古代女娲神话记录上的缺陷和新发现的民族志资料《女娲娘娘补天》的作用，来使我们提出的问题得到有力的证实。

女娲在我国古典神话上的位置及有关记录的缺陷

女娲是我国古代神龛上的一位尊神。

从文献上看，在先秦时代，有关的材料是极零星的，有的还意义模糊(如《天问》里的两句问话)。到了汉代，情形就不同了，不但在许多著作里可以见到她的名字和事迹，连那部文字学的书(《说文解字》)里也有关于她的记述出现。直到唐代，这种记录并没有断绝。跟黄帝、伏羲等被编入古史里的神话、传说人物一样，女娲也在朝廷和民间被立庙崇祀，成为民族祀典上的显要人物。她的某些神话上的活动(炼石补天)还成为民间的纪念性的节日(“天穿节”)，长远地流传在现实生活里。至于她的故事在历代文人、骚客的文学作品中，被作为某种理想的典范而经常出现，那就更不用说了。

到底，女娲在神话学上是一种什么性质的神呢？或者说，她的活动，是属于哪一范畴的神话呢？关于这些，在这里，我想不需要更多的论述，只要简略地提点一下就得了。

从过去那些零碎的文献资料看，女娲是原始神话中的一位重要人物，还可能像许多民族所传诵乃至崇奉的一位大母神。她被传述的伟大功业是创造人类，是修补残缺的天体，是杀戮怪物和平定洪水，是倡制某种民族乐器；她又是另一大神的妹妹或妻子，是民间所崇奉的媒神。……总之，她的功业和身份非常显赫，是民族神话上的一位创造大神。

现在有些神话工作者，把从各种著作所见到的关于她的活动和情况联串起来，编成一种比较完整的“神话故事”。[①] 目的是供给一般读者观览，这自然没有什么不可以。但是，从严格的神话学研究的角度看，我们现在所能入手的、关于她的文献资料，在理解和使用上是碰到种种难题的，尽管它不一定是永远不能解决的。

首先，使我们感到困难的，是那些资料的分散、残缺，甚至于彼此矛盾。像大家所知道的，在《天问》里那两句问话：“女娲有体，孰制匠之”，真有点没头没脑的样子。《淮南鸿烈》(《淮南子》)里一再谈到这位女神，而且关于她所建立的大部分功业如补天、立极、杀怪物、平水患等都数说到了。[②] 到了东汉，应劭的《风俗通义》(在古代类书里被省略作《风俗通》)里，既叙述了她创造人类的重要故事，也提到她跟伏羲的兄妹关系。[③] 在他同时代(东汉)的大思想家王充的著作里，也记载了她修补天体等故事。[④] 后来的学者也继续有关于她活动的记述。[⑤]

尽管材料不少，记录却很分散，且大都是断片的，许多活动事象没有形成比较完整的、系统的神话形象、神话组织，像我们在古代希腊、印度神话及日本《古事记》等里面所看到的那样。例如在《淮南鸿

---

① 例如袁珂编著《中国古代神话》第二章第五、六节。

② 见该书卷六《览冥训》。

③ 见《太平御览》卷七八、《路史·后纪注》所引。

④ 见《论衡·谈天篇、顺鼓篇》所述。

⑤ 除注[2]所引《论衡》里的记录以外，像司马贞所补的《三皇本纪》及古本《列子》(据《路史注》所述)都如此说。

烈》里，女娲的故事尽管出现不少(主要在《览冥训》里)，但是像在后来记录里被认为跟女娲的补天、平水等活动有密切关系的共工撞倒不周山(天柱)的故事，虽然书里一再出现，故事内容却是独立的。它不但跟女娲补天的活动没有关联，而且跟她的整个事业都没有关系。至于她用泥土造人，制造乐器以及跟伏羲的亲属关系等就更没有影迹了。总之，在古文献上许多关于女娲事情的记载，大都是分散的、断片的，是没有系统的。

其实，关于女娲记录上的缺陷远不止此。有些内容相当重要的材料，在学者们的记载里，说法却是互相矛盾的。最明显的例子，是女娲用五色石补天，断鳌足立极的活动和共工发怒撞倒不周山的故事，这在她的神传上是相当重要的。但是，对于这两种活动的关系，在文献上却存在着不同的，乃至显然相反的说法。我们已经说过，这两种活动，在《淮南鸿烈》里是分别地记录在不同的篇章里的，相互间根本没有什么联系。但是，在东汉及以后一些学者的记述里，却把它们联串在一起了。不过故事情节的安排又截然不同。一种是把撞山放在前，补天等的活动放在后，前者成为后者的原因。即因撑天的柱子(不周山)被碰倒了，天盖倾斜了，地的系带也断了，所以需要她去做修补等工作。这看起来自然是很顺理的。可是，在另一些学者的记录里，却并不如此。他们虽然也把两方面的活动连接在一起，但顺序和上述型式却正好相反，是先叙述她的补天工作，接着叙述共工因战败撞倒了天柱，并解释了“天倾西北”、“地不满东南”的天文、地理形势。① 这样排列起来，两者虽然型式上相接连，却并没有内在的逻辑关系。这些矛盾现象，在宋代已经引起史学家罗苹的注意，到了现

---

① 如《博物志》卷五(据士礼居校刊本)及今本《列子·汤问》等所述。

代，更使国内外许多学者对它进行揣测、评论。[①]

我国古典神话在文献上的仅存断片，甚至于有的记载不免彼此矛盾。这种现象，自然不限于女娲神话。但是，在女娲神话的记录上，它无疑是显著存在的。

女娲神话记录上的另一种缺陷，是它在被文字记载的过程中遭受种种“异化”的作用，[②] 它被历史化、哲学化及“文学化”(藻饰化)，结果，使它面目模糊，或者变成另一种性质的东西。这种现象，在我国古典神话的文献上，差不多是具有一定普遍性的。

女娲神话在先秦时代，除了受到阶级社会思想的一定影响之外，在民众口头上，大体可能仍然保存着比较朴素的口头文学原来的性质和形态。但是，到了汉初(就现在所能看到的文献说)，在《淮南鸿烈》里，她已经明确地被编织入黄帝、伏羲等“古帝王”的行列了(有所谓“伏羲、女娲不设法度，而以至德遗于后世”等说法)。[③] 到了东汉，注释家高诱，在《吕氏春秋》(《用众》、《孝行》)的注文里，把女娲和伏羲、神农算做“三皇”。[④] 到了唐代，学者司马贞，觉得太史公的大作《史记》没有记述黄帝以前的“人皇”，是个缺陷，因此毅然写了《三皇本纪》去把它填补起来。女娲这位“女皇”在正史上的位置就更合法化

---

① 罗苹的话，见《路史发挥》卷一注。现代学者对此发表意见的，国内如顾颉刚、茅盾(沈雁冰)、吕思勉等，国外如森三树三郎、杰克·波德等。

② “异化”一词，这里所用的意思，是某种文化产物受到不同体系的思想侵袭、改变。神话在阶级社会的流传过程中，首先所受的“异化”作用，是不同阶级思想的自然侵袭。但是，我们这里所要着重说明的，是它在被记录过程中的问题(当然，如追根究底，这种“异化”作用，最后也不能摆脱掉不同阶级意识形态的关系)。

③ 参看该书《览冥训》。

④ 汉代主此说的，还有纬书《运斗枢》、《元命苞》及经师郑玄。

了。笃古的史学家司马贞，他虽然极力要把远古的神话人物“人皇化”，但是，那些神话的活动如补天、立极等，经过长时间的口头和文献传播，差不多已经成了尽人皆知的故事，不容许他随意删去；而且如果把它删去了，这位显赫的古“女帝”，剩下可记载的功业就太稀少了。因此，他只得勉强把它保留在“本纪”的记录里。这就使她在后代读者心里成为一个半人半神的人物。这种做法就是中外学者在神话学上所常谈论的“历史主义”(Euhemerism)。神话被历史化的结果，往往使原来形象活泼的神话，改变了状貌，甚至于性质全异。这种现象，在“五四”以后，已经受到国内一些历史学者和神话研究者的批判，使中国一部分古典神话恢复了本来面目。

其次，是哲学化(包括宗教思想化)。中国古典神话资料，主要见于东周以来的许多公私著述(特别是私家著述)中。春秋以后，我国的显学，有儒家、道家等。他们是思想家，在著作里记述神话、传说，主要是为了发挥或寄寓自己的思想。他们不像后代的一些记述家为了好奇或笃古而动用笔墨，更不像现代的民间文学的研究者，为了保存、探讨广大人民的古代文化(包括文学、艺术)去忠实记录。因此，在那些思想家的胸中笔下，原来丰富而活泼的神话作品，首先要受到他们胸有成见的选择，其次(这更可怕)，他们一定要在那上面加上本来没有的“哲学”。这就必然使原来充满人民想象的作品，既改变了形象，也改换了意义。当然，在那些学者们中间，情况也有些区别，大概说来，儒家(或接近儒家的)是比较崇实的，他们自负“不语怪”。而产生于远古的神话(原始人的思想、想象的产物)，却不免有些怪诞，乃至具有不符合后代义理的“逆伦”因素。因此，在他们的著作里，神话的材料，较少被利用。一旦被选用了，自然也要蒙上他们思想的灰尘(灰尘多少要看各作者的具体思想情况而有所不同)。在《论语》、

《孟子》及《荀子》等有名的著作里，我们很少看到情节比较完整的神话，即使是被哲学化或伦理学化了的也不多见（当然不是完全没有，例如《孟子》里关于舜的故事）。孔子论"夔一足矣"的故事，虽然不见于《论语》，却也正是儒家用理性观念去歪曲民间神话、传说的一个好例子。[①] 这种现象，时代越靠后越加厉害。像王充那样杰出的哲学家、思想家，当时文献上记载的和口头上流传的许多神话、传说，差不多都被他根据当时所能理解的事理和物理给以批驳或否定，对女娲神话的态度，当然也是那样。那神话中共工头颅撞倒天柱（不周山），女娲用五色石补天和断鳌足立四极等情节都遭到他的批难。[②] 这种"合理主义"，无疑是不利于古代神话、传说的保存和解释的（但是，事情有另外一面。由于王充广泛地谈论到那些当时还存在的神话、传说，事实上就违反了这位唯理主义学者的主观意愿。因为正由于他的著笔，才使我们今天有可能知道那些宝贵的古代神话资料）。自然，学术史是随着社会的发展而发展的。王充那种"合理主义"的解释，终于要被更科学的见解所代替。这是历史发展的铁的规律。

跟儒家等不一样，道家是崇尚幻想的，因此，在他们的著作里，比较能容纳古代人民富于想象力的文学作品。但是，他们一般地也要"彼为我用"。结果，仍然要使神话披上他们的思想外衣，甚至于使它"脱胎换骨"。前者例如《淮南鸿烈》，后者例如《庄子》。《淮南鸿烈》不仅记载了较多的神话、传说，而且有的地方还叙述得比较丰满，例如《览冥训》里关于女娲功业和经历的记述。但是，"醉翁之意不在酒"，它的真正目的，在于宣传"不彰其功，不扬其声，隐真人之道，以从

---

① 参看《吕氏春秋·察传》。

② 参看《论衡·谈天篇》。

天地之固然”那一套道家清静无为的哲学。庄周这位富有文采的道家，在他那部名文《庄子》里，那些狂肆的想象，多少是有民间神话、传说作基础的（如海若、浑沌、鲲、鹏及姑射神人等）。但是，它像放在鸡汤里用火熬煮得烂熟的白菜一样，已经很少保存着原来的味道了。一句话，它已经完全“庄子化”了。

总的说来，哲学家、思想家著作所记载的古代神话、传说（包括女娲神话），并不比在历史家著作里所见到的强多少。

最后，谈到文学化。本来，世界上许多开化比较早的民族，他们的原始神话、传说的保存，除靠史学家、宗教家等以外，主要是诗人、文士、美术家等的功劳。古代希腊这方面的情形就是典型的例子。自然，这种保存也是常有副作用的。我国古代南方的文学，主要是《楚辞》，为我们保存了相当数量的神话、传说资料，最显著的是《九歌》、《天问》和《离骚》等篇。在北方文学里，《诗经》是一部韵文方面的总集。可是，它不像希腊、印度等民族史诗那样包含着许多可贵的民族神话、传说。古代作家文学，一般地说，是有利于古代神话、传说的保存的。但是，像上面所说，它有时也有副作用，主要就是把质朴的人民口头创作“藻饰化”了（另一方面，也往往把它肢解了）。这种藻饰发展到高度，就像被凿窍的“浑沌”那样，终于失去了它的生命。因为在这种作品里，作者必然要把自己的思想（包括美学思想、情趣）渗入其中，这一般是很难避免的，特别是在过去的时代，不过彼此程度上会有所不同罢了。有些著作，本来是可以较多地保存人民创作本来面目的。但是，由于作者不能抑制自己的美学思想和技巧，就把原来的作品过分藻饰化了。仍以《淮南鸿烈》为例证。这书的主旨虽然是效法自然的道家思想，那些参与编纂的人却是富于文采之士，或者说，他们是有文采的道学家。因此，他们笔下的神话、传说，不但渗入道家的种种思想(例如嫦娥的窃药奔月，成为仙人等)，而且在许多地方也把它文学化(藻饰化)了。例如关于女娲建立伟大功业之后接着的那一段描述：

阴阳之所壅沉不通者窍理之；逆气戾物，伤民厚积者绝止之。当此之时；卧倨倨；兴眄眄，一自以为马，一自以为牛，其行蹎蹎，其视暝暝，侗然皆得其和，莫知所由生，浮游不知所求(来)，魍魉不知所往……①

这些已经够藻饰了。但是下面更加描绘得淋漓尽致。

……(女娲)乘雷车，服驾应龙，骖青虬，援绝瑞，席萝图，黄云络，前白螭，后奔蛇，浮游消摇，道鬼神，登九天，朝帝于灵门，宓穆休于太祖之下……②

这简直像封建时代朝廷文臣歌颂当代帝王或其先祖的文章。它跟原来原始人民创作的朴素的思想、想象和文体实在相差太远了。这种文学化的方法，后来不乏继承和发展的著作，像晋代王嘉所撰的《拾遗记》就是一个好例子。像这样浓妆艳抹，以致失去原来真面目的神话记载(有的实际上等于再创作)，要想从它那里去探讨原始(或近原始)人民

① 见《览冥训》。“倨倨”，卧无思虑的样子；“眄眄”，据说应作“盱盱”，无智巧的样子。

② 见《览冥训》。“驾”为衍字。“瑞”应作“应”。高诱注云：“殊绝之瑞应，援而致之也。”“萝图”，前人注为“车上席”，或疑“席”是“饰”字之误。“帝”，上帝；“太祖”，是“道之太宗”。

的思想和美学，如果不细致地对它进行科学的分析、比较，剥去那些外加物，恢复它的原来状貌，那么，在学术上是不会有多少用处的。

上举三种“异化”作用，固然各有一定范围，但是，事实上却又往往结合在一起，这对于神话就起着更大的损害作用了。

总上所论述，像女娲故事一类的古典神话，在古代各种记录上，由于种种原因，它是残缺的，被各种思想及表现方法等所“异化”的（这种“异化”作用，有的性质上是极严重的，例如应劭在《风俗通（义）》里所记的女娲造人故事，渗入了后代阶级社会的意识形态①，尽管这种篡改未必一定是著者个人的责任）。我们现在对古典神话研究的首要任务，是从那里去探究和阐明古代人民对自然现象和社会现象的思维、想象（艺术才能）及其所反映的社会、文化的性质、形态等。要达到这种科学的目的，首先一个条件，就是所掌握的资料要有可靠性。没有这一点，一切努力不免徒劳。在上述所说那种情况下，要较有效果地进行工作，除了正确的观点等以外，必须借助于一些跟它有密切关系的辅助科学，而民族学、民族志，在这种研究上是尤其有效的工具或手段。通过本文下节例子的介绍和探讨，可以使我们对这点有一个比较清楚的认识。

《女娲娘娘补天》的发现及其史料价值

现在，我先对这个民族志的新资料《女娲娘娘补天》的发现及内容

① 该记录后半说女娲用黄土造人的工作太繁忙，一时力量顾不上，就把大绳浸入泥浆里，然后举起挥洒，借以造人。从此，世上出现了两种人；一种是上等人（富贵者），就是她亲手用泥土捏成的；另一种是下等人（贫贱凡庸者），就是她用绳子挥洒出来的。这种对于“人”的看法，分明不是原始社会人们思想的反映，它是原始神话在后来阶级社会流传过程中，上层阶级意识所渗入的结果。

作些介绍。

这个神话资料，是在20世纪60年代初年被记录下来的，到去年夏天才作为内部研究资料给以印行。它流传的地区是云南省迪庆藏族自治州。自治州位于云贵高原的西北角，跟西藏高原相连接。居民有8万余人，其经济、政治、文化，跟汉族及其附近民族都有相当关系。

《女娲娘娘补天》的采集地点是汤美村，记录者马祥龙。[①] 1962年3月到6月，云南大学中文系的师生到自治州的中甸、德钦两县进行采访、集录民族民间文学的工作。这篇神话，就是当时的收获品之一。[②] 作品经过整理后，跟其他藏族的民间文学资料同时刊载于《云南民族文学资料集》第十三集(钢板写印本)。据说，该地区藏族老人都能讲述它。

这个关于女娲神话新资料的情节，大略如下：

一、世界开始时，只有女娲和许多动物。那些动物都不会说话和走路，因此，女娲感到苦闷。

二、一天，女娲在河边捏泥巴，结果，成了泥人。他还会走路。[③]

三、女娲带着泥娃娃到森林里去转转，并教导他要对动物分清敌人和朋友。

---

① 资料本上，马祥龙的“祥”字误作“祈”，此据云南大学中文系民族文学研究室李子贤同志的来信订正，本段关于云南大学中文系师生到迪庆藏族自治州搜集民间文学的活动情况，也是他提供的。

② 同时所收集到的古代神话，还有《开天辟地的传说》、《创世记》等篇。

③ 所捏造的泥人是单数还是复数，不大清楚(据下文所述，似乎是多数)，又所属性别，记录上也没有明白交代。

四、过了些时候，泥娃娃跟白兔到大森林去玩。结果，走失了。

五、一天，女娲在森林里遇到一个小姑娘，① ——小姑娘在那里听河水唱歌。

六、女娲有所感触，因此制造出芦笙、箫给娃娃玩。

七、一天，正在游玩着的小娃娃，有一个睡下去死掉了。

八、女娲怕娃娃们因此死光，便叫他们依照自己愿望匹配起来，并分散到各处去。

九、过了多少年，那些分散开去的人(的后代)，回来看望“祖母”——叫她(女娲)“奶奶”或“妈妈”。

十、从此，各处都有人类存在。

十一、一天，火神与水神相遇打起架来。

十二、火神被打败，发怒撞倒不周山，② 因而压得天河漏了水。

十三、此时，怪龙乘机吃人。

十四、大水涨起来，淹没了大地。

十五、女娲的子孙后代，请求女娲去治怪龙。

十六、经过了三天三夜的战斗，女娲终于打败了怪龙。

十七、接着女娲去补天。用泥补，用木堵，都没有成功。

十八、女娲正在焦急，遇见了一只大虾鱼。③

十九、大虾鱼知道了女娲不高兴的原因，就砍下自己的四只脚，让她去拄天。

---

① 这个小姑娘的来历也不清楚，是女娲所造泥人之一？还是由别种原因所产生的？(神话开始时说，地上只有女娲和许多动物存在)

② “布州山”，应该同于古籍记载的“不周山”。

③ 大虾鱼，是一种根据虾类虚构出来的动物(依照当地一位藏族干部祁维光同志所说)。我们知道文献上的“鳌鱼”，也是想象的动物。

二十、女娲见了大虾鱼已经没有脚，就撕下自己的裙布，给镶在两边。

二十一、女娲用了大虾鱼的四只脚去拄天，——长的拄东边，短的拄西边，从此，每天太阳都往西边落下去。

二十二、女娲又上天下海去找寻五彩石。

二十三、女娲用了五彩石去补天，因此，天上有五种颜色。

二十四、女娲用剩下的五彩石去填地。因为石子不够用，南边没有填好。从此，北高南低，水也往南流。

二十五、上天下地补填好，女娲就死了。人们建筑了女娲宫纪念她。（原记录附在本文后面。）

这篇关于女娲神话的新记录，尽管有些地方叙述不够清楚，并且有跟古记录出入的地方，但是，总的看来，它无疑是关于这个重要的古典神话的比较完整的记录。它给我们这方面的科学研究射进了一道强光。它在神话史科学上的价值，应该说是相当高的。

为了证明这个民族志的新资料的价值，我们得把在古文献上女娲神传上的重要功业项目简略地列举一下：

一、用泥土制造人类的祖先（《风俗通》所记）；

二、用五色石修补倾塌的天体（《淮南鸿烈》等所记）；

三、用鳌脚建立四极（《淮南鸿烈》等所记）；

四、杀黑龙，平洪水（《淮南鸿烈》所记）；

五、制作乐器笙簧（《礼记·明堂位》等所记）。

我们现在试把这些项目去跟上面介绍的《女娲娘娘补天》的新资料对比一下，就可以知道它们间的密切关系。新资料的第二节，就是古记录中的造人故事，第五、第六节，就是古记录中的制造笙簧的故事，第十一、第十二、第十八节等，就是古记录中的撞山及补天的故事，第十三节至二十一节就等于杀黑龙、平洪水的故事。此外，如关于某些天象、地势的解释，新旧记录都同样存在着，只是具体说法有所不同罢了。

这个古典神话新资料的科学史的价值，首先在于它具有古文献上那些重要的活动项目，并且比较完整地组织着这些项目。它把那些在古记录上相当分散的、断片的活动项目(如造人、制乐等)结合在一起——不，应该说，它比较了那神话原来的活姿态。因此它不仅使我们得以印证那些被分离的各个项目，更使我们大体能够看到它原有的、较完整的存在形态。

其次，这个新资料的学术史价值，还有绝不容忽视的一点，就是它没有像我们在一般古文献中所见到的那种被硬加上的"异化"因素。它没有被历史化、哲学化、没有被弄成油头粉面的模样——文学化。它大致依然保存着原始思维、想象和艺术的刚健、朴素的风貌。

以上简略的论述，充分说明《女娲娘娘补天》的民族志新资料，对于理解和研究女娲神话具有何等重要的意义。

不错，在女娲神话的古代记录里，她的活动或有关事项，还有好些，如肠子化为神(《山海经》)、一日七十化(《淮南鸿烈》、《楚辞注》等)、跟伏羲的亲属关系(《风俗通》、《世本》等)、为高禖之神(《风俗通》等)……这些事项，当然也是研究女娲神话所需要注意的。在新资料里，却都没有出现。但是，从性质上看，比起前面所列举的五项，这些事项大都是比较次要的。其中有些事项，如跟伏羲的亲属关系，本来就是比较后起的说法，不一定是女娲神话的原始部分。从另一角度看，现在新资料的发见，倒坚定了我们认为女娲、伏羲故事本是各别存在的神话的观点。

即使我们退一步，承认后面所举的四项，都是女娲神话的相当重要部分，也无大损于新资料应得的科学史料上的价值，至多，只能说它有些缺陷而已。①

上文，我们肯定了新资料跟女娲神话古记录里的重要事项的大致吻合，但并不否认两者间所存在的一些差异之处，有的差异还是值得相当注意的，如古记录的共工的水神，它的对立面祝融(或作颛顼)却是火神。在新资料里尽管仍然说是水、火二神相斗，但是，那撞倒山(不周山)的却是火神。这可能是讲述者错记了，或者另有其他原因。又如，对于地形等的解释，也显然跟传统记录的说法有差异。但是，大家知道，一个神话、传说在讲述上有出入，用我们的行话说就是“变异性”，这正是一般口头文学的普遍现象(如果不说是规律)。即使是同一时期、同一部族或民族，不同的人们的讲述，就可能呈现出种种歧异状态，何况相距数千年，地域远隔的人们对于同一主题故事的讲述呢？说句老实话，如果今天云南边远地区藏族成员口述的女娲神话，跟文献上所记载完全一模一样，没有一些出入的地方，那倒要使我们怀疑它是从古文献上直接抄来的了。这种新旧记录上存在的某些异文，也许正足以说明新资料在史料学上的可靠性。

总之，眼前这份女娲神话新记录的出现，对研究这个古典神话，是具有很重要意义的。新记录使我们得借以印证古文献上所记的这个神话的那些重要事项，而且它是保存着这个神话的比较完整的型式的(口头创作的生命力是这样惊人!)。更重要的是，它没有像古记录那样受到种种有害的“异化”。

---

① 这个新资料，眼前在记录上还是比较孤立的。为了女娲神话研究的向前发展，我们希望云南大学民族文学研究室的同志们今后能够再接再厉，短时期内，在当地继续进行采集、记录，贡献出有关于这个重要古典神话的新的“异文”。这正是国内外学术界所关心和盼望的。

我们不惜高度地评赞这个新记录在神话资料学上的价值。

从上面的论证，使我们自然地要回到本文第一节所提出的民族志资料在古典神话研究上的作用这个一般性问题。民族志所提供的新资料，有效地印证了女娲神话的古记录，并纠正了古记录的种种缺陷。从这个著名的古典神话本身说，这当然是件大喜事。而从整个神话学的角度看，这还只不过是这种现象中的一个重要例子而已。

上文已经提到，现代我们境内兄弟民族所能提供的这方面资料是那么丰富，对满足我们这方面研究的需要来说，它差不多是“取之不尽，用之不竭”的。我国古典神话中的许多重要名目，如天地开辟神话(不论是躯体化生的说法，或天地开始紧贴着的说法)、人类起源神话、英雄射日神话、洪水神话、祖神槃瓠神话……都可以在现在兄弟民族活生生的口头传承中，得到重要的比较材料，乃至于得到彼此有“血缘”关系的宝贵材料。这是别的国家的古典神话研究者不一定能够享有的一种幸运。

说到这里，我们不禁记起这方面学术史上的一件旧事，它对于今天我们理解所面对的问题，多少是有所帮助的。

抗日战争时期，因为我国沿海以及中部一些省份的大城市相继沦入敌手，许多原来住在那里的知识分子和有关的学术机关，大都往内地及西北、西南等边疆地区迁移。边疆正是少数民族聚居的地方，这就不免唤起了那些知识分子的注意，使他们去记录、探究他们的生活、习俗和文化。于是，那在20世纪20年代末及30年代前期刚露头角的我国民族学(包括民族志)活动，就迅速发荣滋长了。当时有些学者，用他们所能看到的洪水传说(民族志资料)，去跟古文献上的伏羲、女娲神话相比较，从而论证了它们的“血缘”关系。[①] 这种作法，曾经引起国内外学界的注意。从现在看起来，那些学者当时的观点且不说，他们所作结论的某些部分也还有值得商榷的地方。[②] 尽管如此，他们那时用现代民族志资料去论证古典神话的方法，是应该肯定的，他们的工作在我国神话学史上是有一定贡献的。

这是三四十年前的事情了。我们现在进行学术研究的条件，比他们强得多。只要我们认识到民族志资料可能发挥的作用，并科学地去运用它，就能取得前人所不能取得的成绩，就能提高古典神话学的科学地位。抗战中洪水传说的探究，固然只是这种学问的一曲前奏，《女娲娘娘补天》新资料所显示的作用，也只是许多宝贵资料能够产生作用的一个例子。无限丰美的科学成果的收获还在未来。

最后，让我再郑重说两句：民族志，是我们研究古典神话学的一个得力帮手，它是这种学问的一门必需的辅助科学！

1980年10月22日初稿写毕，北京

① 参看芮逸夫的《苗族的洪水故事与伏羲女娲的传说》(《人类学集刊》第一卷第一期)闻一多的《伏羲考》(《闻一多全集》第一册)等论文。

② 芮君等没有提到伏羲与女娲原来是各自独立存在的，他们的亲属关系，是比较后起的传说形态等问题。我认为这两位神格性质不同的大神，本来是分别存在于不同的部落之间的。我曾经在《马王堆帛画的神话史的意义》中表示过这种看法，今年，日本青年学者谷野典之君，在彼国《东方学》杂志上发表《女娲、伏羲神话系统考》论文(该志第五十九期)，对于那“女娲、伏羲南方洪水神话一元说”(谷野君的用语)表示怀疑，并对那两位大神与洪水传说的关系作出新的论断。

[附录]

《女娲娘娘补天》(原始记录)

在古代的时候，有几百几十种动物。这些动物都不会说话，不会走路。惟有女娲会说话、会走路。于是，女娲感到很孤独和苦闷。要对这些动物说话吗？它们又听不懂……

有一天，女娲到河边去玩。坐在河边上用手去捏泥巴。首先她捏成圆的，然后又捏成长的，最后她把泥巴做成像她一样的人。当她将这个泥巴人塑好放在地上时，这个泥巴娃娃就走起路来。

这时，女娲就领着泥巴娃娃在森林里转。看到白兔、蜜蜂，便告诉他，这是朋友，可以跟它们玩。看到老虎、豹子，告诉他这是凶恶的敌人，不能跟它们玩。

又过了一些时候，这个娃娃跟白兔到大森林去玩，没有回来，就走失了。

又过了不知多少年，女娲到大山上的森林去玩，看见一个小姑娘，女娲便问了：

"你在这里干什么?"

小姑娘回答说："我在听河水唱歌。"

当时，女娲想到孩子是因没有一样好玩的才跑到这里来。于是，女娲便做了些芦笙、箫等乐器给这些娃娃玩。

有一天，小娃娃正在玩时，忽然有一个小娃娃睡下去就死了。

女娲就想到，如果这样继续下去，必会死光。

女娲想了个办法，根据他们的愿望，将他们配成对，愿意去东边的就走东边，愿意去西边的就叫他们去西边。

又过了不知多少年，这些人回家来玩时，有的喊她"祖母"，有的喊她"奶奶"、"妈妈"。

这时，各地到处都是人了。

有一天，火神与水神在路上相遇，两个互相不让，就打起架来。

后来，火神被水神打败了。火神就生气了，碰在布州山上。布州山被碰倒下来，就压在天河上。天河就漏起水来。

在这个时候，有一个怪龙，乘此机会，就下来吃人。

水涨起来，各处都被水淹了。

在这个时候，女娲子孙后代，就来请求女娲，战胜怪龙。

女娲答应了他们的请求后，同怪龙战了三天三夜。最后，终于打败了怪龙。

女娲打败怪龙后，紧接着又去补天。

女娲今天用泥巴补上，还是漏水，明天用木头堵水，又被水冲垮。

女娲正在没有办法，着急的时候，在大海边遇到了大虾鱼。

大虾鱼就问女娲："你为什么不高兴呢?"

女娲就说："顶天的布州山垮了，天河也漏了，现在没有办法补。"

大虾鱼听了以后，就说："砍掉我的四只脚去顶山。"

女娲听了后，舍不得砍掉大虾鱼的脚，便问大虾鱼："如果把你的四只脚砍掉，你又如何走路呢?"

大虾鱼不听劝阻，在暗地里，就用嘴咬断自己的四只脚，拿来给女娲。

女娲看到大虾鱼没有脚，也就从自己裙子上撕下四块布，贴在大虾鱼的两边。

女娲拿了大虾鱼的四只脚后，长的那两只顶在东边的天上，短的那两只顶在西边天上，所以太阳往西边落。

女娲把天顶住以后，又去大山上、海底下找五彩石。

找到以后，女娲用五彩石炼了补天。因为五彩石补的天，又光滑，又好看，有五种颜色。

女娲将天补好以后，就把剩下的五彩石用来填地。

填地是由北边向南边开始的。填到南边后，因为五彩石没有了，南边就没有填。因此形成了现在的北边高、南边低，水也不断向南流。

天地补好以后，女娲就死了。人们为了纪念她，建筑了一个女娲宫。

材料来源　口　述
搜集地点　汤美村
记　　录　马祥龙①

---

①　本文录自云南大学中文系少数民族语言文学教研室编《云南民族文学资料集》十三集。1979年6月。除了区分段落，订正个别语词之外，都照原印本。

民俗学与古典文学

——答《文史知识》编辑部同志访问的谈话记录

民俗学与古典文学的关系问题，解放后很少有人去研究过。这是因为：一方面我国民俗学在建国以后遭受不公正的待遇，民俗学被视为资产阶级学科，始终没有得到应有的重视。除了民间文学之外，在一段时期里，整个民俗学的研究几乎成了“绝学”。另一方面也由于我国古典文学的研究在相当时期中受国外某些学风的影响，分析问题主要只从文艺学的角度出发，而且大多偏重在作家作品的评价方面。这种单一的研究方向，多少造成了研究者视野的狭窄和思维模式的僵化，满足于对古代文学作品进行平面的图解，自然也就不可能从更高的审视高度上，对民俗学以及其他人文科学诸如历史学、宗教学、民族学、文化人类学及心理学等学科有所借鉴、有所取资，对古典文学进行多学科的研究了。

然而，文学现象是很复杂的，特别是古典文学，它是古代人民社会生活和思想感情的形象的反映，它的内容非常丰富，涉及面很广，并不是单靠一种文艺学理论可以完全解决得了的。譬如楚辞中《九歌》和《天问》的研究，就需要多种人文科学的知识去作攻坚的武器。

把民俗学与古典文学联系起来考虑，仅仅是对古典文学进行综合研究的一个方面。这种考虑的根据在于：民俗学和古典文学研究都属于人文科学，两者都是研究人类社会的文化现象的。人类社会本是不可分割的有机整体，这就决定了两种学科之间是可以乃至应该互相沟通的。“他山之石，可以攻玉”，应用民俗学的理论和方法，对于丰富古典文学的研究手段、研究角度无疑会有裨益。

下面，我分三个问题，简单谈谈民俗学与古典文学的关系。

一、古典文学中民间文学所占的位置

从习惯的眼光来看，民俗学与古典文学研究似乎很难说是邻近学科，它们的研究对象、范围和方法都很不相同。可是，这两门学科之间并不是毫无关联的。这种联结的最直接、最显而易见的部分就是民间文学。民间文学从性质上看，它属于劳动人民的精神文化，是民俗学的重要组成部分；可是，它作为劳动人民的口头文学，又带有文学艺术的一般特征，因此很自然地又与古典文学联系起来。它在民俗学与古典文学之间是一种过渡的、中介的、有时甚至是完全重叠的部分。为了阐明民间文学在古典文学中的作用，我们有必要从民俗学和古典文学各自的研究范围说起。

(甲)民俗学的范围和民间文学的关系

民俗学是研究民间风俗、习惯等现象的一门人文科学。它早期的概念和范围都比较窄，譬如英国民俗学原来的概念中只包括歌谣、故事和一部分古老的风俗习惯。可是，随着时间的推移，民俗学所涉及的领域变得越来越宽泛了。到了今天，它几乎已经扩展到全部的社会生活、文化领域了。具体地说，比如过去民间各种劳动组织、各种节日(如端午吃粽子、划龙船，中秋吃月饼等)、村社组织、家族制度、社会交往、民众娱乐、民间文艺以及各种民间宗教信仰活动(包括占卜、巫术等等)，或者本身就是一种民俗现象，或者附有一定的风俗行为和相应的心理活动。它们都是民俗学所要研究的对象。譬如“老鼠娶亲”的年画，开始反映了古代人民对老鼠的畏敬态度。但在有些年画的右上方，后来又加上了一只硕大无比的猫。这实际上又反映了古代人民对老鼠由畏敬到制服的一个历史心理的演变过程。所以说，民俗现象在人类社会中是无处不存在的。只要有社会生活、社会思想的地方就有民俗，也就是说，都有民俗学研究的对象。

从民俗学发展的历史来看，民间文学的收集、研究从来就占有很重要的位置。把民间文学归入民俗学的研究范围，这是一个老传统。

民间文学与物质文化、社会组织、民间科学、宗教、信仰等其他种种社会现象是很不相同的东西，它们在民俗学上为什么可以归在一起呢？这是因为民俗现象是指广大民间群众的那种集体所传承和拥有的文化现象。这种文化现象的特点，首先必须是集体的，它不是个人有意无意的创作。即使有的原来是个人或少数人创立或发起的，也必须经过集体的同意和反复履行，才能成为风俗。其次，跟集体性密切相关，这种现象不是个性的，而是类型的或模式的。第三，它们在时间上是传承的，有传统性；在空间上是扩布的，有地域性。这三点是区别民俗现象与非民俗现象的一种分界线。也正是这三点，把民间文学与作家文学区别开来，而成为民俗学研究的重要部门之一。总之，民间文学是群众集体创作的、类型的、传承的一种语言艺术。由于这种特点，使它必然地要成为民俗学研究范围的一部分。

(乙)古典文学的范围和民间文学的关系

古典文学，顾名思义，应该有时代和典范的意思，也就是说，它指的是古代作家的典范作品。然而这个概念并不是固定不变的。它只是一个历史范畴。《诗经》中的“国风”和“小雅”的部分作品，本来就是民间歌谣，可是因为传说它是经过孔子的删润的，在汉儒眼里看来，就成了神圣的经典，“关关雎鸠”的歌谣也就成了歌颂“后妃之德”的作品。五、七言律、绝，在今天看来，是标准的古典文学体式，可是在唐人眼里，却只能算是“今体诗”。所以，古典文学研究的范围本身有一个演变过程。我们知道，在封建时代，古典文学的主体是诗歌和散文两大部，小说、戏曲只能算“小道”，是不登大雅之堂的。晚清到“五四”，由于接受西洋文学定义的影响，范围才扩大为诗歌、小说、戏剧及部分散文作品。“五四”以后，由于一般民间文学受到重视，连古代的俗歌、民谣、故事（文献上所载的）也都算作古典文学了。现在通行的文学史一般把《诗经》、《楚辞》、先秦诸子散文、《史记》、乐府（仿制的和民间的）、唐、宋、元、明、清的俗文学都算作古典文学。所以，今天古典文学这一概念，实际上是士大夫上层文学、市民文学（小说、戏曲）和劳动人民的口头文学（故事、传说、歌谣、谚语等）三者的总和。其中很大一部分市民文学（俗文学）和民间文学。它既是古典文学的研究对象，也是民俗学（历史民俗学）的研究资料。

民间文学与古典文学的关系远远不止于此。所谓古典文学不仅把一部分民间文学直接收进自己的范围，而且它在体裁、题材、思想感情、形制格式、修辞手段诸方面都受到民间文学的巨大影响。

先讲体裁。我国过去许多文学的体裁（特别是韵文的）大都来源于民间文学。对此，鲁迅、郭沫若、胡适都曾提及。这并不是个别地区、个别民族的现象，从整个人类文学史的发展来看都是如此。文学作品的种类不外乎韵文、散文、戏剧三种。韵文开始于原始歌谣。散文的小说来源于神话、传说和民间故事。戏剧来源于古代社会宗教、巫术仪式和原始歌舞。我国的情况也是如此。在我国的古书中还零星地保存着一些原始歌谣，如《弹歌》，短短八个字，概括了整个原始狩猎活动的过程，语词简短、整齐、有韵，显示了古代诗歌的最早性质和风貌。小说也是如此，例如早期的笔记小说《笑林》，基本上是民间笑话的记录；魏、晋六朝的许多志怪小说，大部分是作者笔记下来的当时的民间故事、传说，并不是他们个人的艺术创造，尽管其中杂有作者的主观因素。我国严格意义的戏剧文学，虽然一直到宋、元才开始出现，到明、清才有长足的发展。可是我国古籍中很早就有“鸟兽跄跄”、“凤凰来仪”、“百兽率舞”的记载，反映了我国先民摹仿动物的各种原始舞蹈。此外，手执干戚舞蹈的《刑天氏之乐》，反映黄帝与蚩尤之战的“角觝戏”，也都起源于原始社会。说明我国作为戏剧重要元素的舞蹈、音乐等是早已存在的。到了唐代，开始出现“参军戏”、“踏摇娘”、“大面舞”等早期戏曲，它们都是在民间文艺的土壤中成长起来的。由此可见，我国戏曲也跟其他文学体裁一样，起源于民间文艺。

其次是题材。古典文学作品中有很多是取材于民间文学的。唐宋传奇虽然是作家文学，可是有不少都可以从民间传说中找到它们不同程度的故事原型。如无名氏的《补江总白猿传》、沈既济的《枕中记》、李公佐的《古〈岳渎经〉》、李朝威的《柳毅传》等等，就是一些例子。即使像《三国演义》、《水浒传》、《西游记》这样著名的长篇小说，其中有些故事，最早也是在民间流传的。后来由说书人（或书会才人）掇拾起来，编织到说书中去；最后才由罗贯中、施耐庵、吴承恩等作家把说书底本整理加工成今天这个样子。类似的例子，在戏剧方面也不少。如关汉卿的《窦娥冤》的主要情节，显然是取自前代记载的“东海孝妇”故事的。元杂剧中的《张生煮海》，也来源于民间关于煮海的传说。又如元人郑德辉所作《述青琐倩女离魂》杂剧，是根据唐人陈玄祐的《离魂记》传奇改编而成的。陈玄祐在传奇的结尾说："玄祐少常闻此说，而多异同，或谓其虚。大历末，遇莱芜县令张仲规，因备述其本末，镒则仲规堂叔祖，而说极备细，故记之。"可见这个故事本来就是民间传说，在口头上"多有异同"的。只不过最后出于自称故事主人公张镒为其堂叔祖的张仲景之口，陈玄祐才信以为真罢了。其实"倩女离魂"所反映的只是一种很普遍的民俗信仰现象：古人由于不理解自身的精神现象，尤其是在梦境中，误以为人类的灵魂可以离开肉体四处飘荡。这种"灵魂出窍"的观念在世界很多民族中都有。"倩女离魂"正是"灵魂出窍"的观念的反映，只不过它加进了反封建的进步思想内容，有了更为大胆的自由幻想，因而整个故事显得更加美丽、更加动人罢了(实际，表现两性关系的离魂传说，在六朝人的笔记里已经出现了)。

第三，是思想感情。这方面一般古典文学作品受民间文学的影响也是十分明显的。就思想感情来说，在过去阶级社会里，多数作家文学，大都代表统治阶级的意识和利益，从总体上来说，与民间文学是对立的。可是，在社会生活中，不同阶级之间的关系不仅表现为对立和斗争，往往也表现为互相联系、互相渗透。因为社会是一个统一的共同体，不同阶级之间除了对立的阶级关系之外，还有民族关系、社会及亲族关系等千丝万缕的联系。我们不能只简单地强调阶级的对立和斗争，而忽视其他社会之间的各种联系及其作用。事实上，在古典文学中，尤其是那些同情劳动人民的优秀作家的作品中，都不同程度地吸取了广大人民及民间文学进步的思想营养。这在某些仿古乐府中表现得相当明显。如《公无渡河》(即《箜篌引》)，据崔豹《古今注》的记载，它原来是一首民间歌谣："公无渡河，公竟渡河；渡河而死，将奈公何!”歌咏的本事十分简单；可是，它那无可奈何的绝望呼号，深刻地反映了古代底层人民的命运，因此广泛而长久地流传于民间。这种呼号，同时也打动了某些同情人民的古代知识分子的心灵。从梁朝的刘孝威，到唐朝的李白、李贺、王建、温庭筠都有拟作。这些拟作是一种有意识的再创造，体式从简单的四言发展到五言、七言，但是基本思想并没有大变。李白的拟作：“……旁人不惜妻止之，公无渡河苦渡之。虎可搏，河难凭，公果溺死流海湄。有长鲸白齿若雪山，公乎公乎挂骨于其间。箜篌所悲竟不还。”对那位不幸的溺水者，李白倾注了深切的同情。李白还在他所作的《横江词》中(第三首)再一次运用这个乐府诗的故事：“郎今欲渡缘何事，如此风波不可行。”语意更加逼肖原作。

最后，在型式方面，诸如形制格式、修辞手段，民间文学也为古典文学提供了丰富的资料和借鉴经验。譬如刘禹锡的《竹枝词》，就是运用民歌的固有型式进行创作的。郭茂倩《乐府诗集·近代曲辞三》说：“《竹枝》本出巴渝。唐贞元中，刘禹锡在沅湘，以俚歌鄙陋，乃依骚人《九歌》作《竹枝》新辞九章，教里中儿歌之。由是盛于贞元、元和之间。”据研究，他所依据的实际上就是土家族的民歌。它虽为七言四句体，但内容、韵律都和当时文人所作的七言绝句不一样，有着很浓厚的民间特点和地方色彩。至于利用民间文学作修辞手段的，如古典诗文中经常使用的典故，有不少是从民间文学来的。如“促织鸣，懒妇惊”，本是民间谚语，可是在文人笔下，常被用来形容思妇的秋思。此外如愚公移山、精卫填海、杜鹃啼血、韩凭夫妇化蝶等民间神话、传说在古典文学作品中也大都使用得很频繁，例子不胜枚举。

以上种种，说明民间文学作为民俗学的重要组成部分，不仅有许多篇章已经直接成了古典文学及其研究对象，而且对一般古典文学作品从体裁、题材、思想感情、形制格式以至于修辞手段等方面都有巨大的影响。这是文学史上一种非常值得注目和应该认真探讨的现象。

二、一般古典文学作品中所反映的民俗现象

如果说前面阐述的是民俗学与古典文学的特殊关系，那么，这里所要说的是民俗学与古典文学的一般关系。民俗学之所以能够在更大范围内与古典文学联系起来，是由人们的社会生活与社会风俗的关系所决定的。哪里有人群，哪里就有社会生活，因此哪里就有相应的社会风俗。文学的特点是用形象反映人们的社会生活(包括思想感情)。因为人们的生活中到处都存在着社会风俗、习惯以及有关的思想感情，所以要形象地真切地反映人们的生活，就必须以具体的生活样式来表现。如果离开了跟人们生活密切相联的风俗就不免显得抽象了。譬如鲁迅的名作《祝福》中所反映的祥林嫂对生死的观念，《药》中用人血馒头治肺病的俗信，如果作者不了解当地具体的民俗事实就写不出来。巴尔扎克在他的《人间喜剧》序上把自己的作品分为三个方面，其中之一就是"风俗研究"，原因也正在于此。

我国古典文学的著作汗牛充栋，其中所反映的民俗现象是极其丰富的。譬如《诗经》里就大量地反映了我国古代劳动人民的原始民俗。"天命玄鸟，降而生商"(《商颂》)，如果从正统的儒家观点去理解是荒诞不经的(所以他们要设法曲解它)；作为一般的迷信去看待，也显得流于肤浅。其实，这里所反映的是母系氏族阶段的一种神话思维，或图腾崇拜。我国现代的少数民族中还保存有许多这方面的传说。例如云南的傈僳族，就相信虎、羊、蜂、鼠、猴、熊等为他们氏族的祖先。联系这一种民族俗信，那么，"天命玄鸟，降而生商"一类的说法也就比较好理解了。

楚辞中也大量地反映了我国古代南方民族的社会风俗，《九歌》中的祭祀场面，《离骚》中请巫师占卜的叙述，这些都是珍贵的民俗史料。有人认为《招魂》是招死者之魂。其实，《招魂》是招生人一时脱离身体的灵魂，并不是指招人死后的亡灵。近代我国民间还有这种习俗。小孩病了，家人手持病者的衣服到街上或野外去叫着名字呼唤他。认为这样做，可以召回他离体的灵魂，因而使疾病痊好。可见这种俗信仪式一直延续了几千年。朱熹《楚辞集注·招魂》说："《招魂》者，宋玉之所作也。古者人死，则使人以其上服升屋，履危北面而号曰：'皋，某复!'遂以其衣三招之，乃下以覆尸，此礼所谓'复'。……而荆楚之俗乃或以是施之生人。故宋玉哀闵屈原无罪放逐，恐其魂魄离散而不复还，遂因国俗，托帝命，假巫语以招之。"这实在是一个用民俗学来解释古典文学的范例。朱熹虽然是个封建士大夫，在注释古代文学作品时却能运用当时的民间风俗资料，实在是难能可贵的(他对于《诗经》也有类似的高明见解)。

《诗经》、《楚辞》中的作品，因为它们有的本身就是民间文学，而大部分跟民间的距离也比较近，可能还不足以完全说明问题。但在古代一般作家文学中，这种民俗现象也是大量存在的。如宋玉《高唐赋》的巫山神女、《颜氏家训》中所记的北方少数民族的风俗、《水浒传》的民间结义和混号、《红楼梦》中的抓阄、放风筝(放晦气)及重阳吃螃蟹风俗等等，都表明古代文学创作中所反映的民俗现象，它不仅丰富了作品形象，本身也正是十分珍贵的民俗学资料。

如果我们的眼光不仅仅局限在狭义的古典文学，那么我们将发现在经、史、子、集等重要文献(也可说是广义的文学)中都存在着很多民俗资料。譬如《淮南子》就记有宓妃、织女、青女、女夷、西王母、北斗的雌神等多种女神名称，并且还记载了汉人重狗肉、禁杀牛，各民族的发式、鬼畏桃枝、乌鸦、土龙以及各种盟会的习俗（弹首、刻臂、歃血等）。《吕氏春秋》中也有宴会次日致谢主人、大出丧的排场、羌人火葬等记载。这是一份极其丰富、极其宝贵的文化遗产。民俗学和古典文学都可以从不同的角度对之进行研究。

三、研究古典文学如何借鉴民俗学研究的理论和方法

古典文学可以从多种角度去进行研究，比如文艺学、美学、社会学、语言学、历史学、心理学等等，同样也可以从民俗学的角度去研究。而后者这种研究在现在有些国家（例如日本）是相当流行，并且获得可喜成果的。因为多一个角度，就多一种观照方面，对于问题的了解就会更丰富、更深入一些，也更全面一些。

古典文学的研究应该借鉴或吸取民俗学的理论和方法。这是由研究对象的性质所决定的。因为：①古典文学的研究对象是古代的文学作品。这些作品由于时间的推移，已经“古典化”了，它们大多已经凝固成文献材料。严格地讲，古典文学研究乃是一门历史的科学。而民俗学则不同，民俗学与人类学、民族学、社会学这几门姐妹科学一样，都是现代的科学。它们的研究对象都是现代社会的文化现象。它们的着眼点主要是现在而不是过去。由于它们的现在性，所以它们往往非常注重实地调查、实地考察，尽可能掌握第一手活的资料。所以，这几门新兴学科带着更多的实证意义，与现代社会生活的关系更为密切一些；②正因为民俗学、人类学、民族学、社会学与现代社会的关系比较密切，所以，现代科学技术的成果和一些新的方法，常常较先在这些领域里得到应用。譬如结构主义，就是法国著名学者列维·斯特劳斯把它应用于人类学等的研究因而更广泛地传播开来的。在这些领域里，方法论具有特殊重要的意义。一种调查方法、研究方法

的改进往往意味着理论上的重大突破。而古典文学则不同。由于它的研究对象已经凝固，所以研究方法也容易比较稳定化。乾嘉学派的校勘考证至今仍有其应用价值，原因也正在这里。由于上述两个原因，更由于我国古典文学研究比较停留于单一研究的模式，所以，目前古典文学向民俗学等学科借鉴理论和方法是相当重要的。

民俗学的理论、方法颇多，一时难以列举，现在略举其要者数端于下：

(1)注重实地调查。实地调查并不是民俗学所特有的方法，只不过民俗学应用得更为普遍、更为经常而已。读万卷书，行万里路，本是中国知识分子的理想。司马迁在写《史记》的时候，就曾经进行过广泛的调查。只是后来古典文学的研究日益案牍化，这种方法也就很少有人问津了。但实地调查常常能弥补文献考证的不足。日本的杜甫研究专家吉川幸次郎曾经遵循着杜甫当年的足迹进行了一番实地考察，结果颇有收获。近年来，我国有的同志也追随着李白的行踪进行了考察，调查了许多民间传说、文物遗迹，结合文献记录，解决了不少历史疑案。此方法如能经常使用，对于古典文学的研究是会有新的启发和推进的。

(2)注重类型的、比较的研究。这是民俗学常用的方法。因为传统性、类型化，正是民俗现象的基本特征之一。可是古典文学中长期应用的是典型理论。典型的特征是个性与共性的统一，以此来研究古代文学，有好些地方是不容易解释得通的。譬如古代神话、传说、故事以及《水浒传》、《西游记》等俗文学中的人物形象，如果应用民俗学的类型学说，这种问题就比较好解释了。又如《桃花源记》属于“超时间经过故事”的类型，它与王质看棋，刘、阮入天台的故事大体属于同一类型。分析这同一类型的作品，对于说明其题材的来源和作家与民间文学的继承关系等很可能有所帮助。

(3)注重地域性的研究。古典文学中有许多现象是可以借鉴民俗学的地域性的研究方法的。譬如某一时期某一地区出现著名的文学流派如江西诗派、闽南十子、江左三大家等，它们往往与该时期该地区的经济条件、文化基础及社会风尚等有关。对它们进行地域性的综合研究，往往能够总结出文化群落兴衰的某些规律。

借鉴民俗学对古典文学研究的益处是很多的。除上述几点以外，还如用古代或近代民俗志资料去印证和论述古典文学中的某些现象、问题，有可能起到钥匙的作用等。为了避免絮烦，就不多说了。

陈仲奇　记录、整理

《民俗学译文集》序

近几年来，我们国家各方面发生了巨大的变化，或者说，在社会主义的建设过程中，到达了一个新的起点。在学术方面，不仅那些跟物质生产直接相关联的科学、技术，有较大的跃进，就是一般的社会科学、人文科学也如春汛秋潮，呈现出汹涌澎湃的气势。特别是那些多年来被冷待了的学科，一时从冬眠里苏醒过来，生意蓬勃，气象万千，预示着壮丽的前景。民俗科学(包括民俗理论、民俗史、民俗资料学及方法论等)的重兴情况，就是一个显著例子。

我国是一个文明古国。她不但历史漫长，开化较早，在各种社会科学、人文科学方面，还留下了丰饶的资料。就民俗学方面看，秦汉以前，就有某些资料记录和断片见解。东汉以来，不但已经有资料的专集(如《风土记》等)，而且也出现了专门谈论的著作(如《风俗通义》等)。这方面的著述，唐宋以后就更多了。这可说是我国民俗学的"史前史"或"原史"。但论到比较严密的科学活动和成果，却应该从"五四"前后的新文化运动时算起。1917 年，《新青年》提出文学革命的主张，并刊载了破除传统格律的白话诗。这在我国文学史乃至文化史上是一件大事！第二年春，北京大学文科的进步教授们创立“歌谣征集处”，接着就在《北大日刊》上刊出歌谣(包括一部分谚语)。1922年冬，北大歌谣研究会(由征集处发展而成的)创办了《歌谣》周刊。在《发刊词》上明确指出，搜集民间歌谣的目的之一就是为了民俗学研究(另外一个目的是为了民族新文艺的产生)。从那时起“民俗学”这个名词，便在新学界里迅速传播开来，并且对此后的民间文学及一般民俗资料的搜集和探讨活动产生了重大影响。这点，我们现在只要翻检一下那些时期各地出版物的记载和评论文章，就可以了然于胸。

从那时起，到全国解放前夜，20多年间，由于社会的变动，民俗科学经历着曲折、分化的过程。但是从总体看来，它是在不断发展。这不仅在建立了民主政权的北方是如此，即在国统区也大略如此(由于当时的一些学术机构被迫迁移到少数民族地区和抗战情势下的政治需要等原因)。从学术的指导思想看，国统区当时的民俗学活动，主要仍然是非马克思主义学术观点的运用。不过，从当时中国新民主主义革命的性质说，他们这种学术的倾向，基本上并不背离整个文化活动的性质，即毛泽东同志所说：民族的、科学的、大众的那三个特性。

1949年10月，新中国成立了。这是在我们广阔的土地上，自原始社会消亡以后，史无前例的广大人民当家作主的时代。不但政治、经济等具有空前的民主性，一切的文化，包括文学、艺术，同样具有过去长期阶级社会里所不能有的广泛民主性。但是，历史的发展道路，往往不是单纯的、直线的。好像在和暖的春天里，有时不免突然刮大风，或者某些角落里还余留着残雪。民俗学等学科在解放后的一段时期里的遭遇，不幸正类似这种情形。

在那些时期里，民俗学的某些方面，曾经受到重视，如对民间文学和民间艺术的搜集、探索(这点，要大大感谢从延安时期所形成的新传统!)。有少数民族的风俗习惯，由于被作为民族的社会历史资料，也对它进行了广泛的搜集(但当时没有给以发表)。尽管有这些可喜的事实，但是，作为一种社会科学或人文科学，民俗学，不管在公家的大学、研究所中，或学者们的书斋中，都没有得到一定的位置。这是一次学术历史上的挫折!

民俗现象，主要是广大人民在长期的社会历程中，为了满足生活的各种需要而创造出来，并不断加以修缮、丰富而发展过来的民族文化总体的一部分。它深印着广大人民的足迹，凝聚着他们的智慧和才能。它是普通文献所缺少的历史的珍贵资料。尽管从今天我们的现实生活去看，在这传统的社会文化仓库中，有些东西已经过时，甚至成为毒害。但是，这资料并不妨碍到它作为民族文化史和文化学研究的价值。即使仅从今天创造新文化的角度看，或者说，从“应用的民俗学”的角度看，为了创造具有民族特色的社会主义新文化，它要求我们慎重地考察长期流传下来的、不少还具有生气和活力的民族风俗文化财富，加以选择和改造，使之继续存活下去。至于那些实在与我们民族新文化性质敌对的、不能容忍的，就应给以剔除——把它送入历史博物馆里去。

民俗学主要是研究民族的、人民的文化传统的科学，尽管在它的兴起时期，某些资本主义国家在治理殖民地的行政中曾经利用过它。有些学者也在自己著作的序言或导论里指出这点，像我们过去学界所熟悉的英国《民俗学手册》的改编者C.S·班恩女士。但这不是普遍的现象，因为民俗学作为一种学科，它的搜集、研究范围，一般限于本国。而且不少是把它作为民族自我认识或振奋民族精神的武器看待的。这种事实，是稍微涉猎过东西民俗学科学史的同志都知道的，并不是什么需要我们费力去探索的学术秘密。

总之，民俗学这种学科，在我们这样人民当家的国家，是理应得到发展的（自然，它像其他社会科学一样，应该根据马列主义的基本原理，实事求是地去考察和处理）。但是，过去一段时期中，它却受到那样的遭遇。原因是很显明的。主要是由于那种“左”的领导思想在作怪。这只要看当时民俗学的一些姊妹科学如民族学、社会学等的同样遭遇，就十分明白了。其次，是我曾经一再指出的，过去我们在对待学术的问题上，片面地理解和因袭了苏联（包括俄国）的学科结构，而忽视了世界大多数国家的情况和本国这方面学术的历史传统。其实，苏联虽然把“民俗学”（Folklore）这个世界性术语，在使用上，一般限于“人民创作”或“人民创作学”的范围中，但是，他们学界并不是没有关于民俗现象的搜集、探究活动，不过大都把它归属到“民族志学”（或译“民族学”）的范围里去罢了。这里面当然还夹杂着一个常常使人感到烦恼的名实问题和术语移译中的民族差异的问题在内。解放后，我们既把“民间创作”代替了全面的民俗现象，又没有更好地发展“民族志学”这类学问，结果就当然把应该发展的民俗科学抹煞了。如果不是经过1976年的拨乱，接着社会科学院把民族学、社会学、民俗学等学科，正式列入此后全国科学研究的范围，恐怕民俗学等学术地位，到现在还不免像旧社会里的“堕民”那样，没有“公民资格”呢。

我们今天重新提起这些，绝不是想清算历史的旧账。主要是在于认真总结经验、教训（这是何等痛苦的经验、教训!），使未来的学术进程中减少不必要的周折和牺牲。

前面提到过，拨乱反正以来，我们的民俗学有了蓬勃的生长气势。这种气势，不是亲眼看到、亲身经历过来的人，差不多有点难以相信。为了唤起大家的注意，为了给我们的科学史留下点记录痕迹，更为了促进大好形势的向前发展，让我在这里把它举述一下吧。

首先，是民俗学各层次机构的建立。

自 20 世纪 80 年代开始以来，短短几年内，从北到南，从中央到地方，已建立起中央级和省市级的民俗学会。省级民俗学会，辽宁成立最早(1981)，接着来的是吉林、浙江。江苏、广东等省是去年秋冬间成立的。今年，大概尚有一些省份(如河南、陕西、广西、云南等)将要追赶上来，而安徽省已经走在它们的前面。中央的民俗学会，则建立于 1983 年夏。省级以下有些县、专区也成立了这种机构，如广东的梅县、湖南的湘潭等。民俗学现在不仅在社会上流行，它已经进入了南北各大学。像辽宁大学、北京大学、中山大学、武汉大学、南京大学、云南大学及中央民院、西南民院、上海师院、牡丹江师院都先后开设了这方面的讲座。据说听讲学生相当踊跃，特别是外国留学生更感兴趣。有些大学里的个别系不但设有这方面的讲座，而且成立了民俗学社，如辽宁、复旦、河南等大学等都已经出现这种组织。北京大学、中央民院还成立了全校性的民俗学会。民俗学机构(包括讲座、学社等)的建立，本身标志着这门学科的发展情况，同时，它又是促进这种发展的推动机。

其次，这方面收集、研究及出版的兴旺。

几年来，民俗收集、整理和探究活动，不断增长。这种活动及其成果，大都反映在各种学术讨论会的论文出品、大学里学生的毕业论文选题、各种期刊发表的文章及各出版社刊行的专著中。我们试举点例子。1981 年夏，辽宁民俗学会刚成立，在所召开的学术讨论会中，就收到民俗学论文(内容主要是关于满族的)41 篇。第二年，浙江刚建立的民俗学会所开的讨论会，会员也提出了论文 34 篇。去年秋在扬州召开的江苏民俗学会，收到的论文共72篇，并且已经选印成专书。又据一位从事人文科年鉴编辑工作同志的不完全统计，去年一年中，各刊物所发表的关于民俗的文章近190篇，其中就有120篇是理论性的。近年来学会、报刊等出现的民俗学文章，有值得注意的一些特点，就是作者大多数是非专业的中、青年干部或教师、大学生等；内容所涉及的范围也很广阔。其中不少是资料性的，但是理论探索的也不少，有的还达到一定的科学水平。这种现象，跟中国现在的国家、社会性质和这门科学因过去的遭遇而急需赶上等情况有关。

至于出版专书(包括资料集及论文集)，几年来，约近30种。资料性的，如《西南少数民族风俗志》、《布依族、苗族风土记稿》、《侗乡风情录》、《苗族风俗与风俗传说》、《满族在岫岩》、《浦江风俗志》、《金华地方风俗志》、《延安风土记》等；理论性的(包括历史论考的)，如《民俗学论文选》(江苏省)、《中国传统节日趣谈》、《云南民俗(学)集刊》及《敦煌民俗学》(讲义本)等。除了新编选的著述外，近年还出版了一些新校释、整理的古代风俗著作，如《山海经校注》、《风俗通义校释》、《东京梦华录注》及《燕京岁时记》等。又有一些有价值的民俗学著述，如宋人的《岁时广记》、近人的《北平风俗类征》等，正在重新刊印之中。此外还有那些旧地方志风俗部门资料的辑集本，也在一些省分内部印行。

出版方面，除专书外，还有许多专业性的报刊。杂志如《民族文化》、《山海经》、《乡音》及《浙江民俗》(内部)，小报如《采风》、《乡土》、《民俗报》等。这些报刊，大都拥有巨大的读者，在普及民俗知识和推进采集活动等方面是有作用的。

近年来，这方面收集、研究和出版的兴旺，正预兆着一个更加灿烂的学术芳春时期。

再次，民俗知识的广泛传播和干部培训。

民俗学知识，在全国解放前就传播不广，解放后20多年中，又处于完全封闭的状态。因此，传播这方面的知识，是当前一种紧迫而又繁重的任务。几年来，各大学的讲座和各种型式的出版物，都在这方面作出了一定的贡献。但是，仅仅凭借这些渠道还嫌不够，特别对于许多急迫将参加这方面搜集整理和进行初步探讨的中青年同志，需要获得更加广泛和比较系统的专业知识。因此，许多有关机构(包括各省、市兼负有这方面职责的民间文艺研究会等)根据目前这种情况，开办了这方面的短期讲习班、训练班，招集学员，进行授课讲学，兼指导收集、整理实践。如1983年暑假，中国民俗学会就与社会科学院少数民族文学研究所联合举办了关于民俗学及民间文艺学的讲习班，学员人数150余人。虽时间简短，功课安排也未尽善，但由于符合客观的需要以及学员们的努力，两年来，在全国这门事业的推进上，颇见功效。近年来一些省市的有关机构也举行了这类讲习班，同样收到可喜的效果。事实证明，这是在我国现状下，推广民俗学知识和扩大、加强专业队伍的有效办法。

此外，我国几年来民俗学的新活动项目可以记述的还不少，如博物馆中设置民俗展览部(如北京、天津等城市)，而南通的这方面设置和活动尤进行得较早。这种设置，不但将来应普及到各省、市、自治区，而且也应进一步普及到各县和乡镇。又如临时性的民俗物品展览，近年时常出现，特别关于民间工艺美术方面的，不但在各地举行，而且到首都来展出，有的还出国展览。它的影响是颇大的。这方面的同志正在积极筹建全国性的民间工艺美术博物馆。民间的美术和各种工艺品，是民族文化中极有价值的部分，同时也是民俗学研究的重要对象之一。眼前这种好势头，是非常有利于民俗学研究范围的展开和它的地位的提高的。……

总之，几年来，我们的民俗学活动虽然有着某些缺点(例如缺乏统一筹划，指导思想也不够明确和有力……)，但是气势的确是喜人的，成绩也是显著的。我们试把从"歌谣征集处"发迹到现在，我国民俗学的经历与成果看一看，就不能不感叹历史真是在前进了！

现在我们这门科学发展的脚步尽管是迅速的，但并不是说它的"功德"已经圆满了。正相反，还有更多的、更繁重的工作在亟待我们去做。在这些待做工作中的一项，就是打开通向世界的窗口！这个世界上有着林林总总的许多国家、民族(特别是那些现代文化开辟比较早的国家、民族)，他们在这方面的科学活动，现在有哪些表现？特别是他们有什么新的理论或方法成果？……这是具有"面向世界"任务的我们所应急切了解的。为了达到这一点，我们就有必要去放眼世界，去采撷那些各种颜色、各种香气的学术花朵和成果，以供观赏和取资。鲁迅所谓"拿来主义"，就是首先要拿来，然后加以辨别、去取的态度。这种做法，是符合于实事求是的原则的，也是符合于革命的、科学的马列主义精神的。

对国外民俗学的科学成果及活动情况等的介绍，我国"五四"以后就已经开始，在我国这种学问的生长过程中，工作(前期主要是一般西方学术思想体系的，后期主要是马列主义的)虽然有方向和程度等的区别，但是对于跟它各自相适应的那些时期斯学的建立、发展是起了不同程度的作用的。

现在我国社会经济正在敞开大门，学术界也打破过去的那种闭关自守的做法。这对于提高我们新时期的社会主义科学文化水平是必要的，对于坚持马列主义的基本原理，并进而发展马列主义，同样是必要的。

这个译文集，就是在这样的理解下产生的。它的目的是为了建立和推进具有民族的和时代的色彩的中国马列主义民俗学。对于世界新文化的态度，我们要学蜜蜂，采取的是各种花粉，而酿出的却是自己的蜜。

近年来，我国一些专业性的期刊在这方面作了一定介绍工作，这是有意义的和有效益的。可惜比较零碎，比较分散，不能使学习者充分感到满足。现在这个民俗学译文集子，企图在这方面初步作一些填补。但是，因为是杂志性的东西，也不能做到很完备或系统化。更重要的问题是由于一时手边资料的缺乏，所介绍的文章不免有些偏颇。例如关于社会主义国家和第三世界国家的就很少。这种缺点，我们希望从第二集起，能够逐渐改进。

最后，我要声明一下，编辑这种集子，虽是由于我的倡议，但是，实际从事编辑工作的却是王汝澜同志。她的辛勤劳动，我想读者是会默记在心的。

1985 年作于北京

《北平风俗类征》重刊序言

我国古代记述风俗习尚(特别是关于岁时的)的文字，产生相当早，在先秦、两汉的文献里就有了。但是专门记载一地区或全国这方面文化资料的书籍，却似乎到汉、魏之后才涌现。像大家知道的梁代宗懔所著的《荆楚岁时记》，就是显著例子。六朝以后，有隋代的《玉烛宝典》、唐代的《岁华纪丽》及宋代的《岁时广记》等。到了清代，这类著述就更多了。如《杭俗遗风》、《清嘉录》等就是这方面比较流行的书籍。

我国过去记载风俗、习尚的著述，从所记的内容看，约有两类：一类是单记岁时活动的，如《荆楚岁时记》，就是这一类的始祖。另一类是概括地包含社会风习的多方面情况的，如《杭俗遗风》就是这一类的例子。这两类著述所取材的地域，有的限于某一地区，有的却是包含许多地区的。后者如20世纪20年代胡朴安纂编的《中华全国风俗志》，就是例证。

从这类著述的写作的方式看，也可分为两类，一类是编者自己写作的，如宗懔等著述，就是属于这一类的；另一类是类书性质的，即汇辑别人的记录而成的，如《玉烛宝典》等都属这一类。这后一类的型式，是比较多见的。

“五四”新文化运动以后，由于一般社会科学，特别是民俗学（包括民俗志）、民族学（包括民族志）等的兴起，记录民间风俗、习尚（包括民间文学、艺术）的文章比过去热闹得多了，编辑成专书出版的也常出现了，如《苏粤的婚丧》、《潮安年节风俗谈》和《中国新年风俗志》等（至于出版的民间歌谣集、民间故事集等，那就枚举不尽了）。从我国这门科学发展的历史看，这正是一个近于丰收的季节。

李家瑞先生编纂的《北平风俗类征》(1937)，可说是这个时代风气影响下出现的一种产物，但它又是一部具有自己的特点，并且具有自己的优点的风俗学述作。

首先，我们觉得这部书的取材是相当广阔的。全书上下 2 册，共数十万言，所援引的书籍、期刊多至 400 多种。把北京 2000 多年来，特别是近数百年来有关的文献资料差不多都网罗在一起了。跟它比较起来，那位清初著名诗人兼学者朱彝尊所主编的《日下旧闻考》有关风俗部分，就显得怎样寒伧了（自然这里面包含着辑录时代的先后一类的问题）。明清两代记述北京风俗的专书也不是没有，如《燕京岁时记》等就是大家比较熟知的。但是它是单记岁时活动的，而且篇幅也很有限。在李家瑞先生这部书里，把北京风俗分为 12 类（连卷末“杂缀”计算在内，共 13 类），单就第一类“岁时”，就占了 120 页。所收罗的繁富，可以推见了。

其次，这部书丰富的资料中，明显地包含着多民族的传承文化的成分。汉民族本来就是由许多各自独立或半独立地存在着的部落、部族长期融合凝聚而成的。但在他相对地形成后，又与周围的一些部落或民族不断融合，各民族的文化逐渐交融在一起，或暂时并存在一个地区的集团生活中。这种融合或暂时并存的情形都相当明显地表现在这本汇集了数百年来（自辽代到清代）各族所遗留文化足迹的记载里。这不但对于汉族近世北方民风习尚的形成和状态，提供了宝贵的资料，就是对于一般不同民族间民俗乃至整个文化的混合、演变过程规律的探究，也提供了很有益的事实例证。

再次，这部书里的资料，有力地说明风俗现象的民族性和阶级性。自原始共产社会解体以后，人类社会进入了新的历史时期。由于历史的传统和根据共同语言、地域及文化上所表现的心理质素等原因所形成的、相对稳定的、民族共同体的存在和继续，它在关及广大民众的生活、思想、感情的风俗、习尚上相当长时间地保持一定程度的共同性。自然，它不是绝对的，在不同的时期和地域，也有差异、演化和变革。但却不能否认，它的这种相对稳定的共同性。在长期对立的阶级社会里，各种文化都要打上阶级的烙印，自然，由于各种外在原因和各种文化自身的特点，这种烙印有时是很直接的、显赫的，但有时是比较间接的、隐微的。尽管如此，任何一种类的生活文化现象，在阶级社会里，要不带一点这种烙印是不可能的。在一个民族里，风俗、习尚，是与人民各方面社会生活血肉相连的文化现象，在性质上它既是民族的，又是阶级的。北京是长期各民族聚居和相互混合的城市，又是各代地主最高统治者及其成员居住的城市（当然，同时它也是被统治的中下层人民所聚居的城市）。在具有这样社会历史情形的地方，那两种性质（民族性与阶级性）都表现得很清楚。关于前者，中国北方广大农民的风俗也以同样或大致相似的型式在这里出现，例如填仓、龙抬头之类。关于后者，最明显的如好些仪式、习尚，是上层阶级产生和流行的，跟普通人民的生活根本没有什么关系。也有些风俗差不多是上下共同奉行的，但是，由于资产的贫富、身份地位的高下，同一风习，其具体做法却显然不同，它像镜子一样，反映出他们截然不同的各自的社会阶级地位。在这方面，这本书里的记录(特别是后者对比的记录)，是具有贵重的阶级社会文化史料的价值的。

这部类书式的风俗学资料书，它所具有的特点和优点，如果我们要仔细往下探求，当然还可以举出一些来。但是，我想仅就上述这些，已经足以说明它的价值并不寻常了。

像这样一部书，它在学术界和一般社会上当然不会是没有相当用处的，现在我们试简略举述几点：

(一)对于研究我国民族文化(特别是近世文化)的参考作用

关于我国历史的文献是相当丰富的。这些数量巨大的史料，由于它本身存在着种种情形，它的应用价值并不一致。总的说来，它的价值是不容否认的。但是，它有一个重大的缺陷，就是关于过去占人口绝大多数，并为社会的脊梁的广大民众的生活、文化和思想、感情的史料记述得太少(从那些著作者的出身、经历和当时学术气候等方面看，这种情形，并不是怎样不自然的事)。即使是记述民族风俗、习尚的书，也往往偏重在上层社会的活动。例如陈元靓所编纂的《岁时广记》那样分量不小的书(40卷)，所记述的风俗行事，就有不少并非那时一般老百姓所共同奉行的。从文献上看，我们有关这方面的记载，并不能说太少，但真正属于广大人民所共有的(换一句话说，够得上称为“民族的”)，实在也不太多。从这点看，李家瑞先生40多年前所编纂的这部书，就一个地方的风俗习尚搜集到这样丰盛的记载是很不容易的(这当然有客观的原因，即关于北京的文字记录本身就比较丰富)。大家知道，风俗习尚，是民族文化的一个重要部分。要撰写一部比较名实相符的民族文化史(或北京文化史)，没有这个部门的叙述，至少是不完整的，是一个“缺典”。这样说来，我们就可以正确判断这部书对这方面学者的研究和著作所具有的意义了。

(二)对于建立和推进民俗科学的作用

民俗科学(风俗科学)是比较年轻的学问，也是富有生命力的学问。我们要建立具有中国特色的社会科学或人文科学，决不能忽视或轻视这个科学领域。前几年，我国中央社会科学院把民俗学和社会学、民族学、人类学等学科一同列入全国研究科目的规划中，是完全正确和必要的。这门学科，从体系上说，除了关于它的原理研究和历史的整理、记述之外，还应该包含这方面科学史的整理和叙述以及方法论的探讨等方面。这种学问不但具有一般重要的科学意义，而且它还具有比较广泛和复杂的科学领域。今天世界上许多科学比较发达的国家大都有这方面的研究以及有关的实物收集、整理和展览等活动。从学问本身的研究领域说，也大大地扩展了。我们是这方面资料极富有的国家，而且有明显地保留着那些比较原始状态和发展、递变痕迹的可贵史料。但是，我们在这门学问的研究上，不仅起步较迟，中间还走过一段曲折道路。现在正在乘强劲东风，加倍奋勇前进。对于这项工作，这部书所能贡献的东西是多方面的：首先，是有助风俗史的探索和记述；其次，它有利于我们这方面的一般原理研究；再次，对于这方面资料学的探讨、研究，也不是无所裨益的。总之，它在我们社会主义新时期整个民俗科学的研究工作上绝不是一部等闲的书。

(三)对于风俗改革工作的协助作用

现代我们国家的社会生活，正处在一个大变动的时期。19世纪鸦片战争以后，我国的社会形态，从古老的封建社会，转变为半殖民地半封建的特殊社会形态。由于中国共产党的英明领导和国内各民主阶级(特别是工农阶级)的共同奋斗，终于推倒三座大山，建立了崭新的中国。30 多年来，正在进行着社会主义的改造和建设，虽然经历了一些曲折，但现在全国上下正在为建成四个现代化和两个文明的伟大目标而并力前进。这是一个激烈的历史性的社会变革时期！从经济、政治、法律、家庭的各种社会制度以及伦理、风俗、文学、艺术等意识形态都起着变动。这种变动，像海洋里的水，从海底直波动到海面，既广阔而又深湛。风俗、习尚，不仅是社会现象的一个相对独立部分(包括所举说的婚丧礼俗、岁时行事等)，而且是广泛地普遍存在于社会所有现象的各部门的。生产方面有风俗，法律方面也有风俗，伦理、宗教方面同样有风俗、习尚。像这样的社会文化事物，在我们社会历史性大变动的漩涡中，怎么能安然不动呢？单就我个人在北京居住的一点经验来看，也可以明了我们当代社会风俗变化的急剧。随便举点小例子，如中元节北海的放荷花灯，中秋节的卖兔儿爷像，或一年一度的厂甸春市，……这些风俗在刚解放时还存在的，现在已经属于历史博物馆的事物，或属于历史上的记载。现在 20 岁以下的年轻人大都已经不知道它了。至于随着社会变动新产生的风俗、习尚，那就更多了。总之，在这一个世纪的⅓的时间中，北京一隅，在风俗习尚方面就起了如此重大的变化，整个国家这方面的变化情形也可以想见了。

在我们这样的时代，风俗的急剧变化是自然的。但是，自然的变化(包括新生的东西)，大多数可能是合理的，有些可能不一定合理。为了有计划地有根据地改变广大人民的风俗习尚，除了根据我们立国之本的四项基本原则之外，我们还要依靠风俗科学的理论知识及历史知识，必须对实际的现状和存在的问题，进行严肃的科学的分析和判断。否则，鲁莽从事，未必能收到应有效果，甚至会产生意外的不利。在这种意义上，像《北平风俗类征》一类内容丰富的资料书(尽管它的采集地仅限于一隅），无疑是能提供有益的助力的。因为在这些风俗资料里，体现着某些风俗变革的规律和使变革有利于人类社会文化进步的例证。这正是这部书的刊行一定有裨于现实生活和文化建设的一点。

上述三点，是这部书比较重要的科学的和现实的作用。此外，当然还有其他种种作用，如对于来北京的外国观光者（特别是其中的学者们）提供一定的地方风俗、历史知识；又如对于国内一般知识分子（包括史地学者在内），它也是一部有益处和有趣味的书。关于这方面的话，我就不再一一絮说了。

“金无足赤，人无完人”。像不少有价值、有用处的著作一样，跟它的优点、长处一道同存着，也不免有着这样那样的缺点。李家瑞先生这部编纂和出版在40多年前的资料书，也不是没有缺陷的。由于编纂者的世界观（包括他的学术观）和专业才识等的限制，他这部著述，在分类、选材等方面都是有值得商榷之处的。同样使我们感到不满足的，是缺少一篇运用本门学科知识（我们姑且不对他要求正确的马克思主义观点），对所辑的大量、庞杂的（同时也是有价值的）资料，进行客观分析和综合，写成一篇比较有分量的“导言”。这种工作是学术界的读者所希望，也是一部严肃的学术资料书的编著者所应该给予的（他是过去中央研究院的历史语言研究所的研究人员，该书也是以这学术机关的名义出版的）；同时，这部书里丰富的材料是能够提供这种探讨的便利的。但是，编著者却把这个任务留给了后来人。我们在郑重指出这不足之处的同时，也希望同志们能够在接受、消化他的贡献之余，立志为他填补这种学术上的缺陷（写出关于它的有正确观点和科学分析的评论文章），或进一步自己编著出更为圆满的同类的书来！

最后，我想对热心重刊这类风俗、史地资料书的北京出版社说几句话。该社在“文化大革命”前，已陆续出版过《长安客话》(明代蒋一葵著)、《帝京岁时记胜》(清代潘荣陛著)及《清代北京竹枝词》(孔尚任等著)。近年来又重刊了《帝京景物略》(明代刘侗等著)，现在又要重刊这部现代人编纂的《北平风俗类征》。作为一个北京地区的出版社，这种书物的刊行，固然同自己所承担的任务有相当关系，但是，他们肯于再三印行这类书，也正说明他们在出版计划上是比较有远见的。它对于今天正在广泛展开的民俗科学活动(包括搜集、研究、展览和出版等)，特别对于我们这些多年从事这种学问的人，是一种及时的恩物，不消说，是应该表示欢欣和感谢的。今后，在出版方面，希望他们能再接再厉，更多提供同类的书物。它对我国学术文化的提高绝不是无关重要的。在这里，我表示一点虔诚的心愿。

1983 年 11 月 27 日于北京西郊

重印《民俗》周刊序

去年11月下旬，我应浙江民间文艺研究会负责同志的邀请，到宁波去参加他们的第二次年会和浙江民俗学会成立大会，归途在杭州和上海都小作勾留。寓上海时，曾到上海书店看书，受到出版部同志的招待。他们说，在复印出版计划里有些关于我国过去所出版的民俗学、民间文学的书刊，并征求我的意见和帮助。我给介绍了几种现下学界迫切需用的书刊，中山大学民俗学会出版的《民俗》周刊，就是其中的一种。我还答应在该刊重印时给写一篇序言。

今年春间，上海书店出版部同志来信说决定重印这份具有历史意义的刊物，但上海一时找不到该刊比较完整的全份。我高兴之余，就把手边的一份给挂号寄去了(其中原缺“一百期专号”，后来他们从中山大学图书馆把它补齐了)。最近他们又来信，说重印工作已经在着手，催速寄序文。尽管我眼前提笔颇感不便(因为右手有毛病)，但不能不勉强来实践我的诺言了。

回头已经是半世纪以前的事情了。

中国近代学界的民俗学活动，发轫于“五四”前夜北京大学文科教授们所建立的歌谣征集处和《歌谣选》(附在《北京大学日刊》上)的出现。接着来的，是歌谣研究会、风俗调查会及方言调查会等的相继成立和《歌谣》周刊的刊行以及《晨报》等报刊的响应。从 20 世纪 20 年代初年到 1927 年前后，歌谣、故事以及民俗等民间固有文化资料(尤其是前两项)在国内出版物中的出现已经是常见的事情了。当时有些大学还开设过这方面的讲座；在某些文学史的著作里也郑重论述到它了。这绝不是偶然的现象，它是跟当时汹涌的民主主义、民族主义的思潮以及跟这些思潮相应合的社会、文化革命实践运动密切相关的。从学术本身说，它是一种"新国学"运动；从社会思潮说，它又是整个新文化运动的一个构成部分，虽然不是它的主要部分。

1926 年前后，南方民众革命的浪潮不断高涨，北方的军阀统治则更加反动和腐败。由于政治和经济等的原因，北方的一部分学者、教授相继离开那里，奔向呈现着"希望之光"的南方。他们有的初到厦门大学，接着又转到广州的中山大学。顾颉刚先生就是他们中的一位。大家都知道，他是后期《歌谣》周刊和《国学门周刊》的主持者，是当时民俗学活动的一个勇士。此外，还有董作宾、容肇祖和陈锡襄等先生。他们大都是在北大研究所或本科上过学，并直接参与过学校的民俗学活动(或受到它的一定影响)的人。在他们中间，当时我和杨成志等还是小弟弟，但从对这门学术活动的劲头说，也可勉强算是他们的热心的伙伴。此外，当时中大文科还请来了一些对民俗学有一定理解和兴趣的教授，例如何畏(思敬)先生。这就是中大继北大之后，在南方树起这面重视民间文化研究新学科旗帜的直接原因。当然还有一些辅助的原因。例如当时学校新领导班子成员中，有一位是从北大来的，他当然知道北大这种"新国学"活动的情形和一定意义。由于他所处的特殊地位，他对民俗学活动的支持，也就成为有一定分量的积极因素。

总的说来，中大民俗学的兴起，作为历史社会背景是跟前面所说，从1918年到1926年前后的情形基本一样的，但作为直接原因，主要却是这里所述的那些人的因素。

中大民俗学活动的发端，准确的年月没有正式记载可查，现在不能确说。大概说来，是在1927年的冬天。《民间文艺》周刊第一期，刊行于1927年的11月1日，这可以说是中大民俗学会活动正式开始的日子(以前当然有些酝酿时间)。此后，继续创办风俗物品陈列室、民俗学传习班，改《民间文艺》为《民俗》以及进行大量刊行民俗丛书，广泛发展会员等活动。《民俗》一共出了123期，为我国民俗学刊物里期数最多的一个。后来还曾经复刊(季刊)，共出满了两卷。

中大民俗学会，建立于1927年冬，至1943年(《民俗》季刊终刊)，前后活动延续了16年。尽管工作的进行中间有些曲折、起落，但总是解放前一个有相当经历和成绩的学术组织。这一点，在国际学界中也是一致承认的，虽然国外学者对它的真实性和意义不一定很了解。

《民俗》周刊，是中大民俗学会活动中的主要定期出版物，它与30多种民俗丛书构成这个学会活动的重要部分，也是整个学会具有比较显著的成绩的一部分。不管从它本身看或从它对当时学界的影响看，都可以这样说。

这个刊行了100多期的专业性刊物的出世，到现在已经过去了半个世纪。但是，我们学术界还没有人对它作过科学的研究。国外学者虽然有论述及它的，但也没有比较详细的探究。在这里，我也只能作点印象的、简略的论述。

首先，从它本身的成绩看。

中国是一个历史悠久、人口和民族众多的国家，是世界上文化开展较早的国家。我们的民间风俗、文化是我国整个文化史的重要部分，同时也是全人类文化宝库的一个重要部分。但是，过去由于封建阶级观点的限制，在这方面，我们现在所承受的文献资料并不是太丰富的。许多重要的人民文化史资料被抹煞了。被记录下来的那些，也多少要受到士大夫观点的“过滤”和歪曲。“五四”以后，对这种限制有一定程度的突破。但是，从《歌谣》周刊到《国学门周刊》等，对一般民俗资料的记录数量仍然不多(评论更少了)，影响范围也比较狭窄。中大的《民俗》周刊(以及民俗学会丛书)，在这点上，不仅仅是北大事业的一般继续，而且是大踏步前进了。

现在我们试把《民俗》和《歌谣》周刊等粗略对比一下，就可发现前者是怎样在发展了。《歌谣》后期，虽然已经重视风俗资料的刊载和对它的谈论，但是，毕竟分量和范围都比较有限。我们把100多期《民俗》的目录看一下，真不禁有波澜壮阔的观感。许多古代文献上和现代记录上所没有(或者很少)提到的民俗资料初次被发掘出来了。其中有不少不但对于我国民俗学来说是相当重要的，而且对于许多世界性学术研究，如原始社会文化史、人类学、民族学、民间文艺学及民族心理学等都提供了一定的参考材料，有的还是一种极珍贵的材料。这是这个刊物的重要意义所在。

再从它对民俗学活动的推进和普及看。

《民俗》的刊行，除了它本身的成绩之外，还有别的意义和作用。这就是它对这门新学术活动的推进和普及。这个刊物在它发行的几年中，培养了一批散在各地的青年民俗学工作者。他们由于它的启发、诱导和帮助，一时成为这门学术热心的参与者和传播者，在那段时期中，广东、福建、浙江等省一些地区的青年，纷纷成立民俗学会分会

(或其他名称的组织)和出版了好些书刊。这是推进民俗学的有利基础。另一方面,《民俗》在宣传和普及民俗学知识于社会(主要当然只是知识界)上，也起了相当做用。它至少使许多知识界的人对于那些长期被瞧不起的、围绕在自己身边的风俗事象加以注意，乃至于对它具有一定的理解。这种情形，自北大征集和发表歌谣等活动以来已经出现，而中大的《民俗》的刊行更是把它的作用推广了。应该说，这种使科学知识社会化的活动(虽然它的范围仍是比较有限的)，从学术本身的发展说，或者从提高社会的文化说，都是有一定益处的。

当然，半世纪以前，在我国南方一个资产阶级大学里产生的新学术刊物，内容上、学术成熟程度上以及社会影响的范围、性质上，从今天我们的理解和标准看来，都不是没有缺陷的。首先，是它的指导思想问题。尽管马列主义原理成为我国历史、文化等科学研究的指导理论，这时还正在刚刚开始时期，但是它已经和我们的现实社会政治运动相结合，成为实践的指导力量。在这时候，以广大人民文化(民俗)为对象的新学术(民俗学)，却自外于这种科学理论的指导，这至少使它在学术的成果上不可能达到应有的历史高度。其次，这个刊物的学术成就，一般地说，是不高的。就是说，这里面的许多理论文章，在学理上属于深思熟虑的结果并不多。记录资料的科学性也颇值得斟酌。再，执笔者们的观点，也缺乏统一。当然不是完全没有，例如进化论的历史观点，就是他们比较一致的。但这不能概括其余。至于影响的局限于知识分子阶层，就更不用说了。

如上面所说,《民俗》是有许多缺点的(甚至是相当重要的缺点的)。这毋须讳言。特别我作为一个早期的编辑者和若干文章的撰稿者，现在回头看看，实在不免有像看到自己小时候穿开裆裤露出屁股的照片的那种羞愧感觉。但是，我们是马克思的“学生”，对于事物必须历史地去考察，必须一分为二地去分析。民俗学在我国那段时期，正像襁褓里的婴孩，至多也只是个正在发育的少年，幼稚是不能免的。当日许多作文章的人，很少在这方面是受过专门科学教育和训练的。他们多半是对于这门新兴科学多少感到兴趣，或因自己所从事的专门学科跟民俗学有关系的学者。因此，彼此没有一个比较共同的观点是很自然的(这只要看他们中后来很少有专门搞民俗学工作的就可以了然)。除那些教授、学者之外，更多的执笔者是爱好民俗学却很缺少这方面专业知识的青年人(我自己当时就接近后一种人)。从这些执笔者乃至倡导者的阵容看，我们对于他们的作战能力和指挥上的统一意志等，就不能比较严格去要求了。(自然，这不是说对于他的缺点可以完全放过，只是当看到另一方面，并不要苛求罢了)

总之，《民俗》周刊，是当时历史社会大背景下的产物。由于中大一批文科教师们的热心提倡和努力，也由于各地青年知识分子的热情协力，共同办了这个连续出版了多年的专业性刊物。它收集了大量的、有些还是特别有价值的民俗资料，并讨论了这方面的许多问题。尽管存在着这样那样的缺点乃至错误，但是，它的历史功绩是不容淹没的。它也是我们解放前那段历史时期，有一定进步意义的科学文化活动的一个构成部分。它对于我们今天社会主义时期的新民俗学来说，是一种历史先行者的试探足迹。

人类社会的历史是不断前进的，尽管在行程上有迟有速，甚至于有曲折或一时的后退。

中国的现代史，充分证明了这点。从一个在帝国主义和封建势力压迫下的破碎的、腐败的旧中国，由于党的领导和革命人民的拼死战斗，终于1949年建立起一个崭新的中国。30多年来，虽然中间经历了一些曲折，但是，她终究比较迅速地进行了社会主义改造和社会主义建设，取得了伟大的成就。现在正进入一个为彻底实现四个现代化的重要时期。未来的历史光辉在炫耀着我们的心眼。

全国解放后的一段时期里，作为民间传承资料一部分的民间文学、艺术，受到相当重视，并且取得不少成绩。但作为一种人文科学的民俗学，却没有得到足够的注意。自从打倒"四人帮"以后，特别是党的十一届三中全会以来，民俗学广泛和迅速地发荣滋长了。这好像是对于过去损失的一种补偿。眼前这方面的情况，说起来真是喜人！出版的民俗学书刊不断增加。调查、收集的活动也在日益扩大加强。紧接着南北一些省市级的民俗学会之后，今年夏间，北京成立了全国性的中国民俗学会。许多文科的高等院校不但开设了民间文学讲座，有些还建立了民俗学社团。为了比较广泛培养专业人才，中国民俗学会和少数民族文学学会，今年暑假在北京还开办了民俗学和民间文学讲习班。……这种新形势，使我这个在年轻时候参加过中大民俗学会的各种活动的老人，特别感到欣慰和兴奋。

现在日见增多的青壮年的民俗学搜集、研究者和教师正急迫需要各方面的参考资料(特别是关于这门科学的历史参考资料)的时刻，这个具有一定学术意义的《民俗》周刊被重印出版和发行了。这件事，一方面表明我们社会主义的国家是一块怎样能够提供滋长学术养料的优良"土壤"；另一方面，又怎样使那些渴望得到精神滋养的同志们感到满足。

记得1979年夏，中国民间文艺研究会在民族文化宫召开一个纪念"五四"运动的座谈会，顾颉刚、容肇祖、于道泉、常惠诸先生都参加了。在会下闲谈时，顾先生对我说，以前中大出版的民俗书刊，是不是可以编选一下，重印出来。我非常赞成他的意见，但也考虑到出版问题一时不是那么容易解决。现在《民俗》周刊全部重印了。这只是鸡鸣的第一声，以后当有不断继起的鸣声。现在这里所实现的，虽然不是完全依照顾先生的原意办理，但是，到底是这方面的一个好消息。如果他还活着，该感到多大的高兴！

“落红不是无情物，化作春泥更护花。”(龚自珍句)这个旧刊物的重印，对于我们当前欣欣向荣的民俗学界，不仅提供了一份科学史的结实资料，它还要为我们这门新科学的建立，在理论研究和记录资料等方面提供一定的有益养料。

我们希望接着这份周刊重印本的出来，能够看到其他需用的过去资料的接踵涌现。这是学术发展的殷切要求！

1983 年 10 月 11 日，北京

一 般 文 艺 学

诗的逻辑

一

王充在他那部富于卓见的论集(《论衡》)里，对于诗的一种重要表现法——夸张，曾经认真地讨论过，例如对于“鹤鸣于九皋，声闻于天”这两句诗，就说了下面一大片的话：

> 言鹤鸣九折之泽，声闻于天，以譬君子修德穷僻，名犹达朝廷也。(言)其高远可矣，言其闻于天，增之也。彼言声闻于天，见鹤鸣于云中，从地听之，度其声鸣于地，当复闻于天也。夫鹤鸣云中，人闻声，仰而视之，目见其形。耳目同力，耳闻其声，则目见其形矣。然则耳目所闻见，不过十里，使参天之鸣，人不能闻也。何则，天之去人以万数，远则目不能见，耳不能闻。今鹤鸣，从耳闻之，鹤声近也。以从下闻其声，则谓其闻于地，当复闻于天，失其实矣。其鹤鸣于云中，人从下闻之；如鸣于九皋，人无在天者，

何以知其闻于天上也？无以知，意从准况之也。诗人或时不知，至诚以为然；或时知而欲以喻事，故增而甚之也。(《论衡》卷八，《艺增篇》)

他本着常识的推论法，辨明诗人措词的不合事理，最后又给以一种唯理主义的解释。他对于那种诗的夸张，多少总有些“伤失其本，悲离其实”的意思。

王氏的这种见解，并不是怎样独特的。在前代著述中，我们尽可以找到许多相似的例子。唐人裴说有一首题《弊阳社公(甫)祠》的诗：

骚人久不出，安得国风清？
拟掘孤坟破，重教大雅生！
皇天高莫向，白酒恨难平。
悒怏寒江上，何人知此情？

刘赓凝读了它的第三四句批评说：“作者难道是挖坟强盗么？”(见刘讷言：《谐噱谈录》)又好像黄庭坚题画的“欲放扁舟归去，主人云是丹青”，王子端的“猛拍阑干问兴废，野花啼鸟不应人”，法具的“半生客里无穷恨，告诉梅花说到明”等诗句，金朝批评家王若虚认为它们都犯了过火病。他逐条驳斥说：“使主人不告，当遂不知？”(对黄句)“若应人可是怪事。”(对王句)“不知何消得如此！”(对法具句)①

这种见解直到现在没有断种。“五四”前后的新文学运动，一方面固然泛滥着感情主义，另一方面却昂扬着唯理主义，唯实主义。所谓

① 见《滹南遗老集》卷十四。

“赛先生”，就是后者的一根大支柱。在那些新旧文学问题激烈的论战中，很可以看到这种主导精神的活跃。那时候新营垒里最大战将之一的胡适之先生，在某一回和友人讨论古典作品价值的时候，对于杜工部的那“独留青塚向黄昏”的诗句，就给以根据平常事理的驳论。他说：那个塚难道只向黄昏而不向白日的么？(见《答任鸿隽书》)这样简单明白的逻辑，一点明，大家自然哈哈地同意了。

要给这种诗的现象找出科学的概括说明么？那么，我们可以向一位声名显赫的现代美学大师那里请教去。克罗采(B·Croce)氏在他那部有名的美学著作上，一开始就把人类的知识干脆地分做两种样式，一种是直观的(Intuitive)，另一种是逻辑的(Logical)。所谓艺术(当然包括诗歌在里面)，它的特性就存在于这种直观上，它是一种直观或表现，它是跟“逻辑的思考或知识”对立的思考或知识的结果。① 克氏的这种学说，可说是对我们前面所举的那些诗的现象的概括解释吧。

诗(或艺术)这种普遍存在的精神产物，它是不是跟一切道理毫不相干甚或互相冲突呢？它有没有自己依循的规律呢？有没有它的逻辑呢？——这就是现在我们所要讨论的问题。

二

什么是逻辑呢？

详细地来讨论逻辑的定义、原理、型式，或叙述它在西方和东方发展的历史，这不是我们现在所要做的事情。逻辑在西方学术史上曾经有很长久的经历，被看做“思考型式的规律”。近代众学蜂起，这种传统的观点已经渐渐失去“独尊”的地位了。许多新的逻辑学说在流布

① 见克氏《美学》(*Aesthetics*)第一章。

着，这里，对于它，我们只想采取一种宽泛的看法，即当它是“一切事物活动的规律”。如果要借一个古代贤哲惯用的字，那就说是“道”吧？——这自然是取它较广泛的意义的。

所谓一切事物活动的规律，是句很概括的话。如果稍加分析，那么，所谓规律，就有不同程度或不同性质的种种差别。有较普遍的共同性的规律，也有较狭小的特殊性的规律。宇宙间万物万事，它们的性质、形态和机能，千差万别，我们实在没有法子去举述出来。可是它们都是一种客观的存在，至少彼此必然有某些比较基本的共同性质。因此它们就有共同依循的某些规律。地球之大，苍蝇之微，在某些点上都逃不掉某些共同规律的支配。但是一切事物既然是千差万别的，它们各有不同的性质，不同的活动条件，因此，彼此间就要有许多不同的规律存在——各种特殊的逻辑存在。例如人和动物，一方面彼此是具备着某些共同性质和活动条件的，因而是依循着某些共同规律的；但是，另一方面，彼此却是那样不同，这就使他们不能不有各自依循的规律了。再拿人类本身来说，原始人和文明人，在许多点上(生理的和心理的某些点上)，他们是有共同性质或近似性质的，因此，那些支配着穴居血食，信奉图腾的原始人的规律，也同样支配西装革履、谈科学、说民治的文明人，但这不过是一方面的情形罢了。另一方面，彼此不仅是各不相关，甚至互相水火，因此，我们文明人所依循的某些规律(我们看做当然的逻辑)，在原始人身上也许是不相干或不相容的。关于这点，我们只要谈起法国优秀的社会学者吕梵·布留卢(Lévy Bruhl)氏所创立的“前逻辑学说”——那种说明原始人思考的特殊法则的学说，就不必更絮絮了。艺术和科学的问题也一样。在一方面说，这两种精神产物，在某些点上有着共同的性质和活动条件，因此，自然也受支配于某些共同规律。但是，两者到底是不同种类的，它们各有特殊的性质和活动条件，因此，这一方所依循的规律，在别一方就可能是绝不相干甚或互相冲突的。你想想，假如一个科学家用诗的想象去写实验报告，或者一个画家依照数学的公式去绘写景物，这将会有什么结果呢？

总之，各事物间种种不同的性质和活动条件，就形成了种种不同的规律——特殊的逻辑。

三

诗是一种艺术，一种文化现象。在某些点上，它和别种艺术、别种文化现象，是有些共同性质和共同活动条件的。这就等于说，它和它们在某些点上是依循着共同规律的。例如它们的生长和变迁都受着某些社会基本力量的规制。但是，实际上，诗不单是和音乐、图画、跳舞、戏曲、小说和科学、哲学、伦理、宗教、法律、政制等有着共同依循的规律，甚且和自然界里的一片云，一匹马，一株树，一颗石头也都有些共同依循的规律。它们一齐活动在那些“大逻辑”的圈子里，它们都是在如来掌心上翻着跟斗的。

但是，诗到底是一种独特的存在物，它是一种特殊的文化现象，一种特殊的艺术。它和一般自然界里的东西比较起来，当然有许多不同的性质、不同的活动条件，最终自然是有那种不同的活动规律——特殊逻辑；就是和别的文化现象、别的艺术产物比较起来，也自有某些特殊的性质和活动条件，因此自有它的特殊逻辑。在这种意义上，诗，只是诗，它不是法律、政治，不是科学、哲学，不是（或不同于）音乐、跳舞和小说。它是一个独特的星球，它有它自己依循的轨道。

在这里，我们要碰到一个诗学上的麻烦问题——诗的特质是什么？关于这个问题，历来发表过意见的人真不少！那些答案正分歧到使我们怕提起它。有的人说是“想象”，有的人说是“热情”，有的人说是内容的“真理”，有的人说是型式上的“韵律”，当然也有采取综合看法的，还有的奇特地说是“神秘性”或“梦幻性”。现在，我们不想(实际上也不需要)详细地完全地来检讨和解决这个问题，只要在本文必要的范围内作出一些回答就得了。

诗的主要特性到底在哪里呢？我以为就在它的那种情绪性、主观性上面。

情绪本来是一切艺术的基本性质之一，但是作为“艺术之一种”的诗，在这项特质上却显得格外突出。在普通的诗学上，关于形态的分类，虽然有叙事诗、戏剧诗、抒情诗等的分别，可是大体上诗是不能缺少情绪的——高度的或浓度的情绪的。上面的那种分类，不过是相对的而且是很粗疏的罢了。我们有时候也说，抒情的图画，抒情的小说，或抒情的戏剧……但这总是在那种比较特殊的情况下，至于说抒情的诗，就十分平常了——虽然这句话在性质上也许有点矛盾。近代有些诗人或学者主张“抒情诗”才算得真正的诗，其他不过是韵语的故事或论说罢了。我们并不赞成这种极端的看法，可是总认为情绪——一定高度或浓度的情绪，是诗的最主要的一种因素。忽略了这种因素的诗，即使能够存在，也绝不会有广泛的深沉的感动力的。它往往只是一种苍白的或残疾的作品罢了。不错，诗要有活跃的想象，要包含着宝贵的真理，但是这些重要因素，在诗篇里都和作者的情绪有密切关系。诗篇中的想象和真理，是必须饱和着情绪的。实际上，诗中的想象，大都是热情昂扬时候的必然产物，那真理也往往是从热情的沸腾中自然领悟出来的。这很像诗句的韵律大都是情绪的必然产物一样，所以有些学者说：“诗是感奋的真理。”“没有热情的诗很少是想象的”。

一切精神活动现象很难不带一些主观性。例如分析、推理、判断等活动，在理是应客观的，但往往也或浓或淡地带着主观成分——个人的主观或一定社会集团的主观。但是情绪在精神现象上是特别富于主观成分的，不但它自身这样，和它有密切关联的别种情绪活动像想象、记忆等，也往往被它涂上浓厚的主观色彩。但是，在诗上，所谓主观性是很广泛、很深重的。除掉情绪、想象以外，主要的还有“欲求”。诗人对于世界和人生的态度，不单显示着强烈或深沉的爱憎，往往也带着浓重或固执的欲求。它不但恩怨分明，而且跃跃欲动。诗人们有的要舍生取义，有的要杀身殉情，有的要创造地上的乐园，有的要征服人世的魔鬼……他们的欲求，显然比平常人甚至别的艺术家来得更壮旺、更强烈。那种欲求伴着热情、想象和义理等具现在一定语文型式上，往往就成了动人的诗篇，所以有些文学理论家简直把“理想性”——超越现实的欲求——当做诗的一种重要性质。总之，欲求无疑是形成诗的主观性的一个有力成分。

诗因为具有这种浓厚的情绪性、主观性，所以在表现上不能和别的语文的著作一样。它必然显出那种不同的形貌，因为它依循的是一种特殊规律——特殊逻辑。这种逻辑，依照诗学上的某些语例——好像“诗的正义”、“诗的真实”、“诗的词藻”等，我们可以把它叫做“诗的逻辑”(或“艺术的逻辑”)。

四

这种情绪性、主观性在精神活动上，显出怎样的形态呢？它能够自由地伸缩客观事物的性质、形态和机能。它能够打破事物间的某些界限，它能够把人类自己的许多属性给予客观事物，它能够使人和自然界发生亲密关系，它能够任意去构成或评断那些客观上实有的或乌有的事物……它使人们的精神活动非常活跃，非常奇妙，夸张一点说，它使人们的头脑成为“魔术的”。

一般用语文作表现工具的精神产物，好像科学、哲学、史书、评论等，它们彼此间的性质、形态和机能，不消说是有许多差别的。但是，它们在表现上，大都以忠实于所探究或叙述的客观事物的现象或义理为主，它们都是智性的、客观的。它们的表白越是能够贴切对象的实际就越有价值。它们的表现手段，大体上必力求明晰、简单和质实，像数理等科学，就简直采用了那极概括的公式。这类著作，因为没有情绪和主观的参预，所以表现上也就绝不会有那种在人们看来是违反常理(普通事物的逻辑)的地方了。

但是，诗的表现怎样呢？由于它本身所具有的浓厚的情绪性、主观性，由于这种特殊性等所带来的特殊规律(逻辑)，它在语言上的表现，就和那些把客观的真理作内容的科学等的表现，显出了不可泯灭的疆界，甚至显出十分强烈的对照或冲突了。大家都知道诗是有它的特殊修辞学的，好像许多著名的修辞格(Figutes of Speech)——比喻、借代、拟人、夸张、讽刺、反语、感叹、呼告、讳忌等，都是诗里所惯用的，甚且是专用的。这些修辞格的产生和繁殖的根由，主要就在于诗的那种特殊性上，像前文所曾提到的，它的韵律的形态，也正是同一因原的结果。抒情的语言必然是韵律的。

我们要看看具体的例子么？不妨随手掇拾一些。当诗人觉得日子过得太闲空了时，他可以说：“日长似岁闲方觉。”如果他觉得人生太短促了，又可以说：“处世若大梦。”当他设想自己遨游世外的时候，他可以说：“前望舒(月御)使先驱兮，后飞廉(风神)使奔属”，或“饮余马于咸池兮，总余辔于扶桑”。他觉得别离太难堪了，就牵扯地说：“马为立踟蹰，车为不转辙。”或埋怨地说：“无情汴水自东流，只载一船离恨向西洲。”要状述一个人的英勇的时候，可以说“力拔山兮气盖世”，或“雄发指危冠，猛气充长缨”。如果要表白自己的忠贞呢，他可以说：“亦余心之所善兮，虽九死其犹未悔！”或“万刀攒身终不变，一诚铭骨岂能忘?”觉得不应该只顾自己温暖的时候，他就说：“争得大裘长万丈，与君都盖洛阳城。”觉得敌人可恨可杀的时候，他就说：“壮志饥餐胡虏肉，笑谈渴饮匈奴血！”他觉得缺少亲朋来往的时候，就说：“独行天与语，枯坐石为徒。”他觉得和某种东西有密切关系的时候，就说：“长镵长镵白木柄，我生托子以为命！”觉得眼前景物很称意的时候，他就高兴地说：“流莺有情亦念我，柳边尽日啼春风。”如果某种风景使他不满了，他就这样叽咕着：“云意不知残照好，却将微雨送黄昏。”他觉得那些花朵有点像美人的韵致，就说：“想佩环月夜归来，化作此花幽独。”他觉得画幅里的山水才可眷恋了，就说：“未可匆匆便移去，夜窗我欲听滩声。”他觉得那异性太美丽了，就不妨说：“一顾倾人城，再顾倾人国！”或“猛见了可憎模样！”……好了，这样信笔写下去是不会有尽头的。

上面所举的诗的语言，大都是不符合平常道理的。它不合科学的逻辑，甚至和它显明地相水火，但它是由于诗的情绪性、主观性产生的，它是那种特殊性的结果，它是诗的逻辑的自然表现。

说到这里，我们得附带解明一个问题。大家知道，一切艺术品，都是具有情绪性、主观性的。那么，它们多少也是依循着这种特殊逻辑的。但是，为什么诗在认识上，要特别使某些人感到它的不合常理呢？这个问题并不难解答。那主要的原因就在于表现的工具上。像绘画、音乐、雕刻或舞蹈等，它们所用的表现工具和语言的性质有差别。语言，在日常应用上，固然有拿出表情的时候，但是它主要的用途，是叙说平常的事象、物理。因此，当人们看到拿这种工具去作诗的特殊表现的时候，就不免觉得奇异了。其次，作品中所蕴含的情绪、主观的高度或浓厚也很有关系。同样用语言作表现工具的艺术品如小说、戏剧等，在语言上很少使人感到它们的违反常理。这就因为它们没有诗那样富于情绪性、主观性的缘故。

在本文第一节里，曾经举出了好些不理解诗所依循的特殊规律的意见，难道古来真正没有人懂得这种道理么？不是的。在很古的时代就有些学者感觉到它，而且在某种程度内给以正确的解释了。例如孟子，他就这样简要地说过：

> ……说诗者不以文害辞，不以辞害意；以意逆志，是为得之。如以辞而已矣，云汉之诗曰："周余黎民，靡有孑遗。"信斯言也，是周无遗民也。（《孟子·万章篇》上）

他知道诗是情感昂奋时候的产物，它的语言是不能只用平常的道理去解释的。要真正理解它，必须用自己的心情去体会。他说出自己意见之后，还举了一个有力的例子，这道理更加明显了。

刘勰在他那部文学理论的名著里，对于诗最特征的修辞格之一的"夸张"，不但用专章去述说，而且意见也很超卓。他说：

> ……言峻，则嵩高极天；论狭，则河不容舠；说多，则子孙千亿；称少，则民靡孑遗；襄陵举滔天之目，倒戈立漂杵之论：辞虽已甚，义无害也。（《文心雕龙·夸饰篇》）

这还不过替经典上那些诗的语言（或诗意的语言）作一种消极的辩护。接着他更进一步指出产生这种诗的特殊修辞法的原因：

且夫鸮音之丑，岂以泮林而变好？荼味之苦，宁以周原而成饴？并意深褒赞，故义成矫饰；大圣所录，以垂宪章。

“意深褒赞，义成矫饰”，这就精要地说明了诗语夸张的自然要求。我们如果说，这位杰出的文学理论家，在一定程度上了解了诗的特殊规律或逻辑，并不能算是过分的话。

唐朝以来，文人学者中懂得这种道理的人渐渐多了起来。据说，有一次，令狐臆向唐宣宗推荐李远，那位皇帝却记起了李远的一句诗：“长日惟消一句棋。”因此怀疑他是否可以去担任政务。令狐氏解释道：“诗人的话是不能这样老实地去看的。”结局自然是皇帝让步了。记述着这个逸话且给以解说的黄鼈氏，又举出韩愈《和刘使君》句：“吏人休报事，公作送春诗。”及刘禹锡《送王司马去陕州》句：“案牍来时惟署字，风烟入兴便成章”等。并俏皮地说：“这些如果给俗吏看起来，都是不打理公事的证据了。”(见《碧溪诗话》卷七)

诗人杨万里在他的《诚斋诗话》里，引述了一位天台诗僧的绝句：

四面峰峦翠入云，一溪流水漱山根。
老僧只恐山移去，日午光教掩寺门。

他称赞它“甚有诗家风旨”，而骂那位说“山欲去，岂容人掩住”的批评家是痴呆习气，不懂诗艺。

这类记述，如果我们高兴，自然还可以举出好些来。但是，仅仅这些，已经尽够证明一点了，即自古以来，虽然有许多唯理主义者或痴呆汉，喜欢拿平常事物的道理去衡量诗的语言，可是，在另一方面，却有着那些通达的人，知道诗的特殊性质所要求的特殊表现，他们多少晓得诗的那种独特的逻辑。

一种客观地存在着的规律，人们就必然地或可能地去发现它、反映它——这不正是一种当然的逻辑么?

[附记]这篇小论，是3年前在坪石草成的。当时曾经寄给一个学术杂志去发表。可是它没有排成，就跟着那古城沦陷了。侥幸在箱子里保存了一份底稿，现在重抄出来，交本刊(《岭南学报》)发表。因为时限迫促，词意上未能细加磨炼，这是很抱歉的。

1946年，记于广州石牌

诗　论

由于心脏的搏动而咏唱出来的真理，是诗。

情绪是朦胧而又敏感的。
因此，诗特别具着那种暗示性和含蓄性。

诗歌违反逻辑的地方，正是它吻合逻辑的地方。
它违反的是理论的逻辑，而吻合的却是感情的逻辑。

诗人不是敌对数学的。
他只是漫画性的数学家罢了。

在技巧泯灭的地方，才有真正的风格。

诗人因为要说得更真切些，所以往往不能够不撒谎。

人的尊严就是诗的尊严。

仅仅说诗是诗人对于世界的解释是不够的。

诗是诗人带着一定好恶的世界的解释。

周濂溪说，窗前小草和自家的生意一般。

这是理学，也就是诗。

最高意义的理学，是能够和诗浑然一致的。

一部文学史，是旧体裁对新体裁不绝压迫而又不绝让位的记录。

要靠典故才能够表现情思的作家，正像没有拐杖就不能够走路的老人一样。

作品的公式化，是那作家对所歌咏的东西太过生疏的证明。

歌德说他自己的诗都是“感兴诗”。

这不是表明他的诗篇里没有观念存在，——人根本是思想着的，——而是表明他对于感性的无限看重。

每个作家的修辞学，都是他对于世界的观感的一部分。

康德等只看到美和善分歧的地方。

我们古代的理学家恰好相反，他们大都只看到美和善混合的地方。

诗里的思想，必须是热烘烘的，像刚出炉的面包一样。

可是，我们常常碰到的，却是冰冷的，甚至于是发酸的。

从碰击里溅出浪花，从燃烧里腾起火焰。
从生活的纠纷和搏斗里产生伟大的智慧、节操和艺术。

在黑暗的世代里，那些有良心的艺术家的作品，往往是“言不尽意，意不局题”(袁黄语)的。

日常的生活中有浑朴的诗情。
日常的语言中有断零的诗句。

伟大的诗人是真正的预言家。
他的敏感和洞察使他能够预感到人世未来的祯祥或灾祸，而他的诚实使他敢于宣布它。

我们古代的诗人，往往用自己的理想去渲染农夫樵子们的生活图。

在诗情或诗材稀薄的地方，浮艳的词藻就嚣张了。

说“艺即是道”的陆象山，比以为“工文则害道”的程伊川，是更懂得道和艺的真正关系的。

文学史上没有怪僻缛艳的第一流作品。

成天吟诵《伊利亚特》(Iliad)的坦丁，写出来的却是他自己的《神曲》。

吕南(E. Renan)曾经说过：“史诗和个人的英雄主义一齐消亡了。炮兵和史诗不能够两立。”

是的，个人的英雄主义消亡了。可是新的英雄主义生长着。炮兵并没有根本轰灭史诗。它只是轰灭掉荷马式的旧史诗罢了。

希腊哲人赫拉克利特(Herakleitos)一再地攻击那些闻名的诗人。

这恐怕不只因为他们是说谎的鄙人，而且因为他们做了传统和权势的媚妾。

最好的作品，大都是最容易懂得的作品，同时也是最不容易懂得透彻的作品。

温柔敦厚是一定时代中一定社会的诗学法则，正像夫唱妇随是一定时代中一定社会的伦理法则一样。

散文中浸透情绪的地方就成为诗。

叫读者无暇去赞扬它的技巧的，往往才是最高的作品。

“诗歌合为事而作”，这是侧重作品跟社会的关系说的。

“诗中须有我”，这是侧重它跟作者的关系说的。

真正优越的作品，必须同时具有深厚的社会性和个人性。

情绪动力学，是打开诗歌修辞的奥秘的一把钥匙。

词意的过分精致，往往倒闭塞了诗的主要机能。

雅和俗不是永远相对的。两者常常有互相转化的时候。

没有一个真正的艺术家，在他的工作上会不是一个精明的科学家。

“生者死之徒，死者生之始。”(庄子)这是哲学家的语言。

“何须怨摇落？多事是东风。”(吴野人)这却是诗人的语言了。

情深的语多韵味，才胜的说富气势。

当自然还威胁着多数人生活的时候，对它唱着颂歌的诗人是自私或无智的。

诗人必须兼具有儿童的直观和哲人的透视。

也许像利恰慈(I. A. Richads)教授所说，某些诗歌是在表现着一种经验。

可是没有贯穿着思想的经验正像散乱的珠子，而艺术却必须是有组织的项链。

文学不是一种职业，而是一种宗教。

从事这种神圣工作的人，从第一天起就必须具有殉教者的决心，至少也要准备欣然去履行那不容避免的苦行。

不肯把文词写得平易些的人，往往是胸中没什么重要东西可以写的人。

卑劣的心必然产生诬妄的艺术。

作品的永久性，大抵是它坚实的时代性的延长。

言志派作家不同于载道派作家重要的一点，是他主观地并不觉得在布道罢了。

最平实的事物，往往才真是惊异的泉源。

艺术到处存在。

因为真实到处存在。

不使思想明确，怎能够驱除语言的暧昧呢?

朗诵诗，是诗的还原又是它的跃进。

诗不必借助音乐。

因为音乐正是它固有的一种质素。

白乐天的诗是最容易懂得的。

可是他所遗留的稿本却泄漏了一个惊人的秘密——那种浅易正是惨淡经营的结果。

纯情的语言大都是质朴的。

死抱住艺术不放的，往往倒失掉真实的艺术。

记住这条文艺艺术学上的首要原理——

“不帮助目的，就是违背目的!”

诗人对于自己的诗意也是个艰苦的斗争者。

艺术家是应该至公而又偏执的。

因为前者可以使他明辨人间的是非，后者却能够使他去发扬心中的爱憎。

风格的努力只有当它密联着一定内容的时候才是有意义的。

有人说，唱歌是肚子吃饱了以后的事情。

实际上饿着肚皮的人也未尝不想望或不能够唱歌。可是，他所要唱或实际唱出来的，必然有他自己的意义和调子——如果他不是只学舌那些吃饱了肚子的人的歌曲。

当诗人只计算着他个人世俗利益的时候，他头上的光轮即刻就黯淡了。

“惟留一湖水，与汝救凶年。”

这两句诗的动人，在它不但显示一种高贵的观念，而且代表着一种实在的德行。

“回到文学上来吧!”垂死的屠格涅夫对“俄国的大诗人”托尔斯泰这样哀求。

无疑地这是优渥的友情的喊声。抛开了它坚决向前的托翁也始终没有在玄学的思索上，获得对人生及社会问题的正当解决。

但是，托翁比他的劝告者到底是伟大的。因为他勇于替文学去找寻更深广的天地。

说诗人是立法者固然有些夸张，一定要把他从“共和国”里赶出去，不是实际得太空想么?

良好的作品像良好的朋友，接近越长久越显出它的好处。

我梦想着那种人生，那种风格……

在那里，诗和科学是那么谐和，那么浑融!

七八年来我常常思考着诗的问题。可是因为还在摸索的途中，所以没写成多少比较完整的文章，——我这方面的写作大都是很零碎的。三四年前也曾因为朋友的怂恿，把它抄集了一部分排印过。可是那个小册子流行的地域并不广，而且早就不容易买到手了(这在我也许正是可感谢的)。现在再从全部底稿中选出一些，稍加改订，刊布在这里(国立中山大学文学院院刊)，希望能够得到专家们的教正。

——1947 年作者附志

谈 艺 录

艺术家和权力

U·辛克莱把古来一切伟大的艺术都判作拜金的。这是一种出于善意的误断。

实际上，艺术家——人类的歌者和教师——越是伟大的，就越是反拜金的。

他们常常是(不，他们必得是)真理和自由的使徒。他们不能够和铜臭或不正的权力携手。

据说，贝多芬曾经因为讨厌维也纳的那些纨袴儿，把拿破仑当做了自由精魂的替身。当他兴奋地给写成“英雄交响乐”的时候，恰巧那位科西加人做皇帝的消息传来了。他涨红了脸，撕去那曲子的题名——《波那尔脱》。

“他会是一位暴君!”他叫了出来。

这是雄豪的贝多芬最性格化的故事，同时也正是一切伟大艺术家最本质的精神的表明!

趣味的资料

法国学士院起初不肯承认莫里哀的才能——因为他是一个戏子。俄国学士院到底取消了要给予高尔基会员资格的提议。

这些事情，到底不过是在两位不朽文豪的传记上添上一点趣味的资料罢了。

没　落

“没落是可怕的，好像在沙漠中死去。”

一个作家的没落要更加可颤慄吧。因为他锐利的感觉，会叫他清晰地听到自己沉堕下去的声音。

那是一种“非世间”的空寂的声音呀！

世界的美和艺术

在一本谈论美学原理的书上，引用着这样一句话：“世界不会美啊，只有艺术家能够使它美。”

不错，在某种意义上，艺术家是美的创造者。但是，他不是上帝，不是传说中的仙人。他不能凭空幻造。假使世界真是没有美的踪迹存在，那么，当不会有人工的美的创造品。不，简直连艺术家也恐怕不会产生的。

艺术品是世界原有的美的儿子。它是世界的——特别是人类生活的美的女儿。可是，她绝不是低能的模仿者。她是“青出于蓝”的卓越的后辈。

两个自然

客观上有两个自然：一个是凶暴的、破坏的，另一个是温存的、滋育的。

我们过去的诗人，过于歌颂那个慈母的自然，而忽视了那个煞神的。

永久性的真理

“诗人应当暂时不管永久的真理，只顾包含当代的思想。”V·雨果曾经这样说过。

实际上，如果那当代的思想是客观地合理的，它至少也是一种相对的、有永久性的真理了。

文学法则的建立

伟大的作家大都是文学法则的建立者，虽然他不用抽象的语言去表白它。

诗的神圣意义

在初民的社会里，诗因为原始宗教而被给予了神圣意义。

现在是再把新的神圣意义给予诗的时候了。

因为我们有着新的宗教——比万物有神观或图腾主义更为超越的人道宗教。

文调和心灵的表情

最好的文章，光靠它的调子，往往也可以收到圆满的效果。

因为调子是作者心灵最忠实的“音乐”的传达。它不是补助文义的，是和文义融合地放射出来的。

文调是作者心灵在声音方面的表情。

波特莱尔的苦闷

C·波特莱尔的苦闷是深沉的。

他的这种苦闷，找不到直通江海的出口，所以潴成了怪僻和颓废的池沼。

厨川教授说，艺术是苦闷的象征。这是应该指波氏一类作家说的。

歌德的矛盾

在贝多芬粗豪泼辣性格的对照下，歌德的庸俗性是太鲜明了。

可是，像大家所知道的，歌德的性格是矛盾的。在那庸俗性的另一面，却具着善良、高超的性质。这是他那崇伟的艺术建筑物的大支柱。

第一流的天才多是悲剧的。老托尔斯泰是一种，歌德却是另一种……

分　析　法

分析法教导我们支解生命，支解艺术。

可是，生命和艺术呢，不但它们本身是具有统一性的，它们和那些背景也是有机地密结着的。

在一味脔切的手术下，我们看不到生命、艺术完整的性质和意义。

图案和美感

型式主义者把纯型式的图案看得比人生的艺术更有价值。

实际上，一篇富有人生实感的小说或歌唱，即使是怎样欠成熟的，也比那些光是红红绿绿和谐地安排着的图形之类，更能够激起深刻的美感。

顾影主义者

现在我们的艺术界里有着不在小数的顾影主义者。

他们满足于自己情思的猥琐和艺术的乏弱。

他们恼恨时人对他们的淡漠。他们顾恋着自己灰黯的身影，一步一回头。

怕寂寞和毁灭

人大都是怕寂寞的。把情绪当做工作的主要动力的诗人，自然更饥渴于找寻知己。

可是，为着这点，多少诗人把漂亮的诗琴连同自己的灵魂一齐毁灭了。

歌德谈话录

《歌德谈话录》，没有疑问地是一部意义丰饶的书。

可是，我想如果在这位善变的天才的少壮时期，爱克尔曼就能够跟上了他，甚至于爱氏只记录下那些时期诗人的行动和言谈，那结果必然和现在我们所读到的很不相同，而它所给予我们的益处也要更加壮大吧。

两 极 端

自然主义者说，艺术只是客观的复写。

另一种极端主义者（表现主义者）却说，艺术不过是精神的客观化罢了。

好诗和科学

真的诗不应该排斥科学。正相反，它应该把科学包含在自己的骨肉里。

没有科学的无私、深微和确切的好诗，是我们不容易想象的。

永远的骄傲

希腊第一个诗人埃斯库罗斯曾经为祖国去跟波斯人作战，英国的诗豪拜仑也为着希腊的独立而死去。

裴多菲死在为解放祖国的战场上，蔡尔楷因为反抗法西斯蒂，在西班牙的土地上断送了他的生命……

诗人不单是拿笔杆的战斗者，而且也是出入火和钢中的勇士。这是人类永远的骄傲，是人文史上一份崇高悲壮的传统！

伟大的谦逊

万有引力的发现者，自谦说是在知识海滩上捡到一点贝壳或石卵子的人。

他同国的一位不朽的彗星诗人也说："我的名字是写在水上的。"

只有那些低能浅智的人，惯学癞蛤蟆吹胀自己的肚皮。

谈论的对象和它的结果

一位法兰西著名的批评家说，谈论自己的事情，往往成为诗。我们也可以说，谈论别人的事情，往往成为喜剧。

没有余味的诗篇

没有余味的诗篇，好像没有弹力的皮球。

乌族的美学者

乌族如果有美学者，他必然要找出种种的理由去说明黑色的神圣意义。

康德的赐予

席勒常常劝歌德不要研究康德哲学。因为那不会给予他什么好处。

我不很清楚歌德从康德那里得了什么坏处。可是，席勒自己在这方面的吃亏倒是相当了然的。他后年著作上那种强烈的观念论倾向，不是很受到那位“近代哲学中最优选”的大师的赐予么？

著作的限制性

在意义和价值上没有限制的书，是不存在的。

因为不管怎样杰出的著作家，也不会有那“社会的真空管”可以让他在里面生活、感觉、思考和写作。

自己的东西

在学问或艺术上，越是自己的东西就越表现得亲切有味。

真理的光辉

真理的本体是透明的，在热情的映照下，它更显得光辉四射了。

艺术和思想

在艺术史上大多数的作家都有他们的哲学。他们是某种意义上或某种程度上的哲学家。

这不是有力地说明了一个艺术学上的首要原理么？——艺术的工作同时必须是思想的工作，并且是深邃的思想的工作！

朴素、庸滥和艺术

朴素被摒弃于艺术是暂时的，庸滥被摒弃于艺术是永久的。

艺术和真理

有人说，真理不是艺术的对象。艺术的对象是美。

实际上，美不是和真理冲突的。恰好相反，在健全的人所感应或创作的美的事物中，大都包藏着某种真理的核儿。

语言和个性的予夺

川端康成说：“语言把个性给予人们，同样它也剥夺人的个性。”

在写作上，能够凭语言显出个性的只有很少数特殊的人，大多数的执笔者倒是被剥夺了个性的。

——20 世纪 40 年代前期作

略论格言式的文体

——《寸铁集》自序

譬如人载一车兵器，弄一件又取出一件来弄，便不是杀人手段；我则只有寸铁，便可杀人。

——宗杲

冗长不如简单。

——莎士比亚

前年春天，我在桂林遇到了一位刚从香港逃难回来的朋友。我们在夜街上一边踱步一边倾谈。要分手的时候，他说，他年来零星地看到我发表的那些短句。为着收获更丰满的效果，希望我以后能够多写些成篇的理论文字。他的声音是那么沉着，我现在回想起来还觉得像铁块落在心上。几个月以后，我的“诗心”出版了，我寄了一本给住在重庆的另一位朋友。他回信说：“我愿意再读到抗战前你所写的那些很卖气力的论文。”他们这样友谊的忠告，使我不能够恬然不加反省。

后来，在和一些文学青年的谈话上，多少听到他们对于格言式文体的不满。同时在两三个流行的文学杂志上，也看到批评用这种文体所写作文章的一些意见。有的说，它是型式主义的，有的却说，它是教条式的，……

可是，事情又有另一面。我常常熬着夜在温读赫拉克利特(Herakleitos)的《断片》或帕斯伽尔(Pascal)的《沉思录》。对于后者，我还不自量地来一点零碎的移译。我已经能够淡忘掉在战争中失去的许多醉心的书籍，可是，却还不时痴情地想念着那位被人看做功利论者的《格言集》(*Maximes*)或别一位作家的《沙上的足迹》。当心绪触动的时候，又会在案头的笔记簿上，随手写下一些关于社会、人生或艺术的零思断想。

这样的情形，使我对于格言式的文体多少不免要做一些考虑。这种文体是怎样产生的呢？它在文体学上的优点和弱点怎样呢？它有什么效用？现在，它是不是还有生存的权利？……像这类的问题不时会在脑里盘旋：有时候也被逼出了一些答案。自然，这种思考的性质，大体是偶然的、断片的。老实说，直到现在为止，我还没有雄心想去写出一篇(不要说一部)完整的《格言文体论》或《格言式文体的辩解》。不过，像自己愿意听听别人的见解一样，我也愿意别人知道自己的一点私见。因此，有时候也想把自己的意见公布出来。现在这个新随想集就要刊行了，赶着这机会写出一些来当做序言，也许并不是很失宜的举止。如果在这里必得累赘地声明一下，那么，我要说，下文的话，是就这种文体的一般作品立论的。它不是在替我个人这方面的写作做宣传或辩解。我的著作的成败，应该由它本身去负责。

这种文体太陈旧了。在眼前，它已经像花翎、朝靴一样的不合时宜。抱着这种反对观念的人是不少的——特别是那些年轻一辈的朋友。

是的，从文体史上看，这种型式不能够不说是老古董了。早在

2000多年前，希腊的哲士诗人就已经用它去著作。我们先秦时代好些著名的哲人，他们遗留下来的经典，也是运用着这种型式的。如果我们有豪放的历史兴趣，还可以把这种文体的渊源追寻到荒远的先史时代——就是穴居野处，结绳记事的时代。因为这种文体的老祖宗正是那些“要约着民众智慧”的谚语。而谚语的发生却早在“书契以前”。

“高岸为谷，深谷为陵”。自然不绝地变迁着。一切文化现象也跟随着时间和社会的河流在或速或慢地演化。文体当然没有例外。在前一世纪，已经有些明敏的学者替我们做过文体演进——它的生物学的过程——的研究了。可是，如果说一切产生得很早的，就应该消灭得很快，这种意见，却很需要斟酌。从物质的文化产物来看，我们现在日常所用的碗、碟、瓶、壶等的型式，大都在数千年前就已经产生下来了。可是，谁因为这种理由就要拿它们丢到垃圾堆里去？在文体上，我们可以拿一个极端的例子来说。童话不是一种古老得满身锈绿的文学型式了么？但是，现代仍然有些作家采用它，并且有时还要出奇地成功。——关于这，如果安徒生或老托尔斯泰等典范作家的珍品不能够使你满意，那么，不是还有像《真理的城》一类崭新的作品么？

这种事实，绝不怎样值得惊奇。人类知识的发展史告诉我们，固然有许多事物的真理被发现得很迟，可是有些却老早就被发现了。这种正确的知识一度被发现以后，在人们的认识上，就只好继续着去加深或扩大它，却不能够把它推倒——除了像希特勒那种天字第一号的疯子，才会生出这类恶毒而又可笑的妄想。文化的发展史也有点和这相像。某种合理的文化方式，一旦被产生出来了(或者说，被人类的心和手捉住了)，它就有继续活下去的权利，谁也不能够把它从人类生活里剔出去。在文体上，童话是这样，格言式的文体也一样。时间虽能够制约它们，却不能够勒令灭亡。再者，一种文体，它的起源虽然很古老，但是因为个别作品内容和媒介等的不同，后起的绝不会和它的老祖宗一模一样。儿孙尽管像父祖，却不会彼此完全没有差别。现代法、德作家这种型式的作品，会不会和古希腊赫拉克利特或易匹鸠尔的完全一个样子？张潮的《幽梦影》，到底是和先秦哲人的短句有显著的分别的。即使同在古代，由于作者的社会背景和个人性格、思想不同，那些同一型式的作品，也正像各具色泽和香气的花朵。哪怕是最不敏感的人，我想也不至于看不出《道德经》里的警句和《论语》里的格言两者彼此间的差别的，因为大致的型式纵然一样，实际上彼此在风调上是千差万别的。文体的一致，并不等于风格的一致。在这样的意义上，同类型式的后起作品的这种型式，是既古老而又崭新的。

有人说，格言式的文体，比那些有头有尾的成篇论文，容易写得多。粗鲁一点说，这种小型式是最便宜于懒人的文体。它用不着作者花费什么气力。

我们不能够否认：这种文体比起那种严严整整的论文，在写作上多少简便些。可是，如果把问题再推究下去，道理可就没有这样简单了。一切著作的型式，说困难都有困难的地方，要偷懒也都可以偷懒。三言两语的文体自然便于偷懒，长篇大论的作品，就真正不会或不容易偷懒么？我们日常所经眼的报章杂志上的论文，有多少真是惨淡经营的成绩？反之，有许多名家的小型式的作品，只由于那种迫人的光辉和热力，也可以使我们推想到那制作者是怎样燃烧过他精神的炭火的。拿一点个人小小的经验来说罢(我的作品不论怎样不成功，绝不妨害到经验本身的珍贵)。那些零零星星的意思，事实上并不是“俯拾即是”的。这我们且不去多说它。单就写作上的技术说，三言两语的一则文字，往往要经过左思右想，经过七涂八改的麻烦。而上一个月在稿簿上写上的十则，到了下个月也许只剩下 1/3 被移到新稿簿上去。日子越长久，这种淘汰也越来得残酷些。因为这种文体是极端简缩的。它再也不能够容许一点旁意枝杈的存在，不能够容许一点浮词冗语的存在。在这些条件以上，它还需要有特别的精神和光彩。体积的微小必须由性质的精警去补偿，而这不是靠着艺术的苦心又怎能够完成？

总之，一种作品的成功，大都是作者劳神费思的结果。懒惰是和艺术或学问没有缘分的。一篇好的论文是由作者的心血换来的，一则好的短句也必要作者支付出同性质的东西。我们绝不敢说，在写作上，老子比墨子或荀卿占了很大的便宜。如果容许我学尼采套一套希腊哲人的警句，那么，我要说：战斗是一切事物的爸爸，它也正是格言式著作的爸爸。

这种小型式不能够充分地表现一种思想或意见；也不很容易把那种思想或意见更广泛地普及于一般读者。

大体上，这种非难是比较射近靶心的。在极端压缩的凝练的型式里，自然不能够面面俱到，畅所欲言。可是，如果我们说这种文体缺点是缺乏明白、晓畅（你知道，那位用这种文体留下了辉煌学说的希腊哲人，他的绰号是什么——“暗晦的人”），那么，它的长处却是警策、隽永。它不但像电光一闪，而且往往是余韵绕梁。它不能够说出所有的义蕴，可是，它会带引读者去寻绎那种义蕴，或领悟更多的义蕴，它要他去同做智慧的漫游。它是指引者，点化者。

这种特殊的文体，自然不适宜于表现那些比较复杂的思想，但是，它却有它自己最适切的对象。我们的思想不常常是头尾皆具，四肢齐全的。在日常的生活上，对于事物，我们往往有突然会意，心机偶动的时候。这种突然出现的意念，尽管是断片的，却往往是很深刻、卓特的。它适宜用一种简练的和闪光的文体去表现，正像我们日常生活上偶然的小感兴，适宜用小诗的型式去表现一样。如果有人要把自己长年累月考察或探究的结果，用一言半语的型式去表现，那么，他的愚笨自然是不可及的。可是，如果把心头偶然一闪的思想，东镶西补地硬拼凑成堂皇的论文，他也不见得比前一种人聪明多少。格言式的文体，到底是有它最适应的表现对象的。此外，还有一些原因，也巩固或帮助了这种文体的存在和流行。有些作者因为觉得不需要或不方便畅快地写述出自己的某种思想，那么，这种压缩的、暗示的文体，就成了很适用的表现型式了。

这种文体，不很适宜于程度较低的一般读者，是实在的。因为他们大都要求明白详尽，而它却是省略的、奇突的、暗示的。在现在的情势下，替初学者和一般的读者多写作些有意义的作品，是应该的事情——也是很光荣的事情。谁怀疑到这点，谁就不会给予我们眼前民族文化的发展以很大好处。可是，我们也不必因为这点就搁下了一切别的写作的笔杆。稍稍带上些特殊性的著作并不是不需要——至少也不是完全不需要。因为读者的层次是参差的，而他们大都有接受一些滋养的或刺激的食品的急切要求。格言式的著作，即使不很宜于一般的读者，可是它依然有在现在出版界中生存的意义。它有它相应的读者。作为一种著作的文体来论，它并不应该受到那种无保留的非难。

我们退一步，只就这种文体的著作对于一般青年读者的关系来说，也不像一些人所想象的那么恶劣。他们并不是不能够或不喜欢接近它。只要内容是现实的，是能够和他们的认识、学习和想望相关联的，它就有被他们眈爱的资格。我们只要看年来出版界里，有一些用类似这种型式写的诗论之类的书，怎样广泛地占据着文学青年的书案，就不须更待论辩了。实际上，用这种型式写的优秀著作，它的教育意义和价值是绝不轻微的，它能够启发他们的思考，点化他们的经验，而且引诱他们去简要地捕捉事理，表白思想。他们一时也许不能够完全领会它，可是这并不妨碍他们受到启导和训练。有人说过，诗歌对于读者的点化作用，产生在它的被懂得以前。这种粗看好像是“怪论”的话，对于格言式的文体也相当地适用。这种文体，即使对于广大青年读者多少有些不利，可是，它的益处至少也足以盖过它。

记得那位被称做“拉丁文化的最后花朵”的故作家，在他那部有名的随想录里，有一段论到作品风格的话。他说，现在是风驰电闪的时代，一切事物都飞快地变迁着。他同意那位戏剧家兼小说家(L. Halévy)的意见，文章要能够稍经久远必须采取一种简约的风格。这种风格，是各部分精妙地凝结着的。用他的妙喻来说，那就是糅合七色而成纯白的阳光。这种意见多少也可以适用到文章的体制上。就是说，在这样急剧变化的世代，篇幅太过繁重的文章是不很宜于流传下去的。风格或文体的简约，倒可以使文章得到较长时间的生存。(自然，这还有另一方面的条件，就是那文章的内容必须值得人们保存)

我觉得使作品尽可能地简短(却不是尽可能地贫乏)，不但在保留上方便些，实在也更能够在读者的心里生根结实。大家知道：每个民族的优秀谚语，都成了那个民族普遍而永久的精神财产。它像那些民族传说中的英雄的形象一样，长久地占据着集团里一般成员的心。它成了他们最有力量的教养的一部分。随着人群关系的扩大，它的存在更由民族的成了人类的。又，一切著作中的警句，也都得到不死的命运。人们在少年时期读过的许多书籍，到了壮年或老年，大都忘记了。可是，那些著作里精警的短句，却往往还能够亮在心上，响在口上，——实在，它已经变成他们自己思想和语言的一部分。它也和谚语一样，成了那民族的甚至于世界的一份活的精神财产。至于那些纯用这样简短文体写成的学问或艺术上的卓越著作，长远地被引用着谈说着的光辉遭遇，更是大家所熟知的。我们可以说，这种表现型式，的确是很富于魔力的一种文体。

谁要使自己某些美好的思想的记录，能够经得起时间的淘汰和记忆的甄别么？那么，最有效的一种方法，就是采取尽量简缩的表现型式。用格言式的文体去写作，或者运用这种文体的精神去写作，那报偿绝不使你或别人失望。它的简短，往往增重了它的韵味，同样，增长了它的寿命。简约正是使文字达到长生的桥梁。

1944 年 11 月初稿，1948 年 1 月改正

近代进步思想与红学

绪　论

《红楼梦》是我国古代散文文学的杰作，它和《水浒传》一起成为我国古典小说史上的泰华双峰。

这个作品产生于清朝乾隆时代。从社会史看，这时代是中国长期封建社会发展的末期。当时，土地更集中在少数人手上。商业资本和作坊相当发达。在经济的剥削上，除了沉重的地租之外，更加上吸血的高利贷。清朝统治者由于暂时经济的好转和汉族反抗力量的削弱，得更肆力于边疆的经略。自然，另一方面，对于汉族人士，仍继续着政治恐怖(如频兴文字狱)和笼络工作(如开博学鸿词科，修编官书等)。官僚政治更加腐败了。地主贵族们的生活也越加糜烂。封建伦理更加型式化。广大人民在重重压迫、掠夺之下，苟延残喘。……这时期表面上只有某些病态的繁荣(因此被夸张为“盛世”)，实际是外强中干，已经濒于衰败的边沿，所以不出百年(从曹雪芹逝世时算起)，就来了历史的大转变。半殖民地半封建的历史悲剧开始了。这虽然主要由于资本主义强盗国家的侵略，但是当时中国的社会和政治本身也是潜伏着衰败的内因的。

《红楼梦》的作者就长大和活动在这样的历史时期。他本身又在不满 50 年的生命中，亲历着具有相当典型意义的由盛到衰的家族史的过程。他由一个大贵族家庭的公子，降落为一个官学(宗学)里的小职员，一个北京郊外的贫寒居民。这种剧变，使他体会和观察到当时社会生活的两极，看遍现实中各种制度的虚伪、残酷，看到上层社会那些人们的自私自利和钩心斗角，同时也看到那些在重重压抑下的某些人们的刚肠烈性，不甘奴服的行动。这种经历和观察的结果，驱使他拿起笔来创作。他经过艰苦的劳动(“披阅十载，增删五次”)，终于用血泪画成了这轴非常深刻的和相当广阔的反映当时生活的大绘卷。

《红楼梦》这部杰作，是用贾宝玉、林黛玉两个地主贵族家庭青年男女的纯真恋爱和婚姻失意的故事为主线，展开了对于当时贵族的家庭生活和人物性格(以及与这相关的事件和人物)的精妙描绘，鲜明地呈现出当时社会的真实面貌。由于作者深刻的生活体会和批判精神，由于他的卓越的艺术才能和不懈劳动，他建起了永远具有魅力的各种人物典型的殿堂，在那里活现地罗列着从王妃、郡王、太君、老爷、姨娘、小姐、少爷、少妇、老妈子、小丫头，到小市民、庄稼人等一系列的造象。由于同样的原因，他绘出使人愤恨、使人眩惑、使人悲怆、使人失笑、使人爱慕……种种难忘的场面和故事。曹雪芹大胆地采取各种表现途径，表达了强烈的反对封建主义制度的思想。作者通过贾、林的恋爱和婚事不谐，揭示了贵族阶级“逆子”的反抗和封建婚制的罪恶；通过乌庄头的缴纳地租，揭示了贵族地主的残酷剥削；通过王熙凤的私放钱债，揭示了当时高利贷的横行；通过元春的归省和秦可卿的大出丧，揭示了剥削阶级的奢侈无度；通过贾雨村为贾赦夺取石呆子扇子的案件，揭示了封建官僚贵族的仗势害人；通过贾政对宝玉的严酷管教方法，揭示了封建伦理的冷酷和教育的荒谬；通过鸳鸯的拒婚、尤三姐的坚持婚事自主，揭示了被压迫者的倔强灵魂……作者又借焦大、柳湘莲的口，暴露了贵族家庭的荒淫无耻；借探春的口，显示了"上层社会"亲族间关系的凶残、狠毒；借刘姥姥的眼和口，揭露了贫富生活的天壤悬殊；借宝玉骂"禄蠹""国贼"等话，表示了对科举制度及当时士大夫的深恶痛绝……总之，这个作品，以作者的丰富生活知识、卓越思想和杰出的艺术才能，不但有力凸显了这个历史时期以贵族家庭为主体的各方面的人物和生活，而且对他们作了不容情的严厉批判。像这样包含宏富和意义深湛的作品，在我们古典文学史上实在是杰出的。它可以毫无愧色地列入世界最优秀的古典作品的文库中。

自然，像许多过去时代的名作都不能不带着缺点一样，《红楼梦》虽然那么卓越，却还是有缺陷的。由于作者的出身、教养，由于他的生活经历(他后来虽然生活沦于贫困，却还是一个特殊阶层的读书人，他不很容易和广大劳动人民发生更深刻的联系，特别是亲身接触到起义的人民并与之结合，像明末李岩一类的人士)，精神上不免存留着若干封建主义的因素，存在着没有出路的悲观厌世情绪，并且对于过去豪华的贵族生活不免多少有些眷恋。这些思想、情感不可能不渗入他的作品中，因而给他带来了令人惋惜的缺点。这是不能掩饰，也不应掩饰的。但是，从整个作品看来，它的成就远超过缺点。它有明显的瑕疵，到底却还是一块光晶的美玉。

《红楼梦》这部作品自它产生后，到今天，一直受着人们的注意。还在手抄本流传时期，就已经吸引着那些有机会接触到它的人们的心了。到了一百二十回本(经过高鹗、程伟元补续过的)刊行以后,① 它的流布更广泛,爱赏它的人就更多了。不管清朝官府怎样禁止它、焚毁它,那些伪君子们怎样污蔑它、咒骂它,② 它仍然在扩展着它的读者。现在,如果我们把历来关于它的手抄本和刊本的种类、名称都举列了出来,听者是不免要大大惊叹的。

这部作品流行后,曾引起不少人的续作和仿作。虽然那些作品都不是成功的,但是,这种现象可以说明知识界怎样对这部书中故事、人物的关心和对这部作品的爱赏。此外,这部作品的人物、情节,又非常广泛地成为各种文学型式(诗歌、戏曲、说唱文学、谜语等)和各种艺术型式的主题、形象或词料等。这是别的古典文学名著所少有的光辉际遇。

像《红楼梦》这样卓越而又广泛流行的作品,要引起人们对它的评论、研究,是必然的。这种活动,在手抄本时期就已经出现了(所谓脂砚斋评语)。越到后来,著作自然越多。就 1958 年刊行的、一粟编纂的《红楼梦书录》评论部分所载就有 86 目。它是限于专著的,③ 并且截止于 1954 年 10 月以前。从清末,特别从"五四"以后,报刊上所载关于这部名著的论文、随笔等是相当多的,粗略估计,约有五六百篇。④ 而且在清代就有了"红学"的专门名词。有的学者居然用研究

---

① 程甲、乙本刊于 1791 和 1792 年。

② 参看《元明清三代禁毁小说戏曲史料》第二、三、四等编,作家出版社版。

③ 有一些条目,是原来发表在报刊上的文章,后来转收入文集的。又有小部分条目的内容,是彼此重复的。

④ 根据《文学论文索引》、《国学论文索引》各编、《红楼梦书录》及《中国古典文学论文索引》(北京师大中国语文系资料室编印)等所收,大略计算。

“红学”去与研究经学相抗衡。[①] 这种情况，在我国古典文学史上，特别在古典通俗文学史上是仅见的。

“五四”前夜，《新青年》杂志上发出了文学革命的呼声，接着对于中国古典文学已兴起了重新评价的活动。对于《水浒》、《西游记》、《红楼梦》和《儒林外史》等重要作品，都曾经从新提出来加以讨论和估价。但是当时一些资产阶级学者，还不能正确理解这部杰作的真正意义，胡适等的“自叙传说”，无视它那反封建的重大的社会、历史意义。所谓“新红学”曾经给予中国的文学界相当影响，一直延到解放的初期。

1949 年全国解放以后，马克思、列宁主义的观点、方法，基本上占领了我们的新学术阵地，对《红楼梦》的评论、研究，有了方向上的转变，[②] 特别在 1954 年冬，学术界批判了俞平伯先生的考证派红学之后，辩证唯物主义的观点、方法的运用，在这方面有巨大的进展。10 多年来，特别是 8 年来，我们的《红楼梦》研究（或者说，马克思主义的真红学），无疑是取得重大成果的。不论从著作的数量说，从著作的实质说，都不是解放前的任何时期所能比拟的。（从所研究的问题看，当中成就更显著的，是关于这部作品的思想内容、艺术成就及历史背景等方面）

但是，《红楼梦》是一座大山，一个深海。它的包容太丰富了。我们过去的探讨，虽然已经就那主要方面取得可喜的果实，但是，那么触及或只动过几个锄头的地方是尽有的。例如关于它的语言方面，关

---

① 参看徐珂《清稗类钞·诙谐类》里《经学少一画三曲》条，商务印书馆版。

② 在全国解放前，已经有些思想进步的学界人士，试图用新的观点去解说《红楼梦》，但是在当时，这种活动还是比较零星的。

于书中所涉及的民族风习、文物等方面，都是需要有人开始或进一步去从事探究的。(这些虽然不是作品研究的主要方面，却是要彻底理解这部作品所必需的一份知识)此外，像关于它的200年来的评论史，除了对于“五四”以后胡适等主张的考证派红学和“自叙传说”，曾经予以比较充分的分析、批判，其他，是很少人去进行过研究的。甚至有些同志，还不自觉地沿用“五四”时期的旧观点，对“五四”以前的红学那些有意义的部分也一概加以抹煞。在今天，我们学界有责任对这部杰作的评论史加以实事求是地研究，因而有根据地从中分别出糟粕与精华来。这是不应忽略的一种工作。在这篇小论里，我企图对“五四”前一段时期中比较有意义的两种红学观点(民族主义的红学和民主主义的红学)作初步的探讨。由于研究时间的短促和资料搜集的欠完备，这种探讨结果，自知不会怎样成熟。但是，如果能够呈献出初步的收成，并借以引起学界同志们对这方面文学思想史的进一步研究，自己这一回的学术探险就不是全无意义了。

近代进步思想的发达与文学

中国是一个长期封建主义统治的国家。这种统治，经历许多王朝的变迁，一直延续了2000多年。到20世纪40年代，开始受到致命的震撼，全国解放后才被彻底扫荡。地主阶级的统治，经济上残酷剥削广大人民，政治上夺去人民从身体到文化享受的一切权利，伦理上施行尊君尊官、尊父尊夫、尊主人等一系列的等级制度，教育上灌输奴才道德和顺民思想。总之，这是一种野蛮的统治，不要说从社会主义的观点看去，就是从旧民主主义观点看去，也是相当落后的。在这种社会中，被压迫者自然要产生一些民主思想，过去农民起义运动中，有些在政纲上提出某种民主的要求，就是这种思想的表现。另一方面，也有些头脑比较清醒的学者，在自己的著作中流露着这种思想，像近年来大家惯常提起的清初一些遗老的言论。但是，在社会基础没有根本起变化以前，这种思想虽然产生和存在着，但是，一般说，是比较零散的、不自觉的，是萌芽状态的东西。

17 世纪中叶，满族统治者自关外入主中国。它一方面延续着过去长期相沿的地主阶级的封建统治，从经济、政治等压迫着广大人民，另一方面又加上民族间的歧视、压迫。清统治者不但在军事、政治上摧残汉人的抵抗，压抑汉人的种种权利，并且在文化上也苦心施行种种笼络和防遏的政策。康熙、雍正、乾隆三朝所兴起的多次的文字狱事件，就是这类政策的一种表现。（这种政策，虽然收到暂时镇压的效果，却也种下了更深的仇恨根子）在清人入关初期汉人的抵抗是相当强烈的，后来虽然比较微弱了，但是，始终没有断绝过。

鸦片战争以后，中国社会性质起了剧烈的变化。它由古老的封建社会，急遽向半殖民地半封建社会的深坑颠落。而清朝统治者，对外更显出它的庸懦无能，对内更显出它的凶残、腐败。同时由于本国经济发展的自然趋势和国际资本主义的刺激，产生了新的社会阶级：民族资产阶级。这个阶级，迫切要求民族独立和发展自由。

在这样的社会形势下，必然要涌现两种主义：民族主义与民主主义。前者对内反对清朝统治，对外反对帝国主义的侵略，后者反对长期地沉重地压抑、摧残广大人民各种权利的封建主义。这两者在许多地方是密切相结合的。中国人民不但有反封建主义的民主思想和行动的历史传统，并且也有反抗外族压迫的历史传统。这些传统，在新的历史形势下，就必然要适应着民众的要求而发挥它的威力。加以这时国外资本主义先进国的民族、民主革命或改革的史迹和思潮，世界许多弱小民族的被吞并惨况和斗争运动，都刺激着、启发着中国人民

(特别是他们意识形态的代表者的知识分子),使他们惊醒,并起来从事反抗活动,或者支持这种活动。

民族主义和民主主义思想,成为这个时期汹涌的潮流,它洋溢于当时的思想界、文化界。孙中山在同盟会结成后,提出了三民主义。其实,在当时被多数盟员所理解和欢迎的,主要只是民族主义和民主主义,特别是民族主义。这是在当时一些活动人物的言论和行动上,或在他们后来所写的回忆记里,都可以看出的。

许多事实,说明了当时这两种主义的思想在新文化界的主导作用。我们知道,当时,黄宗羲的《明夷待访录》和王夫之的《黄书》等著作,是怎样受到进步知识分子的珍视的。郑思肖的《心史》和无名氏的《扬州十日记》等又怎样成为激动他们心情的秘书。我们知道,当时,《民约论》、《法意》、《自由原理》和《女权篇》等,[①] 在许多不甘守旧的人的头脑里,几乎代替了《四书》、《五经》的位置。华盛顿、拿破仑、马志尼等名字,是他们诚心地向往、膜拜的"人类新英雄"。当时,"爱国"、"保种"、"独立"、"民权"、"天赋人权"、"不自由,毋宁死"……成为新学界的口头禅。它不但经常涌现于书籍、报章、杂志中,并且常出现于学生们的作文课卷中……这些自然只是当时文化界情形的一部分,不过它已经尽够叫我们认识那两种主义所具有的声势了。民族主义和民主主义是当时的进步思想,是推动社会前进的思想

---

① 卢梭的《民约论》,在清末至"五四"前,除复刊日本中江笃介的汉文译本外,还有杨廷栋及马君武的两种译本。孟德斯鸠的《法意》,当时除了有名的严复译本外,还有张相文的译本,名《万法精理》,刊于1903年。《自由原理》,即约翰·弥勒的《自由论》(严复译作《群己权界论》),马君武译,与严译同年出版。《女权篇》(与达尔文《物竞篇》合刻),斯宾塞原著,马君武译,刊于1902年。后来柳亚子说自己当时关于两性思想,深受此书影响。

主流。

这种思想主流，当然要渗入文学领域，在它的活动上明白地显示出来。

这种情形，首先表现在文学作品的媒介上，换一句话说，表现在语言问题上。大家知道，中国从宋朝以来，通俗的文学作品，已经用民间口头语言创作，许多优秀的小说、戏曲和歌曲，大都是通过这种媒介表现的。但是，这种活动，对作者来说，一般是非自觉的，就是说，他们并不是由于理论上的明确认识而这样做的。并且，这种做法在封建社会里是被认为不合法的，它不能与士大夫们用文言写作的正统文字并肩同列。20 世纪 50～60 年代太平天国伟大的农民革命运动，不但建立了平民政权，而且进行了文化革命。他们用民间口头语言和通俗文学型式写作革命历史等著述。[①] 这次革命最后虽然失败了，但是它在思想、文化上的影响并未断绝。到了资产阶级改良派活动时期，语文改革问题又被重新提起，不但有进一步的认识和宣传，并且在一定范围内从事实践。[②] 资产阶级革命派的学者和活动家们，当然更不会忽略这方面的努力。他们不但办了许多白话报，而且留下了好些直到今天还有一定意义的口语文学的作品。这种新语文运动，正是后来“五四”时期更大规模的运动的前奏，自然，后者是在新的社会基础上产生和进行的。晚清时期这种文学媒介的变革，是与同时进行的反封建主义的政治、伦理等活动密切相关的。它是文化上的一种民主化运动。

① 参看罗尔纲《太平天国史稿·经籍志》、郦纯《太平天国制度初探》第六章，中华书局版。

② 黄遵宪、梁启超等都主张变文言为语体。梁启超后来还用语体文写作《新中国未来记》和译述《佳人奇遇》、《十五小豪杰》(后者与披发子合译)等作品。

中国近代的民族主义、民主主义思想在文学上的表现，更重要的，自然是在文学的内容。当时许多具有民族主义和民主主义思想的作者(包含资产阶级革命派、改良派以及其他倾向这种思想的执笔者)，使用小说、戏曲、说唱文学、诗歌乃至笑话、寓言等型式，创作了数量巨大的鼓吹民族斗争、提倡民权思想的作品。其中像陈天华的《狮子吼》、秋瑾的《精卫石》、海天独啸子的《女娲石》、怀仁的《卢梭魂》、王妙如的《女狱花》,[①] 以及黄遵宪的许多时事诗歌等，都是这类作品中有相当意义或比较优秀的。除创作外，他们还介绍了许多宣传民族、民主思想的外国作品(或和这种思想有关的作品)，像当时最著名的译品，斯托夫人的《黑奴吁天录》、小仲马的《巴黎茶花女遗事》和拜伦的《哀希腊歌》等，固然是与民族、民主思想有关，像雨果的《悲惨世界》、司各德的《撒克逊劫后英雄略》、柴四郎的《佳人奇遇》以及英人某氏的《苏格兰独立记》等，也都在一定方面、一定程度上呼应着时代的思想主流。这些都是当时进步思想在文学内容上的反映。

当时，资产阶级的民族主义、民主主义思想，同样进入文学领域的另一方面：文学评论。文学评论，在文学队伍里，是最敏感的，是最富于战斗性的。一个时代的文化、文学的思想的变迁，必然要从文艺评论上表现出来。我们知道《神曲》作者的《俗语论》，是显示着文艺复兴期进步的文艺思想的。赫尔德的民族诗论和勒辛的《拉奥孔》等，是近代德国资产阶级文学思想的前驱。雪莱的《诗的辩护》，表白了进步的资产阶级对诗学的要求。中国的文学思想史，在这方面，有着很

---

① 《狮子吼》，收在《陈天华集》中，湖南人民出版社版；《精卫石》收在《秋瑾集》中，中华书局版。《女娲石》等三种，都只有原刊本，现在比较不容易看到。

切近的例证。“五四”前夜，陈独秀、钱玄同等主张的文学革命，不是伟大战斗开始的前哨战么？在近代史揭幕的时期，太平天国的思想家、政治家已经用当时革命的新观点处理了广义的文学问题。[①] 到了近代后期，这种用时代主要思想去评论文学的态度就更加著明了。首先是资产阶级改良派。诗人黄遵宪，不但在语文上主张采用口语，而且对于人民的诗歌作品(山歌)抱有极大的兴趣和给以很高的评价，甚至于把它收录在自己的诗集里。[②] 梁启超、康有为等，都重视通俗文学(小说、俗歌等)。梁启超比他的老师更大胆，认为文学进化的大关键，在于从古语的文学，变为俗语的文学。他反对那些认“宋元以降为中国文化退化时代”的说法，肯定“自宋以来，实为祖国文学之大进化”，因为“俗语文学(通俗文学——引用者)大发达”[③]。这种在当时极勇敢的文学见解，虽然主要是从文学的表现媒介出发的，可是，这样抬高了一向为封建大夫所鄙视的通俗文学，正是资产阶级民主主义文化观的一种显现。这跟他的大力宣传小说的社会作用，强调政治小说的重要以及用歌谣体写作哀台湾沦失的诗和用传奇体写作歌颂意大利资产阶级革命家的戏曲等，[④] 在文艺思想上是一脉相通的。属于革

① 例如洪仁玕等的《戒浮言巧言谕》，原见影印的《太平天国诏谕》。可参看罗尔纲编《太平天国文选》谕檄类。

② 黄遵宪对山歌俗谣，屡致赞词，例如在他手写的山歌的题记上说：“十五国风妙绝古今，以妇人女子矢口而成，使学士大夫操笔为之，未必能尔。”又称“月子弯弯照九州”等歌为“哀感顽艳，绝妙好词。”《人境庐诗章》卷一所载《山歌》九首，原来都是梅县一带的山歌，他不过改易了其中一些不通行的方言土语罢了。

③ 见《小说丛话》(卷中各条，原分载在《新小说》刊物上)，新小说社版1906年刊。

④ 见《小说与群治之关系》、《佳人奇遇序》等文章及《台湾竹枝词》、《新罗马传奇》等作品。

命派阵线的学者、作家们，当然更要高度品评那些具有民族、民主思想的文学作品，像章炳麟的介绍《太平天国演义》，鲁迅的礼赞富于反抗精神的恶魔派诗人，苏曼殊的重视拜伦和雪莱的诗歌……都是这方面的显明例证。

中国是一个在文学上遗产丰富的国家。许多优秀的古典文学遗产，长期地活在国民(特别是知识分子)的精神世界中。新思想文学评论的指针不能不指向它。有一位具有较新思想的学者曾经说：他每回读《南华》、《楚辞》、迁史、杜诗和宋词元曲等，就非常爱慕起古人来。“盖以此等文词美术(艺术)乃吾国之菁华，故爱古即属爱国。不知爱美术者，必其人素无国家之感念焉耳。”所以他希望中国能像日本一样建立一些博物馆，以培养国民的“爱国之念”。[①] 这种说法，我们今天看来，有好些地方是值得讨论的。但是它的主旨，在说明一个民族历史上的优秀艺术作品，能唤起国民的眷爱祖国的思想感情，而这是和当时中国文化上的思想主流相吻合的。换一句话说，这种见解正是那种具有势力的时代思想，在古典文艺评论上的具体表白。

在当时，小说、戏曲等受到学界的另眼看待，因此像《水浒传》、《红楼梦》、《桃花扇》、《镜花缘》和《聊斋志异》等伟大的或优秀的古典文学作品，都在时代思想的光辉下得到新的评价。《水浒传》是特别受注意的。过去它一向被封建主义的文人斥为“诲盗”、“倡乱”之书，而且连作者的后代都要加以咒骂、惩罚。[②] 到了这时期，评论家却不再管那些官判和恶骂，而勇敢地给以具有时代意义的评赞。有的说它是提倡民土土义的作品，有的说它是提倡民主主义同时又是提倡民族主

① 平等阁主人(狄葆贤)《平等阁诗话》卷一，时报馆版，1908年刊。

② 像明人所谓“其子孙三代皆哑”。(田汝成《西湖游览志录》等所记)

义的，有的抬得更高，竟然说它是倡导社会主义的作品。[①] 燕南尚生的《新评水浒传》，是高度评论这部古典杰作的专著。（尽管我们所看到的第一册，只是一个不满80页的小册子）在《自叙》里，他说，平权、自由，是“欧洲方绽之花，世界竞相采取者”，卢梭、孟德斯鸠、拿破仑、华盛顿、克林威尔、西乡隆盛、黄宗羲、查嗣庭等是大家称颂的海内外的大政治家、思想家，但是《水浒》的作者施耐庵，已远在这些圣贤豪杰之先“发绝妙政治学”。又说，“述政界之贪酷、差役之恶横，人心之叵测，世途之险阻，则社会小说也；平等而不失泛滥，自由而各守范围，则政治小说也。……”在《新或问》里说“《水浒传》者，痛政府之恶横腐败，欲组成一民主共和政体，于是纂为此书”[②]。他的话虽然说得过火，但是，用民主主义的观点去估量这部长期受封建统治者敌视的杰作的意义，是很值得注意的。

好些评论家认为《聊斋志异》是反对清朝统治者之作，“蒲留仙实一大排外家，专讲民族主义者”[③]。书里常出现的妖怪：“狐”，被认为是暗指“胡”（清朝统治者）。《聊斋发微》的著者阎恨生，认为这部作品是“伤时之作”，作者具有“孤愤之深情”。他更把全书的作意，概括

---

① 春秋的《小说杂评》说：“民权发达之思想，在吾国今日，犹未能普及，耐庵于千(?)百前，独能具此卓识，为吾国文学界放此巨彩。”定一在《小说丛话》中，认为“施耐庵之著《水浒》，实具两种主义”，一是“倡民主民权之萌芽”，另一是提倡民族主义，“因外族闯入中原，痛切陆沉，借宋江之事，而演为一百零八人，以雄大笔，作壮伟文，鼓吹武德，提振侠风，以为排外之起点”。蛮在《小说小话》上说：“《水浒》一书，纯是社会主义……自有历史以来，未有以百余人组织政府，人人皆有平等之资格，而不失其秩序，人人皆有独立之才干，而不枉其委用者也。山泊一局，几于‘乌托邦’矣！”

② 《新评水浒传》（第一册），直隶官书局等发行，1908年刊。

③ 见《小说丛话》73页。

成悲种、愤世、嫉富、贱士、尚侠五例。说悲种一例是“全书之纲”，并论此例所由产生：“盖当满清入关之初，风教未开，权势炙手，捕奴圈地，搜色括财，佐协领之贪横，守尉兵之淫悍，王府家人之肆虐，屯住旗兵之假威，怪怪奇奇，人情难忍。……世界至此，人人丧其乐生之心，所谓不平之甚者矣！先生于此，痛种族之凌夷，恨强权之难御，无可为计，乃于空中著想，作物极必反之观，演天道好还之例。……”[①]这位评论家是把当时对这部小说的民族主义等看法的许多细流汇成了江河的。

此外，对于《桃花扇》，评论家认为它隐寓“种族之戚”，读了“使人生故国之感”。对于《镜花缘》，他们认为它“提倡女权，不遗余力”，对于《阅微草堂笔记》中“狐”，也认为和《聊斋志异》所暗指的一样。[②]……种种说法，不能尽举。总之，在近代后期，用民族主义、民主主义的观点去解说过去的文学作品，是一种很流行的风气。这种风气的产生和形成，有它不容忽视的社会、政治的原因。《红楼梦》是一部产生较迟，而又流行极广，吸引力极大的作品，因此，在这时期内，自然要受到那种时代观点的更多更集中的解说。我们在下文里，对这种解说分头给予比较详细的论述。

民族主义观点的红学

民族主义观点的红学，是近代进步红学建筑上的一根大柱。

我们已经知道，《红楼梦》这部著作还在手抄本时期，就被人爱读着和评论着。跟着时间的前进和刻本的广泛流传，评论者就更多和复

① 《聊斋发微》，中华图书馆版，1915年刊。

② 见《小说丛话》11页、63页及73页。

杂了。除了对表现艺术和书中人物等的评论之外，对于全书意义和人物来源等的探索，也相当热闹，而且这种红学老早就出现了。有的人肯定它所记的是金陵张侯（勇）家的事情，有的人说它是对和珅的讽刺，有的人说它记述清雍正（胤禛）和董鄂妃的故事……说法很多，而认为是记述明珠家事的更著名。① 这些，都和民族主义观点很少关系。虽然在较早的时期，已经有人说过："此书为诬蔑我满人，可耻可恨！"或者说："《红楼梦》一书……无非糟踏旗人，实堪痛恨！"②但说这些话的人都是满族的权势者，只能表明《红楼梦》揭发封建贵族家庭、人物力量的强烈，使他们感到自己在被暴露、侮辱，因而痛恨这作品，实际上跟我们所要说的民族主义观点也没有多大关系。对《红楼梦》真正的民族主义观点的产生，主要当在中法战争之后，特别是在甲午战败之后。当时中国形势更危急，清王朝的统治更显出衰败景象，国内不满或反对清廷和愤恨帝国主义侵略的思潮正汹涌澎湃。这时候，这种观点的应用就纷纷起来了，到后来，还有人写成了专著。它在传统的红学的园地中插上了一枝鲜艳的旗帜。

这方面的发言是相当踊跃的，说法也各有角度或程度的不同。有的人认这部杰作是思念明朝的作品。唐易庵的看法就是这样的。他说："《红楼梦》为思明而作"，书里的"红"字影射"朱"字（明朝统治者的姓），作者怕人不了解，特别在外国女子所作的诗篇里标出"昨夜朱楼梦"一句来指明它。"悼红轩"就是"悼朱轩"，宝玉爱"红"、爱"胭

① 主张侯家说的，是周春松的《阅红楼梦笔记》；主讽刺和珅说的，是《谭瀛室笔记》（据蒋著《小说考证》卷七引）；主雍、董故事说的，是王梦阮等的《红楼梦索隐》；而主明珠家说的更多，像孙桐生（见妙复轩评《石头记序》），徐时栋（见陈祺康《郎潜纪闻》二笔所记）及俞樾（见《小浮梅闲话》）等。

② 见梁恭辰《劝戒四录》卷四，《自序》署道光戊申（1848 年）。

脂”，都指的是爱“朱”，“言‘玉玺’终恋‘朱明’也”。林黛玉代表“明”，薛宝钗代表“满”，意义取自明高启的梅花诗：“雪(薛)满山中高士卧，月明林下美人来。”(“雪”(薛)下着“满”字，林上着“明”字。)“书中‘秦太虚’及‘贾’字皆言伪满”。唐易庵并认为应该根据这种意思，把《红楼梦》另行详注一番。① 他这种说法，意思很显明，例证也举了一些。

又有人认它是“愤满人之作”，说作者是“真有心人”，理由是“著如此之大书一部，而专论满人之事，可知其意矣”！他指出第七回酒醉大骂的焦大，“必是写一汉人，为开国元勋者。”满人明白这点，所以“屡禁售此书”②。这位评论者(戚本的刊印者狄葆贤)不但清楚地指出此书的作意，并批评了那些不理会这种民族主义思想的读者。(“今人无不读此书，而均毫无感触，而专以‘情书’目之，不亦误乎!”)

此外，有的学者，说曹雪芹是“假芍药以塞黍离荆棘之悲”；有的学者认定这书是“胜国(明朝)顽民怨毒觉罗(清皇室)者所作”；有的学者又认为它是纪述明福王被虏以后事及反颜事清的明臣的。③ 说法虽有种种，但主意总是环绕着民族主义这个中心观点。

在当时，对《红楼梦》运用民族主义观点写成专著，而为学术界所熟知的学者，是蔡元培。他是当时资产阶级革命派的一员战士，不但创办新学校、新报章，利用讲堂、文字进行革命宣传，并且与同志亲自学制炸弹，准备干政治暗杀活动。(这是受了外国虚无党影响而形成的一时风气)同时，他跟当时具有民族主义思想的知识分子一样，对《红楼梦》这部杰作，给以符合时代思想要求的解说，而且做得比别

① 见景梅九《石头记真谛》卷上。《叙论》所述。

② 见《小说丛话》21页。

③ 前者指孙渠甫《石头记微言》(崔怀琴《红楼梦解提要》语)，后者见春秋《小说杂评》(《雅言》第一期)。

人更为尽力，更有系统。那就是后来曾引起学界的批评，并且长期被当做《红楼梦》索隐派的代表作的《石头记索隐》。这部书虽然直到“五四”前夕(1917年)才正式刊行，但是，它的成稿(或起稿)却远在晚清时期，这是从他同乡寿鹏飞的《红楼梦本事辨证》开头一段叙述可以明了的。[①] 这书一出版，即有人在《论小说》的文章中加以称述，而从1917年9月刊行，到1926年11月，已经重印到9版，他的读者是相当众多的。[②]

蔡元培在《索隐》的首段，开门见山地说出了自己民族主义的观点：

> 《石头记》者，清康熙朝政治小说也。作者持民族主义甚挚，书中本事，在吊明之亡，揭清之失，而尤于汉族名士仕清者寓痛惜之意。

但是，《红楼梦》全书写述的大都是贾府家庭、儿女的琐事，跟当时国家政治和汉族仕清的名士们有什么关系呢？著者必须揭破这个秘密，因此，他接着说：

> 当时既虑触文网，又欲别开生面，特于本事以上，加以层层

① 寿鹏飞说：“二十年前，即闻吾乡蔡孑民先生有《石头记索隐》之作。……辛亥(1911)之冬，先生由柏林返国……航海南下，适余由溧阳避难，同舟赴沪，因询先生《索隐》一书概略。先生为言……他日或当正式出版。”寿书刊于1927年，20年前，正当20世纪初年。蔡著篇末有“民国四年十一月，著者识”字样，想是付印前修理旧稿时所题，并非初次成稿年月。

② 此书最后出到几版，不详，这里是只就我所藏的本子上的标记说的。

障幕，使读者有“横看成岭侧成峰”之状况。

他指出这种手法共有三层：表面一层，“谈家政而斥风怀，尊妇德而薄文艺”，是学究们所欢迎的；第二层，“纯乎言情之作”，是文士们所喜欢的；再进一层，“言情之中，善用曲笔”，像“书中主要人物，设种种影子以畅写之”之类。这种曲笔，历来谈《红楼梦》的人很少知道，间有知道的，又没有正确的眼光去阐明本意所在。他以为能阐证本事的，要算《郎潜纪闻》所述的徐柳泉（时栋）和《乘光舍笔记》的说法。①

蔡元培《石头记索隐》的主旨，在“阐证本事”。他搜集了关于康熙时代许多资料，从各方面来论证书中的事情和人物。例如说：“书中‘红’字多影‘朱’字，‘朱’者，‘明’也，‘汉’也。宝玉有爱‘红’之癖，言以满人而爱汉族文化也，好吃人口上胭脂，言拾汉人唾余也。”并援引清制“满人不得为状元”，康熙时命以后停止满族子弟考试生员、进士等，用意在防止“满人渐染汉俗”的事实以为佐证。又说：“《石头记》叙事，自明亡始”，第一回“这一日三月十五日葫芦庙起火……甄氏烧成瓦砾场”的记述，是指“甲申三月间，明愍帝殉国、北京失守之事”。他以为宝玉是指清廷被废的胤礽，林黛玉是指朱竹垞（彝尊），薛宝钗是指高江村（士奇），探春是指徐健庵（乾学），王熙凤是指余国柱，史湘云是指陈其年（维崧），妙玉是指姜西溟（宸英）……书中许多人物，都被认为是对康熙朝人物的影射，利用各种资料加以论证。这是一部自有索隐派以来最耸动听闻的书。后来虽然也继续有这类专书

① 《乘光舍笔记》，原书未见，作者也不详。蒋瑞藻《小说考证》、颠公的《小说丛谭》及蔡著都引用它，但都没有标出作者姓名、蔡著只称“近人”。

刊行，如上文所提到的寿鹏飞的《红楼梦本事辨证》以及邓狂言的《红楼梦释真》、景梅九(定成)的《石头记真谛》等，都不曾怎样引起学界较大的注意。

蔡元培为什么对《红楼梦》做起这种索隐工作呢？换一句话说，他写作这部猜谜书的原因何在呢？据他自己说，是由于“《郎潜二笔》徐柳泉之说所引起”。这当然不是谎话，但它只是一种表面的原因。内在的、有决定意义的原因，是受当时中国社会反清统治和帝国主义侵略的思想潮流的驱使，是作为民族资产阶级意识代表的著者，要用自己的新观点去解释过去的文化成果，并使之为资产阶级的政治活动服务。徐时栋对《红楼梦》的说法不但很简略(根据陈康祺所笔述的)。而且更重要的，是它不像蔡元培的说法那样明显地具有民族主义的倾向。它只是远离现实的乾嘉考据学方法在小说上的应用。(王国维在《红楼梦评论》里所谓“以考证之眼读小说”的话，对于徐时栋说来，是适合的)它跟蔡元培的说法有性质上的不同。后者虽然也用考证法，但是，它的观点却是当时思想主流的民族主义。我们从前文的论述中，可以看出蔡元培的民族主义的红学观点，并不是孑然孤立的。它是同时代的思想河流里的一阵更粗壮的浪涛。

“五四”初期，胡适把蔡元培等的说法骂得一钱不值。[①] 我们以为民族主义的红学，尽管缺乏科学根据(在后文，将比较详细的谈到这个问题)，但在当时是有它的政治的、社会的意义的。

像前文所说，解放后，特别1954年冬以后，我们的《红楼梦》研究，成绩是辉煌的。但是，对于“五四”以前的红学，特别是对于民族主义观点的红学，还是理解、研究得不够的。有的同志把它叫做“红

---

① 见《红楼梦考证》、《跋红楼梦考证》等文。

学家的玄虚”，有的同志把一切索隐派的红学都看做唯心主义的解释，说它“越解释，越叫人糊涂”。有的同志似乎感觉到它的政治意义，但是，没有(或来不及)进一步从当时社会的、政治的形势和要求出发去考察，只责备那些评论者“根据传统的功利观念，把文学和政治的关系庸俗化了，强拼硬凑地将小说情节和历史事实相比附”。[①] 批评它的比附是应该的，但是对于它产生和存在的社会意义一并抹去，就有些欠分析和公允了。

民主主义观点的红学

像民族主义观点的红学一样，民主主义观点的红学，在说法上也有种种。有的评论者说，《红楼梦》是一部社会小说，认为它暴露了上层社会的奢侈生活。[②] 这种说法，对于这部小说的性质多少已经沾着些边，但没有具体地、更深入地触到它的核心。当时在这方面持着更深刻的见解的，是一位署名侠人的评论家，他披露了一种极可注意的言论。[③] 一开口，他就肯定了《红楼梦》这部著者的重要性质：

> 吾国之小说，莫奇于《红楼梦》，可谓之政治小说，可谓之伦理小说，可谓之社会小说，可谓之哲学小说、道德小说。

---

① 见《什么叫做旧红学和新红学》，《文艺月报》，1955 年 5 月号。

② 天瘳生在《论小说与改良社会之关系》中说：“吾尝谓《水浒传》，则社会主义之小说也……《红楼梦》则社会小说也，种族小说也，哀情小说也。”(《月月小说》一卷九号)又在《中国历代小说史论》中说：“……或描写社会之污秽、浊乱、贪酷、淫瘾诸状，而以刻毒之笔出之，如《金瓶梅》之写淫，《红楼梦》之写侈，《儒林外史》、《梼机闲评》之写卑劣。”并谓那些创作家著这些书时，“皆深极哀痛，血透纸背而成者。”(见《月月小说》一卷十一号)

③ 见《小说丛话》31 页(初刊《新小说》十二号)。

何以叫做政治小说？他举出了元妃归省和她生病时所说的那些悲伤的话："当初既把我送到那不得见人的去处"，"反不如寻常贫贱人家娘儿兄妹可常在一块儿。"[①]认为元妃归省那一回文字，标题是"天伦乐"[②]，可是叫人读起来，却"萧然飒然，若凄风苦雨起于纸上，适与标名三字反对。绝不及皇家一语，而隐然有一专制君主之威，在其言外，使人读之而自喻"。这种说法，公然揭发了反专制君主权威的意义，对以前及当时的《红楼梦》评论见解来说，是非常大胆和相当深刻的。

侠人接着解释《红楼梦》何以是伦理小说。他举述宝玉所说"于父亲伯叔都不过为圣贤教训，不得已而敬之"等话，[③] 并指出"书中两陈纲常大义，一出于宝钗之口，一出于探春之口，言外皆有老大不然在"。这些叙述之后他发挥了极沉痛的议论：

> 中国数千年来家族之制，与宗教密切相附，而一种不完全之伦理，乃为鬼为蜮于青天白日之间，日受其酷毒而莫敢道。凡此所陈，皆吾国士大夫所日受其神秘的刺冲，虽终身引而置之他社会之中，远离吾国社会之禁网，而万万不敢道，且万万无此思想者也；而著者独毅然而道之！……

---

① 元妃生病时对贾母等说的原话是："父女弟兄，反不如小家子得以常常亲近。"（见八十三回。十八回她归省时对贾政也说了意思相似的话。）侠人此处只记大意。

② 普通一百二十回本，十八回回目下句作《天伦乐，宝玉呈才藻》。八十回本回目，无此句。

③ 原语当做："只是父亲叔伯兄弟中，因孔子是亘古第一人说下的不可忤慢，只得要听他这句话。"（据八十回校本。普通一百二十回本，语句少有出入。）

这位评论家，在这里充分表现了他对封建社会家族中专制伦理的不合理性和毒害的认识、愤恨，也表现了对《红楼梦》反封建伦理的思想意义和著者勇悍的叛逆精神的理解、赞扬。

侠人又解释了自己提出的第三个论点：社会小说。他说，《红楼梦》以贾宝玉为代表人物，而这位人物一再说，“世间一切男子，皆恶浊之物，以为天下英灵之气，悉锺于女子”。这并不是像一些人所说是一种淫猥的话，却是“著者疾末世之不仁，而为此言以寓其生平种种之隐痛”。他解释所谓男子恶浊而女子则否的原因，是由于旧社会中女子被剥去一切社会活动权利，少参与恶业的机会，因此比较“犹有良心”，不像许多“男子之胥残胥贼，日演杀机，天理亡而人欲肆者”。

最后，这位评论家又进而说明所以认此书是哲学小说、道德小说的原因。他以为社会道德的设立，本以范围人们的“率性而行”。但人性是自然之物，“终不能屈杞柳为杯棬”，“有触即发”，就不免与道德相冲突。而且道德产生以后日益僵化，并比附于“其群之旧俗”，“社会之惨苦壁垒……因之而益坚”，结果，那些被驯服于道德势力的人们，“乃相率而加其轶于外者以大逆不道之名”。他根据《红楼梦》十二支曲子的一些词句，(“谁为情种，都只为风月情浓”，“擅风情，秉月貌，便是败家的根本”)，以推演作者的思想：“曰情种，曰败家的根本，凡道德学一切所禁，事之代表也；曰风月情浓，曰擅风情、秉月貌，人性之代表也。谁为情种？只以风月情浓故。败家根本，只以擅风情、秉月貌故。然则谁败道德之事？曰人性故。……然则欲毋败道德，亦除非去人性而后可！夫无人性，复何道德之与有？”而且，道德是要用来利民的。现在它竟靠戕贼人性来存在，那不合理还用多说么？他认为《红楼梦》作者关于道德摧残人性的见解，“实举道德学最后之奥援、最坚之壁垒，一拳捶碎之，一脚踢翻之，使‘上穷碧落下黄泉’，而更无余地以自处者也！”

从侠人在这问题上所表现的意见看来，他对于道德、人性的社会本质及其相互的复杂关系，还没有深刻的、全面的了解。但是，他清楚地看到当时中国现实社会中，吃人的封建道德，怎样横蛮地束缚、摧残着广大人们（特别是年轻的男女们）正当的爱情和结婚生活，清楚看到《红楼梦》作者的正确思想和对封建道德及其执行者的严峻批判。因此，他“五体投地”地歌颂了曹雪芹敢于“昌言修改”那种违反人情的旧道德，歌颂他高迈的见解和“摧陷廓清旧道德”的巨功。在这里，我们隐隐听见了当时被中国进步学界奉作自由神的卢梭关于社会、道德等理论的回音。

总起来说，侠人在中国民族资产阶级开始向传统的封建制度、伦理进行搏斗的时期，敏感地并且相当尖锐地认识和揭发了《红楼梦》在政治、家族伦理及两性问题等方面的反封建意义，宣扬了资产阶级的民主思想。尽管他的见解还有粗杂浅率的地方（这当然还只是就资产阶级思想的限度内说的），但是，它的历史进步性，它的战斗意义，是应该被记在这时期的文艺评论思想史上的。

自侠人等对《红楼梦》的民主主义的评论发表之后，到文化革命的新时期（“五四”时期），自然陆续还有人在这方面发表意见。他们的视线大都集中在家庭和婚姻问题上。例如在《红楼梦新评》一篇论文中，[①] 作者揭露了书中所叙家庭关系的残酷、愁惨，妇女婚姻的不得自由。他总结说：“吾不得不叹专制组织，能迫人为不慈不孝不友不

① 见《小说海》一卷一、二期。

悌之人，如是其甚也！吾尤不得不叹礼教之维系，能强人为伪孝伪慈伪友伪悌之人，更如是其甚也！”又说：“《红楼梦》一书，叙人婚姻事，不祥者为多，盖明专制结婚之必无良果也！”这种意见，对于侠人等的议论基本上没有增添多少新的论点，只是在某些方面给予了补充和增强。

跟上面意见相似，而所谈的范围更加缩小的，是发表在《古今小说评林》上的一种说法。那位评论者说：“一部《红楼梦》一百二十回，无非痛陈夫妇制度之不良，故其绝未提出一对美满夫妇，而言者俱是婚姻苦事。”他举述了元春、迎春、尤二姐、尤三姐、晴雯、金钏、鸳鸯、司祺、香菱、芳官等，在“精神上、肉体上所受之痛苦”，以为“皆由夫妇制度直接间接所馈送而来”。并说这就是著者所以“写荒唐言，洒辛酸泪”的原因。① 虽然这位评论者那种“欲推翻夫妇制度”，以符合“讲社会主义者之论调”一类的说法，我们不敢同意，但是他对《红楼梦》确实也触到那个比较重要的问题（虽然这已经不是一种创见）。着重谈论这样的问题，是这时期的红学应有的任务。

这种资产阶级民主主义观点的红学，到了“五四”以后，自然没有断绝。但这个时期的政治革命任务虽然还是反帝反封建的民主革命，但它已经进入新民主主义时期，在文化上、思想上居领导地位的是马列主义观点和无产阶级的文化运动，旧民主主义观点的红学，已经退居于历史地位，我们就不再详谈了。

在近代中国旧民主革命时期，民主的要求，是当时人民极广泛和极迫切的要求。因此，民主主义观点必然要与民族主义观点同样出现在《红楼梦》评论的领域上。而且从这部有力地（虽然在表现上往往委

---

① 《古今小说评林》，冥飞、海鸣等著，民权出版部版，1919 年刊。

曲地)揭示了封建社会末期的"人间地狱"形相(尽管表面装饰着天堂的幻景)的作品本身说，它的得到民主主义观点的考察和阐发，是更自然的，更应该的。

《红楼梦》出世后，在相当长久的时期内，它的厄运跟它的幸运并行。像前文所说，它受到广大读者的喜爱、赞赏，产生无穷无尽关于它的著作。它活在许多人的精神中，特别是他们的感情里。但是，另一方面，它被统治者和旧社会意识形态的代表者所深恶痛绝。据说，那位对于思想、文化的"违碍性"，持有特殊敏感和老辣手段的乾隆皇帝就亲自考虑过要禁止它。[①] 事实上，直到封建专制政治解体，它是经常遭受着迫害的。这原因何在呢？主要就在于它揭露了封建社会政治、经济、伦理、文化等方面的不合理性，它的扼杀民主的罪恶。在曹雪芹还生存着的时代，就有一位皇族人士预感到这部书的"碍语"，而不敢阅读它。[②] 这部杰作，长时期被封建主义者诬蔑为"淫书"。其实，它不仅在两性问题上，表现了与封建的男女观、婚姻观绝大相反的态度(当然从现在看来，它也不是没有缺点)，而且在一些更根本的社会制度方面，它也曲折地表现了非议态度。近代民主主义观点的红学(包括优秀的佚人的见解在内)，虽然不能更科学地说明《红楼梦》的社会、历史意义，而且这些红学见解彼此间也存在着相当的距离，但是，它总算在特定历史时期，对这部反封建的杰作，说出了迫近它的中心意义的意见，教育了当时的千万读者。这种文艺学史上的事实，可惜长期被埋没着。在"五四"以后，它比民族主义观点的红学，还受

① 《石头记真谛·叙论》："传闻清乾隆帝欲禁此书，但当时已盛行于世，无术销毁，遂止。"这类说法，已见清人著作中，但一时记不起它的出处来。

② 参看吴恩裕《永忠吊曹雪芹的三首诗》，《文学遗产》十九期。

到更大的冷遇。① 今后，我们在这些方面要多付出一些力量，以填补历史上的缺陷。

结　语

前面的两节论述清楚告诉我们：在中国近代的后期(从中日战争失败后到“五四”时代)，怎样发展了那种与时代相适应的新的红学(到“五四”时期，它被叫做“旧红学”)。一方面，在旧索隐派(说《红楼梦》是叙述明珠相国或张侯家事等的说法)的基础上派生了新的索隐派，它用民族主义的观点去解释《红楼梦》这部杰作的主旨、人物和情节等。它的做法，虽然跟旧索隐派有些相似，但是旨趣却截然不同。它提出了民族的关系问题，并认为作者曹雪芹有意暴露或反对清朝统治者。这是一种民族主义观点的红学，对于固有的《红楼梦》的评论思想来说，是一种新的因素。另一方面，是用反对专制帝王权威、暴露贵族家庭罪恶、陈诉婚姻不自由的痛苦等事象，来说明这部现实主义作品的意义。它是民主主义观点的红学，是《红楼梦》评论思想上的另一种新因素。

这两种红学，在我们所指定的这段时期内，虽然不能完全肃清旧索隐派等的存在或制止它的继续产生(它是有自己落后的社会基础的)，但是，这种新的红学无疑是当时文艺学上的主流。它是那时代进步思想在文艺评论上的必然反映。它产生了一定的积极社会影响。从文艺思想史本身的继承关系说，它对于后一时期(更彻底的反帝反

① 在这里，我们不能不指出阿英同志抗日战争前，在《小说丛话论略》里，对侠人、平子等关于《红楼梦》见解的述评。他虽然语气颇多保留，但要算是这方面的“空谷足音”了。

封建的新民主主义时期)的文艺思想活动，在一定程度上也作了铺路工作。总之，这种红学，是今天整理近代文艺评论史的人所不能忽略的。

从我们今天的思想水平，回头去研究这一段文艺评论的史实，有必须分别看待的地方。从一方面看，这两种新红学，都是当时进步思想在文艺评论上的反映，它的政治的、社会的意义是相等的，或相近的。由于当时的情势(特别是辛亥起义前)的关系，民族主义观点的红学，在政治上的意义或者还更为显赫些。但是，从另一方面看，在科学真实性的意义上，两者显然是应该区分的。

民族主义观点的红学家，例如它的代表者蔡元培，他搜集了许多史料，用他自己所说的三个原则(品性相类者、轶事有征者、姓名相关者)去论证“吊明之亡，揭清之失，而尤于汉族名士仕清者寓痛惜之意”的基本论旨。但是，他书中的许多论断是我们不能接受的。尽管他说自己在论证上依据所定的法则，态度“审慎之至”,[①] 从我们看来，到底不免有些牵强附会。例如他对于书中主要人物之一的林黛玉，以为她是影射诗人朱彝尊，绛珠是指他的姓，住潇湘馆，是指他的号(竹垞)，绛珠草长于灵河岸，是指他生于秀水，“黛玉带了许多书籍来”，及刘姥姥说的“竟比那上等的书房还好”，是指他客游南北，必载十三经、二十一史自随等事实(据陈廷敬为朱所作墓志的记述)。此外还用林黛玉与史湘云凹晶馆联句、凤姐对宝黛婚事掉包等事件，与朱生平某些行事相印证。但是他对林黛玉这个人物的性格特点，到底与朱有何相同或相似之处的重要问题，却没有一字道及。这种舍大就小，零零碎碎的考证，能有多大的科学意义？其他人物、事件考证

---

① 见该书《第六版自序·对胡适红楼梦考证的商榷》。

的失败也大略类此。总之，这种做法是缺乏牢靠的根据的，是不能使人们信服的。① 因此，对于这种红学，只能承认它在民族革命高涨时期的产生和流行，有不可否认的政治意义，从科学上看，却不是怎样有价值的。

自然，我们今天所要求的学术见解，是政治的意义和科学的意义统一的，至少是尽可能统一的。但是，对于历史上的学术遗产，却不能一律作这种严格的要求。在学术史上那种畸形的事例，并不是没有的。好像卢梭的《民约论》，是法国大革命的理论柱石，而且200年来差不多成为世界许多国家资产阶级民主运动的圣经。但是，从科学上看，那种说国家起源于人民契约的理论，并不是怎样有历史事实根据的。又好像在晚清，一时属于资产阶级革命派阵线的某些著作家，喜谈“类族辨物”的问题，② 借以为推翻清统治的理论武器。它在当时革命的宣传上也确实起着一定的作用。可是，他们的好些说法是不能得到科学的批准的。对于这种学术史上比较复杂的事实，我们必须细心分析和慎重判断。关于近代民族主义观点的红学，也是这样。

至于民主主义观点的红学，它既具有那时代的政治和社会的意义，从科学的真实性说，也不是没有一定价值的。今天差不多谁都知道，《红楼梦》这部作品的政治的、历史的意义，就在于它以强大的艺术力量，揭露和批判了长期重压在中国广大人民身上的封建制度。(这种制度，从政治到思想、文化，都显示了那种不平等、不合理的性质)民主主义观点的红学，在一定的程度上和范围内着眼并阐明了

---

① 其实，严格地说，即使他的考证结果是很使人信服的，从文学创作的性质上看，它也只说明了作品的素材乃至于创作动机问题，对于整个作品的政治、社会的意义和艺术成就等，还有待于进一步的分析和阐述。

② 例如黄节《黄史》、刘光汉《攘书》中的一些有关篇章。

这点。尽管它不够全面和深刻，但是，我们不能不承认它已经抓到这部作品的痒处，不能不承认它在一定程度上揭发了这部作品的社会意义。它跟民族主义观点的红学，在这方面，显然是不一样的。

我们发掘近代民族主义观点和民主主义观点的红学，并不是说就应该把它作为《红楼梦》评论思想不可企及的高峰，把它跟我们今天的《红楼梦》评论混淆起来。近代的进步的红学，是近代进步思想的一个表现方面。而这种思想——民族主义和民主主义的思想，只有在资产阶级领导革命时期，是时代思想的主潮，是具有较大的进步意义的。到了新民主主义革命时期(无产阶级领导革命时期)，它只有服从于(至少不违背)无产阶级的国际主义、民族平等原则和大众革命的民主主义时，才能够保持它一定的存在权。到了社会主义革命和建设时期，如果有人在国内仍然照样坚持资产阶级的民族主义和民主主义，那就将成为社会主义的敌对者了。对于资产阶级民族主义和民主观点的红学，也应该这样去看。我们试看看那些在当时用了时代进步思想去重新估价《红楼梦》意义的评论者(有些还是革命的实际活动家)，由于他们阶级出身的关系，也由于时代步伐的急速向前，到了“五四”以后，他们大都成了落伍者(个别的人，后来，还变成了民族利益的背叛者)。这在政治运动史上说，自然并不是很稀奇的，可是它可以用来说明资产阶级的民族主义、民主主义以及它的产儿红学的历史局限性。因此，我们今天绝不能无条件地赞成贾宝玉那种对两性的看法以及那种愿意永远生活在姐妹中间的反封建伦理和婚姻制度的想法，我们绝不能完全赞成像他那样用逃学来抵抗封建主义的严酷教育。我们绝不能完全赞成采用林黛玉的那种孤傲和感伤去反抗贵族家庭的庸俗礼法和钩心斗角的丑剧。我们绝不完全赞成鸳鸯、尤三姐的自杀了事。……总之，我们今天对于这部杰作和近代进步评论的思想、见解，一方面必须坚持历史主义的玉尺，认真地挖掘出它的被埋没了的积极意义；另一方面，又要认清时代的“楚河汉界”，不要把那些已经枯萎了的花朵，拾起来强插在今天的花瓶上。

1963年10月于北京城郊

略谈《野草》

《野草》，是鲁迅的一本散文诗集。

这本散文诗集，开始写作时间是1924年秋，陆续执笔，到1926年春才写完。前后经历一年半左右，写作的地点是北京，这段时期，在全中国社会和作者个人的经历，都是不平常的。

从当时国内的重大事件说，政治方面，中共中央发表宣言，号召推翻军阀和帝国主义权力；孙中山改组国民党，与中共合作，在广州召开具有重大意义的第一次全国代表大会；上海发生震动世界的“五卅”惨案；“三一八”北京段祺瑞反动政府屠杀爱国请愿民众。教育文化方面，广东学生发起收回教育权运动，进步的刊物《洪水》创刊；女师大校长杨荫榆横蛮开除进步学生；章士钊非法解散女师大；伪教育部宣布整饬学风命令及通令读经，国民党政客戴季陶作文曲解孙中山学说，攻击共产党。

从鲁迅当时个人的经历和思想状况说，他因为反对青年耽恋中国古书，受到遗老遗少们的明攻暗袭；因为支持女师大同学的反抗行动，受到“正人君子”的诬蔑和章士钊

(伪政府教育总长)的免职处分。北京"三一八"惨案发生后，他一再发表指斥反动政府和帮凶文人的文字，受到通缉，不得不离家避难；但是他并不因此退怯或沉默，他仍然用锋利、强力的笔写下了许多批判短文。

鲁迅的散文诗(用他自己的话说是"废弛的地狱边的惨白的小花")，23篇，就是在这样的政治环境和思想状况下写出的(其中有些还是在避难的时候执笔的)。当这黑暗还十分浓重(特别在北京)而光明已露端倪的时刻，急进的民主主义者的鲁迅，一方面与敌人进行着勇猛的、无情的战斗，另一方面又在思想上、情绪上感到剧烈的苦闷、矛盾并进行着自我清理。他在寻求新的战友，在摸索着前进的道路("路漫漫其修远兮，吾将上下而求索")。他这种精神状态，集中地深刻地反映在这本用散文诗型式抒写的《野草》里。

一

鲁迅这本作于他思想飞跃发展之前的特殊作品，由于这样或那样的原因，曾经受到一些人的误解或低估。我们认为这个集子里的绝大部分作品，在思想内容上是健康的、积极的，或者基本上是健康的、积极的。《这样的战士》是大家比较知道的名篇。篇中那位勇猛的战士，手上拿着原始人的投枪(现代澳洲的晚熟民族，就用这种武器去猎取野兽)，闯进"无物之阵"，所碰到的都是那杀人不见血的武器——点头。那些虚伪透顶的敌人，头上插着绣上慈善家、学者、文士、长者等好名称的鲜艳旗帜，身上裹着绣上学问、道德、国粹、东方文明等花样耀眼的外套。但是，这位勇士，他胸里雪亮，并不为这些所炫惑或吓倒，也不相信他们的虚假自誓，他始终坚决地掷出了他的武器，他们哗然倒下了。但是，那里有什么真正的敌人？只有那些漂亮的外套躺在地上，那些伪虚的鬼蜮已经逃得光光了。而这时战士反却落得了残害“好人”的罪名。就是这样，他仍然要在“无物之阵”里继续前进，并不断掷出自己的武器，以至于老死。这是一个名副其实的战士！

后来，鲁迅自己说过：“《这样的战士》，是有感于文人学士们帮助军阀而作。”(《野草英文译本序》)我们知道，鲁迅写《这样的战士》的这一年(1925)，北京城里的所谓文人学者，利用种种好听的名词(如公理、正义等)，造出貌似公正的“舆论”，去帮助北洋军阀的反动政府，压迫进步学生，并诬蔑和攻击敢于挺身而出，仗义赞助进步青年的鲁迅等。鲁迅虽然受到围攻和免职的迫害，但是，他并不气馁，也不受骗，始终果决地用笔枪纸弹对他们作战到底。这种丑恶的社会现象和鲁迅的战斗精神，都是有一定社会典型意义的。鲁迅这篇赞歌，正是对于这些社会典型的最精炼的、强有力的艺术概括。它也可说是鲁迅当时战斗精神的一个纪念碑。

除了《这样的战士》，鲁迅又在《过客》里写出了一个迈往的前进者的形象，这位跋涉人世长途的旅人，为了响应一个在前面号召的声音(这是催促人觉醒和前进的历史声音)，尽管那时天色已暮，身体疲乏，他还是不顾旁人的劝阻，在喝过清水之后，毅然拖着流血的脚，不住地往前走。这个前进者跟上面所说的战士，虽然在某些地方有所不同，但是在抱着不屈不挠的积极精神这点上是一样的。他们绝不休止，更不后退！这种精神，正是当时许多知识分子(特别是高级知识分子)所比较缺少的。他们即使在运动开始时有些勇气，但是，过了一阵(特别在敌人强大，战斗进入艰苦阶段的时候)，往往就退下来了，甚至投降敌人或走回头路。“五四”运动后期及左联时期，新文化阵营受到严重压迫时，有些原来“前进的”知识分子所表现出来的情形，不是有力的证明吗？鲁迅在那种“团体（指《新青年》社）散掉了，有的高升，有的退隐”的时候，却始终配合着少数前进之士，仍在坚持奋斗，这篇散文诗里的旅人的思想和行动，对于当时的鲁迅来说，是具有个人历史写照的意义的。

此外，鲁迅在这个集子里，还表现了不少的积极的、进步的人物和事物形象。例如“将要起来使人类苏生”，使天地变色的猛士（《淡淡的血痕中》）；听了被压迫者的诉苦，便动手去拆老财的房子的“傻子”（《聪明人和傻子和奴才》）；在风沙里被打击得粗暴起来的“鲜血淋漓的”灵魂（《一觉》）；“默默地铁似的直刺着奇怪而高的天空”的枣树和因为趋向光明而死在白纸灯罩上的苍翠的“小英雄”（《秋夜》）；不甘心冻灭在冰谷，宁可烧完的死火和他的携带者（《死火》）；有许多美的人和美的事“错综起来像一天云锦”的好故事（《好的故事》）；“还在隐约着的青春的消息，是极壮健的处子的皮肤”的“滋润美艳之至”的江南的雪花（《雪》）；……鲁迅赞扬这些人物和事物，在思想内容上都不能不说是健康的、积极的。这些大都是那黑暗年代的社会里所迫切需要的，也就是战斗的民主主义战士所要努力战取或赋予同情的。

不错，鲁迅当时的思想，有的地方已经超越了民主主义的范围，但是，归根结底，他的世界观基本上还是小资产阶级的，进化论的哲学和个性主义的思想还占着相当位置。因此，在这个集子里所反映的，从他后来所信奉的马列主义的观点看来，是有局限的。就是在他那些表现着积极的思想、感情的诗篇里，这种局限也不能不流露出来。例如在《这样的战士》那样体现着猛烈的战斗精神和深刻的社会洞察力的作品，还是不免存在某种思想上的局限：单身匹马的战斗和对未来认识的模糊。又如在《秋夜》里，他用力歌颂了那敢于和天空作对，并且“一意要制他的死命”的枣树（战斗者的象征），“他（枣树）知道小红花的梦，秋后要有春”，这是壮健的；但是“他又知道落叶的梦，春后还是秋”，这就有些黯淡了。又如《过客》里那旅人的奋斗方式和对前途的看法跟《这样的战士》里的思想是相似的。自然，这种思想上的缺点，在他后期的诗歌和杂感文等创作里，就必然地烟消云散了。

跟上述那些光辉的、正面的人物和事物的出现同时，在这个集子里，我们也看到那些黑暗的、反面的人物和事物。这类形象，又代替了魔鬼的地狱统治，而更加严酷，终于把那些发出反狱绝叫的鬼魂打入了剑树林中央的统治者“人类”(《失掉的好地狱》)；有那些极力残害、辱骂、戏侮受难的改革者的祭司长、文士、兵丁和路人(《复仇(其二)》)；有凌辱那为了她(女儿)而忍受过一切艰苦、耻辱的老母亲的女儿(《颓败线的颤动》)；有无耻的、伪善的说教者和心甘情愿地受奴役的奴才(《聪明人和傻子和奴才》)；有对死者好作无聊或苛刻的议论的“闲人”(《死后》)；有装着虚伪的、造作的声调、手势的求乞者(《求乞者》)；有上文所提到的那些头插种种好名称的旗帜和身裹种种好花样的外套的极端虚伪的家伙(《这样的战士》)以及那把繁霜洒在“野花草上”的“奇怪而高的”天空(《秋夜》)；“暗暗地使人类流血，却不敢使血永远鲜秾”的怯弱者——造物主(《淡淡的血痕中》)；……那些人物大都是社会的鬼蜮或渣滓。其中有些对象，例如虚伪的绅士、好事的旁观者以及好訾议死者的“闲人”等，就是鲁迅所不止一次地在文章里批判或讥刺过的。在散文诗里表现上述种种消极面的形象、目的，是为了在现实上扫除它。因为他认为这样做，是社会前进的一种必要步骤。

从上面的论述看来，鲁迅在这个诗集里所表现的思想内容，并不像过去有些人所说的那么消沉、灰暗。反之，绝大部分的诗篇，是思想壮健和积极的。它跟他前期别的型式的作品，在思想上并没有什么根本不同。这也完全符合于他在年轻时就牢牢抱着的“用文艺去帮助社会改革”的伟大理想。

二

自然，不能否认，在这本散文诗集里，的确有着一些态度上比较消极，色调上比较灰暗的作品。如《影的告别》、《墓碣文》等就是。但是，我们首先要知道，这类作品，在全书里所占的数量是极少数，而对于它的看法也需要有分析。在《影的告别》里，有下面一类的语句：“在我所不乐意的在你们将来的黄金世界里，我不愿去，”“倘若黄昏，黑夜自然会来沉没我，否则我要被白天消失，如果现是黎明。”有人把这看做他的悲观失望情思的反映。我们知道，当时北方正处在极端黑暗时期，加以他所身受的种种迫害(用作者自已的话说：“是碰了许多钉子”)，而这时他的思想基础大体上也还是旧的，他跟南方的革命势力还没有结合起来，在这样的时候，思想上、情绪上有些消极的成分，并不是很奇怪的。但是，鲁迅的思想是极深刻的，加以他表现上的隐晦，所以有些话，并不是用普通粗浅的想法所能理解透彻的。

《影的告别》里的那些话，未尝不可以作另一些解释。前两语，可能是一种“狷介”的想法，换句话说，他要求一种更为纯粹，更为理想的东西。(客观上有没有这种东西，那是另一个问题)又因为他一再得到过关于社会变革失败的经验，使他不容易天真地相信未经身历或确证过的关于未来的观念。(由于国内外反动派的造谣，这时他对苏联也还没有很清楚、正确的了解)这样解释，虽然仍旧不能彻底消除他当时思想上存在的某些弱点，但却不像一些人所理解的那么简单。至于后四语，表现当时鲁迅(诗里的影子)“不愿意彷徨于明暗之间”，而希望干脆沉没于黑暗里，或消失于光明之中。这是心绪极端怫郁时愤激的念头，而主要还是对黑暗势力的诅骂。正像夏桀时的人民对于这位暴君所发的誓言那样："时(是)日害(曷)丧，予及女(汝)偕亡!"(据《孟子》卷一引《汤誓》)老百姓愿意跟他一齐死亡，可见他们对暴君愤恨的程度。我们明白鲁迅当时所处的社会、政治环境和他个人的遭遇，对于这种一时的愤激想头就可以相当理解了。又作者曾经在一条《随感录》(四十一)里，鼓励青年，处黑暗环境中，要敢于发光，哪怕小如萤火也得发。他接下去说："倘若有了炬火，有了太阳，我们自然心悦诚服的消失……"这些话也可以当做解释他情愿"消失在光明中"的想法的一种帮助。

至于《墓碣文》，全篇(除了末一行)的形象和气氛，的确有些阴森。这，一方面反映着当时他周遭环境黑暗的沉重，另一方面又说明作者正极其认真地在内心世界里进行着一种严酷的解剖，说明着这位战士正在经历一场剧烈无比的精神矛盾和斗争。这种激烈的自我思想斗争的状况，从他这时期前后一些涉及自己的文章或通信里，也可以得到一些旁证。但是作者是要更英勇地战斗和前进的。他不愿意停留在这种阶段里。在这篇散文诗的末一行，明白地表现了他的意思："我疾走，不敢返顾，生怕看见他(指死尸)的追随。"作者在这个诗集里，一再引用过匈牙利伟大诗人裴多菲的那个警句："绝望之为虚妄，正与希望相同。"这说明作者当时虽然具有一种失望情绪，但是他并未沦于真正绝望。这种意思，他在给人的信里也明白说过；而更好的证明，是他同时期所写的某些散文诗和许多杂感文里斗志的旺盛以及1927年后，他终于发展成为光辉的马克思主义者和无产阶级战士的铁的事实。鲁迅这本散文诗里的一些阴暗的、消极的思想、感情，是当时极端恶劣环境和他自己旧的世界观的反映。由于他不断地对客观世界和内心世界进行着艰苦的斗争，因而迅速地解放着自己，发展着自己。原来那种精神上的阴影，不过是黎明前暂时的黑暗。事实证明，接着来的，就是那种霞光万道的精神境界。

三

《野草》是一本用散文诗体裁写成的作品。(《我的失恋》一首例外)这种体裁是世界性的文学型式，如法国的波特莱尔和俄国的屠格涅夫，就是用这种体裁写过一些作品的。我国新文学产生后，也曾有人用它写作过。但在内容的深刻上，型式的精美上，都不能和鲁迅的《野草》相提并论。这种特殊文学体裁，型式上的特点是比较一般格律诗自由(没有一定的字数、音数、行数及押韵等的限制)，但不等于一般的散文。它要求更紧凑、更精简，内容须具有诗的要素和意境。它比较适宜于表现偏重思想因素(反省和思索)的诗(像诗学上所谓“反省的抒情诗”)。鲁迅在《野草》里所抒写的大多数是这类题材(他自己说是“小杂感”)，这也许是他选择这种特殊体裁的重要原因。由于他思想的深沉、情感的强烈，加以艺术手腕的老练，在他同时期或稍前时期所作的杂感短文里，就有一些和散文诗相近似的作品，如《战士与苍蝇》、《长城》、《无题》等。不过它都分散在杂文集里，只有《野草》里的这些被集中在一起罢了。

造成这些艺术珍品的因素，除了内容的深刻性、战斗性之外，作者非常特殊的想象力，便是其中重要的一种。这种想象力，首先表现在许多诗篇的结构上。这些诗篇大都很简短，但每篇的结构，并不是随手拈来的。它往往经历了深思苦想的过程。作者曾经说过，为了给《过客》的内容以适当的表达型式，他曾经摸索过许多时候。其实，在这个集子里的许多诗篇，恐怕都是经过相当考虑的。例如《复仇》，主题是要揭露那无聊的看客，却奇特地构想出那样两个男女相对峙的场面，结果使那些看客“面面相觑，慢慢走散”。又如《死后》，为了要揭穿那些好议论死人的“闲人”的真面目，他构想出那个还存着知觉的死者来经验那种被论长道短和草率处理的情景。此外，像《影的告别》、《死火》、《墓碣文》等的构想，都是很奇警的。

作者更重要的想象力，表现在对某些事物的描绘上。他在一些作品里，用了极单纯的情节和粗枝老干的写述，去表现出深刻的题旨（如《狗的驳诘》、《立论》和《聪明人和傻子和奴才》等），这自然是一种优越的想象力的表现。而在另外的一些篇章里，又用了灵妙的笔去描绘出一种光彩满目或竦动心魂的形象。例如《好的故事》，对于那种澄碧的小河里所反映的自然景物和人间事物，在打浆过后所形成的诡幻奇丽的形象，不但一般作者写不出来，就是善于写生的画家也未必能绘得这样真实动人吧。又如《颓败线的颤动》这篇诗，在题材的构想上已经相当特异，而后面描写那位老母亲，她受到自己过去忍受尽艰苦、耻辱所抚养成人的女儿的恶毒诟骂，特别是听到那外孙的一声“杀”之后，所激起的异乎寻常的精神反应和疯狂行动。这真是我们文学里一段绝无仅有的文字！它是熠熠发光的珠宝。像这类的精彩的描绘，尽管有着客观的景象或某种主观的体验做基础，但是要把它变成为我们眼前所看到的艺术形象，却需要作者发挥他的杰出的想象力。自然，这种想象力是跟作者当时的境遇、思想、情绪分不开的。它是作者整个精神状态的一个有机部分。

鲁迅的许多杂感文，大多渗入他的对事物的浓厚的爱憎之感。所以他反对人家说他的作品太冷，把第一个杂文集叫做《热风》。在这本散文诗里，感情的因素不是少了，而是更稠了。他对于自己在理智上所肯定、所赞许的那些人物和事物，如战士、猛士、改革者、被迫害者以及刺天的枣树、为光明牺牲的小青虫、江南的雪、美好的故事等，在写述上都给注入了相应的情感。反之，对那些他所反对的、批判的人物和事象，例如地狱的新统治者“人类”，戏侮、钉杀“人之子”的坏人，凌辱为自己受尽牺牲的老母亲的女儿，顶着各种好名称的正人君子，充当说教牧师的聪明人，甘作奴才的奴才，爱看热闹的无聊看客……作者在对他们的写述中，是给以谴责、讥刺，注入憎恶感情的。这种感情因素是和他的思想因素密切联结着的，同时这也是他的艺术感染力的一个来源。

作为这个散文诗集表现型式上的一个特点，是作者在好些诗篇里使用重复的段落和词句。《我的失恋》是一首拟古的讽刺诗（拟的是东汉张衡的《四愁诗》），它整篇段落和语句的重复，是不用说的，因为原诗就是如此。此外，如《求乞者》、《这样的战士》、《复仇（其二）》和《立论》等，都在段落上或语句上，具有重复和类似重复的现象。这种型式上的现象，是中外诗歌作品里所常遇到的。它的出现，主要是由于表达情绪的需要。在说理或普通叙事的文章里，除了由于某种特殊原因的例外，一般并不需要这种表现法。这种型式从效果上看，能造成一种浓厚气氛，使读者产生强烈的感应。在读《求乞者》和《这样的战士》等诗篇时，我们都可以明显地感觉到这种效果。

在鲁迅的杂感文里，我们往往能够遇到他自作的或者引用别的作家的和民众的警句（民间谚语）。在这本散文诗里，这种语句同样存在。许多诗篇里都闪烁着那种意思警拔或意味深湛的词句。前者如“可怜的人们呵，使他痛得柔和”，“可咒诅的人们呵，使他痛得舒服”（《复仇（其二）》），“待我成尘，你将见我的微笑。”（《墓碣文》）；后者如“你不要这么感激，这于你没有好处”（《过客》）。这种修辞的出现，是作者思索深刻和艺术成熟的标志。在鲁迅后期的作品里，出现了那种比这些思想上更正确和表现上更通俗的警句，这是跟他整个世界观的发展和考虑到对作品的读者对象等有密切关系的。

作为鲁迅创作的基本风格的精炼，在这个散文诗集里，自然同样具有着。因为诗歌性质的作品，比起一般散文来，更不能容许那种繁词冗句的存在。例如《狗的驳诘》里，写述“我”在听了背后狗叫之后，他咤责那势利的狗以及狗的回答和“我”的心理反应，文字不过100左右，但是，他所要揭示的“人比狗更势利”的主题，已经十分清楚地表现出来了，而且还带着一种浓厚的讽刺的气味。又如《这样的战士》，作者用了那么短小的篇幅，却浮雕地突出了一个强悍、刚毅的战士形象以及在半殖民地里的文化界具有反面典型意义的对手们(“正人君子”)的形象。这是何等精炼的笔力!

在这个散文集里，给予读者比较突出印象的，还有奇拔的风格。在许多篇章里，结构上或修辞上，都使读者感到这种印象。关于这点，在上面的论述里，已经多少接触到，这里就不再详说了。

在这里，顺便谈一下关于这本作品表现上的隐晦问题。这个散文诗集，像它在思想内容上占多数的是积极的因素一样，在表现上，明朗部分是占主要地位的。但是，也的确有些篇章，在表现上是隐晦的或比较隐晦的。关于这点，作者自已曾经作过说明，就是“因为那时难于直说，所以有时措词就很含糊了”。这自然是真实的，但还不是全部的原因。从内容上说，有许多诗篇抒写的是一时内心世界的矛盾和对它的解剖，这种内容，比较难于用普通的话直接、明白表现出来。从艺术上说，诗歌型式的作品，一般是需要含蓄的，而且作者对于文学创作相当重视这种表现法。在他给一位寄小说请他评阅的作者的信里说，他要给那作品改一个词，原因是嫌原来所用词说得太清楚，怕会打破文里“所有的含蓄”。(1925年5月致李霁野信)对小说尚且这样，对于诗就更不用说了。鲁迅在新文化运动初期所写的白话诗，有些就不是随便能读得懂的。此外，还有一个原因，就是作者当时执笔的动机，我们不大清楚(在《野草英译本序》里，作者对于集里的一些篇章写作的起因或动机，做了简要的解说。但是，有许多是没有提到的)，尽管如此，只要读者对作品反复诵读，体会并参考一些有关的文献(包括当时社会历史背景的)，大意是可以领会出来的。

鲁迅这个作品跟他前期的许多作品，在写作目的、思想内容和表现艺术等，都有共通的地方。但是，在一定程度上，它又是一个具有相当特殊性的作品，因为它是当时作者处在那种非常黑暗的社会和个人经历着险恶境况时期的作品，是他用特殊的诗的型式，抒发着自己矛盾、错综的思想、感情的作品，同时也是他严厉剖判自己，并探索着新的道路和找寻新的战友时期的精神反映。这个作品不但有它重大的时代的意义和社会价值，也给我们留下一份大革命时期前进中的知识分子自我思想斗争经历的稀有文献，给我们留下一份极其珍贵的艺术遗产。(鲁迅生前颇喜欢《野草》这个作品，他在给萧军的信里说它“技术并不算坏”，这是平常对自己作品要求很严的鲁迅，对这本散文诗集在艺术上的自我评价)

“文化大革命”后期，作于北京

谈《王贵与李香香》

——从民谣角度的考察

李季的《王贵与李香香》，是我们新文坛上一个惊奇的成就。

这篇长诗的风格很单纯。跟这恰好成对照，它的意义却相当丰富。譬如说，它反映了中国历史转换期的伟大的现实；它完成了我们多年来所期望的艺术和人民的深密结合；它创立了一种诗歌的新型范。……

一件成功的艺术品，它的好处，往往很容易使人感觉到。可是，要充分说明它却又相当困难。《王贵与李香香》好像青空白日一样，谁一看到它，就会感到它的爽朗、明丽。但是，要对它作一种确切、深入的阐明，就不是那么容易了。郭沫若、陆定一、周而复诸先生的序跋，自然尽了提纲挈要的任务。说到那更周详的剖析、探究，却还不能不稍待将来。为着对这种评论、研究的工作尽一点微力，现在我试从民谣的角度，对它做些粗略的考察。

仿作民谣，本来不算是一件新鲜的事情。从世界各民族的文学史上看，从我们中国的文学史上看，都不能够说是没有前例的。就我国过去的文学史实看，例如唐朝的白居易、刘禹锡、温庭筠，宋朝的苏轼，明朝的宋濂等文人，都曾经多少有意地仿作过民谣。但是，他们的仿作，大多出于偶然的兴致，并不把它当做正常的创作道路，而且成就也没有怎样重大。就是新文学运动初期作家之一的刘半农，他写作了20多首仿效江阴船歌的作品，在见识、勇气和艺术成绩上，都值得相当佩服。可是，要把他跟《王贵与李香香》的作者来比较还是不相称的，尽管《瓦釜集》也有它自己的历史意义。

在创作的意识上，《王贵与李香香》的创作者，固然不是由于贪爱新奇，也不仅由于热爱人民的艺术型式和思想。他从事这个工作，主要是由那种正确的理解，更由于那种伟大社会力量的推动和哺养。他是跟广大的革命人民一起呼吸，一起战斗的。他的作品，和本格的民谣血脉相通，骨肉相联。他的创作意识就是人民的创作意识。严格地说，他不是仿作者，他是道地的民谣作家。而且他所代表的人民意识，是进步的人民意识，是新时代的人民先锋队的意识。因此，他的作品不仅是代表人民的，并且是教育人民的。它不仅是重要的历史现实的反映，同时也正是社会前进的精神的乃至物质的力量。从这种意义看，在我们过去文学史上是很少人可以跟这位作家相比的。

在型式或技术上，跟在创作意识上一样，《王贵与李香香》作者的成就，也不是普通的民谣仿作者所能够随便赶得上的。在内容上，要做到完全民众化固然不很容易，在语词上、腔调上和风格上要做到完全和人民自己的作品一样，自然更加困难。就是那些历史上的著名诗人，也没几个在这方面有较大的把握，例如歌德，他那样富于天才、学力，并且对于民谣那样热爱(他曾经亲自采集过民谣，并对它发表过深刻的意见)，但他被公认为具有民谣气味的作品，也不过只是《野玫瑰》等少数篇章罢了。以白居易的才能和创作上的力求通俗，他的

《竹枝词》(仿巴渝地方民谣的作品)，在风格上到底也不能够怎样肖似真正的民间作品。总之，仿作民谣，要做到“逼真”的境地，是相当困难的。《王贵与李香香》的作者，不仅在许多地方巧妙地运用了现成的民谣，更值得注意的，是他自己创作的绝大部分，各方面都跟自然的民谣那样神形毕肖。这是一种可惊异的艺术成就。

比、兴是中国民谣传统的表现方法。它也是民谣型式上的一种特色。自国风、吴声歌曲，以至现在中国西北及南部各省的民歌，都具着这种特色。在文人作品中，比喻还不怎样稀罕，起兴却极少见到了。因为在一个作品中，那起兴部分和下文的关系，往往是在有意无意之间。这正是口头文学的一种特点。文人知识比较发达，创作意识比较明显，在这种地方，倒显得不易见长了。如同我们大人比起小孩子来，尽管能力强、知识富，但是要去仿效他们的“天真”，就不容易成功。从中国文学史上看，这种表现法，唐人以前的作品中，还偶然可以碰到，唐以后，差不多就近于绝迹了。《王贵与李香香》在学习民谣的型式方面，很惹人注意，也很叫人佩服的，主要无疑是这类比、兴的表现法(特别是兴)。在这篇叙事长诗中，比、兴不但用得很多，而且有许多地方还用得那么好。我们随便举几个例子：

瞎子摸黑路难上难，
穷汉们就怕过荒年。

风吹大树嘶拉拉的响，
崔二爷有钱当保长。

玉米结子颗颗鲜黄，

李老汉年老好心肠。

红瓤子西瓜绿皮包，
妹妹的话儿我忘不了。

我们把这些诗节杂在最好的民谣中，是不容易分出彼此的。

其次，《王贵与李香香》在词汇上、语句上，都是非常大众化而又艺术化的。因此给予读者的感觉是那么亲热却又那么新鲜。它是生活的，同时又是诗的。现实生活中普通的语言大都还不过是一种“璞”（石中之玉），它需要经过一定的琢磨，才成为美玉。我们光称赞作者语言的人民性是不够的。它是人民的艺术，它是真纯的诗，它是美的创造。在中国现代丰富的民歌中——勤劳、纯朴而且智慧的农民艺术中，我们到处可以闻到这种语言的清纯香气。这种诗的语言的特性，是平易、简练、隽永和自然。那些大城市的通俗文学或某些职业艺人的作品，跟它比较起来，往往就多少要显得矫揉或庸俗了。《王贵与李香香》的语言，是生活中的诗的语言，是农民的优秀歌咏中所常碰到的出色的语言。

诗是着重感情因素的艺术。因此，它不能不节奏化。说它是“美的节奏的创造”（诗人爱伦堡的话），也许偏敧些。它是音乐性的文学。它的言语不能和散文一样，它必须有它自己的音节。古今中外任何民族的诗歌，恐怕很少是没有音节的。在一般文化比较粗朴的民族或人民，他们的“诗”就是“歌”。自由诗是近代资本主义发达国家一部分知识分子的产物，在诗的领土中，可说是比较特殊的东西。但是，它在行文的音调上也不是完全跟散文一样的。它不过是打破了那固定的、人为的诗律限制罢了。中国地方那么广博，民族那么复杂，生活、思想和感情也那么多样，可是在“诗歌必是有音节的”这点上是没有什么大分歧的，尽管具体的音节形态可能千差万别。音节是民谣生命的一部分，甚至于是它的主要部分。仿作民谣，型式上的努力点之一，就在于这种音节上。做旧诗的人，因为有一定的平仄和押韵法可以遵循，在这方面多少倒比较容易着手些。至于民谣，它的节奏、腔调等很灵活，因此也就更加难于捉摸。可是，一个民谣仿作者，如果在这方面不能够克服困难，他的作品就算不得怎样成功。因为那结果不会是民谣的嫡亲儿女，至多只是它的义子罢了。《王贵与李香香》，在这点上也正像在别的好些点上一样，是非常成功的。它不但全篇咏唱得上口，而且使我们咏唱起来简直像回到故乡，看见亲人一样。它对我们的耳朵是那么熟悉。你试把下面几节朗吟看看：

大年初一饺子下满锅，
王贵还啃糠窝窝。

山丹丹开花红姣姣，
香香人才长得好。

前半晌还是个庄稼汉，
到黑夜里背枪打营盘。

白生的蔓菁一条根，
庄户人和游击队是一条心。

这些诗节都具有很谐美的乐音，而且是中国大多数人民所熟习的、爱听的乐音。它不但比那些欧化新诗的音节更自然，也比那些传统旧诗的音节更活泼。它没有固定的平仄，没有刻板的音步和抑扬，可是吟咏起来却使人感到一种奇异的美妙。它是作者灵巧地应用了许多能构成悦耳的音响元素创造出来的。叠音、半谐音、句尾韵、句中韵以及那些相当合理的传统腔调……这一切造成了这篇划时期的长篇叙事诗的音乐效果。而这正指明了作者对于人民自己的诗艺是何等精通而且善于运用！我们别以为这长诗的音乐性是一种外在的、型式的。好的诗歌的音乐性必然是一定内容(思想、情绪等)在声音方面的“表情”。它不会是独在的、机械的。在许多地方，我们分明看到这位作者在怎样使他的诗句的声音去确切地传达某些内容的意义。我们试举一个例子：

太阳偏西还有一口气，
月亮上来照死尸。

这两句诗的音节，特别是那两个脚韵，是哀伤的、凄咽的，它本身就是那种悲惨情景的有力表达。这种“声情吻合”的优点，正是许多成功的作品(不管是民间歌谣或文人的诗作)所同具的。要真正达到这种地步，才算得诗歌上最有意义的音乐美。

一件真正的艺术作品，一方面固然在传统上应有深厚的根源。可是，另一方面，它又必须是独创的、发展的。它是那么旧又那么新！内容这样，型式上也正一样。完全脱离了民族优越传统的诗形的作品，是鲁莽的。可是，如果在传统的圈子中不能跨出一步，也不是怎样可称赞的，特别是那些在社会转换期所产生的作品。《王贵与李香香》，不但在创作意识上是进步的，在型式或技艺方面，也是从坚实的人民传统的土台上提升了的。结构、用语，它都不肯停留在旧疆界上。光就用语来说，它的绝大多数，是取自人民长久生活中所产生和应用的。中间也镶着好些很新的名词，如像“白军”、“革命”、“同志”、“平等”、“赤卫军”、“少先队”、“自由结婚”……可是读起来却很自然，并没有不谐和的感觉。原因是这些名词所代表的事物，大都在广大民众生活中已经流行或正在产生。其次，是作者的妙手善于选择、配合，例如“闹革命”，就是一个崭新的同时也非常民众化的名词。又如“自由结婚”一词是相当新的名词，可是接上“新时样”三字，就显得习熟了。在这种地方，作者并没有背离民谣诗人的基本精神。或者还可以说，他倒是一个民间诗人的忠实榜样。说到民谣，有些人以为它必然是守旧的。新思想、新事物和它不能够有什么缘分。事实上，过去许多民谣自然具有浓厚的传统性，可是，我们却不能把这一点无限制地加以夸张。英国民谣学者 R. V 威廉斯曾经说过：“一首民谣，不是新的，也不是旧的；它和森林中一株树木那样，它的根只深埋在往昔里，却又继续伸出许多新枝，长出许多叶子，打结新的果子。”这几句话，也可以应用到民谣的总体上。民谣一方面是旧的继承，一方面又是新的生长。在社会变动的时期，那种生长自然更加巨大和急速。这用不到去翻检过去民谣史的事实，只要稍为留意眼前各地活着的民谣，就可以证实了。《王贵与李香香》的作者，是民众诗艺优越传统的继承人，同时又是他的发展者。

一种艺术上成功的创造，不一定是十全十美的。你看自然界中的大树，往往有一些败叶或虫伤。现实的东西，大都只有比较上的完成。完全没有一点缺陷的创造物，恐怕只存在于我们的意识中罢了。《王贵与李香香》的创作，是我们诗学上的一种革命，是一个大胆的尝试。如果它完全没有瑕疵的地方，那恐怕真是一种奇迹了。在它巨大的成功的另一面，存在一些缺点，正是很自然的事。现在我试指出其中比较重要的一点来说说。

《王贵与李香香》是一首叙事长诗，在三部十二节中，包含着许多事象和场面。表现这些事象或场面，大都是需要比较集中的联贯的描写的。可是诗中有好些地方就不免使人多少产生零碎、支离的印象。其次，有些事象或场面，是需要着重表现出那种强烈气氛的(例如“红旗插到死羊湾”或“团圆”的战争场面)，可是，作者却只给予了一些清淡的写述。没有疑问，这要减少那种应有的感人力量。

产生这种缺点的原因自然不是单纯的。像作者生活体验和想象力等的限制，自然是很重要的因素。可是在运用民间型式上，缺少更大的灵活性和主动性，不能不说有很大的关系。大家知道，这首诗全体所用以构成的型式，是陕北地方流行的顺天游。顺天游在诗体上的主要特点，第一是两行一首，第二是首句惯用的比兴法。这种小型式的民谣，一般是用来即兴抒情的。在陕北虽然也有一些用这种诗体联缀成的叙事歌，但是，那到底是比较少见的，而且，在那些叙事歌中，固有的押韵法、修辞法等多少要起些变化。

作者采用这种特殊的民谣体写作长篇叙事诗，原则上自然不一定是不可以容许的。但是，它同时在处理上，必须非常灵活和主动，例如在必要的地方，突破只以两句为单位去安排语意和押韵的惯例，特别在整段叙事的地方要避免连用比兴法(这些做法，在陕北民间流传的一些短篇叙事歌，例如《蓝花花》、《腊月梅花香》、《媳妇受折磨》等，多少已经实行着)。在某些特殊的地方，更应适当地吸取其他型式的民谣型式来加强表现的效果(在这一点上，白毛女歌剧是做得更好的，它根据内容的要求，采取了各种性质不同的曲调)。这样就可以减少这种小型式的民谣体在长篇叙事上所容易招致的缺点。可惜我们的作者对这方面注意得不够，因此，就不免在一座美丽的建筑上留下些裂痕。

《王贵与李香香》的成功，反映出中国人民政治的、文化的革命事业的伟大成长。它在中国新诗歌的进程上已经竖起了一块纪念碑，随着革命事业更大的胜利，巍峨的碑石要接连地竖立起来。我们有权利、有信心地期待着我们的新文坛，出现自己时代的《伊利亚特》和《奥德赛》！

1948年末，香港九龙

海涅和他的创作艺术

——序林林译《织工歌》

> 诗歌，尽管我怎样爱它，在我常常只是神圣的玩具或者为着神圣目的而贡献的手段。我对于诗人的声名绝不给以很大的价值。我的诗章受到称赞或者非难不大成问题。可是，你们得把一柄利剑放在我的棺材上，因为我是人类解放战争中的一员勇士。
>
> ——H·海涅

一

1944年秋冬间，我在坪石那个朝不保夕的危险市镇中，写了10多首怀人绝句。里面有一首是怀念林林的。

海涅斗心原屹屹，子房风致乃恂恂。
南溟劫火横飞后，何处沧波问此人？

今天重读起来，不免忆起当时的状况和心境。敌人打下了衡阳，没阻拦地侵掠过郴州。坪石是广东境内粤汉铁路最北的一个车站，跟郴州相去只隔一些小站。要是敌人高兴动一动，即刻就会被插上太阳旗的。中山大学的同事和同学，胆小一点或手头比较松动的，在敌人打下长沙或围攻衡阳的时候，早就仓皇逃跑了。到了敌人占据郴州，剩下的实在已经没有多少。而这些并不一定是胆子大，或有把握预料敌人不来，大都只是跑不动或没处跑罢了。我自己就是这类人中的一个。家里本来也还简单，但有些年老的亲戚在一道，流动就添上困难了，重要的还是没有钱。几年中，每月支支离离所领得的薪水，大抵只够打发米价房租。战事越紧，口粮也就更加成问题，并且交通器具一天难得过一天，而交通费用却一天贵过一天。在这种情况下，逃跑是不容易的。困难还不止这些，太远的地方不能够去，较近的也是风险地带，而且到了那里怎样生活又是严重问题。想到这些，只有留下来赌运气了。学校里自然没有课上，自己的研究工作也不能够静心去做——惊险的消息像海浪那样一阵接着一阵。在没有可为的时候，脑子倒特别骚动起来了。抗战初期文化界的活跃，自己过去的带笔从戎，在粤北战地的所见所闻，战斗或流离在各地的亲友情形……这一切都在脑里翻腾着。为着镇静自己，我陆续写了几篇“战地印象记”。“讲堂已废墙沿草，吟绪难排夜抚栏”。偶然也写点小诗，那些怀人诗就是里面的一部分。1938 年秋末，和林林在广州仓皇分了手，1940 年又在桂林见面。往后，听说，他去菲律宾。可是刚到那里，太平洋的战事就起来了。信息杳然。我的怀念是相当苍凉的。

想到林林，就自然地使我联想到海涅。“海涅斗心原屹屹”，这并不是一个泛泛的用典。对于这点，如果说，是因为他们彼此都是诗人，而且都是那么斗志蓬勃的，这自然没有大错。可是还没有说得到家。他们在我脑子里，实在有着更加复杂的关联。林林和我在外国第一次交谈的内容，是关于讽刺诗的。他好像没有更多谈到海涅，可是我猜想那准是受了海涅的“时事诗”(Zeilgedichte)启发的结果。记得不久之后，他发表了一篇《关于海涅和他的诗》，主要就是介绍了战士的海涅和他的那种特殊武器的。他对于这位自负的“革命的儿子”，好像具有不尽的兴味。在菲律宾，日军投降后，他再拿起笔杆的时候，就译了海涅那些珠玉一样的抒情诗。这回到了香港，又忙着译出了这些蜂刺一样的社会诗。说到原因呢，我想除了海涅那种战斗的精神和灿烂的诗才以外，他的“丰富的人间性”和一生酸苦的遭遇，也是引起他敬爱的因素。甚至于海涅那种太过显明的矛盾，在我们这些过渡期的知识分子，也多少要引起了同情或怜悯。我们知道《资本论》的作者是和海涅有过怎样交谊的。“我们不要用普通人乃至于异常人去评断诗人。诗人是特别的生物。应该让他任意地走着自己的道路。”这简单的几句话，含着多少友情哪！(怪不得海涅对于这位“革命博士”要说是他“向来所知道的人们中最亲切的富有情爱的人”了)在理智上，林林是能够很正确地批评海涅的。正因为这样，他对于海涅的无尽的兴味，以至于看来好像有点偏私的耽爱，决不会有什么害处。在眼前，在过去，兼具有智慧、才情和正气的人是何等稀少啊！林林对于海涅的心情，我们是能够深深理解的。

二

提到海涅，我们首先想起的自然是他的健斗，他的纯情。但是，接着恐怕就要想到他那显著的矛盾了。是的，什么人能够想到他而忘记了这点呢？

一位批评家说：“他热烈要求民众的解放，又以艺术家向(心情)恐怖着无智民众的当权时代。他讨厌贵族阶级的特权，又希望在这个阶级的庇护下面去就官职。他诋毁既成宗教，又看轻没有宗教的女子。一方面是实行‘诗和现实的融合’的理性主义者，一方面又是在梦幻世界里找求理想的浪漫主义者。像他那样地在一个身上具现着人类的美和丑，刚强和脆弱，在矛盾的斗争相克里吹奏着不调和音调的人是很少的。”

另一位批评家说：“海涅是幻影和空想的王，是浪漫的童话的王子，同时又是伟大的嘲笑家，‘讥刺’的现实化身，天才的漫骂者。在这里，他是花和夜莺的指导人，在那里，却是革命的活跃鼓手。有时候是精神的贵族(Aristocrat)，是多感的个人主义者，是耽美主义者，是最优美的缪斯(Muse)和格拉梯的爱人，在别的时候，却是马克思和恩格斯的朋友，被一切警犬所追踪，和基督教的德国笨货所苦恼的人。”又说：“他高声歌唱‘马赛歌’(Marseilloise)或‘沙·伊拉’(Ca ira)，粉碎基督教和唯心论，宣扬肉体的享乐，他对于妖女、骑士、王子的一切，射出了取笑、嘲弄、冷讥的适切的箭头。在这旁边，却站着另一个海涅。他看见饿死的惨苦，听见磨光的短刀的响声，早就知道谋反军的成熟和长成，而看透历史的利润的新世界，将由血腥的革命去宣告灭亡。这基本的矛盾是海涅的特征。他是激进的小资产阶级民主主义的诗人，是法兰西革命的鼓手，个人自由的使徒，同时，他也是对商人、股东、拜金家、榨取、俗物和市井小人等非常讨厌的侮蔑者。……他赞成康敏主义，却又害怕它。他对于劳动阶级的伙伴怀着恐怖，对于素朴平等开始战抖，担心着文明、科学、艺术、乃至于水神(Nymph)、夜莺的歌唱。他的意识形态是很糊涂地矛盾的。他希望退出政治的斗争，在诗篇里又嘲笑了政治。”

像这样的论述，我们可以举出许多。但是，单单这些已经很够了。海涅一生思想上以至行动上，那种繁复的而且利害的矛盾，是我们不能够不承认的。但是，他为什么有这种矛盾呢？答案是相当分歧的。有的说是由于他的气质，有的说是由于他的职业(他是一个诗人，一个文艺作者)。自然更有人说是由于出身的阶级以及当时德国和欧洲的社会情势。这些不同的理由，都有它的存在权利，而后面的比前面的更加重要。对于海涅思想和行动的不调和音调，如果不是首先从他的出身的阶级，当时德国社会的、种族的关系以及法国的革命潮流，然后再从他个人的性情、教养和所做的工作等去考察，是不容易得到确切的结论的。

因为海涅的繁复而且利害的矛盾，使许多人对于他的人格和艺术的把握、评价，不免陷入纷乱的境地。我们已经说过，海涅的矛盾是不能不承认的。可是，如果因此就果决地断说他的思想、性格以至艺术，是四分五裂，丝毫没有主体的，因此就以为他的人格是一件百衲衣，以为“海涅”只是一个复杂体的名称，它里面包含着众多的、不联串的、彼此敌对的性格，这就被现象的表面所迷惑了。海涅的思想行动和艺术，在表现上尽管那样光怪陆离，到底还是有中心的，有骨干的。在横山侧岭中，并不缺乏主峰。如果让我们刈除支蔓地说，大体上，他反对压迫，憎恨庸俗，他醉心“自由”的新宗教，他热望社会的大变革，他“到死也不屈服”。毕赫说：“海涅绝不是‘意识的’社会主义者，他也不是彻底的无神论者。可是，他是不屈不挠的革命家，是为着被压迫阶级的勇敢的先驱战士，是那时代眼光最远大的诗人。”高冲阳造也说：“他始终一贯是政治自由的热烈拥护者，是非开化主义者——中世纪的蒙昧人的彻底厌恶者，是一切革命的热情欢迎者。”这些评语是相当中肯的。

三

谈到海涅，和他的矛盾性差不多引起相似程度的注意的问题，是他的爱国心。"信而见疑，忠而被谤"，这是古今中外常见的悲剧。海涅是一生拖着毁谤的长影子的人。在对他误会的、捏造的、诬枉的种种罪名中，不爱祖国是里面很重要的一项。他是德国的毁谤者，"非国民的"诗人。在当时，他固然成了祖国官宪和自私无知的知识分子们训斥、辱骂的箭垛，就是在死后，人们也不放松他。诋毁他的著作，曲解他的行动，阻止在国内建立他的纪念碑。而这种无礼和凶暴，到希特勒时候就更加厉害了。

海涅的人格和著作，不但在本国有一部分人拿"不爱国"一类罪名去加以诋毁，就是在别的国家也往往受到那些顽固的甚至于恶毒的"爱国主义者们"的排斥、污辱。拿我们的邻国日本来说罢。远在明治三十年的时候，文学者高山樗牛就已经表示了他怎样厌恶海涅的那种"非国民的"态度了。他因为反对在东京公园里建立西乡南洲的铜像，就拿海涅的事情做例子。据说过去德国人曾经好几回要建立海涅的纪念碑，都因为"他是对德国不忠的诗人"而停顿了下来。高山氏很赞成德国人这种"国民精神的巩固"。他觉得海涅的遭唾弃是罪有应得的。我们别以为这已经是几十年前的事情了。对于海涅的恶意或误解，直到现在还活跃在日本一部分学者的心里。我手头恰巧有一部几年前（昭和十八年）出版的鼓常良氏的《德国文学小史》，我们就看里面对于海涅的态度罢。他在诋毁了海涅文格的卑下、创作动机的丑劣和道德的堕落以后，接着更严厉地指摘：

> ……更极端的是对于德国的国家和国民玩弄讥刺和奇智，去

> 博取颓废的人或仇视德国的人们的喝采。“阿泰·特罗尔”(Atta Troll)或“德国·冬天的童话”就是这样的著作。

作者大约觉得这样说还不能够充分表现自己一片报国的赤心(当时，他们的皇军正在东征西讨，大振天威)，他不得不对于那些还在介绍海涅和爱护海涅的人发出严重警告。他说：

> 总之，海涅具有不健全的魔力，顾念国家的人绝不能把他推荐到本国国民的读物中去。在提倡“报国文学”的今天，海涅的译书尽管销路很好，可是像有意无意地呈现他“变质的”义侠心的事情，是应该指摘的。

这位德国文学的研究家，同时正是大日本帝国主义者。他的思想是和希特勒血脉相通的。可是，海涅真像他所说那样无聊无耻么？可惜他们的箭头虽然涂上浓烈的毒药，却不能够射中那红心。它落空了！——不是的，它折回到发箭者的身上了。海涅是一个热情横溢的天才。他的“祖国爱”，哪里是那些德国的乃至东方的伪君子、阴谋家和市侩们所能比拟的！“唉，德国呀，我遥远的爱人呀!”这是眷爱着祖国而又被祖国放逐了的海涅永久的纯情的声音。当诗人回归那离别了12年的祖国的时候，他的心情怎样呢？他到了国境，心就加倍地跳，泪水也流出来了。那种亲切的乡音，使他感到特别的意味。好像心里痛快地流着血。他说，他自从踏上祖国的泥土，身上就贯注了神秘的液汁。它生长起新的力量了，正像希腊神话中大地的儿子，身子再贴着他的母亲(大地)时候一样。他对汉堡的守护神述说他归国的心情：

我眷念泥炭的气味，
眷念德国的烟草气，
我的脚因焦躁而颤抖，
期望践踏德国的土地。

他说，他每天晚上叹息着，盼望再看见那位老妈妈，又怀念着那位老绅士——那督责过他而又爱护过他的叔父。他眷念德国的一切风物：

我眷念德国烟囱里升起的
那一股青烟，
眷念下隆克森的夜莺，
眷念幽静的榔树林。

他甚至于眷恋那些地方——那些烦恼的驿站。他想要痛哭，在他曾经痛哭过的地方。这实在是一种“祖国爱”。已近晚年并且厉害地攻击过浪漫派的海涅，这种对于祖国的近于感伤的抒情，不是从他那太过热烈的心灵去理解，是会使我们感到奇异的。

这样热情的一个德国的儿子，为什么偏偏要被人看做“非国民的”诗人呢？这里就存在着“悲惨的真理”。如果海涅是一个比较平常守分的人，他的铜像也许早就在祖国建立起来了罢。可是，海涅却是另一种人。他是自由的儿子，是革命的儿子，是民主主义者，是自矜“血管里没有一点保守的血”的人。他无情地攻击教会，攻击王权。他嘲弄那些奴才，嘲弄那些俗物。他赞美法兰西，赞美拿破仑，赞美希腊和法国的讽刺诗人。他希望他的祖国“能够完成法国人所开始了的事情；……思想能够尽量升高。……能够肃清奴役制度，即在天国也使它毁灭；……把人世心中的上帝从屈辱中救起来；……能够使可怜的，被剥夺了幸福的国民和被嘲笑的天才，被凌辱的美恢复他们的荣誉，好像我们伟大的先觉们所说过所歌咏过的那样……”这是何等抱负，何等英明！他正是当时祖国最忠诚、最需要的儿子！他是国际主义者，同时也是真正的爱国主义者。可是，这种真正的爱国者，照例是要被看做叛徒的。因为在社会转折的时期，一个国家或民族的进步必然要大大不利于那些享有特权的人，必然要否定了那些传统的、腐朽的文化。因此，当时努力进步工作的人就一定要受到既成势力的攻击、围剿。他们成了祖国的“罪犯”。杀戮、黜斥、放逐……这是他们所常得到的酬报。这种悲剧的报施，有时候，甚至拖延了好些时期，扩大到一个国家或民族以外。海涅就是一个最好的例子。在生前，他的著作已经被宣布做非法的读物。他不能在祖国的领土内自由行走。他在外国发表诗文，也要引起本国政府的外交追究。死了之后，还要受到本国政府和外国学者的贬抑和攻击。那毁谤的长影子，长长地差不多拖了一个世纪！可是，海涅并不给这种横逆所压倒。他是个战士。他生前抗议着、嘲笑着，像帝王那样威严。就在今天，他的诗篇里还响着那强悍的笑声和严厉的叱喝声。他是有远见、有热情的爱国者。他不是那些挂着“祖国的招牌”去贩卖“自私”和“无智”的假药的人。他是真正的爱国者，是那些伪爱国者的死对头，也是对付他们的防腐剂。到底德国和世界进步的知识分子及人民大众，是不会怀疑他的忠诚的。

四

海涅被批评家称做歌德以后德国的伟大抒情诗人。这种赞词的来由，恐怕在于他那些早年的纯朴的诗章，那些咏唱青春的热爱与悲伤的歌。自然，我们也珍惜那些歌声。它是人类头脑中流出来的非常甘芳醇美的液汁。它能够使人醺醉。可是，今天我们却更宝爱他后期的那些政治诗、社会诗。因为我们正生活在一个政治、社会的酷烈斗争的时代。我们需要军歌过于牧笛。我们需要“狼号”(用海涅自己诗中的象征)。夜莺的歌吟，且留待他时享受罢。就海涅诗作的本身看，从《歌集》到《新诗集》，正说明了他精神的长成。今天我们必得看重长成了的海涅。我们要高吟他放肆地笑骂的歌！那是火焰！是剑芒！

在这个诗歌的特殊的阵地(政治的、社会的讽刺诗)里，士兵实在不多，像海涅一样壮勇的自然更少了。这位希腊喜剧诗人阿里斯多芬(Aristophanes)的贤弟子，是近代欧洲文艺界一个特异的存在。单从这方面说，就是伟大的歌德，也是不能够和他“分庭抗礼”的。

海涅的政治诗、社会诗，如果寻绎起来，自然有着不少足供讨究的特点。可惜此刻我们没有充分时间来做这种工作。这里只想提出一点，就是他这方面作品中一种特殊的表现法(过去好些批评家也已经注意到的)。他爱把幻想掺入现实的题材中(或者把现实的题材幻想化)。他使那些作品成为写实的和浪漫的混合物。我们也许可以叫它做半神话的或拟童话的文体。长篇像《阿泰·特罗尔》、《冬天的童话》，短篇像《中国皇帝》、《新亚历山大》、《路德威戈王赞》等，就可算是这种创作方法的例子。我们就拿《冬天的童话》来说罢。在这个长篇纪行诗里，像第一节和第二节，那些景象、事件和人物，都是很现实的。可是像第十五节到十七节，第廿三节到廿六节，那些红胡子、守护神一类的人物和那些场面、对话等，就非常浪漫的了。在这些地方，是一种神话的或寓言的境界。它和那些写实的部分截然不同。这种特殊的创作方法的来源，是值得探究的。有些批评家把它只看做海涅早年浪漫派作风的遗留。这话自然不是没有道理。艺术上的习惯要比艺术上的主张来得顽固些。现代不是有些决意为劳动阶级读者执笔的作家，在创作上却往往难免出现着那种不调和甚至敌对的旧手法、旧风格么？但是，我以为海涅这种特殊创作方法的产生，还应该别有原因存在。那种原因，甚至是更加重要的。从当时德国政治、社会的环境说，文学上批评的自由很受限制，特别是政府宣布了“青年德意志派”的叛逆之后，被看做捣乱分子的海涅的作品是更加受钳制的。在《冬天的童话》的序文上，头一段里不是就诉说着这种冤苦么？——“我虽然不惮烦地把那些好像跟德国气候不适合的地方屡加缓和或删除；但在3月里把原书寄给汉堡的出版者的时候，还有许多可疑虑的地方要我考虑。我又不得不忍痛修改，那结果很可能把严肃的情调过分减损，而使语调过于幽默、轻薄。”海涅的社会诗，既然多是对于王公、大人、绅士、僧侣等有地位人物的辛辣讽刺，为着使作品能够通过检查的封锁线，他要故意把现实的材料，用一种或半神话的或半寓言的型式去表现，这不能够不说是很自然的事情。我们如果没有忘记俄国前世纪，有许多作家必须把血淋淋的现实事象和对于它的批评，用了“奴隶的文体”(寓言)去表现出来，对于海涅讽刺诗的这种特征的手法，就不难理解了。还有一点原因，我想也值得提一提，虽然在意义上没有前一点那么重要。讽刺诗是一种“喜剧性的”作品。它所写述的对象大都是被否定的。在这种作品上，采取浪漫的手法，实在比较容易达到那种夸张的谑画(Caricature)的效果。我们细读海涅的作品，就可以得到一种证明。自然，这些原因(特别是前一种)是值得注意的，可是，同时我们别忘记海涅是具有丰富的浪漫的气质和教养的人。他早年那些甘露样的抒情诗，就是这种气质和教养的结果。后来他虽然在思想和创作方法上都向前了，可是这种过去的因素，却和当前创作的需要有机地结合起来，成就了那特异的文体。明白了这些，我们就不必在海涅的谜里再添加一层神秘了。

有人说，这种半浪漫半现实的手法，不是要减少艺术的感动力么？我一点没有看轻现实的创作方法的意思。现实的创作方法，一般的是必须尊重的。可是不能因此就完全否定浪漫手法的存在意义及价值。重要的是要看作者的基本思想和那浪漫的实在性质。关于这个问题，我想高尔基的光辉的论证，已经尽可以扫除那些疑虑了。在这里实在没有更多嘴的必要。海涅的半浪漫半写实的作品，到底能够产生什么效果呢？如果我们不很相信自己的感受力，那么，试听听一位作家简要的意见罢：

> ……只要立脚在和现实矛盾的发展相对应的一个现实的根据上面，那么即使在方法上取了夸张、空想、拟态，乃至浪漫架空的手法，在效果上依旧可以对观众给以真实的感动，在海涅的许多政治的抒情诗里面，他常常用他独特的浪漫主义的手法，将读者引进架空的世界里面，可是他批判现实和对丑恶投掷丑恶之点，依旧能使读者感到《德国冬天的童话》中的真实性。……（夏衍《历史与讽刺》）

艺术作品具有一种灵奇的联系力，我们能够在罗亭或阿Q身上读出自己来，就是这种力量的一种证验。文学上所以盛行着隐比、象征和寓言等表现法，并不是没有原因的。海涅讽刺作品中的半现实的或寓言的手法，在某种意义上，倒是很富于艺术效果的。这是他的特征手法，同时也是使他的诗篇具有锐利的攻击力的一种要素。

五

海涅死去将近百年了。(他是1856年，死在巴黎的“被窝墓穴”的)一世纪以来，世界的情势和人类的精神状态有着多大的变迁啊！旧的王国衰颓了，崩溃了，新的王国生长着，茁壮着。在当时没有梦见或被看做不可能的事物和制度，现在变成常识，变成现实了。时代产生了新的人物，新的事象。它也产生了新的真理，新的热情。旧艺术和关于艺术的旧看法，虽然还在微弱地喘息着，可是一种崭新的壮健的艺术和艺术思想渐渐已经取得了“君临”的地位。在这样的日子，我们来诵读海涅，甚至于介绍海涅，是不是适合时宜呢？海涅和我们的修炼，他和我们今天所致力的事业，是否有一种血肉相连的关系呢？这位矛盾著名的、前世纪的德国诗人到底该不该在今天中国的青年人心腔中占一个位置呢？

严格地说，海涅的性格和行动，有许多地方是我们绝不能够同意的。我们不必隐瞒或粉饰这点。可是，我们前面已经提到，他的人格和艺术到底是有他的中心、他的强处的。他富于反抗性。他憎恨封建以及市侩的一切丑恶和庸俗。他渴求新的理想，新的社会制度。为着实现那种制度，他甚至于情愿牺牲自己所钟爱的文化和艺术。他智慧、热情、勇敢，而且坚强。他是世界文学史上少数至死不变更政治节操的作家中的一人。他的很锐利的战斗诗篇，多是在晚年那种极度难堪的境况中写成的。就是这一点也很够我们拜倒了。现在他的骨头虽然已经腐朽，可是，我们读着他的传记，他的散文和诗篇，他那姿态，那口吻，甚至于他一切精神的棱角和波澜，都生动地或明亮地现在我们的当前。正像庾道季说的：“廉颇、蔺相如，虽千载上死人，懔懔恒如有生气。”如果今天青年朋友们还得“尚友古人”的话，那么，海涅正是他们应该伸过手去的英杰们中的一个。他的人格和精神的威力是会感发他们的。

海涅艺术的富于魔力，就是他的许多反对者也不能够不承认。他作品中思想、感情的新颖、奔放和警拔，不必提了。单就风格说，也是很值得耽爱的。他是德国近代半通俗半文艺的文体的创造人。他的诗文充满着现代性。他散文的丰华、灵敏，诗歌的明妙、单纯，都是一种不容易攀登的境界。本来，一切成功的作家，多少有他的天分。可是，海涅身上天才的记号却好像特别来得鲜红。仅仅读过他的几首短诗或一两篇散文的人，也不会不感到他那优异的品质和风致的。他真是一个才人！

海涅的社会诗，尽管不断被那些庸俗的文艺史家和批评家所贬斥或忽视，可是它的价值却越久越见昭著。这位“什么时候也是原来的强盗头子，伟大的嘲笑家”(F·梅林的话)的诗人，他那些没有顾忌地对权威者、腐败者、变节者们讽笑的诗章，不但有深刻的历史意义，并且有重大的现实意义。那些尖利的声音，在今天甚至于在明天，还是有效地指斥着人世的凶恶、丑陋和无耻的。它好像一把不生锈的武器，超越时间闪着使人胆寒的光芒。我们这位伟大嘲笑家，同时也是无剥削的社会的欢迎者。他渴望新社会的实现，可是，他料想到了那时候，他心血结晶的诗集会被人当做包香烟或咖啡的废纸。自然，这预言是错误的！他那些生气勃勃的诗章，在明天(今天已经开始了)一定要被无限广大的自由的世界人民歌诵着，而真正能够理解他的艺术的，也正是这些衣服油污或满脚泥巴的人。

海涅和那位“革命博士”的交谊，是世界学艺史上的美丽佳话。在第一节上，我已经引用过马克思对海涅的十分友情的说话。其实，他对海涅的作品也是极感兴味的。像拉发格在回忆文里所述，他不但能够背诵海涅的诗句，而且常常在谈话上引用它。他在那部经济学经典中，为着“给自己的说话以辉煌的生彩、力量和表现”(用批评家释勒的话)，他利用了希腊悲剧家、中世大诗人和歌德、巴尔扎克等大师的文学形象，同样也利用了海涅的。恩格斯不但承认海涅是仅有的认识黑格尔哲学体系的一个人，并且说，七月革命以后的海涅，是新时代所利用的“民族的文学和生活”的基础。早年受尼采影响很深的鲁迅先生，到晚年，案上却堆起“海涅全集”，并且郑重地诵读它。据那位记了这个逸事的外国学者的解释，这是表明鲁迅先生从观念的孤高走下来，深入到现实的深奥里去。郭沫若先生在10多年前写的一篇文章里，说影响他早期新诗创作很大的两位外国诗人是泰戈尔和海涅。他很称赞海涅的抒情诗：“他的诗表示丰富的人间性，比起泰戈尔的超人间性的来，我觉得更要近乎自然。”总之，海涅的优秀作品，是跟世界革命的思想、文化和艺术血脉相关的。它是世界可贵的进步文化遗产中的一部分。在今天，我们与其花许多精神去斤斤讨论它的价值，倒不如集中力量切实多做些介绍工作。林林这个译诗集，我觉得是一种适切的努力。我希望它只是这桩巨大工程的一个新的开始。像海涅这样的作家，还不值得有个美好的全集译本么？

伟大的解放战争在急剧进行，新的社会和文化在等待创造。我们热烈欢迎这位革命的儿子，欢迎他为人民自由解放而写作的诗文！

1948年10月30日，序于青山

[附记]篇中援引《冬天的童话》的序言和诗句，主要是用友人周学普教授的译文。再者，高冲阳造氏编辑的《海涅研究》(评论和传记集)，也给了我好些方便。在这里仅声明和道谢。

《日本古典俳句选》序

石蒜香中重把晤，殷殷恰似初逢。百千情事莽盘胸。话澜纷涌处，日影暗移中。 馀事诗人编简在，词坛更策新功。燕飞掠地雨情浓。[①] 相斯同奋足，青兕振雄风。

——寄调临江仙

这是林林重新出来工作相见后，我写给他的一首小词。

我不是一个广交游的人。这恐怕跟我的性情和职业都有关系。现在我寓所的小客厅里，每天都不断客人的足迹，有时也因之影响了我作文、读书等工作。但是，说句老实话，真正值得"乐与数晨夕"的"素心人"，或像现在普通所说的"老朋友"，实在并不多。在这种仅少的朋友里，林林要算是一个。

回想起来，我跟林林的交往是久历岁月的。

最初相识，记得是在海外。当时我们同在东京学习，

① 此句本林林某词中的句意。

并且还同在一个学校里，尽管分散在不同部门和年级，也没有在校里碰过头。我们的开始接触的情形是相当特殊的。因此，多年以来，它还被保留在我本来不济事的记忆里。时间是30年代前期的末一二年(1934年或1935年)。一天，我照例从那设在九层楼图书馆的研究室里出来，正走在回寓所去的路上，忽然有人从后面赶来。他走到我的面前时，向我介绍了自己。他就是林林。那时他当然很年轻。躯体修长，面目清秀。见了使我自然地联想起拜伦、雪莱那些诗人穿着翻领衬衣的照片来。应该说，他初次给我的这个印象是愉快的。至于我们当时的对话，尽管记不太清楚了，但是，有一点是没有忘记的，我们谈到亨利·海涅的诗，而且是由他先提起的。他当时正是个"海涅迷"。在海外，我们好像没有再晤谈过。那大概因为当时我们彼此都很忙。他正在跟朋友办《质文》一类的杂志，当然还有其他文化工作。我呢，正在利用仅有的时间，研习着图腾主义、太步(禁忌)、巫术等原始文化的问题。

抗日战争的第二年夏天，我们在当时充满战斗气氛的广州市又碰头了。那时，他在夏衍同志领导的救亡日报社工作，我呢，在四战区政治部。因为同从事救亡文化活动的关系，我们接触多起来，彼此相互间的了解和关心也增进了。但是，没有多久，敌人在惠州大鹏湾登陆，敌机不断加强对市区的轰炸。广州危在旦夕。我和政治部的同志，是乘这个危城的最后开出的一班火车离开那里的。这时救亡日报社的同志，还在尽最后的努力。当我们到了那万头攒动、电灯光显得格外辉煌的火车站，夏衍和林林同志等都赶来送我们。这个不平凡的场面，一直鲜明地深印在我的脑里。几年后，我在粤北中山大学教书时所做的一首怀念夏衍同志的律诗里，一开头就写述了这个送别的场景：

记曾感极句难搜，
危驿千灯照别愁。

说是“别愁”，其实是不准确的，至少也是不免简单化了。当时充满我们每位同志的心胸的，是悲愤，火样的悲愤！“别愁”的成分即使存在，也是混和着那种悲愤的。

林林等离开广州后，徒步往西，最后到了桂林，因为《救亡日报》要在那里继续刊行。后来林林去马尼拉。（据说，当它沦陷后，他还在菲律宾境内参加过华侨游击队的工作）太平洋战争发生后，我们再得不到他的消息，即使是间接的。在坪石——中大临时校址所在地——沦陷前，我写了几首怀人绝句，有一首是关于林林的。我在诗中，既提到林林的思想、志向和状貌，又抒写了我的怀念的心情。它在我的那个诗组里，恐怕算是写得比较成功的一首吧。林林的爱人很喜欢这首小诗，见面时往往提到它。这也许不仅仅因为他们间的感情关系吧。

解放战争时期，国民党掌权派感到自己的末日快到了，因此那统治也更加残酷起来。在蒋管区内，不但中共人员受残害或驱逐，连一般民主人士也站不住脚了。我就是在那时候被接受了上级“指示”的中大当局强行解聘的。我逃到香港，就在党和民主党派在那里合办的达德学院教书。过了些时候，林林也从马尼拉回来了。我们正好同在一个系（文学系）里，见面谈心的时间就更多了。不能忘记，在芳园（学院的校址）的附近，有一间旧茶馆，是我们学院师生经常吃饭喝茶和谈天的地方，有时学习小组会或工作会，也是在那凉棚底下围着简陋的旧桌子开的。此外，我们还常在当地一些进步的文艺或文化活动的集会里见面。有时，我从学院的青山进市区，晚上回不来了，就在他的寓所里共同打地铺。在这段共同流亡的时期里，最值得纪念的，是我曾给他所译的海涅诗集《织工歌》写了序文，它恐怕是到那时止我所写的第一篇长序了。

全国解放后，我长住北京，林林开始在广州工作，后来又到印度去办理外事。在那时期里，也偶有把晤的机会，主要是当他到北京述职或开会的时候。见面机会较多的，还是近几年。不但在参加文艺界的集会时要碰头，偶尔也互相过访，更多的当然是书信的来往。我们就这样渐渐成为老朋友了。在这里，起作用的，除了交往时间长，自然加深了解之外，彼此都喜欢诗歌，在诗学上有互相切磋的要求和活动，这不能不说是一个重要原因罢。

年来，林林对日本俳句感到很大兴趣。他既和两三同志提倡写“汉俳”(中国式的俳句)，又利用工余时间，翻译了近世著名俳谐师松尾芭蕉、与谢芜村和小林一茶三人的作品。他的这种活动，不仅因为对于诗歌的喜爱，也还有想促进国际文化交流的因素存在。最近，他把整理完毕的译诗集的稿子送给我看，并希望我在上面写一篇序言。他当然知道我不是这方面的专门家，尽管我是颇喜欢这种带有余韵的小诗的。因此，他附带说，要我写序的目的，主要是为了纪念我们的友谊。如果译者要求写的是一篇行家的评论，那么，照道理，我是应该爽直地或婉委地推辞的。但是，译者却是这样的想法，那我又怎么能只顾为自己“藏拙”呢？现在，在序文的开头，我就纵笔写了这么一大片，说的正是我们交往的经过。自然，序文的内容不能仅仅以此为满足。它只是一曲前奏罢了。下面我得说说对于俳句的理解吧，或者还有其他一些有关的话头。

* * *

俳句是日本传统诗歌型式的一种，是其中体积最小的一种——全首只有十七个音，句调是五、七、五。我们古典诗歌里，词体最短的是“竹枝”，单调的每首二句十四个字。其次是“归字谣”，每首十六个字。诗体最短的是五言绝句，四句二十个字。但是中国语文，往往一个字（音）就是一个词（当然同时还有一词两字或三字的），它与复音的日本语是不同的。日本的俳句，作为一种独立诗体，成于15世纪中，到现在已经400多年了。据说它是从体积较长的“连歌”的“发句”脱离出来的。自它独立、流行以来，已经产生许多优秀作家（俳谐师）和作品。现在，仍与传统型式的短歌和新体诗等在文坛上乃至于一般社会上流行着，似乎比起我们的旧诗词的型式还有更大的广泛性。在新时代的流传中，它的内容乃至型式不能不有一定程度的改变，这也是很容易理解的事。

这种体积极小的诗形，到底能不能担任起诗歌（就算抒情诗罢）的任务呢？换一句话，它是否能在一定程度上表达作者的思想、情绪，并且多少有感人的艺术能力呢？这虽然像是一个值得提出的问题，但是，实际已经被它所经历的事实正面回答了。它虽然产生在前代，而且有种种限制，但作为一种传统型式，经过必要的改造，并不是不能生存下去的。事实证明它是具有相当强韧的生命力的。

我们试进一步探索这种小体积诗歌的特殊性。它的音数、句数有明显的限制，这是它体裁上的特点。由于这种特点，就产生了一系列的内容选择、表达方式等方面的特殊现象。（自然，从体裁发生史的角度说，它的产生，首先是由于存在着那种要求表现的刹那情思）具体点说，它所表现的事物和情思，必须是极简单的、压缩的。像叙事诗所表现的那些巨大复杂的故事情节、人物形象以及渗透其中的相应的思想、感情，固然无法受容和表出，就是一般抒情诗（特别是西方式的抒情诗)所表现的事象、景物稍为复杂或错综的内容和对它的写法，也是无法办到的。它只能极简洁地含蓄地去表现那些片断的、一闪即消失的景象和情思。它像含苞欲放的花朵，那些花瓣和它的色香，都没有怎样展开和放出。我国古代诗歌史上，曾记载着某些一两句的诗，如“抱鼓不鸣董少年”、“满城风雨近重阳”以及“风萧萧兮易水寒，壮士一去兮不复还”，“将军三箭定天山，壮士长歌入汉关”等，大都是大家比较熟悉的。至于那些富有诗趣的、被编入古诗集里的谚语就更多了。现代中国北方民歌中，还有两句成章的信天游(陕北)、爬山歌(内蒙一带)等诗体。我国古今这些小诗，虽然跟日本的俳句乃至川柳，自有它们彼此不同的地方，但是，这种小体积的韵文，在我们文艺(包括民间文艺)领域里并不完全陌生，却是事实。

由于上面所说的那些特点，俳句在对读者的作用上，主要是暗示的或触发的。读者除对这种特殊诗歌有一定的理解之外，还必须有相当生活体验(包括对自然界事物的体验)，并善于思索和体味。这样，才能通过它的凝缩的表现去领会作者所含蕴的情思。它像我们对经过焙干的茶叶一样，要用开水给它泡开来。这样，不但可以使它那卷缩的叶子展开，色泽也恢复了(如果是绿茶)，更重要的是它那香味也出来了。对于俳句这种小诗，如果读者不具备上述的那些条件，结果恐怕要像俗话所说的“囫囵吞枣”那样，不知它到底是什么味道了。例如下面这首芭蕉的名作：

古池呀，青蛙跳入响水声。①

这里所表现的，是作者对于那种特殊的闲寂境界的会心。如果我们不知道作者的世界观和世界感(他是一个颇水闲寂的俳人)及他遇到的那

① 这里的译文，是从这个集子里引用的，以下同此。

种情景——在极幽寂的境界内忽然听到那种因青蛙跃入而响起的水声以及这种特殊情景所唤起的作者心理体会，(南朝诗人的名句“蝉噪林逾静，鸟鸣山更幽”所写境界，两者正有相似之处)并细加以吟味，那么我们又怎么能深刻地理解它、鉴赏它，并且评价它呢？

从俳句对内容的表现看，大致上有两种不同的形态。一种，也许是数量上比较多的一种，它只集中地凝缩地表现了作者所经验的景物或事象(包括人物的活动、思想等)。在这里，它并不显露地或比较直接地表示出作者的思想情绪，看来像是纯客观的，但是，细细加以考察，在那被写出的物象或事象的背后(或当中)是潜藏着作者一定的看法和感情的。(两者又常常互相胶结着，虽然在这种小诗里，理智的成分往往超过情绪的)我们试看看下面一些例子：

春风吹绿三笠山，游人语声喧。
白雪之下，独活呀，冒出浅紫芽。

——以上芭蕉

暑天月下人声喧，村民引水入干田。
风雪夜来人，拔刀喊借宿。

——以上芜村

绿蛙悠然见青山。
抓住新出的瓜，睡着的孩子。

——以上一茶

这些句子，乍看起来，并不使人感到那些俳谐师们的见解和心情。其实不然，里面正存在着这种心理因素。(否则，它还能成诗么？)例如芭蕉的第二句，他对于那在寒冬里冒出芽来的植物的生命力是深深理解到并且给以赞美的。又如一茶的第一句，那悠然看着青山的青蛙的态度和当前境况，不是这位诗人心里所羡慕和神往的么？总之，在俳句里，这种占重要位置的手法，看似限于客观事物的表现，实际是隐藏着主观成分在内的。这和过去所称的我国盛唐诗歌的某种表现法有些接近。所谓“不着一字，尽得风流”，大概正是说的这类境界吧。俳句这种小型式的诗，更多地采用这种表现法，是有它一定的理由的。

但是，在俳句里也有另外一种表现法，那就是在作品里比较显示出作者的心理态度的——有的所呈现的理智或情绪，还是具有相当强度的。例如：

坟墓也震动，我的哭声似秋风。

命也如是，只有草笠下，稍得些凉意。

——以上芭蕉

踩了亡妻梳子，感到房中凉意。

我死之后，也作墓旁狗尾草。

——以上芜村

我这颗星，在何处寄宿啊，银河？

瘦青蛙，别输掉，这里有我一茶！

——以上一茶

这些诗句对内容的表现，显然跟前面那一组的例子很不同。在这些诗句里，作者的思想、感情是跃然纸上，使读者一接触到就会受感染的。芭蕉的第一句，是追悼他的弟子小杉一笑的。在这两句里，不是直接地把这位老师对于早死的门人的满腔感情吐露出来了么？何等强力的诗句！它很像一具拉紧欲发箭的弓！从这些地方，我们可以明白有人以为这种特殊诗体只能表现比较细微纤弱的感情的看法，是不确当的。主要问题，还在于作者思想、情感的强弱和他的艺术观的倾向。一茶的俳句里的思想，用我国古人的话是“民胞物与”，用现在的话说是“人道主义”或“民主精神”。他这首关于瘦青蛙的俳句，不过是许多同类作品的一首罢了。我们看它在那样绝少的字句里，多么强劲地表达出自己同情弱者的心思！从这个角度说，像芭蕉的“寂静蝉声入岩石”或一茶的“筑摩川蝉声贴在天”等句，都是同一性质的表现法，也都是我上面所说道理的有力证明。

在这些俳句里，还有一种比较特殊的表现法，那就是句里表现不同感觉的“交错”或“汇通”，即注文里所谓“通感”。例如“比起石山石，秋风色更白”，“海边暮霭色，野鸭声微白”或“牛棚残暑蚊声暗”（都是芭蕉的句子）。熟悉欧洲近代诗学史的同志大都会知道这种通感法，正是象征主义诗人及同时代其他流派一些作者所主张过或采用的一种表现法。

我国古代诗歌中似乎也偶然出现过这类手法。在俗语里也有时用味觉的“甜”字去形容声音或人的境遇。这种表现法，如果用得恰当，给人的感觉不但新鲜，而且有时也是深刻的。但是，它的使用领域比较受限制。如果用得不合适（勉强），那就不是诗的辞藻，而是梦呓或疯子的话了。

文艺作品，是反映人们的社会生活的，是表达作者的思想、想象和情绪的。不管怎样特殊的体裁，对于这种原理是很少例外的。在这个集子的作品里，广泛地反映出作者的祖国的山川气候、风俗人情、历史人物以及草木鸟兽各方面的情形，自然同时也或明或隐地反映了他们相关联的思想、想象和感情。在这里，特别引起我们注意的，是过去日本人民那些风俗习惯以及当中不少跟我们国家过去所流行的

(有的，现在某些地方还多少有它的余留)民俗活动。这是日本民俗史的重要资料，也是东亚比较民俗学的重要资料。前者，例如盂兰盆节的男女集合舞蹈，男女佣人每年正月和七月十六日放假回家、九月十三夜赏月……这些大都是日本民族自己的民俗(有的可能有点大陆风俗的影响)。后者如在正月七日的吃七草粥、以五月十三日种竹，认为易生，号“竹醉日”，及小孩生后保存脐带的习俗等，这就跟大陆过去民间风俗、习惯有极亲密的关系了。孔老夫子认为诗歌的作用，除了兴、观、群、怨之外，还有“多识鸟兽草木之名”。用我们现在的话来说，就是诗歌除了能给人以精神修养，还能够提供人们所需要的某些实际知识，自然的和社会的知识。这个俳句集，对于我们的作用也正是这样，尽管需要同时来读译者的注释才能充分得到那些知识。

* * *

中国诗歌，大概千年以前就流传到日本了，并且在那里产生了一定的影响。但是，日本的俳句、短歌，比较认真地介绍入中国，却是在“五四”新文化运动之后(虽然现在算起来，那也已经60多年了)。在那前后被介绍过来的还有法国诗人所仿作的俳句(也可以叫做“法俳”吧?)和印度泰戈尔的小诗(《迷途之鸟》等)。这就出现许多爱读者和仿作。(后者只是仿作小诗的型式和某些表现手法，并没有，也不可能用原来的格律)不仅在刊物上多看到这种两三行一首的小诗，而且也有人提出应作这种小诗的主张。根据我的记忆，初期的白话诗人如康白清、俞平伯、徐玉诺、汪静之……都作过这种受日本俳句等影响的小诗，而谢冰心更是写得多和出名的。朱自清的《除夜》，不但我当时反复吟咏过，后来也常常记起它。俞平伯《忆游杂诗》里某些章，情形也有近似之处。我自己呢，记得直到抗日战争后期，还写过这种型式的诗。自然，当时小诗的流行，并不是文艺界所有的人都赞同的。记得有的同志就严厉批评过(所谓“诗之防御战”)。由于新诗的进展和格律诗的提倡等原因，这种小诗活动，后来渐渐退潮了。到了现在，文艺界的同志，不是搞这一段时期的诗歌史的，恐怕连知道的人也很少了，尽管在抗日战争时期，又有人把它跟其他日本诗体的作品介绍过。

林林这次不但在新的历史条件下，继续“五四”时期介绍俳句这种小诗的活动，而且在所译作品的数量及对作者的介绍和作品的注释等方面都做了进一步的工作。尽管因为种种关系，这个译本不能说是完美无缺的。但是，在当前情况下，它的出版，不但是需要的，而且也是确实有益的。不错，这集子里介绍的是日本近世明治以前的文学作品，时代和作者乃至体裁本身等的限制是不能免除的。但是，只要我们的读者用鉴别的眼光去观察、学习、品赏这种异国诗歌的历史遗产，我想绝不会是徒劳的。我们的新诗的创立，尽管已有多年的历史，但是，在型式上它还在摸索过程中。现在这种译诗，在某些方面(例如表现的节约、精炼)能给我们一点启示也未可知。

在这序文将要结束的时候，我想附带说说关于翻译这种小诗所用文字和句调的意见。它或者可供今后继续这方面译业的同志一点参考。

“五四”后，译日本俳句和短歌，用的是白话自由体(例如周启明的《日本的诗歌》)。后来有人翻译这类诗歌，基本上却采用文言和旧诗词句调(如钱稻孙的《日本诗歌选》)。现在林林的译文，是两种都用的——对芭蕉、芜村用文言、旧诗句调，对一茶则多用白话和自由体。这两种译法，都有一定的道理，也各有长处。但是我个人粗浅的想法，采用口语和散文体，尽管有它的缺点，如不能保持原诗格律化的特点，其次，是不大符合中国读者对诗歌的传统审美习惯。但是，它却另有两种颇值得注意的好处：

（一）它可以尽量保存原文所有的那些表示感情的感叹词，如ヤ、カナ等。在这种小型抒情诗里，这类感叹词的存在是重要的，它往往有着传神的作用。在另一种译法里，这种词一般就被删去了，这不能不是一种损失。

（二）如果说文言和传统诗词句调的运用，能照顾到读者的审美习惯，但用白话和自由体，却能产生一种异国情调。它原来是一种外国诗呀！我向来不大喜欢那些用中国五、七言古体诗型式去译西洋近代诗人的作品的做法。这也许是个人的偏见，但我想它也有一定的道理。

最后，我表示一点虔诚的希望：林林同志或其他有条件和兴趣的同志，能够花工夫译出一些日本从明治以来直到现在所产生的优秀的俳句或短歌。这种文化作业，同样是我们学界所需要的。我个人也愿作它的一个爱读者呢。

1982年12月11日，北京

钟敬文主要著作目录

(一)学术论著

民间文艺丛话　[(中大民俗学会丛书)中大语言历史学研究所，1928]

楚辞中的神话和传说　[(民俗学会丛书)中大语言历史学研究所，1930]

柳花集　(文艺短论集)(上海群众图书公司，1930)

诗心　(格言体诗论)(诗创作社，1942)

民间文学谈薮　(湖南人民出版社，1981)

关于鲁迅的论考与回想　(陕西人民出版社，1982)

钟敬文民间文学论集(上下册)　(上海文艺出版社，1982—1985)

新的驿程　(民间文艺学、民俗学论集)(中国民间文艺出版社，1987)

钟敬文教育及文化文存　(董晓萍编，南海出版公司，1991)

话说民间文化　(论集)(人民日报出版社，1991)

兰窓诗论集　(北京师范大学出版社，1993)

钟敬文学术论著自选集　(首都师范大学出版社，1994)

(二)文艺创作

荔枝小品　(北新书局，1927)

西湖漫拾　(北新书局，1929)

湖上散记　（明日书店，1930）

海边的二月　（新诗集）(北新书局代售，1930)

未来的春　（新诗集）(言行社，1940)

天风海涛室诗词钞　（文丛出版社，1982）

钟敬文散文选集　（蔡清富编，天津百花文艺出版社，1989）

钟敬文散文　（杨哲编，广播电视出版社，1993）

(三)编辑、译述

民间趣事　（北新书局，1926）

疍歌　（开明书店，1927）

客音情歌集　（北新书局，1927）

粤风　（李编《粤风》的整理本）(北京朴社，1927)

歌谣论集　（北新书店，1928）

佷僮情歌　（与刘乾初合译）(中山大学语言历史学研究所，1928)

印欧民间故事型式表　（J·雅科布斯修订本，与杨成志合译）(中大语言历史学研究所，1928)

马来情歌　（远东图书公司，1928）

故事的罈子　（刘大白记述）(黎明书局，1934)

民间文艺新论集　（北京师范大学出版社，1950）

鲁迅的印象　（译文，增田涉著）(湖南人民出版社，1980)

民间文学概论　（主编，高校教本）(上海新文艺出版社，1980)

钟敬文采集口承故事集　（张振犁编，黄河文艺出版社，1989）